愛經典

閱讀經典，成為更好的自己。

簡愛

Jane Eyre

CHARLOTTE BRONTË

夏綠蒂・勃朗特 著

于是 譯

緣起

卡爾維諾說：「『經典』即是具影響力的作品，在我們的想像中留下痕跡，並藏在潛意識中。正因『經典』有這種影響力，我們更要撥時間閱讀，接受『經典』為我們帶來的改變。」因為經典作品具有這樣無窮的魅力，時報出版公司特別引進大星文化公司的「作家榜經典文庫」，期能為臺灣的經典閱讀提供另一選擇。

作家榜經典文庫從二〇一七年起至今，已出版超過六十本，迅速累積良好口碑，不斷榮登豆瓣讀書暢銷榜。本書系的作者都經過時代淬鍊，其作品雋永，意義深遠；所選擇的譯者，多為優秀的詩人、作家，因此譯文流暢，讀來如同原創作品般通順，沒有隔閡；而且時報在臺推出時，每部作品皆以精裝裝幀，質感更佳，是讀者想要閱讀與收藏經典時的首選。

現在開始讀經典，成為更好的自己。

作者簡介

夏綠蒂・勃朗特
Charlotte Brontë, 1816-1855

英國家喻戶曉的文學家，文學史上的奇跡「勃朗特三姊妹」之一。出生於英國北部約克郡的牧師家庭，母親溫柔賢慧，父親畢業於劍橋大學，獲文學學士學位，出版過多部詩集。

五歲時母親去世，九歲時兩個姊姊去世；在父親的影響下，十歲時夏綠蒂和兩個妹妹艾蜜莉、安妮開始寫小故事；十五歲時，進入羅海德學校讀書，並留校任教數年。離開學校後，多次從事家庭教師工作。

三十歲時，開始寫自傳體小說《簡愛》，一年後小說出版，獲得巨大成功；同年，艾蜜莉的《咆哮山莊》和安妮的《艾格妮絲・格雷》出版。

勃朗特三姊妹早逝如流星，耀眼而短暫，但她們的作品卻經久不衰，《簡愛》更是成為感動全球億萬讀者的不朽名著。

著有：《教師》、《簡愛》、《謝利》、《維萊特》。

一七七七年　父親派屈克・勃朗特生於唐郡。

一七八三年　母親瑪麗亞・布倫威爾生於彭贊斯。

一八一二年　派屈克與瑪麗亞完婚。

一八一三年　瑪麗亞・勃朗特出生。

一八一五年　伊莉莎白・勃朗特出生。

一八一六年　夏綠蒂・勃朗特出生。

一八一七年　派屈克・布倫威爾・勃朗特出生。

一八一八年　艾蜜莉・勃朗特出生。

一八二〇年　安妮・勃朗特出生。

一八二一年　九月十五日，母親因病去世，年僅三十八歲。

一八二四年　瑪麗亞、伊莉莎白、夏綠蒂、艾蜜莉四姊妹先後進入柯文橋教士女兒學校讀書。

一八二五年　瑪麗亞、伊莉莎白相繼逝世；父親將夏綠蒂和艾蜜莉帶回家中自己教育。

一八二六年　夏綠蒂與弟弟妹妹們開始創作小故事。

一八二九—三〇年　夏綠蒂和布倫威爾創作《安哥利亞》；艾蜜莉和安妮創作《貢代爾》。

一八三一年　夏綠蒂前往位於羅海德的學校讀書，次年五月離開。

一八三五年　夏綠蒂回羅海德任教；艾蜜莉也進入該校讀書；布倫威爾前往里茲學畫。

一八三七年　艾蜜莉去哈利法克斯附近的帕切特女子學校任教。

一八三九年　安妮前往米爾菲德爾任家庭教師；夏綠蒂前往斯通蓋普任家庭教師，這一年先後拒絕亨利．納西、詹姆斯．布賴斯的求婚。

一八四一年　夏綠蒂前往勞頓任家庭教師，同年計畫自己開辦學校。

一八四四年　夏綠蒂與艾蜜莉籌備建校，無果。

一八四五年　安妮完成《艾格妮絲．格雷》；艾蜜莉開始創作《咆哮山莊》。

一八四六年　五月，夏綠蒂、艾蜜莉、安妮三姊妹出版詩歌合集《柯勒、艾利斯、艾克頓．貝爾詩集》；六月，夏綠蒂完成小說《教師》；七月，《咆哮山莊》和《艾格妮絲．格雷》進入出版流程，《教師》卻被退稿。八月，夏綠蒂開始創作《簡愛》。

一八四七年　十月，《簡愛》終於出版，引發轟動效應，兩個月後加印再版，新增作者序言；十二月，《咆哮山莊》和《艾格妮絲．格雷》順利出版。

一八四八年　安妮出版《懷德菲爾莊園的房客》；九月二十四日，布倫威爾逝世，年僅三十一歲，臨終前留下雜感《天才的悲劇》；十二月十九日，艾蜜莉逝世，年僅三十歲。

一八四九年　安妮逝世，年僅二十九歲；夏綠蒂小說《謝利》出版。

一八五〇年　夏綠蒂耗時三個月，為艾蜜莉修訂《咆哮山莊》；同年年底，《咆哮山莊》、《艾格妮絲．格雷》再版，夏綠蒂為兩個妹妹的作品作序。

一八五一年　夏綠蒂拒絕文學編輯詹姆斯．泰勒的求婚；同年秋天開始創作小說《維萊特》。

一八五二年　夏綠蒂拒絕了父親的副牧師亞瑟．貝爾．尼可拉斯的求婚。

一八五三年　夏綠蒂出版小說《維萊特》。

一八五四年　夏綠蒂接受了亞瑟．貝爾．尼可拉斯的求婚，婚後前往愛爾蘭旅行。

一八五五年　三月三十一日，夏綠蒂逝世，年僅三十九歲。

一八五七年　夏綠蒂早期小說《教師》出版。

一八六一年　六月七日，父親逝世，時年八十四歲。

一八九三年　英國勃朗特學會成立。

一八九五年　勃朗特紀念館開幕。

一九〇六年　十二月二日，丈夫亞瑟·貝爾·尼可拉斯去世。

一九一〇年　《簡愛》電影在美國公映，此後不斷被改編成影視作品，感動全球億萬觀眾。

一九二八年　勃朗特紀念館遷往哈沃斯。

二〇〇九年　中國國家大劇院話劇版《簡愛》首演亮相。

二〇一三年　《簡愛》高票入選BBC「史上最偉大的一百本小說」。

二〇一四年　《簡愛》被英國權威媒體《衛報》評為「十大青少年必讀書」。

二〇一六年　夏綠蒂·勃朗特誕辰二百週年展覽，在英國國家肖像陳列館隆重舉辦。

二〇一八年　作家榜推出全新完整版中譯本《簡愛》。

作家榜推薦詞

幾乎最美的愛情故事，都以悲劇收場，因為它得滿足世界那顆異常歹毒的心。

如果黛玉嫁給了寶玉，《紅樓夢》就得完蛋；如果傑克和蘿絲都沒死，《鐵達尼號》就得完蛋；如果羅密歐與茱麗葉私奔成功，莎士比亞就得完蛋；如果梁山伯與祝英台喜結良緣，兩隻蝴蝶就得完蛋。

所以，世上任何一個良善的作家都心力交瘁、萬般艱難。因為，他的任務就是：把美毀滅給人看。

幾千年來，人類為什麼如此痴迷於悲劇，痴迷於美的毀滅？

卡夫卡說，是因為人類與生俱來的嫉妒之火，是罪惡的擴散。

尼采說，是源於酒神精神，是人類要在悲劇的痛苦中感受一種更高的歡樂，看到生命永恆的美感。

佛洛伊德的說法更絕望也更極端：自從有了性，人類的悲劇就註定了。但佛洛伊德也沒打算變成蚯蚓、蝸牛與水母，甚至，這個偉大的釋夢者，一生都活在瑪莎的愛情美夢中。

蒙元以來，有一句著名的詩句被廣為流傳：問世間，情為何物，直教生死相許？翻譯成白話就是，愛情究竟是一種什麼病？它為什麼讓人們無一倖免？為什麼每個患者都被它折騰得死去活來還心甘情願？

八百多年過去了，沒人回答得了，也沒人要聽答案。

人們心心念念翹首以盼的是作家筆下那對男女主角的病情，而且一定是病情愈奇特非凡、愈危如累卵、愈艱難困苦，人們就愈興奮、愈沉醉、愈狂歡。

《簡愛》就是這樣一個故事，它讓全世界都望眼欲穿。

一個一無所有且長相平凡的女孩簡，與擁有一座莊園的憂鬱貴族羅徹斯特之間，是否會產生天雷地火的愛情？

女主人公是怎樣讓一個風度翩翩的貴族墮入愛河的？

沒有人不記得這樣一段有關自尊之美的獨白：

難道您以為，我貧窮、卑微、樸素、渺小，所以也沒有靈魂、沒有心嗎？您想錯了！我和您一樣，有完美的心靈！要是上帝賜予我一點美貌，再多一點財富，我就會讓您難以離開我，就像現在我難以離開您。

接著，讓人沉醉的時刻出現了：高貴的莊園主突然將她擁入懷中，向這個卑微的女主角求婚——屈膝於她的自尊之美。於是，麻雀重生，鳳凰于飛，幸福伸手可及，美夢就要成真。

但是（請允許我說但是），一個稱職的作家不會忘記自己的任務，他的任務是讓美毀滅，讓愛崩潰——正當這個女孩心花怒放地準備做貴族新娘的時候，折磨人的巨大的病痛開始了：有人指認羅徹斯特是已婚男人，這場婚姻完全是個驚天的騙局。

一瞬之間，幸福灰飛煙滅，女主肝腸寸斷，她只能懷著一顆破碎的心悄無聲息地離開。

每個人都為她流下了辛酸的淚水。

怎麼辦？這一次，夏綠蒂・勃朗特展示了一個作家絕對的冷酷：她讓一場大火將羅徹斯特的莊園化為灰燼，不只如此，她還讓永遠閃耀著高傲目光的羅徹斯特在一場大火之後雙目失明。

只有這樣，受盡折磨的卑微的女孩才能重新回來，與這個一無所有的可憐的男人破鏡重圓，相親相愛。

於是，這個殘忍的故事贏得了全世界的讚美；而作家付出的代價是耗盡心力，英年早逝。

我理解人們如此持久熱愛悲劇的理由，僅僅是為了可以替他人悲憫，可以替自己糟糕的生活寬容、慶幸。

何三坡

二〇一八年六月十一日於雲間

作者原序

《簡愛》第一版不必有序言，所以我沒有寫。第二版付梓前，需要致上謝意，並做多方面的說明。

我要向以下三方致謝：

感謝讀者用寬容的耳朵傾聽了一個並非驚天動地、盡可能謙卑的故事。

感謝報紙雜誌為一個懷有寫作夢想、名不見經傳的作家提供了公允的評論空間，讓大家誠懇地暢所欲言。

感謝我的出版商以其務實而開明的態度，向一個沒沒無聞、無人推薦的作者提供了機智而強有力的幫助。

對我而言，報紙雜誌和公眾讀者是籠統的，所以我只能籠統地致謝，但我的出版商是明確的個體，一些慷慨鼓勵我的評論家們也是如此，只有寬宏、高尚、大度的人才知道如何鼓勵一個力爭上游的陌生人。對於他們，亦即我的出版商和那幾位評論家，我要誠摯地獻上謝意：先生們，由衷地感謝你們。

感謝過提攜、讚許過我的諸位之後，我還要對另一群人說幾句：就我所知，人數並不多，卻也不容忽視。我指的是那些大驚小怪、吹毛求疵的人，他們質疑《簡愛》這類小說的指向性，因為在他們眼裡，與眾不同就意味著不正確；只要他們聽到有人批判「偏執」這萬惡之母，就認定那是在汙蔑虔誠的信仰，褻瀆上帝在人間的威信。對於這些質疑者，我要指出一些顯而易見的區別，提醒他們認識到一些簡單明瞭的事實。

傳統並不等同於道德，自詡為正義並不等同於信仰。抨擊前者未必要詆毀後者。揭下法利賽人的面具，並不意味著將褻瀆的手伸向耶穌的荊冠。上述這兩件事、兩種做法是截然相反的，其迥異不亞於善惡之別，人們卻習慣將它們混為一談，但它們不應該被混淆。我們不該錯把外在表象誤認為真相，不能用那些只為了取悅、抬高少數人的狹隘的世俗教條取代基督的救世信念。容我再重申一遍，這兩者截然不同，黑白分明地劃出清楚的界線是件好事，而非壞事。

世人或許不樂於見到這些概念被區分得涇渭分明，因為大家已習慣將它們混為一談，覺得這樣很方便：把外在假象視為真正的價值，看到潔白的牆壁就認定那是清靜的聖壇。世人可能會痛恨那個勇於深入墳墓，掘出墓穴裡的遺骸，膽敢探究，剝掉表層的鍍金，揭露出下面黃銅本質的人。世人雖然會憎惡那個人，卻也受惠於他。

亞哈王不喜歡米該雅，因為米該雅從未向他預言好事，言必稱災禍。也許，那個善於諂媚的基納拿的兒子更能討亞哈王的歡心，但是，倘若亞哈王能夠拒絕聽信讒言，廣納逆耳忠言，也許他就能逃過死劫。

在我們這個時代也有這麼一位先生，他不會奉承、投他人所好。在我心目中，他來到社會上的大人物面前，正如音拉之子米該雅走到猶大及以色列諸王的面前，同樣坦白地說出深切的真理，同樣說出攸關性命、先知般偉大的言語，同樣表現出無畏的膽識。這位創作《浮華世界》的諷刺作家是否受到上流社會的青睞？這點我無從確知。但是我想，那些被他投以譏諷的火藥、遭受他閃電般譴責的人們之中如有人能及時接納忠告，他們與其後世子孫或許能逃脫基列拉末城外的致命劫難。

為何我要提及這位先生？讀者啊，我要提到他，因為我在他身上見識到了一種智慧：比他同時代的人們所能認識到的都更深刻、更獨特；也因為我視他為當今領先於世的改革先驅：堪稱旨在撥亂反正、重整秩序的改革人士之領袖；更因為我認為，至今還沒有哪位評論他作品的人士找到了最適當、最貼切的詞彙來形容他，來切實刻畫他的才華。他們說他就像十八世紀的諷刺作家費爾丁，他們談到了他的機智、幽默和喜劇的功力。他與費爾丁的差別就像老鷹之於禿鷹：費爾丁會撲向腐屍，但薩克萊從來不這樣做。薩克萊的機智是巧妙的，他的幽默是有趣的，然而，相較於他真正的才華，機智和幽默不過就像是輕輕掠過夏日雲端邊緣的零星閃電，而非深藏在雲團深處的奪命電光。最後，我之所以提到薩克萊先生，是因為——倘若他願意接受陌生人的獻詞——我願將第二版《簡愛》題獻給他。

柯勒．貝爾*

一八四七年十二月二十一日

＊柯勒．貝爾：夏綠蒂．勃朗特出版《簡愛》時使用的筆名。當時的英國社會保守，少有女性寫作小說，夏綠蒂和妹妹艾蜜莉、安妮出版三人詩作合集時，為避免讓出版社知道她們的女性身分，分別為自己取了較為中性的筆名：柯勒．貝爾、艾利斯．貝爾、艾克頓．貝爾。

第三版附言*

藉《簡愛》第三版印行之際，我要再向讀者們略作說明：我的小說家之名，僅來自於這部作品。因此，若有其他小說的作者頭銜冠於我身，那就是把榮耀歸於無功之人，那理應得名之人的功勞反而被抹煞了。

希望這樣的說明能修正或許已成事實的訛傳，並避免再出現這樣的謬誤。

柯勒·貝爾

一八四八年四月十三日

*《簡愛》出版後引起轟動，讀者們紛紛猜測作者究竟是何人。由於艾蜜莉的《咆哮山莊》、安妮的《艾格妮絲·格雷》與《簡愛》同年出版，且分別使用筆名艾利斯·貝爾、艾克頓·貝爾和柯勒·貝爾，有人誤以為三人是同一人的化名。夏綠蒂於是寫下「第三版附言」，澄清事實。

謹以此書

獻給

威廉·梅克比斯·薩克萊先生

目次 Contents

第1章

那天，不可能再出去散步了。其實，我們早上已在葉子落盡的灌木林中閒逛了一小時，但從午飯時起（沒客人來訪的時候，里德夫人會提早用餐），凜冽冬風就捲來了陰雲，下起了瀝瀝冷雨，再也別想出門活動了。

我倒因此而高興。我本來就不喜歡長距離散步，尤其在寒風刺骨的下午。在陰冷的暮色中走回家實在令人不快，手指腳趾都凍僵了，還要被保母貝西數落，心情不免低落，再加上我的體格比里德家的伊麗莎、約翰和喬治亞娜都要弱小，又難免自慚形穢。

說到伊麗莎、約翰和喬治亞娜，他們現在都在客廳裡，簇擁著他們的媽媽：她斜倚在壁爐旁的沙發上，讓孩子們圍繞身旁（他們幾個此時沒有爭吵也沒有哭鬧）；那儼然是一派天倫之樂的畫面。至於我，早就被她排除在外了，她說：有必要疏遠我，她很遺憾，但除非她親耳從貝西那裡聽到，並且親眼看到我確實盡力而認真地想要養成更隨和、更像孩童的習性，舉手投足更活潑可愛——更開朗、更率真、更自然——否則，孩子們盡享親子之樂時，她就必須將我排除在外，因為只有快樂又知足的小孩才能享受那些特殊待遇。

「貝西說我做什麼了？」我問。

「簡，我不喜歡吹毛求疵、愛刨根問底的人；再說了，小孩像妳這樣和長輩頂嘴也太可怕了。到別處坐去；要是說不出討喜的話，就別出聲。」

客廳的隔壁是早餐室，我溜了進去。屋裡有一個書櫥。我很快就取下一本書，特意給自己挑了本插圖多的，再爬上窗臺，縮起雙腳，像土耳其人那樣盤腿坐好，再把重褶的紅色窗簾拉攏到幾乎閉合，儼如在雙重隱蔽的聖地裡。

紅色窗幔的皺褶擋住了我右側的視線；左側只有一扇扇明淨的玻璃窗庇護著我，令我無須曝露在十一月的陰鬱氣候中，又不至於和外面的世界完全隔絕。翻動書頁時，我會時不時抬頭眺望冬日下午的景致。遠處白茫茫的，雲遮霧繞；近處，只見濕漉漉的草坪和風吹雨打下的灌木叢。綿綿不絕的冬雨在淒厲的狂風的驅逐下飄搖四散。

我又低頭去看書：畢維克的《英國鳥類史》。大致說來，我對文字部分不感興趣，但有些文圖說明卻讓我不願當作空頁略過不讀，哪怕我還小。那些文字說明會講到海鳥棲居之地：「荒僻孤絕的岩石和海岬」；還寫到了島嶼星羅密布的挪威海岸：自南端的林德內斯（也叫內茲），至最北的北角——

北冰洋掀起巨大漩渦，

圍繞荒涼極北之地那些淒涼的小島

翻湧不息；而大西洋的洶湧大浪，

傾倒般匯入赫布里底群島的暴風雨。

我也無法漠然略過書中提到的那些杳無人煙的海岸：斯堪的納維亞的拉普蘭、西伯利亞、挪威的斯匹次貝根群島、北冰洋裡的新地島、冰島和格陵蘭島——「廣袤無垠的北極地帶和荒涼淒慘的不毛之地積存著冰與雪：千萬個寒冬累積而成的堅實冰原如同高峰聳立的阿爾卑斯山，晶晶閃亮，圍繞地極，令極寒聚集，加倍凜冽。」我腦海中萌生出對那些地域的朦朧理解，恍如一幅幅慘白死域的畫面，就像沉浮在孩子們腦海中的所有概念：似懂非懂、曖昧不明，卻格外生動。這幾頁引言與緊隨其後的插圖相呼應，使兀立於波濤和浪花中的孤礁、擱淺在荒涼海岸上的破船，以及從雲縫間俯視正在沉沒的小船的幽昧冷月都顯得更加意味深長。

我說不清縈繞淒涼墓園的是一種什麼樣的氣氛：刻有銘文的墓碑、一扇大門、兩棵樹、低低的地平線都被環繞在一圈破牆內；初升的新月表示暮色降臨。

兩艘輪船停泊在死寂的海面上，我覺得它們肯定是海上的幽靈。

惡魔扣住竊賊背上的行囊，我迅速翻過那一頁，那樣子太嚇人了。

同樣可怕的是頭上長角的黑色怪物，獨踞於岩石，遙望著一大群人圍在絞刑臺邊。

每幅畫都講述了一個故事，神祕莫測，雖然我的理解力有限，感觸也不夠細膩，但依然覺得那是趣味盎然的；就像貝西在冬夜講過的故事——偶爾她心情好，就會把熨衣板搬到兒童房的壁爐邊，讓我們圍坐一圈；她一邊熨平里德夫人的蕾絲飾邊，或是把睡帽的邊簷熨出褶痕，一邊讓殷切期盼的我們好好聽一段驚心動魄的浪漫傳奇，那些故事都來自古老的神話傳說和民謠，或是（如我後來發現的）

來自《帕梅拉》和《摩爾蘭伯爵亨利》。

當時，膝頭攤放著畢維克的書，我覺得很幸福，至少是以我的方式快樂著。我什麼都不怕，只怕被人打斷，而這未免來得也太快了。餐室的門被打開了。

「喂！憂鬱小姐！」那是約翰·里德的叫聲，繼而停頓下來，他顯然發覺房間裡空無一人。

「見鬼，她上哪裡去了？」他接著喊起來，「麗莎！喬琪！（這是他妹妹們的暱稱）簡不在這裡，告訴媽媽她溜出去了，跑到雨裡去了。這個壞畜生！」

「還好我拉攏了窗簾。」我在心裡念叨，希望他別發現我的藏身之地。說真的，約翰也發現不了，他眼睛不尖，頭腦不靈。

可惜，伊麗莎從門外探頭進來，立刻說道：「她在窗臺上，傑克，肯定是的。」

一想到要被她口中的「傑克」硬拖出去，我就害怕得直打哆嗦，立即走了出來。

「什麼事？」我猶疑又躲閃，尷尬地問了一句。

「該說『什麼事，里德少爺？』」他答道，「我要妳到這裡來。」他在扶手椅上坐下，打了個手勢，示意我走到他面前。

約翰·里德是個十四歲的學生，比我大四歲，當時我只有十歲。以這個年紀來講，他又胖又壯，但膚色灰暗，看起來不太健康。臉龐很寬，粗眉大眼，手腳也大，四肢都很壯實。他吃飯時總是狼吞虎嚥，腸胃不好，所以脾氣暴躁，目光混沌黯淡，兩頰鬆弛虛垮。這時候，他本該住在學校裡，但他的母親把他接回家住了一兩個月，說是因為「身體虛弱」。他的老師邁爾斯先生卻斷言：只要他少吃一點家裡送去的糕點和糖果，身體就會非常健康；但他的母親聽不進這樣刺耳的忠言，寧可自欺欺人，用更文雅的理由說：約翰面色蠟黃是因為學習太用功，或是太想家。

約翰對母親和兩個妹妹都沒什麼好感，對我更是厭惡至極。他欺侮我，懲罰我——不是一週兩三次，也不是一天一兩回，而是時時刻刻，永無休止。我的每根神經都怕他，他一走近，我全身骨頭上的每塊肌肉都會緊張而痙攣。他讓我驚恐得不知所措，因為不管我面對的是威脅還是體罰，我都求助無門，僕人們不願站在我這邊去得罪大少爺，里德夫人則裝聾作啞：她兒子時不時當著她的面打我罵我，她都置若罔聞，那就更別提他更多次背著她欺負我的時候了。

面對約翰，我已習慣了逆來順受，只好走到他椅子前。足有三分鐘，他拚命衝我吐舌頭、做鬼臉，差點沒把舌根扭斷。我明白他馬上就會出手了，但在擔心挨打的時候，我還有心打量他動手前的那副噁心的醜態。我不知道他有沒有從我的表情中看出這種心思，反正他二話沒說，冷不防就出拳，狠狠揍了我一下。我一個踉蹌，從他椅子前倒退了一兩步才站穩。

「這是為了懲罰妳剛才那麼無禮地跟媽媽頂嘴，」他說，「還因為妳鬼鬼祟祟躲在窗簾後面，還因為妳兩分鐘前的那種眼神，妳這個卑鄙的小人！」

我已經習慣了約翰·里德的謾罵，從沒想過要回嘴，一心只想著如何忍受辱罵後必會出現的毆打。

「妳躲在窗簾後面做什麼？」他問。

「我在看書。」

「把書拿來。」

我走回窗前把書取來。

「妳沒有資格動我家的書。媽媽說了，妳是靠我們養活的，妳沒有錢，妳父親什麼都沒留給妳，妳本該去討飯，根本不配和我們這樣上等人家的孩子一起過日子，不該和我們吃一樣的飯，穿媽媽掏錢買的衣服。現在，我要好好教訓妳，讓妳知道亂翻我家書櫥有什麼下場，因為這個書櫥裡的書都是我的，整座房子都是我的，反正再過幾年就歸我了。去，站到門邊去，離鏡子和窗子遠一點。」

我照他的話做了，起初並沒覺察到他的用意，但當他舉起書，掂量了一下，站起來擺出要扔過來的架勢時，我驚叫一聲，本能地往旁邊一閃，但為時已晚，書已經扔過來了，剛好砸中我。

我跌倒了，腦袋撞在門上，流出血來，痛得要命。我的恐懼越過極限，另一種情緒湧上心頭。

「你真是惡毒又殘暴！」我說道，「你就像個殺人犯——像個奴隸監工——像羅馬的暴君！」

我讀過哥德史密斯的《羅馬史》，對尼祿、卡利古拉這類人物已有了自己的看法，還暗暗作過類比，但從沒想過會這樣大聲地喊出來。

「什麼！什麼！」他叫嚷起來，「她竟敢這樣說？伊麗莎，喬治亞娜，妳們聽到了吧？這怎麼能不告訴媽媽？不過，我得先——」

他徑直衝向我，抓住了我的頭髮和肩膀，他是在和一個絕望到拚命的對手肉搏了。在我眼裡，他真有暴君、殺人犯的模樣。我感到一兩滴血從頭上順著脖子流淌下來，也意識到熱辣辣的劇痛，這感覺一時間壓制了恐懼，我發瘋似的與他對打起來。我不太清楚自己的雙手到底做了什麼，只聽得他罵我「小人！卑鄙！」，還在嘶聲力竭地嚎叫。

他的幫手近在咫尺，伊麗莎和喬治亞娜早已跑去叫里德夫人了，她上樓來到早餐室，貝西和女僕艾波特尾隨其後。她們把我們拉開，我聽見她們說：

「哎呀！哎呀！竟敢這樣對約翰少爺大發雷霆！」

「誰見過這麼凶狠的場面！」
然後，里德夫人接著說了：
「帶她去紅房間，鎖在裡面。」
立刻就有四隻手按住我，把我拖上樓去。

第2章

我一路反抗，破天荒第一次，卻大大加深了貝西和艾波特小姐本來就對我抱持的壞印象。事實上，我是有點失控，或是像法國人說的那樣：失心瘋了。我很清楚，一時的叛逆已讓我不得不遭受稀奇古怪的懲罰，於是，我像所有造反的奴隸那樣索性豁出去了，在絕望中決定死撐到底。

「抓住她的胳膊，艾波特小姐，她簡直像隻瘋貓。」

「太丟臉了！太丟臉了！」女僕叫道，「愛小姐，妳怎麼做得出這麼嚇人的事，竟然敢打少爺！他是妳恩人的兒子！妳的小主人。」

「主人！他怎麼會是我的主人？難道我是僕人？」

「不，妳連僕人都不如。妳什麼也不做，白吃白住。好了，在這裡坐下，好好反省妳有多壞。」

這時，她們已把我拖進了里德夫人指定的那個房間，按在一張凳子上，我忍不住像彈簧一樣跳起來，但立刻被她們的兩雙手按住了。

「要是妳不肯乖乖坐好，我們就得把妳綁起來，」貝西說，「艾波特小姐，把妳的吊襪帶借給我，我的那副會被她一下子就掙斷的。」

艾波特小姐側過身，要從結實的大腿上解下那條必不可少的綁帶。這些準備動作讓我想到捆綁後必會帶來另一番恥辱，激憤之情才稍稍平息了一點。

「別解啦，」我叫道，「我不亂動就是了。」

作為保證，我用雙手緊抓凳子。

「記住了，別亂動。」貝西確定我真的安靜下來了，這才鬆開手。隨後，她和艾波特小姐就抱著胳膊站在那裡，用陰沉又猶豫的眼神瞪著我，好像很不放心，不確定我已恢復正常了。

「她以前從來不會這樣做。」看了半天，貝西轉身對艾波特小姐說道。

「但這就是她的本性，」艾波特小姐，「我經常跟夫人說起我對這孩子的看法，夫人也很贊同。這小東西表面一套，背後一套，從沒見過這樣年紀的小女孩有這麼多鬼心眼兒。」

貝西沒有接口，但沒過多久就對我說：「小姐，妳應該明白，里德夫人對妳有恩，是她在收養妳。要是她把妳趕走，妳只好進救濟院了。」

這番話讓我無言以對，也不是第一次領教，自從我有記憶以來，就常聽到這類影射我寄人籬下、靠人養活的指責，儼如含混的雜音在耳畔迴蕩不休，令我痛苦地似懂非懂，卻甩不掉。

艾波特小姐附和道：「夫人好心讓妳和里德家的少爺小姐們一起長大，但妳別以為自己就能和他們平起平坐了。他們將來會有很多很多錢，妳什麼也不會有。妳得學會謙恭，盡量討好他們，這才是妳的本分。」

「我們跟妳說這些，全是為了妳好，」貝西的語氣不那麼嚴厲了，「妳應該讓自己有點用處，討人歡喜，那樣，妳說不定還能在這個家繼續住下去，要是妳愛發脾氣，粗暴無禮，我敢肯定夫人會把妳攆走的。」

「還有呢，」艾波特小姐說，「上帝也會懲罰她，也許就在她耍脾氣的時候要了她的小命，看她還能去哪裡！貝西，我們走吧，隨她去。反正，她無論如何也不會把我們當自己人的。愛小姐，妳獨自待著的時候，好好祈禱吧。要是妳不懺悔，說不定會有可怕的東西從煙囪裡下來，把妳抓走。」

她們走了，關了門，上了鎖。

紅房間是空置不用的一間屋子，難得有人在此過夜。要我說，其實從來都沒有。除非蓋茨黑德府上偶爾來了一大群賓客，才有必要動用所有可供寢居的房間。這間房算是府上最寬敞、最堂皇的臥室之一。一張大床赫然置於房間正中，粗粗的桃花心木床柱上垂掛著深紅色錦緞帳幔，儼如一座神壇。兩扇大窗的窗頁終日緊閉，半掩在純色織物製成的流蘇、彩結墜飾和窗幔之後。地毯是紅色的，床腳邊的小桌上鋪著暗紅色的臺布，牆壁是柔和的黃褐色，帶著一抹粉紅色調。衣櫥、盥洗架和椅子都是拋磨出幽暗色澤的桃花心木做成的。在周遭深紅色系陳設的映襯下，高高疊起的白色褥墊、枕頭和雪白的馬賽布提花床罩就顯得格外耀眼。同樣醒目的是床頭邊那張安樂椅，也是白色的，座墊很厚實，前面擺著一張腳凳；在我看來，它就像一尊慘澹失色的王座。

這間屋子很冷，因為難得生火；也很安靜，因為遠離兒童房和廚房；更顯得肅穆，因為很少有人進來。只有女僕每週六會進來一次，抹去一週內靜悄悄落在鏡子上、家具上的灰塵。至於里德夫人，她隔很久才進來一次，查點衣櫥裡某個祕密抽屜裡存放的各類羊皮文契、她的首飾盒，以及她已故丈夫的小肖像。紅房間的神祕感正是源自「已故」二字，似有魔力，令其富麗堂皇，卻分外淒清。

里德先生故去已有九年，他就是在這個房間裡嚥氣、在這裡停靈的，他的棺材也是從這裡被殯儀館的人抬走的。從那時起，始終縈繞不去的陰沉、神聖的氛圍似乎一直在守護這裡，以免眾人出沒帶來侵擾。

我的座位，也就是貝西和刻薄的艾波特強迫我一動不動地坐著的地方，是靠近大理石壁爐的一張軟墊矮凳。我正對著那張高聳的大床，右面是黑漆漆的衣櫥，鑲板在斑駁的柔和反光中顯出搖曳變幻的光澤，左面是關得嚴嚴實實的窗子，窗和窗之間有一面大鏡子，鏡面中再現了空蕩蕩的床、富麗堂皇的房間。我不確定她們是不是真的鎖了門，等了一會兒才敢走動，便起身走到門邊看個究竟。好吧！鎖了，鎖得比牢房還牢。返回原地時，我必須面對大鏡子，目光就此被吸引住了，不由自主地探究起鏡中深邃的映射。空洞虛幻的景象比真實世界更陰冷、更幽暗，那個陌生的小傢伙盯著我看，慘白的臉上、胳膊上都蒙上了斑駁的陰影，一切都凝滯般靜止時，唯有那雙明亮的眼睛閃現著恐懼，真像個鬼魂。我覺得她就是貝西晚上講的故事裡那些半仙半人的小精靈，從沼澤地帶山蕨叢生的荒谷中孤零零地冒出來，現身於摸黑趕路的旅人眼前。我坐回到我的矮凳上。

那時候，我迷信起來，但還沒到完全聽任妖魔擺布的地步；我依然熱血沸騰，心胸中依然滿溢著奴隸造反時那種苦澀的激憤之情。屈服於悲楚的現實之前，我得先克制自己，不要被湧上心頭的新仇舊恨沖昏了頭腦。

約翰·里德專橫霸道、他的妹妹們高傲冷漠、他母親的種種憎惡、僕人們的偏袒，這一切都浮現在我激動難安的心頭，如同混沌深井中的汙泥沉渣一古腦兒地浮泛上來。為什麼總是我吃苦頭，總是我被欺負，總是我被斥責，總是說我有錯？為什麼我總不能合乎他人的意願？為什麼我想要贏得別人的好感卻只是徒勞？伊麗莎任性又自私，卻受人尊敬；喬治亞娜恃寵而驕，刁鑽刻薄，吹毛求疵，盛氣凌人，大家卻偏偏縱容她。她是很漂亮，有紅潤的面頰、金色的鬈髮，人見人愛，不管她有什麼錯，好像都能被原諒。約翰呢，沒有人敢違逆他，更不用說教訓他、懲罰他了，哪怕他什麼壞事都做：扭斷鴿子的頭頸，虐死小孔雀，放狗去咬羊，偷摘溫室中的葡萄，掐斷花房裡珍稀花木的嫩芽，有時還叫他母親「老女人」，還因為他繼承了她偏深色的膚色而破口大罵，他蠻橫地與母親作對，經常撕毀她的絲綢服裝，而他依然是她的「小寶貝」。我卻不敢有半點閃失，全力以赴地做好分內事，卻從早上到中午、從中午到晚上，無時無刻不被人罵作淘氣、討人厭、陰陽怪氣、鬼鬼祟祟。

因為被書砸到又跌倒，我的頭很痛，還在流血。根本沒有人責難約翰肆無忌憚地打我，我為了不再受無理的虐待而反抗他，卻成了眾矢之的。

「不公平！太不公平了！」我的理智在痛苦的刺激下，一時間變得像大人的理性那樣強有力；同樣，決心也被激發出來，慫恿我採取出人意料的權宜之計來擺脫這種忍無可忍的壓迫，譬如逃跑；要是逃不出去，那就不吃不喝，活活餓死自己。

那個悲慘的下午，我的靈魂是多麼惶恐不安啊！心亂如麻，卻又憤憤不平！但內心的交戰猶如在黑暗中，多麼無知，又多麼徒勞啊！我無法回答不斷盤桓在心頭的問題——為什麼我要這樣受苦？此刻，在相隔——我不想說多少年——我看得一清二楚了。

我在蓋茨黑德府格格不入，和任何人都沒有相似之處，和里德夫人、她的孩子、她看中的家僕都無法融洽。如果說他們不愛我，那反之亦然：說實在的，我也不愛他們。他們沒有必要呵護一個與他們中的任何人都合不來的人：一個無論性情、才能或嗜好都和他們迥異的異類，一個既不能投其所好，又不能為其效勞的一無是處的廢物，一個對他們的言行和想法只有憤慨和蔑視的討厭鬼。我明白，如果我是一個聰明開朗、無憂無慮、無可挑剔、外貌出眾、輕鬆活潑的小孩——即使同樣是寄人籬下、無親無故——里德夫人也會更樂意接納我，她的孩子們也會對我更親切、更熱情，僕人們也不會老把我當作兒童房裡的代罪羔羊。

紅房間裡日光將盡。已是四點過後，雨雲陰沉的午後已轉為肅穆陰鬱的黃昏。我聽見雨點仍不停地敲打著樓梯間的窗玻璃，狂風在走廊後方的樹叢裡呼嘯。我愈來愈冷，凍得像塊石頭，勇氣也隨之消失。我素有的屈辱感、自我懷疑和孤淒無助的情緒澆滅了怒火的餘燼。人人都說我壞，也許我真的很壞吧。剛才，我不是還一心謀劃著把自己餓死嗎？這當然是種罪過，但我夠資格尋死嗎？或者該問：蓋茨黑德教堂聖壇底下的墓穴是我可以嚮往的歸宿嗎？我聽說，里德先生就長眠在那樣的墓穴裡。想到這裡，又勾起了我對他的回憶，愈想愈怕。我已經不記得他了，

只知道他是我親舅舅——我母親的哥哥，是他把我這個還在繈褓中的孤兒帶回這個家，又在他彌留之際要求里德夫人保證視我如己出，把我撫養成人。也許，里德夫人認為自己信守諾言，恕我直言，就她的本性所能達到的極限而言，她確實已經盡力了。然而，在她丈夫過世後，她怎麼會真心喜歡一個不屬於她家、又與她本人毫無血緣關係的外人呢？當她發現自己不得不承受這勉為其難的承諾帶來的束縛，必須面對一個自己無法喜愛的陌生孩子，還要充當她的母親，眼睜睜看著這個不投緣的外人日日夜夜躋身在自己的家人中間，這想必讓她厭惡透了。

我的心頭忽然閃過一個古怪的念頭。我不懷疑——從來都沒有懷疑過——如果里德先生還活著，他一定會善待我的。此刻我坐在這裡，望著白色的大床和影影綽綽的牆，還偶爾不由自主地瞥一眼幽

光微明的鏡子，漸漸想起我聽過的有關死人的故事。據說，墳墓中的亡者會因為人們違背他們的遺願而無法安寧，因而重訪人間，嚴懲食言的人，為受委屈的人討回公道。我想到，里德先生的靈魂說不定會被外甥女的冤屈所動，走出長眠之地——不管是教堂的墓穴，還是無人知曉的陰間——來到這個房間，浮現在我眼前。我抹去眼淚，忍住啜泣，唯恐任何表露強烈悲痛的跡象會驚動靈異的聲音來撫慰我，或是在昏暗中召來某些光暈朦朧的面孔，帶著詭異而憐憫的神色俯視我。照理說，這種想法應該令人寬慰，不過一旦成真，我大概會嚇得魂不附體。我盡力鎮定自己，不再胡思亂想。我把垂在眼前的頭髮往後甩，抬起頭來，試圖壯起膽子，環顧黑洞洞的房間。就在這時，牆上閃過一道亮光。我問自己，會不會是月光透過百葉窗的縫隙照了進來？不可能，月光只會靜靜地暈開，但這線光亮在閃動。就在我定睛注視時，光線又跳到了天花板上，在我頭頂上顫動起來。現在的我會很自然地聯想到，那可能是因為有人提著燈籠走過草地。但那會兒，我滿腦子都是幽冥恐怖的想像，興奮慌亂得神經緊張，因而認定那道飛快跳閃的光就是預兆——來自另一個世界的幻影即將現身。我的心怦怦亂跳，頭腦發熱，耳朵裡呼呼作響，我還以為是翅膀撲扇的聲音，好像有什麼東西已經逼近而來。我壓抑得喘不上氣來，再也忍不住，在崩潰中衝到門口，拚命地拽動門把手。外面的走廊上響起飛奔而來的腳步聲，鑰匙轉動，貝西和艾波特走了進來。

「愛小姐，妳不舒服嗎？」貝西問道。

「吵得嚇死人了！害我心驚膽戰的！」艾波特說道。

「帶我出去！讓我去兒童房！」我哭喊著。

「到底怎麼了？妳受傷了嗎？看到什麼了嗎？」貝西又問。

「是的！我看到了一道光，肯定是鬼來了。」我緊抓住貝西的手，她並沒有抽回去。

「她是故意亂叫亂嚷的，」艾波特嫌惡地說道，「還叫得那麼凶！要是真痛得厲害，倒還可以原諒，可她只不過想把我們騙到這裡來，我知道她在打什麼鬼主意。」

「這是怎麼回事？」另一個咄咄逼人的聲音在質問。里德夫人從走廊那頭走過來，睡帽鼓著風，睡袍窸窸窣窣地響。「艾波特、貝西，我記得我吩咐過，讓妳們把簡愛鎖在紅房間裡，關到我來才能放出來。」

「夫人，因為簡小姐叫得太大聲了。」貝西懇求著。

「讓她去，」這就是里德夫人的回答，「鬆開貝西的手，孩子。放心，靠這種小伎倆是出不來的。我最討厭耍花招的人，尤其是小孩子，我有責任讓妳知道，詭計是不會得逞的。妳要在這裡再待一小時，而且要乖乖聽話，安安靜靜的，我才會放妳出來。」

「啊，舅媽，可憐可憐我吧！原諒我吧！我實在受不了——用別的方法懲罰我吧！我會在這裡死掉的——」

「住嘴！這麼鬧最讓人討厭了。」原來，她就是這麼感覺的。在她眼裡，我是個早熟的演員，她打心底裡認為我是個品性惡毒、靈魂卑劣、表裡不一的陰險貨色。

貝西和艾波特退了出去。當時的我痛苦至極，瘋狂哭嚎，里德夫人很不耐煩，猛力把我往後一推，鎖上了門，不再多費口舌。我聽見她快步走遠。她走後不久，我猜想我昏厥了過去，這件事就在我的昏迷中落幕了。

第3章

接下來我記得的是，彷彿做了一場可怕的噩夢，醒來時只覺眼前閃爍著駭人的紅光，一根根又粗又黑的線條穿插其中，還聽見空洞的說話聲，隱隱約約，像是被疾風或水流聲蓋住了。激動、猶疑以及壓垮一切的恐懼感使我有點神志不清。不久，我覺察到有人在觸碰我，把我扶起來，讓我靠著他坐起來。我覺得從來沒有人這麼溫柔體貼地抱過我，或扶我起身。我把頭倚在枕頭上或是胳膊上，感覺很舒適。五分鐘後，心頭的疑雲消散了。我非常清楚我躺在自己的床上，那團紅光就是兒童房裡的壁爐火。已是深夜時分，桌上點著一根蠟燭。貝西端著臉盆站在床腳，一位先生坐在我枕邊的椅子上，俯身向著我。

當我明白房間裡有生人：一個不屬於蓋茨黑德府，也和里德夫人非親非故的人時，頓時感到一種難以言表的寬慰，確信自己受到了庇護，有了安全感。我的目光從貝西身上移開（其實她在還好，如果是艾波特，那就會讓我生厭了），細細端詳這位先生的容貌。我認得他：羅伊德先生，他是個藥劑師，有時候，里德夫人會請他來給僕人們看病，但她自己和孩子們不舒服時會請另一位醫生。

「妳知道我是誰嗎？」他問。

我說出了他的名字，並向他伸出手，他握住了，微微一笑說：「很快就會好起來的。」隨後他扶我躺下，並囑咐貝西多加小心，別讓我在夜裡受到打擾。他又交代了一番，說明天再來，就走了。我悵然若失，有點難過。他坐在我枕邊的椅子上時，我感到被人親近、保護，可他一走，門一關上，整個房間都黯淡下來，

無可名狀的傷感襲來，我的心再次沉重起來。

「妳想睡了嗎，小姐？」貝西的語氣很輕柔。

我幾乎不敢回答她，生怕她接下去又會變得嚴厲。「我試試。」

「妳想喝什麼，或者吃點什麼嗎？」

「不用，謝謝，貝西。」

「那我去睡了，已經十二點多了，不過，要是妳夜裡需要什麼，可以隨時叫我。」

多麼客氣友善啊！這讓我鼓起勇氣多問一句。

「貝西，我怎麼啦？病了嗎？」

「我猜想妳是在紅房間裡哭出病來了，不要緊的，肯定很快就會好的。」

貝西回了鄰近的僕人房。我聽見她說：「薩拉，過來陪我一起睡在兒童房吧，我今晚可不敢和那個可憐的孩子單獨過夜，她說不定會死的。她突然發病，真是太離奇了。也不知道她看見了什麼。里德夫人太狠心了。」

薩拉跟著她來了，兩人都上了床，交頭接耳講了半小時才睡去。我只聽到了片言隻語，但不難推

敲出來她們在說什麼。

「有個東西從她身邊經過，渾身煞白，轉眼就不見了」；「大黑狗跟在他身後」；「紅房間的房門上砰砰砰敲響了三下」；「教堂墓地裡閃過一道白光，就在他墳頭的正上方」；諸如此類。

兩人終於都睡著了，爐火和燭光也都熄滅了。但我一整夜都難以入眠，清醒得可怕，耳朵、眼睛、頭腦都在恐懼中緊張而警覺著，那是只有孩童才能感受到的驚恐。

紅房間事件並沒有給我的身體留下嚴重或長期的後遺症，只是讓我的精神受了震撼，至今想來仍心有餘悸。是的，里德夫人，妳確實讓我領受了可怕的心靈創傷，但我應當原諒妳，因為妳並不明白自己做了什麼。妳傷透了我的心，卻自以為不過是要根除我的壞習性。

次日中午，我起床，穿好衣服，裹著披肩坐在兒童房的壁爐邊。我覺得渾身無力，像垮掉了似的。但最讓我痛苦的是有苦難言，害得我不斷地默默落淚，才從臉頰上抹去一滴鹹鹹的苦淚，另一滴又滑落下來。不過，我想我應當高興，因為里德一家都不在，孩子們跟著母親坐馬車出去了。艾波特也在另一間屋裡做針黹。貝西忙這忙那，一邊收拾玩具，整理抽屜，一邊時不時地跟我說兩句罕見的體貼話。對過慣了成天挨罵、吃力不討好的日子的我來說，這光景好比平靜的天堂。但我的精神已飽受折磨，就連這樣的平靜也撫慰不了我，歡樂也難以令我振奮。

貝西下樓去了一趟廚房，端上來一片果子餡餅，盛在色澤鮮豔的瓷盤裡，盤面上繪有一隻極樂鳥，棲息在牽牛花和玫瑰花蕾交織而成的花環上。若是平日，這幅畫總能讓我熱切地讚歎；我常常懇求，讓我端著這只盤子，以便仔仔細細看個究竟，他們卻總說我不配享受這樣的特權。此刻，這只珍貴的瓷盤就擱在我膝頭上，貝西還殷切地勸我品嘗盤裡那塊精美的餡餅。徒然的垂愛啊！就像別的令我朝思暮想卻始終落空的期望一樣，來得太晚了！我已無法品嘗這餡餅的美味，而且，鳥的羽毛、花卉的色澤也奇怪地黯然失色了。我把盤子和餡餅挪到一邊去。貝西問我想不想看書。書！這個字眼瞬間產生效力，我來了精神，拜託她去書房取來《格列佛遊記》。這本書，我曾津津有味地讀過一遍又一遍，我相信書中的故事都是真的，比童話書更有趣。就說那些童話中的小精靈吧，我曾在毛地黃葉子與風鈴草間、在蘑菇底下、在爬滿老牆角落的常春藤下遍尋無著，最終只能承認這悲哀的事實：他們都已逃離英國，到樹林更茂密、人跡更稀少的蠻荒部落去了。但在我的信念裡，小人國和大人國都真實存在於地球表面；我毫不懷疑，有朝一日我會揚帆遠航，親眼看一看小人國裡的小田野、小房子、小樹林，還有小人、小牛、小羊和小鳥；再到大人國目睹森林般高聳的玉米地、碩大的猛犬、怪獸般的巨貓、和塔一樣高的男男女女。然而，此刻我手捧著這本心愛的書，一頁頁翻過去，指望從精妙的插圖中尋覓從不曾讓我失望的魅力時，我看到的卻只有怪誕和乏味。巨人成了枯瘦的妖怪，小矮人儼如嚇人的歹毒小鬼，而格列佛就像陷於最危險境地的最孤獨的流浪者。我不敢往下看了，合上書，擱在桌上一口未嘗的餡餅旁邊。

貝西已經收拾好房間、撣過灰塵了，也洗淨了手，她打開一只裝滿零碎絲緞的小抽屜，開始幫喬治亞娜的布娃娃做新帽子。她一邊縫，一邊唱起來：

很久很久以前，
我們結伴出門，浪跡天涯。

這首歌我聽過很多次了，每次聽都覺得很歡快、悅耳；因為貝西的嗓音很甜美，至少我這麼覺得。此刻，她的嗓音甜美依舊，但我聽出歌中有種說不出的哀愁。有時，她專心工作出了神，會把副歌唱得很輕，拖得很長。這句「很久很久以前」聽來就像輓歌中最悲傷的調子。她轉而又唱起另一首民謠來，這回是真正淒惻的哀歌了。

雙腳疲痛，四肢乏力，
長路漫漫，荒野山嶺。
轉瞬薄暮將盡，無月暗夜降臨，
籠罩苦命孤兒踏上旅途。

為什麼要讓我孤苦伶仃，遠走他鄉，
流落陰冷荒野，峭岩重疊的異鄉。
人啊鐵石心腸，唯有善良天使
保佑苦命孤兒一路前行。

遠處吹來了輕柔晚風，
晴空無雲，繁星閃爍。
上帝仁慈，眷顧苦命孤兒，

賜予慰藉、庇護與希望。

縱使我失足墜落斷橋，
或被迷霧所欺誤入泥淖，
天父仍將信守祝福與庇佑，
將苦命孤兒攬入胸懷。

縱使我無家可歸，無親無故，
信念終將賜予我力量，
天堂永遠容我安身，
上帝永遠是苦命孤兒的朋友。

「好啦，簡小姐，別哭了。」貝西唱完了，這樣說道。她還不如對爐火說「別燒了」呢。但她怎麼可能對我內心承受的辛酸和苦楚感同身受呢？那天早上，羅伊德先生又來了。

「呦，已經起來了！」他一進兒童房就說道，「保母，她怎麼樣了？」

貝西回答說我恢復得不錯。

「那她應該高興才是。簡小姐，到這裡來。妳的名字叫簡，是不是？」

「是，先生，我叫簡愛。」

「妳一直在哭，簡愛小姐，能告訴我為什麼嗎？是因為哪裡疼嗎？」

「不是的，先生。」

「哦！大概是因為不能跟小姐們一起坐馬車出去才哭的吧。」貝西插了一句。

「肯定不是！她這麼大了，不會為這點小事鬧彆扭的。」

我也這樣想，但她這麼亂猜，我有點委屈，所以斷然答道：「我長得這麼大從來沒有為這種事哭過，我本來就討厭坐馬車出去。我哭是因為我很不幸。」

「嘿，小姐！」貝西說。

好心的藥劑師似乎有些困惑。他眼神堅定地正視站在面前的我，那雙灰色的小眼睛並不明亮，但現在想來也許應當說是很敏銳的。他的五官輪廓很粗獷，但表情很和善。他從容地觀察我一番後問道：「昨天，妳怎麼會病倒了呢？」

「她跌了一跤。」貝西又插嘴了。

「跌倒！怎麼又說得像小孩子了！她這麼大了，還不會走路？都八九歲了吧。」

「我是被人砸到才跌倒的。」唐突的辯解脫口而出，因為我的自尊心再次受損，心裡不痛快，「但我不是因為這個而生病。」

我趁羅伊德先生捏起一撮鼻菸吸起來時，又補上了一句。

他把菸盒放入背心口袋時，叫僕人們去吃午飯的鈴聲響了，他明白那是什麼意思，就對貝西說，「那是叫妳的，保母，妳可以下樓去。等妳回來的時間裡，我可以開導一下簡小姐。」

貝西想留下來，但又不得不走，因為準時吃飯是蓋茨黑德府上下嚴格遵守的鐵律。

「妳不是因為跌倒才生病的？那又是為什麼呢？」貝西走後，羅伊德先生追問道。

「他們把我關在一間鬧鬼的房間裡，一直關到天黑。」

我看到羅伊德先生微微一笑，同時皺了皺眉頭，「鬼？瞧，妳畢竟還是個孩子！妳怕鬼嗎？」

「里德先生的鬼魂，我是怕的，他就死在那間房裡，停靈也在那裡。無論貝西還是別人，到了晚上都盡量不進那個房間。他們把我一個人關在裡面，連支蠟燭也不點，實在太殘忍了，我一輩子都不會忘。」

「荒謬！就因為這個，妳就不幸了？現在是大白天，妳還怕嗎？」

「現在不怕，但馬上又要到天黑了。再說了，我不快樂——很不快樂——是因為其他事情。」

「其他什麼事？能說幾件給我聽聽嗎？」

我多麼希望能夠一五一十道出所有心裡話啊！但沒想到回答這個問題竟會那麼難：孩子們能夠感受，但無法分析自己感受到的情緒，就算多少可以，也不知道該怎樣用語言表達分析出來的結果。但我擔心失去這第一次也是唯一一次吐苦水、化解愁苦的機會，所以，在糾結中沉默片刻後，盡力琢磨出一個聽來貧乏，卻相當屬實的回答。

「首先，因為我沒有父母，也沒有兄弟姊妹。」

「可是妳有一個和藹可親的舅媽，還有表兄姊們。」

我又頓了頓，然後笨嘴拙舌地回答：

「可是約翰·里德把我打倒了，舅媽又把我關在紅房間裡。」

羅伊德先生再次掏出了鼻菸盒。

「妳不覺得蓋茨黑德府非常漂亮嗎？」他問，「妳不覺得能住在這麼好的地方，應該感恩嗎？」

「這又不是我的家，先生。艾波特說，我不配住在這裡，還不如這裡的僕人。」

「哼！妳總不至於傻到想離開這麼好的地方吧？」

「要是我有地方去，我很樂意離開這裡。可惜我長大之前，恐怕都沒辦法離開蓋茨黑德。」

「也許可能——誰知道呢？除了里德夫人，妳還有別的親戚嗎？」

「我想沒有了，先生。」

「妳父親那邊也沒有了嗎？」

「我不知道，有一回我問過舅媽，她說，我可能有些又窮、又低賤的姓愛的親戚，但她對他們的情況一無所知。」

「要是有這樣的親戚，妳願意去他們那裡嗎？」

我思索起來。在成年人看來，貧困顯得很可怕，在孩子看來就更嚇人了。孩子們對勤勞刻苦、窮得有尊嚴這些事沒有概念；孩子們只會把這個字眼與衣衫襤褸、食物匱乏、壁爐無火、行為粗魯以及低賤的惡習聯繫在一起。在我想來，貧困就是墮落的同義詞。

「不，我不願與窮人為伍。」這就是我的回答。

「即使他們待妳很好，也不願意？」

我搖搖頭，不明白窮人怎麼會有條件對人好，更何況，那意味著我得學他們的言談舉止，同他們一樣不能接受教育，長大了就會變成常見的那些貧婦——她們常坐在蓋茨黑德府的茅屋門口哺育孩子、洗衣服。不，我沒那麼勇敢，無法為了追求自由而拋卻社會地位。

「難道妳的親戚就那麼窮？都是做苦力的嗎？」

「我不知道。里德舅媽說，就算我有別的親戚，也準是一群窮要飯的。我可不願去乞討。」

「妳想上學嗎？」

我再次沉思起來。我幾乎對學校一無所知。有時候貝西會說起那種地方的年輕小姐們都要帶著足枷、繫著脊骨矯正板端坐，言行舉止都要非常端莊、文雅。約翰・里德對學校恨之入骨，還作弄老師，但他的感受不足為憑。貝西關於校紀的說法有多麼驚人（那是來蓋茨黑德前，她在前雇主家聽一些年輕小姐說的），她細說的那些小姐學到的才藝就有多麼讓我神往。談起她們畫的風景畫和花卉畫，她們能唱的歌、能彈的曲、能編織的錢包、能翻譯的法文書時，貝西讚不絕口，我聽著聽著也為之心動，好想親身體驗一番。更何況，上學也能徹底換換環境，意味著一次遠行，意味著徹底告別蓋茨黑德，踏上新的生活旅程。

「我真的想去上學。」這是我三思後說出的結論。

「好吧，好吧，誰知道以後會發生什麼呢？」羅伊德先生邊說邊站起來，「這孩子應當換個氣氛不一樣的環境，」他自言自語地補充說，「精神狀態不太好。」

這時，貝西回來了，同時也傳來了馬車在砂石路上滾滾而來的車輪聲。

「保母，是妳家夫人回來了嗎？」羅伊德先生問道，「我走之前想跟她談一談。」

貝西在前領路，請他進早餐室等候。根據後來發生的情況，我推測，藥劑師見到了里德夫人，大膽建議把我送進學校，里德夫人則毫無疑問地立刻採納了這個建議，因為艾波特有天晚上和貝西在兒童房裡做針線時聊起了這件事，那時我已經上床，她們以為我睡著了。艾波特說：「我敢說，夫人正巴不得擺脫這樣一個壞脾氣、討人厭的孩子，她好像老是死死盯著每個人，暗地裡琢磨著什麼陰謀詭計。」艾波特簡直把我當作兒童版的蓋伊．福克斯[1]了。

就是那天晚上，從艾波特與貝西的交談中，我第一次知道我父親生前是個窮教士，我母親違背了親朋好友們的意願，不顧身分地位懸殊嫁給了他。外祖父里德因我母親違逆而勃然大怒，一氣之下與她斷絕關係，沒留給她任何財產。我父母親結婚才一年時，身為副牧師的父親在探訪教區內的一個大型工業城鎮窮人區的信徒時，不幸感染了肆虐一時的斑疹傷寒，我母親又從父親那裡受了感染，不到一個月就相繼病故。

貝西聽完，長歎一聲：「可憐的簡小姐很讓人同情呀，艾波特。」

「是呀，」艾波特回答，「她要是漂亮可愛，人家倒也會可憐她那麼孤苦伶仃的，可這小東西偏偏那樣不討喜，實在讓人很難去憐惜。」

「確實不大討人喜歡，」貝西附和道，「同樣身世，換成喬治亞娜這樣的美人兒會更惹人憐愛。」

「對呀，我就特別喜歡喬治亞娜小姐！」艾波特興奮地高聲讚歎起來，「真是個小可愛——長長的髮髮，藍藍的眼睛，膚色那麼美，簡直像畫出來的！——貝西，我真希望晚餐時能來一份威爾斯熱乳酪烤厚吐司！」

「我也想要——還要加上烤洋蔥。走吧，我們下樓去。」她們一起走了。

1. 蓋伊．福克斯（Guy Fawkes, 1570-1606）：英國軍官，一六〇五年與天主教徒陰謀策劃炸毀國會大廈，殺死詹姆斯一世國王和支持他進行宗教迫害的議員，事情敗露後遭處死。後來，「福克斯」就成為火藥陰謀的同義詞。

第4章

同羅伊德先生的交談，以及貝西和艾波特夜裡的那番議論，令我有了一線希望，足以激勵自己快點好起來。看來，很快就會發生變化，我默默期待著。可是，變化並沒有立刻降臨，一天天、一週週過去了，我的身體已恢復，但根本沒有人提及我朝思暮想的那件事。里德夫人時常用嚴厲的目光審視我，但很少跟我講話。自我生病以來，她禁止我靠近她的孩子們，讓我們之間的區隔前所未有的涇渭分明；她指定我在小房間裡單獨過夜，罰我單獨用餐，整天禁足在兒童房裡，而我的表哥表姊們卻一直在客廳嬉戲。她沒有透露出一星半點要送我去學校的意思，但我有種確鑿的直覺：她無法容忍與我同在一個屋簷下生活，也忍不了多久了，因為她投向我的眼神愈來愈直白，流露出無法克制、根深柢固的厭惡。

伊麗莎和喬治亞娜顯然謹遵母親的吩咐，能不和我說話就不說。而約翰一見我就吐舌頭、扮鬼臉，有一回還想動手，但我當即翻臉，就像上一次被同等的憤怒激起，積怨已久，顧不得體面，只想反抗；他一看不妙，自知還是罷手為好，識相地從我身邊逃開，還誣賴我揍扁了他的鼻子。我確實把指關節瞄準了他隆起的鼻梁，想用拳頭狠狠揍他一下。也許是這一招有用，也許是我的神態讓他嚇破了膽，看他敗退時，我真想乘勝追擊，把那拳砸下去，可他已經逃到他媽媽那裡去了。我聽他哭哭啼啼地告狀，「那個可惡的簡愛」像瘋貓一樣撲向他，真會編故事。但他的哭訴立即被更刺耳的厲聲打斷了——

「別跟我提起她，約翰。我早就跟你說過，不要靠近她，她不值得理睬。你和妹妹們和她是親戚，這又不是我能選擇的事。」

這時，靠在樓梯扶欄上的我撲出身子，突然不假思索地大聲喊道：「是他們不配做我的親戚。」

里德夫人又矮又胖，但一聽見我這樣膽大妄為、匪夷所思的宣稱，竟利索地快步跑上樓梯，一陣風似的把我拖進兒童房，按倒在小床的床沿上，惡狠狠地警告我：一整天都不許從床上爬起來，也不許再多說半個字。

「要是里德先生還活著，會怎麼說妳？」我幾乎在無意識間問出了這個問題。我說幾乎無意識，是因為我的舌頭好像不聽我的使喚，這些話完全不受控制地脫口而出。

「什麼？」里德夫人喃喃反問。她一貫冷靜的灰色眼眸突然流露出惶惶的神色，近乎恐懼。她鬆開緊抓我胳膊的手，死死地盯著我，好像真心不明白我到底是小孩還是魔鬼。這下可好，騎虎難下了。

「里德舅舅在天堂裡，妳做的、妳想的，他都看得清清楚楚。我爸爸媽媽也看得清清楚楚。他們知道妳整天把我關起來，還巴不得我死掉。」

里德夫人很快鎮定下來，又抓牢我死命搖晃，左右開弓搧了我兩個耳光，隨後二話沒說，扔下我就走。她是沒說，但貝西取而代之，喋喋不休訓了我足有一小時，說我毫無疑問是天底下最惡毒、最放肆的小孩。我倒有點半信半疑，因為我確實感覺得到：只有惡劣的情緒在我心胸內翻騰洶湧。

十一月、十二月和一月的上半月轉眼過去。蓋茨黑德府上照例喜氣洋洋地歡慶耶誕節和元旦。人們交換禮物，歡樂的午餐和晚宴一場接一場。當然，這些享受一概與我無緣。我的樂趣不外乎就是每天眼巴巴看著伊麗莎和喬治亞娜盛裝打扮：穿著薄紗蓬蓬裙，束著紅腰帶，披著精心製作的鬈髮下樓到客廳去。隨後，就能聽到樓下傳來鋼琴和豎琴的演奏聲，管家和僕人們來回穿梭的腳步聲，茶具瓷器磕碰的叮噹聲，隨著客廳門扉開開關關而時斷時續的絮絮言談。聽得厭煩時，我就離開樓梯口，回到冷清孤寂的兒童房。待在那裡，固然有點悲哀，但不會覺得悲慘。說實話，我一點兒都不想去湊熱鬧，因為就算去了，也很少有人理我。要是貝西願意好心陪我，我就能心滿意足，安安靜靜地與她相守，度過一個又一個夜晚，總好過在令人生畏的里德夫人的眼皮底下擠在滿屋少爺小姐、先生太太們中間捱過一整夜。但是，貝西把小姐們打扮好後，往往會去廚房或女僕房，那裡也很熱鬧，她還總把蠟燭帶走。所以，我只能把布娃娃放在膝頭，枯坐到爐火漸漸暗淡，還不時東張西望，確定除了我自己，沒有更可怕的東西在這昏暗的房間裡出沒。待到壁爐餘燼褪為暗紅色，我便急匆匆地扯開繩結和束帶，脫下衣物，鑽到小床上躲避寒冷與黑暗。我總會帶著布娃娃鑽進被窩。人總得愛點什麼，既然沒有更值得愛的情感寄託物，我只能珍愛一只褪了色的布娃娃以獲得幸福感，哪怕娃娃已破爛不堪，像個小小的稻草人。現在想起這件事來，我卻有點難以置信：當時的我是多麼誠心誠意地寵溺這小玩具的呀！近乎荒謬地相信它有生命，有血有肉有感覺。總要把它夾在睡袍臂彎裡，我才能安心入睡。只要它溫暖又平安地躺在那裡，我就覺得開心，也相信它跟我一樣開心。

等待賓客離去的時間特別漫長，也始終等不到貝西上樓的腳步聲，有時她會抽空上來拿頂針或剪刀，或者端來一個小麵包或乳酪蛋糕給我當晚餐，她會坐在床上看我吃完，然後替我塞好被子，親我兩下，說：「晚安，簡小姐。」每當貝西這樣溫柔的時候，我就覺得她是人世間最好、最漂亮、最善良的人。我真希望她總是這麼和藹可親，別總像平常那樣把我推來搡去，或是責罵，或是不講道理地支使我幹苦差事。現在想來，貝西・李一定是天資聰穎的女孩，因為她做任何事都很俐落，還特別擅長講故事，至少，憑她在兒童房講的那些故事給我留下的深刻印象，我有理由做出這樣的判斷。如果我沒把人名和面容記混的話，她也很漂亮。我記得，她很年輕，身材苗條，黑頭髮，黑眼睛，五官標緻，膚色勻淨；但她的脾氣有點急躁，性情多變，不太有正義感或原則性。然而，在蓋茨黑德府的所有人裡面，我還是最喜歡她。

那天是一月十五日，早上九點左右，貝西下樓去吃早餐了，表兄表姊們還沒有被他們的媽媽召喚。伊麗莎正在穿戴去花園餵雞用的寬邊帽和厚厚的園藝服。她很喜歡餵那些雞，也喜歡把雞蛋都賣給女管家，再把賺到的錢都藏起來。她有做生意的天分，存錢的本領更是高人一籌，除了賣雞和蛋，她還會把花莖、花籽和插枝兜售給園丁，這種天分在她拚命討價還價的時候就表現得更鮮明了。里德夫人曾吩咐園丁，凡是大小姐想賣出的花圃產品，他全部都要買下。要是能賣出好價錢，伊麗莎連自己的頭髮也會心甘情願地賣出去。至於那些錢，她先用破布或用過的鬈髮紙包好，藏在不受人注意的偏僻角落裡；但有幾包私房錢被女僕發現了，伊麗莎生怕失去自己的財寶，這才同意由她母親託管，但要收取近乎高利貸的利息——百分之五十或六十，每個季度收一次。她把帳目記在一個小本子上，算得分毫不差。

喬治亞娜坐在高腳凳上，對鏡梳理秀髮，把她從閣樓抽屜裡翻找出來的一朵朵人造花、一根根褪色的羽毛插進鬈鬈的髮束裡。我正在鋪床，貝西嚴格地吩咐過了：我得在她回來前把床鋪收拾好（那陣子，貝西常把我當作兒童房女僕的下手來使喚，吩咐我整理房間、擦掉椅子上的灰塵等等）。我攤平被褥，疊好自己的睡衣，就走向窗臺，正要動手整理散亂的圖畫書、娃娃屋的玩具家具，突然聽到喬治亞娜命令我不許動她的玩具（因為這些小椅子、小鏡子、小盤子和小杯子都是她的財產），我立刻停住。一時間無所事事，我開始往凝結在窗上的霜花哈氣，在玻璃上化開一小塊地方，透過它可以望見外面：在嚴霜的威懾之下，庭園裡的萬物都僵化了，紋絲不動。

從這扇窗能看到門房和馬車道。我剛把蒙著一簇簇銀白色霜花的窗玻璃哈出一塊可以往外窺視的地方，就見大門開了，一輛馬車駛了進來。我漠然地望著馬車駛進車道，因為常有馬車光臨蓋茨黑德府，卻從未帶來我感興趣的客人。馬車在門前停下，門鈴大作，客人被請進了門。反正這類事情都與我無關，閒極無聊的我轉而被另一種更生動的景象吸引了：一隻飢腸轆轆的小知更鳥飛來，落在窗外牆邊光禿禿的櫻桃樹枝頭，嘰嘰喳喳叫個不停。早餐吃剩的牛奶和麵包還在桌上，我就捏碎了一小塊麵包，想推開窗，把麵包屑撒在外窗沿上。就在這時，貝西急匆匆地奔上樓來，衝進了兒童房。

「簡小姐，快把背心圍裙脫掉。妳在那裡幹什麼呀？今天早上洗臉、洗手了嗎？」

我在回答她之前又推了一下窗子，因為我決意要讓這隻小鳥吃到麵包。窗框終於鬆動了，我把麵包屑撒出去，有的落在石頭窗沿上，有的落在櫻桃樹枝上。隨後，我關好窗，回答貝西：「還沒有，貝西，我剛掃完灰塵。」

「妳這孩子真是又麻煩又粗心！這會兒又在磨蹭什麼呀？妳的臉怎麼紅彤彤的，好像幹了什麼壞事。妳開窗是想幹什麼？」

我不用費神去回答，因為貝西似乎很著急，等不及聽我解釋。她將我拖到盥洗架前，不由分說地往我臉上、手上擦肥皂，抹上水，再用粗糙的毛巾抹了一把，動作是有點粗暴，但幸好很快就洗完了。她又用硬鬃毛梳幫我梳通了頭髮，脫下我罩在外面的背心圍裙，又急急忙忙把我推到樓梯口，叫我自己下樓，她說早餐室有人要見我。

我本想問她是誰要見我，還想問問里德夫人是不是在那裡，可是貝西轉身就走，還在我身後關上了兒童房的門。我慢吞吞地走下樓梯。畢竟，快三個月了，里德夫人不曾要求我到她面前去，我在兒童房裡禁錮了那麼久，早餐室、餐室和客廳都成了讓我望而生畏的禁區，一想到要進去就惶惶不安。此刻，我站在空空蕩蕩的大廳裡，面前就是餐室的門，但我停住了腳步，膽戰心驚，渾身顫抖。那段日子遭受的不公正的懲罰竟讓我害怕到這個程度，變成了如此可憐的膽小鬼！我不敢返回兒童房，又怕繼續向前走進餐室；就那樣焦慮不安、左右為難地枯站了十來分鐘，直到早餐室裡響起催促的鈴聲，讓我橫下心來：我必須進去。

「會是誰想見我呢？」我心中暗忖著，用兩隻手去轉動緊扣的門把手，足有一兩秒鐘，那把手根本不聽我的使喚，「除了里德舅媽，我還會在客廳裡見到誰呢？男人還是女人？」把手終於轉動了，門開了，我一進門就恭恭敬敬地行屈膝禮，一抬頭竟只見一根……黑色的柱子！至少，乍一眼看到那一身黑貂外套、筆直而細窄的身影時我就是這麼想的，那個人直挺挺地站在壁爐前的地毯上，冷酷的臉孔儼如柱子頂端充當柱頭的雕刻面具。

里德夫人坐在壁爐旁她常坐的座位上，做手勢示意我走近，我乖乖聽命。她把我介紹給那個面無表情的陌生人：「這就是我向您申請入學的小女孩。」

他，那是個男人，緩緩地把頭轉向我站立的地方，用濃眉下的灰眼睛審視了我一番，再用低沉又嚴肅的嗓音問道：「她個子很小，幾歲了？」

「十歲。」

「這麼大了？」他的反問略帶質疑，又細細打量了我幾分鐘，這才問我，「小女孩，妳叫什麼名字？」

「先生，我叫簡愛。」

答話時我抬起頭來，覺得這位紳士身材真高大；話說回來，那時的我非常矮小。他的五官輪廓粗大，不僅面容如此，整個身架的線條也很嚴肅、僵硬。

「唔。簡愛，妳是個好孩子嗎？」

我不可能斷然回答「是」。在我那個逼仄的小世界裡，別人都對此持有反對意見，所以我沉默不語。里德夫人意味深長地搖搖頭，替我做出回答，還補上一句：「這個話題也許還是少談為妙，布洛赫斯特先生。」

「很遺憾聽到您這麼說！我必須和她談一談。」他彎下挺直的身板，在里德夫人對面的扶手椅裡坐下來。「到這裡來。」他說。

我從地毯上走過去，他讓我面對面站在他身前。這時，我們的臉孔幾乎處在同一個水平面上。那是一張多麼奇怪的臉呀！鼻子那麼大，嘴巴長成那樣，還有一口大齙牙！

「看到淘氣的孩子最讓人痛心。」他說道，「尤其是不聽話的小女孩。妳知道壞人死後到哪裡去嗎？」

「下地獄。」我有現成的正統答案。

「地獄是什麼地方？妳能告訴我嗎？」

「是個大火坑。」

「妳願意落到那個火坑裡，永遠被火烤嗎？」

「不願意，先生。」

「那妳必須怎樣做，才能避免下地獄呢？」

我想了片刻，但最終說出口的回答卻很不像樣：「我必須保持身體健康，不要死掉。」

「妳怎麼可能保持健康呢？每天都有比妳年紀小的孩子死去。一兩天前我埋葬了一個只有五歲的小孩，一個好孩子，現在他的靈魂已經升入天堂。但妳以後就難說了，恐怕不會和他一樣。」

我沒有能力排除他對我的質疑，只好低頭盯著地毯上的那雙大腳，還歎了一口氣，巴不得自己離這裡愈遠愈好。

「但願妳的歎息是發自內心的，表明妳已後悔給妳這位了不起的大恩人帶來煩惱。」

「恩人！恩人！」我在心裡無聲吶喊，「都說里德夫人是我的恩人，要真是這樣，恩人就是招人討厭的東西。」

「妳早晚都禱告嗎？」他繼續盤問我。

「是的，先生。」

「妳讀《聖經》嗎？」

「有時候讀。」

「讀得喜悅嗎？妳喜歡《聖經》嗎？」

「我喜歡〈啟示錄〉、〈但以理書〉、〈創世記〉和〈撒母耳記〉，〈出埃及記〉的一小部分，〈列王紀〉和〈歷代志〉的幾個部分，還有〈約伯記〉和〈約拿書〉。」

「〈詩篇〉呢？但願妳也喜歡？」

「不喜歡，先生。」

「不喜歡？哎呀，真讓人吃驚！有個小男孩，比妳還小，卻能背誦六首讚美詩。要是問他：願意吃薑餅呢，還是學一首讚美詩？他就會說，『哦！當然是學詩篇！因為天使都唱讚美詩。』還說，『我真希望當一個人間的小天使。』他就會得到兩塊薑餅，作為小小年紀就那麼虔誠的獎賞。」

「〈詩篇〉很無趣。」我說。

「這就說明妳的心很壞，妳必須祈求上帝，給妳換一顆純潔又嶄新的好心：取走妳的鐵石心腸，再賜給妳血肉之心。」

我正要問他換心的手術要怎樣做，里德夫人卻打斷我們的交談，要我坐下，然後接著她先前的話題談下去。

「布洛赫斯特先生，我相信在三個星期前給您的信中我已經提到：這個小女孩的品格與性格都不能令我滿意。如果您准許她進入羅伍德學校，並請學監和教師們對她嚴加看管，我將感激不盡。尤其要提防她最大的毛病：愛說謊。簡，我當著妳的面說這件事，就是為了讓妳不要欺瞞布洛赫斯特先生。」

難怪我怕里德夫人，難怪我討厭她，因為她會出於本性而無情地傷害我。在她面前，我從來沒有開心過。不管我怎樣小心翼翼地順從她、千方百計討她歡喜，我的好意都是白費，好心只會換來這種惡言相報。她當著陌生人的面如此誣告我，實在傷透了我的心。我隱約覺察到，她在特意替我安排前程的同時，也順勢抹煞了我對新生活所懷的希望。儘管我不能公開地訴之言語，但我分明感受到，她在我未來的道路上播下了惡意和冷遇的種子。我看到自己在布洛赫斯特先生的眼裡已變成了一個工於心計、道德敗壞的孩子，我有什麼辦法能彌補這種傷害呢？

「真的沒有辦法了。」我想到這裡，強忍住抽噎，急忙抹去幾滴徒勞見證內心苦楚的淚水。

「在孩子身上，欺騙是一種可悲的缺點。」布洛赫斯特先生說道，「說謊也一樣。所有說謊的騙子都會墜入硫磺烈火熊熊燃燒的湖裡，地獄裡總有一份罪夠他們受的。里德夫人，您敬請放心，我們會對她嚴加管教的。我會特意遵囑坦普爾小姐和教師們。」

「我希望她受到的教育能符合她的身分地位。」我的恩人繼續說道，「使她成為有用之材，保持謙卑。至於假期嘛，要是您允許，就讓她一直在羅伍德過吧。」

「夫人，您的決斷非常明智。」布洛赫斯特先生答道，「謙卑是基督教徒的美德，對羅伍德的學生尤其適用。為此，我指示教師們要特別注重讓學生們培養這種品質。我做過研究，知道如何最有效地抑制學生們世俗的驕氣。就在幾天前，我還得到了可喜的依據，證明我獲得了成功。我的次女奧古斯塔隨同母親參觀本校，回家後就感歎說：『啊，親愛的爸爸，羅伍德學校的女生們都好文靜，好樸實呀！頭髮都梳到耳後，都穿著長圍裙，裙子上還縫了一只亞麻粗布小口袋；她們看起來簡直像窮人家的孩子！而且，她們眼巴巴瞧著我和媽媽的裝束，都好像從來沒見過絲綢裙似的。』」

「我極其讚許這種校規，」里德夫人答道，「就算我找遍整個英國，也很難找到更適合簡愛這種孩子的環境了。一致性，我親愛的布洛赫斯特先生，我主張在任何事情上都要言行一致。」

「夫人，保持一致是基督徒的首要責任。羅伍德學校的一切規章都貫徹了這一點：吃得簡單，穿得樸實，住得清簡，養成吃苦耐勞、艱苦勤奮的習慣；我們的學校和所有師生都謹遵這樣的生活準則。」

「說得很對，先生。那我是否能確定，這孩子已被羅伍德學校收為學生，並將得到符合她的地位和前途的教養？」

「夫人，當然可以。我們會把她安置於栽培精選人才的特別班裡，我相信，她必會因為自己被慧眼識中，並獲得這種特殊待遇而感恩不盡。」

「既然如此，我會盡快送她過去的，布洛赫斯特先生。坦白說，我急不可耐地想要卸下這副惱人的重擔。」

「當然，那是當然，夫人。現在我要告辭了，祝您安好。我會在這一兩個星期內回布洛赫斯特府，因為我的摯友——也就是副主教大人——不准許我提早離開。但我會通知坦普爾小姐準備迎接一位新來的小姐，校方收留她就不會有什麼問題了。再見。」

「再見，布洛赫斯特先生。請代我向布洛赫斯特夫人、小姐，向奧古斯塔小姐、希歐多爾和布勞頓少爺問好。」

「謝謝夫人，我會轉達慰問。小女孩，這裡有本書，叫做《兒童規誡》，妳每次禱告之後都要讀，尤其要留意講到『滿口謊言、欺騙成性的淘氣鬼瑪莎暴死』的段落。」

說完這些，布洛赫斯特先生把一本訂有封皮、薄薄的小冊子塞到我手裡，搖鈴讓僕人備好馬車後便離去了。

房間裡只剩下里德夫人和我，在沉默中過了幾分鐘，她在做針黹，我注視著她。當時，里德夫人大概三十六、七歲，是個體魄強健的女人，肩膀寬闊，四肢結實，個子不高，雖很壯實，但不算胖。剛硬結實的下顎方正外突，所以顯得臉盤大。眉毛很低，但嘴巴和鼻子還算勻稱。在那雙淺色的眉毛下閃動著一雙冷漠無情的眼眸。她的膚色很深，黯淡無光；頭髮近乎亞麻色。她的體格很好，從來不生病。她是個錙銖必較的精明主婦，庭宅內外、佃農的大小事都由她總管，只有她的孩子偶爾違逆，或蔑視或嘲諷她的權威。她穿著講究，也懂得如何亮相、如何舉止以襯托華服。

我坐在離她的扶手椅幾碼遠的矮凳上，打量著她的身材，端詳著她的容貌。我的手還拿著那本講述說謊者如何暴死的小冊子，他把這個故事當作恰當的警告，提醒我特別留意。剛才發生的一切：里德夫人跟布洛赫斯特先生說到的關於我的話，以及他們談到的一切都言猶在耳，刺痛我的心扉。字字句句都那麼刺耳，如同剛才聽到時那樣鮮明、尖銳。我的內心正燃起一腔怨怒之情。

里德夫人抬起頭，我們四目交會時，她的手指也頓時停止了靈巧的飛針走線。

「出去，回兒童房去。」她下了命令。我的神情或者別的什麼想必觸怒了她，因為她說話時儘管有所克制，卻仍然極為惱怒。我站起來，走到門邊，卻又返回，穿過整個房間，走到窗前，一直走到她面前。

我必須講⋯⋯出來，一吐為快。我被踐踏得夠了，必須反擊。可是，怎麼反擊呢？我有什麼力量來反擊對手？我鼓足勇氣，把心裡話魯莽而直接地組織成一句話：

「我不騙人；要是我會騙，我就會說我愛妳。但我要明說，我不愛妳，除了約翰．里德，妳是世上我最不喜歡的人。這本寫說謊者的書，妳可以送給妳的女兒喬治亞娜，因為愛說謊的是她，不是我。」

里德夫人的手仍舊一動不動地放在針線上，冰冷的目光也仍舊直勾勾地瞪著我。

「妳還有什麼要說的？」她問道，對付孩子通常不會使用那種口氣，倒更像是對著敵對的成年人在講話。

她的眼神和語氣讓我反感得無以復加，激動得難以抑制，從頭到腳都在顫抖，就在這無法控制的激憤中繼續說道：「我很慶幸妳不是我的親人，今生今世我再也不會叫妳舅媽了。長大了我也永遠不會來看妳，要是有人問起我喜歡不喜歡妳，妳怎樣待我，我會說，一想起妳就使我討厭，我還會說，妳對我殘忍到了可恥的地步。」

「妳怎麼敢說這種話，簡愛？」

「我怎麼敢？里德夫人，我怎麼敢？因為這是事實，妳以為我沒有情感，以為我一點愛、一點溫暖都不需要就可以活下去，但我不能這麼活著。妳沒有同情心，我到死都不會忘記妳是那麼粗暴地推搡我，逼我進紅房間，哪怕我很痛苦，還泣不成聲地哭喊：『可憐可憐我吧，里德舅媽！』妳還是把我鎖在裡面。而且，那是妳強加給我的懲罰，只因為妳那惡毒的兒子打了我——無緣無故地把我砸倒。只要有人問我，我就要把事情的經過原原本本講出來。別人都以為妳是個好女人，其實妳很壞，妳心腸很狠。妳才是騙子！」

還沒等我一口氣講完，我的靈魂已感到舒暢和狂喜，那是我有生以來感受過的最奇異的自由感，勝利的感覺。無形的枷鎖似乎已被衝破，我掙脫出來，而迎接我的是做夢都沒想到的自由。這不是我臆想出來、毫無根據的感受，因為里德夫人好像被嚇壞了，針線從她的膝頭滑落下來，她舉起雙手，身子前後搖晃，連臉孔都扭曲了，好像馬上要哭出來了。

「簡，妳這是信口雌黃。妳怎麼了？怎麼抖得那麼厲害？要喝水嗎？」

「不要，里德夫人。」

「妳想要什麼別的嗎，簡？我向妳保證，我希望成為妳的朋友。」

「妳不會的。妳對布洛赫斯特先生說我人品惡劣，說謊成性，那我就要讓羅伍德的每個人都知道妳的為人和妳幹的好事。」

「簡，妳還不懂：孩子們有缺點，就應該得到糾正。」

「可是，說謊騙人不是我的缺點！」我野蠻地高聲喊道。

「但是妳脾氣暴躁，簡，這妳必須承認。現在回兒童房去吧，做個乖孩子，躺一會兒。」

「我不是妳的乖孩子，我也不要躺下。里德夫人，快點送我去學校吧，因為我討厭住在這裡。」

「我真的要快點送她去學校。」里德夫人喃喃自語，收拾好針線，匆匆走出了早餐室。

只剩我一個人了——戰場上的勝利者。這是我所經歷的最艱難的一場戰鬥，也是我第一次贏得勝利。我在布洛赫斯特先生站過的地毯上站了一會兒，沉湎於征服者的孤獨。一開始，我兀自微笑，洋洋得意；但這種狂喜猶如一度加快的脈搏一樣，很快就減退了。無論哪個小孩，若像我那樣跟長輩爭吵，像我那樣毫無顧忌地發洩內心的怒氣，事後都不可能不悔恨，想到之後的事態也不可能不心寒。我在控訴和威懾里德夫人時，最恰當的內心寫照莫過於一片熊熊燃燒的山脊，暴烈、耀眼、摧枯拉朽，但經過半小時的沉默和反思，醒悟到自己的行為是何其瘋狂，也意識到自己不僅被人恨，也在恨別人，這又是何其可悲；內心的那片山脊也彷彿在火焰熄滅後變成焦黑的荒野，灰飛煙滅。

我第一次品嘗到復仇的滋味。猶如芬芳的紅酒，喝下時暖融融、熱辣辣的，但回味起來卻酸澀辛辣，好像中了毒的感覺。此刻，我很樂意去懇求里德夫人的寬恕，但經驗和直覺告訴我，那只會使她加倍地憎惡我，結果又會重新激起我天性中的狂暴激憤。

我不想再口吐狂言，寧可做些更有益的事；也不想再讓沉鬱的激憤恣意發作，寧可積蓄一些不那麼凶險的情緒。我取下一本阿拉伯故事書，坐下來想看，卻完全看不進去。我的思緒遊移在自己與平日總覺得引人入勝的書頁之間。我打開早餐室的玻璃門。灌木叢中靜悄悄的，雖是風和日麗，嚴霜卻依然籠罩黑色的大地。我翻起裙裾裹住腦袋和胳膊，走出門去，到林間一片僻靜處漫步。但是，靜立的樹木、落地的杉果、冰封的秋天的遺物——被風吹成一堆，如今又凍成一團的褐色落葉——都無法讓我愉快。我倚在一扇門上，凝望著空空的田野，那裡沒有羊群在吃草，矮矮的草都受了霜凍，變成白濛濛的一片。

那是一個格外灰暗的日子，陰沉的天空預兆著大雪將至，間或飄下幾片雪花，落在堅硬的小徑、灰白的草地上也沒有融化。我，一個十足可憐的孩子，站在那裡一遍又一遍地輕聲自問：「我該怎麼辦？我該怎麼辦？」

突然，我聽到有人用清亮的聲音在呼喚：「簡小姐，妳在哪裡？吃午飯了！」

我很清楚，那是貝西，但我沒有移動腳步。她步履輕盈地沿小徑走來。

「妳這個小淘氣！」她說，「叫妳為什麼不來？」

相比於剛才縈繞心頭的念想，貝西的到來似乎是令人愉快的，儘管她一如往常的有點生氣。其實，和里德夫人正面較量並占了上風之後，我一點也不在乎保母一時的火氣，倒真想去分享一點她輕盈的青春活力。於是，我用雙臂環抱住她，說：「好了，貝西，別罵我了。」

這個動作比我往常所做的任何舉動都要直率大膽，沒想到，卻讓貝西很高興。

「妳是個怪孩子，簡小姐，」她說，低頭看著我，「一個喜歡獨來獨往、到處遊蕩的小東西。妳要去上學了，是不是？」

我點了點頭。

「妳捨得離開可憐的貝西嗎？」

「貝西怎麼會在乎我呢？她老是罵我。」

「誰叫妳是這麼個古怪、膽小又害羞的小東西。妳應該更大膽一點。」

「什麼！難道為了多挨幾頓打？」

「胡說！不過妳受了虧待，這是事實。上星期我媽媽來看我的時候說，她希望自己的孩子們都不要像妳這樣過日子。好吧，進去吧，我有個好消息告訴妳。」

「我想妳不會有好消息的，貝西。」

「這孩子！妳這是什麼意思？妳盯著我的眼睛是多麼憂鬱啊！其實呢，夫人、小姐們和約翰少爺今天下午都會出去喝下午茶，妳可以跟我一起吃茶點。我會叫廚娘給妳烤一塊小蛋糕，然後，妳要幫我清點一下妳的抽屜，因為我馬上就要為妳收拾行李了。夫人打算讓妳過一兩天就離開蓋茨黑德，妳可以挑妳喜歡的玩具帶走。」

「貝西，妳得答應我，在我走之前不再罵我了。」

「好，我答應妳。不過別忘了，妳是個很乖的好孩子，所以不用怕我。要是我偶然說話難聽一點，妳也別總是一副擔驚受怕的模樣，因為那會讓人更加生氣。」

「我再也不會怕妳了，貝西，因為我已經和妳相處慣了。很快會有另一些人讓我怕的。」

「如果妳怕他們，他們就不會喜歡妳。」

「像妳一樣嗎，貝西？」

「我沒有不喜歡妳，小姐，我相信，比起別的人來，我是最喜歡妳的。」

「看不出來。」

「妳這個厲害的小東西。妳說話的口氣和以前不一樣了，怎麼會變得這麼勇敢又大膽呢？」

「因為，我不久就要離開妳了，再說——」我正想說起與里德夫人之間發生的事，但轉念一想，還是不說為好。

「所以，妳很高興很快就要離開我了？」

「完全沒有，貝西。說真的，現在我心裡有些難過。」

「『現在』，『有些』，我的小姐說得多冷靜！我敢說，要是我現在要求親妳一下，妳是不會答應的，妳肯定會咬文嚼字地說：還是免了吧。」

「那我來親妳好了，我很樂意。把妳的頭低下來。」貝西彎下腰，我們相互擁抱。後來，我跟她進了屋子，得到了莫大的安慰。那天下午在和諧、平靜中過去了。晚上，貝西給我講了幾個最動人的故事，給我唱了幾支最動聽的歌，即便是對我這樣的人來說，生活中也會有雲開日出的瞬間。

第5章

一月十九日清晨，時鐘還未敲響五點，貝西就端著蠟燭來到我的小房間，發現我已經起床，衣服也快穿好了。她進來前半小時，我就起來了，就著西沉的半月從床邊的窄窗照射進來的微光，洗漱好，穿戴好。那天，我要搭早晨六點經過莊園門口的公共馬車離開蓋茨黑德。只有貝西一個人起床了，她在兒童房裡生了火，正在給我做早餐。想到即將出遠門就興奮不已的孩子們大都不能照常吃飯，我也吃不下。貝西為我準備了熱牛奶和麵包，勸我好歹喝幾匙，但勸也是白勸，她只好用紙包好幾塊餅乾，塞進我的包裡。接著，她幫我套上滾毛邊的厚斗篷，

戴好帽子，再用披巾裹住自己，就和我一起離開了兒童房。經過里德夫人的臥室時，她說：「妳想進去和夫人道別嗎？」

「不用了，貝西。昨晚妳下樓去吃晚飯的時候，她到我床邊說，早晨不必打攪她和表哥表姊們；她讓我記住，她一直都是我最好的朋友，還讓我以後談起她時要表示感恩，要說她的好話。」

「妳是怎麼回答的呢，小姐？」

「我什麼也沒說，只是用被子蒙住臉，轉身對著牆壁，不理她。」

「那樣做可不對，簡小姐。」

「我做得很對，貝西。妳的夫人從來都不是我的朋友，而是我的仇敵。」

「簡小姐！別這樣說！」

「再見了！蓋茨黑德！」走過大廳出前門時，我高呼一聲。月已西沉，天色還是漆黑一片。貝西提著燈，燈光在剛剛解凍而濕漉漉的臺階和砂石路上搖曳閃動。冬天的陰冷清晨寒氣入骨。我快步走向車道，牙齒直打冷顫。門房小屋裡亮著燈，等我們走到那裡，看到門房太太剛開始生火。前一天晚上，我的箱子就已被搬下樓，用繩子捆紮好，放在門邊。這時離六點還差幾分。不一會兒，鐘響了，遠處傳來了轆轆車輪聲，表明馬車就快到了。我走到門邊，眼看著車燈迅速衝破黑暗，愈來愈近。

「她一個人走嗎？」門房太太問道。

「是的。」

「離這裡多遠？」

「五十英里。」

「好遠啊！讓她一個人去那麼遠的地方，里德夫人不擔心嗎？」

馬車來了。拉車的四匹馬在門口停下腳步，車頂的座位上坐滿了旅客。車夫和護車人大聲催促我快些上車，我的箱子裝車了，而我還摟著貝西的脖子連連親吻，活生生被他們拉扯分開，被拉上了車。

「千萬要好好照應她啊！」護車人把我抱進車廂時，貝西衝著他大喊。

「好的，好的！」那人回應了一下，車門就關上了，有人大喊一聲「走啦！」，馬車就上路了。

就這樣，我告別了貝西和蓋茨黑德，朝向我當時以為遙遠又神祕的陌生地方疾馳而去。

一路上的情形我已記不太清，只知道那天出奇的漫長，好像趕了幾百里路。我們經過了好幾個城鎮，在一個很大的城裡停了一次，車夫卸下馬匹，旅客們下車吃飯。我被帶進一家客棧，護車人要我去吃午餐，但我沒有胃口，他就把我留在一個兩頭都有壁爐的巨大房間裡，天花板上懸掛著枝形吊燈，牆面的高處有紅色的小櫥窗，陳列了各式各樣的樂器。我在房間裡來來回回走了很久，感覺很奇特，也非常害怕會有壞人進來把我拐走——我相信確實有人販子，貝西在壁爐邊講的故事中常會提到他們的勾當。後來，護車人總算回來了，我再次被抱上馬車，

我的保護人爬上他的座位，吹起了悶聲悶氣的號角，我們就嘎吱嘎吱地駛上了L城的「石頭路」[1]。

下午的空氣很潮濕，霧氣迷濛。天色漸暗近黃昏時，我開始意識到離開蓋茨黑德真的很遠了。我們不再經過城鎮，鄉間的景色也漸漸轉變，灰色的山丘層疊高聳在地平線上。暮色漸濃時，馬車駛進一個林木茂密、黑壓壓的山谷。夜幕遮蓋一切，之後很久，我仍能聽見狂風在林中呼嘯。

那聲音儼如催眠曲，終於使我昏然入睡。但沒過多久，馬車突然停下，把我驚醒了。車門已經打開，一個僕人模樣的女人站在門邊。我借著燈光看了看她的面容和衣裝。

「有個叫簡愛的小女孩嗎？」她問。我說有，就被抱了出去，箱子卸下來，馬車旋即駛走。

1. 石頭路（stony street）：典故出自於拜倫的長詩〈恰爾德·哈洛爾德遊記〉，詩中提到滑鐵盧之戰前夕，晚宴上的賓客將戰場上的鐘聲誤聽成「馬車轆轆駛過石頭路的聲音」。

坐了一天馬車，我全身僵硬，馬車顛簸的聲響讓我迷迷糊糊。我盡力清醒過來，環顧左右，只見雨在下，風在刮，周圍一片黑暗。但我隱約能看到前方有一堵牆，牆上有一扇門，新來的嚮導領我進去後就關門上鎖。現在看得見了，這裡有一棟房子，也許是幾棟，因為整棟建築物左右延展得很長，有很多窗，其中幾扇窗裡透出燈光。我們踏上寬闊的鵝卵石路，一路走去都濺著水。後來又進了一扇門，僕人帶我穿過另一條過道，走進生著火的房間，把我獨自留下，她就走了。

我站在壁爐前，就著爐火烤凍僵了的手指。我舉目四顧，房間裡沒點蠟燭，但搖曳的壁爐火光間或照出貼有壁紙的牆壁、地毯、窗簾、閃光的紅木家具。這是一間客廳，雖不及蓋茨黑德府的客廳寬敞、富麗，但也夠舒適了。我正迷惑不解地猜測牆上那幅畫到底畫的是什麼，門開了，有人端著燭臺進來，後面還緊跟著另一個人。

先進門的女士個子很高，深色頭髮，深色眼眸，前額寬正又白皙。她的大半個身子都裹在披巾裡，神情嚴肅，體態挺拔。

「這孩子年紀這麼小，真不該讓她獨自來，」她說著，把燭臺放在桌子上，細細端詳了我一兩分鐘，又說道，「最好快點讓她上床睡覺，她看起來累壞了。妳累嗎？」她把手搭在我肩上問道。

「有一點，女士。」

「肯定也餓了。米勒小姐，讓她先吃晚飯再睡覺。妳是第一次離開父母來學校嗎，小女孩？」

我向她說明我沒有父母了。她問我他們去世多久了，還問我幾歲，叫什麼名字，會不會讀、寫和縫紉。然後，她用食指輕輕撫摸我的臉頰，說她希望我是個好孩子。之後就讓我跟米勒小姐走。

剛剛那位女士約莫二十九歲，帶我一起走的這位好像比她小幾歲；那位女士的聲音、儀態和風度令我印象深刻，但米勒小姐就有點平淡無奇，雖然面色紅潤，但看似疲憊不堪，她的步態和動作十分匆忙，彷彿手頭總有忙不完的事情。她看上去像助理教師，後來我發現果真如此。在她的領引下，我走過一個又一個房間，穿過一條又一條長廊，這座建築物很大，但每一區間的形狀並不規則，有些區域悄無聲息，有點淒涼，終於走出來後，突然聽到嗡嗡的嘈雜人聲，頃刻間又走進了一個又寬又長的房間，裡面擺了很多木板桌，兩張桌並排放，每張桌子上點著兩支蠟燭，一群看似九歲、十歲或二十歲之間的女孩們坐在桌邊的長凳上。在昏暗的燭光下，我覺得女孩們那麼多，簡直難以計數，但實際上不會超過八十人。她們穿著清一色的褐色長裙，樣式很古怪，外面還罩著粗麻布長圍裙。那是自習時段，她們正在準備第二天的功課。我聽到的嗡嗡聲正是她們輕聲念誦課文的聲響。

米勒小姐示意我坐在門邊的長凳上，然後走到長房間的最前端，大聲說道：「班長們，把課本收起來，放好！」

四名高個子女孩從各自的桌旁站起來，繞了一圈，收齊書本，整理好放到一邊。接著，米勒小姐又下了命令。

「班長們，把晚餐托盤都端來！」

高個子女孩們走了出去，旋即端著大托盤回來，盤子裡放著一份份分好的餐點，不知是什麼東西，托盤中間有一大罐水和一只大杯子。一份份餐點依次傳遞到每個人手上，想喝水的人可以用那只公用的大杯子倒水喝。輪到我的時候，我口渴，就喝了點水，但沒有碰餐食，因為興奮和疲倦，我完全吃不下東西。不過，我倒是看清楚了，餐點是均分成小塊的薄薄的燕麥餅。

吃完飯，米勒小姐念了祈禱文，各班學生列隊而出，兩人一排走上樓梯。這時我已經疲憊不堪，幾乎完全沒注意寢室是什麼模樣，只知道像教室一樣是狹長的房間。當晚我要和米勒小姐同睡一張床，她幫我脫掉衣服。躺下後，我瞥了一眼那一長排床鋪，每張床上都很快睡下兩個人，不到十分鐘，唯一的燈光就熄滅了，我在寂靜與漆黑中沉沉睡去。

那一晚過得飛快，我累得連做夢的力氣都沒有，只在半夜醒來一次，聽見狂風怒號，大雨傾盆，也覺察到米勒小姐已睡在我身邊。再次睜開眼睛時就聽見鈴聲大作，所有的女孩都在起床穿衣。破曉前的天色微明，房間裡只燃著一兩支燈芯草蠟燭。我也只好百般不情願地起床。天氣冷得刺骨，我顫抖著勉強穿好衣服，排隊去洗臉。但要排很久，因為六個女孩合用一只臉盆，擺在房間正中的盥洗架。鈴聲再次響起，大家就排好隊，兩人一排並肩走下樓梯，進入冰冷、昏暗的教室。米勒小姐念完祈禱文後大聲指令：「分班就位！」

騷動持續了好幾分鐘，這期間，米勒小姐反覆喊著「安靜！」、「遵守秩序！」。喧動聲平息下來後，我發現她們排成了四個半圓形，圍攏四張桌邊的四把椅子。她們手中都拿著書，空椅子前的每張桌上都擺放著一本看似《聖經》的大書。片刻肅靜之後，響起了嗡嗡的低語聲。米勒小姐在四個班級間來回巡視，所經之處，模糊的耳語聲就暫時消失了。

遠處傳來了鐘聲，三位小姐即刻走進來，分別走向一張桌子，在椅子上就座。米勒小姐在靠門最近的第四把椅子上落座，周圍是年齡最小的一群女孩。我被分到這個低年齡班，坐在最末尾的位子上。

早課開始了。先要背誦那天的短禱文，再念了幾篇經文，最後用一小時朗讀了《聖經》裡的幾個章節。讀完這些經文時，天色已經大亮。彷彿不知疲倦的鐘聲第四次響起，四個班級整好隊伍，走去另一個房間吃早餐。馬上可以吃東西了，我真的好高興！前一天吃得太少，現在我都快餓暈了。

餐廳是個天花板很低、光線很暗的大房間，兩張長桌上放著兩大盆熱氣騰騰的東西，但令我沮喪的是，飄散出來的氣味一點也不誘人。我看到每一個不得不吃這種東西的女孩聞到那股氣味時都露出不滿的表情。排在前頭的高個子女孩們小聲嘀咕起來：「真討厭，粥又燒焦了！」

「安靜！」有人喊了一聲，但不是米勒小姐，而是一位高級教師：個子嬌小，膚色偏黑，穿著講究，但給人感覺有點陰鬱。她站在長桌的首位，另一位更為豐滿、體型矮胖的女教師主持另一張桌子。我想找到昨晚見過的那位女士，但沒有找到，她不在這裡。米勒小姐在我坐著的那張長桌的尾端，另一張長桌的尾端坐著一位模樣有點怪異、像是外國人的年長婦女——後來才得知她是教法語的。在一番長長的感恩禱告後，又唱了一首讚美詩，繼而出現一個僕人，端上教師們專用的茶點，早餐就這樣開始了。

我餓得發慌，熬到這時間已渾身發虛，囫圇吞下一兩勺粥，沒去想那是什麼滋味。但當頭一波劇烈的飢餓感消退後，我立刻發現手捧的那碗東西是多麼令人作嘔，燒焦的粥就像腐爛的馬鈴薯一樣令人噁心，就連餓鬼也會覺得難以下嚥。每個人手中的湯匙都遲疑地緩慢挪動，我看見每個女孩都嘗了一口，很勉強地吞嚥下去，但大多數人很快就放棄了。早餐結束了，但誰也沒有吃到早餐。我們為沒有吞下肚的食物感恩禱告，感謝上帝，又唱了第二首讚美詩，繼而列隊離開餐廳，回教室去。我排在佇列的最後面，經過餐桌時，看見一位教師舀起一勺粥嘗了嘗，看了看其他人，她們都露出了不悅的神情，那個胖胖的女教師輕聲說道：「難吃的爛東西！太可恥了！」

一刻鐘後將再次開課。這一刻鐘裡，教室裡吵鬧極了，看起來這個時段是允許大聲喧譁、自由交流的，大家顯然充分把握了這個機會。所有人都在談論剛才的早餐，眾口一詞，盡情痛罵。這就是她們僅有的安慰，太可憐了！這時候，教室裡只有米勒小姐這一位教師，圍繞她的是一群七嘴八舌的大女孩，無不激動地擺出忿然的姿態。我聽見有人提到了布洛赫斯特先生的名字，米勒小姐聽到後不以為然地搖搖頭，但她沒有壓制大家溢於言表的怒氣，無疑，她也深有同感。

教室裡的鐘敲響了九下，米勒小姐從那群女孩中走出來，站到房間中央高聲說道：「安靜！回到妳們的座位上去！」

紀律嚴明，令行禁止。不到五分鐘，亂哄哄的教室便恢復了井然秩序，七嘴八舌的嘈雜人聲漸漸歸於安靜。高級教師們都準時就座，但大家似乎仍在等待。八十個女孩在長屋兩邊的長椅上正襟危坐，一動不動。她們像一群怪人聚在一起，頭髮都往後梳攏，看不見一綹鬈髮，露出整張臉龐；她們都身穿褐色連身裙，領口很高，附帶窄窄的領圈，腰身上都繫著一只粗麻布做的小袋子（形狀如同蘇格蘭高地人的布錢袋），可以用來裝幹活用的小工具；所有人都穿著羊毛長襪和黃銅釦鄉村手工鞋。有二十多個女孩已成年，甚至該說是年輕的女士，這套裝束和她們極不相稱，即便是最漂亮的女孩看起來也很彆扭。

我仍在打量她們，間或也看看幾位教師：沒有一位讓我覺得可以親近。矮胖的那位有點粗俗；黑黑的那個很凶；外國女人嚴厲又古怪；而米勒小姐呢，真可憐，臉色青紫，一副飽經風霜、勞累過度的樣子。我的目光在一張張臉孔遊走時，所有師生突然同時起立，像是被同一根彈簧彈起來似的。

怎麼回事？並沒有聽到誰下命令啊，我一頭霧水，還沒等我反應過來，所有人又一齊坐下了。不過，所有人的視線現在都投向一處，我也跟著看去，結果看到了昨晚接待我的那位女士。長房間的兩端都生了火，她站在遠處的壁爐邊上，肅穆而沉默地檢閱著坐成兩排的女學生們。米勒小姐走近她，問了句什麼，得到回答後又回到原來的座位，大聲說道：

「第一班班長，把地球儀拿來！」

班長奉命去拿地球儀時，那位女士慢慢地從房間的那頭走過來，巡視整間教室。我猜想，自己專司崇敬的器官肯定相當發達，因為至今仍能清楚地記起：當時的我以目光緊隨她的腳步，深深感受到敬畏之情。在日光下可以看得很清楚：她身材高䠷又勻稱，皮膚白皙；棕色眼眸透出仁慈的光輝，濃密的長睫毛儼如工筆描繪出來的，將白皙、開闊的前額襯托得愈發醒目；兩鬢垂下暗棕色的幾束鬈髮，那是當時流行的款式，絲滑的髮帶或長鬈髮都尚未成為時尚。她的服飾也很時髦，紫色布料，由黑絲絨西班牙飾邊加以點綴，腰帶上還掛著一只金錶（當時，手錶還不像現在這樣普及）。若想得到更完整的畫面，讀者可以想像自行補充——秀氣的五官，略有蒼白但剔透的肌膚，高雅的氣質，端莊的儀態——便可得到精準的概念，足以勾勒出坦普爾小姐的外貌，至少，不亞於文字描摹所能達到的清晰程度。她的全名叫做瑪利亞・坦普爾，後來，我替她帶祈禱書去教堂時，才看到她簽在書上的這個名字。

羅伍德學校的學監（就是這位女士的職位頭銜）在放有兩個地球儀的桌前坐了下來，把第一班的學生們叫到近前，開始給她們上地理課。其他教師負責低年級，背誦了一小時左右的歷史、語法等課程內容。接著，練習習字和算術。坦普爾小姐還為高年級的女生們上了音樂課。每堂課時為一小時。鐘聲終於敲了十二下後，學監站了起來。

「我有事要和大家講一下。」她說。

下課鐘聲響過，學生們剛要開始喧譁，但她的話音剛落，教室裡又復歸平靜。她繼續說道：「今天的早餐難以下嚥，妳們應該都餓壞了，我已經吩咐廚房準備了麵包和乳酪，為大家加一餐。」

教師們用某種驚異的目光看著她。

「這事我會負責。」她對教師們補上了這句解釋，旋即走出門去。

緊接著，麵包和乳酪就端進來，分發下去，大家都來了精神，興高采烈。接下來的指令是「去花園！」女孩們各自戴好帶彩色印花棉質抽繩的燈芯草帽，披上灰粗絨斗篷。我也有樣學樣，以同樣裝束跟在大家後面走到門外。

花園很寬敞，四周圍牆高聳，完全看不到外面的情形。花園的一側有一道帶天棚的遊廊，寬寬的步道圍繞著花園中央的幾十個小花圃——那就是分配給學生們栽花種草的花園，每個花圃都有一個學生負責。到了鮮花盛開的時節，這個花園肯定挺美的；但眼下一月將盡，只有凋零枯萎的嚴冬景象。我站在花園裡環顧四周，凍得直打寒顫。天氣這麼寒冷，實在不適合戶外活動，雖然沒有下雨，但浸透水汽的黃色霧靄使天色愈加灰暗，腳底心也透著濕寒，地面仍浸泡在昨天的雨後積水裡。身體較強健的幾個女生跑來跑去，盡情嬉鬧，但所有蒼白瘦弱的女生們都擠在擋風避寒的遊廊裡取暖，濕冷的潮氣依然可以滲透進她們顫抖的身軀，我聽到咳嗽聲此起彼伏。

到這時為止，我還沒有同任何人說過話，也似乎沒有人注意到我。我孤零零地站在角落，幸好，我早已習慣那種孤立感，倒不覺得十分難受。我倚在遊廊的立柱上，裹緊灰色的斗篷，盡力忘記不斷折磨著我的刺骨的嚴寒、噬人的飢餓，再盡力將心思集中於觀察和思考。當時的思緒零零落落，不提也罷，甚至尚未搞清楚自己身在何處。蓋茨黑德和往昔生活已飄向無邊無際的遠方，似乎與當下有天壤之隔；而當下的現實模糊又陌生，未來更是難以想及，無從揣測。我環顧修道院般的花園，又舉目眺望這棟房子——好大的房子，一半灰暗陳舊，另一半卻很新，教室和寢室都在較新的部分，牆上點綴著拱頂格窗，鐵格柵熠熠閃光，頗有教堂氣派。校門上嵌有一塊石匾，上刻一段文字：

「羅伍德慈善學校——由本郡布洛赫斯特府的拿俄米·布洛赫斯特贊助，重建於西元××××年。」「你們的光也當這樣照在人前，叫他們看見你們的善行，便將榮耀歸給你們在天上的父。」——〈馬太福音〉第五章第十六節。

我把這段話讀了好幾遍，覺得應該有某種特殊的意思，但想不出來。我正在思索「慈善學校」究竟是什麼意思、這段話和後面的經文又有什麼關聯時，聽到背後傳來一陣咳嗽，便回過頭去，看到一個女孩坐在旁邊的石凳上，看似全神貫注地埋頭看書。從我站著的地方可以看到那本書的書名是《拉塞拉斯》[2]，我覺得這書名很奇特，因而很感興趣。她翻頁的時候剛好微微抬頭，我就直截了當地問道：「妳的書有趣嗎？」我已經打算改天向她借書了。

「我挺喜歡的。」她頓了一兩秒鐘，把我打量了一番之後才這樣回答。

「是寫什麼內容的？」我繼續問。也不知道自己哪裡來的膽子，我居然主動和陌生人攀談起來，完全與我的性格、習慣相悖，不過，應該是她的專注喚起了我的共鳴，因為我也喜歡讀書，儘管只是孩子氣的粗淺閱讀，尚且無法讀懂那些主題嚴肅、內容艱深的書。

「妳可以看看。」那女孩說著，把書遞給我。

2.《幸福谷——拉塞拉斯王子的故事》：英國作家撒母耳·詹森（Samuel Johnson, 1709-1784）的作品，講述居住在快樂谷的王子生活沉悶，決定離開家鄉，去他方尋找快樂，是一部藉故事來作哲學辯論的小說。

我接過書，粗粗翻看便確信內容不像書名那麼吸引人。以我孩子氣的眼光看來，《拉塞拉斯》的故事好像挺無趣的。我沒看到仙女，也沒看到妖怪，書頁上的字印得密密麻麻，也沒有讓人眼前一亮的圖畫。我把書還給她，她默默地收下，什麼也沒說，又擺出剛才埋頭細讀的姿態，但我再次冒昧發問：「能不能告訴我，門上那塊石匾上的字是什麼意思？羅伍德慈善學校是什麼？」

「就是妳要寄宿的這所房子。」

「為什麼叫『慈善學校』？與別的學校有什麼不同嗎？」

「這所學校是半慈善性質的，妳、我以及所有學生都是受人恩惠的孩子。我猜妳是孤兒吧？父親或母親去世了嗎？」

「我能記事前就都去世了。」

「哦，這裡的女孩們不是沒了父親，就是沒了母親，還有的雙親都不在了，慈善學校就是讓孤兒上學的地方。」

「我們不付錢嗎？他們免費收留我們嗎？」

「我們要付的，要不然就是親友幫忙付，每年十五英鎊。」

「那為什麼說我們是『受人恩惠的孩子』？」

「因為十五英鎊不夠支付寄宿費和學費，差額就由捐款來補足。」

「誰來捐？」

「這裡附近或倫敦城裡的一些慈悲心腸的女士們、紳士們。」

「拿俄米·布洛赫斯特是誰？」

「就像匾上寫著的那樣，她出錢建造了這部分新樓，現在是她兒子監管這裡的一切事情。」

「為什麼？」

「因為他是這所機構的司庫和總管。」

「這麼說，這棟大房子不屬於那位掛金錶、答應讓我們吃麵包和乳酪的高個子女士嗎？」

「坦普爾小姐？哦，不是！我倒希望是屬於她的。她所做的一切都聽命於布洛赫斯特先生，我們吃的、穿的都是布洛赫斯特先生出錢買的。」

「他住在這裡嗎？」

「不，他住在兩英里外的大莊園裡。」

「他是個好人嗎？」

「他是個牧師，據說做了很多善事。」

「妳說，那位高高的小姐叫坦普爾小姐？」

「是的。」

「別的老師都叫什麼？」

「臉紅紅的那位是史密斯小姐，她負責監督大家勞作、裁剪——因為我們的衣服都是自己做的，長裙，斗篷，什麼都自己做。黑頭髮、小個子的是斯卡查德小姐，她教歷史和文法，還負責監督第二班背誦課文。裹著披肩、腰間的黃緞帶綁著手帕的那位是皮耶洛夫人，她來自法國里爾，教法語。」

「妳喜歡這些教師嗎？」

「還行吧。」

「妳喜歡那個黑黑的小個子、還有那個皮什麼夫人嗎？——我沒法像妳那樣念出她的名字。」

「斯卡查德小姐性子很急，妳得小心別招惹她；皮耶洛夫人倒是不錯。」

「但坦普爾小姐是最好的，是不是？」

「坦普爾小姐是很好，很聰明，比別的老師都優秀，因為她懂的比她們多得多。」

「妳來這兒很久了嗎？」

「兩年了。」

「妳是孤兒嗎？」

「我母親過世了。」

「妳在這兒過得開心嗎？」

「妳的問題還真多。我可答夠了，現在我要看書了。」

偏巧這時響起了午餐鐘聲，大家再度進屋，餐廳裡瀰漫著令人毫無食欲的氣味，和早餐時不相上下。午餐盛放在兩只白鐵大桶裡，冒著腐臭而油膩味的熱氣。我看出來了，桶裡亂糟糟的東西是把爛馬鈴薯和不新鮮的碎肉雜燴煮成的。每個學生都分到了滿滿一大盤。我勉強吞嚥，邊吃邊想這裡的餐點是否天天如此。

吃完午餐，我們馬上回到教室繼續上課，直到五點。

那天下午只有一件事引人注目：在遊廊上跟我交談的那個女孩被斯卡查德小姐逐出了歷史課，在偌大的教室中央罰站。在我看來，這種懲罰實在是奇恥大辱，尤其是對她這樣的大女孩而言——她看上去有十三歲，或許還更大。我以為她會難受或羞愧的表情，卻驚訝地發現她不哭泣，也不臉紅。她在眾目睽睽之下站立，雖然神情嚴肅，卻非常鎮定。「她怎能這麼平靜又堅定地忍受這種事呢？」我默默自問。「要是我，肯定想找個地洞鑽進去。可是，她好像根本沒在想受罰的事，反倒像是想著某種遙不可及的情形。我聽說過白日夢，難道她在做白日夢？她的視線盯在地板上，但可以肯定她對地板視而不見，她的目光似乎是向內的，直視自己的內心世界。我相信，她正在注視記憶中的東西，而非確實存在於眼前的景象。我很好奇她是怎樣的女孩：乖巧的好女孩？還是調皮的壞丫頭？」

一過五點，我們又吃了一餐茶點：一小杯咖啡和半片黑麵包。我津津有味地吃完麵包，喝完了咖啡，如果能多來一份就好了，因為我還是很餓。接下來有半小時的休息，然後是晚自習，之後有一杯水和一塊燕麥餅，禱告，就寢。這就是我在羅伍德過的第一天。

第6章

第二天也一樣，在燈草芯蠟燭的微光中起身穿衣，但不得不放棄早晨盥洗的步驟，因為罐裡的水結冰了。夜裡天氣變冷，刺骨的東北風呼嘯著灌進寢室的窗縫，害得我們整晚蜷縮在床上直打哆嗦。

長達一個半小時的禱告和聖經誦讀還沒結束，我已覺得快要凍死了。終於熬到早餐時間，今天的粥沒有燒焦，可以下嚥，但量太少。我的那份簡直少得可憐！真希望能增加一倍。

那天，我被編入第四班，教師們給我布置了正規課程和作業。之前，我不過是羅伍德慈善學校各項活動的旁觀者，但從此往後就成了正式成員。一開始，我不習慣默記，覺得課文又冗長、又難懂，隔一會兒就換課程，弄得我頭昏腦脹。所以，下午三點左右，史密斯小姐塞給我一段兩碼長的平紋細布邊，連同針線和頂針時，我總算開心了一點，她讓我坐在僻靜的教室角落裡，按照吩咐縫好褶邊。那時候，大多數人都在做針黹，只有一個班依然圍立在斯卡查德小姐座椅旁邊朗誦課文。教室裡很安靜，因而能聽見她們誦讀的內容，聽得見每個女生讀得怎樣，也能聽到斯卡查德小姐對她們的批評或誇獎。那堂課教的是英國歷史，我注意到，在遊廊上結識的女孩也在那個班上。開始上課時，她被安排在全班首位，但由於某些發音不準，或斷句上的錯誤，她突然被降到末尾去了。即使在這樣不起眼的位置上，斯卡查德小姐還是不斷挑她的毛病，令她成為眾人矚目的焦點，不斷地教訓她：「彭斯（這是她的姓氏，這裡的女孩像其他學校的男孩一樣，都以姓氏來稱呼），別歪著鞋幫，妳要把腳伸平，站直了。」「彭斯，妳伸著下巴多難看，快點縮回去。」「彭斯，不許妳在我面前擺出那副樣子，我要妳把頭抬高。」等等。

她們把一個章節從頭到尾讀了兩遍，便合起課本，接受考問。這堂課講到查理一世統治的時期，涉及船舶噸位、按鎊收稅和造船稅等龐雜的內容，大多數學生似乎都無法回答老師的提問，但只要問到彭斯，不管多麼生僻的難題，她都能立刻應答。她好像已經把整堂課的內容都記在腦子裡了，每個細節都瞭如指掌。我心想，這下子，斯卡查德小姐總該會表揚她專心聽課了吧，誰知她突然大叫：「妳怎麼會這麼邋遢，這麼惹人嫌？妳早上沒有清洗過指甲縫嗎？」

彭斯沒有做聲。她的沉默讓我非常納悶，心想：「她為什麼不辯解呢？水都凍住了，別說指甲縫，連臉都沒法洗啊。」

這當口，我的注意力被分散了，史密斯小姐讓我幫她繃住一束線，她一邊繞線團，一邊有一搭沒一搭地和我說話，問我以前有沒有上過學，會不會畫紙樣、縫紉、編織等女紅。在她允許我離開之前，我沒辦法繼續觀望斯卡查德小姐課堂上的情形。等我回到自己的座位時，她正在發布新命令，我沒聽清楚，只看到彭斯立刻走出那個班，進了專門放書本的小隔間，過了半分鐘又返回，手裡拿著一束前端捆緊的樹枝。她畢恭畢敬地行了個屈膝禮，把這個不祥的道具遞交給斯卡查德小姐，不需任何指令，就默默解開自己的罩裙，這位教師立刻用這束木條在她脖子上狠狠抽打了十幾下。彭斯沒掉一滴淚。見了這種情景，我心頭湧起了一種無可奈何的憤怒，氣得手指都顫抖起來，不得不停下手頭的針帶。她面不改色，沉鬱的神色一如如常。

「頑固不化！」斯卡查德小姐大聲喝道，「怎樣都改不掉妳懶散的毛病，把教鞭拿走。」

彭斯聽從吩咐。她從藏書室走出來時，我定睛去瞧，看到她正把手帕放回自己的口袋，瘦瘦的臉頰上有一絲閃光的淚痕。

我覺得，傍晚的嬉戲算是羅伍德一天中最開心的時段。五點鐘時大口吞下的一小塊麵包和幾口咖啡雖不足以果腹，卻至少恢復了一點活力。緊繃了一整天的神經終於放鬆下來，不用再拘束；教室裡也比早上更暖和；爐火可以燃得旺一點，以便代替尚未點燃的蠟燭。紅彤彤的火光，無拘無束的喧鬧，給人以熱熱鬧鬧、自由自在的感覺。

目睹斯卡查德小姐鞭打彭斯的那天晚上，我照例獨自遊蕩在長凳、桌子和笑聲不絕的女孩們中間，雖然無人作伴，也不覺得寂寞。經過窗戶時，我偶爾撥開百葉窗向外看。密雪紛飛，低處的窗玻璃外側已積起了一層雪。我把耳朵貼在窗上，即便在滿屋笑鬧聲中也聽得見寒風淒厲的嗚咽。

如果我剛離開了溫暖的家、慈愛的雙親，此情此景也許會引發離愁別緒，風聲會催生內心的哀鳴，嘈雜的嬉鬧會擾亂我的平靜！然而，這兩者反而激發出莫名的興奮，在不安和狂熱之中，我盼望寒風咆哮得更狂野，天色更昏暗一點，直到變成漆黑一片，嗡嗡的人聲會變得更喧囂。

我跨過凳子，鑽過桌子，走到壁爐前，看到彭斯跪坐在高高的鐵爐柵旁，全神貫注，完全無視周遭的一切，借著黯淡的餘燼火光默默看著手中的書。

「還是那本《拉塞拉斯》嗎？」我走到她背後時問道。

「是的，」她說，「快看完了。」

不到五分鐘她就掩上了書。正合我意。我心想，現在總可以讓她說說話了吧。我在她旁邊的地板上坐下來。

「彭斯，妳叫什麼名字？」

「海倫。」

「妳從很遠的地方來嗎？」

「我來自很靠北的地方，接近蘇格蘭的邊境。」

「妳還會回去嗎？」

「但願吧，可是，誰都說不準未來的事。」

「妳一定很希望離開羅伍德吧？」

「怎麼會呢？為什麼要離開？我來羅伍德是為了接受教育，沒有達成目標就走，豈不是毫無意義。」

「可是那個老師，斯卡查德小姐，對妳太凶了。」

「凶？完全沒有！她是很嚴格，不喜歡我的缺點。」

「如果我是妳，我會討厭她，抵制她。要是她用那根教鞭抽打我，我一定會搶過來，當著她的面把它折斷。」

「恐怕妳不會做這種事的。要是妳真敢這麼做，布洛赫斯特先生肯定會把妳攆出學校，妳的親戚會很傷心的。耐心忍受只有自己能感受到的痛苦，遠遠好過魯莽行事、連累親友、種下惡果。更何況，

《聖經》教導我們要以德報怨。」

「可是挨鞭子，還在大庭廣眾之下罰站，畢竟是很丟臉的事呀！而且，妳都那麼大了。我比妳小得多，都覺得受不了呢。」

「既然無法避免，妳就應當忍耐。對於命中註定要忍耐的事口口聲聲說自己**忍不了**，那就很軟弱，很愚蠢。」

我聽她這麼說，實在很驚訝。我不能理解這種忍耐的信條，更不能認同她去容忍懲罰自己的人。不過，我仍覺得海倫·彭斯比我強，彷彿在一種我看不到的光芒中審時度勢。我不禁懷疑起來：她可能說得對，錯的是我。但我現在不想深入思索這一點，不如像菲力克斯[1]那樣，把問題留待日後解決。

「妳說妳有缺點，海倫，什麼缺點？我覺得妳很好呀。」

「看人不能只看表象，妳可以把我當反面教材：斯卡查德小姐說的沒錯，我很懶散，有點邋遢。我總是亂糟糟的，很少收拾東西，更不能保持整潔；我也很粗心，常把規矩忘得一乾二淨，應當學習功課時卻在看閒書；我做事毫無章法，有時像妳一樣，我也會說自己受不了一板一眼的管束。這些壞習慣都會把斯卡查德小姐惹惱，因為她天生就愛整潔、守時、講究。」

「而且脾氣壞，凶巴巴。」我跟了一句，海倫沒有附和，依然沉默不語。

「坦普爾小姐和斯卡查德小姐一樣，對妳那麼嚴厲嗎？」

聽我提到坦普爾小姐的名字，她憂鬱的臉上掠過一抹溫柔的微笑。「坦普爾小姐非常善良，不忍心對任何人嚴厲，哪怕是最差的學生，她也一視同仁。她看到我犯錯，會輕輕地提醒我；要是我做了值得稱讚的事情，她就不吝美詞地表揚。雖然她那樣好言相勸，那麼合情合理，卻還是根治不了我那些毛病，這更加說明我的缺點是根深柢固的。雖然我非常看重她的讚揚，但那也沒能激勵我保持謹慎、三思後行。」

「那倒是有點奇怪，」我說，「保持謹慎不是很容易做到嗎？」

「對妳說來肯定沒問題。早上我注意到了，妳上課時非常專心，米勒小姐講解時、問妳問題時，妳從不分心。不像我，總是心不在焉，明明應該專心聽斯卡查德小姐講課，用心去記，我卻常常左耳進右耳出，好像沉到了夢境。有時候，我會以為自己是在諾森伯蘭郡，周圍的嗡嗡輕響是我家附近流過深谷的小溪發出的潺潺水聲，結果，輪到我回答時，就能先把我從夢境中喚醒；又因為傾聽著想像中的溪流聲，現實中根本沒聽到別人讀到哪個段落了，我自然是什麼都答不出來。」

「可是妳今天下午回答得很好啊！」

「那只是碰巧，因為我對那堂課的內容很感興趣。今天下午我沒有夢遊深谷，而是在想：一個像查理一世那樣一心想做好事的人，怎麼會時常做出那麼不明智、不公正的蠢事？多可惜啊，那樣正直、盡責的人卻目光短淺，只能看到王位帶來的權勢；要是他能高瞻遠矚，看清所謂的時代精神，那該多好啊！雖然這樣，我還是很喜歡查理一世，我尊敬他，我憐惜他——被謀殺的可憐的國王。不錯，他的仇敵最可惡：殺害他們毫無權利傷害的人！他們竟然膽敢殺死他！」

此刻的海倫無異於自言自語，她忘了我還不能充分理解她的話，忘了我對她所說的話題一無所

1.《聖經．使徒行傳》中提到的一位法官：他順從上帝的教誨，卻遲遲不付諸行動。

知，至少是不知道來龍去脈。我得把她拉回來。

「坦普爾小姐的課上，妳也會走神嗎？」

「當然不會，不太經常。因為坦普爾小姐總會說些比我的胡思亂想更有意思的東西。我特別喜歡她的用語和措詞。她所傳授的知識往往正是我想知道的。」

「這麼說來，妳在坦普爾小姐的課上表現得很好？」

「是的，但不算主動，我沒有努力，只是隨心所欲而已。其實，這種表現沒什麼了不起的。」

「很了不起。別人待妳好，妳待別人也好，我一直希望成為這樣的人。要是大家對那些霸道、殘酷的人總是客客氣氣，逆來順受，那些壞人就會更加肆無忌憚，為所欲為，永遠不會害怕，也就永遠不會改邪歸正，只會愈變愈壞。要是我們無緣無故地挨打，就該狠狠反擊，我覺得必須狠一點，才能好好教訓那些欺負我們的人，讓他們不敢再欺負我們。」

「但願妳長大以後會改變這種想法，畢竟，妳現在只是個沒受過教育的小女孩。」

「但我就是這麼想的呀，海倫。不管我怎樣討他們歡心，他們還是厭惡，那我也必定厭惡他們。我必須反抗那些不講道理就懲罰我的人。這不是自然而然的事嗎？同樣地，我會喜愛那些喜愛我的人，也甘願接受自己應得的懲罰。」

「異教徒和野蠻宗族才會這樣想，基督教徒和開化的民族是不信奉這種做法的。」

「怎麼會這樣？我不能理解。」

「以怨報怨不是消除仇恨的最好辦法，同樣，復仇也不是治癒傷害的良藥。」

「那該怎麼辦呢？」

「妳讀讀《新約》吧，注意去看基督耶穌的言行，把祂的話當作妳的準繩，把祂的行為當作妳的榜樣。」

「祂是怎麼說的？」

「要去愛你們的仇敵，祝福詛咒你們的人，善待恨你們、凌辱你們的人。」

「那我應當去愛里德夫人，可我做不到；還應當祝福她的兒子約翰，但那絕不可能。」

這回輪到海倫．彭斯要我解釋了。我便用自己的表達方式，一五一十地向她訴說了自己的痛苦和憤懣。心裡一激動，話就說得尖酸刻薄，但我怎麼想就怎麼說，毫無保留，語氣也不婉轉。

海倫耐心地聽我講完，我以為她會發表點感想，但她什麼也沒說。

「那麼，」我卻耐不住性子追問道，「難道妳不覺得里德夫人是個冷酷無情的壞女人嗎？」

「毫無疑問，她對妳不好。因為她不喜歡妳的個性，就像斯卡查德小姐不喜歡我的脾性一樣，可是，她對妳的一言一行妳都記得那麼清楚，耿耿於懷！她那些不公正的行為在妳心裡留下了多麼深刻的烙印啊！但無論是什麼樣的虐待，都不會在我的心裡留下這樣深刻的印象。要是妳忘掉她對妳的嚴厲，忘掉由此而生的憤慨，難道妳不會更愉快一點嗎？我覺得，人生苦短，用來結仇和記恨，很不值得。人生在世，誰都必定要背負各種過錯。當我們脫離腐壞身軀的同時，也能擺脫罪惡，而我相信，那一天很快就會到來。到那時，墮落與罪過將連同累贅的肉身離開我們，只留下精神的火花——生命和思想的無形本源，如同最初離開上帝、啟迪萬物時那麼純潔，從哪裡來，就回哪裡去，也許還會被傳遞給比人類更高等的生物，也許會歷經榮耀的各種等級：先照亮人類的蒼白靈魂，再照亮最高級的大天使！相反地，它絕不可能從人類墮落成魔鬼，應該是吧？是的，我相信不會那樣。我持有另一種信念——不是別人教給我的，我也很少提起，但我為此欣喜，堅信不疑。因為這個信念帶給所有人希望，使永恆成為安息的家園——偉大的歸屬，而非恐懼，也非深淵。此外，擁有這個信念，我就能把罪人及其所犯的罪孽清楚地區分開來，我可以真誠地寬恕前者，同時憎惡後者。擁有這個信念，復仇永遠不會侵擾我心，墮落永遠不會讓我過度沉湎於痛恨，不公正的事也不會把我壓倒。我平靜地生活，嚮往著終點。」

總是低頭沉思的海倫講完這些，頭垂得更低了。看她的神態，我就知道她不想再和我交談了，寧可沉浸於自己的思緒。但她也沒有很多時間可以私下冥想，有位班長——是個粗野的女孩——帶著很重的昆布蘭口音喊道：「海倫．彭斯，要是妳不馬上去整理抽屜，收拾好妳的作業，我就要叫斯卡查德小姐過來了。」

海倫的白日夢煙消雲散，她歎口氣，站起來，不發一言，也沒有耽擱，就按照班長的指令去做事了。

第7章

我在羅伍德的第一個季度似乎極其漫長，也根本算不上黃金歲月。為了適應新的規矩、不熟悉的課程，必須經歷惱人的掙扎才能克服種種困難，過得很艱難。時常擔心在各方面出錯，心理壓力遠比身體上所受的勞苦更讓人難受，其實，光是體膚之苦已是很難熬了。

在整個一月、二月和三月上旬，道路不是被厚厚的積雪封住，就是被泡在融化後的雪水裡，幾乎寸步難行，除了去教堂，我們就只能困在花園圍牆之內。但即便活動範圍有極大限制，每天仍要在戶外活動一小時。我們的衣服不足以禦寒。我們沒有靴子，雪灌進鞋子就化了；我們沒有手套，手都凍僵了，像雙腳一樣長滿了凍瘡。我至今都記得，每天晚上雙腳紅腫痛癢，難以忍受，早上又得把腫脹、疼痛和僵硬的腳趾塞進鞋子。餐點匱乏更是令人沮喪，發育中的孩子食欲旺盛，但我們吃到的東西那麼少，幾乎都餵不飽虛弱的病人。營養不足衍生出惡劣風氣，年紀小的學生們深受其害。飢腸轆轆的大女孩們一有機會就連哄帶嚇，分搶小女孩們的那一份。我就經常要在吃茶點時把那片珍貴的黑麵包分給兩個來勒索的大女孩，再把半杯咖啡讓給第三位，餓到落淚的我只能伴著淚水嚥下剩下的一口咖啡。

在那個嚴冬，星期日讓人最不開心。我們得走兩英里路，到贊助人主持的布羅克布里奇教堂去。走路的時候很冷，到教堂時感覺更冷。早禮拜時，我們都快凍僵了。這裡離校太遠，不能回去吃午餐，兩次禮拜之間只能吃到一份冷肉和麵包，分量跟平日學校裡的餐點一樣，少得可憐。

晚禮拜結束後，我們要走一條無遮無掩、高低起伏的山路回校，凜冽刺骨的寒風越過大雪覆蓋的山峰，怒號著吹捲向北方，幾乎刮傷了我們臉上的皮膚。

我至今仍記得，坦普爾小姐的步履輕快又敏捷，走在我們萎靡不振的隊伍旁邊，寒風把花呢斗篷吹得緊緊貼在她身上，她用鼓舞士氣的言語振奮我們的精神，也身體力行地表現「像不屈不撓的戰士」奮勇前進。其他教師也挺可憐的，大部分都垂頭喪氣，根本顧不上給別人鼓勁。

回到學校後，我們是多麼渴望簇擁在熊熊爐火邊感受光和熱啊！然而，至少對年幼學生而言，這一丁點兒享受也會被奪走。教室裡的壁爐立刻被兩排大女孩們圍住，小一點的孩子只好蜷縮在她們身後，用圍裙裹緊凍僵了的胳膊。

吃茶點時，我們才得到些許安慰，每個人都能分到雙份麵包——不是半片，而是一整片，上面還抹著一層薄薄的美味黃油。一星期只有一次的這種享受，讓我們從一個安息日盼到下一個安息日。我總是竭盡全力保住這頓美餐，但免不了會被別人分走一點。

星期日的晚上，我們要背誦教義問答、〈馬太福音〉的第五章到第七章，還要聽米勒小姐朗讀一篇冗長的佈道文，她也忍不住連打哈欠，證明她也倦了。這些功課進行中間，常有小插曲，總有六七個小女生不自覺地扮演猶推古[1]的角色，因為睏倦不堪而跌坐在地，雖然不是從三樓跌下，但從第四班的長凳上跌下來後，被人扶起來時也是渾身癱軟，一副半死不活的樣子。沒有別的辦法，只能把她們推到教室中央，用罰站的辦法迫使她們一直站到佈道結束。有時，她們的雙腿也不聽使喚，腿腳一軟就癱倒在地，實在沒辦法了，只能叫人用班長的高凳撐住她們。

我還沒有提到布洛赫斯特先生來校視察的事。其實，在我入學後的第一個月裡，這位先生幾乎都不在家，也許是在副主教朋友那裡多逗留了些時日。他不在，倒使我鬆了口氣。不用說，我自有怕他來的理由，但他終究還是來了。

一天下午（那時我到羅伍德已經三個星期了），我坐在長凳上，手拿寫字板，正在琢磨一道長除法題的答案，眼光無意間望向窗外，剛好看到一道人影閃過。我憑直覺就認出了那瘦長的輪廓。所以，兩分鐘後，所有師生全體起立[2]時，我已不必抬頭去張望她們在迎接誰進屋。他邁著大步，踱進教室，眨眼間，曾在蓋茨黑德府的壁爐地毯上對我不滿地皺眉頭的黑柱子已經矗立在坦普爾小姐身邊了，她早已立正恭迎。這時，我側臉偷瞥了一眼。對，我沒有看錯，就是那個布洛赫斯特先生，緊身長外套扣得嚴嚴實實，看上去比上次更瘦長、更刻板了。

他如幽魂現身，這讓我有足夠的理由感到喪氣。我記得清清楚楚，里德夫人曾誣衊我，並向他暗示我的品行不端，而布洛赫斯特先生曾允諾把我的惡劣本性通告坦普爾小姐和各位教師。我一直在擔心這個諾言會被兌現，甚至每天都誠惶誠恐地提防「隨時都會出現的男人」，因為我以往的所作所言

1.《聖經．使徒行傳》中的人物：少年猶推古坐在窗臺上睡著了，保羅講道許久，他就在沉睡中從三樓掉下去，被扶起來時已經死了。
2. 原文為法文，後面章節中的法文都以楷體字出現，不再重複說明。——譯注

被他那樣一講，勢必會讓我永遠背上壞孩子的惡名。現在他果然來了。

他站在坦普爾小姐身旁，與她低聲耳語。我毫不懷疑他正在揭露我的惡劣行徑，只能急切難耐地注視她的目光，每一秒鐘都覺得她那雙烏黑的眸子會突然轉向我，投來厭惡又輕蔑的一瞥。我也側耳去聽，因為碰巧坐在教室的前排。我聽了大半，鬆了口氣，他說的話暫時消除了我的憂慮。

「坦普爾小姐，我認為，我從洛頓採買回來的線應該很合用。當時我突然想到，這些線的質地剛好適合做印花布襯衣，還特意挑選了與之相配的針。請妳告訴史密斯小姐，我忘了買織補針；但下星期我會派人送些紙來，請她每次只給每個學生一張，給多了，她們就會不當一回事，很容易弄丟。啊，對了！我希望學生們可以更珍惜她們的羊毛襪！上次我過來的時候，到菜園裡轉了一下，瞧了瞧晾衣繩上的衣服，很多黑色長襪都該補了，從那些破洞就能看出來，她們沒有經常妥善縫補。」

他頓了一下。

「一定照您的吩咐去辦，先生。」坦普爾小姐說。

「還有，坦普爾小姐，」他繼續說道，「洗衣女工告訴我，有些女孩一個星期替換兩次乾淨的領圈。太多了，按規定只能換洗一次。」

「這件事，先生，我可以解釋一下。上個星期四，艾格妮絲和凱薩琳·約翰史東姊妹倆受到邀請，去洛頓和朋友們喝下午茶，考慮到那種場合，我才允許她們戴乾淨的領圈。」

布洛赫斯特先生點了點頭。

「好吧，一次也無妨，但請不要讓這種情況經常發生。還有另一件事也叫我吃驚，我跟管家對帳時發現，上兩個星期，女孩們吃了兩次麵包、乳酪的加餐點心，這是怎麼回事？我查了一下規章，沒有發現中午加餐點心這條細則。這是誰的創舉？又得到了誰的批准？」

「這件事是我做主的，先生，」坦普爾小姐回答，「早餐做得太糟糕，難以下嚥。我不敢讓她們一整天餓著肚子上課。」

「坦普爾小姐，請恕我直言。妳應該明白，我培養這些女學生，不是要讓她們養成奢侈、嬌縱的習慣，而是讓她們刻苦、忍耐、克己。就算偶爾有不合胃口的小事發生——譬如一頓飯燒糊了，一個菜太鹹或太淡——也不應當用更美味的東西去彌補損失的口腹之欲，以致縱容嬌生慣養，違背了本校的辦學宗旨。我們應當對學生有所啟迪，旨在教導，鼓勵她們在一時匱乏的情況下學到堅忍、剛毅的品格。遇到那種情況，最好不失時機地做一次簡短的訓話，明智的導師就會把握機會，提醒大家牢記早期基督徒所受的苦難、殉道者經受的折磨，以及我們崇敬的基督召喚使徒們背起十字架跟祂走時所說的訓誡：人不能只靠食物活著，還要謹遵上帝所說的字字句句；基督也賜予神聖的撫慰：『你們若為我忍飢挨餓，便有福了。』唉，坦普爾小姐，妳沒有把燒焦的粥，而是麵包和乳酪送進孩子們的嘴裡，妳沒有想到，那其實是餵飽了她們邪惡的軀體，卻已使她們不朽的靈魂挨餓！」

布洛赫斯特先生又停頓下來，也許是情緒太激動的緣故。他開始長篇大論時，坦普爾小姐一直低著頭，但這會兒，她的眼睛卻直視前方。她的臉生來就像大理石般雪白，此刻似乎也透出了大理石特有的冰冷與堅硬。尤其，她緊緊抿住雙唇，彷彿要用雕刻家的鑿子才能令她開口；眉宇間的肅然漸漸凝固，如岩石般冷硬。

此時，布洛赫斯特先生將雙手倒背在身後，站在壁爐前，威風凜凜地審視著全校。突然，他的眼睛眨了一下，好像碰上了什麼耀眼或刺目的東西，他轉過身，用比剛才更急促的語調問道：「坦普爾小姐，坦普爾小姐，那個……那個鬈髮的女生是怎麼回事？紅頭髮的，怎麼捲過了頭髮？坦普爾小姐，她怎麼滿頭都是鬈髮？」他用手杖指著那可怕的景象，手都發抖了。

「那是茱莉亞·賽文。」坦普爾小姐平靜地回答。

「茱莉亞·賽文。坦普爾小姐！為什麼她，或是別的任何人，竟可以燙鬈髮？她為什麼膽敢違背我們這個福音派慈善學校的校規和戒律，公開迎合世俗風氣，竟敢留了一頭蓬亂的鬈髮？」

「茱莉亞的頭髮天生就是鬈的。」坦普爾小姐的語氣愈發沉靜了。

「天生！沒錯，但我們不能屈服於天性。我希望這些女學生是蒙上帝恩惠的孩子，再說了，為什麼要留那麼多、那麼蓬亂的頭髮？我一再提醒過，希望嚴格要求學生們的髮型要剪短，要簡單樸素。坦普爾小姐，那個女生的頭髮必須全部剪掉，明天我會派個理髮師來。我還看見其他人的頭髮也太長、太累贅了——那個高個子女生，叫她轉過身去。第一班全體起立，轉過臉，面向牆壁。」

坦普爾小姐用手帕輕掩嘴角，像要抹去嘴角忍不住泛起的笑意。但她還是下了命令。第一班學生聽到指令後都服從了。我坐在長凳上，身子微微後仰，可以看得見大家擠眉弄眼，做出各種鬼臉，對這種調遣表示不滿。可惜布洛赫斯特先生看不到，否則，他或許能體會到：就算他可以擺布杯盤的外表，但其內在卻絕非他自以為是的任意干涉所能改變的。從背後看，女孩們的頸背儼如吊有獎牌的緞帶。他細細打量了足有五分鐘，隨後做出宣示。他的話如喪鐘般響起：「所有髮辮都要剪掉。」

坦普爾小姐似乎想抗辯。

「坦普爾小姐，」他進而說道，「我侍奉主，主的王國不在這個塵世。我的使命就是泯除這些女學生的七情六欲，教導她們衣著上展現謙卑克制，而不是編起辮子，穿起昂貴華服。然而，我們面前的每個年輕小姐都出於虛榮把頭髮編成了辮子。我再說一遍，這些髮辮必須剪掉，想一想為頭髮浪費的時間……」

就在這時，布洛赫斯特先生被打斷了，因為又有三名訪客走進了教室。這三名女士真該早點進來，那才趕得上聆聽他關於服飾的高見，因為她們剛好都穿著華貴的天鵝絨、綢緞和皮草。其中的兩位年輕女士（十六七歲的漂亮女孩）戴著當時最時髦的灰色水獺皮帽，上面裝飾著駝鳥羽毛，雅致的頭飾邊沿下都垂蕩著濃密的披肩鬈髮，燙捲得十分精緻。另一位年長的女士披著貂皮鑲邊的昂貴天鵝絨披肩，頭戴法式假髮鬈劉海。

坦普爾小姐恭敬地尊稱這三位為布洛赫斯特夫人和兩位布洛赫斯特小姐，並引領她們在教室前方的貴賓席就座。如此看來，她們是和擔任聖職的一家之主乘同一輛馬車來的，在他與管家辦理公務、盤查洗衣工、教訓學監時，她們已把樓上的房間一一細查過了。所以，她們這就開始羅列缺失之處，對負責照管床品衣物、監管寢室的史密斯小姐發起責難。但我沒有時間去聽她們說些什麼，因為我一直在留意別的事情，注意力完全被吸引了。

到現在為止，我一直在留意布洛赫斯特先生和坦普爾小姐的談話，也始終沒有忘記要確保自身安全。我覺得，只要不被看到，大概就能躲過一劫。我本來就坐在最後一排的長凳上，為了盡量不引人注目，我還把身子往後靠，假裝在忙於做算術題，故意端起寫字板，遮住臉。我本可以成功的，只怪那塊寫字板不聽話，不知怎的忽然從我手中滑落，砰然落地，頓時引來所有人的目光。這下完了，我心知肚明，所以彎腰撿起碎成兩半的寫字板時，已鼓足勇氣準備面對最壞的結局。果然不出所料。

「真是個粗心的女生！」布洛赫斯特先生說，又立刻說道，「是那個新來的學生，我看出來了。」

還沒等我喘過氣來，他又說道，「我不能忘記這件事：關於她，我有幾句話要說，」然後就大聲說道，「摔壞寫字板的學生到前面來！」在我聽來，那是多響亮多刺耳啊！

靠我一己之力是無法從命的，我渾身癱軟，無法動彈。可是，坐在我兩邊的兩個大女孩硬把我拉起來，還把我推向那位可怖的審判官。坦普爾小姐溫柔地攙著我走到他面前，我聽見她小聲地勸說：「別怕，簡，我知道妳不是故意的，不會受罰的。」

這善意的耳語像匕首一樣直刺我心扉。

「再過一分鐘，她就會鄙視我，把我當作偽君子了。」我心裡這麼想，對里德夫人和布洛赫斯特那些人的怒氣便油然而生。我可不是海倫．彭斯。

「把那張凳子拿來。」布洛赫斯特先生指著一張很高的凳子說道。有位班長從凳子上起身。凳子被搬了過來。

「把這孩子放上去。」

有人把我抱上了凳子。我也不知道是誰抱的，此刻的我已無力去關注旁枝末節。我只知道被高高抱起，現在我和布洛赫斯特先生的鼻子一般高；也知道他離我只有一碼遠；更知道有橙黃和紫紅的閃緞斗篷、雲霧般的雪白羽毛在我眼皮底下飄動著，搖擺著。

布洛赫斯特先生清了清嗓子。

「女士們，」說著，他轉向他的家人，「坦普爾小姐，各位師生，妳們都看見這女孩了吧？」

她們當然看見了。我感覺得到，她們的目光就像對焦的放大鏡，似乎在灼燒我的皮膚。

「妳們瞧，她年紀還很小；妳們也看到了，她的外貌與一般孩子沒什麼兩樣。上帝仁慈地賜予她和我們一樣的外形，沒有明顯的缺陷能表明她有什麼特別之處。誰能想到，魔鬼已伸出魔爪，令她成為自己的奴僕，代替自己作惡？但我要痛心地說，事實正是如此。」

停頓——在這短暫的間歇裡，我開始平穩自己受驚的神經，好像已經渡過了魯比孔河[3]，既然這場審判已無法迴避，那只能死撐到底。

「親愛的孩子們，」這位黑色大理石般的牧師用悲愴動人的語氣說下去，「這是讓人憂思感傷的時刻，因為我有責任告誡大家，這個女孩本可以成為上帝的羔羊，卻成了被驅逐的迷途浪子，她不屬於真正的羔羊群，而顯然是個闖入者，一個異己。妳們必須提防她，不要以她為榜樣。必要的話，盡量避免與她作伴，不要同她一起遊戲，不要與她交談。各位教師，妳們必須看牢她，注意她的一言一行，掂量她的話語，監視她的行動，懲罰她的肉體以拯救她的靈魂；如果有可能挽救的話，因為（我說這話都覺得難以啟齒）這個女生，這個孩子，出生在基督教國家，卻比很多向梵天祈禱、在訖里什那[4]神像前跪拜的異教徒更低劣，這個女孩是——騙子！」

這次足有十分鐘的靜默，而我的神智已完全恢復清醒，注意到布洛赫斯特家的三位女眷都拿出手帕，抹了抹眼睛，年長的那位身子前後搖晃，年輕的兩位耳語著說道：「太讓人震驚了！」

布洛赫斯特先生繼續說：

---

3. 魯比孔河（Rubicon）：位於義大利中部。典故出自西元前四十九年，凱撒率兵渡過魯比孔河，打破了不得帶兵渡此河的禁忌，宣告與龐培為首的羅馬政府正式開戰。「渡過魯比孔河」因此成為英語成語，意為破釜沉舟，沒有退路的處境。

4. 訖里什那（Juggernaut）：印度教三大神之一毗濕奴的化身。

「這些都是我從她的恩人那裡得知的，那位慈善而虔誠的夫人在她成為孤兒後收養了她，把她當作親生女兒來養育，可這個陰鬱的女孩竟以忘恩負義來報答恩人的善良和慷慨，那麼惡劣，那麼可怕，以至於那位無可指摘的恩主最終不得不讓她與自己的孩子們保持距離，生怕她的墮落惡行會腐化孩子們的純真。她把這個女孩送到這裡來治療，就像古時的猶太人把病人送往攪動中的畢士大池[5]那樣。各位教師，學監，我請求妳們別讓她讓周遭變為一潭死水。」

引經據典地說完精彩的結語，布洛赫斯特先生正了正長大衣的第一顆鈕釦，和女眷們低聲說了幾句，她們就起身，向坦普爾小姐鞠了一躬。隨後，這四位大人物就威風凜凜地走出了教室，但我的審判官到了門口又轉身說道：「讓她在凳子上再站半小時，今天之內，任何人都不許和她說話。」

於是，我就高高地站在那裡；還記得我自己說過不能忍受在眾目睽睽之下在教室中央遭受罰站的羞辱，但此時此刻，站在高高的恥辱臺上示眾的正是我。我的感受無法言喻。但當全體起立，我愈發感到呼吸困難、喉頭緊縮的時候，卻有位女生向我走來，從我身邊經過時抬起眼睛，看著我。那雙眼睛閃著多麼非凡的光芒！帶來了多麼異乎尋常的感覺！這嶄新的體驗頓時讓我振作起來！儼如一位殉道者、一個英雄走過奴隸或受害者的身邊，在剎那間施予了力量。我克制住了正待發作的歇斯底里，昂起頭來，穩穩地站在凳子上。海倫．彭斯去問史密斯小姐幾個無關緊要的作業問題，結果被訓斥了一通。回去自己的座位時，她再次經過我，對我微微一笑。多麼美好的笑容！我至今難忘，我知道那笑容流露出睿智和真正的勇氣，照亮了她富有特徵的輪廓、瘦削的臉龐和深陷的灰眼睛，就像光芒映照出天使的面容。

其實，海倫．彭斯的胳膊上還佩戴著標誌「不整潔學生」的袖標；不到一小時前，我還聽見斯卡查德小姐罰她明天中飯只吃麵包和清水，因為她在抄寫習題時弄髒了練習簿。這就是人類的天性：不可能樣樣完美！

即使是最明亮的行星也會有黑斑，但在斯卡查德小姐這樣的人眼裡，只能看到細微的瑕疵，卻對星球的燦爛光芒視而不見。

5. 畢士大池（Bethesda）：典故出自《新約・約翰福音》第五章第二節，耶路撒冷有一個池子叫做畢士大，天使攪動池水時，池中人的疾病都能得到治癒。

第8章

半小時不到，鐘就敲響了五點。下課了，大家都去餐廳吃茶點了。我斗膽走下凳子，這時天色已很暗，我躲到角落裡去，在地板上坐下來。一直支撐著我的魔力漸漸消退，正常的反應終於到來，我悲痛得無以復加，頹然撲倒在地，深深埋起臉孔。我哭起來了。海倫·彭斯不在身邊，沒有任何力量來支撐我了。剩下我獨處時，再也無法自制，眼淚滴落到地板上。我原本想在羅伍德做個好學生，盡心盡力學更多知識，多交朋友，贏得他人的尊敬和愛護。我已經有了顯著的進步，就在那天早上，我第一次在班上拿到第一名，米勒小姐親切地誇獎我，坦普爾小姐微笑著表示讚許，還說，只要我在未來兩個月裡繼續保持優異的成績，就教我繪畫，讓我學法文。而且，同學們對我也很好，和我年齡相仿的女孩對我平等相待，我已不再受人欺侮。但現在呢？我又被擊垮在地，遭人踐踏。我還有翻身的機會嗎？「永遠沒有了！」我想到這裡，寧可去死。正當我泣不成聲地說出這個念頭時，有人走了過來。我驚得挺起身，發現那又是海倫·彭斯，漸暗的爐火恰好照亮她走過空空蕩蕩的長房間，她給我端來了咖啡和麵包。

「來，吃點東西，」她說。可是，我把咖啡和麵包都從面前推開，我覺得在這情形下，哪怕一滴咖啡、一口麵包都會把我噎住。海倫凝視著我，似乎有點驚訝。雖然我已拚命克制，卻仍然無法按捺激動，放聲大哭。她在我旁邊的地板上坐下來，雙臂抱膝，把頭靠在膝蓋上，就那麼坐著，不言不語的像個印度人。反倒是我先開口：

「海倫，人人都相信我是騙子，妳為什麼還要和我待在一起？」

「人人？哦，簡，只有八十個人聽見他叫妳騙子，而世界上還有千千萬萬的人呢。」

「可是我跟那千千萬萬的人有什麼關係？我認識的八十個人都瞧不起我。」

「簡，妳想錯了。也許學校裡根本沒有人會瞧不起妳，或者討厭妳。我敢肯定，很多人反而都很同情妳。」

「聽布洛赫斯特先生那麼說，她們怎麼可能同情我？」

「布洛赫斯特先生又不是神，也算不上廣受尊崇的偉人。這裡沒人喜歡他，他也從沒做過讓大家喜歡的事情。要是他把妳當寵兒，妳倒會發現明裡暗裡有很多人與妳敵對。像現在這樣，大多數人都會同情妳，只是沒有膽量來安慰妳。教師們、學生們可能會冷淡地對待妳一兩天，但她們心裡都藏著友善的態度。只要妳繼續努力，好好表現，這些善意暫時被壓抑，用不了多久，反而會更明顯地表現出來。還有，簡——」她停下不說了。

「怎麼了，海倫？」我說著，把自己的手塞到她手心裡，她輕輕地揉著我的手指，使它們暖和過來，這才往下說：「即使世上的人都恨妳，相信妳很壞，但只要妳問心無愧，知道自己是清白的，妳就不會沒有朋友。」

「不，我明白我應當看重自己，但這還不夠，要是別人不喜歡我，那就是生不如死——我受不了孤獨，受不了別人討厭我。海倫，妳知道嗎？為了從妳或坦普爾小姐，或是任何一個我真心喜愛的人那裡得到真正的愛，我會心甘情願忍受胳膊被折斷，或是被公牛頂飛，或是被馬跳起來用後腿向後踢中胸口——」

「別說了，簡！妳把人類的愛看得太重了。妳的感情太衝動，情緒太激烈了。至高無上的那雙手創造了妳的身體，賦予其生命，也賦予了妳其他的財富；那雙主宰一切的手造就了妳脆弱的自身，也造就了和妳一樣脆弱的他人。除了塵世和人類，還有一個看不見的世界，一個靈魂的國度。那個世界就在我們身邊，無所不在。那些靈魂照看著我們，奉命守護我們。如果我們將在痛苦和恥辱中死去，如果來自四面八方的鄙視刺傷了我們，仇恨壓垮了我們，天使會看到我們遭受的痛苦，辨清我們的清白（如果我們確實是無辜的，因為我知道妳受到了布洛赫斯特先生的指責，但那只是從里德夫人那裡聽說的，誇大其詞，不足為據；因為我從妳熱情的眼睛、明淨的面容上看到了真誠磊落的本性），上帝只會等待靈魂與肉體分離，以賜予我們的靈魂相應的獎賞。既然生命如此短促，死亡又必然成為通向幸福——榮耀——的入口，我們何苦要沉淪於悲苦呢？」

我在沉默。海倫使我靜下心來，但她傳遞的寧靜裡又摻雜著一種難以言傳的憂愁。我感受到那種悲哀，但不知道它從何而來。說完這些，她有點氣喘，短促地咳了幾聲，我暫時忘掉自己的苦惱，隱隱地為她擔心。我把頭靠在海倫的肩上，雙臂環繞她的腰。她把我拉近些，緊緊摟住我，我倆默默地依偎。沒過多久，又有一個人進來了。剛起一陣風，吹開了厚重的雲層，露出皎潔的月亮。月光從近旁的窗戶灑進來，清晰照亮了我倆和那個慢慢走近的身影，我們立刻認出來，那是坦普爾小姐。

「我是特地來找妳的，簡愛，」她說，「到我房間去吧。既然海倫．彭斯也在，那就一起來吧。」

我們在學監的帶領下，穿過錯綜複雜的走廊，攀上一道樓梯，才到她的住所。房間裡爐火正旺，顯得很愜意。坦普爾小姐叫海倫．彭斯坐在壁爐邊的矮扶手椅裡，她自己坐另一把椅子，再把我叫到她身邊。

「沒事了吧？」她俯身瞧著我的臉問，「大哭一場，傷心事就算過去了吧？」

「恐怕我永遠做不到。」

「為什麼？」

「因為我被冤枉了，小姐您，還有別的人，都會認定我是壞小孩。」

「孩子，我們只會依據妳的表現來看待妳。妳繼續做個好孩子，我們就會滿意的。」

「是這樣嗎，坦普爾小姐？」

「就是這樣，」她用胳膊圍住我的肩膀。「現在，妳跟我說說：布洛赫斯特所說的那位夫人，『妳的恩人』是誰？」

「是里德夫人，我的舅媽。我舅舅去世時，把我託付給她照顧。」

「也就是說，她不是主動要收養妳的？」

「不是，小姐。她是不情願的，因為她不得不撫養我。我常聽僕人們說，我舅舅臨終前逼她承諾好好照顧我。」

「好吧，簡，妳要知道——至少我要讓妳知道——罪犯受到指控時，應該允許他為自己辯護。有人指責妳是騙子，妳就可以在我面前盡力為自己辯護。按照妳的記憶，實事求是地說，不要無中生有，也不能誇大其詞。」

我由衷地下定決心：一定要說得恰如其分，盡量屬實。為了理清頭緒，我思考了幾分鐘，這才向她訴說了我悽慘的童年。

我剛剛痛哭了一場，情緒已經疲乏，所以談到這段傷心往事時，語氣比平時克制。我也牢記海倫的告誡，不一味沉溺於怨訴，因而能夠娓娓道來，不像往常那樣一開口就滿含怨怒與惱恨。我說得很有節制，簡明扼要，聽來更加可信。我一邊說，一邊覺得坦普爾小姐完全相信我的話。

講述往事時，我提到了羅伊德先生在我昏厥後來看過我。我永遠忘不了可怕的紅房間事件，說到細節時，我一時激動，略有失態；因為我無論如何也無法淡忘里德夫人是如何斷然拒絕我發瘋似的求饒，把我再次鎖進黑洞洞、鬧鬼的房間，忘不了那揪心的痛苦。

我講完了。坦普爾小姐默默地看了我幾分鐘，再說道：「這位羅伊德先生，我是認識的。我會給他寫封信，要是他的答覆同妳說的相符，我會公開澄清對妳的詆毀。在我看來，簡，現在妳已是清白的了。」

她親吻了我，依然讓我留在她身邊（我很樂意站在那裡，因為我可以像個孩子那樣盡情端詳她的面容、裝束、幾件配飾、白皙的額頭、閃光的鬈髮和烏黑發亮的眼睛，那是孩子才能享受到的喜悅）。她轉而對海倫．彭斯聊起來。

「今晚妳感覺怎麼樣，海倫？今天咳得厲害嗎？」

「還好，不太厲害，小姐。」

「胸口還疼嗎？」

「好一點了。」

坦普爾小姐站起來，拉過她的手，搭了搭脈搏，隨後回到自己的座位上。我聽到她坐下時輕輕歎了口氣。她沉思片刻，隨後回過神來，用歡快的口氣說道：「今晚妳們倆是我的客人呀！我一定要好好招待妳們。」她拉動了鈴繩。

「芭芭拉，」她對應鈴聲而來的僕人說，「我還沒有用茶點，妳把托盤端來，順便給兩位小姐加上茶杯。」

托盤很快就端來了。在我眼裡，放在壁爐邊的小圓桌上的瓷杯、閃閃發亮的茶壺是多漂亮啊！熱氣騰騰的茶多麼香醇！烤麵包多香啊！但讓我失望的是（因為我開始餓了），我看到茶點的分量很少，坦普爾小姐也注意到了，她說道：「芭芭拉，能不能再拿點麵包和奶油？這不夠三個人吃的。」

芭芭拉出了門，但很快又回來了。

「小姐，哈登夫人說這是按平時的定額送來的。」

哈登夫人就是管家，是布洛赫斯特先生的心腹。她和他一樣，也是鐵石心腸。

「哦，芭芭拉，那好吧，」坦普爾小姐回答，「看來我們只好將就一下了。」等芭芭拉離開了，她又笑著補上一句，「幸好我還有點小本事，可以彌補這次的不足。」

她邀海倫與我湊到桌邊，在我倆面前各擺了一杯茶和一小片美味卻很薄的烤麵包。隨後，她起身，打開抽屜，抽出一個紙包，在我們眼前展開，裡面包的竟是一塊很大的果仁糕餅。

「我本想讓妳們各自帶一點回去，」她說，「可惜烤麵包這麼少，所以，妳們現在就吃了吧。」她很大方地把餅切成厚片。

那天夜晚，我們彷彿享用了神仙盛宴上才有的甘露和美饌，同樣令人愉快的是，女主人一直帶著滿足的微笑，看著我們津津有味地品嘗她慷慨提供的美食。

吃完茶點，僕人端走了托盤，她又請我們坐到壁爐邊。我倆一邊一個坐在她身旁，她與海倫開始侃侃而談，而我能被允許旁聽，實在是難得的榮幸。坦普爾小姐舉手投足間總帶著文雅的氣質，神態總是那麼莊重，談吐得體有禮，因而不會顯露出激烈、興奮或急切；看著她、傾聽她說話的人出於敬畏之心，也不會流露出過分的喜悅。這就是我當時的感受。但海倫卻使我大吃一驚。

茶點很提神，暖融融的爐火燃燒，還有敬愛的導師慈愛的相伴——也許不僅僅因為這些，更重要的是，她獨一無二的頭腦中的某種想法激發出了她內在的力量。力量覺醒了，發光發熱，起初，閃耀在一向沒有血色、現在卻紅光煥發的臉上，隨後，顯露在她炯炯有神、盈盈閃光的眼睛裡。突然間，那雙眼睛變得比坦普爾小姐的眼睛更美麗，更獨特；那種美並非源自好看的色彩、長長的睫毛、描畫過的眉毛，而是源自流動在眼底、意味深長的光芒。她似乎心口交融，流暢的言語滔滔不絕。我根本想像不出來那些話源自何方。哪個十四歲的女孩有這等生機勃勃、海納百川的心靈，足以把握如此純潔又豐盛、熾熱又源源不絕的口才？在那個令我難忘的夜晚，海倫的言談就有這種特色。她的心靈似乎要趕在短暫的時光消逝之前，盡情擁有那些苟活到老的人所擁有的精彩。

她們談論著我聞所未聞的事情，談到了古老的民族，逝去的時代，遙遠的國度；談到了被發現，或仍未解開的自然奧祕，還談到了書籍。她們看過的書真多啊！知識真豐富！而且，她們似乎對法國人名、法國作家知之甚詳。但最使我驚訝的是，坦普爾小姐問海倫是不是還能擠出時間來，複習她爸爸教她的拉丁文，說著還從書架上取下一本書，叫她朗讀一頁「維吉爾」[1]，並且逐字逐句地翻譯。海倫照做了。我每每聽她朗聲念完一行詩句，內心專司崇敬的感受就更強烈一分。她還沒讀完那一頁，卻聽到上床鈴敲響了！這是不允許有拖延的。坦普爾小姐一一擁抱了我們，把我們摟到懷裡時說：「上帝保佑妳們，我的孩子們！」

她擁抱海倫的時間更長一點，鬆開手時也更捨不得。是海倫讓她一路目送到門口，也是海倫讓她再次傷心地歎了口氣。為了海倫，她從臉上抹去了一滴眼淚。

還沒進寢室，我們就聽見斯卡查德小姐的聲音，她正在檢查抽屜，剛好拉開海倫的抽屜。我們一進房門，她就衝著海倫狠狠責罵了一通，還說，明天要把至少半打不整齊的東西別在她的肩頭上。

「我的東西確實亂糟糟的，很丟人，」海倫喃喃地對我說，「我本想整理一下的，但是忘了。」

第二天早上，斯卡查德小姐在一塊紙板上寫下了醒目的大字：邋遢，像貼辟邪符那樣，把它綁在海倫那寬大、溫順、聰穎又和善的額頭上。她很有耐心，毫無怨言地戴著那塊牌子，視之為應得的懲罰，一直戴到晚上。下午的課結束了，斯卡查德小姐一走，我就跑到海倫身邊，一把撕下紙牌，扔進火裡。沒有滋生在她心懷中的怒氣卻整天在我心中燃燒，熱滾滾的大顆淚珠流淌在我的臉頰上。因為目睹她無奈地順從，我心痛得難以忍受。

這件事發生後大約一個星期，坦普爾小姐寫給羅伊德先生的信收到了回覆。顯然，他在信中所寫的與我自述的相符。坦普爾小姐就召集了全校師生，當眾宣布：經過她的調查，簡愛所受的譴責不符事實，她很高興地告訴大家，簡愛的汙名已被徹底澄清。教師們都同我握手，親吻我，同學們也很開心地紛紛議論，愉悅的低語聲迴蕩在我的身邊。

我終於如釋重負，打算從那一刻開始重新起步，克服所有困難，一定要闖出一條自己的路。我用功苦讀，付出幾分努力，便獲得幾分成功。我天生的記憶力不算很強，但經過反覆練習，也有了改進，頭腦反應更機敏了。不出幾個星期，我就升班了；不出兩個月，我就獲准開始學習法文和繪畫。我學會了法語動詞 être 最基本的兩個時態；同一天裡，還作了第一幅茅屋素描（順便說一句，屋子牆壁傾斜得比比薩斜塔還厲害）。那天夜裡上床時，我忘了去遐想巴梅賽德大餐[2]：熱騰騰的烤馬鈴薯，或是白麵包配新鮮牛奶，通常，我就是用這種畫餅充飢的想像力來解饞的，而現在的盛宴是由我在黑暗中所見到的完美圖畫構成的，所有畫作都出自我的手筆，瀟灑自如地勾勒出的房屋、樹木、逼真的岩石和廢墟、奎普[3]式的牛群；還有蝴蝶在含苞玫瑰上翩翩起舞、小鳥啄食成熟的櫻桃的可愛畫面；還有鷦鷯，在嫩綠的常春藤纏繞出的鳥巢裡呵護著珍珠般的鳥蛋。我還在思量，有沒有可能把那天皮耶洛夫人給我看的薄薄的法文故事書流利地翻譯出來？這個問題還沒有得到圓滿的答案，我便甜甜地睡著了。

所羅門說得好：「吃素菜，彼此相愛，強如吃肥牛，彼此相恨。」

現在的我，無論如何都不願用蓋茨黑德的奢華富裕來換羅伍德的清貧困苦。

1. 維吉爾（Publius Vergilius Maro, C.70BC-19BC）：古羅馬詩人。
2. 巴梅賽德大餐：典故出自《一千零一夜》，故事中的王子假裝邀請飢餓的窮人赴宴，卻不給他真正的食物，只用空盤配口述的菜餚。
3. 奎普（Albert Cuyp，1620-1691）：荷蘭風景畫家，畫作中常見牛群吃草、飲水的景象。

第9章

不過，羅伍德的困苦——也許該說是艱辛——漸漸有所好轉。春天即將來臨，春意已雀躍枝頭，最嚴酷的寒冬已過去，積雪融化，刺骨的寒風不再肆虐。在一月隆冬時，我可憐的雙腳被凍得脫皮、紅腫，連走路都一瘸一拐的，但在四月的暖風吹拂下已漸漸消腫、癒合。夜晚和清晨不再出現簡直能凍結血液的加拿大式低溫，現在，我們已能欣欣然在花園中度過遊戲時段。有時，碰上陽光燦爛的好日子，在戶外玩耍就會覺得又愉快又舒適。枯黃的苗圃生出點點綠意，一天比一天生機盎然，讓人浮想聯翩：希望之神似乎在夜間走過，每天清晨都留下她愈來愈清晰的足跡。花朵從樹葉叢中探出頭來，有雪花蓮、藏紅花、紫色報春花和金眼三色堇。每逢星期四下午（放半天假），我們都出去散步，還會發現不少更可愛的小花盛放在路邊和樹籬下。

我還在插著尖刺鐵籬的花園高牆之外發現了一種莫大的快樂，一種寬廣無垠的享受：它來自宏偉山峰環抱的樹木蔥蘢、綠蔭蓋地的大山谷；也來自滿是黑色石子和閃光漩渦的明淨溪流。這與我在冰雪覆蓋、鐵灰色的隆冬蒼穹下看到的景象是多麼不同呀！那時候，死一般冷的霧氣被東風驅趕著，飄過紫色的山峰，滾下草地與河灘，直至與溪流上凝結的冷冽水氣融為一體。那時，溪流就變成勢不可擋、混濁又湍急的奔流，沖決林木，向空中發出怒吼，在夾雜著暴雨和隨風打旋的冰霰中聽來更顯鈍重。溪流兩岸的森林儼如骷髏林立，只見一排排的枯木。

四月過去，五月來臨。這是一個明媚寧靜的五月，每一天都有蔚藍的天空，和煦的陽光，輕柔的西風或南風。草木茁壯成長。羅伍德宛如少女散開秀髮，處處葉綠，遍地開花。榆樹、岑樹和橡樹光禿禿的高大樹幹都恢復了盎然生機，林木間的植物也從隱蔽處繁茂生長出來，各色苔鮮覆蓋了林中的低谷窪地。漫山遍野的野櫻草花更是奇妙，好像從地底升出了陽光，我見過它們淡淡的金色光芒，在林蔭濃深處點點散開，恰如甜蜜的光斑。我常常盡情享受著這一切，無拘無束，無人看管，幾乎總是獨自一人。這種難得的自由與樂趣是有原因的，現在我就要說明原委。

正如我剛才說的，羅伍德掩映在山林之間，坐落在溪流之畔，聽來豈不是個美好的住處？的確，美則美矣，但是否有益於健康就另當別論了。

羅伍德所在的林間山谷終日霧氣迷濛，而霧氣誘發病疫，滋生瘴癘之氣。隨著春天加速到來，瘴氣也加速潛入孤兒們的庇護所，把斑疹傷寒悄然送進擁擠的教室和寢室，五月未到，就已把整所學校變成了醫院。

學生們素來半飢半飽，傷風感冒都得不到及時治療，抵抗力大多很弱，容易受到感染，總共八十個女生，一下子病倒了四十五人。課程暫停，紀律鬆懈，少數沒有得病的學生因此獲得無拘無束的自由，因為醫生認為她們必須加強運動以保持健康。況且，也沒人顧得上去看管她們。坦普爾小姐的全部心思都投入在病人們身上，日日夜夜待在病房裡，寸步不離病人，只在深夜回自己房間小睡幾小時；別的教師們也忙得分身乏術，有些女生幸而有親戚朋友，既能夠、也願意把她們從傳染病區接走，教師們就要幫她們打點行李，做好動身前的必要準備。很多病入膏肓的女生回家後只能等死；有些人死在學校裡，就被迅速地悄悄埋葬，因為傳染病的特性決定了容不得半點耽擱。

疾病在羅伍德安了家，死亡成了這裡的常客。圍牆內籠罩著陰鬱和恐懼，房間裡和走道上散發著醫院的氣味，但藥水和錠劑的味道也無法掩蓋死亡的腐臭。校園外，五月的明媚陽光從萬里無雲的天空灑向峻峭的山丘、美麗的林間。羅伍德的花園裡也是繁花似錦，蜀葵花長得和樹木一樣高，百合盛放，鬱金香和玫瑰爭妍鬥豔，粉紅色的海石竹和深紅色的雙瓣雛菊把小花壇的邊緣點綴得繽紛豔麗，香甜的歐石楠在清晨和夜間吐露蘋果和香草的香氣。但對於羅伍德的大多數病人來說，這些芬芳的美麗已毫無用處，除了偶爾放進棺材裡的那幾束花草。

不過，我與其餘仍然健康的學生卻能盡情享受這個季節和這番美景的美妙之處。我們可以像吉卜賽人一樣，從早到晚在林中遊蕩，愛做什麼就做什麼，愛上哪裡就上哪裡。我們的生活也有所改善。布洛赫斯特先生和他的家人再也沒有來過羅伍德，日常事務也不再受到嚴格監管，脾氣暴躁的管家也已逃之夭夭，生怕受到傳染；接替她的是曾在洛頓診所當護士長的女士，她尚不習慣這個地方的規矩，因此發放生活用品時會寬鬆些。再說，吃飯的人少了，病人又吃得不多，我們早餐的分量自然也就多了一些。也常有沒時間準備正餐的日子，新管家就會給我們一大塊冷的餡餅，或者一片厚厚的麵包和乳酪，我們會把這些吃食帶到樹林裡，挑選各自喜歡的地方，暢快地享受一頓盛宴。

我最喜歡的用餐地點是一塊又寬大又光滑的石頭，白白的立於小溪正中，石面上卻非常乾爽，但要蹚水過河才到得了那裡，我總是赤腳完成這一壯舉。這塊石頭正好夠兩個人舒舒服服地坐著，也就是我和瑪麗．安．威爾遜，她是我當時選中的好朋友，聰明伶俐，觀察力很敏銳。我喜歡與她相處，一半是因為她頭腦機靈，常有奇思妙想，一半是因為她的舉止讓我覺得很自在。她比我大幾歲，更瞭解世情，能告訴我很多我樂意聽的事情，滿足我的好奇心。她也能特別寬容我的缺點，不管我說什麼，她都不會橫加指責或阻止。她擅長描述，我擅長分析；她喜歡講，我喜歡問，所以我們相處得很融洽，就算得不到很大長進，也總有不少樂趣。

這時候，海倫．彭斯在哪裡呢？為什麼我沒有與她共度這些自由自在的快樂時日？是我把她忘了嗎？還是我沒出息，厭倦了只與她往來，對單調的友情感到不滿足？當然，瑪麗．安．威爾遜要遜於我的第一位朋友，她只會給我講些逗趣的故事，或當我對某些流言蜚語感興趣時，給我透露些新鮮刺激的祕辛。而海倫呢，我可以信誓旦旦地說，任何人聽她一席話都能獲得更高品味的享受，她就有那種能耐。

這是事實，讀者，我明白並感覺到了這一點：儘管我這人不盡完美，缺點多，長處少，但我絕不會厭倦海倫，也不會不珍惜與她的情義和眷戀，那比任何一種曾經激盪我心靈的感情都要強烈、溫柔並飽含尊崇。不論在什麼時候，在什麼情況下，海倫都不離不棄地陪伴我，默默表明了忠實的友情，就算我生悶氣、發脾氣，她的友情也不會有絲毫改變或動搖。可是，海倫現在病倒了，我已經好幾個星期沒看到她了。她搬到了樓上的一間屋，我聽說，她不住在躺滿高燒病人、現已改成病房的教室裡，因為她患的是肺癆，不是斑疹傷寒。當時我幼稚無知，還認為肺癆沒有傷寒那麼嚴重，只要假以時日並悉心照料，她就肯定可以好轉。

更何況，有一兩個風和日麗的下午，海倫在坦普爾小姐的陪伴下去了花園，這讓我的想法愈發堅定了。但在那種情況下，她們不允許我過去與她說話。我只能隔著教室的窗戶，遠遠地看著她，卻又看不清楚，因為她裹得嚴嚴實實，遠遠地坐在遊廊上。

六月初的一個晚上，我與瑪麗．安在林子裡逗留得很晚。像往常一樣，我們沒和別人湊在一起，閒逛到了很遠的地方，以至於迷了路。我們不得不到一間孤零零的農舍去問路，住在那裡的一對男女養了一群半野生半家養、以林中樹果為食的野豬。回到學校時，明月已經升至半空，花園門口站著一匹馬，我們認得那是外科醫生騎的小矮馬。瑪麗．安說，準是有人病得很重，所以才在這麼晚的時候請貝茨先生來。她先進了屋，我在外面耽擱了幾分鐘，把從森林裡挖來的一把花草栽在花園裡，生怕留到早晨它們會枯死。栽好以後，我又徘徊片刻，因為沾上露水的花香氣特別濃郁。多麼讓人心曠神怡的夜晚啊，那麼寧靜，又那麼溫煦，西邊的天際仍有晚霞的餘暉，預示著明天又將有好天氣。月亮從黯淡的東方莊嚴地升起。我用孩子的眼光好奇地觀看這一切，享受著個中美好，這時，心頭突然湧現了一個從未有過的想法：

「這個時節躺在病床上奄奄一息，等待死亡逼近——多麼悲哀！這個世界是如此美好，被迫離開這裡，去一個無人知曉的地方——那是何其悲慘啊。」

在那個時刻，我生平第一次嚴肅地思考天堂和地獄，那是常常被灌輸的理念；卻也第一次感到畏縮和迷惑；我的心第一次瞻前顧後，左顧右盼，卻發現周圍只有無底深淵——除了當下這一立足點，其餘一切都如浮雲無形，空虛萬丈；一旦立足不穩，就會墜下那種混沌之中，想到這裡，我不禁戰慄。就在我前所未有地如此思索時，突然聽到前門開了，貝茨先生在護士的陪同下走出門來。她目送貝茨先生上馬離去後，正要關門，我趕緊跑到她面前。

「海倫・彭斯怎麼樣了？」

「很不好。」她回答。

「貝茨先生是去看她的嗎？」

「是的。」

「他怎麼說的？」

「他說她在這裡待不久了。」

要是我昨天聽到這句話，肯定以為那說明她將要搬回諾森伯蘭郡的老家去，絕對想不到那是在暗示她即將死去。但此刻我一聽就懂了！我能清清楚楚地領會到：海倫在世的日子所剩不多，她將被帶往神靈的國度，如果真有那種地方的話。我感到一陣恐怖，繼而是鑽心的哀慟，強烈的願望也隨之而來：我必須去看她。我問護士，海倫在哪個房間。

「她在坦普爾小姐的房間裡。」護士說。

「我可以上去跟她說說話嗎？」

「哎呀，孩子！那可不行。妳該進屋了，降了露水還待在外面，妳也會得熱病的。」

護士關上前門，我從通往教室的邊門溜了進去。我剛好趕上，剛到九點，米勒小姐正在吩咐學生們就寢。

大約過了兩小時，可能將近十一點了，我依然難以入睡，而且寢室裡悄然無聲，我猜大家都睡熟了，便輕手輕腳地爬起來，在睡衣外面套上罩衣，光著腳溜出寢室，打算去找坦普爾小姐的房間。她的房間遠在這棟大宅的另一端，但我認得路，而且，夏夜晴朗無雲，皎潔的月光從過道窗戶裡照射進來，更方便我輕而易舉地找到她的房間。一股樟腦味和燒焦的醋味提醒我已走近傷寒病房，我加緊腳步，走過門前，生怕被通宵值班的護士聽到。我擔心被人發現後被趕回寢室，因為我必須看到海倫——在她死前，我必須擁抱她，必須給她最後的親吻，說上最後一句話。

下了一段樓梯，又走了一段路，小心翼翼地打開再關上兩道門，沒有發出任何聲響，到了另一段樓梯然後拾級而上，正對面便是坦普爾小姐的房間。鎖孔裡和門縫裡透出些微光亮，四周萬籟俱寂。我走近一看，只見門虛掩著，也許是要讓新鮮空氣進入緊閉的病房。我不想多猶豫，本來就已迫不及待了——全身心都因極度的痛苦而顫抖不已。我推開門，探頭往裡看，一邊用目光尋找海倫，一邊又害怕遇見死亡降臨的場面。

緊靠坦普爾小姐的床鋪，有一張小床，白色的帷幔半遮半掩。我看到被子底下有人形輪廓，但人臉被帷幔遮住了。在花園裡和我交談過的護士坐在一把安樂椅裡，睡著了。一支燈芯未剪的蠟燭在桌上幽幽地燃著。沒有看到坦普爾小姐，後來我才知道，她被叫到傷寒病室察看一個昏迷不醒的女生了。我往屋裡走，在小床邊停下來，伸手拉住帷幔，但我想在拉開之前說點什麼。我仍然很怕，唯恐看到一具屍體。

「海倫！」我輕聲叫喚，「妳醒著嗎？」

她動了動身子，拉開帷幔，我一下子看到了她的臉：蒼白、憔悴，卻十分平靜，她看上去沒有什麼變化，我剛才的恐懼頓時煙消雲散。

「真的是妳嗎，簡？」她用一貫的溫柔語調問道。

「啊！」我心想，「她不會死的，他們肯定搞錯了。要是她不久於人世，她的語氣和神色怎麼會這麼鎮定自若？」

我靠近她的床邊，吻了她一下。她的額頭冰涼，兩頰又冰涼又消瘦，手和手腕也一樣，只有那微笑依舊如昨。

「妳怎麼到這裡來了，簡？都十一點多了，幾分鐘前我聽見鐘響過。」

「我是來看妳的，海倫。我聽說妳病得很重，不來和妳說說話，我就睡不著。」

「那麼說，妳是來和我告別的了，也許妳來得正是時候。」

「妳要去別處嗎，海倫？妳要回家鄉了，是不是？」

「是的，回到永遠的家——我最後的歸宿。」

「不，不要，海倫。」我哽咽難言，悲傷至極。我竭力抑制淚水，海倫卻猛咳起來，幸好沒有吵醒護士。咳完後，她筋疲力盡地躺了幾分鐘，隨後輕聲說道：「簡，妳怎麼光著小腳呢，快躺下，蓋上我的被子。」

我聽話地鑽進被子，她用胳膊摟住我，我緊偎著她。沉默良久之後，她又輕聲說起話來：

「簡，我感到很幸福。聽到我死了的時候，妳千萬不要悲傷。沒什麼需要悲傷的。總有一天，我們都會死去。慢慢奪去我生命的疾病並不太痛苦，這病既溫和，又緩慢，我的心靈已經安息。我的死不會讓任何人悲痛欲絕，我只有一個親人，是我父親，他剛新婚，不會想念我的。我死得早，因而免受更大的磨難。我也沒什麼天賦和才能，能在這世上成為人上人。要是我活下去，恐怕只會一錯再錯。」

「可是妳要去哪裡呢，海倫？妳能看得見嗎？妳知道嗎？」

「我相信，我有信仰，我要去上帝那裡。」

「上帝又在哪裡？上帝到底是什麼？」

「我和妳的創造者。上帝絕不會毀滅祂的造物。我完全依賴祂的力量，全心全意託付給祂的仁慈。我數著分秒等待，直到那個重大的時刻來臨，上帝會顯現，我就能回歸祂的身邊。」

「海倫，妳真的相信世上有天堂，也相信我們死後的靈魂都會到天堂去嗎？」

「我相信，肯定有一個未來的國度。我相信上帝是慈悲的，我可以毫無保留地把不朽的靈魂託付給祂。上帝是我的父親，我的朋友，我愛祂，我相信祂也愛我。」

「海倫，那我死後還能再見到妳嗎？」

「親愛的簡，妳會來到同一個幸福的天國，毫無疑問，也會被同一個無所不在、全能神聖的天父庇護。」

我再次發問，但這回只是在自己心裡默想：「那個天國在哪裡？真的存在嗎？」我把海倫摟得更緊了，對我來說，她似乎比以往任何時候都更寶貴，我簡直不能放手讓她走。我躺在那裡，把臉深深埋進她的頸窩裡，她又用最甜美的語調說道：

「真舒服啊！剛才那通咳嗽，把我都咳累了，我有點想睡了。可是，簡，別離開我，我喜歡妳陪在我身邊。」

「我會一直陪著妳的，親愛的海倫，誰也不能把我趕走。」

「妳夠暖和嗎，親愛的？」

「挺暖的。」

「晚安，簡。」

「晚安，海倫。」

她親吻我，我也親吻她，我倆很快就睡著了。

我醒來時已經是白天了，一陣不同尋常的騷動把我驚醒了。我抬頭一看，發現自己正躺在別人的懷中，是那位護士抱著我，正穿過走道，要把我送回寢室。我沒有因為擅離床位而受到責備，因為大家都有各自的事情要忙。當時我提出很多問題，但也沒人答覆我。但一兩天後我知道了，坦普爾小姐清晨回房時，發現我躺在小床上，臉蛋緊貼海倫·彭斯的肩頭，胳膊摟著她的脖子，我睡著了，而海倫——死了。

她的墳墓在布羅克布里奇墓地。她去世後的十五年中，那只是個雜草叢生的墳頭，但現在，那裡豎起了一塊灰色的大理石墓碑，上面刻著她的名字，以及拉丁文的「我將再生」。

第10章

到目前為止，我細述了自己微不足道的身世，用了將近十個章節來描寫此生最初的十年，但這不是一部尋常意義上的自傳，我只想喚起一些回憶，竊以為讀者會略感興趣。但現在，我要默默跳過八年歲月了，為了能讓上下連貫銜接，請容我再交代幾行筆墨。

斑疹傷寒在羅伍德完成了浩劫般的使命後，便漸漸銷聲匿跡了。但在那之前，受其荼毒、失掉性命的人數之多已引來外界公眾對羅伍德的關注，人們對這場天災人禍的根源作了調查，逐步披露的不堪事實激起了極大的公憤。學校的選址不利於健康，孩子們的伙食量少質差，煮飯用的水又臭又鹹；學生們的衣物單薄簡陋，住宿條件惡劣；這些情況都被公諸於世，曝光的結果使布洛赫斯特先生顏面盡失，但學校本身獲益良多。

郡裡的一些樂善好施的富人慷慨捐助，另覓一處更適宜的地點，建造了設施更好的校舍，制定了新校規，餐飲和衣物方面也都有所改善。善款和學校經費都委託給一個專門委員會管理。布洛赫斯特先生有錢有勢，終究不能等閒視之，所以仍保留司庫一職，但在他履行職務時，須得到胸懷更寬廣、更富同情心的紳士們從旁輔助監督。督導的職務也由其他人共同分擔，他們更通情達理，更能兼顧節儉與舒適，更能平衡寬容與公正。學校因此大有改進，終於成為一所高尚的學府，真正發揮慈善的用處。羅伍德重獲新生之後，我在其中生活了八年：當了六年的學生，兩年的教師，因雙重身分，我見證了這所學校的重要價值。

在這八年中，我的生活一成不變，但並非不快樂，因為日子過得挺充實。我得到了接受良好教育的各種條件。有些課程是我喜愛的，但我希望自己在各方面都能出類拔萃。我也很樂意讓教師們滿意，尤其是我喜歡的教師們。這一切都激勵我奮進，充分利用我能夠得到的一切有利條件。很快，我就躍升為第一班的第一名，後來又被授予教師職務，滿腔熱情地做了兩年，但兩年之後我的心意有所改變。

學校經過改革後，坦普爾小姐依然擔任學監之職。我在學業上的成績都要歸功於她的教導。她的友誼和陪伴始終慰藉著我。在我心目中，她儼然就是我的母親、私人教師，後來又成為我的益友。但這時候，她結婚了，要隨她的丈夫（一位出色的牧師，幾乎能匹配這樣的佳人）遷往很遠的郡，我只能就此失去她了。

從她離開的那天起，我就不再是之前的那個我了。她一走，也帶走了所有確鑿的親密感，羅伍德不再讓我有家的感覺。我深受她的個性和很多習慣的影響，想法親和了許多，也學會了從內心深處節制感情。我立志盡忠職守，也很文靜；在別人眼中，我似乎是一個循規蹈矩、安分知足的人，甚至我自己也時常這樣想。

但是，命運之手假借納司密斯牧師，把我和坦普爾小姐分開了。婚禮後不久，我見她一身旅行輕裝跨進一輛驛站馬車，我遙望馬車爬上小山，翻過山頂，消失了，這才回到自己的房間，孤單地度過學校為慶祝她的婚禮而放的半天假期。

大部分時間裡，我在房間裡躑躅，悵然若失，我以為自己只是在追憶，並想辦法彌補內心的失落，但當我停止沉思，抬頭看到暮色已濃，夜色漸深，突然靈光乍現，嶄新的想法閃過心頭。就在那個瞬間，我經歷了一番轉變。我在心裡暫時放下從坦普爾小姐那裡借用的一切——倒不如說是她帶走了我在她身邊所感受到的寧靜氛圍——現在，我只能依靠天性了，也感受到舊日的情緒開始萌動。與其說我失去了支柱，而不如說失去了動力；我並沒有失去保持平和的能力，而是需要保持平和的理由已不復存在。這些年來，羅伍德就是我全部的世界，我經歷的只有學校的規章制度，但現在我想起來了——真正的世界無限廣闊，充滿希望與憂懼、感知與激動，那個多姿多彩的天地等待那些有膽識的勇者去探索，去冒險追求人生的真諦。

我走到窗邊，敞開窗扉，往外眺望。我能看見校舍的兩翼、花園，以及羅伍德的周邊地帶，也能看見山巒起伏的地平線。我的目光一一越過這些，最終落在最遙遠的藍色山峰上，那正是我渴望攀越的邊界。岩石嶙峋的邊界內是如此荒涼，儼如囚禁場、流放地。我用目光沿著一條從山腳蜿蜒而上的白色山路，隨之消失在兩山間的峽谷之中。我多麼希望循著這條路繼續前行，直至遠方啊！我想起當年的漫長旅程，乘著馬車，沿著那條路在薄暮中下山；最初到達羅伍德的那天彷彿極為久遠，恍如隔世，但從那天起，我再也沒有離開過這裡。所有假期都是在學校裡度過的，里德夫人從未派人把我接回蓋茨黑德府，她或任何家人都沒來探望過我。我與外部世界沒有往來，既沒有寄出過書信，也沒有和任何人聯繫。校規、校務、寄宿學校的生活習慣和觀念，師生們的音容、語言、服飾、好惡……就是我所知的一切。但我開始覺得這遠遠不夠。僅僅是一個下午，我就對八年如一日的陳規生活突然產生了厭倦。我憧憬自由，我渴望自由，想到自由而呼吸急促，為祈求自由而禱告。禱告的聲音似乎被晚風徐徐吹散，我便放棄了那段禱文，重新構想一段更謙卑的祈求：我只求有變化，有一點新鮮的刺激。但這番懇求似乎也被吹遠了，飄蕩在浩渺虛無的空中。「好吧，」我近乎絕望地喊出聲來，「至少要給我一種新的苦役吧！」

這時，晚餐鈴響了，召喚我下樓。

於是，我沒有空閒繼續思考，甚至到就寢時分，同房的一位教師還絮絮叨叨閒聊了好久，令我無法專心回到那個一心所向，但被打斷的問題。我真希望瞌睡能讓她安靜下來！我隱約覺得，只要我再考慮一下佇立窗前時閃過腦際的那個念頭，某個獨特的想法就會自動冒出來，讓我擺脫困境。

格麗絲小姐終於打起了輕鼾。她是個壯碩的威爾斯女人，以前，她的鼾聲只會讓我討厭，但今晚，聽到前奏般的深沉鼻音時，我竟覺得心滿意足。終於擺脫了干擾，我心中那若隱若現的想法立刻清晰顯現。

「一種新的苦役！很有意思的想法。」我自言自語（只是內心獨白，我沒有出聲），「我明白，因為它聽上去並不美妙，不像自由、興奮、享受這些詞固然動聽，但也只是悅耳的詞彙，空洞無用，轉瞬即逝，不值得浪費時間去聆聽。但是，苦役！終究是不同的，實實在在的，任何人都能找到勞作之事，發揮自己的用處。我已經在這裡勤勉勞作了八年，現在我所期求的不過是到別處去勤勉勞作。難道我連這點願望也達不成嗎？難道這事不可行？對——沒錯——達成這個目的並非難事，只要我肯動腦筋，找到合適的辦法。」

好像要擺出開動腦筋的架勢，我從床上坐起來。那一夜很涼，我在肩上裹了塊披巾，便全神貫注地深入思考起來。

「我到底想要什麼？在新環境裡的新職位，面對新的面孔，住在不一樣的房子。我只要這個，因為奢求太多是徒勞無益的。那麼，怎樣才能找到新工作呢？我猜想，別人會求助於朋友，但我沒有朋友。世上也有很多人無親無故，他們只能自力更生，自己去找工作。那麼，他們用什麼辦法呢？」

我說不上來，想不出現成的答案。但我責令自己的頭腦想出一個答案，而且要快。我感覺得到，頭腦在加速運轉，我感覺得到，頭腦和太陽穴上的血管在怦怦悸動。但在將近一個小時裡，我的腦子裡混沌極了，毫無結果。這種徒勞無功讓我心亂如麻，索性起身下床，在房間裡轉了轉，拉開窗簾，望見一兩顆星星，在寒夜中顫抖的我再次縮到床上。

肯定有位善良的仙女趁我離開床鋪時把我苦思冥想的答案留在我的枕頭上了，因為我再次躺下時，有個主意自然而然地悄悄潛入我的腦海：「想要謀職的人會登廣告，妳必須在本郡《先驅報》上刊登一則廣告。」

「怎麼登呢？我對廣告一無所知。」

立刻響起輕聲回應，不費吹灰之力：

「妳要把廣告和廣告費裝進同一個信封，寄給《先驅報》的編輯。妳必須抓住機會，把信投遞到洛頓郵局，回信也務必寄回那個郵局，寫上 J.E. 收。信寄出後一個星期，妳可以去詢問是否有回信。有回音了再斟酌接下去怎麼辦。」

我把這個計畫反覆琢磨了二三遍，直到完全領會，可以想像出每一個步驟都明確可行。我這才心滿意足地沉沉睡去。

第二天我一大早就起來了，沒等起床鈴把全校吵醒，就寫好了廣告，封入信封，寫上了地址。廣告是這樣寫的：

> 茲有一名年輕女教師（我不是做了兩年的教師嗎？）願謀家庭教師之職，學童年齡須在十四歲以下（我想，畢竟自己未滿十八，實在不適合指導跟我年齡相近的學生）。能勝任優良的英國教育所需各類常規課程之教學，包括法文、繪畫和音樂（讀者們，這些學科如今看來稀疏平常，但在那個年代卻已堪稱廣博的教育內容）。回信請寄洛頓郵局，J.E. 收。

這封信在我的抽屜裡鎖了一整天。午間茶點以後，我向新來的學監請假去洛頓，為自己和一兩位共事的教師辦些小事。她欣然允諾，我便動身。步行到鎮上約有兩英里，傍晚時分雨霧濛濛，好在白晝依然很長，天色還亮。我跑了一兩家店鋪，到郵局寄出信，返程時下起大雨，渾身濕漉漉地回到學校，但心裡很暢快。

接下來的一星期感覺特別漫長，但如世間萬物一樣，終究會到盡頭。在一個秋高氣爽的傍晚，我再次踏上通向洛頓的小路。順便提一句，這條路風景如畫，沿溪而行，穿過山谷中景致最迷人的蜿蜒起伏之處。不過，那天我一心在想，在即將到達的小鎮郵局裡，有沒有回信在等著我呢，因而無心觀賞草地和溪水的美妙。

我這趟出門的理由是要訂做一雙新鞋。所以我先去鞋匠那兒量好了尺寸，再穿過潔淨又安寧的小街，來到郵局。值班的是位老婦人，鼻梁上架著牛角框眼鏡，手上戴著黑色露指手套。

「有給J.E.的信嗎？」我問。

她抬起眼睛，從鏡框上緣看了我一眼，隨後打開抽屜翻找了好一會兒，找了那麼久，我都快洩氣了，她卻終於把一封信舉在眼鏡前，足足看了五分鐘，這才隔著櫃檯遞給我，依舊帶著狐疑的眼光，很不放心似的打量我。收信人確實是J.E.。

「只有一封嗎？」我問。

「沒有別的了。」她回答。我把信揣進口袋，轉身就走。我不能當場拆開，因為按照規定我必須八點前返回校舍，而這時已經七點半了。

一回學校，各種事務都在等著我。學生們自習，我得陪著；隨後輪到我讀禱文，再照應她們就寢，之後才能和其他教師們一起吃晚餐。即使最後回到自己房間準備睡覺時，還有那位躲不掉的格麗絲小姐近在眼前。燭臺上只剩下一短截蠟燭了，我擔心她會喋喋不休，直至燭滅。幸好，她晚上飽餐了一頓，很有催眠的作用。還沒等我脫完衣服，她已鼾聲大作。蠟燭只剩一寸光景，我趕緊取出信。封口的署名寫的是F.。我拆開信封一看，內容簡明扼要：

如上週四在《先驅報》上刊登廣告的J.E.確具備所提及的專長，並能出具有關品格與能力合格的證明推薦函，即可應聘此教職，負責教育僅一名學生：不滿十歲之女童。年薪三十英鎊。請將推薦書及其姓名、地址等詳情寄往：××郡，米爾科特附近，桑菲爾德，費爾法克斯夫人收。

我把這封信反覆讀了幾遍。字體很老派，筆跡不大穩，像是出自老婦之手——這倒是讓我很滿意。

因為我一直暗暗擔心，我這樣自作主張，一意孤行，很可能陷入某種危險的困境。更重要的是，我希望自己努力得來的成果是體面、妥當且正規的。所以，對方若是位老婦，我覺得應該算是很理想的狀況。費爾法克斯夫人！我想像她穿著黑色長裙，戴著寡婦帽，也許有點冷淡，但不失禮儀，想必是一位典型的老派英國夫人。桑菲爾德！毫無疑問，那是她的家宅的名稱，雖然我無從想像那棟房舍的樣式，但肯定是個潔淨、整飭的地方。米爾科特，我重溫了記憶中的英國地圖。沒錯，有那個郡，那個鎮。我現在所住的山鎮很偏遠，但那個郡離倫敦更近，比這裡近了七十英里！這顯然是個優點。我嚮往熱鬧、繁榮的地方。米爾科特是個工業大城，坐落在A河河畔，無疑是夠繁忙的城市。這樣豈不更好，怎麼也算是徹底的改變吧！雖然我開始有美好的幻想，但不代表我對那些高高的煙囪、黑煙霧霾也感興趣，「不過，」我兀自辯解，「或許桑菲爾德離城區遠著呢。」

這時，殘燭落入燭臺，燭火熄滅了。

第二天我就要著手下一個步驟了。這個計畫不能悶在自己心裡，要想達成目標，我必須公開這件事。利用午間休息的時段，我求見學監，告訴她我有希望找到新職位，薪金是我目前所得的兩倍（在羅伍德我的年薪為十五鎊），請她將此事轉告布洛赫斯特先生或其他委員會的成員，並徵詢他們的意見：是否允許我把他們列為推薦人？她欣然同意要為我居中促成此事。第二天，她就呈報給布洛赫斯特先生，他說，因為我的監護人是里德夫人，所以必須寫信詢問她的意見。於是，簡函寄給了里德夫人，她回信說，一切悉聽尊便，她早已不干涉我的事務了。這封回函在委員會裡得到了傳閱，並經過了令我心急如焚的拖延後，我終於得到了正式的離職許可：我可以自行改善境遇，另覓他職。此外，由於我在羅伍德工作和就學期間一向表現良好，幾位督學將為我開具並簽署足以證明我的品格和能力的推薦函。

推薦函在一個月內送達我手，同時給費爾法克斯夫人寄出了副本，很快得到回覆，她說對我感到滿意，並定於兩週後抵達那位夫人家，擔任家庭教師。

我這就忙活起來，要做各種準備，兩個星期一晃而過。我的衣裝本來就不多，但夠穿。出發前一天收拾行李箱也綽綽有餘——還是八年前從蓋茨黑德帶來的那只箱子，已用繩子捆好，貼上了名字標籤，半小時之後會有腳夫來搬走，先送到洛頓。我自己要在次日清早趕到洛頓等公共馬車。我把黑呢旅行裝刷乾淨，備好帽子、手套和皮手筒，再次檢查所有的抽屜，免得遺忘什麼東西。隨後就無事可做了，我想坐下來休息，卻定不下心來；雖然已奔忙了一整天，但我太興奮了。我生活的一個階段今晚就將結束，明天就將開始一段新生活。在新舊交替的這一夜，我實在難以入睡，只能熱切地注視這巨變的過程。

「小姐，」一個僕人在門廳找到了我。這會兒，我正像不安的遊魂在那裡徘徊。「樓下有人要見妳。」

「肯定是腳夫來了。」我心想著，沒有多問就奔下樓去，經過半敞著門的後客廳，也就是教師休息室時，我還打算繼續向廚房走去，卻有人從裡面跑了出來——

「是她！準沒錯——無論在哪裡，我都認得出她！」

我定睛一看，那是個少婦：穿戴得像僕人，但衣著挺講究，看打扮是已婚婦人，但樣貌還很年輕，長得很漂亮，黑頭髮，黑眼睛，臉色紅潤。

「哎呀呀，還認得出我嗎？」她的嗓音和笑容讓我覺得似曾相識，「我想，妳應該沒把我完全忘了吧，簡小姐？」

轉瞬之間，我已喜不自禁地擁抱她、親吻她了。「貝西！貝西！貝西！」我只知道這樣呼喚她，什麼都說不出來，而她聽了又笑又哭。我倆走進後客廳，壁爐邊站著一個約莫三歲的小傢伙，穿著花格花呢衣褲。

「這是我兒子。」貝西直截了當地說道。

「這麼說，妳結婚了，貝西？」

「是呀，快五年了，我嫁給了馬車夫羅伯特·利文。除了站在那裡的鮑比，我還有一個女兒，我給她取名叫簡。」

「妳不住在蓋茨黑德了？」

「我現在住在門房，原來那個看門的走了。」

「噢，大家都好嗎？把他們的情形跟我說說，貝西。不過妳先坐下來，還有鮑比，過來坐在我腿上好嗎？」但鮑比羞怯地側身貼著他媽媽。

「妳長得不算高，簡小姐，也不夠壯實。」利文夫人繼續說，「我覺得這學校沒把妳照顧好，里德家的大小姐比妳高一大截，喬治亞娜小姐比妳胖一倍。」

「喬治亞娜一定很漂亮吧，貝西？」

「很漂亮。去年冬天她跟夫人去了倫敦，人見人愛，有個年輕勳爵愛上她了，但勳爵家的人都反對這門親事，結果——妳肯定猜不到！——他決定和喬治亞娜小姐私奔，但讓人發現了，就被阻止了。發現他們的正是里德家的大小姐，我猜是出於妒嫉吧，如今，她們姊妹倆像貓和狗一樣不合，老是吵架。」

「哦，約翰．里德怎麼樣？」

「他呀，他算是徹底辜負了他媽媽的厚望。他上了大學，但被勸退……被踢出來了，我想他們是這麼說的。後來，他的舅舅們希望他去當律師，研讀法律，但他實在是個遊手好閒的浪蕩公子，恐怕也混不出什麼名堂。」

「他長成什麼模樣了？」

「他很高，有人說他很英俊，不過他的嘴唇太厚了。」

「里德夫人呢？」

「夫人發福啦，看上去是挺健康，但我覺得她心裡並不高興。約翰先生的做法讓她很失望——他揮霍了不少家產。」

「是里德夫人讓妳來的嗎，貝西？」

「其實，並不是。但我一直都想來看看妳。前陣子我聽說妳寫信來，說是要去很遠的地方，我想一定要趁妳還沒有遠走高飛，趕緊來見妳一面。」

「恐怕妳見到我也會失望吧，貝西。」我是笑著說的，因為雖然看到貝西的眼神流露出關切，卻沒有讚賞之意。

「不，簡小姐，我沒有失望。妳很文雅，看上去像個淑女，我預料到妳會是這樣的。畢竟，妳從小就長得不美啊。」

我對貝西坦率的回答報以微笑。我想她說得對，但我也要承認，聽到這話多少有點失意。十八歲的少男少女大都希望能討人喜歡，假如知道自己不太可能憑藉外貌贏得他人讚美時，絕不可能心花怒放。

「但我能肯定，妳很聰明，」貝西轉而這麼說，顯然是要安慰我。「妳學了什麼本事？會彈鋼琴嗎？」

「會一點兒。」

房間裡有一架鋼琴。貝西走過去把它打開，要我坐下來給她彈一曲。我彈了一兩曲華爾滋，她都聽得入迷了。

「兩位里德小姐都彈不到這麼好！」她欣喜地說，「我一直相信，妳在學業上肯定比她們優秀。妳會畫畫嗎？」

「壁爐架上的那幅畫就是我畫的。」那是一幅水彩風景畫，是我送給學監的禮物，感謝她為我出面和委員會協商。她為這幅畫配了玻璃框，裱掛起來。

「啊呀，畫得真好啊，簡小姐！里德小姐的繪畫老師都沒妳畫得好，更不用提那兩位年輕的小姐們了，她們和妳差遠了！妳學法語了嗎？」

「學了，貝西，我能讀也能講。」

「粗布和細布的刺繡也會嗎？」

「我會。」

「啊呀，妳真是多才多藝的大家閨秀啦，簡小姐！我早就知道了，不管有沒有親戚照應妳，妳都會有出息的。我還有件事要問妳，妳父親那邊，有沒有誰給妳寫過信？就是那些姓愛的親戚？」

「從來沒有。」

「妳知道，夫人常說，姓愛的那家人很窮，讓人瞧不起。也許他們的確很窮，但我相信他們也像里德家的人一樣是上等人。大約七年前，有一天，有位愛先生到蓋茨黑德，想見見妳。夫人說妳在五十英里外的學校裡，他好像很失望，因為他沒時間逗留，他要乘船到外國去，一兩天後就要從倫敦啟航。他看上去完全就是一位紳士，我認為，他是妳父親的兄弟。」

「他去哪個國家，貝西？」

「好幾千英里外的一個島，產酒的。管家跟我說過，叫什麼來著……」

「馬德拉島？」我隨口一問。

「對，就是這地方——就是這個名字。」

「他就那麼走了？」

「是的，他在屋裡沒待幾分鐘。夫人對他很傲慢，後來還把他叫做『狡詐的生意人』。我家那口子，羅伯特，估計他是個酒商。」

「很可能，」我說道，「或是酒商的職員或代理商。」

貝西和我促膝敘舊，足有一個多鐘頭，後來就不得不告辭了。第二天清早，我在洛頓候車時又見了她幾分鐘，最後在布洛赫斯特紋章旅店的門邊道別，分道揚鑣，她動身去羅伍德崗搭車回蓋茨黑德；而我登上馬車，前往全然陌生的米爾科特郊區，開始新的工作，新的生活。

第11章

小說翻到新的一章，有點像戲劇拉開新的一幕。讀者，這回我拉開幕布時，請您想像自己看到了米爾科特的喬治旅店，想像那個房間裡有普通旅店裡常見的陳設，貼著大花圖案的牆紙，鋪著講究的地毯，還有尋常的家具、壁爐、擺設和掛畫，一幅是喬治三世的肖像，另一幅是威爾斯親王的肖像，還有一幅是紀念沃爾夫將軍犧牲戰場的主題。借著懸掛在天花板上的油燈和壁爐燃得正旺的火光，妳可以看見這一切。我坐在壁爐邊，披著斗篷，戴著帽子，皮手筒和傘放在桌上；我已在十月的陰寒天氣裡奔波了十六個小時，身子都凍僵了，正想烤烤火暖和過來。我是昨天凌晨四點從洛頓出發的，這時，米爾科特鎮的時鐘正敲響八點。

讀者，雖然表面看來我挺舒服的，內心卻並不平靜。我以為馬車抵達後，這裡會有人接我，所以，從旅店的雜役為我搭好的短木梯上走下來時，我焦急地東張西望，就盼著聽到有人叫我的名字，指望看到有輛馬車正等著，要把我送去桑菲爾德。可惜，什麼也沒有。我問侍者是否有人來打探過一位愛小姐，得到的回答是沒有。我無可奈何，只能請他們把我領到一間僻靜的房間，一面等待，一面惴惴不安，心裡只有疑慮和擔憂。

一個不諳世事的年輕人突然發現自己在這世上孑然一身，漂泊無依，那真是一種奇特的感受：已斷絕了和過往的一切聯繫，又沒把握能順利抵達未來的目的地，而要返回出發點更是障礙重重。冒險的魅力美化了這種感受，自豪的榮光帶來溫暖，但隨之而來的恐懼攪得內心忐忑。半小時過去了，我依然孤零零的，恐懼心即將壓倒一切。我決定按鈴叫人。

「這裡附近有沒有叫『桑菲爾德』的地方？」侍者應聲而來，我直接發問。

「桑菲爾德？我不知道，小姐。我去櫃檯打聽一下。」他走了，但轉眼就回來了。

「妳姓愛嗎，小姐？」

「是的。」

「有人在等妳。」

我驚跳起來，拿上皮手筒和傘，急忙走進旅店的走廊。有個男人在敞開著的大門邊等候著，我還依稀看到有一輛馬車停在路燈下的街上。

「這就是妳的行李吧？」這人見了我，指著擱在走道上的我的箱子，唐突地說道。

「是的。」他把箱子抬到那輛有車廂的輕便馬車上，隨後我也上車了，趕在他關門之前，問他桑菲爾德有多遠。

「六英里左右。」

「要多久才能到？」

「爭取一個半小時之內吧。」

他關好車門，爬到車廂外的趕車座上，我們便出發了。馬車走得慢悠悠的，給了我充裕的時間思考。終於快到旅程的終點了，我的心總算踏實了，背靠在雖不精緻卻很舒適的車廂上，一時浮想聯翩。

「從車夫的裝扮、樸素無華的馬車來看，」我心想，「費爾法克斯夫人不是一個講排場的浮誇女士，這可太好了。我在有錢人家只住過一次，但那段日子只能用悲慘來形容，和他們相處簡直是受罪。不知道除了那位女學生之外，家裡是不是只有她一個人？如果是這樣，她又很和藹，我肯定能與她和睦相處。我將盡我所能，儘管付出努力並不總能得到好報。其實，在羅伍德，我下了決心，並堅持不懈地努力，最終也贏得了大家的認同；唯獨與里德夫人相處時，我的好心不僅沒好報，還總遭鄙棄。我祈求上帝，但願費爾法克斯夫人不是第二位里德夫人。就算她是，我也不一定非在她那裡待下去；就算情況糟到極點，我還可以再登廣告嘛。唉，不知道已走了多遠？」

我拉下車窗往外望。米爾科特鎮已被我們拋在後面，從密集的燈光來看，那似乎是個相當大的城鎮，論規模，比洛頓大得多。依我看，我們此刻像是在一塊公有地上，但整個地區遍布房舍，我覺得這個地區與羅伍德很不一樣，人口更稠密，但欠缺美景，乏善可陳，雖然挺熱鬧，但少了幾分浪漫氣息。

道路難行，夜霧沉沉。這位車夫讓馬一路慢慢溜達，我確信，他所希望的一個半小時最終延長為兩個小時。終於，他在車座上轉過頭來說：「現在離桑菲爾德不遠了。」

我再次往外張望。我們剛好經過一個教堂，我能看見低矮、寬闊的鐘塔映襯在天幕中，鐘聲正敲響一刻鐘。我還能看到山坡下有一連串星星點點的燈火，表明那裡有一個村莊或小村落。大約十分鐘後，車夫跳下車，打開兩扇大門，馬車徑直入內，門在我們身後啪嗒一聲關上了。接著，我們慢悠悠地駛上車道，來到一幢宅邸寬闊的正門前。只有一扇窗簾緊閉的弓形窗裡透出燭光，別的地方都漆黑一片。車停在前門，一個女僕來開門，我下車，進了門。

「小姐，請從這邊走。」女僕說。我跟著她穿過一間方形大廳，四周全是高大的門扇；再跟著她進了一個房間，明亮的爐火與燭光一時間讓我眩目，因為之前的兩小時我的眼睛已習慣了黑暗。等我緩過來後，只見一幕溫馨宜人的景象。

在那個舒適的小房間裡，溫暖的壁爐旁擺著圓桌，桌邊的古典高背安樂椅上坐著一位儀表整潔、無可挑剔的嬌小老婦人，頭戴寡婦帽，身穿黑色絲綢長袍，圍著雪白的平紋細布圍裙，跟我想像中的費爾法克斯夫人一模一樣，但沒有那麼威嚴，神態更加和藹。她正忙著編織。一隻胖胖的大貓嫻靜地端坐在她腳邊。總之，對於一個初來乍到的家庭女教師來說，這樣初次見面的場景堪稱完美，令人安心，再也無法設想出更理想的安樂居家畫面了。沒有金碧輝煌的豪華擺設，也沒有讓人拘謹侷促的威嚴感。我一進門，老婦人便站了起來，慈祥地上前來迎接我。

「親愛的，妳好嗎？坐了一路的車，恐怕很乏累吧。約翰趕車一向慢吞吞的，妳一定凍壞了，快到壁爐邊來。」

「您一定就是費爾法克斯夫人吧？」我說。

「是的，妳說得沒錯，請坐吧。」

她把我領到剛才她自己坐的椅子邊，讓我坐下，又取下我的披巾，解開我的帽帶，我受寵若驚，請她不必為我麻煩。

「噢，一點也不麻煩。我想，妳的手肯定都凍僵了。莉婭，調杯尼格斯酒，再切一兩份三明治。

給妳儲藏室的鑰匙。」

她從口袋裡掏出一大串鑰匙，遞給女僕，看起來特別有當家的風範。

「來，再靠近一點壁爐，」她繼續說，「親愛的，妳把行李帶來了，是嗎？」

「是的，夫人。」

「我叫人送到妳房間去。」說完，她快步走了出去。

「她待我像客人，」我心想，「真沒想到會受到這樣熱忱的款待。我還以為，只有冷漠生硬的面孔等著我呢。這完全不像我以前聽說的家庭女教師的待遇。但我也別高興得太早。」

她回來後，親自動手從桌上把她編織用的針線和一兩本書挪開，為莉婭端來的托盤騰出地方，接著，親手把點心遞給我。我從來沒有領受過如此殷勤的招待，而且，招待我的人既是雇主，又是長輩，簡直有點手足無措。但她似乎不覺得自己的做法有失身分，所以，我想恭敬不如從命，還是默默領受為好。

「今晚我能有幸見一見費爾法克斯小姐嗎？」吃完她遞給我的點心後，我問道。

「妳說什麼？親愛的，我有點兒耳背。」慈祥的夫人問著，還把耳朵湊到我嘴邊。

我把這個問題更清楚地重複了一遍。

「費爾法克斯小姐？噢，妳是說瓦倫小姐！妳要教的學生姓瓦倫。」

「原來如此。所以，她不是您的女兒？」

「不是，我沒有家人了。」

我本想接著問問她和瓦倫小姐是什麼關係，但轉念一想，刨根問底的不太禮貌，再說，以後肯定會知道答案的。

「我真高興啊，」她在我對面坐下，把貓抱到膝頭，接著說道，「我很高興妳來了！終於有人作伴了，住在這裡就會很愉快。當然，這裡的生活本來就很愉快，桑菲爾德是一座典雅的老宅子，近幾年也許有些冷清，但還是個體面的地方。可妳也知道，即使住在最豪華的房子裡，一個人孤零零的，到了冬天也會覺得挺淒涼的。我說孤零零的，是因為——莉婭那女孩是挺可愛，約翰夫婦也都是好人，但妳知道，他們終究是僕人，我不能平起平坐和他們聊天，必須保持適當的距離，以免失去威嚴。去年冬天（妳應該還記得吧，那個冬天特別冷，不是下雪就是刮風下雨），從十一月到二月，除了肉販和郵差，就壓根沒人到這府上來過。我只能一夜一夜地獨自坐著，真是很鬱悶。有幾次，我讓莉婭進來念幾頁書給我聽聽，但我覺得那可憐的女孩並不喜歡這差事，她覺得很拘束。春夏兩季就好多了，有陽光，日子也長，一切就大不相同。今年入秋後，小阿黛兒·瓦倫和她的保母就來了。一個孩子就能讓一幢房子熱鬧起來。現在妳也來了，我就更高興了。」

聽著聽著，我對這位可敬的老婦人產生了親切感，我把椅子朝她身邊挪近一點，誠心誠意地告訴她，希望我日後的陪伴能如她所願。

「不過，今晚我不想留妳坐太久，」她說，「鐘已經敲過十二點了，妳奔波了一整天，肯定累壞了。要是妳的腳已經暖和過來了，我就帶妳去臥室。我已讓人拾掇好了我隔壁的房間，雖然是個小房間，但比起前面那些空曠的大房間，我想妳會更喜歡的。大房間裡確實有精緻的家具，但一個人住實在冷清，我從來都不去那些大房間睡覺。」

我感謝她的周到，長途旅行之後，我確實已疲憊不堪，便表示準備歇息。她端著蠟燭，讓我跟著她走出房間。她先去看大廳的門鎖好沒有，從鎖上拔出鑰匙後，領我上了樓。樓梯和扶手都是橡木做的，樓梯上的花格窗很高挑，長長的走廊通向一間間臥室，令這裡看上去不像住家，倒更像教堂。樓梯和走廊裡彌漫著地下室般的陰涼氣息，感覺空曠又孤寂，讓人頓生陰鬱之情。因此，在她的帶領下終於走進我的房間時，我不由心生歡喜：房間面積不大，時興的擺設很尋常。

費爾法克斯夫人親切地道了晚安。我門上門，從容四顧，剛才經過的寬敞的大廳、闊氣的樓梯和陰冷的長廊有點讓人毛骨悚然，但這個溫馨的小房間很有生機，頓時將陰鬱一掃而空。這時，我回想這漫長的一天身心俱疲，此刻總算到達了安全的避風港，感恩之情油然而生，便在床邊跪下，開始祈禱，向上帝表述應有的謝意，站起來之前，我也沒忘祈求未來仍能有上天賜予的扶助和力量；雖然我還沒有任何付出，卻也不能辜負已得到的善意，因而再懇求上帝慷慨賜予我回報的能力。那天晚上，我高枕無憂，獨自安眠，無憂無懼。又乏累又滿足的我眨眼間就酣然入睡，醒來時天色已大亮。

小房間裡敞亮極了，陽光從鮮豔的藍色印花窗簾縫照射進來，披露了四壁的牆紙、地板上的地毯，與羅伍德光禿禿的樓板、斑駁的灰泥牆有著天壤之別，眼前的景象讓我神清氣爽。外部環境對年輕人有莫大的影響，我不禁覺得自己的人生已翻開了更光明的篇章，既有花朵和歡愉，也會有荊棘和艱辛。環境徹底改觀，未來充滿希望，在這個新天地裡，我的所有感官好像都被喚醒了。我一時無法說清楚自己究竟在期待什麼，反正是令人愉快的事物，也許不會在這一天或這個月，但肯定會降臨在不確定的未來。

起床後穿戴時，我費了一番心思，雖然只能一身樸素——因為我的每一件衣裙都很簡樸——但我天性喜歡乾淨俐落。我不喜歡不修邊幅，也不會不在乎自己的外表給別人留下的印象；恰恰相反，雖說我其貌不揚，卻總希望自己的外表能盡量好看一點，能因此得到他人的好感。有時，我會遺憾自己長得不夠漂亮，有時還會祈盼自己有紅潤的雙頰、挺直的鼻梁、櫻桃小嘴。我渴望擁有高䠷、勻稱又高貴的身材。我覺得自己很不幸運，身材如此瘦小，臉色如此蒼白，五官不勻稱，特徵卻很突出。為什麼我有這些奢望和遺憾呢？很難說清楚，當時我無法對自己解釋清楚，但這確實是有理由的，而且是合情合理、自然而然的理由。無論如何，我把頭髮梳得紋絲不亂，穿上黑色罩袍——雖說真的有點像貴格會教派教徒，但至少有個優點：特別合身，最後把新換上的潔白領圈整一整，我想，這樣應該可以體面地去見費爾法克斯夫人了，新學生也不至於厭惡得躲開我。我打開窗戶，再次確認已把梳粧臺上的雜物擺放得整整齊齊，便鼓足勇氣走出門去。

我走過鋪著地毯的長廊，走下光可鑑人的橡木樓梯，來到大廳。我在那裡駐足片刻，看了看牆上的幾幅畫（我記得，其中一幅畫的是穿著護胸鐵甲的威嚴男子，另一幅畫的是敷著髮粉、戴珍珠項鍊的貴婦），又看了看從天花板上垂下來的青銅吊燈，還有一座外形奇特的大鐘，因為常年不斷擦拭，精雕細刻的橡木鐘罩已烏黑發亮。在我看來，這一切都顯得莊嚴肅穆、富麗堂皇；但那時的我還不能習慣這種豪華。半鑲玻璃的大廳門敞開著，我邁出門檻。晴朗的秋日清晨，朝陽靜謐照耀著漸變成黃褐色的樹叢、依然綠油油的田野。我向前幾步，走到草坪，從正面仰頭細看這棟大宅。共有三層樓，雖有相當的規模，但占地並不算寬廣，這是紳士的住宅，而非貴族的府第。屋頂四周的雉堞令整棟大宅別具風格，灰色門面在屋後樹林的映襯下愈發醒目。在林間出沒的白嘴鴉呱呱叫著，飛越草坪和庭園，紛紛落到一塊大草場上。在草場和庭宅之間，隔著一道深溝，溝邊長著一排老荊棘樹，枝幹粗壯，盤根錯節，儼如橡樹般高大，這便點明了這座庭宅的名稱的由來[1]。更遠處，山巒起伏，不像羅伍德四周的群山那麼高聳峻峭，也不太像與世隔絕的屏障；但這些山也很僻靜，略顯寂寥，將桑菲爾德圍攏在當中，宛如避世的隱居地，其實離熱鬧的米爾科特鎮很近，這是我之前沒有預料到的。有個小村落散布在小山的一側，一座座屋頂掩映在樹影間；本地的教堂離桑菲爾德很近，從古老的鐘樓上就能俯瞰到大宅和大門間的小圓丘。

我欣賞著祥和的景致，享受著新鮮的空氣，愉快地傾聽白嘴鴉的呱呱叫聲，細細打量著寬闊灰白的門面，心中暗想：偌大一個地方，竟只有費爾法克斯夫人這樣嬌小的老貴婦孤零零一個人住在這兒。剛想著，這位老婦剛好出現在門邊。

「啊呀，妳已經出門看過了？」她說，「我看得出來，妳是個愛早起的人。」我向她走去，她慈祥地輕吻我，又握了握我的手。

「妳覺得桑菲爾德怎麼樣？」她這樣問，我答說自己非常喜歡。

「是呀，」她說，「是個挺美的地方。但我擔心慢慢會破敗的，除非羅徹斯特先生想回來長住，或至少常常回來看看。大宅子、好庭園是需要主人經常照料的。」

「羅徹斯特先生！」我驚呼道，「他是誰？」

「桑菲爾德的主人，」她平靜地回答，「妳不知道他姓羅徹斯特嗎？」

我當然不知道，聞所未聞。但這位老婦人似乎覺得他是眾所周知的大人物，只要提起桑菲爾德，

1. 桑菲爾德（Thornfield）：本意即為「長有荊棘的原野」。

人人都會聯想到羅徹斯特的名號。

「我還以為，」我接著說道，「您是桑菲爾德的主人呢。」

「我？天啊，我的孩子！妳怎麼會有這種想法！我？我只是個管家——什麼都管。當然，從羅徹斯特的娘家來說，我們算得上遠親，至少我丈夫算他的遠親。我丈夫生前是牧師，教區在乾草村——就是山上那個小村，他主持的教堂就是大門外的那個教堂。現在這位羅徹斯特先生的母親是費爾法克斯家的人，她的父親和我丈夫的父親是堂兄弟，但我從來沒想攀過這層關係，老實說，我覺得這種遠親關係實在不值一提。我只把自己當作一個普通的管家，我的雇主對我一直很客氣，我已經很滿足了。」

「那麼，那個小女孩呢——我的學生？」

「她是羅徹斯特先生收養的孩子。他委託我幫她找個家庭女教師。我想，先生有意讓她在這裡長大成人。瞧，她來了，跟著她的保母一起來了。」謎底終於揭開了，這位和藹可親的嬌小寡婦不是貴婦，而是像我一樣受僱於人。但我對她的喜愛並沒有因此而減少半分，相反，我更高興了。她與我之間有一種真正的平等，她善待我不是因由她紆尊降貴。這樣反而更好，我與她相處時可以更自在。

這個新發現讓我深思了片刻，而小女孩已向草坪這邊跑過來了，伺候她的保母緊跟其後。我打量著我的學生，她一開始並沒有注意到我，十足是個小孩，大約七八歲，身材纖細，膚色白皙，五官嬌小精緻，一頭濃密的鬈髮垂到腰際。

「早安，阿黛兒小姐，」費爾法克斯夫人說，「過來和這位小姐打招呼，她會教妳讀書，讓妳長大後成為聰明的女人。」小女孩走近了。

「這是我的家庭教師嗎？」她指著我，問她的保母。

「是呀，沒錯。」保母回答。

「她們都是外國人嗎？」我聽到她們用法語交談，不禁吃驚地問道。

「保母是外國人，阿黛兒是在歐洲大陸出生的，我相信，她半年前才第一次離開那裡，來到這裡。她剛來的時候，一句英語也不會說，現在勉強會一點。她把英語和法語混著講，我聽不懂。我想，妳肯定能搞清楚她的意思。」

幸好我曾跟隨法國教師學過法語，曾時常特意抓緊時機與皮耶洛夫人交談，此外，這七年來一直堅持每天背誦一段法語，不斷調整發音和語調，盡量逼真模仿皮耶洛夫人的發音，因而，我的法語已相當流利和準確，不至於在阿黛兒小姐面前張口結舌。她聽說我是她的家庭教師，便走過來與我握手。我帶她進屋吃早餐時，用法語和她聊了幾句，起初她回答得很簡短，但等我們在桌旁坐定，她用淡褐色的大眼睛盯著我看了足有十分鐘，突然嘰嘰喳喳地說開了。

「哇！」她用法語叫道，「妳的法語和羅徹斯特先生一樣好。我可以像跟他講話一樣，和妳講話啦。蘇菲也是，她會很開心的，這裡沒人聽得懂她的話。費爾法克斯夫人只會講英語。蘇菲是我的保母，和我一起渡海來的，我們坐的是很大的船，船上有冒煙的大煙囪，好濃好濃的煙啊！我暈船，蘇菲也暈船，羅徹斯特先生也是。羅徹斯特先生在一間很漂亮的叫沙龍的房間裡，躺在沙發上，蘇菲和我睡在另一個房間，我們睡小床，像個擱架，我差點掉下來，後來……小姐，妳怎麼稱呼？」

「愛——簡愛。」

「埃爾？哎呀，我讀不好妳的名字。後來有一天早晨，我們的船停下來了，天還沒有大亮，船是在一個大城市靠岸的，很大很大的城，房子都很黑，全都冒著煙！一點都不像我原來住的地方那麼漂亮乾淨。羅徹斯特先生抱著我走過一塊長木板，上了岸，蘇菲跟在後面，然後我們坐進一輛大馬車，到了一座美麗的大房子，比這裡還要大，還要漂亮，叫做『大飯店』。我們在那裡住了差不多一星期，我和蘇菲每天去逛一個地方，那裡種滿了樹，綠油油的，叫『公園』。除了我，那裡還有很多孩子，還有一個池塘，裡面有很多漂亮的鳥，我用麵包屑餵牠們。」

「她講得那麼快，妳能聽懂嗎？」費爾法克斯夫人問。

我全都聽得懂，因為早已聽慣了皮耶洛夫人流利的口齒。

「我希望，」這位善良的夫人繼續說，「妳能問她一兩個關於她父母的問題，不知道她還記不記得他們。」

「阿黛兒，」我便問道，「在妳說的那個漂亮又乾淨的城裡，妳跟誰住在一起呀？」

「很久以前我跟媽媽住在一起，可是她到聖母瑪利亞那裡去了。媽媽教我跳舞、唱歌、朗誦詩歌。有很多先生太太們來看我媽媽，我也常常跳舞給他們看，或者坐在他們膝頭上唱歌給他們聽。我很喜歡唱歌，現在就唱給妳聽，好嗎？」

她已經吃完了早餐，我就允許她一展歌喉。她爬下椅子，走到我面前，坐上我膝頭，接著，煞有介事地把雙手交叉放在胸前，把長長的鬈髮撥到身後，抬眼望著天花板，唱起某出歌劇中的段落。歌裡訴說一個女子被情人絕情地拋棄，痛哭一場後，決意找回自己的驕傲，便要她的僕人用最耀眼的首飾、最華麗的禮服將她打扮一新，打算出席當晚的舞會，哪怕強顏歡笑，也要讓那個負心漢明白，她並不在乎被他拋棄。

讓一個稚嫩的孩子唱這種題材的歌曲，似乎有點怪異。但我相信，要她表演的目的就在於聽奶聲奶氣的童聲唱出愛情和嫉妒，這種趣味有點低俗，令人不敢恭維，至少我是這樣認為的。

阿黛兒把這支歌唱得悅耳動聽，還帶著她那種年紀特有的天真純情。表演完了，她跳下我的膝頭，又說道：「小姐，現在我背誦一個小故事給妳聽。」

她擺好姿勢，先報詩名：「拉封丹的寓言《老鼠會議》」，接著就背誦了一整段，十分講究抑揚頓挫，聲調婉轉，停頓得當，手勢也搭配得恰到好處，在她這個年紀，實在很難得，說明她受過悉心的調教。

「這是妳媽媽教妳的嗎？」我問。

「是的，她總是這麼念：『妳怎麼啦？』其中一隻老鼠問，『快說！』還要我把手舉起來——像這樣——提醒我念到提問時要提升語調。那我再跳一段舞給妳看，好嗎？」

「不用啦，已經很好了。妳媽媽到聖母瑪利亞那裡去了後，妳又跟誰一起住呢？」

「和弗雷德里克夫人，還有她的丈夫。她照管我，但她不是我的親戚。我想她挺窮的，因為她不像媽媽那樣有漂亮的房子。我在她家沒住多久。羅徹斯特先生問我願不願意跟他住到英國去，我說好的，因為我認識弗雷德里克夫人之前就認識羅徹斯特先生了。他總是待我很好，送我漂亮的衣服和玩具。可是妳看，他說話也不算數，把我帶到英國，自己倒又回去了，我都見不到他。」

吃了早飯，阿黛兒和我進了書房。看起來，羅徹斯特先生好像吩咐過把這裡用作教室。大部分書籍都鎖在玻璃門內，但有一個書櫃是敞開的，裡面擺著基礎教育所需要的各類書籍，還有一些輕鬆的文學作品、詩歌、傳記、遊記，幾本傳奇故事等等。我猜想，他認為家庭女教師要看的書不外乎這些。

的確，這些書已使眼下的我心滿意足。在羅伍德能看到的書非常有限，這些書已算得上大豐收，能帶來足夠的知識和消遣。這個書房裡還有一架小巧的立式鋼琴，八九成新，音色優美。此外，還有畫架和一對地球儀。

我發現我的學生相當聽話，但不肯用功。她不習慣按部就班地做任何功課。我覺得，一開始就用太多規矩限制她是不明智的。所以，我跟她說了許多話，教了一點新知識，上午就這樣過去了，快到中午時，我便允許她回到保母那裡去。我打算在午飯前畫些小素描，作為給她上課用的教材。

我正要上樓去取畫夾和鉛筆，費爾法克斯夫人叫住了我：「上午的課程結束了吧。」她正在一個房門口，房間的對折門敞開著，看她招呼我，我便走了進去。那是個很氣派的大房間，紫色的椅子，紫色的窗簾，土耳其地毯，胡桃木牆面，一扇鑲了很多彩色玻璃的大窗戶，高高的天花板上裝飾了華麗的造型。費爾法克斯夫人正在餐具櫃前，撣去幾只紫色晶石花瓶上的浮塵。

「好漂亮的房間！」我朝四周一看就驚歎了，論氣派，我見過的所有房間都不及這裡的一半。

「是呀，這是餐廳。我剛開了窗，透點新鮮空氣和陽光，因為很少有人進出的房間很容易潮濕，那邊的客廳簡直像個地窖。」

她指了指跟那扇窗相對應的一道寬大拱門，也掛著紫色帷幔，現在已用兩邊的掛鉤收攏起來。我踏上兩級寬闊的臺階，朝拱門裡面一瞧，差點以為自己看見了仙境，在我這樣沒見過世面的人眼裡，那場景顯然堪稱輝煌；其實，那不過是一間美輪美奐的客廳，裡面還有配套的內室閨房。兩個房間都鋪著白色地毯，地毯上的圖案是鮮豔奪目的花環。天花板上都飾有雪白的葡萄和葡萄藤花紋的立體造型；和擺放其下的深紅色睡椅和床榻形成鮮明的對比。白色的帕羅斯島大理石壁爐架上陳列著紅寶石般閃閃發亮的波希米亞玻璃擺件。窗戶間的大鏡子映照出紅白輝映的全景。

「您把這些房間收拾得一塵不染啊，費爾法克斯夫人！」我說道，「沒有罩上帆布，還是這樣潔淨，要不是房間裡冷颼颼的，誰都會以為這裡天天有人住呢。」

「唉，愛小姐，儘管羅徹斯特先生很少來，但總是說來就來，讓人措手不及。我看得出來，他最討厭看到什麼東西都用防塵布罩起來，也不喜歡等他到了我們才手忙腳亂地張羅，所以我想，最好是把房間收拾停當，隨時都能用。」

「羅徹斯特先生是那種愛挑剔、很嚴苛的人嗎？」

「那倒不至於。不過，他有紳士的品味和習慣，希望凡事都符合他的標準。」

「妳喜歡他嗎？大家都喜歡他嗎？」

「啊，是的。這個家族在這一帶歷來受人敬重。很久很久以前，凡是妳望得見、附近的山頭田地幾乎都是屬於羅徹斯特家族的。」

「哦，不過，暫且不提他擁有這片土地，妳喜歡他這個人嗎？他的個性、為人會讓大家喜歡嗎？」

「我沒有理由不喜歡他。我相信他的佃戶們也都認為他是個公正、開明的地主，不過他很少和他們打交道。」

「難道他沒有什麼特別之處嗎？總之，他的性格如何？」

「嗯，我想，他的性格是無可挑剔的。也許，他是有點特別。他周遊過很多地方，見多識廣，我敢說，他一定很聰明，但我沒有機會和他多聊。」

「他有什麼特別之處？」

「我不知道——很難形容——也沒什麼太特別的。但妳感覺得到，當他和妳講話時，妳捉摸不住他在說笑還是當真、他是高興還是不高興？總之，妳很難徹底瞭解他——至少我不行。但這無關緊要，他是一個很好的主人。」

關於我倆共同的雇主，這就是我從費爾法克斯夫人那裡打聽到的全部情況。有些人似乎天生不擅長概括一個人的性格，也不會觀察和描述人或事物的特點，這位善良的老婦人顯然就屬於這類人。我的一連串問題使她迷惑，卻問不出個所以然來。在她眼裡，羅徹斯特先生就是羅徹斯特先生：一位紳士，一位擁有產業的地主，僅此而已。她不作進一步的探究或追問，顯然難以理解我為何想要具體瞭解他的個性。

我們離開餐廳時，她提議帶我四處轉轉，看看宅子的其他部分。我跟著她上樓下樓，一路走一路讚歎，處處井井有條，樣樣都漂亮整潔。我覺得前面的大房間特別豪華，三樓的某些房間雖然又暗又低，但古色古香的，也別有情趣。隨著時尚流變，曾經擺放在底層客廳的家具退出潮流，每隔一段時間就被搬到三層樓的房間。狹窄的窗扉投進斑駁的光影，映照出有上百年歷史的床架，還有一些橡木或胡桃木製的老櫃子，上面雕刻著不常見的棕櫚枝和小天使的頭像，儼如希伯來約櫃。幽微的日光也映照出一排排歷史悠久、窄小高背的古董椅，甚至有些更古老的矮凳，坐墊上的刺繡已明顯磨損了大半，當年精心繡作的手早已化為塵土，恐怕距今已有兩代之久。這些舊物使桑菲爾德的三樓沉湎於老宅的氛圍，猶如追憶的聖地。我喜歡在大白天去這樣靜謐、幽暗和古雅的角落，但若是夜晚，我一點也不想在那些寬大又沉重的大床上睡覺。有些房間裝著橡木門，可以關閉；還有的房間僅僅掛著古老的英國繡花帳幔，上面繡花密布，描摹著奇異的花朵、罕見的飛鳥、還有奇形怪狀的人物——總之，是些在蒼白月光下會顯得十分詭譎的形象。

「這些房間是給僕人們睡的嗎？」我問。

「不，他們睡在後面一排小房間裡，這裡從來沒有人睡。大家都說，要是桑菲爾德府鬧鬼，鬼魂肯定會在這裡遊蕩。」

「我也有同感。這麼說來，你們這裡沒有鬼了？」

「反正我從沒聽說過。」費爾法克斯夫人笑著回答。

「鬼的傳說也沒有——古老的傳奇或者鬼故事？」

「我相信是沒有。不過，據說羅徹斯特家族世世代代都性格暴烈，可不是文靜的主人，大概正是因為如此，他們如今才能在墳墓中平靜地安息吧。」

「是呀，『經過了一場人生的熱病，他們現在睡得好好的[2]。』」我喃喃說道，看她正要走開，又問道，「費爾法克斯夫人，妳又要上哪裡去呀？」

「到屋頂上走走，妳想到上面眺望風景嗎？」我默默跟隨她上了一道狹窄的樓梯，來到閣樓，又爬上一座扶手梯，鑽出天窗，到了桑菲爾德府的屋頂。這時，我和白嘴鴉的棲息地處於同一高度，可以清楚地看見鴉巢。我倚身雉堞，向下俯瞰，只見大地如地圖般展開。天鵝絨般鮮嫩的草坪緊緊圍繞灰色的宅基；如公園般開闊的田野上，點綴著古老的樹木；枯萎的深褐色樹林間，穿插了一條青苔叢

2. 語出莎士比亞戲劇《馬克白》第三幕第二場，馬克白提及被他殺害的鄧肯時說的一句臺詞。

生的小徑，苔蘚比枝頭的樹葉更有盎然綠意；門外的教堂、道路和寂靜的群山都安然舒展在秋陽下；地平線上只見祥和的晴空，蔚藍中夾雜著幾縷珍珠白色的雲彩。這番景色平淡無奇，卻格外令人心曠神怡。當我轉身走下天窗時，一時間看不清腳下的梯子，因為剛剛舉目眺望藍天，又興致勃勃地俯瞰過桑菲爾德周邊閃耀在陽光下的樹林、牧場和綠色山丘，相形之下，閣樓簡直像是暗無天日的地窖。

費爾法克斯夫人在我後頭，因為要關好天窗，又耽擱了一會兒。我摸索著找到了閣樓的出口，下了狹窄的樓梯。我在長長的走道上踟躕不前，這條走道居中隔開了三樓的前房與後房，又窄又低又暗，僅在遠遠的盡頭有一扇小窗，兩邊的黑色小門全都關著，活像藍鬍子城堡裡的一條走廊。我輕手輕腳地慢步往前時，突然聽見一陣笑聲，在如此寂靜的地方聽到那種聲響，完全出乎我的意料。笑聲很古怪，拘謹又悲哀，聽來倒很清晰。我停下步來，笑聲也停止了。但沒過多久，又傳來笑聲，聽來更響亮了，不像剛才雖然清晰卻很輕微。這次的笑聲震耳欲聾，笑了一會兒才停止，雖然是從一個房間裡傳出來的，卻似乎足以穿透所有空蕩蕩的房間，引起泛泛的迴音。我甚至可以明確指出那是從哪扇門裡傳出來的。

「費爾法克斯夫人？」我高聲喊道，因為剛好聽見她走下了閣樓的樓梯。「您聽見大笑的聲音了嗎？那是誰呀？」

「應該是哪個僕人吧，」她回答說，「也許是葛瑞絲．普爾。」

「妳聽到了嗎？」我又問。

「聽到了，聽得清清楚楚。我常聽到她笑，她在這裡的一間屋子裡做針黹。有時莉婭也在，她倆湊一塊兒，總是吵吵鬧鬧的。」

笑聲又響起來了，低沉而很有節奏，最後化作一陣古怪的呢喃。

「葛瑞絲！」費爾法克斯夫人喊了一聲。

其實，我並不指望哪位葛瑞絲出來應答，因為那笑聲太淒厲了，我從沒聽過那麼異乎尋常的笑聲。幸好時值正午，沒有鬼怪幽靈隨狂笑聲出現，當時的季節和景致也不至於引發恐怖的情緒——若非如此，我肯定會迷信地害怕起來。說到底，這種事都會讓我大吃一驚，足以見得我有多傻。

離我最近的一扇門開了，一個僕人走出來，是個三四十歲的女人，體格壯碩，一頭紅髮，長相平庸的臉上表情嚴厲。再也想像不出比她更欠缺浪漫色彩、更不淒美的幽魂了。

「太吵了，葛瑞絲，」費爾法克斯夫人說道，「記住給妳的吩咐！」葛瑞絲默默行了個屈膝禮，轉身回到屋裡。

「她是我們僱來做針黹，幫莉婭做家事的，」費爾法克斯夫人繼續說道，「雖然她有這樣那樣的毛病，但她幹活還挺好的。順便問一下，妳們師生相處一上午，情況如何？」

話題就這樣轉到了阿黛兒身上，我們一路談下樓，來到明亮而歡快的底樓。阿黛兒在大廳裡迎著我們跑來，邊跑邊用法語喊道：

「女士們，午餐已經準備好啦！」還加上一句，「我好餓啊！」

午餐果然已經送來了，擺放在費爾法克斯夫人的房間裡，就等著我們入席呢。

第12章

我初到桑菲爾德府時可謂是風平浪靜，似乎足以預示未來的家庭教師生涯會一帆風順。進一步熟悉了這座宅邸和居住在此的人們以後，我的預期也沒有落空。費爾法克斯夫人表裡如一，性格溫和，心地善良，受過足夠的教育，擁有尋常的才智。我的學生非常活潑，只是一向嬌生慣養，習慣了溺愛和縱容，因而會有點小性子，但因為我全權負責對她的教養，也沒有任何來自外界的不當干涉來妨礙我的教學，她很快就改掉了任性的小毛病，變得乖巧聽話，也肯用心學習了。她沒有聰穎過人的天資，沒有個性上的特色，也沒有超越普通孩童哪怕一丁點兒的敏銳感知力，這令她很難出類拔萃，但也不比別人差，沒有低劣的缺陷和惡習。她已有了明顯的進步，對我很熱情，儘管那種情感未必很深刻。她很單純，歡快無忌的童言童語，總是努力想要討人喜歡，這些也在某種程度上催生了我對她的疼愛，所以，我倆相處得極為融洽。

順便提一句：在某些堅持認為孩童的天性必如天使的人看來，上述這番話也許太過冷漠，那些人還頑固地認為，致力於教育孩子的人都應當對孩童抱有崇拜偶像式的獻身精神。不過，我寫下這些並不是為了奉迎為人父母者的自以為是，更不想違心附和偽善者的空談闊論；我只是實話實話。我是真心關心阿黛兒的幸福和進步，默默地喜歡這個小傢伙，如同我衷心感激費爾法克斯夫人的好心、她對我不流於言表的敬意，以及她本人溫和的心靈與性情，因而樂意與她相伴。

哪怕會招來某些人的非議，我還是想再說幾句。有時候，我會獨自在庭園裡散步，一直走到大門口，眺望到門外大路的遙遠盡頭；有時候，阿黛兒由保母陪著玩樂，費爾法克斯夫人在食品儲藏室做果子凍，我會獨自爬上三道樓梯，推開閣樓天窗，踏上屋頂，極目遠眺幽靜的田野和山丘，任由目光在朦朧的地平線上逡巡——在那些時刻，我渴望擁有超越這一切的視野，直抵繁華的世界，那些我雖有所聞，卻從未目睹過的喧囂城鎮和地區。我也渴望擁有比眼下更豐富的閱歷，結交更多與我意氣相投的人，見識到更多形形色色的個性。我很珍視費爾法克斯夫人的美德、阿黛兒的優點，但我相信世上還存在更顯著的德性，凡是我信奉的，我都渴望能親眼目睹。

誰會有所非議呢？無疑會有很多人說我貪心，不知足。但我又能怎麼辦呢？我天生就有不安、不滿的心靈，時常煩擾，讓我痛苦。所以，在那些時刻，我唯一的慰藉就是在三樓走廊裡來回踱步，沉浸在悄無聲息、寂寥冷清的氛圍中，不論什麼樣的光明幻象浮現心頭，都安心地任由心眼隨之暢想——當然，這些光輝燦爛的幻景多到目不暇給，讓我因苦悶而鬱結的心能隨之歡快地激動起伏，終於舒暢開懷；最可喜是，內心也能聆聽到一個永遠不會結束的故事，那是由我的想像所創造，並被不斷講下去的故事；一個沒有我實際介入，充滿了我生活中沒有的事件、生命、激情和感受，因而異常生動的故事。

強調人類應當滿足於平靜的生活，無異於徒勞的空話。人應當有所行動，要是找不到機會，那就該自己創造。與我眼下的處境相比，成千上萬的人註定要承受更寂寞的生活，也有成千上萬的人在默默反抗既定的命運。在這塵世間，芸芸眾生之中，沒有人知道有多少人在醞釀著這種抗爭（我們暫且不提政治性的反抗）。世人總認為，女人應當安安靜靜，但女人的感受跟男人的一樣；女人和兄弟們一樣，也需要發揮自己的才能，也需要有用武之地；如果受到太嚴厲的束縛，過著絕對一成不變的生活，女人也會和男人一樣感到痛苦；如果那些得天獨厚、占盡先機的男人們說女人們只消滿足於做布丁、織長襪、彈鋼琴、繡花布包，那他們的心胸也未免太狹隘了；如果女人希望打破常規，獲得世俗認定女性應守的規範之外的更多學識和成就，為此譴責或譏笑她們的人也未免太輕率了。

那些時刻，我獨自一人，常常聽到葛瑞絲·普爾的笑聲，和初次聽到的毛骨悚然的笑聲一樣，低沉、遲緩的「哈！哈！」；也曾聽到過那種怪異的呢喃，比她的笑聲更詭異。有些日子她十分安靜，但也有些日子她發出的聲響實在令我無法理解。有時我會看見她從房間裡出來，手裡端著臉盆，或是餐盤或托盤，下樓去廚房，並很快返回，還常常（唉，浪漫的讀者，請恕我直言！）帶回一壺黑啤酒。她發出的古怪聲音令人好奇，但她容貌粗陋，表情僵硬，沒有一點吸引人的地方，又會讓人打消好奇心。我好幾次試圖與她攀談，但她似乎是個少言寡語的人，回答往往只有一兩個字，令我無言以對，就此作罷。

長居此宅的其他人：約翰夫婦、女僕莉婭和法國保母蘇菲都是正派人，但也乏善可陳。我常和蘇菲用法語聊天，有時問她些關於她家鄉的問題，但她沒有描繪或敘述的才能，總是答得索然無味，含混不清，好像故意阻止，而非鼓勵我問下去。

十月、十一月和十二月就這樣過去了。第二年，一月的某個下午，阿黛兒著涼了，費爾法克斯夫人幫她告假，阿黛兒在一旁急切地附和，不禁讓我想起自己小時候遇到珍貴的假日也是這樣欣喜期盼的，於是我同意了，自認這樣通融是適宜的。那天十分寒冷，卻很晴朗。一整個上午，我獨自靜坐書房，有些倦怠，剛好費爾法克斯夫人寫了一封信要寄出去，我就自告奮勇幫她把信送到乾草村郵局，戴上帽子，披上斗篷。冬日下午步行兩英里路，不失為一件快事。我看到阿黛兒舒舒服服地坐在費爾法克斯夫人的客廳壁爐邊的小椅子上，就把她最好的蠟娃娃（平時我是用錫紙包好，放在抽屜裡的）拿出來給她玩，還給了她一本故事書換換口味，她說「早點回來，我的好朋友，我親愛的簡小姐」，我親了她一下作為回答，就出門了。

路面堅硬，空氣靜止，一路無風，我獨自無伴。一開始我走得很快，直到渾身暖和起來，才放慢腳步，慢慢欣賞、盡情思索此時此景的美好。三點了，經過鐘樓時，教堂的鐘正好敲響正點。午後三點的魅力在於天色漸暗，落日低垂，光線幽微。我離開桑菲爾德有一英里了，這條小路在夏季有野玫瑰盛開，秋季盛產堅果與草莓，甚至現在這個時節也仍有些珊瑚色的薔薇果和山楂果。但最美好的冬季景致卻在於葉落枝黃、無比幽靜的氛圍。即使有微風吹拂，在這裡，也聽不見一絲聲息，因為沒有一枝冬青、沒有一棵常綠樹會沙沙作響；片葉無存的山楂和榛樹叢也都寂然不動，如同鋪在小路中間、已然磨光的白石子。舉目四望，小路兩側的遠方只有田野，這個時節沒有牛羊在那裡吃草，偶爾現身在樹籬間的黃褐色小鳥也像是幾片忘記凋落的零星枯葉。

這條小徑沿著山坡一路往上就到乾草村了。走到半路，我在通向田野的石階上坐了下來。路面結了一層薄冰，說明近旁的小溪幾天前曾冰融，溪水曾漫淌過來，但現在又凍結起來了。我用斗篷把自己緊緊裹住，手捂在皮手筒裡，儘管天寒地凍，倒不覺得太冷。從我坐的地方，可以俯視山腳下的桑菲爾德，屋頂聳立雉堞的灰色宅邸是溪谷中最顯眼的景物，西邊就是樹林和黑壓壓的白嘴鴉巢。我一直逗留到夕陽沉入樹叢，紅色暮光映襯出枝蔓林梢，才往東走去。

初升的月亮懸在我上方的山頂上，還只是雲彩般的淡白色，但好像眨眼間就愈來愈明亮了。乾草村掩映在月光下的樹叢中，寥寥幾座煙囪裡升起嫋嫋青煙。我離乾草村還有一英里路，但在萬籟俱寂的林中，我已可以隱約聽到村落裡的動靜。我的耳朵也分明聽到了水流聲，但無法判斷來自哪個溪谷或深澗。乾草村的另一邊有很多小山，無疑有許多溪流正川流在山間隘口。黃昏的寧靜也同樣反襯出最近處的泉流叮咚，以及最遠處的颯颯風聲。

突然傳來一種鈍重的聲響，衝破細微的潺潺水聲和颯颯風聲，既遙遠又清晰。那是沉重的踩踏聲，金屬碰撞的鏗鏘聲，刺耳的馬蹄聲，蓋過了林間風水輕柔的波動聲，猶如在一幅畫中濃墨渲染、過於搶眼的前景——諸如巨大的岩石或大橡樹的粗壯樹幹——令遠景中青翠山巒、明亮天際、斑駁雲彩黯然失色。

嘈雜聲是從小路上傳來的。有一匹馬正在奔來，但牠的身影一直被蜿蜒的小路遮擋著，看不清，但已愈來愈近。我正要下臺階，但因為路很窄，只好暫時端坐不動，等牠過去。那時，我還很年輕，腦海裡常有各色各樣、或光明或黑暗的幻想，夾雜了兒童房裡聽到的故事、道聽塗說的無稽之談，當它們重現時，青春少女比無邪童年更有生動的想像力。所以，當我靜待那匹愈跑愈近的馬在薄暮中現身時，不由自主地想起貝西講過的故事：英格蘭北部有一種名叫「蓋特拉希」的精靈，以馬、騾子或像大狗的形象出沒於荒郊野外，有時還會在遲歸的旅人面前顯形，儼如此時此刻，朝我疾馳而來的馬彷彿隨時會出現。

馬已經離我很近，但我還看不見牠。除了得得的馬蹄聲，我還聽見樹籬下有急跑帶來的騷動，一條大狗緊貼著榛子樹幹悄悄地跑出來，黑白相間的毛色在林木襯托下格外醒目。這正是貝西講過的蓋特拉希的一種幻形：形如獅子的大腦袋長毛妖怪。我還以為牠會停下腳步，抬起碩大的腦袋，用那種三分像狗七分像妖的眼神凝視我，不料，牠卻平靜地從我身旁跑過去。緊隨其後而來的是一匹高頭大馬，馬背上坐著一個人。那個男人——人類——立刻打破了想像的魅力。蓋特拉希總是獨來獨往，背上永遠不會有人類騎士；而且，據我所知，妖怪們會附體寄生於野獸的屍體，卻不會相中人類的身體。這顯然不是「蓋特拉希」，不過是個從米爾科特抄近路而來的旅人。他騎馬經過我身邊後，我繼續起身趕路，但沒走幾步，就回頭去看，因為我聽見身後傳來冰面上打滑的聲音，有人驚叫「見鬼了！怎麼會這樣？」之後就是轟然倒地的悶響，這當然引起了我的注意。在路中央最薄最滑的冰面上，人已仰，馬已翻。那條狗跑了回來，看見主人處境困難，又聽見馬在低吟，便狂吠起來，洪亮又深沉的吠聲在暮靄群山間引發回聲，與牠龐大的身軀很相稱。牠繞著倒地的人和馬聞了一會兒，又徑直朝我跑來。牠只能這麼做，因為附近沒有別人可以求助。我順從牠，走向那位騎馬的旅人，這時他正掙扎著想從馬鞍上脫身。他的動作強而有力，我便認為他應該沒受重傷，但還是問了問：

「先生，你受傷了嗎？」

他大概在咒罵著，但我無法確定。只能聽到他嘟嘟囔囔的，沒有立刻回答我。

「我能幫什麼忙嗎？」我又問。

「妳就站在那邊吧。」他邊說邊站起來，先是膝蓋著地，然後雙腳站立。我聽從他的話，站在近旁，但這時一片大亂：起身時的沉重喘息聲，馬蹄踩踏地面的啡噠啡噠聲，各種碰撞聲，還有狗的狂吠聲，逼得我退避到幾碼開外，但還不至於置身事外。最終，萬幸的是這匹馬重新站起來了，聽到主人喝斥一聲「派洛特！別叫了！」後，那條狗也乖乖地安靜下來。這時，旅人才彎下腰，摸了摸自己的腿腳，看似在檢查自己是否安然無恙。顯然，他不知道傷到了哪裡，但很疼痛，因為他一瘸一拐地走到我剛剛坐過又離開的石階，一屁股坐了下來。

我挺樂意幫忙的，最起碼，可以說有點想管閒事，所以再次走近他。

「先生，要是你傷著了，要人幫忙，我可以到桑菲爾德或乾草村叫人來。」

「謝謝妳，我能行，骨頭沒有跌斷，只是扭傷了腳。」他又站起來，試圖走幾步，卻不由自主地哀叫一聲「唉喲！」

天色還有一點薄暮的餘光，月亮漸漸明亮起來，我可以很清楚地看到他。他身上裹著騎手披風，皮毛領上繫著鋼釦。看不出他的體型，但依稀可以看出中等身材、寬闊的胸膛和肩膀。他的臉色陰暗，面容嚴峻，眉毛濃密；他的眼神和緊蹙的雙眉流露出挫敗後的憤怒。他已不年輕，但未屆中年，大約三十五歲。我並不怕他，但有點羞怯。如果他是位英俊挺拔的年輕紳士，我絕對不敢如此大膽地站著，不顧他的拒絕而繼續發問，也不等他開口就主動提出要幫忙，我幾乎從未見過年輕英俊的男人，平生也從未和任何一個年輕英俊的男人說過話。在理論的層面，我尊崇美麗、高雅、勇敢和魅力，但如果實際見到這些品格化身而成的男性，我就會本能地意識到，他們既不曾、也不可能與我這樣的人產生共鳴，我就會退避三舍，好像人們躲避火災、閃電，或者別的明亮卻令人厭惡的東西一樣，敬而遠之。

如果這位陌生人對我的問話僅僅報以善意的微笑，如果他委婉謝絕我的幫助，我肯定會轉身離去，繼續趕路，不會覺得有必要或有義務再多問幾句。然而，這位旅人皺著眉頭，言談舉止不拘禮儀，卻反而讓我坦然自若。所以，即便他揮手叫我走，我仍然站著不動，並且斷然說道：

「先生，已經這麼晚了，我不能把你留在這麼偏僻的小路上，除非我親眼看到你能騎上馬。」

我說這話的時候，他看了看我，而在這之前，他幾乎沒有正眼瞧過我。

「我倒覺得妳該回家去了。」他說，「如果妳家在附近的話。妳是從哪裡來的？」

「就從這山下來的。只要有月光，我一點也不害怕在外面待到天黑。如果你需要的話，我很樂意為你去跑一趟乾草村。說真的，我正要去村裡寄封信。」

「妳說妳就住在山下？有雉堞的大宅？」他指著桑菲爾德問道。這時的桑菲爾德完全籠罩在灰白色的月光中，在蒼茫樹林的背景中顯得格外醒目；樹林在西邊天幕的反襯下已化為一大片陰影。

「是的，先生。」

「那是誰的宅子？」

「羅徹斯特先生的。」

「妳認識羅徹斯特先生嗎？」

「不認識，我從來沒有見過他。」

「那他不住在那裡？」

「是的。」

「妳能告訴我他在哪裡嗎？」

「我不知道。」

「妳顯然不是府上的僕人，那麼，妳是——」他停頓下來，打量我一向樸實的衣裝：黑色美利奴羊毛斗篷，黑海狸毛皮帽；光說這兩樣，貴婦的僕人的裝扮都會比我講究一倍。他似乎猜不出我的身分，我也不想為難他，就主動回答：

「我是家庭教師。」

「噢，家庭教師！」他重複了一遍，「見鬼，我竟給忘了！家庭教師！」說著，再次從上到下打量了我一番。過了兩分鐘，他從臺階上站起來，剛試著邁一步，臉上就露出了痛苦的表情。

「我不能麻煩妳特意去找人，」他說，「不過，要是妳願意，妳倒可以幫我一個小忙。」

「好的，先生。」

「妳有沒有傘，可以讓我當枴杖用？」

「沒有。」

「那就想辦法抓住馬轡頭，把馬牽到我這裡來。妳會害怕嗎？」

如果只有我一個人，我是斷然不敢靠近馬的，但當他叫我去牽馬時，我倒挺願意的。我把皮手筒放在臺階上，走到那匹高頭大馬的面前。我試著去抓住轡頭，但這匹馬性子很烈，根本不讓我碰到牠的頭。我試了又試，卻是白費功夫，而且很害怕被牠不斷蹬地的前腿踢到。旅人在旁等著，看了好半天，終於放聲大笑。

「好吧，」他說道，「山是永遠搬不到穆罕默德跟前去的，所以妳只能幫穆罕默德走到山那邊去。請妳到這裡來。」

我走了過去。「恕我失禮，」他接著說道，「迫不得已，我只能借妳一臂之力了。」他把一隻手沉重地搭在我肩上，吃力地倚著我，一瘸一拐地朝馬走去。他一抓住轡頭，馬就乖順了，他跳上馬鞍，因為稍一用力，碰到了扭傷的部位，他的臉孔又痛苦地扭曲起來。

「好啦，」他說，鬆開緊咬的下唇，「把馬鞭遞給我就行啦，就在那邊的樹籬下面。」

我一下子就找到了馬鞭。

「謝謝妳，現在妳快去乾草村寄信吧，盡量早點回來。」

他用帶馬刺的靴跟刺了一下，馬先是一驚，後腿躍起，隨後疾馳而去，那條狗也躥上去，緊追不捨。眨眼間，人、馬和狗都無影無蹤了。

像荒野中的石楠
被一陣狂風捲走。

我撿起皮手筒繼續趕路。對我來說，這件事已經發生，並已成為過去。在某種程度上說，這確實是一件毫無意義的小事，不浪漫，也不有趣；但它卻標誌著單調乏味的生活中有短短一小時發生了變化。有人需要、並且請求我的幫助，我也幫到了對方。我很高興，總算做了一件事，哪怕這件事微不足道，稍縱即逝，但終究是我主動而為，而我對完全被動的生活已感到厭倦了。那張新面孔也像一幅新畫，被納入了記憶的畫廊，而且，和畫廊中已有的那些人像全然不同。首先，因為那是陽剛的男性面容；其次，那是一張黝黑、強壯、嚴厲的面容。我到了乾草村，把信投入郵局時，這幅肖像畫似乎仍然浮現在我眼前。我快步下山趕回家時，仍然能夠看到它。路過那個石階時，我駐足片刻，舉目四顧，側耳靜聽，心想，說不定小路上會再次響起馬蹄聲，一位身披斗篷的騎士和一條酷似蓋特拉希的紐芬蘭狗會再次出現。但我只看到樹籬，還有一棵被截去樹梢的殘柳靜靜兀立，迎接月亮的清輝。我只聽到微風在一英里外的桑菲爾德周圍的樹林間習習吹拂。我低頭朝輕風的方向俯瞰時，目光掠過宅子的正面，發現一扇窗裡亮起了燈光，這才想到時候已不早了，便匆匆往回走。

我不太情願再次踏進桑菲爾德。走進那扇大門，就意味著回到一潭死水的生活中；穿過空寂的大廳，踏上陰暗的樓梯，摸索到我那個冷清的小房間，再去見心如古井的費爾法克斯夫人，陪她一起度過漫長的冬夜，而且只有我倆相伴——這一切足以平息剛才散步時挑起的一絲興奮的波動，一成不變的生活又要給我的感官套上無形的枷鎖。這種生活的優點固然是穩定、安逸，但我已愈來愈難以消受了。倘若我曾在朝不慮夕、艱苦求生的風浪中顛簸過，飽嘗的辛酸磨難的滋味會讓我懂得渴望平靜的妙處，從而享受我正在抱怨的平靜生活，那該多好啊！是呀，人總會厭倦「超等安樂椅」[1]，坐膩了就想出門漫遊，走一趟遠路必有好處，我眼下的情況也一樣，很自然地想要有點變化。

我在門口徘徊，在草地上流連忘返，在石子路上來回踱步。玻璃門上的百葉窗已經關上，我看不見窗子裡的情形，其實，我的目光與心靈似乎已飛離那幢陰暗的房子——在我看來是囚牢般暗無天日的灰色洞穴，飛上了在我眼前浩渺的夜空，萬里無雲的深藍之海。原先躲藏在山丘背後的月亮莊嚴地一步步登上夜幕，已將山巒遠遠地拋在下面，彷彿正在翹首仰望，一心要登上午夜般漆黑、深遠莫測的天頂。閃爍的繁星尾隨其後，遙望星辰，我就不禁心生悸動，熱血沸騰。但一些小事往往會把我們拉回塵世現實，大廳裡響起鐘鳴，這就夠了。我撇下月亮和星星，推開邊門，走了進去。

大廳還沒有全黑，高懸的唯一那盞銅燈也尚未點亮。映照大廳和橡木樓梯最下方幾級樓梯的是暖融融的火光，從餐廳裡漫射出來。餐廳的雙扇門敞開著，溫暖的爐火映出大理石地板和黃銅爐柵，也把紫色的帳幔、光可鑑人的家具照得輝煌悅目。爐火也映照出壁爐邊的一群人影，我沒能看清楚，也沒有聽清嘈雜人聲中的歡快對話，似乎聽出了阿黛兒的聲音，但這時門就關上了。

我趕緊走到費爾法克斯夫人的房間，那裡也生著爐火，卻沒有點蠟燭，也不見她的人影。但我看到了一條狗：黑白相間的長毛，酷似小路上的蓋特拉希，房間裡只有牠，端端正正地趴在地毯上，專注地凝視火焰。牠實在太像那條蓋特拉希了，我禁不住上前喚了一聲「派洛特」，牠就一躍而起，走過來嗅嗅我。我撫摸牠，牠就搖起了大尾巴。不過，單獨與牠在一起時，還是會覺得有點嚇人。我不知道牠是從什麼地方來的。我拉了鈴，想要一支蠟燭，也想瞭解一下訪客是誰。莉婭走進門來。

「這是哪裡來的狗？」

「牠是跟主人來的。」

「跟誰？」

「跟主人，羅徹斯特先生，他剛到。」

「是嗎？費爾法克斯夫人跟他在一起嗎？」

「是的，還有阿黛兒小姐。他們都在餐廳，約翰去叫醫生了。主人出了點意外，他的馬滑倒了，他扭傷了腳踝。」

---

1. 超等安樂椅：語出英國詩人波普（Alexander Pope, 1688-1744）的《愚人記》中的詩句：「苦惱不堪地躺在一張超等安樂椅上。」

「他的馬是在乾草村的路上滑倒的嗎？」
「對，下山時在冰面上滑了一下。」
「噢！給我拿支蠟燭來好嗎，莉婭？」
莉婭把蠟燭送來時，費爾法克斯夫人也跟進來，把這消息又說了一遍，還說卡特醫生已經到了，這會兒正在給羅徹斯特先生療傷。說完，她匆匆走出去，吩咐備茶點，我也上樓，脫掉外出時的衣裝。

第13章

那晚，羅徹斯特先生遵照醫囑早早上床休息，第二天早晨也沒有早起。等他下樓了就開始處理各種事務，他的代理人、一些佃戶都來了，等著與他面談。

阿黛兒和我現在必須騰出書房，用作訪客接待室。樓上的一個房間生起爐火，我把書搬過去，把那裡布置成未來的教室。那天早上，我覺察到桑菲爾德有了變化，不再像教堂那麼沉寂，每隔一兩個小時就會響起敲門聲或鬧鈴聲，樓下大廳裡也時常傳來腳步聲和陌生音調的談話聲，儼如潺潺溪流從外面流了進來，只因有主人在家，我更喜歡這樣的桑菲爾德。

那天給阿黛兒上課可不容易，她根本靜不下心來，老是往門口跑，伏在欄杆上往下張望，只為了瞧瞧羅徹斯特先生一眼；還找各種藉口下樓去，我當然猜得到，她是想去書房，可惜那裡並不需要她。後來，我有點生氣，讓她乖乖坐好，她就喋喋不休地大談特談「我的好朋友愛德華．費爾法克斯．德．羅徹斯特先生」——她就是這麼稱呼他的（在此之前，我並不知道他的名字是愛德華），還不斷猜測他給她帶來了什麼禮物。因為他昨晚似乎提起過，等他的行李從米爾科特運到府上後，裡面會有個小盒子，裝著她很感興趣的東西。

「這就是說，」她用法語說道，「行李裡有一件給我的禮物，也許還有一件是給妳的呢，小姐，羅徹斯特先生問起過妳，他問我家庭教師的名字，問妳是不是個子很小，是不是很瘦，臉色是不是很蒼白。我說是的，因為妳就是這樣的，對不對，小姐？」

我和我的學生照例在費爾法克斯夫人的客廳裡吃午餐。下午風雪交加，我們一直待在教室裡。天黑了，我才允許下課，阿黛兒放下書本和作業就奔下樓去，因為樓下已安靜下來，也沒有人再拉門鈴了，想必羅徹斯特先生已經空下來了。房間裡只剩下我一個人，我走到窗前，但那會兒已經什麼都看不見了。暮色沉重，雪花飄飛，望出去只見蒼茫混沌，連草坪上的灌木都看不清。我放下窗簾，回到壁爐邊。

明亮的餘火搖曳，彷彿勾勒出一幅風景畫，頗似我印象中曾見過的萊茵河畔海德堡城堡。這時，費爾法克斯夫人走進來，打亂了我正在心中拼湊的火焰鑲嵌畫，也驅散了逐漸湧上我那孤寂心頭的令人不悅的沉思。

「羅徹斯特先生請妳和妳的學生傍晚到客廳去，和他一起用下午茶，」她說道，「他忙了一整天，沒能早點見妳。」

「他幾點用下午茶？」我問。

「哦，六點鐘。他回鄉時就會早起早睡。妳現在最好去換件衣服，我陪妳去，可以幫妳扣釦子。妳來拿這支蠟燭。」

「有必要換罩衣嗎？」

「是的，最好還是換上。羅徹斯特先生在這裡的時候，我到了晚餐時段總會穿正裝。」

這種比平日更甚的禮節略顯隆重，但我還是回到自己的房間，在費爾法克斯夫人的幫助下，把黑呢長裙換成了黑絲綢長裙，除了另一件淡灰色的衣裙外，這就是我最好的、也是唯一一套可供選擇的正裝。用我在羅伍德養成的服飾標準來看，灰色的那套太精緻了，只有極為重要的場合才適合。

「妳最好再配一枚胸針。」費爾法克斯夫人這樣說。我只有一枚小小的珍珠胸針，是坦普爾小姐作為臨別禮物送給我的。我把它別好，我們就下了樓。我本來就有點怯生，卻要如此一本正經地盛裝接受羅徹斯特先生的召見，實在是渾身不自在。走進餐廳時，我讓費爾法克斯夫人走在前面，自己躲在她背後，穿過房間，經過此刻放下帷幔的拱門，再走進最裡面的典雅的內室。

桌上和壁爐架上各點了兩支蠟燭。派洛特趴在地上，沐浴在一爐旺火的光和熱中，阿黛兒跪坐在牠旁邊。羅徹斯特先生半倚在沙發椅上，一隻腳用墊子墊高了。他正凝望著阿黛兒和狗，爐火照亮了他的臉。我認出了那正是自己偶遇的旅人：兩道又粗又黑的濃眉，黑髮平整地斜捋在前額，愈發襯托出額頭的方正。我也認出了那剛毅的鼻梁，與其說好看，不如說凸顯個性，因而引人注目。他有鼓凸的鼻翼，我想，那說明他容易發怒。他有輪廓嚴峻的嘴巴、下巴和顎骨，是的，三者看起來都很冷峻，一點不錯。此刻，他已脫去斗篷，我看得到他的體型，與方方正正的容貌很相稱。我想，從體格的角度看，雖然他個頭不高，也不夠優美，但應該算得上很健壯：胸膛寬闊，側身精瘦。

羅徹斯特先生肯定知道費爾法克斯夫人和我已經走進來了，但他似乎沒有興致來搭理我們，我們走過去時，他連頭都沒抬。

「先生，這位就是愛小姐。」費爾法克斯夫人用斯文的語調作了介紹。他欠了欠身，但目光依舊沒有離開狗和孩子。

「請愛小姐坐下吧。」他說道。點頭時勉強又僵硬的樣子，不耐煩但一本正經的語氣，都好像在暗示另一層意思：「見鬼，愛小姐和我有什麼關係？現在我沒心情和她講話。」

我坐了下來，一點也不尷尬。彬彬有禮的接待說不定倒會叫我手足無措，因為我恐怕無法用同等溫文爾雅的禮儀回報對方；粗魯任性反而能讓我不必拘禮。反過來說，被失禮地對待時能保持莊重的沉默，反倒讓我占盡了優勢。再說，這樣反常的召見儀式也挺新鮮的，我倒有興趣看看他接下去還有什麼古怪招數。

他繼續像尊雕像般坐著，一言不發，一動不動。費爾法克斯夫人好像覺得總該有人來打破僵局，便主動說起話來。一如往常的和藹，也一如往常的平庸：感歎他整天忙於處理事務，肯定辛苦；感慨他扭傷了腳，肯定很痛，也很煩惱；最後稱讚他有耐心、有毅力承受這一切。

「夫人，我想喝茶。」費爾法克斯夫人只得到這一句回答，便趕緊起身去打鈴，茶點端上來時，她殷勤又俐落地擺放杯匙等物。我和阿黛兒走到桌邊，但這位主人並沒離開他的沙發椅。

「請妳把羅徹斯特先生的杯子端過去吧，」費爾法克斯夫人對我說，「阿黛兒也許端不穩，會把茶水潑出去的。」

我照她說的去送茶。他從我手裡接過杯子時，阿黛兒也許認為這是替我提出請求的好機會，就用法語大聲說道：「先生，妳的小箱子裡不是有禮物要送給愛小姐嗎？」

「誰說起過禮物？」他生硬地回應道，「妳盼望過禮物嗎，愛小姐？妳喜歡禮物？」我覺得，他此時是用一種陰沉、惱怒又銳利的眼神審視我的神色。

「先生，我並不知道。我對禮物缺乏經驗。一般來說，禮物是討人喜歡的。」

「一般來說？那妳是怎麼認為呢？」

「先生，我需要一點時間好好想想，才能給您滿意的答覆。可以從很多方面去看待禮物，不是嗎？所以需要全面考慮，才能發表關於禮物本質的意見。」

「愛小姐，妳不像阿黛兒那麼天真，她一見到我就嚷著要『禮物』，妳卻拐彎抹角。」

「因為我不像阿黛兒那麼自信，我不確定自己是否配得上得到禮物。她和您相識已久，盡可憑著往常的習慣而提出要求，因為她說過，您經常送她玩具。但要我說出理由，那就傷腦筋了，因為我是個陌生人，沒做過任何值得您答謝的事情。」

「啊，別以過分謙虛來做擋箭牌！我考過阿黛兒了，發現妳為她花了很大功夫。她並不聰明，也沒有什麼天分，但在這麼短的時間內她就有了很大進步。」

「先生，您這就等於已經給了我『禮物』，我感謝您的好意。學生的進步得到讚揚，就是教師最渴望的獎賞。」

「嗯哼！」羅徹斯特先生哼了一聲，默默地喝起茶來。

等茶盤端走後，費爾法克斯夫人退到一邊去做編織，阿黛兒牽著我的手在房間裡四處走走，把她放在梳粧臺、牆架上的漂亮書籍和精緻擺件指給我看。這時，主人說道：「坐到壁爐邊來。」我們遵命走了過去，阿黛兒想坐在我膝頭上，他卻叫她去和派洛特玩。

「妳在這裡已經住了三個月？」

「是的，先生。」

「妳是從——」

「羅伍德學校。」

「噢!那個慈善學校。妳在那裡待了幾年?」

「八年。」

「八年!妳的生命力肯定很頑強。我還以為,只要在那種地方待上三四年,不管什麼樣的體質都會被搞垮!怪不得妳的模樣像是從另一個世界來的,我就奇怪妳從哪裡得來的那種臉色。昨晚妳在乾草村路上出現時,我莫名其妙地想到了童話故事,差點想問妳是不是對我的馬施了魔咒,直到現在我還有點拿不準。妳的父母呢?」

「我沒有父母。」

「從小失孤,是嗎?妳還記得他們嗎?」

「不記得了。」

「我想也是。所以,妳坐在臺階上是在等妳的人嗎?」

「等誰,先生?」

「綠精靈唄!昨晚月光皎潔,正是他們現身的好時機。我是不是闖進了你們的魔法圈,所以妳在那該死的路上施了冰咒?」

我搖了搖頭。「綠精靈一百多年前就離開英格蘭了,」我也像他那樣,一本正經地說下去,「不管在乾草村路上還是附近的田野裡,你都見不到他們的一絲蹤跡。我想,無論夏秋或者冬季的月亮都再也不會照見他們的狂歡了。」

費爾法克斯夫人放下了手中的織物，揚起眉毛，似乎很奇怪這場談話到底在說什麼。

「好吧，」羅徹斯特先生繼續發問，「妳沒有父母，但總該有些親人吧，譬如叔伯、舅舅、阿姨？」

「沒有，至少我從沒見過。」

「那麼妳家在哪裡？」

「我沒有家。」

「妳兄弟姊妹住在哪裡？」

「我沒有兄弟姊妹。」

「誰推薦妳來這裡的？」

「我自己登了廣告，費爾法克斯夫人答覆了我。」

「確實如此。」好心的夫人現在終於跟上我們的談話了，「我每天感謝主引導我作了這個決定。對我來說，愛小姐是個不可多得的好夥伴，也是對阿黛兒親切認真的好教師。」

「不用費心替她說好話，」羅徹斯特先生說道，「歌功頌德並不能左右我，我會自己做出判斷。從一開始，她就害我的馬摔倒在地。」

「什麼，先生？」費爾法克斯夫人反問。

「我還要感謝她使我扭傷了腳。」

這位寡婦看起來驚詫莫名。

「愛小姐，妳在城裡住過嗎？」

「沒有，先生。」

「交往的人多嗎？」

「不多，只有羅伍德的學生和教師，現在還有桑菲爾德府裡的人。」

「妳讀過很多書嗎？」

「碰到什麼就讀什麼，不算多，也不高深。」

「妳過的無疑是修女的生活，看來妳在宗教禮儀方面訓練有素。據我所知，統管羅伍德的是布洛赫斯特先生，他是位牧師，是嗎？」

「是的，先生，」

「妳們那些女孩大概都很崇拜他吧，就好像修道院的修女們總是很崇拜她們的院長。」

「哦，並非如此。」

「妳可真冷淡啊！並非如此！見習修女竟然不崇拜她的牧師？聽起來真像是褻瀆之言。」

「我不喜歡布洛赫斯特先生，有這種感覺的也不只我一個人。他是個很冷酷的人，自以為是卻瞎管一通。他剪去我們的頭髮，又為了節省開支買很差的針線，我們幾乎沒辦法縫紉。」

「真不該在這種方面省錢。」費爾法克斯夫人在一旁議論，現在她又聽得懂我們在談什麼了。

「這就是他最大的罪狀嘍？」羅徹斯特先生問。

「委員會還沒有成立的時候，他全權掌控學校的膳食開支，總是讓我們挨餓。他還讓我們每個禮拜日聽他長篇大論地講道，我們都很厭煩；每晚還要我們讀他自己編的書，寫的盡是暴死呀、報應呀，嚇得我們都不敢睡覺。」

「妳幾歲去的羅伍德？」

「十歲左右。」

「妳在那裡待了八年，所以妳現在是十八歲？」

我表示同意。

「妳看，數學還是有用的。不借用數學，我就很難猜出妳的年紀。相貌和表情如此不符，要猜中妳的年紀可不容易。那麼，妳在羅伍德學了些什麼？會彈鋼琴嗎？」

「會一點。」

「當然了，既定答案都是如此。到書房去——我的意思是：請妳到書房去（請原諒我用命令的口吻，我已說慣了『妳做這事』，別人就去做了。我無法為一個新來府上的人改變老習慣）。好吧，到書房去，帶上妳的蠟燭，不要關門，坐到鋼琴前，彈個曲子。」

我聽從他的吩咐去了書房。

「可以了！」幾分鐘後，他叫道，「我知道了，妳確實只會一點，就像隨便哪個英國女學生那樣，也許比有些人還強些，但並不算出色。」

我蓋上鋼琴，回到客廳。羅徹斯特先生繼續說：「今天早上阿黛兒給我看了幾張素描，她說是妳畫的。我不確定那都是妳畫的，也許有某個畫師的幫忙？」

「當然沒有！」這話脫口而出。

「噢，這麼說傷了妳的自尊。好吧，把妳的畫夾拿來，只要妳能保證裡面的畫都是自己創作的。要是沒有把握，就別說大話，我認得出東拼西湊的手筆。」

「那我什麼也不說，您盡可自己判斷，先生。」

我從書房取來了畫夾。

「把桌子移過來。」他說。於是，我把桌子推向他的沙發椅，阿黛兒和費爾法克斯夫人也都過來看畫。

「別都擠在這裡，」羅徹斯特先生說，「別把臉都湊到我眼皮底下。等我看完了，妳們再拿去看。」

他仔仔細細看了每幅速寫和畫作，把其中三幅放在一旁，其餘的看完後便推開了。

「把它們拿到別的桌子上去看吧，費爾法克斯夫人。」他說，「和阿黛兒一起看。妳呢，（瞥了我一眼）仍舊坐在妳的位子上，回答我的問題。我看得出來，這些畫出自一人之手，是妳的手嗎？」

「是的。」

「妳哪有時間來畫這些？這些畫很花時間，還要構思。」

「這幾張畫是我在羅伍德的最後兩個假期裡畫的，那時我沒有別的事情。」

「妳從什麼地方弄來了摹本？」

「從我自己的腦袋裡。」

「就是現在我看到的、妳肩膀上的這顆腦袋嗎？」

「是的，先生。」

「那裡面還有這一類的東西嗎？」

「我想也許有。我希望——有比這些更好的靈感。」

他把那幾張畫攤在面前，再次一張張細看。

趁他看畫的時候，讀者，我要告訴妳那些畫畫了什麼。首先，我要聲明它們並沒有什麼了不起。

畫的題材確實來自我的想像，那些畫面清晰地浮現在我的腦海裡。還沒嘗試用畫來再現之前，我的心靈之眼最初見到的那些畫面真的栩栩如生；但一旦落筆卻覺得力不從心，只能用乏力的筆觸勾勒出蒼白平淡的輪廓。

這三張都是水彩畫。第一張畫的是低垂的鉛色雲塊在波濤洶湧的海面上翻滾，遠景黯然無光，前景也一樣——並沒有所謂的「前景」[1]，因為畫中完全沒有陸地——最前面的波浪也隱沒在黑暗中。一束亮光醒目地照出半沉海中的桅杆，桅杆頂上停著一隻又黑又大的鸕鷀，羽翅上掛著點點泡沫，嘴裡銜著一只鑲寶石的金手鐲，那種金色是我的調色板上所能調出的最鮮亮的色彩，閃爍的細節也是我用鉛筆所能勾勒出的最細膩的線條。在鳥和桅杆下面的碧波裡，隱約可見一具沉溺的屍體，唯一能看清楚的部分就是一截美麗的手臂，金手鐲就是從這隻手上被水沖走或是被鳥兒啄下來的。

第二張畫的前景只有一座朦朧的山峰，青草和樹葉似乎被風吹向了一邊。遠處和上方鋪展開深藍色的遼遠天空，像是薄暮時分。高聳雲端的是一個女人的上半身，我盡可能把色調處理得柔和、暗淡。一顆星子點綴在她幽昧的額頭上，但下半張臉完全隱沒在霧氣中，若隱若現。她烏黑的雙眸透露著狂野，炯炯有光。長髮如陰影，飄然垂蕩，像是被風暴和閃電撕裂開來的暗色雲團。她的脖子上有一抹宛若月光的淡淡反光，同樣淺淡的光暈圍繞片片薄雲，金星的幻影便聳立其中，微微低頭。

第三幅畫的是一座冰山，尖銳的山峰刺向北極的冬日蒼穹。北極光聚集湧動，彷彿一束束泛著微光的長矛，從地平線上林立飛揚。前景上的一顆頭顱赫然入目，把一切景物推隱到遠處。這顆巨大無比的頭側倚冰山，枕靠其上。一雙細瘦的手在額頭前十指交觸，掀起黑色面紗，只露出蒼白嶙峋的眉骨，深陷的眼窩凝視前方，只流露出絕望的木然神色。兩鬢之上，在黑色纏頭布的褶皺中，隱現一圈如雲霧般變幻莫測的白熾火焰，還有耀眼的紅色火星點綴其間。這蒼白的新月就是為「無形之形」加冕的「王冠的象徵」[2]。

「妳作這些畫時，快樂嗎？」羅徹斯特先生問道。

「畫的時候我都忘乎所以了，是的，先生，我很快樂。總之，畫這些畫可以說是我從未經歷過的最快樂的趣事。」

「那並不說明什麼問題。如妳所說，妳的樂趣本來就不多。但我猜想，妳在調製、描繪這些新奇的顏色時，肯定沉醉在一種藝術家的夢想世界裡。妳每天花很長時間坐下來畫這些畫嗎？」

「因為學校放假，我幾乎無事可做，可以從早上畫到中午，從中午畫到晚上。仲夏的白晝很長，正好能讓我全心全意地投入。」

「妳對這些熱忱、辛苦做出的畫滿意嗎？」

「遠遠談不上滿意。自己的構思和技藝之間有懸殊的落差，我為此非常苦惱。每次頭腦中浮現出什麼，都苦於沒有能力逼真地呈現想像。」

「那也未必。妳已經捕捉到了想像的影子，但也許僅限於此。要把想像淋漓盡致地表現出來，妳缺乏足夠的藝術技巧和專門知識。不過，對一個女學生來說，這些畫已經非同一般了。至於那些構想，倒是有幾分妖氣。妳準是在夢中看見那對金星的眼睛吧，否則妳怎麼能使它那麼清澈，卻並不明

1. 前景（foreground）：原意是「前方的陸地」，因而有這句解釋。
2. 「無形之形」、「王冠的象徵」：典故都出自於英國詩人米爾頓的長詩《失樂園》，用以描寫看守地獄之門的無形人物。

亮呢？因為上面的那顆星星壓抑住了眼中的光芒。不過，那凝重深沉的眼神又是在表現什麼？是誰教妳畫風的？天空中、山頂上都刮著大風。妳是在哪裡見到拉特莫斯山[3]的？因為這確實是拉特莫斯山的樣子。好了，把這些畫拿走吧！」

我還沒有把畫夾上的繩子紮好，他就看了看錶，突然說道：「已經九點了，愛小姐，妳怎麼能讓阿黛兒在這裡待到這麼晚？帶她去睡覺吧。」

阿黛兒走出房間之前過去親吻他，他容忍了這種親熱，但似乎很冷淡，甚至還不如派洛特那麼喜歡得到吻別。

「祝大家晚安。」他說著，朝門的方向做了個手勢，表示他對我們的陪伴已經感到乏累，希望我們就此離開。費爾法克斯夫人收起了織物，我拿起畫夾，我們都向他行了屈膝禮。他生硬地點點頭以作回答，我們就退了出去。

「妳說過羅徹斯特先生沒什麼特別之處，費爾法克斯夫人。」安頓好阿黛兒上床後，我又到費爾法克斯夫人的房間裡時這麼說道。

「怎麼，他很特別嗎？」

「我覺得是，他這個人變化無常，說變臉就變臉。」

「這倒是。在陌生人看來，他無疑是這樣的。但我早就習慣他這樣的態度了，因此從沒多想過。更何況，就算他真的脾氣古怪，那也情有可原。」

「為什麼？」

「一來是他生性如此，而我們都對自己的天性無能為力；二來是因為他肯定有些痛苦的心事，折磨得他心緒不寧。」

「什麼事情？」

「一方面是家庭糾葛。」

「他不是沒有家人嗎？」

「不是說現在，但曾經有過——至少是親戚吧。幾年前，他兄弟去世了。」

「他的長兄嗎？」

「是的，現在這位羅徹斯特先生擁有這份產業的時間並不長，只有九年左右。」

「九年也不算短了，他那麼愛他的哥哥，直到現在還為他的去世而悲傷嗎？」

「唉，不——也許不是。我相信他們之間有些誤會。羅蘭德．羅徹斯特先生對愛德華先生不太好，也許還讓他們的父親對愛德華先生懷有偏見。老羅徹斯特先生很愛錢，一心保全家產，所以不想分家，但又想讓愛德華先生擁有自己的一份財產，以便維護這個家族的聲望。所以，愛德華先生成年後不久，他們採取了一些不太公正的辦法，弄出很多麻煩來。為了使愛德華先生獲得財產，老羅徹斯特先生和羅蘭德先生合謀，使愛德華先生陷入了痛苦的處境。我始終不清楚具體是怎麼回事，但他顯然受了不少罪，精神上無法忍受。他不願忍讓，便與家庭決裂，之後很多年一直過著漂泊不定的生活。他哥哥沒有留下遺囑就去世了，所以他就成了這片產業的主人，但我想，他從沒在桑菲爾德一連住滿

3. 拉特莫斯山：位於小亞細亞愛琴海附近。

過兩星期。說實在的，也難怪他要躲開這個老宅子。」

「他為什麼要躲避？」

「也許他認為這地方太陰沉吧。」

她的回答閃爍其詞。我挺想知道明確的說法，但費爾法克斯夫人興許不能夠、或不願意向我解釋清楚羅徹斯特先生痛苦的來龍去脈。她堅稱自己不清楚內情，她所知的多半是自己的猜測。她顯然希望我別在這個話題上刨根問底，我也就不再多問了。

第14章

之後好幾天，我幾乎見不到羅徹斯特先生。早上他似乎忙於公務，下午接待從米爾科特或附近來訪的紳士，有時他們會留下來與他共進晚餐。他的傷勢大致痊癒，可以騎馬了，他便經常騎馬外出，也許需要禮節性的回訪，往往到深夜才歸。

在這期間，連阿黛兒也很少被他叫去。我只偶爾在大廳裡、樓梯上或走廊上與他擦肩而過。有時他會高傲、冷漠地從我身邊走過，遠遠地點一下頭或冷冷地瞥一眼，以示注意到了我的存在；有時卻很有紳士風度，和藹可親地鞠躬微笑。他這種善變的情緒並不會冒犯我，因為我明白這種變化與我無關，影響他情緒起伏的原因也完全與我無關。

有一天，他留客用餐，派人來取我的畫夾，無疑是要向人家展示裡面的畫。那些紳士們很早就告辭了，費爾法克斯夫人告訴我，他們要到米爾科特去參加一個公眾集會，但那天晚上有雨，濕冷難耐，羅徹斯特先生就沒和他們一起去。他們走後不久，他便搖鈴傳話，讓我和阿黛兒下樓去。我梳理了阿黛兒的頭髮，把她打扮得整整齊齊，我自己還是老樣子，穿平素那種合身又樸素的貴格派風格的衣裝，實在沒什麼可修飾了，包括頭髮也是：編成辮子，一絲不亂。我們下樓時，阿黛兒一直在猜：是不是她的「小盒子」終於送到了？不知哪裡出了差錯，行李遲遲未到。果然被她猜對了：我們走進餐室時就見桌上放著一個小紙盒。阿黛兒非常高興，「我的盒子！是我的盒子！」她似乎憑直覺就知道了，嚷嚷著朝它奔過去。

「是的，妳的『盒子』終於到了，把它拿到角落去拆開。妳這個地道的巴黎女孩，快到一邊玩去吧。」羅徹斯特先生用深沉卻譏誚的口吻說道。聲音是從壁爐旁的大安樂椅裡傳出來的。「記住，」他繼續說，「把盒子大卸八塊的時候，不需要向我報告細節，也不需要告訴我裡面有哪些五臟六腑。妳安安靜靜地動手就好。」最後又用法語叮囑了一句，「妳要安靜些，孩子，知道嗎？」

阿黛兒似乎並不需要提醒，她已經帶著她的寶貝退到了一旁的沙發上，正手忙腳亂地解開繫住蓋子的細繩；移開盒蓋後，再揭開銀色的包裝紙；繼而興奮地驚呼起來：「噢！天哪！太漂亮了！」隨後便沉浸在狂喜中，獨自把玩起來。

「愛小姐來了嗎？」主人又發問了。他從座位上欠欠身子，轉頭看看門。此刻，我仍站在門邊。「啊！好，到前面來，坐在這裡吧。」他把一張椅子拉到自己旁邊。「我不大喜歡聽孩子咿咿呀呀，」他繼續說，「像我這樣的老單身漢聽不懂他們在說什麼，也不會讓我產生愉快的感受。和一個小娃娃面對面消磨整個晚上，我實在是受不了。愛小姐，別把椅子拉得那麼遠。就在我擺好的地方坐下來——當然，請妳坐好。該死的禮貌！我老是忘掉。我也不太喜愛頭腦簡單的老婦人。話是這麼說，我還是要多擔待我們這位老太太，怠慢她可不好。她是費爾法克斯家的，至少是嫁進這個家族了。俗話說，自家人總比外人要親。」

他拉響了鈴，派人去請費爾法克斯夫人。她很快就進來了，捧著她的編織籃。

「晚上好，夫人，我請妳來幫個大忙。我不允許阿黛兒跟我談禮物的事，但她肯定憋了一肚子的話要說，妳行行好，去給她當個聽眾，逗她說個夠吧，那妳就功德無量了。」

果然不出他所料，阿黛兒一見到費爾法克斯夫人，就把她叫到沙發邊，眨眼的工夫就在她的裙兜裡擺滿了她從「盒子」裡取出的瓷器、象牙和蠟製的小玩意兒，還用她所能掌握的一些英語單詞加以解釋，說得歡天喜地的。

「好啦，我已盡到好主人的本分了。」羅徹斯特先生說道，「讓客人們相談甚歡，各有樂趣。那我也能自在地享受自己的樂趣了。愛小姐，把妳的椅子再往前移一點，妳坐得太靠後了，我都看不見妳；我坐在這張椅子裡很舒服，不想改動位置。」

雖然我寧願繼續待在幽暗一點的地方，但還是照他的吩咐做了。羅徹斯特先生總是直來直去地下命令，似乎理所當然要立刻服從他。

如我剛才說的，我們是在餐廳裡。為晚餐而點上的枝形吊燈把整個房間照耀得如節慶般燈火輝煌，熊熊爐火通紅透亮，高大的窗子、更高大的拱門前懸掛著寬大華貴的紫色帷幔。只能聽見阿黛兒壓低嗓門的交談（她不敢高聲說話），談話間隙還能聽見敲打窗櫺的冷雨，除此之外只是寂靜。

羅徹斯特先生坐在錦緞面的安樂椅裡，和我以前看到的模樣大相逕庭，沒有那麼嚴厲，更沒有那麼陰沉。他的嘴角浮現笑意，眼睛閃閃發亮，我不知道是不是喝了酒的緣故，但很可能就是這個原因。總之，他正在飯後的興頭上，更加健談，更加親切，比起早上冷淡、生硬的神態，此時明顯更隨和了。不過他看上去依然十分嚴肅，大腦袋靠在高突的椅背上，爐火的光亮照出他那猶如花崗岩鐫刻出來的面容，照進他又大又黑的眼眸裡。他有一雙烏黑的大眼睛，有非常美麗的瞳孔，偶爾也會流露出一種柔和的神采——即便不能說是柔情，至少也很接近。

他凝視著爐火足有兩分鐘，而我也一直盯著他看了那麼久。突然，他轉過頭來，看到我正在注視他的臉。

「妳在仔細打量我，愛小姐，」他說，「妳認為我英俊嗎？」

但凡我仔細考慮，就應當按照習慣對這個問題做出含糊但禮貌的回答，但不知怎麼的，我不假思索地說道：「不，先生。」

「啊！說實在的，妳這人是有點特別，」他說道，「看外表，妳像個小修女，怪僻、安靜、嚴肅、單純；坐著的時候兩手擱在面前，眼睛總是低垂著看地毯（順便說一句，除了像剛才那樣死死盯住我的臉看的時候），別人問妳一個問題，或者發表一番讓妳必須回答的議論時，妳卻會毫不留情、直言不諱地冒出一句實話，不是生硬，就是唐突。妳這麼說是什麼意思？」

「先生，請您原諒我太直率了。我本應當說，像容貌這樣的問題，不是輕易可以當場隨口回答的；應當說，人的審美觀各有不同；或是說，美貌並不重要；或諸如此類的話。」

「妳本來就用不著這樣回答。美貌並不重要，說得好！原來，妳假裝要寬慰我，以緩和一下剛才的無禮，實際上卻往我耳朵下面又狡猾地捅了一刀。妳往下說呀，請問妳發現我還有什麼不好看的地方？我想我四肢健全、五官尋常吧。」

「羅徹斯特先生，請允許我收回我之前的回答。我無意出口傷人，只不過一時失言。」

「確實如此，我想應該是這樣。但妳要對此負責。來挑我的毛病吧，妳不滿意我的額頭嗎？」

他撩開覆蓋在額前的波浪似的黑髮，露出一大片額頭，那昭示了堅實的思考能力，卻也明顯缺少本應出現的仁慈敦厚的跡象。

「怎麼樣，小姐，我是個傻瓜嗎？」

「絕對不是，先生。如果我反過來問您是不是個樂善好施的人？您也會認為我無禮嗎？」

「又來了！又捅了我一刀，還假裝拍拍我的頭。肯定是因為我說我不喜歡和孩子和老人作伴吧！（要輕聲地說！）不，年輕的小姐，我不是一般意義上的慈善家，但我有良知。」說著，他指了指智慧所在之處，幸好他飽滿的額頭非常顯眼，使他頭腦的上半部有引人注目的寬度。「此外，我也一度有過粗野的好心腸。我在妳這個年紀的時候極富同情心，喜歡袒護羽翼未豐、無人養育和不幸的弱者，但是之後的命運卻一直打擊我，甚至動用鐵拳折磨我，現在我敢自詡，自己像印度皮球那樣堅韌了，不過，還有一兩處可以穿透的空隙。在硬心腸中間還有一個敏感的部分。是這樣的，那麼，我還有希望嗎？」

「希望什麼，先生？」

「希望我最終能從橡皮球再次變回血肉之軀？」

「他肯定是酒喝多了。」我心想。我不知道該如何來回答這個奇怪的問題。我怎麼知道他會不會變回來呢？

「妳看來大惑不解啊，愛小姐。雖然妳也不漂亮，不亞於我的不英俊，但那種茫然的神情卻和妳十分相配。還有一個好處：可以把妳那雙愛探究的目光從我的臉上移到別處去，忙著研究地毯上的花朵。所以妳就繼續迷茫吧，年輕的小姐，今天晚上我決定平易近人，聊個盡興。」

做出這樣的宣告後，他便從椅子上站起來，胳膊倚在大理石壁爐架上。這種站立的姿勢把他的體形、面容都展現得一清二楚——出奇寬闊的胸膛幾乎和他的四肢身長不成比例。我敢肯定，大多數人會覺得他相貌醜陋，但是他的舉手投足間卻無意識地流露出明顯的傲氣，一舉一動都從容自如；他對自己的外表是那麼滿不在乎，對先天或後天的特質所產生的其他方面的能力又是那麼高傲自信；這都足以彌補那欠缺吸引力的外貌；只要看著他，任何人都會不由自主地被那種無所謂的情緒所感染，甚至盲目輕信他的自信。

「今天晚上我決定和妳聊個盡興。」他又說了一遍，「這就是我請妳來的原因。爐火和吊燈還不足以陪伴我，派洛特也不行，因為它們都不會說話。阿黛兒稍微好一些，但還是遠遠不夠格。費爾法克斯夫人也一樣。而妳，我相信是合我意的，只要妳願意。第一天晚上我邀請妳下樓到這裡來，妳就讓我迷惑不解。但那以後，我幾乎把妳忘了，腦子裡盡是其他事情，妳就被推到九霄雲外了。但今天晚上我決定放鬆一下，自在些，拋開繁瑣的雜務，只去想讓人愉快的事。如果妳能多說一點，讓我多瞭解瞭解妳，我會很高興的。所以，妳盡情說吧。」

我沒有說話，只是微微一笑，並不是自輕順從，也不是自滿自喜。

「說呀。」他催促起來。

「說什麼呢？先生。」

「妳愛說什麼就說什麼，說什麼，怎麼說，都隨妳喜歡去選擇。」

結果我只是端坐，什麼也沒有說。心想：「要是他希望我為說而說，或炫耀一番，那他會發現找錯了人。」

「妳怎麼變啞巴了，愛小姐。」

我依然一聲不吭。他向我微微低下頭，匆匆一瞥，似乎要探究我的眼神。

「這麼倔強？」他說，「還有點惱怒。哦，一貫如此。我近乎荒謬又蠻橫地向妳提出要求，愛小姐，請妳原諒。實際上，我不想把妳當作低微的人來對待。就是說（他糾正自己）：我唯一高於妳之處，不過是比妳年長二十歲，閱歷上比妳超前一個世紀。這種優勢是完全正當的，就像阿黛兒說的那樣，『我堅持這一點』。就憑藉這點優勢，也只有這麼點優勢可言，我才請求妳跟我聊聊，讓我散散心，別讓我那顆心像生鏽的釘子那樣，老是釘在一點，都快磨痛了。」

他竟紆尊降貴為自己辯解，好像是在道歉。我不能對他的屈尊無動於衷，也不想讓他覺得我無動於衷。

「先生，只要我能做得到，我很樂意為您解解悶，非常樂意。但我不知道該談什麼話題，因為我怎麼知道您對什麼感興趣呢？所以，您提問吧，我盡力回答。」

「那我先問妳：基於這些理由——因為我的年紀足以做妳的父親，去過很多國家，和很多人打過交道，飽經風霜地遊歷了半個地球，而妳只是跟一類人平平靜靜地生活在同一幢房子裡——妳同不同意我有權在某些時候稍微耍點威嚴、行為稍顯魯莽，甚至偶爾嚴厲？」

「隨您所願，先生。」

「這算什麼回答。倒不如說妳的回答很氣人，因為那不過是巧言推託。要明確回答。」

「先生，我不認為僅憑您年長或見多識廣就有資格命令我。能不能說您比我優越，完全取決於您如何運用年歲和閱歷。」

「哼！答得倒挺快。但我不承認，因為與我的情況並不相符。我只是單純擁有這兩種優勢，雖然不至於濫用，但也至少沒有善用。暫且不談優越不優越的問題吧，妳總還願意偶爾聽候我的吩咐，不因為命令的口吻而生氣或委屈——對嗎？」

我露出微笑，暗自思忖：羅徹斯特先生真是很古怪——他好像忘了，付我三十鎊年薪就是讓我聽他吩咐的。

「笑得很好，」我轉瞬即逝的表情被他看在眼裡，「但還得開口講話。」

「先生，我在想，很少有主人會費心去問他們僱傭的下屬，會不會因為被吩咐而生氣或委屈。」

「僱傭的下屬！什麼，妳是我僱傭的下屬嗎？啊，對！我把薪水的事兒給忘了。好吧，那麼就憑僱傭關係，妳肯讓我耍點威風嗎？」

「不，先生，憑這個理由可不行。但因為您忘了僱傭關係，卻關心您的下屬處於從屬地位是否愉快，我才真心認同您可以有權威。」

「妳是否同意我省去那些數不清的陳規舊矩和客套話，而且不認為那出自傲慢無禮嗎？」

「我肯定同意，先生。我絕不會把不拘禮節錯當蠻橫無禮。其實，我很喜歡不拘小節，至於傲慢無禮，所有生而自由的人都是不願屈從的，哪怕是為了賺取薪金。」

「胡說！為了薪金，大多數自由人都願意屈服，所以，只說妳自己吧，別去妄談妳渾然不知的普遍現象。不過，儘管妳的回答並不切實際，但我要在心裡與妳握手言好，因為我認同妳的態度，也認同妳所說的內容。妳的態度坦率而誠懇，並不常見。不，恰恰相反，世間以誠相待的人得到的回報通常是矯揉造作或冷漠無情，或是愚蠢而粗俗地誤解妳的本意。三千個初出校門當家庭教師的女學生中，像妳這樣回答的，我看頂多三個。但我無意恭維妳，要說妳是從跟大多數人不是從一個模子裡造出來的，那也不是妳的功勞，而是造化的功績。再說，我得出這個結論畢竟有點匆忙。就我所知，妳也未必勝過其他人。也許有難以容忍的缺點，足以抵消妳的少數優點。」

「你也一樣吧。」我在心裡說道。這念頭閃過腦海時，我們恰好四目相對。他似乎立刻讀懂了我眼神裡的含意，並且脫口而出，好像替我出聲，而非講出他自己臆測的答案。

「對，對，妳想得沒錯，」他說，「我自己也有很多缺點，我知道。我向妳擔保，我也不想掩飾。上帝知道，我不必苛責別人，反倒應當自己反省往昔的經歷，捫心自問曾有過的各種行為和生活方式，那足以招來鄰人的譏諷和責難。我二十一歲時走錯了一步，或者說（因為像其他有缺點的人一樣，我總想把一半罪責推給厄運和逆境）被拋入歧途，從那之後，再也沒能回到正途。要不然，我也許會成為完全不同的人，也許像妳一樣好——比妳更聰明些——像妳一樣純真。我羨慕妳平靜的心境，是非分明的良知，問心無愧的記憶。小女孩，沒有汙點和劣跡的記憶想必是無價之寶，好比永不枯竭的源泉令人精神颯爽，對嗎？」

「您十八歲時有怎樣的回憶，先生？」

「那時很好，無憂無慮，清爽得很，沒有滲進汙水，把它變成臭水坑。十八歲時的我和妳不相上下——幾乎和妳一樣好。總體說來，大自然有意讓我做個好人，愛小姐，較好的一類人中的一員；但妳看到了，結果我變了樣。妳會說妳看不出來，至少我自以為從妳的眼裡看出了這層意思（附帶一提，妳要千萬當心，因為妳的眼睛流露了太多心聲，我可是很善於察言觀色的）。所以，相信我的話——我不是一個惡棍。妳不要那麼猜想——不要把惡名強加於我。不過我確實相信，是環境而非天性，讓我成了一個平凡無奇的罪人，像那些一無是處的富人一樣，浸淫在貧瘠而瑣碎的放蕩生活中。我向妳這樣坦露，妳覺得奇怪嗎？但妳要知道，在未來的人生中，妳常常會發現不由自主地被當作知己，傾聽熟人的隱祕心聲。人們會像我一樣，靠直覺就能意識到：妳的長處不在於談論妳自己，而在於傾聽別人談論自己。他們也會發現，妳傾聽的時候不會因為別人行為不端而露出幸災樂禍的蔑視，而是懷著源自天性的同情，並且是不動聲色、毫不造作地流露出來的，因而能給人撫慰和鼓舞。」

「您是怎麼知道的？您怎麼猜到那種狀況呢，先生？」

「因為我感同身受，知道得清清楚楚啊：我像寫日記一樣，正在無拘無束地訴說自己的所思所想。妳也許會說，我本該戰勝環境，確實應該，確實如此。可是妳看到了，我沒能做到。命運虧待我的時候，我沒有明智地保持冷靜，我開始絕望，隨後自甘墮落。現在，如果哪個可惡的笨蛋用下流話無恥地胡說八道，肯定會讓我厭惡作嘔，但我不敢誇口說我比他強，我不得不承認我們是一丘之貉，五十步笑百步而已。我真希望當初自己能不為所動——上帝知道我說的是實話。愛小姐，當妳受到誘惑要做錯事的時候，妳要視悔恨為畏途。悔恨是人生的毒藥。」

「據說懺悔是治療悔恨的良藥，先生。」

「懺悔治不了。悔過自新也許還可以療救。我也許還有機會悔改——至少我還有能力這麼做，只要……可是我已經背負重擔、受盡牽制和詛咒，想這些還有什麼用呢？既然幸福已決然地棄我而去，我就有權從生活中尋求一點快樂，不惜任何代價，我必將得到。」

「那樣的話，您會更加墮落的，先生。」

「有可能。可要是我能獲得新鮮甜蜜的樂趣，我為什麼就必然墮落呢？也許我所得到的樂趣如同蜜蜂在沼澤地上採集的野蜜一樣，又甜蜜，又新鮮。」

「它會刺痛您的舌頭——而且很苦澀，先生。」

「妳怎麼知道？妳從來沒嘗過。妳的表情是多嚴肅啊！看起來一本正經！但妳對這種事就像這個浮雕頭像一樣，一無所知。（他從壁爐架上拿下一尊小雕像）妳沒有資格對我說教，妳這個新教徒，妳還沒有跨進生活的門檻，完全不懂個中奧祕。」

「我只是提醒一下，先生，您自己剛才說過：錯誤導致悔恨，還說悔恨是人生的毒藥。」

「誰在說錯誤？我可不覺得剛才閃過我腦海的念頭是個錯誤。我認為那是一種啟發，而不是誘惑，非常親近人心，非常令人欣慰——我對此確信無疑。瞧，它又來了！我敢肯定，它不是魔鬼，就算是，它也是披著天使光芒的長袍。有這樣美好的賓客要求進入我心，我想，我應當敞開心扉表示歡迎。」

「不要輕信，先生。那不是真正的天使。」

「又來了！妳是怎麼知道的呢？妳憑什麼直覺，能假裝分清墜入深淵的墮落天使和永恆王座派來的真使者——誰是嚮導，誰是誘惑者？」

「我是根據您不安的表情來判斷的，先生。說到那個想法又出現在您頭腦裡時，您的臉色很苦惱，所以我敢肯定，要是您聽信了它，一定會給您造成更大的不幸。」

「絕對不會，它帶來的是世上最好的消息。至於別的問題，反正妳不是我良心的守護者，所以無需為我操心。來吧，請進，美麗的漫遊者！」

他彷彿對著一個只有他看得見的幻影說話，繼而微微展開雙臂，在前胸合攏，似乎要把看不見的使者摟入懷中。

「好了，」他繼續說道，再次轉向我，「我已經接納了這位漫遊的使者，我相信那就是神的化身，已經為我做了好事。我的心原本像個停屍所，現在即將成為一座神龕。」

「說實話，先生，我一點也聽不懂您在說什麼。我跟不上您的思路，因為那已經越出了我的理解能力。我只知道一點：您曾說您並不像自己最初希望的那樣好，對自己的缺點感到遺憾——這一點我很能理解：被玷汙的記憶是永久的禍根。我覺得，只要您全力以赴，遲早有可能變成自己認同並讚賞的那種人。要是您現在就下決心，從今天開始改正思想和言行，不出幾年，您就可以積累出沒有汙點、也許能讓您欣然回味的嶄新記憶。」

「公正的想法，說得也好，愛小姐，這會兒，我正幹勁十足地給地獄鋪路呢。」

「先生？」

「我正在用美好的意願鋪路，我相信它像燧石一般牢靠。當然，今後我交往的人、追求的目標都應該與先前不同。」

「比先前更好嗎？」

「更好——就像純粹的礦石比汙穢的渣滓要好得多。妳似乎在懷疑我，但我不懷疑自己。我明白自己的目標是什麼，動機又是什麼。現在我決心已定，要像瑪代人和波斯人的律法一樣絕不動搖地宣布：我的目標和動機都是正當的。」

「這不對，先生，如果需要一條新的法規將其合法化，它們就不是正當的。」

「愛小姐，儘管需要新的律法去界定，但它們確實是正當的；沒有先例的複雜狀況需要沒有先例的法則。」

「這聽起來像是危險的準則，先生，因為一眼就能看出來，這是很容易被濫用的。」

「好一個愛勸誡的聖賢！說得沒錯，但我以家族守護神的名義發誓，絕不濫用。」

「您是凡人，難免出錯。」

「我是凡人，妳也一樣——那又怎麼樣？」

「凡人難免出錯，因而不應該妄自擅用只能託付給至高神靈和至善之人的那種權力。」

「什麼權力？」

「面對未經證實的奇特行為，妄自斷言『就算它是正當的吧』。」

「『算它是正當的』——就是這句話，妳已經說出來了。」

「那就改成『但願它是正當的』吧。」說著，我站起來，覺得已沒有必要再繼續這場莫名其妙、隱晦不明的談話，而且，談話對象的性格完全超出了我的理解範疇，至少目前是無法摸透的。我無所適從，還有一點隱約的不安全感，同時還確信自己很無知。

「妳上哪裡去？」

「叫阿黛兒去睡覺，已經過了她上床的時間了。」

「妳是害怕我，因為我像斯芬克斯那樣講話。」

「您的言談確實難以理解，先生。不過，儘管我迷惑，但我一點都不怕。」

「妳怕——妳的自負讓妳害怕出錯。」

「在這一點上，我確實有些憂慮。我不想漫無邊際地亂說話。」

「就算是胡說八道，妳也會板著面孔，擺出嚴肅沉靜的樣子，讓我誤以為妳說得頭頭是道。妳從來沒有笑過嗎，愛小姐？妳不必費心回答——我知道妳難得一笑，但妳也可以開懷大笑。相信我，妳不是生來就嚴肅的，就像我不是生來就凶惡的。羅伍德的束縛至今仍在，控制妳的神態，壓低妳的聲音，拘束妳的手腳。妳害怕在一個男人，一位兄長——或者父親、或者主人，隨妳怎麼說——面前開懷大笑，害怕說話太直白，害怕舉止太不端莊；但假以時日，就像我發現自己無法跟妳拘泥俗套一樣，妳也能學會與我自然相處，到那時，妳的神態和動作肯定會比現在敢於流露的更有生氣，更多姿多彩。有時候，我會看到好奇的小鳥透過密實的鳥籠柵欄，向外窺探，那是生機勃勃、煩躁不安但不屈不撓的囚徒，一旦獲得自由，牠必會高飛雲端。妳還是執意要走？」

「已經過九點了，先生。」

「不要緊，再等一會兒吧。阿黛兒還不想上床睡覺呢。愛小姐，我背靠爐火，面對房間，有利於觀察。跟妳說話的時候，也不時關注她（我自有理由認為她是個有趣的研究對象，至於理由，我改天可以，不，一定會講給妳聽的）。大約十分鐘之前，她從盒子裡取出一件粉紅色絲綢小外衣，攤開的時候，她滿臉喜色。賣弄風情的天性流動在她的血液裡，流經她的頭腦，融入了她的骨髓。『我要穿上試試！』她這樣喊著，『馬上就試！』就衝出了房間。現在她跟蘇菲在一起，正忙著華服加身的典禮呢。過幾分鐘她會再跑進來，我當然猜得到我會看到什麼——塞莉納．瓦倫的縮影，恰如當年帷幕拉開時，她在舞臺上扮演……算了，別去管是哪齣戲了。無論如何，我最脆弱的柔情即將受到震顫，這是我的預感，所以妳先別走，看看我的預言會不會成真。」

沒多久，我就聽見阿黛兒的小腳歡快地蹦蹦跳跳跑過客廳。她進來了，正如她的監護人所預料的，已脫去原先的棕色衣裙，換上了新裝：玫瑰色的綢緞洋裝，這衣裙很短，打褶裙襬蓬大得無以復加。她的額頭上還戴著玫瑰花蕾編成的花冠，腳上穿著絲襪和白緞涼鞋。

「這件新衣服漂亮嗎？」她連蹦帶跳地跑進來，用法語問道，「我的鞋呢？我的襪子呢？我好想跳支舞啊！」

她拉開裙襬，用快滑步舞姿穿過房間，飄然來到羅徹斯特先生的面前，踮起腳尖輕盈轉圈，再單膝著地，跪蹲在他腳邊說道：「先生，我要謝你一千遍，謝謝你對我這麼好。」隨後站起來，又補上一句，「媽媽以前就是這樣跳舞的，對嗎，先生？」

「千——真——萬——確！」他答道，「而且『就像這樣』把我迷得神魂顛倒，騙走了我英國褲袋的英鎊。我也曾經年輕，愛小姐，唉，青草般稚嫩，不亞於現在的妳，我也有過青蔥歲月。但我的春天已經逝去，只在我手中留下一朵法國小花。有時我心情不好，真想把它擺脫。我現在已不珍視根生這朵小花的土壤，還發現它要用金土來培植，我愈發不喜歡這朵花，尤其是像剛才那樣矯揉造作的時候。我收留它，養育它，多半是基於羅馬天主教教義，想用一件善行來贖罪，彌補我犯下的大大小小無數罪孽。改天再給妳解釋這一切，晚安。」

第15章

後來有一天，羅徹斯特先生果然把這件事解釋清楚了。那天下午，他在庭院裡偶然碰見我和阿黛兒。趁阿黛兒逗派洛特玩板羽球的時候，他請我一起沿著長長的山毛櫸林蔭路來回散步，阿黛兒一直在我們視野之內。

他告訴我，阿黛兒的母親是在法國歌劇表演中的舞蹈演員塞莉納．瓦倫，用他的話說，他對她一度懷有「熱戀之情」。對這種熱情，塞莉納聲稱將以更火熱的激情來回報他。儘管他長得醜，卻以為自己是她心中的偶像，他說，他相信她喜歡他堪比貝爾維德爾的阿波羅的「體育健將般的健壯身材」。

「愛小姐，這位法國美女竟鍾情於一個英國侏儒，我簡直受寵若驚，於是，我把她安頓在城裡的一間旅館裡，給她配備一整套的僕役和馬車，送給她山羊絨、鑽石和蕾絲衣物，諸如此類。總之，像任何一個痴情漢那樣，我開始用司空見慣的老辦法毀掉自己，愈陷愈深。我似乎缺乏獨創性，不會踏出一條通向恥辱和毀滅的新路，而是傻乎乎地亦步亦趨，沿著別人走過的老路，一寸都不曾偏離。我遭遇的命運——純屬自取其辱——和所有痴情漢一樣。一天晚上，我去看塞莉納，她不知道我要去，我到時她不在家。那天晚上很暖和，我有點厭倦在巴黎城裡漫無目的地閒逛，就在她的閨房坐下來，愉快地呼吸著屋子裡的氣息，想到她剛才還在這裡，空氣都好像神聖了——不——我言過其實了，我從來不認為她身上有什麼神聖的德行能感化周遭，那不過是她留下的熏香般的脂粉氣，與其說是神聖的香氣，不如說麝香和琥珀的氣味。暖和的房間裡，花香和噴灑過的香水味很濃郁，我有點透不過氣來，突然想起去打開窗門，到陽臺上去。這時月色朗照，街上的煤氣燈閃亮，一派寧謐的祥和景象。陽臺上擺著一兩把椅子，我坐了下來，點上雪茄——請原諒，現在我也要抽一支。」

說到這裡他停頓下來，抽出一根雪茄點燃。等他把雪茄銜在唇間，把一縷哈瓦那雪茄的芬芳霧氣噴進寒冷而陰沉的半空中，才繼續說道：

「在那些日子裡，我也很喜歡夾心糖，愛小姐，當時我一邊嚼著巧克力糖果，一邊抽雪茄（請忽略我的粗野），同時凝望著一輛輛馬車順著繁華大街，從四面八方駛向鄰近的歌劇院。這時，在燈火輝煌的都市夜景中，我清清楚楚地看到一輛由兩匹漂亮的英國馬拉著的精製轎式馬車駛來。我一眼就認出來，那正是我送給塞莉納的輕便馬車。是她回來了。當然，我倚在鐵欄杆上的心急不可耐地跳動，不出所料，馬車在旅館門口停下來，我的情人（這兩個字恰好用來形容一個演歌劇的情婦[1]）從車上走下，儘管全身罩著斗篷——順便說一句，那是暖和的六月夜晚，完全沒必要穿那種累贅——但她跳下馬車的踏階時，我已經從露在裙襬下的小腳立刻認出她來。我從陽臺上探出身子，正要輕輕叫

1. 原文為義大利文。

一聲『我的天使』——當然是只有情人才能聽見的輕聲暱稱，就在這時，又有一個身影在她後面跳下了馬車，也披著斗篷，但在人行道上響起的是帶馬刺的靴跟。接著，一個戴禮帽的腦袋走進了旅館門前的拱頂棚。

「妳從來沒有感受過嫉妒，是不是，愛小姐？當然沒有。我不必問妳，因為妳還沒有感受過愛情。這兩種感情都有待於妳去體驗。妳的靈魂正在沉睡，在等待一次震盪將它喚醒。妳以為生活就像妳的青春悄然逝去一樣，也將靜靜流逝。妳閉目塞聽，隨波逐流，既沒有看到不遠處漲潮的河床上礁石林立，也沒有聽到浪濤在礁石下翻騰湧動，但我告訴妳——妳仔細聽好——總有一天，妳會來到河道中岩石嶙峋的隘口，在那裡，原本渾然一體的生命之河會被撞得粉碎，四分五裂，變成騷動的漩渦、喧動的泡沫。妳會在岩石尖上被衝撞撕裂成碎小細波，要不然，就被一個席捲萬物的大浪高高掀舉起，再匯入稍平靜的河流，就像我現在這樣。

「我喜歡今天這樣的日子，喜歡鐵灰色的天空，喜歡天寒地凍中莊嚴肅穆的世界，喜歡桑菲爾德，喜歡它的古色古香，它的曠遠幽靜，喜歡烏鴉棲息的老樹和荊棘，喜歡這灰色的門面，映出灰色蒼穹的一排排暗窗。可是在漫長的歲月裡，我一想到桑菲爾德就覺得厭惡，像躲避瘟疫孳生地一樣避之唯恐不及：就是現在我依然這麼厭惡——」

他咬牙住口，陷入沉默。他停下腳步，用靴子踢了踢堅硬的地面。某種恨意緊緊攫住了他，使他舉步不前。

他突然停下時，我們正在上坡，桑菲爾德府展現在我們正前方。他抬眼去看最高處的雉堞，用一種我從未見過、將來也不會再見到的眼神瞟了一眼：痛苦、恥辱、憤怒、焦躁、憎恨、嫌惡，似乎在他烏黑眉毛下放大的瞳孔裡進行著一場令他戰慄的激戰。這是註定狂野的角鬥，但在他心頭升起的另一種情緒卻贏得了最終的勝利：那是一種憤世嫉俗、冷酷無情、頑固又堅決的心意，終於平息了他的激情，使他臉上現出木然的神色。他這才繼續說道：

「我剛才沉默了一刻，愛小姐，我是在和自己的命運過招：她就像個女巫，站在那邊的山毛櫸樹旁邊——就像在福累斯荒原上在馬克白面前現身的女巫中的一個。『你喜歡桑菲爾德嗎？』她這樣問我，又伸出一隻手指，在空中寫出了一句話，那奇形怪狀的文字十分可怖，橫貫了宅子的正面牆身，就在上下兩排窗戶之間：『只要你能，就喜歡吧！只要你敢，就喜歡吧！』

「『我會喜歡上的，』我回答，『我敢。』（他鬱鬱地補上一句），我說到做到，一定會排除艱難險阻去追求幸福，追求良善——對，良善。我希望做更好的人，比以前好，也比現在更好——就像約伯的海中怪獸那樣，折斷矛戟和標槍，刺破盔甲，掃除一切障礙，別人以為這些障礙堅如鋼鐵，而我卻視之為枯草朽木。」

這時，阿黛兒拿著板羽球跑到他面前。「走開！」他厲聲喝道，「離我遠一點，孩子；要不然就進屋找蘇菲。」說完，他繼續默默走著，我冒昧地提醒他，剛才突然岔開的話題還沒講完。

「瓦倫小姐進屋的時候，您離開陽臺嗎，先生？」我問道。

我以為他會斷然拒絕回答這個不合時宜的問題，可恰恰相反，他一改蹙眉愁容，從茫然若失中醒悟過來，把目光轉向我時，眉宇間的陰雲似乎消散了。

「哎呀！我把塞莉納給忘光了！好吧，我接著講。我眼看著讓自己神魂顛倒的情人由另一個護花使者陪著走進屋時，似乎聽到了一陣嘶嘶的聲響：嫉妒的青蛇盤繞在月光照耀下的陽臺上，突然竄出來，鑽進我的背心，不出兩分鐘就一直鑽進了我內心深處。真是奇怪！」他驚歎一聲，突然又離開了話題，「真奇怪啊，年輕的小姐，我竟會選中妳來聽這番知心話。更奇怪的是，妳居然這麼安靜地聆聽，好像覺得——像我這樣的男人把舞伶情婦的事講給像妳這樣古怪而不諳世事的女孩聽——是這世上再正常不過的事！不過，這是因果相承的，也正好應驗了我之前說過的：正因為妳穩重、體貼又謹慎，所以天生適合聽別人吐露隱祕。而且，我知道我挑中了怎樣的心靈來與自己溝通：不輕易受世俗影響的頭腦，很特別，獨一無二的心靈。幸好，我無意敗壞它，即便我想這麼做，它也不會受我影響。妳與我談得愈多愈好，因為我不可能傷害妳，妳卻可以使我重新振作。」說完這番離題的話後，他才往下說：

「我還留在陽臺上，心想，『他們肯定會進這閨房來，我要在這裡守株待兔。』就伸手穿過敞開的窗子，將窗簾拉攏，只剩下一條可以偷窺的細縫。然後，我關上窗子，也留下一條細縫，好讓我聽見情人間輕聲細語的山盟海誓。然後，我偷偷回到椅子上，剛坐定，他們就進來了。我立刻朝縫隙間偷看。塞莉納的侍女走進來，點上燈，把燈留在桌上，就退了出去。因此，我可以清清楚楚地看到她和他。兩人都脫去了斗篷，這位『有名的瓦倫』便露出錦衣玉服、珠光寶氣——當然都是我的饋贈，她身邊的那位身著軍官制服。我認出他是一個有子爵頭銜的花花公子——我有時會在社交場中見到這個沒頭腦的惡少，但從來沒想過要去憎恨他，因為根本瞧不起他。一認出是他，蛇的毒牙——嫉妒——立即被折斷了，因為就在那個瞬間，我對塞莉納的愛火也瞬間被熄滅了。為這樣一個情敵而背棄我的女人，根本不值得我去爭取，她只配蔑視，然而，更該蔑視的是我自己，因為我竟被她玩弄於股掌之間。

「他們開始聊天。聊的內容讓我的火氣全消了：那麼輕佻淺薄，利欲薰心，冷酷無情，愚蠢無聊，叫人聽了厭煩，而不是憤怒。桌上放著一張我寫的卡片，他們看見後，便開始談論我。兩人都沒有能力和智慧真正評判我，只能用他們那種不登大雅之堂的方式，極盡粗俗的字眼來侮辱我。尤其是塞莉納，甚至誇大其詞地嘲笑我外貌上的缺點——她稱之為『畸形』；然而，她從一開始就總是熱烈讚歎我有所謂的『男性美』。在這一點上，她與妳截然相反，我們第二次見面時，妳就直截了當地告訴我，妳認為我長得不好看。當時我就痛感到這種反差，而且……」

這時，阿黛兒又跑到他面前來了。

「先生，約翰剛才過來說，你的代理人來了，想要見你。」

「噢！既然這樣，我只好長話短說了。我推開落地窗，進了屋，朝他們走去，解除了對塞莉納的供養關係，叫她搬出旅店，給了她一筆錢以供眼前急用，對於她的大哭小叫、歇斯底里、懇求、辯解甚至抽搐都無動於衷。然後跟那位子爵約定在布洛尼樹林決鬥的時間。第二天早晨，我頗有興致地去與他決鬥，在他那條如同瘟雞翅膀般弱不禁風、可憐又蒼白的胳膊上留下了一顆子彈，隨後就自認為和這幫人一刀兩斷，從此再無瓜葛。

「但不幸的是，六個月前，這位瓦倫把這個小女孩阿黛兒留給了我，堅稱她是我的女兒。也許她是，儘管我從她臉上完全找不到父女間的必然關聯。派洛特還比她更像我呢。我同瓦倫決裂後幾年，她拋下這孩子，與一個音樂家或是歌唱家私奔到義大利去了。過去，我沒有承認自己有撫養阿黛兒的義務，現在也不承認，因為我不是她的父親。可是，聽說她無依無靠，我還是伸出援手，把這個可憐的孩子從巴黎的爛泥坑裡拉出來，好比是移植到這裡，想讓她在英國鄉間花園的健康沃土中乾乾淨淨地長大。費爾法克斯夫人找到了妳來教養她。不過，妳現在知道她是法國歌劇舞伶的私生女了，也許會對妳的職位、妳的學生產生了不同以往的看法，說不定哪一天妳會通知我，說妳已經找到了別的工作，讓我另請一位家庭教師，是不是？」

「不，阿黛兒不應承擔她母親或您的過錯。我很關心她，現在我知道她在某種意義上可以說無父無母——被她的母親所拋棄，而又不被您承認，先生——我會比以前更疼愛她。我怎麼可能喜歡富貴人家某個討厭家庭教師的嬌慣寵兒，而撇下一個孤苦無依、把家庭教師當做知心朋友的小孤兒呢？」

「啊！妳是從這個角度來看待這件事的。好吧，我得進去了，妳也一樣，天黑下來了。」

但我和阿黛兒、派洛特在外面又待了一會兒：和她比賽跑步，打板羽球。我們回到屋裡後，我脫下她的帽子和外衣，把她抱到自己的膝頭上，坐了一個小時，任憑她隨心所欲地嘮叨，甚至也不去阻止她那稍顯放肆和輕浮的舉止，這是她在特別受到別人關注時往往會犯的毛病，顯露出她性格的淺薄，那很可能是從她母親那裡遺傳來的，但英國人很難認同。不過，她有她的長處，我有意識地盡量賞識她的一切優點。我細看她的五官和神情，想尋找和羅徹斯特先生的相似之處，但一無所獲。沒有任何特徵或表情能證明他們之間有血緣關係。真可惜，要是她長得和他有一點點相似，他一定會更關心她。

直到我回到自己的房間，準備睡覺時，才能定下心來從容地回味羅徹斯特先生告訴我的故事。如他所說，事情本身並沒有任何特別之處，無非是一個有錢的英國男人熱戀一個法國舞伶，但她背叛了他，這顯然是上流社會司空見慣的事。但是，當他直抒胸臆，談起自己目前心滿意足，並在這棟老宅和周遭環境中重新獲得了一種樂趣時，突然一度情緒波動，這卻有些蹊蹺。我非常好奇地思索這個細節，但漸漸便作罷，因為現在肯定想不出個所以然來，又轉而去想主人對我的態度。他認為可以對我推心置腹，這似乎是在讚許我處事審慎，為人穩重。我這樣揣度，也就接受了這種態度。這幾個星期來，他對我的態度已不像最初那樣變化無常，漸漸有其一貫的方式。我歷來不會礙他的事，他也沒有表露出冷冰冰的傲慢，有時，我們不期而遇，他似乎也很歡迎與我相遇，總會說上一兩句話，有時還對我微笑。正式邀請我去見他時，我會很榮幸地受到熱情的招待，覺得自己確實能讓他高興。這些晚上的會見既能帶給他樂趣，也能讓我愉快。

其實，我談得很少，總是在聽他講，但我聽得津津有味。他生性健談，也樂於向一個未見世面的人披露一點世事世情（我不是指腐敗的風尚、惡劣的習氣，而是指那些讓人有興趣瞭解的廣泛盛行的事情、新奇獨特的事物），我非常樂意接受他所提供的新觀念，想像出他所描繪的新畫面，在腦海中跟隨他的思想，進入他展現的新領域，但沒有一次因為不恰當的暗示而困擾，或被驚嚇到。

他的從容使我不再苦於窘迫的束縛感。他對我友好坦誠，既得體又熱情，使我拉近了與他的距離感。有時我覺得他不是我的雇主，倒更像是我的親人；不過他有時依然專橫又跋扈，但我並不介意，我明白那就是他為人處世的風格。生活中平添了這樣一種樂趣，我感到非常愉快，非常滿足，不再去渴望有自己的親人。原先月牙兒般微弱黯淡的命運似乎壯大了，明亮了；生活中的空白得到了充實。我的身體也更健康了，豐滿了一些，氣色更好，精力也更旺盛了。

現在，在我眼中的羅徹斯特先生還是很醜嗎？不，讀者。感激之情以及很多愉快親切的聯想，使他成為我最想看到的面容。有他在的房間，比最旺的爐火更令人高興。但我也沒有忘記他的缺點；說實話，要忘也忘不了，因為他總是把那些缺點暴露在我面前。在各方面不如他的人面前，他就表現得高傲、刻薄、嚴厲；我心中隱隱明白：他對我有多麼寬容和善，對其他很多人就有多麼不公平的嚴苛。他也時常鬱鬱寡歡，簡直到了難以理解的地步。有好幾次，我被叫去念書給他聽，發現他獨自一人坐在書房裡，腦袋垂下來，擱在交疊的雙臂上；他抬頭時，露出煩悶、近乎凶惡的怒容，彷彿烏雲沉沉。不過，我相信他的鬱悶、他的嚴厲以及他曾經道德上的過錯（我說「曾經」，因為現在他似乎已經改正了），都源於殘酷命運中的某些磨難。我相信，相比於那些盡由環境薰陶、教育培養、命運啟示而造就的人，他天生就有更好的志向、更高尚的原則、更純潔的品味。我認為，他有許多優異的品質，只是目前給糟蹋了，混亂糾結成一團。我無法否認，不管因由什麼事，我都為他的悲傷而悲傷，也願意付出我所能付出的，以減輕他的痛楚。

雖然我已經滅了蠟燭，躺在床上，卻始終無法入眠，總想著他在林蔭道上停下腳步時的神色，說命運之神如何突然現身，問他是否膽敢幸福地生活在桑菲爾德。

「為什麼不敢呢？」我暗自猜疑，「是什麼讓他在這所宅子裡待不下去？他會很快又離開嗎？費爾法克斯夫人說過，他在這裡逗留的時間幾乎從沒超過兩個星期，而現在他已經住了八個星期了。要是他真的走了，又變回老樣子，那會多麼令人難過。如果他春天、夏天、秋天都不在，就算有風和日麗的好日子，也會變得毫無樂趣啊！」

我就這樣想著、想著，幾乎不知道自己究竟有沒有睡著。但無論如何，我突然聽到含糊的呢喃低語，便猛然驚醒過來。那聲音詭異又淒切，好像就是從我樓上的房間傳來的。要是我沒吹熄蠟燭該多好啊，夜黑得可怕，我心神不寧。我起身坐在床上傾聽片刻，那聲音又消失了。

我想接著再睡，但心卻惶恐地怦怦亂跳。內心的平靜已然被打破。從樓底的大廳裡遙遠地傳來敲響兩點的鐘聲。就在那時，似乎有人碰了碰我的門把，像是沿著外面黑漆漆的走廊摸黑行走時，手指掠過了門板。我問道：「誰？」沒人回答。我嚇得直打寒戰。

我突然想到，那可能是派洛特。廚房門偶爾忘了關的時候，牠常常會摸索到樓上羅徹斯特先生的臥室門口。有幾天清早，我就親眼看到牠趴在那門口。這麼一想，稍許安心了一點。我躺了下來，寂靜安撫了我的神經。現在，整個宅子又籠罩在寧靜之中了，我感到睡意再次襲來。然而，那天晚上我註定無法安眠：夢還沒靠近我的枕畔，又被一陣令人後背發涼的聲音嚇跑了。

那是一陣惡魔般的笑聲——壓抑而低沉——簡直就像在我房門的鎖孔外響起來的。我的床頭就靠近房門，以至於我一開始以為那大笑的魔鬼就站在我的床邊，或者再確切地說：蹲在我的枕邊。但是我起身環顧左右，卻什麼也看不見。我在黑暗中依然瞪大了眼睛去張望，那神祕的聲音也依然持續著。我知道那就來自門的另一邊。我的第一個反應是爬起來，插好門閂，接著又大聲問道：「誰在外面？」

不知那是什麼，一會兒咯咯作響，一會兒呻吟悲歎。不久，腳步聲退出走廊，上了三樓的樓梯：那裡最近新裝了一扇門，把樓梯隔在裡面了。我聽見門被打開，又被關上，之後就全無聲息了。

「那是葛瑞絲．普爾嗎？難道她被妖魔附身了嗎？」我想到這裡，再也無法獨自待在房間裡了。我得去找費爾法克斯夫人。我匆匆穿上罩衣，裹上披肩，用哆嗦不停的手拉開門閂，打開了門。就在門外，一支燃著的蠟燭兀自擱在走廊的地墊上。見此情景，我心裡一驚，但更讓我驚愕的是空氣十分渾濁，好像充滿了煙霧。我左顧右盼，想找出藍色煙霧是從哪裡來的，卻繼而聞到一股濃烈的燒焦味。

有東西嘎吱一響，是一扇半掩的門——羅徹斯特先生的房門，雲霧般的濃煙正從裡面冒出來。我顧不得再去想費爾法克斯夫人、葛瑞絲．普爾或者那笑聲了，眨眼間就跑進他的房間。火舌從床的四周躥出來，床幔已經起火。在火光與煙霧的包圍中，羅徹斯特先生一動不動地躺在床上，仍在熟睡。

「醒醒！快醒醒！」我大喊著，使勁推他，他卻只是嘟噥了一下，翻了個身。他已被煙霧熏迷糊了，一刻也不能耽擱了，連床單也已著了火。我衝向他的臉盆和水罐，幸好臉盆很大，水罐很深，而且都灌滿了水。我舉起臉盆和水罐，把水潑向床和睡在床上的人，再飛奔回自己的房間，抱來我的水罐，再次把水統統潑向床榻。上帝保佑，我總算撲滅了正要吞沒整張床的火焰。

被澆熄的火焰發出嘶嘶聲，我潑完水隨手扔掉的水罐的破裂聲，尤其是我一滴不剩潑向他的水的嘩啦聲，終於把羅徹斯特先生驚醒了。儘管此刻漆黑一片，但我知道他醒了，因為我聽見他一發現自己躺在一汪水泊中便開始毫不留情地怒罵。

「發大水了嗎？」他叫道。

「沒有，先生，」我回答，「但剛才失火了，起來吧，已經澆滅您身邊的火了，我去給您拿蠟燭。」

「基督世界所有精靈在上，是簡愛嗎？」他問道，「妳又把我怎麼了？魔法還是巫術？除了妳，房間裡還有誰？妳是要把我淹死嗎？」

「我去給您拿蠟燭，先生。看在老天的分上，快起來吧。有人搗鬼。恐怕您一時半刻也弄不清楚是誰幹的，究竟想要做什麼。」

「好了！我已經起來了。不過妳冒險去取蠟燭前，再等我兩分鐘，讓我穿上一件乾的外衣——如果還有什麼衣服是乾的話——不錯，這是我的晨衣，妳快跑吧！」

我確實是跑著取來了仍然擺在走廊地板上的蠟燭。他從我手裡接過蠟燭，高舉起來，仔細察看燒成一片焦黑的床鋪，床單濕透了，床邊的地毯浸在水中。

「怎麼回事？是誰幹的？」他問道。我簡要地向他講述了事情的經過：我聽到走廊上有奇怪的笑聲；登上三樓的腳步；煙霧、火燒的焦味把我引到他的房間；我看到了火燒的場面；我把我能找到的水全潑到了他的身上。

他非常嚴峻地聽著，我愈說，他愈是露出憂慮的神情，遠遠多於驚訝。我講完了，但他沒有馬上答覆。

「要我去叫醒費爾法克斯夫人嗎？」我問道。

「費爾法克斯夫人？不用了，見鬼，妳叫她來做什麼呢？她能做什麼？讓她安安穩穩地睡吧。」

「那我去叫莉婭吧，再把約翰夫婦喚醒。」

「都不用了。妳保持安靜就行了。妳只披著披肩，要是不夠暖和，可以去那邊拿我的披風裹一裹，然後坐到安樂椅裡。來——我替妳披上。現在，妳把腳放在腳凳上，免得浸濕了。我要離開妳幾分鐘，還得把蠟燭拿走。妳坐在這兒別動，等我回來，要像耗子一樣安靜。我得上三樓去看看。記住，別動，也別去叫任何人。」

他走了。我注視著燭光漸漸消失。他輕手輕腳地走過長廊，盡可能小聲地打開樓梯門鎖，再把門關上，最後一絲光線就此消失。我陷入了徹底的黑暗。我側耳傾聽有什麼聲音，但什麼也沒聽到。過了很長一段時間，我有點不耐煩了，儘管裹著披風，但依然感覺很冷。我心想，既然不讓我叫醒別人，那我待在這裡也沒有用處。我正想違背羅徹斯特先生的命令，哪怕會讓他不快，燭光卻再次出現，黯淡搖曳在走廊的牆壁上，我聽到他光腳走過地毯的聲響。「但願是他，」我想，「千萬別是其他可怕的東西。」

他回到屋裡時臉色蒼白而陰鬱。「我都搞清楚了，」他把蠟燭放在盥洗架上。「跟我預想的一樣。」

「是怎麼回事，先生？」

他沒有回答，只是抱著胳膊呆呆站立，看著地板。幾分鐘後，他用一種奇怪的語調問道：「我忘了妳有沒有說妳打開房門的時候看到了什麼？」

「沒有說，先生，我只看到地上有一支蠟燭。」

「但妳聽到了怪笑？我猜想，妳以前聽到過那笑聲，或類似的聲音。」

「是的，先生，這裡有一個做針黹的女僕，叫葛瑞絲．普爾。她就是那麼笑的，她是個怪人。」

「正是如此，葛瑞絲．普爾，妳猜對了。如妳所說的，她是個怪人，非常古怪。好吧，這件事我再細細想想。我很高興，除了我，只有妳瞭解今晚這件事的確切細節。妳不是一個愛嚼舌根的傻瓜，關於這件事，妳什麼也別說。這裡的情況（他指了指床）我會解釋的。現在，回妳的房間去吧，我可以去書房沙發上等天亮，快四點了，再過兩個小時，僕人們就都起來了。」

「那麼，晚安，先生。」我說著就要離去。

他似乎很吃驚——非常前後矛盾，因為他剛打發我走。

「什麼！」他叫道，「妳這就要走嗎？就這樣走了？」

「您剛剛說，我可以走了，先生。」

「那也不能不告而別啊，不能連一兩句表示感謝和善意的話都沒有，總之不能這樣簡短又冷漠地道別。天啊，妳剛剛救了我的命呀！把我從可怕的慘死中救了出來！而妳就這麼從我面前走過，好像我們只是素不相識的陌路人！至少得握個手吧。」

他伸出手，我也向他伸出手。他先用一隻手，再用雙手把我的手握緊，「妳救了我的命。我有幸欠了妳這麼大的恩情。別的話我也不多說了，要是換作別人，我肯定難以容忍自己欠下這麼大的人情，可是妳不同，我不覺得妳的恩惠是一種負擔，簡。」

他暫時停下，眼睛盯著我，有些話眼看著已到了他顫動的嘴邊，但他克制了一下。

「再次祝您晚安，先生。在這件事上，沒有欠下的恩情、負擔或義務什麼的。」

「我早就知道，」他繼續說道，「妳早晚會成為我的貴人——我初次見妳的時候，就從妳眼睛裡看到了這一點，妳的表情、笑容不會……（他再次打住），不會（他急促地往下說）無緣無故地在我心底激起欣然之感。人們常說心有靈犀，我也曾聽說過善良的精靈——最荒誕的童話故事也會隱含幾分真理。我所珍重的恩人。晚安！」

他的語調裡有一種不同尋常的力道，他的目光透出一種奇異的光芒。

「我很高興我剛好醒著。」說完，我就準備離去。

「怎麼，妳這就要走了？」

「我冷，先生。」

「冷？對——還站在一灘水裡！那麼走吧，簡！」但他仍然握著我的手，我無法鬆脫，於是想出了一個權宜之計。

「我好像聽見費爾法克斯夫人在走動，先生。」我說。

「好吧，妳走吧。」他放開手，我便走了。

我重新回到床上，但睡意全無，直到天光大亮，我彷彿一直在不平靜的大海上顛簸浮沉，喜悅的波濤下暗湧著煩惱不安的巨浪。有時還能感覺到，越過澎湃的海面，我看到了有如比烏拉山那麼靜謐甜蜜的海岸，時而泛起希望喚起的清風，將我的靈魂神采奕奕地送到河流的終點。但即使在幻想之中，我也難以抵達彼岸——陸地上吹來逆風，不斷地把我推回去，理智壓抑了興奮，判斷力冷靜了熱情。我心情激動得無法安睡，天一破曉便起床了。

第16章

不眠之夜的次日，我既期待見到羅徹斯特先生，又害怕見到他。我很想再次傾聽他的聲音，而又害怕與他的目光相遇。整個早上，我無時無刻不在盼他出現。他不常進我們上課的房間，但確實偶爾來過幾分鐘。我有預感，那天他一定會來的。

但是，上午一如往常地過去了，沒有發生任何事影響到阿黛兒安靜地學習。只是早餐後不久，我聽到羅徹斯特先生臥室附近一陣喧鬧，有費爾法克斯夫人的言語聲，還有莉婭和廚娘——也就是約翰的妻子——的交談聲，甚至還聽得到約翰粗啞的嗓門，他們紛紛驚叫：「真幸運呀，老爺沒被燒死在床上！」「點蠟燭過夜就是很危險。」「上帝保佑，他還能那麼鎮定地想到水罐！」「我就奇怪啊，他為什麼沒有叫醒誰呢！」「但願他睡在書房沙發上不會著涼！」等等。

七嘴八舌的閒聊之後，響起了洗洗刷刷、整理房間的聲音。我下樓吃飯經過那個房間時，從敞開的房門口望進去，發現一切都收拾好了，恢復成井井有條的原樣，只是床上的帳幔都被拆下來了。莉婭正站在窗臺上，擦著被煙熏黑的玻璃。我想知道別人是怎麼聽說這件事的，正要和她講話，但再往前一看，發現屋裡還有一個人——床邊的椅子上坐著一個女人，縫著新窗簾的掛環：正是葛瑞絲．普爾。

她坐在那裡，還是往常那副沉默寡言的樣子，穿著褐色粗呢服，繫著格子圍裙，紮著白頭巾，戴著帽子。她專心致志地縫著，似乎心無旁騖。她那堅硬的前額、平庸的五官上絲毫沒有異樣，沒有蒼白或沮喪的神色，沒有通常人們預料會從凶犯臉上看到的跡象，她一點也不像蓄意謀害他人，甚而被受害者追蹤到她的藏身處，而且（我相信）已被斥責招認謀殺未遂的人。我驚詫不已，大惑不解。我目不轉睛地盯著她看時，她抬起頭來，沒有驚慌之態，臉色沒有變白也沒有變紅，沒有洩露負罪或害怕被發現的情緒。她以平時那種冷淡、簡慢的態度說了聲：「早安，小姐。」又拿起一個掛環和一圈線帶，繼續縫了起來。

「我倒要試試去問她，」我想，「像這樣完全不露聲色實在令人難以理解。」

「早安，葛瑞絲。」我說，「這裡發生了什麼事？剛才我聽到僕人們在議論紛紛。」

「沒什麼，就是昨晚主人躺在床上看書，點著蠟燭就睡著了，床幔起了火，幸虧他在床單和木製家具著火前醒來，設法用罐子裡的水澆滅了火焰。」

「真是怪事！」我低聲說道，定睛看著她，「羅徹斯特先生沒有把誰喊醒嗎？沒有人聽到他的動靜？」

她再次抬眼看我，這回，她的眸子裡露出了一種若有所悟的表情。她似乎警惕地打量我一番後才回答：「僕人們睡的地方離得很遠，妳是知道的，小姐，他們不太可能聽到。費爾法克斯夫人和妳的房間離老爺的臥室最近，但費爾法克斯夫人說她什麼都沒聽到，人老了，總是睡得很死。」她停頓一下，又裝作若無其事的樣子，卻以清晰的口齒、意味深長的語調補了一句，「不過妳很年輕，小姐，應當睡得不熟，也許妳聽到了什麼聲音？」

「我是聽到了。」我壓低了聲音，以免擦窗的莉婭聽到，「一開始我以為是派洛特，可是派洛特不會笑，而我敢肯定，我聽到了笑聲，古怪的笑聲。」

她又拿了一段線，仔細地上蠟，手穩穩地把線穿進針眼，隨後非常鎮定地說：

「主人在那麼危急的情況下是不大可能笑的，依我看，小姐，妳一定是在做夢。」

「我沒有做夢。」我有點惱火，因為她那種厚顏無恥的鎮定把我激怒了。她又帶著同樣探究和警惕的目光看著我。

「妳告訴主人了嗎？說妳聽到了笑聲？」她問道。

「我今天早上還沒有機會跟他說話。」

「妳沒有想過，打開門往走廊裡瞧一瞧？」她又問了一句。

她簡直是在盤問我，想趁我不備打探出一些她不知道的情況。我忽然想到，要是她發覺我知道，或懷疑她的罪行，肯定會惡意作弄我，所以我想還是要提防一點。

「恰恰相反，」我回答，「我把門閂插上了。」

「這麼說來，妳每天睡覺之前沒有門閂的習慣嗎？」

「惡魔！她在打探我的習慣，好以此來算計我。」憤怒再次壓倒謹慎，我尖銳地說道：「以前我常常懶得去插上門閂，因為我認為沒必要，沒有覺得在桑菲爾德提防什麼危險或者麻煩，不過從今往後（我在這幾個字上加重了語氣），我會小心謹慎，確保萬無一失了才敢躺下睡覺。」

「那才是明智之舉。」她回答，「這裡附近比我知道的任何地方都安靜，打從這宅子建成以來，我還沒有聽說過有盜賊上門呢。不過誰都知道，光是餐具櫃裡的餐具就值好幾百英鎊。但妳也知道，主人不在這裡長住，就算來了，單身一人，也用不著多少人服侍，所以，這麼大的宅子裡只有少少的幾個僕人。不過我總覺得，過分注意安全總比不注意要好，插上門閂又不費事，還是把門鎖好吧，把可能發生的麻煩阻隔在外。小姐，很多人都把一切託付給上帝；但要我說，天神不會拒絕有備無患的人，慎重防備的人才會常常獲得上帝的祝福。」她終於結束了長篇大論，這番話對她來說是夠長的，而且說得像貴格派女教徒那般一本正經。

她那出奇的鎮定、不可理喻的偽善把我弄得目瞪口呆，傻站在原地，這時，廚娘進來了。

「普爾夫人，」她對葛瑞絲說，「僕人的午飯馬上就好了，妳要下樓嗎？」

「不了，妳就把我那一品脫黑啤酒和一小塊布丁放在托盤裡吧，我會端到樓上去吃。」

「還要些肉嗎？」

「來一小份吧，再來一點乳酪，就這些。」

「要西米露嗎？」

「現在不用，茶點時間我會下樓，到時候我自己來做。」

廚娘又轉向我，說費爾法克斯夫人在等我，我就離開了。午餐時，費爾法克斯夫人談起床幔失火的事，我幾乎沒有聽進去，因為我百思不得其解，想不通這個神祕的葛瑞絲·普爾——尤其考慮她在桑菲爾德的地位——為什麼沒在那天早晨被拘捕？最起碼，也該被主人辭退吧？昨天晚上，他幾乎已經明確表示：確信她犯了罪；那又因為什麼神祕的原因，使他不去指控她呢？甚至囑咐我和他一起保守祕密呢？太奇怪了：一位無所畏懼、復仇心切的高傲紳士，不知為何對一個最卑微的僕從無可奈何，似乎完全受制於她，以至於當她要謀害他時，他竟不敢公開指控她的圖謀，更不必說懲罰了。

要是葛瑞絲年輕漂亮，我肯定會覺得那是因為羅徹斯特先生對她心存柔情，並無審慎或畏懼，因為寵愛而偏袒她。可是她的相貌實在難以令人恭維，又那麼威嚴死板，這種臆測根本站不住腳。「不過，」我暗忖，「她也必定年輕過，主人那時大概也跟她一樣年輕。費爾法克斯夫人曾告訴我，她在這裡已住了很多年。我認為，她歷來就沒有姿色，但也許在性格上有什麼獨特之處，或別的長處，足以彌補外貌上的不足。羅徹斯特先生喜歡果斷和古怪的人，葛瑞絲至少夠古怪。也許早年發生過什麼荒唐事（像他那種心血來潮、怪誕無常的個性，完全有可能異想天開，幹出什麼怪事），而她抓到了他的把柄，如今就處處作梗，暗中左右他的行事，令他自食言行失檢所釀成的惡果，既無法擺脫，又不能漠視？」但是，想到這裡時，普爾夫人寬闊、結實又扁平的身材，毫無美感、乾癟甚至粗糙的面容又清晰浮現在我眼前，我不由轉念一想：「不，不可能！我的猜想肯定不對。不過，」悄悄在內心深處與我對話的聲音又說道，「妳自己也不漂亮，羅徹斯特先生卻讚許妳，至少妳總覺得如此；而且，昨天晚上——想想他的話，想想他的神態，想想他的聲音！」

我都記得清清楚楚：那時他講過的話、他的眼神和語調都清晰地再現於我的腦海。當時我在教室裡，阿黛兒在畫畫，我俯下身子把牢她的畫筆，她卻抬起頭，有些吃驚。

「妳怎麼啦，小姐？」她問道，「妳的手抖得像樹葉一樣，臉也紅得像櫻桃！」

「我這樣彎著腰，會很熱，阿黛兒。」她繼續畫速寫，我繼續思考。

我趕緊把關於葛瑞絲．普爾的想法從腦海中驅走，那叫我厭惡。我把她與自己作比較，發現我們很不一樣。貝西．李曾說我是大家閨秀，她說的是事實，我就是大戶人家的小姐。而且，我現在比當初貝西見我時更好了，臉色更加紅潤，人也豐滿了，更富有生命力，更加朝氣蓬勃，這是因為我有了更光明的前景、更喜愛的樂趣。

「快到傍晚了。」我看向視窗，自言自語地說道，「今天我還沒有在宅子裡聽到羅徹斯特先生的聲音和腳步聲。不過天黑前我肯定會見到他的。早上我還有點怕見面，現在卻滿心期盼，因為期望久久落空，有點讓人不耐煩了。」

暮色低垂後，阿黛兒離開我，去兒童房找蘇菲玩了，這時，我確實著急想要見他。我期待聽到樓下響起鈴聲，聽到莉婭上樓來傳口訊；有時，我還在恍惚中聽到羅徹斯特先生的腳步聲，就趕緊轉向門口，期待門一開，他就會走進來。但門依然緊閉，唯有夜色透進了窗戶。不過現在還不算太晚，才六點，而他常常到七八點鐘才派人來叫我。今晚可千萬別讓我失望啊，因為我有那麼多話想跟他說！我要再次提起葛瑞絲．普爾這個話題，聽他怎麼回答；我要直截了當地問他，是否真的相信昨晚可怕的惡行是她所為？要是他相信，為什麼要替她的惡行保守祕密？就算我的好奇心激怒他也不要緊，因為一會兒惹惱他、一會兒撫慰他是一種我已然瞭解的樂趣，而且，總有確鑿的直覺讓我適可而止。我從來沒有冒險越出使他真正動怒的界線，但也很喜歡在危險的極限邊界試探自己的能耐。時時刻刻都能保持自尊、保持我的身分應有的禮儀，與此同時，又可以無所畏懼、無拘無束地和他辯論，這讓我們雙方都感到頗為自如。

樓梯上終於響起了腳步聲，莉婭來了，但只是來通知茶點已在費爾法克斯夫人的房間備好了。我朝那裡走去，慶幸這時好歹可以下樓了，在我想來，也就是離羅徹斯特先生更近了。

「妳一定想用茶點了，」見我進屋了，這位善良的夫人說道，「妳今天的午餐吃得那麼少，我擔心妳今天是不是不舒服呀？妳的臉色也紅彤彤的，像是在發燒。」

「噢！我很好！再好不過了。」

「那妳得用好胃口來證實一下。妳先給茶壺灌水吧，讓我織完這一行，好嗎？」她忙完手頭的工作就站起來，把一直拉起的百葉窗放下來。我想，她沒有關窗是為了盡量利用日光，但這時暮靄沉沉，天色已一片昏暗了。

「今晚天氣不錯，」她透過窗玻璃往外看時，「雖然沒有星光，但羅徹斯特先生出門總算趕上了好天氣。」

「出門？——羅徹斯特先生到哪裡去了？我都不知道他出門了。」

「噢，他吃完早餐就出去了！他去里亞斯莊園了，埃希頓先生那裡，在米爾科特的另一邊，離這裡十英里。我想，那裡應該聚了一大批賓客：英格朗勳爵、喬治．林恩爵士、丹特上校……那些人。」

「妳要等他今晚回來嗎？」

「不——他明天也不會回來。我想他可能會待上一個禮拜或者更久。這些高雅時髦的名流相聚時，身在華貴之所，一派歡快氣氛，吃喝玩樂應有盡有，他們是不急於散場的。這樣的場合尤其需要有教養、有身分的紳士。羅徹斯特先生既有才能，在社交場中又很活躍，我想他一定受到大家的歡迎。女士們都很喜歡他，儘管妳會覺得她們未必會賞識他的外貌；但我猜想，他的學識才幹或是財富和門第，足以彌補任何外貌上的小缺憾。」

「里亞斯莊園裡有貴婦、小姐嗎？」

「有埃希頓夫人和她的三個女兒——都是舉止文雅的年輕小姐，還有英格朗爵爺家的布蘭奇小姐和瑪麗小姐，我覺得她們都是非常漂亮高貴的小姐。說真的，我六七年前見過布蘭奇小姐，當時她才十八歲，來這裡參加羅徹斯特先生舉辦的聖誕舞會和宴會。妳真該看看那一天的餐室——布置得多麼豪華，多麼燈火輝煌！我記得，大概總共有五十位男女賓客在場，都來自郡裡最有名望的家族。那天晚上，英格朗小姐是大家公認最美的女孩。」

「妳說妳見到她了，費爾法克斯夫人，她長得怎麼樣？」

「是啊，我見到她了。因為餐室的門敞開著，聖誕期間，准許僕人們聚在大廳裡，聽一會兒太太小姐們的演唱和彈奏。羅徹斯特先生要我進去，我就找了個安靜的角落，坐下來看她們。我從來沒有見過那麼富麗光彩的場面：女士們都穿著華麗的盛裝，大多數——至少是大多數年輕小姐——都很漂亮，而英格朗小姐絕對是最美的。」

「她是什麼模樣？」

「個子高䠷，胸部很美，削肩膀，纖長的脖子很典雅，橄欖色的皮膚偏深色，很光潔，容貌高貴，眼睛有些像羅徹斯特先生，又大又黑，像她佩戴的珠寶那樣閃閃放光。她還有一頭很漂亮的烏黑長髮，梳理得非常妥帖，粗粗的髮辮盤在腦後，額前垂著我見過的最長、最光亮的鬈髮。她一身純白禮服，琥珀色的披巾繞在肩上，搭在胸前，在側腰上紮成了蝴蝶結，長長的流蘇一直垂到膝蓋之下。頭髮上還插著一朵琥珀色的花，與她黑玉般的濃密長鬈髮互相反襯。」

「她肯定備受讚美吧？」

「那是當然。不僅因為她長得美，還因為她多才多藝。那天她和別的小姐一樣，也表演了歌唱，有位先生彈鋼琴伴奏，她和羅徹斯特先生表演了二重唱。」

「羅徹斯特先生！我不知道他還會唱歌。」

「噢！他有一副很好的嗓子，適合唱低音，對音樂有很強的鑑賞力。」

「那麼，英格朗小姐呢？她適合唱什麼？」

「她的嗓音非常豐潤，很有感染力，唱得很動聽，聽她唱歌真是一種享受。隨後她又演奏了一曲。我不太會欣賞音樂，但羅徹斯特先生可以，我聽他說，她演奏得很出色。」

「這位才貌雙全的小姐還沒有結婚嗎？」

「好像還沒有，我猜想她們姊妹的財產都不多。老英格朗勳爵的產業大部分是限定繼承的，所以，長子幾乎繼承了一切。」

「但我覺得很奇怪，為什麼沒有富家公子或有錢的紳士對她有意呢？譬如羅徹斯特先生，他很有錢，不是嗎？」

「唉！是呀，不過妳想想，他們年齡相差很大：羅徹斯特先生都快四十了，她只有二十五歲。」

「那有什麼關係？每天都有比他們更不相稱的人結為夫妻。」

「沒錯，但我不認為羅徹斯特先生抱有那種想法。說起來，妳什麼都沒吃呀！從剛才到現在，妳幾乎沒有動過一口茶點。」

「不要緊，我太渴了，吃不下去。讓我再喝一杯茶，好嗎？」

我正要繼續討論羅徹斯特先生和美麗的布蘭奇小姐有沒有結合的可能，阿黛兒卻跑進來了，話題自然就轉到了別的方面。

再度一人獨處時，我反覆思索剛才的對話，窺視自己的心靈，省視內心深處的想法和情感，盡力用一雙嚴厲的手，把那些在荒野般不著邊際、無路可循的想像中胡亂衝撞的思緒拉回合乎常理的軌道。

我在心中私設法庭，作自我審判。記憶先出來作證，陳述我自昨夜以來所懷有的種種希望、期待的心意，繼而講到過去兩個星期我一直沉溺其中。隨後是理智出場，用一貫沉著的口吻不慌不忙地講述樸實無華的故事，說明我如何漠視現實，狂熱沉湎於空想。於是，我做出以下宣判：

世上再也不曾有過比簡．愛更愚蠢的傻瓜，從來沒有哪個白痴會比簡愛更會想入非非，那麼輕信甜蜜的謊言，盡把毒藥當甘露饕餮享用。

「妳！」我說，「會是羅徹斯特先生的寵兒嗎？妳有討他歡心的天賦嗎？妳有哪一點對他來說舉足輕重嗎？得了吧！妳的愚蠢讓我噁心。妳因為偶爾的青睞，竟然沾沾自喜——那不過是一個出身名門的紳士、精於世故的男人對一個沒見過世面的下級僕從所作的曖昧表示。妳怎麼敢？愚蠢得可憐的受騙者！難道自私、自保都不能讓妳變得聰明點嗎？今天早上，妳不是反覆重溫昨夜那短暫的一幕嗎？掩面羞愧吧！他讚美了幾句妳的眼睛，是嗎？自我陶醉的盲目的傻瓜！睜開迷糊的眼睛，瞧瞧妳自己有多愚蠢、多糊塗吧！無論哪個女人，受到雇主的恭維都不算好事，因為他不可能有意娶她。讓祕密的愛慕之火在內心燃燒，卻不為對方所知，也得不到回報，必定會吞噬那燃起愛火的生命；但若被人所知，也得到了回應，又必定如鬼火般，將愛誘入泥濘的荒地而無法自拔——對所有的女人來說都是發瘋。

「所以，簡愛，聽好對妳的判決：明天，把鏡子放在妳面前，用蠟筆繪出自己的尊容，要忠於事實，不要掩飾缺點，不要省略難看的線條，不要抹去令人討厭的五官不勻稱的地方，並在畫像底下寫上：孤苦無依、相貌平庸的家庭女教師肖像。

「然後，拿出光滑的象牙畫紙——妳的畫盒裡就有一張備用的。再拿出妳的調色板，調出最清新、最優美、最純粹的色澤，挑一枝最精細的駝毛畫筆，仔細勾勒出妳所能想像出的最漂亮的臉龐。要照著費爾法克斯夫人對布蘭奇・英格朗的描述，用最柔和的陰影、最甜蜜的線條來畫。記住：她有烏黑的長鬈髮，東方人的黑眼睛。什麼！妳會把羅徹斯特先生的眼睛當範本？冷靜！不許哭！不許感傷，不許惋惜！我只容許理智和決心。想一想那和諧、立體的面部輪廓，希臘女神般的脖子和胸部，露出光彩照人的圓潤的胳膊、纖細的手掌。不要忘記鑽石戒指和金手鐲。一絲不苟地描出盛大的華服：薄如蟬翼、飄然懸垂的蕾絲，光滑閃光的綢緞，雅致的披肩和金色玫瑰。要把這幅肖像畫題作：多才多藝的名門閨秀布蘭奇。

「從此往後，只要妳偶爾幻想羅徹斯特先生對妳有好感，妳就要拿出這兩幅畫來對比，還要對自己說：『羅徹斯特先生只要有心，就能得到這位高貴淑女的愛情，他怎麼可能把心思浪費在一個貧窮又渺小的平民女子身上？』」

「我會這樣做的。」我打定主意，既有決心，人就平靜下來，這才沉沉睡去。

我說到做到。用蠟筆畫成自己的肖像只用了一兩個小時，但在象牙紙上完成想像中的布蘭奇・英格朗小姐的肖像卻用了將近兩個星期。畫中人有一張可愛、迷人的臉龐，同蠟筆根據真人畫成的肖像兩相對比，縱有自制力，我也難以否認那種強烈的天差地別。

這項工作對我很有好處，讓我的頭腦和雙手都不得閒，也給了我力量，讓我能夠堅定地希望它們在我心裡烙下不可磨滅的新印象。

不久之後，我有理由慶幸：多虧了這番自我管教，我在馴服自己的情感方面有了長足的進步，因而才能得體又鎮定地應對後來發生的事情；若是我毫無準備，恐怕連表面的鎮定都無法保持吧。

第17章

一星期過去了，沒有羅徹斯特先生的消息，十天過去了，他仍舊沒有回來。費爾法克斯夫人說，要是他從里亞斯莊園直接去倫敦，並從那裡轉道去歐洲大陸，一年內不再在桑菲爾德露面，她也不會驚訝，因為他以前就經常這樣突如其來地說走就走。聽她這麼一說，我的心就往下沉，感到一股寒意，實際上，我是在縱容自己陷入一種難受的失落感，但我可以恢復理智，重新想起自己定下的原則，心情立刻就能平復下來了；這實在太好了——我可以改正一時的忘乎所以，不再有錯誤的念頭，妄自以為有理由關心羅徹斯特先生的一舉一動。我並沒有低聲下氣地屈從於自卑感，相反，我會說：

「妳與桑菲爾德的主人毫無關係，無非是接受他給的薪水，去教養他收養的孩子而已。妳感激他給予妳的尊重和厚待，但因為妳盡職盡力，就有權得到這樣的禮遇。要確保這是妳與他之間唯一的關係，並得到他嚴肅的認可。所以，妳的柔情、狂喜、痛苦和其他情緒都不該以他為對象。他和妳身分不同。妳要安分守己，記住自己的社會地位，保有充分的自尊，免得把全心全意的愛徒然浪擲在不被需要，甚至被輕蔑的地方。」

我繼續每一天的工作，平靜地完成自己的分內事，但腦海中時常隱現一個念頭：我應該離開桑菲爾德，甚至不由自主地草擬起新廣告，揣測新的職位會是什麼樣。我覺得不需要壓制這種念頭，如果它們能生根發芽，就任其開花結果吧。

羅徹斯特先生離家兩個多星期時，郵差給費爾法克斯夫人送來一封信。

「是主人寫來的，」她看了看信封上的地址，說道，「現在我們就能知道是不是該迎接他回來了。」

她拆開封口，仔細看信時，我繼續喝咖啡（我們正在吃早餐）。咖啡很燙，我把臉上突然泛起的紅暈歸因於它。至於我的手為什麼顫抖不停，為什麼不聽使喚地把半杯咖啡灑到了杯碟上，我乾脆不去考慮。

「好吧，我有時真覺得這裡太冷清了，現在可有機會夠我們忙了，至少得忙一陣子啦。」費爾法克斯夫人說道，仍把信紙高舉在眼鏡前面。

我沒有當即詢問，要她做出解釋，反而去繫好阿黛兒碰巧鬆開的圍涎，哄她又吃了個小麵包，把她的杯子再倒滿牛奶，之後才故作輕鬆地問道：

「羅徹斯特先生應該不會馬上就回來吧？」

「實際上，他就快回來了——他說三天以後到，也就是星期四，而且不只是他一個人。我不知道有多少在里亞斯的貴客們會同他一起來。他在信裡吩咐把最好的臥室都收拾好，書房與客廳都要清掃乾淨。我還要從米爾科特鎮上、喬治旅店和其他能找到人手的地方再叫些廚房的幫工。女士們都帶著貼身侍女，男士們都帶各自的隨從。所以，到那時候就熱鬧了，這兒滿屋子都會是人。」費爾法克斯夫人說完，三口兩口地匆匆嚥下早餐，急急忙忙去做準備工作了。

果然如她所說，這三天確實忙到不可開交。我本以為桑菲爾德的所有房間都纖塵不染，已經收拾得很好了。但看來我錯了，他們僱了三個女人來幫忙，又是擦又是刷，又要沖洗漆具，又要敲打地毯，把畫拿下又掛上，擦鏡子，擦枝形燈架，給臥室壁爐生火，再把床單和羽絨褥墊擱在爐邊烘晒……那種架勢是我從沒見過的，後來也沒再見過。忙亂之中，阿黛兒也發起人來瘋，準備迎接賓客，盼著他們到來，這似乎讓她欣喜若狂。她讓蘇菲把她稱之為「服裝」的罩衣都仔細檢查一遍，凡是「過時的」都要翻新，再把新的衣服都拿出來晾晒好，整理好。她自己呢，什麼也不做，只在房間裡奔來跑去，在床架上跳上跳下，面對燒得嗶啵作響的熊熊爐火，躺到壁爐前的床墊上、疊起的枕墊和枕頭上。她完全不用上課，因為費爾法克斯夫人也要我幫忙，我整天待在儲藏室，幫她和廚師做奶蛋凍、乳酪餅和法式糕點（其實該說：幫倒忙），捆紮野味的翅腳，裝飾甜點盤。

客人們預計在星期四下午到達，正好趕上六點鐘的晚宴。在等待期間，我根本沒工夫去胡思亂想，只能跟其他人一樣賣力、一樣高興，當然，阿黛兒除外。不過，我的愉快心情仍會時不時地頓感失落，彷彿被人當頭澆了一桶冷水，不由回想起那些疑慮、險惡和不祥的臆測。那通常是我偶爾看到三樓的樓梯門緩緩打開（近來常常鎖著），端端正正戴著帽子、繫著白圍裙、紮著白頭巾的葛瑞絲・普爾從門裡走出來時；在我看她穿著布底便鞋，幾乎無聲無息地溜過走廊時。我也曾看見她往鬧哄哄、忙成一團的臥房裡瞧一眼，和打雜的女僕們交代一兩句：如何擦爐柵，如何清理大理石壁爐架，如何在糊了牆紙的牆上去除汙跡，說完便繼續走她的路。她一天下樓一次，到廚房裡吃飯，在爐邊有節制地吸完一菸斗的菸，隨後就返回三樓陰暗的巢穴，帶上一罐能讓她獨自消遣的黑啤酒。一天二十四小時中，她只有一小時是和樓下的其他僕人們共處的，其餘的時間都在三樓某個橡木臥室的低矮天花板下度過的。她就在那裡做針線活，也許還兀自淒切陰沉地怪笑，像個無人作伴的犯人被囚禁在地牢裡。

最奇怪的是，除我之外，宅子裡沒有別人注意到她這些怪習慣，甚或為之感到詫異。沒有人談論她的職位或工作，沒有人同情她是那麼孤單寂寞。有一次，我偶爾聽到莉婭和一個打雜女工聊起葛瑞絲，莉婭先說了什麼，我沒聽清楚，但打雜女工的回答是：

「估計她拿的工錢很多吧！」

「是呀，」莉婭說，「但願我的薪水也能那麼高。我倒不是在抱怨自己拿得少——桑菲爾德發薪水的時候不算小氣，不過我拿的薪水只有普爾夫人的五分之一。她還存錢呢，每個季度都要去一次米爾科特銀行。要是她想走，攢下的錢肯定夠她自立門戶了，這我一點也不懷疑。不過，我想她在這裡已經待慣了，更何況她還不到四十歲，身強力壯，做什麼都行，什麼事都不做也未免太早了。」

「我想，她幹起活來準是把好手。」打雜的女工說。

「噢！她明白自己該做什麼，沒有人比得過她。」莉婭意味深長地說道，「她那活兒，不是誰都做得了的。就算給妳那麼多錢，妳也做不了。」

「確實做不了！」對方回答，「不知道妳家老爺——」

打雜女工還想往下說，這時莉婭回過頭來，看到了我，便立即用胳膊肘頂了頂那個女工。

「她不知道嗎？」我聽見那女工悄悄地問道。

莉婭搖了搖頭，談話就此結束。我從中可以猜到的不外乎是——桑菲爾德有一個祕密，而我被故意排除在外，無從得知。

星期四到了，一切準備工作都已在前一個晚上完成了。地毯鋪開了，床幔流蘇掛好了，白得眩目的床罩鋪好了，梳粧臺收拾停當了，家具擦拭乾淨了，花瓶裡插滿了鮮花。所有臥室和客廳都已盡可能地煥然一新，就連大廳也擦洗過一番，木雕大鐘、樓梯臺階和扶手欄杆都擦得光可鑑人。餐廳裡，餐具櫃裡擺滿了光亮奪目的餐具。大大小小的客廳裡，擺放著一瓶瓶燦爛盛放的異國珍奇花卉。

到了下午，費爾法克斯夫人換上她最好的黑緞禮服，戴上手套和金錶，因為要由她來迎接賓客──將女士們引領到各自的房間去休息，諸如此類的工作。阿黛兒也要打扮一番，雖然我覺得，至少在那天，她不太有機會見到貴客們。但為了讓她高興，我讓蘇菲幫她穿上了一件寬襬的麻紗短洋裝。至於我自己，就毫無必要換新裝了，反正絕不會把我從教室裡喊出去的，那裡儼然已成了我的私人密室：「煩惱時的宜人避風港。」

那是個溫煦寧靜的春日，三月末或四月初，豔陽當空，預示著夏天就要到來。這時已近日暮，黃昏也很溫暖，所以我敞開著窗戶，坐在教室裡工作。

「已經晚了，」費爾法克斯夫人急匆匆跑進來，一身綢緞窸窣作響，「幸虧我已經吩咐了，要比羅徹斯特先生說的時間晚一個小時再開飯，現在都過六點了。我已打發約翰到大門口去了，看看路上有沒有動靜。從那裡往米爾科特的方向可以望到很遠。」她走到窗邊，「他回來了！」便探出身子喊了一聲，「嗨，約翰，有消息嗎？」

「他們來了，夫人，」約翰回答，「十分鐘後就到。」

阿黛兒飛也似的朝窗子奔去，我也跟在後面，小心地靠邊站，好讓窗簾擋住我，我可以看得清楚，卻不會被人看見。

約翰說是十分鐘，但感覺遠遠不止，最後終於聽到了車輪聲。有四人騎馬沿著車道飛馳而來，兩輛敞開的馬車尾隨其後，車內面紗飄拂，羽毛飄搖。四位騎士中間，有兩位精神抖擻的年輕紳士；第三位是羅徹斯特先生，騎著他的黑馬梅斯羅，派洛特跳躍著奔跑在馬前；與他並駕齊驅的是一位女士；他倆一馬當先。她紫色的騎裝裙襬很長，幾乎掃及地面，長長的面紗也在微風中飄動，隔著透明面紗的褶皺，可以看到烏黑濃密的長鬈髮光澤閃動。

「英格朗小姐！」費爾法克斯夫人喊了一聲，急忙下樓準備迎賓。

這隊人馬順著車道拐彎，很快轉過屋角，在我視線中消失了。阿黛兒吵著要下樓。我把她抱在膝頭上，要她明白，無論是現在或以後任何時候，除非有人明確地召喚她去，否則，她絕不可以隨心所欲、冒昧擅闖到女士們面前去，否則，羅徹斯特先生會很生氣，等等等等。聽了這番話，「她自然地流下眼淚」[1]，不過見我神情嚴肅，終於同意抹掉眼淚了。

這時大廳裡人聲鼎沸，男士們深沉的語調、女士們銀鈴似的嗓音和諧地交融在一起。最清晰可辨的正是桑菲爾德主人那洪亮而低沉的聲音，他在歡迎諸位貴賓的光臨。隨後，輕盈的腳步聲漸次走上樓梯，輕快地穿過走廊，繼而響起柔和歡快的笑聲，開門關門的響聲。不消一會兒，宅子裡就靜下來了。

「他們都在換衣服。」阿黛兒說道，她一直在仔細聆聽每一聲動靜，之後又歎息了，「跟媽媽在一起的時候，」她說，「只要有客人來，我就跟著到處走，帶客人到他們的房間去。我經常看侍女們幫太太小姐們換裝、梳頭，很好玩的，我看著看著就學會了。」

「妳不餓嗎，阿黛兒？」

「餓呀，小姐，我們有五六個鐘頭沒吃東西了。」

「好吧，趁太太小姐們都在房間裡，我下樓去給妳弄點吃的來。」

我小心翼翼地走出隱蔽的藏身處，挑了一條直通廚房的後樓梯下去。廚房裡爐火通紅，又吵又忙，湯和魚都快做完了，廚娘彎著腰，使勁攪動鍋裡的湯汁，全身心撲在那道菜上。在僕役室裡，兩個馬車夫和三個紳士的僕從或站或坐，圍著壁爐；侍女們想必在樓上和女賓們在一起。從米爾科特新僱的僕人忙裡忙外。我穿過這片混亂的人群，好不容易到了食品儲藏室，拿了一份冷雞，一條麵包，幾塊餡餅，一兩個盤子和一副刀叉。戰利品到手了，我急忙撤退，重新上樓，進了走廊，剛要隨手關上後門時，就聽見一陣愈來愈響的嗡嗡聲，那說明：女賓們要從房間裡走出來了。要回我們的教室，我必須經過她們的房門，就得冒著捧著一大堆食物被她們撞見的危險。於是，我一動不動地站在走廊盡頭，這裡沒有窗，光線本來就很暗，加上天色已黑，太陽已經下山，這個角落就更陰暗了。

果然，不一會兒，房間裡的女賓們一個接一個走了出來，都那麼開心，那麼歡快，步履輕盈，華服在薄暮中閃閃發亮。她們聚集在走廊的另一端，停了片刻，用活潑可愛的語調輕聲交談起來。隨後，她們一起走下樓梯，幾乎沒有聲響，彷彿一團明亮的霧從山上飄然而下。她們給我留下了一種整體印象：那是一種我前所未見的名門望族特有的高貴優雅。

我看見阿黛兒正扶著半掩的門，從門縫裡往外偷看。「多漂亮的太太小姐啊！」她用英語叫道，

1. 典故出自英國詩人米爾頓《失樂園》中形容亞當和夏娃的詩句。

「哎呀！我真想上她們那裡去！妳認為，羅徹斯特先生會在晚餐後派人來叫我們嗎？」

「不，真的，我覺得不會。羅徹斯特先生有別的事情要操心。今天晚上，妳就別去想那些女士們了，也許明天妳會見到她們的。來，這是妳的晚餐。」

她真的餓壞了，雞肉和餡餅暫時分散了她的注意力。幸虧我弄到了這份吃食，要不然，她和我、還有一起分享這頓晚餐的蘇菲都很可能吃不上飯，因為樓下的人都忙瘋了，誰都顧不上我們。九點以後才上甜食。十點鐘，男僕們還端著托盤和咖啡杯來回奔波。我允許阿黛兒晚點上床，比往常晚得多，因為她說樓下的門不斷開呀關呀，人來人往，忙忙碌碌，她根本沒法睡覺。她還說，萬一她剛好脫了衣服上了床，羅徹斯特先生又會讓人來叫她，「那多可惜呀！」

我講故事給她聽，她想聽多久就講多久。講了好半天，我又帶她到走廊上解解悶。這時大廳的燈已經點上，阿黛兒趴在欄杆上俯視僕人們來往穿梭，看得津津有味。夜深了，早就搬進了一架鋼琴的客廳裡傳來音樂聲。阿黛兒和我坐在樓梯最頂端的臺階上傾聽。不久便有歌聲融入渾厚的琴聲，那是一位小姐在歌唱，歌喉十分動聽。獨唱過後，二重唱跟上，隨後是三重唱；歌唱間歇響起嗡嗡的談話聲。我聽了很久，突然發現自己的耳朵正聚精會神地分辨混雜的人聲，竭力要從中捕捉到羅徹斯特先生的嗓音。我很快就聽出來了，可惜距離太遠，聽不清楚，便又努力根據語調猜測他在說什麼。

時鐘敲響十一點。我瞧了一眼阿黛兒，她的頭已倚在我肩上，眼皮愈來愈沉重。我便把她抱在懷裡，送她去睡覺。將近一點鐘時，男女賓客才各自回房。

第二天跟第一天一樣，是個晴朗的日子。客人們要到附近郊遊，上午很早就出發了，有些人騎馬，有些人坐馬車。我目送他們出發，遙望他們歸來。和先前一樣，英格朗小姐是唯一一位女騎士，羅徹斯特先生同她並駕齊驅。他們兩人騎在馬上，和其餘的賓客拉開了一段距離。費爾法克斯夫人與我一起站在窗前，我向她指出了這一點：

「妳說他們不大可能結婚，」我說，「可是妳瞧，相比於其他女士們，羅徹斯特先生顯然更喜歡她。」

「是呀，我也這麼覺得。他無疑是愛慕她的。」

「而且她也愛慕他，」我補充說，「瞧她那樣把頭湊近他，好像在說什麼知心話呢！但願我能一睹芳容，我還沒見過她的臉呢！」

「妳今天晚上就能見到。」費爾法克斯夫人回答說，「我找機會跟羅徹斯特先生提過了：阿黛兒很希望見見太太小姐們。他說，『哦，那就讓她晚餐後到客廳來吧，請愛小姐陪她一起來。』」

「是嗎？他不過是出於禮貌才那麼說的，我相信，我是不必去的。」我回答。

「是啊，我跟他說了，妳不習慣交際的場面，我想，妳應該不喜歡在這樣一群熱鬧的賓客前露面，況且都是不認識的人。可他就那樣急躁地說：『胡說！要是她不肯來，就告訴她，我特別希望她到場。如果她還是拒絕，妳就告訴她，要是她這麼倔強，我就親自去拉她過來。』」

「我可不想那樣麻煩他。」我回答。「要是沒有更好的辦法，我只好去了，雖然我真的不想去。妳會在嗎，費爾法克斯夫人？」

「不，我請求免了，他同意了。一本正經地入場是挺難受的，我要告訴妳怎麼做才能避免尷尬：妳得在女士們沒有離開餐桌之前，趁客廳裡還沒人的時候先進去，找個能讓妳安心的僻靜角落坐好。男賓們進來之後，妳不必待很久，除非妳樂意。妳只需要讓羅徹斯特先生看到妳在那裡，隨後悄悄溜走就好了。沒有人會注意到妳。」

「妳認為這些貴客會住很久嗎？」

「也許兩三個星期吧，但肯定不會再久了。過了復活節假期，新近當選為米爾科特市議員的喬治・林恩爵士就得去城裡上任就職。我猜想，羅徹斯特先生會與他一起去。我已經很詫異了——這回他在桑菲爾德待了這麼久！」

眼看著去客廳的時刻就要到來，我愈發惴惴不安。但阿黛拉聽說晚上要去見女士們之後，一整天都處於極度興奮的狀態，直到蘇菲開始幫她打扮，她才安靜下來。這個過程事關重大，很快就讓她穩重起來，等到鬈髮被梳理成一束束，平整光滑地垂下來，再穿上粉紅色綢緞小禮服裙，繫好長長的腰帶，戴上蕾絲長手套，她那副莊重嚴肅的表情簡直就像一位法官。這時已沒有必要提醒她別弄亂服裝，她穿戴停當後，便安靜地坐在小椅子上，還小心地把裙襬提起來，唯恐弄皺了。她還向我保證，在我梳妝打扮好之前，她會一動不動地乖乖坐在那裡。我不用費神費時，很快就換好了自己最好的那套衣服（銀灰色的那一件，專為參加坦普爾小姐的婚禮購置的，後來一直沒有穿過），把頭髮梳光潔，戴上我僅有的飾品——那枚珍珠胸針。隨後我們就下樓了。

幸好，有另外一扇小門直通客廳，我們不必經過他們正在用餐的餐廳。此時，客廳裡空無一人，大理石壁爐中靜靜燃著一團旺火；桌上裝飾著精美的花朵，燭光在花影間孤寂地閃亮。拱門前垂下猩紅色的帷幔，雖然這就是將我們和毗鄰餐室中的賓客們阻隔開的唯一屏障，但他們的話語聲那麼輕柔，匯成一種令人舒心的喃喃低語，我們竟一點兒都聽不清楚他們在說什麼。

阿黛兒顯然感受到了那種莊重的氛圍，一聲不響地坐到我指示的腳凳上。我退到靠窗的一個座位，隨手從臨近的桌子上取了本書，試圖專心去讀。阿黛兒把她的小凳子搬到我腳邊，不久，碰了碰我的膝蓋。

「怎麼啦，阿黛兒？」

「我可以從這些美麗的花朵中拿一朵嗎，小姐？可以讓我的小裙子更漂亮呢！」

「妳太在意自己的『服裝』啦，阿黛兒，不過妳可以拿一朵。」我從花瓶裡取出一朵花來，插在她的腰帶上，她舒了口氣，顯出一種不可言喻的滿足，彷彿她的幸福之杯此刻終於斟滿。我轉過臉去，掩飾自己抑制不住的微笑。這位巴黎小女孩天生就知道熱切追求完美的衣飾裝扮，既讓人好笑，又讓人有幾分心疼。

這時，餐廳裡傳來輕聲起身離席的動靜，帷幔被掀到拱門背後，露出了餐廳，只見長桌上擺滿了盛甜點的豪華餐具，吊燈的光芒傾瀉在銀器和玻璃杯皿上。一眾女賓站在門口，等她們走進客廳後，門簾即在她們身後落下。

她們不過八位，可不知為何，她們一起進來時，給人的印象遠不止這個數目。有幾位個子很高，有幾位一身雪白，每個人的寬大裙襬都往外鋪展，彷彿霧氣放大了月亮，這些盛裝也擴大了她們的氣場。我站起來向她們行了屈膝禮，有一兩位點頭回禮，其餘的只是盯著我看而已。

她們分散在客廳裡，動作輕盈活潑，令我想起了一群白色羽毛的鳥兒。有幾位斜倚在沙發和臥榻上；有的俯身細瞧桌上的花和書，其餘的人圍在壁爐邊，用清脆而文雅的語調交談，她們顯然習慣了輕聲細語。我是後來才知道她們的名字的，但不妨現在就提一下。

首先是埃希頓夫人和她的兩個女兒。夫人風韻猶存，保養得很好，年輕時顯然很美。她的大女兒叫艾米，個頭嬌小，面容和神態都透出天真的孩子氣，舉止也有點調皮。她穿著合身的白色薄紗禮服，配藍色腰帶。小女兒叫露易莎，個子要高些，身材也更優美，臉蛋很漂亮，屬於法國人所說的「俏麗佳人」。姊妹倆都像百合花那麼美麗、白淨。

林恩夫人四十歲上下，身形壯闊，腰背挺直，一臉傲氣，穿著華麗的閃緞衣服。深色頭髮在天藍色羽毛飾物和鑲寶石髮箍的映襯下閃閃發光。

丹特上校夫人不像別人那麼豔麗招搖，但我認為更有貴婦氣質。她身材纖細，面容白皙，神態溫和，一頭金髮。她的黑色絲緞長裙、異國風情的華貴蕾絲披肩和珍珠首飾，遠比那位有爵位頭銜的貴婦滿身的珠光寶氣更讓我喜歡。

但最醒目的三位——也許是因為她們在這群人中個子最高——顯然是富孀英格朗勳爵夫人和她的女兒布蘭奇和瑪麗。她們三位都有高䠷的身材。夫人的年齡可能在四十歲與五十歲之間，但體態維持得很好，頭髮（至少在燭光下）依然烏黑，牙齒也顯然完好無缺。以她的年紀，大多數人都會認同她非常美麗。以外表而言，她無疑是很美的；不過在舉止和表情方面，她有一種令人難以容忍的傲慢。她生就一副羅馬人的臉相，雙下巴隱沒於圓柱般的脖子。在我看來，她的五官不僅因為傲慢而顯得膨脹和陰沉，還皺著臉，因而顯出了皺紋；她的下巴也因為保持高傲姿態而挺得高高的，非常不自然。同樣，她的目光凶狠銳利，使我想起了里德夫人。她說起話來裝腔作勢，口型誇張，嗓音深沉，語氣專橫。總之，讓人難以忍受。她穿著深紅絲絨袍，戴了一頂用印度金絲做的披肩式軟帽，賦予她一種真正的皇家氣派（我估計她是這樣想的）。

布蘭奇和瑪麗的身材差不多，都像白楊樹般高大挺拔。以身高而論，瑪麗有點太纖瘦了，而布蘭奇活脫脫就像戴安娜女神。當然，我對她懷有特殊的興趣，因而多看了她幾眼。首先，我想知道她的外貌是不是符合費爾法克斯夫人的描述；其次，想看看她是不是像我憑想像畫成的肖像畫；第三，索性明說吧——看她是否如我所想的那樣，符合羅徹斯特先生的眼光。

就外貌而言，她在各方面都非常吻合費爾法克斯夫人的描繪和我的畫作。豐滿高聳的胸部、傾斜的肩膀、優美的頸項、烏黑的眼眸和黑油油的鬈髮，一應俱全。但她有一張活像她母親的臉孔，只不過沒有皺紋、更年輕罷了。同樣都有低低的額角，高傲的神態，同樣的盛氣凌人。不過，她的傲慢沒有那麼陰沉，她的笑聲不絕，但笑裡含著嘲弄，她已習慣上揚嘴角，傲氣譏笑。

據說天才總有很強的自我意識。我無法判斷英格朗小姐是不是天才，但她顯然擁有自我意識——非常強烈地意識到自己引人矚目。她同溫文爾雅的丹特夫人談起植物學，丹特夫人似乎對這門學科無甚瞭解，儘管她自稱喜愛花卉，「尤其是野花」。英格朗小姐卻是研究過的，還神氣活現地賣弄植物學的特有名詞。我立刻覺察到她在追獵（用行話來說）丹特夫人，也就是說，在用她的無知尋開心。她設下陷阱再追獵的手法固然高明，但肯定不厚道。她彈琴，演奏果然很出色；她唱歌，嗓音果然很優美。她單獨和她母親交談時用法語，講得也很好，非常流利，口音地道。

與布蘭奇相比，瑪麗的面容顯得更和善，更坦率，皮膚也更白皙（布蘭奇小姐像西班牙人一樣有深橄欖色皮膚），但瑪麗死氣沉沉的，臉上少有表情，眼神缺乏神采，也無話可說，一坐下來就像壁龕裡的雕像那樣一動不動。這對姊妹都穿著一塵不染的純白禮服。

那麼，我現在是不是認為英格朗小姐有可能成為羅徹斯特先生的意中人呢？我依然無從判斷，畢竟，我不瞭解他在女性美方面的好惡。要是他喜歡有氣派的，那她是典型的有氣派的大小姐，而且多才多藝，活躍而善交際。我想，大多數紳士都會傾慕她，而我已親眼所見，他確實傾慕她。只要再看看他們共處的情形，就能消除最後一絲懷疑。

讀者啊，你別以為阿黛兒始終在我腳邊的小凳子上端坐不動，她可不會老老實實的。女賓們一進來，她就站起來，迎了上去，認真地鞠一躬，再一本正經地用法語說道：

「晚上好，太太小姐們。」

英格朗小姐帶著嘲弄的神情低頭看她，說道：「哈，好一個小玩偶！」

林恩夫人說道：「我猜她就是羅徹斯特先生照管的孩子，他提起過的那個法國小女孩。」

丹特夫人和善地握住她的手，吻了一下。艾米和露易莎．埃希頓不約而同地叫道：「好可愛的孩子！」

她們接著把她叫到一張沙發前。此刻，她就坐在沙發上，夾在她們中間，用法語和蹩腳的英語開始聊天，不但引起了年輕小姐們的注意，也迷住了埃希頓夫人和林恩夫人。得到大家寵愛的阿黛兒心滿意足。

最後，咖啡送進來了，男賓們都被請了進來。我坐在昏暗的角落裡——要是這個燈火輝煌的房間還有所謂昏暗角落的話，躲在半掩的窗簾後面。拱門的帷幔再次被掀起，他們進來了。男賓們一起登場時同女賓們一樣氣派非凡，全都穿著黑色禮服，大都身材高大，有的十分年輕。林恩家族的亨利和弗雷德里克兄弟確實是時髦、瀟灑的花花公子；丹特上校一身軍人的氣概；地方法官埃希頓先生很有紳士派頭，頭髮全都白了，眉毛和落腮鬍卻依然烏黑，使他頗像「舞臺上德高望重的角色」。英格朗勳爵和他的妹妹們一樣身材高眺，也和她們一樣漂亮，但也像瑪麗那種無精打采的漠然神色，似乎只有健美的四肢，欠缺了內在的活力和精神。

那麼，羅徹斯特先生在哪裡呢？

他最後一個進來，雖然我沒有朝拱門張望，但看到他進來了。我竭力要把注意力集中在鉤針和正在編織的手袋上，真希望自己能專注於手頭的針線，只會低頭看著擱在膝頭的銀珠和絲線；但我卻把他的身影看了個分明，並禁不住想起上次見到這身影時的情景——在他所說的幫了他大忙以後，他握住我的手，低頭看著我的臉，凝視著我，眼中流露出千言萬語急於傾吐的神情，而我也深有共鳴。在那一瞬間，我和他曾多麼貼近啊！自那以後，到底發生了什麼事，好像存心要讓他和我的距離和關係發生變化？現在，我們之間是多麼疏離，多麼疏遠！幾乎遙不可及，我根本不指望他會走過來和我說話，因而也不感到詫異，他居然連看都不看我一眼，就在客廳的另一頭坐下，開始與幾位女賓閒聊起來。

他的心思全在她們身上，我發現自己可以盡情凝望他而不被覺察，便不由自主地被他的面容吸引。我無法控制，無法隱藏，眼睛硬是要向上看，眼珠硬是要盯著他瞧。我只能去看，而且沉浸在看到他的極度喜悅中。那是一種珍貴卻痛楚的歡樂，像純金，但夾雜著刺人的鋼鐵稜角；像一個快渴死的人好不容易爬近泉水時才有的狂喜，哪怕明知泉水有毒，也會不顧一切俯身去喝幾口。

「美，在凝視者的眼中」，這話千真萬確。我的雇主那張欠缺血色、深如橄欖色的臉龐，方正寬大的額角，又粗又濃的黑眉毛，深沉的眼睛，粗獷的五官，堅毅而嚴厲的嘴唇——處處顯示出過人的精力、決心和意志——客觀地說來，並不算好看，但對我來說卻遠勝於美，充溢著一種足以征服我的情趣和影響力，使我的感情脫離自我的控制而牢牢受制於他。我本無意去愛他，讀者該知道，我曾費盡心力，想從內心深處連根拔起這愛的萌芽，而此刻，剛剛再次見到他，那萌芽又自動復活了，滋生得愈發碧綠茁壯！他連看都沒看我，就讓我愛上他了。我拿他和別的男賓們做比較。林恩兄弟風流倜儻，英格朗勳爵淡泊斯文，丹特上校英武雄健，但怎能比得上他天生的氣度、內蘊的力量呢？我對他們的外貌與神態都不以為然，但我能想像出來，大多數旁觀者都會認同他們英俊迷人、儀表堂堂，而毫不猶豫地說羅徹斯特先生的五官醜陋、神態陰鬱。我看見他們微笑，大笑，但在我看來都毫無意義；燭光都比他們的笑容更有生機，鈴聲都比他們的笑聲更有分量。我也看見了羅徹斯特先生微笑——他嚴厲的面容變得柔和，眼睛既明亮又親切，目光既銳利又溫存。這會兒，他正和埃希頓家族的露易莎和艾米姊妹交談，我有點驚訝地發現，她們都能從容鎮定地迎向他的目光，而我卻覺得那犀利的眼神直指人心。我本以為她們會在這種目光下垂下眼簾，臉上會泛起紅暈，但我見她們都無動於衷，心裡反倒很高興。「他在我眼中，和在她們眼中是不同的，」我心想，「他和她們不是同類人。和我卻是，我可以確定，我與他心有靈犀，我明白他的表情和動作中的涵義。雖然我們的地位和財富有天壤之別，但在我的頭腦和心靈、我的血液和精神中有一種存在，使我與他精神相通。幾天前我不是說過，除了從他手裡領取薪金，我與他毫無關係嗎？我不是只把他看作雇主，不允許自己對他有別的想法嗎？這真是對天性的褻瀆啊！我的一切善良、真誠、熱烈的情感都是圍繞他而迸發的。我知道我必須隱藏自己的感情，抑制自己的願望；牢記他不會太在乎我。我說我與他是同類人，並不是說我也有他那種影響力，那種迷人的吸引力；我的意思是：我與他在某些志趣和情感上有共鳴之處。所以，我必須不斷提醒自己，我們之間永遠橫亙著一條鴻溝。然而，只要我一息尚存，仍能思考，我就必須愛他。」

僕人將咖啡一一端上。男賓們一進屋，女士們便如百靈鳥般活躍起來。談興愈來愈濃，氣氛歡快又熱烈。丹特上校和埃希頓先生在辯論政治問題，兩位夫人側耳靜聽。兩位高傲的林恩夫人和英格朗夫人正在促膝談心；喬治爵士——順便說一句，我剛才忘記描述這位紳士了：個子高大，氣色很好——這會兒端著咖啡杯，站在她倆的沙發前，偶爾插幾句話。弗雷德里克・林恩先生坐在瑪麗・英格朗旁邊，給她看一本裝幀豪華的書籍裡的木版插圖；她靜靜地看著，不時微笑，但顯然不太說話。高大冷漠的英格朗勳爵抱著雙臂，斜倚在小巧活潑的艾米・埃希頓的椅背上，她抬頭看著他，像鷦鷯似的嘰嘰喳喳，她喜歡這位年輕的勳爵，明顯勝過喜歡羅徹斯特先生。亨利・林恩坐在露易莎腳邊，和阿黛兒分享一張絨布長椅；他試著與她說法語，一說錯，露易莎就笑他笨嘴拙舌。布蘭奇・英格朗會跟誰結伴呢？她孤零零地站在桌邊，非常優雅地俯身看著一本畫冊。她似乎在等別人來和她聊天，但也不願久等，便自己選了個伴。

羅徹斯特先生從兩位埃希頓小姐身邊走開後，一如英格朗小姐孤單站在桌旁那樣，獨自站在壁爐前。她走到壁爐架的另一邊，面對著他站定。

「羅徹斯特先生，我一直以為你不喜歡小孩的。」

「我的確不喜歡。」

「那你怎麼會想到去撫養那樣一個小娃娃呢（她指了指阿黛兒）？你從哪裡把她撿來的？」

「又不是我撿來的，是別人託付給我的。」

「你該送她進學校。」

「我負擔不起，學費那麼貴。」

「哈！我看你都為她請了家庭教師呢。剛才我明明看到有個人和她在一起——她走了嗎？哦，沒有！她還在那裡，坐在窗簾後面。你肯定要付她薪水，我想這一樣很貴——比學費更貴，因為你得多養活兩個人。」

我生怕——或者該說我期盼？——羅徹斯特先生聽到她提及我，就會朝我這邊張望，所以不由自主地往陰影裡躲。可是他根本沒有看過來。

「我沒有考慮過這個問題。」他漫不經心地回答，眼睛直視前方。

「可不——你們男人從來不會精打細算，不考慮節儉，缺乏日常常識。在家庭教師這種事上，你真該聽聽我媽媽是怎麼說的。我想想，瑪麗和我小時候至少有過一打家庭教師，一半都讓人討厭，剩下那幾個又十分可笑，反正全都像噩夢。是不是，媽媽？」

「妳說什麼，我的寶貝？」

被那位遺孀稱為寶貝的小姐又把問題重複了一遍，並做了她的解釋。

「親愛的，別提那些家庭教師了，聽到這字眼就讓我心神不寧。她們都那麼任性無常、庸碌無能，讓我吃盡了苦頭。謝天謝地，現在我總算擺脫她們了。」

丹特夫人傾身湊到這位矯揉造作的夫人耳邊低語幾句。從對方做出的回答可以推測，她是在提醒她，這裡就有一位她正在譴責的那類人在場。

「那可太好了！」這位夫人說，「我希望這對她有幫助！」隨後她壓低嗓門，但還是很響，足以讓我能聽見。「我注意到她了，我善觀面相，在她身上我看到了她那類人的通病。」

「什麼樣的通病，夫人？」羅徹斯特先生大聲問道。

「我會私下告訴你的。」她說著，意味深長地把頭巾帽簷往後甩了三次。

「不過我的好奇心等不了，現在就要得到滿足，否則就沒胃口了。」

「問布蘭奇吧，她離你更近一點。」

「哎呀，可別把他推給我，媽媽！對於她們那號人，我只有一句話可說：她們真討厭。倒不是說她們讓我吃過很多苦頭，因為我總會努力扭轉局面。以前，希歐多爾和我總是作弄威爾遜小姐、格雷夫人和朱伯特夫人！瑪麗老是打瞌睡，睏得提不起精神來跟我們一起謀劃。戲弄朱伯特夫人最好玩了！威爾遜小姐是個病怏怏的可憐蟲，總是哭哭啼啼、愁眉苦臉的，總之，不值得我們費勁去制服她。格雷夫人又粗俗又遲鈍，不管我們怎麼整，她都不在乎。但是可憐的朱伯特夫人就不一樣啦！我們把她逼急了，她會大發雷霆——我們把茶翻倒，揉碎奶油麵包，把書扔到天花板上，用尺子拍書桌，用爐具砸壁爐柵欄，敲得震天響。希歐多爾，你還記得那些歡樂的日子嗎？」

「是——啊，當然記得，」英格朗勳爵慢吞吞地回答，「可憐的老呆瓜還常常大叫：『哎呀，你們這幫壞孩子！』我們就狠狠教訓了她一頓，說她自己那麼無知，竟敢來教我們這些聰明的公子小姐。」

「是這樣，沒錯！希歐多爾，我還幫你告發（或者說：迫害）你的家庭教師，面無血色的維寧先生——我們常叫他『病態牧師』。他和威爾遜小姐竟然放肆地談起戀愛來了！至少希歐多爾和我是這麼認為的。我們覺得他們那樣溫存地眉目傳情、長吁短歎都是『熱戀』的表現。我向諸位保證，所有人都會得益於這一發現，我們終於以此為由，把那兩個沉重的包袱攆出我們家了。親愛的媽媽稍有耳聞，就斷言那將帶來傷風敗俗的惡果。是吧，我的母親大人？」

「當然，我的寶貝女兒。而且我是正確的，毫無疑問。有千百條理由能證明：在任何一個尊貴的體面人家裡，男女家庭教師之間的私通都是無法容忍的。第一……」

「哎呀，媽媽，不用一一列舉，饒了我們吧！再說了，我們都知道：那會給純真的兒童樹立壞榜樣；熱戀者相依相伴，魂不守舍，必然導致失職；又因為有了同夥，更加有恃無恐，變得傲慢無禮，早晚會造反，公然頂撞或發洩怨氣。我說得對嗎，英格朗莊園的英格朗男爵夫人？」

「我的百合花，妳說得很對，妳總是對的。」

「那就不必再說了，換個話題吧。」

艾米．埃希頓不知是沒有聽見，還是沒有注意到這句斷然的指令，仍用孩子般的細聲軟語說道：「露易莎和我也常常戲弄家庭教師，不過她的脾氣那麼好，什麼都能忍耐，怎麼惹她都不生氣。她從來沒有對我們發過火，是不是這樣，露易莎？」

「是的，從沒發過火。隨我們高興愛做什麼就做什麼：搜查她的書桌和針線盒，把她的抽屜翻個底朝天，她的脾氣卻那麼好，我們要什麼她就給什麼。」

「如此看來，」英格朗小姐譏嘲地嘟起嘴唇，「我們要為現存的所有家庭女教師編撰傳記嘍？為了避免這場災難，我再次提議換個新話題，羅徹斯特先生，你贊成我的提議嗎？」

「小姐，無論是這件事還是別的事情，我都支持妳。」

「那得由我把這件事提出來了。愛德華多先生[2]，今晚你想一展歌喉嗎？」

「比揚卡小姐[3]，你一聲令下，我就會唱。」

「那麼，閣下聽令：請你清潤肺腑及其他發音器官，好為女王效力。」

「尊貴的瑪麗女王，誰會不願意做您的里佐[4]呢？」

「好一個里佐！」她高呼一聲，甩一甩滿頭鬈髮，朝鋼琴走去。「我認為，提琴手大衛準是個枯燥乏味的傢伙。我更喜歡黑皮膚的博斯威爾[5]，依我之見，骨子裡沒有一點兒魔性的男人根本不值一提。不管歷史上怎麼評價詹姆斯．赫本，我總覺得他正是那種會讓我傾心的英雄人物，如同狂野、凶狠的綠林好漢。」

「先生們，你們聽聽這話！諸位之中，誰最像博斯威爾呢？」羅徹斯特先生高聲問道。

「應當說，只有你夠格。」丹特上校立即呼應。

「深感榮幸，非常感激您。」羅徹斯特先生答道。

此刻，英格朗小姐端坐在鋼琴前，儀態萬方，像高傲的女王那樣，鋪開雪白的禮服裙襬。她彈起了美妙的前奏，一邊說著閒話。今晚，她似乎也騎在高頭大馬上，無論言詞，或是氣度都不只是為了博得讚歎，還要震懾住一眾觀者。顯然，她一心要給人留下深刻的印象，覺得她瀟灑又大膽。

「哦！現在的年輕人真讓我厭倦！」她叮叮咚咚彈起鋼琴，一邊不停地說話，「盡是些弱小的可憐蟲，沒有媽媽的准許和保護，甚至不敢邁出爸爸的莊園大門，連那點距離都不敢。就知道關心自己漂亮的臉蛋，白皙的雙手和一雙小腳，好像男人的美也是頭等大事，好像可愛並非女性的特權——她

2. 原文為義大利文。
3. 原文為義大利文。
4. 里佐（David Rizzio, 1533-1566）：義大利音樂家，蘇格蘭女王瑪麗的寵臣。
5. 博斯威爾：即下文提到的詹姆斯．赫本（James Hepburn, 1536-1578），瑪麗女王的丈夫，封號為博斯威爾伯爵。

們理所當然該甜美可愛，並傳給下一代！我認為，醜陋的女人才是造物主完美臉面上的汙點；至於男人，讓他們一心只求孔武有力吧，讓他們把打獵、射擊和搏鬥當作座右銘，其餘的都不足為道。如果我是男人，我就打算這麼做。」

「不論我何時結婚，」因為沒有人插嘴，她停頓了一下，又繼續說道，「我堅信我的丈夫不該與我匹敵，只能是我的陪襯。我不容許身邊有爭奪王位的對手。我需要絕對的忠心，絕不能允許他既忠於我，又忠於他在鏡中看到的自己。羅徹斯特先生，唱吧，我替你伴奏。」

「奉命唯謹。」她得到了這樣的回答。

「這裡有一首海盜歌。你知道的，我最喜歡海盜，因此，你要唱得活靈活現。」

「英格朗小姐金口諭旨，連牛奶和水都會靈性大增。」

「那麼，小心點，要是你不能使我滿意，我會讓你知道應該怎麼唱，那可會讓你丟臉哦。」

「那豈不是對無能的嘉獎，看來，我要努力讓自己唱得不好。」

「你給我小心點！要是你故意出錯，我會做出相應的懲罰。」

「英格朗小姐可得手下留情，因為她擁有讓凡人無法承受的嚴懲之力。」

「哈！說來聽聽！」她命令他。

「請原諒，小姐。這不需要解釋。妳的直覺那麼敏銳，肯定早就知道了：只要妳眉頭一皺，就勝過判我死刑了。」

「快唱吧！」她說著，再度彈奏鋼琴，輕快活潑地伴奏起來。

「現在正是我離開的好時機。」我心裡這樣想，但那富有穿透力的歌聲將我牢牢攫住。費爾法克斯夫人曾說過，羅徹斯特先生的嗓子很好。沒錯，他的男低音洪亮又渾厚，他在歌唱時傾注了感情和力量。那歌聲流入耳朵，震動心田，神奇地喚醒感官。我一直等到最後一個深沉雄渾的顫音消失，才離開隱蔽的角落。片刻後，嗡嗡的談話聲再次響起。幸虧邊門很近，走出門就是一條狹窄的走廊，可以通向大廳。正走著，卻發覺鞋帶鬆了，我便停下來，屈腿蹲在樓梯腳下的地墊上，把它繫好。這時，我聽見餐廳的門開了，有位男士走了出來。我慌忙站起來，正好和那人打了個照面。原來是羅徹斯特先生。

「妳好嗎？」他問。

「我很好，先生。」

「妳剛才為什麼不走過來和我說話呢？」

我心想，我倒可以反問他這個問題，但我不想那麼放肆，只是回答說：「我看您很忙，不想打攪，先生。」

「我外出期間，妳做些什麼事？」

「沒什麼特別的事，照常給阿黛兒上課。」

「而且比以前蒼白了許多，我一眼就看出來了，妳怎麼了？」

「沒什麼，先生。」

「妳差點淹死我的那天夜裡著涼了嗎？」

「完全沒有。」

「回客廳去吧，妳走得太早了。」

「我累了，先生。」

他端詳了我一會兒。

「而且心情不太好。」他說，「是為什麼？告訴我。」

「沒有——真的沒什麼，先生。我的心情並沒有不好。」

「可我肯定妳心情不好，而且，非常不高興，只要再說幾句妳就要掉眼淚了——其實，現在妳的淚花已在閃動，有一顆淚珠已從眼睫毛上滾下來，落在石板地上了。要是我有時間，要不是我怕撞見愛說閒話、從這裡經過的僕人，我一定要弄明白個中緣由。好吧，今晚我放過妳。不過妳得知道，只要客人們還待在這裡，我就希望妳每天晚上都在客廳露面。這是我的願望，不要置之不理。現在妳走吧，叫蘇菲來把阿黛兒帶走。晚安，我的——」他頓住了，咬緊嘴唇，突然轉身離去。

第18章

那陣子的桑菲爾德府是歡樂的，也是忙碌的，和我最初在此度過的平靜、單調、冷清的三個月真是天差地別！如今，一切憂傷的情調已煙消雲散，一切陰鬱的聯想也被忘得一乾二淨，到處熱熱鬧鬧，整天人來客往。過去靜悄悄的房間裡空無住客，現在一走進去就會碰見漂亮的侍女，或穿戴講究的男僕。

廚房、管家的膳食間、僕役室、門廳也都熱鬧非凡。和煦的春日裡，蔚藍的天空和明媚的陽光把人們吸引到室外庭園去，只有這時，幾間大客廳才顯得空寂無聲。即使天氣轉壞，陰雨連綿幾日，似乎也不會讓賓客們掃興，無法進行戶外娛樂，室內的消遣反而更加活潑多樣了。

有人建議改變餘興節目的頭一天晚上，我還在心裡納悶他們到底要幹什麼。他們說要玩「猜字謎遊戲」，但我聞所未聞，一時不明白這是什麼意思。僕人們被叫了進來，餐桌給搬走了，燈光也重新布置了，椅子正對拱門排成了半圓形。羅徹斯特先生和其他男賓們指揮這些變動時，女賓們在樓梯上跑上跑下，按鈴使喚她們的侍女。費爾法克斯夫人也被叫進屋，匯報宅子裡有哪些披肩、服裝和帳幔。三樓的衣櫥也有些被翻遍了，裡面的所有物品，包括帶裙環的織錦裙子、緞子寬身女裙、黑絹頭巾、蕾絲飄帶等，都由侍女們一大包一大包地捧下樓來，經過挑選，再把選中的東西送進客廳內的小廳。

這時候，羅徹斯特先生再次把女士們叫到身邊，選中了幾位加入他的隊伍。「英格朗小姐當然是我的。」他說完，又點了兩位埃希頓小姐和丹特夫人的名。我恰巧在他身邊，替丹特夫人把鬆開的手鐲扣好，他也定睛看向我。

「妳想一起玩嗎？」他問。我搖了搖頭，有點怕他堅持，幸好沒有。他允許我安靜地回到平時的座位上去。

他和同隊的搭檔們退到了帷幔後頭，由丹特上校帶領的另一隊人在排成半圓形的椅子上落座，其中一位是埃希頓先生，他注意到了我，好像提議我應當加入他們，但英格朗夫人立即否決了他的建議。

「不行，」我聽見她說，「她看上去太蠢了，玩不了這類遊戲。」

沒過多久，鈴聲響了，幕拉開了。被羅徹斯特先生選中的喬治．林恩爵士出現在拱門裡面，粗笨的身軀用白布裹成了巨大的身影。他前面的一張桌子上攤放著一大本書，艾米．埃希頓站在他身邊，身披羅徹斯特先生的斗篷，手裡捧著一本書。有人在看不見的地方搖起歡快的鈴聲，於是，阿黛兒（她堅持加入保護人的這一隊）蹦蹦跳跳地上場，把挽在胳膊上的一籃子花瓣朝周圍撒去。接著，雍容華貴的英格朗小姐露面了，一身素裝，身形優雅，頭披長紗，額上戴著玫瑰花環。羅徹斯特先生在她身邊，兩人並排走到桌邊，一起跪下。與此同時，同樣一身潔白的丹特夫人和露易莎．埃希頓在他們身後站定。隨後，他們用默劇表現了一場儀式，不難看出，這是場婚禮。表演結束時，丹特上校和隊友悄悄商量了兩分鐘，隨後高聲說道：「新娘！」

羅徹斯特先生點頭應對，表示承認對方猜對了，帷幕也隨之落下。

過了好一會兒，充當幕布的帷幔才再次拉開。第二幕的表演比第一幕編排得更加精細。我之前已經介紹過：客廳比餐廳高出兩級臺階，現在，在最高一級臺階再往裡一兩碼的地方，放置著碩大的大理石水缸，我認出來那是溫室裡的擺設，平日裡用來養金魚，周圍布滿了異國花草，又大又沉，搬到這兒來真算是興師動眾。

羅徹斯特先生坐在水缸旁的地毯上，身裹披肩，額纏頭巾。他烏黑的眼睛、黝黑的皮膚和穆斯林式的立體五官與這身打扮十分般配，看上去儼如中東的酋長，一個要麼絞死人、要麼被絞死的大人物。不一會兒，英格朗小姐登場了。她也是一身東方式裝束，大紅圍巾像腰帶似的纏在腰間，繡花手帕圍住額頭，圓潤的玉臂裸露在外，一條胳膊高高舉起，優美地托住頂在頭上的一只罈子。她的體態和容貌，膚色和神韻，都讓人想起了宗法時代的以色列公主，無疑，那正是她在扮演的角色。

她走近水缸，俯下身去，似乎要把水壇灌滿，隨後再把壇子舉起來，頂在頭上。這是，井邊人好像在招呼她，做某些請求。她「就急忙拿下瓶來，托在手上給他喝。」[1] 隨後，他從胸口的長袍裡取出一只小盒，打了開來，露出金燦燦的鐲子和耳環。她做出驚訝、讚歎的表情。他把珠寶擱在她腳邊。

1. 語出《舊約．創世記》第二十四章第十八節，描述了以色列人亞伯拉罕的老僕人向美貌的利百加討水喝的場面。

她的神色和姿態流露出疑惑與喜悅。陌生人替她戴好了手鐲，掛好了耳環。這就是以利以澤和利百加，只不過沒有駱駝。

猜謎的一方再次交頭接耳，顯然，他們對這場戲所表現的究竟是哪個詞無法取得一致意見。作為代表，丹特上校提出要看到「有頭有尾的場面」，於是，帷幕又一次落下。

第三幕裡，客廳只露出了小小一方，其餘的空間被一塊粗糙的黑色布幔遮擋了。大理石水缸已被搬走，取而代之的是一張松木桌、一把廚房椅，因為蠟燭全都滅了，只能借著一盞羊角燈的幽暗燈光依稀可見這些道具。

在這黯淡的一幕中，有個男子蜷縮著身體，攥緊的雙手靠在膝頭，雙目垂視地面。我知道那是羅徹斯特先生，儘管蓬頭垢面、衣衫凌亂（外套鬆鬆垮垮地掛在一條胳膊上，好像剛剛經過一場搏鬥，被人從背後撕破了肩縫），還有絕望陰沉的怒容，蓬亂翹起的頭髮，簡直讓人無從辨認。他走動時，鐵鍊鋃鐺作響，手腕上還戴著手銬。

「監獄！」丹特上校大聲喊道，字謎又被猜中了。

隨後是一段充分的休息時間，好讓表演者換回自己的服裝，當他們再次走進餐廳時，羅徹斯特先生引領著英格朗小姐，她正誇獎著他的演技。

「你可知道，」她說，「在你飾演的三個角色中，我最喜歡最後一個！啊呀，要是你早生幾年，很可能成為英勇的綠林豪俠！」

「我臉上的煤煙都洗乾淨了嗎？」他向她轉過臉問道。

「哎呀！洗得愈乾淨，就愈可惜！那個暴徒的紫紅色臉膛與你的面相實在太般配了。」

「妳真的喜歡綠林大盜？」

「英國的綠林大盜僅次於義大利的土匪，而義大利的土匪稍遜於地中海的海盜。」

「好吧，不管我是什麼人，別忘了妳是我的妻子，一小時前我們已當著這麼多證人的面結婚了。」

她吃吃一笑，臉上泛起了紅暈。

「好了，丹特，」羅徹斯特先生說道，「該輪到你們上場了。」另一隊人便退下去，他和隊友們在騰空的座椅上坐下來。英格朗小姐坐在這位隊長的右手邊，其餘的猜謎人繼而在他倆兩旁的椅子上落座。這時，我不去觀看表演了，不再興趣十足地等候幕布拉開，我的注重力已被觀眾吸引了，剛才緊盯著拱門的目光已不可抗拒地轉向了排成半圓形的座位。丹特上校和他的隊友們演了什麼默劇，選擇了什麼字詞，如何圓滿地完成自己扮演的角色……我都不記得了，但每場表演後的商榷情景卻依然歷歷在目。我看到羅徹斯特先生側身轉向英格朗小姐，英格朗小姐也側身轉向羅徹斯特先生；我看到她向他側過頭去，烏黑的鬈髮幾乎擦著他的肩頭，拂著他的臉頰。我聽到他們竊竊的耳語，我記得他們交會的眼神，甚至目睹這一切時我心頭的百感交集，至今想來仍記憶猶新。

讀者，我已向你坦承，我意識到自己愛上了羅徹斯特先生。事到如今，我已不可能——僅僅因為發現他不再注意我了，僅僅因為我在他面前幾小時，而他看都不看我一眼，僅僅因為我看到他的全部注意力都被一位貴族小姐所吸引，而這位小姐路過我身邊時，連長袍的邊都不屑碰我一下，陰沉專橫的目光碰巧落在我身上時就會立即掉轉，彷彿我太卑微，甚至不值一顧——就收回我的愛。我無法——僅僅因為我肯定他很快就會娶這位小姐，僅僅因為我每天都覺察到她對此高傲而篤信；僅僅因為我時時刻刻看到他殷勤奉承，哪怕漫不經心，好像他是被追求的，而非追求者，卻恰恰因為這種隨意而格外富有魅力，因為傲慢自大而令人無法抗拒——而不去愛他。

這種情況下，無論什麼都無法冷卻或消除愛意，哪怕很可能心灰意冷。讀者啊，你多半會認為這會引發嫉妒，假如處於我這種地位的女人也膽敢嫉妒英格朗小姐這種地位的女人的話。然而，我不嫉妒，或者說，幾乎沒有想到去嫉妒；因為我所經受的痛苦是無法用這兩個字來涵蓋。英格朗小姐不值得嫉妒；她太低俗，不足以激發出我的嫉妒。這樣說似乎有點前後矛盾，我請你原諒，但實際上並不矛盾。她極愛炫耀，但毫不真誠。她美豔動人，多才多藝，但思想膚淺，心地貧瘠；任何花朵都不能在那片土地上自然而然地開花結果。她並不優秀，沒有獨創的想法，總是搬弄書裡的名言佳句，卻從沒講過、也不曾有過自己的見解。她高調宣揚高貴情操，卻根本不懂何謂同情和憐憫，絲毫沒有溫情和真誠。讓她暴露出這些真相的，正是她對小阿黛兒的態度：心懷反感，無端發洩心中的惡意；要是小阿黛兒恰好走近她，她總會用惡言毒語把她攆走，有時甚至命令她離開房間；平常也總是冷淡、刻毒地對待她。除了我，還有一雙眼睛也看出了這些暴露無遺的真實個性——是的，就是羅徹斯特先生，這位準新郎，用密切、敏銳而睿智的眼光注視著她，無時無刻不在暗中觀察他的未婚妻。我心中無盡的痛苦卻恰恰源自這種洞察，這種清醒，證明他心存戒備，對這位佳麗的種種缺點有清醒而全面的認識；證明他對她的感情明顯缺乏熱情。

我看到他要娶她是出於門第觀念，也許還有政治上的原因，因為她的地位與家庭關係與他們當戶對。我覺得他沒有把自己的愛給她，她也沒有資格從他那裡得到寶貴的愛。這就是問題所在，就是可悲可笑的痛處，也就是我的激情有增無減的原因：**因為她不可能令他迷戀**。

如果她一舉贏得他的傾心，他也甘願拜倒在她的裙下，獻出自己的真心，那我就會掩面退出，面牆而立，當作自己已經死了（只是個比喻）。如果英格朗小姐是位高尚、傑出的女人，富有力量、熱情、善心和理性，那我就會與兩頭猛虎——嫉妒與絕望——作誓死搏鬥。縱使我的心被撕碎、吞噬，我也仍要欽佩她——讚美她的出眾，從此默默度過餘生。若她的優越無可置疑，我的欽慕也會隨之深切，我沉默隱退也會更加真心實意。但實際情況並非如此，眼看著英格朗小姐想方設法讓羅徹斯特先生著迷，眼看著他們的努力屢屢落空——她自己倒沒有這樣覺得，反而徒勞地幻想自己箭無虛發，頭腦發熱，自鳴得意，而她的傲氣與自負卻把她希望誘捕的對象愈推愈遠——看著這一切，我陷入了無限的激動、無情的自制之中。

因為，當她適得其反，我卻知道她怎麼做才對。我明白，那些不斷擦過羅徹斯特先生的胸膛，毫髮無傷而空落腳邊的愛神之箭，只要換一個更為穩健的射手，肯定早已擊中他高傲的心，在他胸口激烈地顫動，讓他嚴厲的目光中有了愛，讓他嘲弄的表情中有了柔情；甚或更好，不需任何武器，只要不動聲色的沉默就能征服他的心。

「她明明有幸能如此接近他，為什麼卻無法用更多愛意感染他呢？」我問自己，「她顯然無法真正喜歡他，或者，並不是真心實意喜歡他！要是她真心喜愛，就不必那麼慷慨堆笑，頻送秋波，不必如此矯揉造作地賣弄風情。在我看來，她只要安安靜靜地坐在他身邊，不必多說話，不必拋媚眼，就可以貼近他的心。此刻，她正賣力獻媚地與他攀談，他擺出一副僵硬冷淡的面孔，可我曾見過他有全然不同的表情，但那種表情是自然流露的，不是浮誇低俗的手段、處心積慮的誘惑所引發的，而且，妳只要泰然處之——他發問時妳回答，不用弄虛作假；需要說話時就說話，不必擠眉弄眼——那種表情會愈來愈濃，愈來愈溫和，愈來愈親切，如同滋養萬物的陽光，使妳感到溫暖。若是他們結了婚，她要怎樣使他快樂呢？我認為她做不到，然而這是可以做到的。我完全相信，他的妻子可以成為陽光下最幸福的女人。」

羅徹斯特先生可能為了利益締結姻親，我對此還沒有過一句非難之詞。最初發覺他有這種意圖時，我曾非常訝異，我曾以為，他不是那種在擇偶時會被如此世俗的動機所左右的人。但我愈是深入考慮他們雙方的地位、教養等因素，愈覺得自己沒有理由去評判或責怪，因為羅徹斯特先生和英格朗小姐無疑從童年時就被灌輸了這種思考方式、行事原則。他們那個階級的人都奉行這樣的原則，我猜想，他們自有我無從揣度的理由去恪守這些原則。我當然認為，如果我是像他這樣的紳士，只會擁抱自己真心喜愛的妻子；然而，這種顯然對丈夫的福祉更有利的擇偶方式未被普遍採納，其中必有我不瞭解的爭端，要不然，全世界的人都會照我所希望的去做了。

不僅在這一點上，在其他方面，我對主人也愈來愈寬容了。我漸漸忘卻自己曾嚴苛審視的他的所有缺點，曾盡力解讀他性格的各個方面，好的壞的一視同仁，加以權衡，做出公正的評價。現在，我已看不到他的不好。令人望而生畏的嘲弄、一度使我吃驚的蠻橫都已不過像濃烈的調料，有了它們，佳餚才辛辣美味，沒有它們，便寡淡無味。至於那種難以捉摸的表情是惡意還是憂傷，是有所預謀還是頹唐沮喪？從他目光中流露出來的那種表情會偶爾袒露在細心的旁觀者眼前，但還沒等妳探測到隱約可見的神祕深淵，它又掩匿不見了。那曾使我畏懼又退縮，彷彿徘徊在火山似的群山中，突然感到大地顫抖，眼見著山崩地裂；間或，我還能見到那樣的表情，但不會讓我無動於衷，而是讓我怦然心動。我非但不想躲避，反而渴望迎上去探個究竟。我認為英格朗小姐很幸運，因為有朝一日，她盡可以在閒暇時從容不迫地窺探這個深淵，探清個中祕密，辨明祕之本真。

這期間，雖然我的眼中只有我的主人和他未來的新娘——只看見他們，只聽見他們的談話，只想著他們的一舉一動，但其他賓客都沉浸於各自的興趣與歡樂之中。林恩夫人和英格朗夫人依舊相鄰作伴，嚴肅交談；她們都戴著頭巾帽，也都頻頻點頭，根據談及的話題，配合驚愕、迷惑或惶恐的表情，兩雙手都在不停揮動，儼如一對大號木偶。和善的丹特夫人和敦厚的埃希頓夫人也在聊天，有時還對我說句客套話，或者朝我笑笑。喬治．林恩爵士、丹特上校和埃希頓先生在談論政治、本郡公務或司法事務。英格朗勳爵在和艾米．埃希頓調情。露易莎彈琴唱歌給一位林恩先生聽，也跟他一起唱。瑪麗．英格朗懶洋洋地聽著另一位林恩先生大獻殷勤。有時候，所有人會不約而同地停下自己的配角戲份，轉而觀看和傾聽主角們的表演，歸根結柢，羅徹斯特先生以及和他密切相關的英格朗小姐才是這個交際場的靈魂人物。只要他離開一小時，整個客廳和所有賓客便會消沉下去，可以明顯覺察到他們變得無精打采，而他再次進屋時，必定會讓所有人的交談再次活躍起來。

一天，他要去米爾科特辦事，要很晚才能回來，大家便特別明顯感受到缺少了他那種活躍氣氛的感染力。那天午後陰雨，大家原本計畫散步去乾草村，看看新近安頓在公有地的吉卜賽人露營地，結果只好推遲。幾位男賓去了馬廄，年輕的紳士留下來，陪小姐們在桌球房打球。兩位遺孀：英格朗夫人和林恩夫人湊對兒解悶，安靜地玩起了紙牌。丹特夫人和埃希頓夫人拉攏布蘭奇小姐一起聊天，她卻愛理不理地拒絕了，先是伴著鋼琴輕聲哼唱幾支感傷的曲調，隨後從書房裡挑了本小說，傲氣十足卻無精打采地往沙發上一躺，準備借助小說的魅力消磨無人作伴的乏味時光。整個客廳和整所宅子裡都悄然無聲，只有樓上玩桌球的人偶爾歡叫。

暮色漸沉，鐘聲提醒大家已到了換裝用餐的時刻。這時，正跪在客廳裡窗臺座位上的阿黛兒突然在我身邊喊起來：

「羅徹斯特先生回來啦！」

我轉身去看，英格朗小姐已從沙發上一躍而起，其餘的人也停下各自的消遣，抬起頭來。這時候已能聽到石子路上傳來車輪吱嘎和馬蹄涉水的聲響。一輛驛站馬車駛近了大宅。

「他著了什麼魔，怎麼會坐公共馬車回來？」英格朗小姐說道，「他是騎著梅斯羅（那匹黑馬）出門去的，不是嗎？還帶著派洛特。他的馬和狗都哪裡去了？」

她說這話時，高大的身軀和寬大的衣服緊挨著窗臺，以至我不得不往後仰著讓開，差一點扭傷了脊骨。她很急切，起初並沒有看見我，但一旦看到了，便撇了撇嘴，走到另一扇窗前去了。驛車停下來，車夫按了門鈴，一位身著旅行裝束的紳士跳下車來。但那不是羅徹斯特先生，而是一位看上去挺時髦的高個子男人，一個陌生人。

「真氣人！」英格朗小姐叫道，「妳這討厭的小猴子！（她說的是阿黛兒）誰讓妳趴在窗臺上謊報消息的？」說著，她又怒氣沖沖地瞪了我一眼，好像這事全怪我。

大廳裡隱約傳來了交談聲，沒多久，新來的男士便進了客廳。他向英格朗夫人鞠躬行禮，顯然認為她是在場的人中最年長的貴婦。

「看來我來得不巧，夫人，」他說道，「正巧我的朋友羅徹斯特先生出門去了。可是我遠道而來，看在我和這位老朋友關係密切的分上，是否可以允許我冒昧在此逗留，等他回來？」

他的言談舉止彬彬有禮，但說話的口音有點不同尋常——不算是地道的外國腔，也不完全是英國口音。他的年齡與羅徹斯特先生相仿，大約三四十歲。他的膚色非常灰黃，否則倒是個英俊的男人，乍看之下尤其如此。再仔細打量，卻會發現他的面容不太討喜，或者說：無法讓人喜歡。他的五官是端正的，但有些太鬆散；眼睛很大，形狀也好，但流露出的眼神卻空洞乏味，至少我覺得缺乏生機。

換裝的鈴聲響起，賓客們各自散去。直到吃晚餐時我才再次見到他，他似乎已然十分自在，但我卻比剛才初見面時更不喜歡他的模樣了：既不安定，又死氣沉沉。他的目光遊移不定，卻漫無目標。我從沒見過這麼古怪的模樣。儘管他長得英俊，看來也不難親近，卻使我極為反感。在那光滑的鵝蛋臉上沒有絲毫魄力；鷹鉤鼻和櫻桃小嘴看來缺少堅毅的意志力；又低又平的額頭感覺欠缺思想；空洞的褐色眼眸沒有顯露出控制力。

我坐在往常的角落裡，借著壁爐上方、把他渾身照得透亮的枝形燭光打量著他。他坐在靠近壁爐的一把安樂椅上，還不住地蜷起身子湊近爐火，似乎很怕冷。我把他同羅徹斯特先生作了比較，感覺就像（但願我這麼說並無不敬）光滑的公鵝之於凶猛的獵鷹，馴服的綿羊之於目光犀利、皮毛蓬亂的看羊狗，他和他就有這樣強烈的對比。

他說羅徹斯特先生是他的老朋友，那種友誼實在讓人好奇，好像是古訓「相反相成」的極好例證。

兩三位男士坐在他旁邊，我偶爾會從客廳這一邊聽到他們談話的零碎片段。起初我聽不太清楚，因為離我更近的露易莎．埃希頓和瑪麗．英格朗也在交談，使斷斷續續傳到我耳邊的片言隻語愈發零星不清。露易莎和瑪麗正在談論這位陌生人，都稱他為「美男子」；露易莎說他是位「可愛的傢伙」，故而「很喜歡他」；瑪麗列舉「他俊美的小嘴和漂亮的鼻子」以證明他是她心目中理想的白馬王子。

「還有他的額頭，多麼乖順！」露易莎讚歎道，「那麼光潔！一點沒有我最討厭的皺眉蹙額的怪相，而且眼神和笑容也很恬靜！」

這時，亨利・林恩先生把她們叫去客廳的另一頭，商定去乾草村公有地遠足的事推遲後該怎麼辦，我總算鬆了口氣。

我終於可以專心聆聽壁爐邊的那群人講話。我很快就聽明白了，新來的客人叫梅森先生；接著又知獲他剛從某個氣候炎熱的國家抵達英國，難怪他的臉色那麼灰黃，坐得那麼靠近壁爐，在屋裡還穿著長外衣。不久，牙買加、京斯敦、西班牙城這類字眼又表明了他曾住在西印度群島。再後來，我頗為吃驚地瞭解到：他就在那裡初次遇見、結交到羅徹斯特先生。他說起他的朋友不喜歡那個地區灼人的酷熱、颶風和雨季。我早知道羅徹斯特先生周遊過很多地方，費爾法克斯夫人就是這麼說的，但我以為他的足跡只限於歐洲大陸，在這之前，我從未聽人提起他到過更遙遠的海岸。

我正在細想這些事兒，卻有一件事——意想不到的事——打斷了我的思緒。有人碰巧打開門，梅森先生立刻打了個哆嗦，要求在爐子上再加些煤，因為儘管餘火依然通紅發亮，但爐火已過了最旺的勢頭。送煤進來的僕人走出去時，湊近埃希頓先生低聲說了什麼，我只聽清「老太婆」……「挺麻煩」這樣一些字眼。

「告訴她：如果她不走，就把她銬上，關起來。」法官回答說。

「不——等一下！」丹特上校打斷了他，「別把她打發走，埃希頓。我們應該再考慮考慮，不妨先和女士們商量一下。」便提高嗓門說道，「女士們，你們不是說要去乾草村看看吉卜賽人的營地嗎？薩姆說，現在就有位本奇媽媽[2]在僕役室裡，硬要讓人帶她來見『貴客』，替他們占卜算命。你們願意見她嗎？」

「這還用說嗎，上校，」英格朗夫人叫起來，「你顯然不會慫恿我們見這種低俗的騙子吧？無論如何，馬上把她攆走！」

「可我勸不走她，夫人，」僕人說道，「別的僕人也不行。這時候，費爾法克斯夫人正在對付她呢，求她快點走，可她索性在壁爐邊的角落一屁股坐下來，說是不准她進來，她就不走。」

「她想要幹什麼？」埃希頓夫人問。

「她說是『給貴客們算命』，夫人。她信誓旦旦，說她要給各位算一算，就一定能算。」

「她長得怎麼樣？」兩位埃希頓小姐異口同聲地問道。

「奇醜無比的老太婆，小姐，跟煤煙一樣黑。」

「哎呀，那可是個地道的女巫了！」弗雷德里克．林恩說道，「我們當然要讓她進來啦。」

「是啊，」他的兄弟回答說，「失去這樣一個有趣的機會，未免太可惜了。」

「我親愛的孩子們，你們想什麼呢？」林恩夫人也叫起來。

「我已經表過態了，不可能出爾反爾。」英格朗夫人插了一句。

「沒錯，媽媽，可是妳可以出爾反爾呀，而且肯定會同意的。」

這是布蘭奇傲氣十足的嗓音，這時，她從琴凳上轉過身來。方才她一直默默地坐在那裡，顯然在翻閱一張張琴譜。「我倒有興趣聽人家算算我的命。所以，薩姆，把那個醜老太婆叫進來。」

「布蘭奇，我的寶貝！要三思——」

---

2. 本奇媽媽：十六世紀倫敦一個有名的酒店老闆娘，據說她善講奇聞軼事，後人常用「本奇媽媽」來泛指算命的女人。

「我知道！妳會有的建議，我都三思過了，但我必須滿足自己的意願。快去，薩姆！」

「快去！快去！快去！」年輕人都齊聲叫起來，無論小姐還是先生。「讓她進來，肯定很好玩！」

僕人依然猶豫不前，「她真的很粗野。」

「去呀！」英格朗小姐高聲喝令，僕人便走了。

眾人立即興奮起來。薩姆返回時，大家正在互相開玩笑、打趣，鬧得不亦樂乎。

「她現在又不肯進來了，」薩姆彙報說，「她說，她的使命不是到『一群俗人面前來』（這是她說的）。我得把她獨自領到一個房間，誰想讓她算命，就得一個一個單獨去。」

「現在你看到了嗎？我的布蘭奇女王！」英格朗夫人開口了，「她得寸進尺了。聽我說，我的天使——」

「那好吧，帶她去書房！」這位天使打斷了母親的話，「我也不要在一群俗人面前聽她算命。我要單獨聽她講。書房裡生火了嗎？」

「壁爐生火了，小姐。可是，她完全是個粗鄙的吉卜賽人啊！」

「少囉嗦，笨蛋！照我吩咐的辦。」

薩姆再次離去。眾人又有一番好奇的猜測、熱烈的討論和期待。

「她準備好了。」僕人再次進來，說道，「她想知道誰先去見她。」

「我想，女士們進去之前，還是讓我先去看看為妙。」丹特上校說。

「告訴她，薩姆，有一位紳士要去見她。」

薩姆去了，又回來了。「先生，她說，她不見男士，不用勞煩先生們去接近她，還有，」他好不容易忍住，接著說道，「除了待字閨中的年輕小姐，別的女士們也不必見她了。」

「天哪！她還挑肥揀瘦！」亨利．林恩喊出聲來。

英格朗小姐一本正經地站了起來，「我先去！」聽她那口氣，好像是要帶領部下突圍的敢死隊隊長。

「唉，我的心肝啊！唉，我最親愛的！妳等等——三思而行！」她媽媽喊道。但她神色莊嚴、一聲不響地從她身邊走過，從丹特上校為她打開的門裡走了出去，我們都聽見她走進了書房。

相對於剛才的熱鬧，接下來只有沉寂。英格朗夫人認為該到搓手的「狀況」，便搓起手來。瑪麗小姐此時宣布：她覺得換了她就不敢冒這個險。艾米和露易莎．埃希頓在低聲竊笑，有點害怕的神色。分分秒秒過得很慢，書房的門再次打開時，足足有十五分鐘。英格朗小姐穿過拱門，回到了我們這裡。

她會放聲大笑嗎？她會把算命當作玩笑嗎？所有人都帶著急切好奇的目光迎著她，她卻報之以冷漠的眼神，既不慌張，也不開心，只是板著面孔走回自己的座位，默默坐了下來。

「布蘭奇，怎麼樣？」英格朗勳爵叫道。

「她說什麼啦，姊姊？」瑪麗問道。

「你覺得怎樣？感覺如何？她真的會算命嗎？」埃希頓姊妹也追問道。

「行了，行了，妳們行行好吧，」英格朗小姐答道，「別逼我。妳們也太容易大驚小怪，太容易輕信了吧！從大家——也包括我的好媽媽——都那麼重視這件事來看，妳們好像都相信這宅子裡來了個與惡魔勾結的巫婆。我見過流浪的吉卜賽人，她看手相的本領很平庸，只跟我說了幾句她們那類人常說的老話。我已經滿足了一時的興致，現在我想，埃希頓先生會像他所說的那樣，明天一早就把這個醜老婆子關起來。」

英格朗小姐拿起一本書，往椅背上一靠，就此不再跟人談下去了。我觀察了她近半個小時，這期間她連一頁書都沒有翻過，而且，臉色愈來愈陰沉，愈來愈不甘心，漸漸憤怒地流露出失望來。顯而易見，她沒有聽到什麼好話，我看她那麼長久的鬱鬱不歡、沉默無語，不免覺得，儘管她表現得滿不在乎，實際上恰恰相反，過於重視剛才聽到的某種預言了。

這時候，瑪麗．英格朗、艾米和露易莎．埃希頓表示不敢單獨前往，卻又都躍躍欲試。薩姆便充當傳話的使者，幫她們來回斡旋。我看薩姆來回跑了好幾趟，腿肚子都快跑疼了吧。經過一番波折，終於讓這位寸步不讓的女巫允許她們三人一起去見她。

她們這一去，可不像英格朗小姐那麼安靜。我們聽見書房裡傳來興奮的嬉笑聲，還有輕聲的尖叫。大約二十分鐘後，她們砰地推開門，跑過大廳，像是被嚇破膽了。

「我敢說，她實在有點邪門！」她們一齊叫喊起來，「她竟然跟我們說起那些事！我們的事她全知道！」她們上氣不接下氣，坐在男士們著急端來的椅子上。

眾人纏著她們，要聽細節。她們便說，這算命的講了她們小時候說過的話、做過的事，描繪了她們閨房裡的藏書、首飾，以及親朋好友贈給她們的各種紀念物。她們聲稱，她甚至猜透了她們隱祕的心思，在每個人的耳邊悄聲說出她們在這世上最喜歡的人的名字，說出了她們最大的心願。

說到這裡，男客們紛紛插嘴，熱切請求她們把最後談到的兩點說得再明確一點。然而，面對他們的苦苦哀求，她們只是漲紅了臉，又是尖叫，又是發抖，又是傻笑。這時候，夫人們遞上了香嗅瓶，搖起扇來，反覆責怪她們不聽長輩的勸告。年長的男士們大笑不已，年輕的男士們則忙不迭地安撫漂亮的小姐們。

在這片混亂中，我的眼睛和耳朵完全被眼前的情形所吸引，卻聽見身旁有人清了清嗓子，回頭一看，見是薩姆。

「恕我打擾，小姐，吉卜賽人說，宅子裡還有一位未婚的年輕小姐沒去見她，她發誓，不見到所有的人就不走。想必就是您了，沒有其他人了。我該怎麼去回話呢？」

「哦，我肯定會去的。」我答道。我很高興這意外的機會能滿足我已然強烈的好奇心。我溜出客廳，誰也沒有看到我——眾人正手忙腳亂地圍著剛回來、依然哆嗦著的三位小姐——並隨手輕輕地關上了門。

「如果您需要，小姐，」薩姆說，「我可以在大廳裡等您，她要是嚇著您了，您就喊一聲，我就會過去。」

「不用了，薩姆，你回廚房去吧。我一點也不怕。」我的確不怕，而且興致勃勃。

第19章

我進門時，書房裡顯得很寧靜，那女巫——如果她確實是的話——正舒舒服服地坐在壁爐邊的安樂椅上。她身披紅色斗篷，頭戴黑色女帽，或者不如說是寬簷吉卜賽帽，用一塊帶條紋的頭巾繫在下巴上。桌上立著一根熄滅的蠟燭。她俯身向著壁爐，借著火光在看一本祈禱書般的黑封小書，一邊看，一邊像大多數老婦人那樣念念有詞，喃喃地讀出聲來。我進書房後，她並沒有立刻放下書來，似乎想把那一段讀完。

我站在地毯上，在爐邊暖了暖冰冷的手，因為在客廳時我坐得離壁爐較遠。這時，我像往常一樣平靜，說實在的，這吉卜賽人的外貌不至於醜怪到令我不安。她合上書，慢慢抬起頭來，帽簷遮住了大半臉孔。但當她揚起頭來時，我還是可以清楚地看到，她的臉很古怪，膚色是發黑的褐色，亂草般的頭髮從繞過下巴的白布帶下面鑽出來，蒙住了嘴和下巴，或者不如說蒙住了整個下半張臉。她立刻直視我的眼睛，目光大膽又直接。

「妳想算命嗎？」她說道，語氣一如眼神般堅定，一如她的面容般粗野。

「我不在乎什麼命運，妳想算就算；不過我得提醒妳，我可不信這套。」

「說話這麼無禮，倒是很符合妳的脾氣，我料定妳會這樣，從妳進門時的腳步聲，我就聽出來了。」

「是嗎？妳的耳朵真靈。」

「不錯，而且眼睛亮，腦子快。」

「做妳這一行倒是需要如此。」

「是需要，尤其遇到像妳這樣的顧客的時候。妳怎麼不發抖？」

「我不冷。」

「妳怎麼沒有臉色發白？」

「我沒病。」

「妳怎麼不請我給妳露一手？」

「我不傻。」

這老太婆躲在帽子和白布帶底下，暗自竊笑。隨後取出一只短短的黑色菸斗，點上菸，抽了起來。她在這種特殊的鎮定中沉湎片刻，這才直起彎著的腰，取下菸斗，定定地凝視爐火，不慌不忙地說道：

「妳很冷；妳病了；妳很傻。」

「拿出證據來。」我回答。

「我會的。三言兩語就能證明。妳很冷，因為妳孤身一人，沒有人激發出妳內心的火花。妳病了，因為賦予人類的最優異、最高尚、最甜蜜的感情都與妳無緣。妳很傻，因為儘管妳很痛苦，卻不會讓它靠近，但也不會跨出一步，在它等候妳的地方迎接它。」

她再把那桿黑色菸斗銜在唇間，開始吞雲吐霧。

「對每一個孤單單在大宅裡謀生的人，妳幾乎都可以說這樣的話。」

「是幾乎對誰都可以這麼說，但真的所有人都是這樣的嗎？」

「對我而言是的。」

「是的，一點也不錯，只是對妳而言。但妳能說出幾個跟妳的處境完全相同的人呢？」

「找出成千上萬都不算難事。」

「很難找到。妳要知道，妳的處境很特殊，非常靠近幸福，是的，觸手可及。各種條件都已俱備，只差最後一步：把它們融合在一起。是機緣令它們分散了，只要它們一旦聚攏，就會萬事順遂。」

「我不會猜謎。我這輩子從沒猜過。」

「要我說得再直白一點，就得讓我看看妳的掌心。」

「我猜，還得在掌心裡放枚銀幣吧？」

「當然。」

我給了她一先令。她從口袋裡掏出一只舊長襪，把錢幣放進去，繫好收口，揣回原處。隨後就讓我伸出手，我就伸出了手。她把臉湊近我的手掌，反覆細看，但沒有觸碰它。

「太細嫩了，」她說，「這樣的手，我什麼也看不出來，幾乎沒有什麼紋路。況且，手掌裡會有什麼呢？命運又不會刻在那裡。」

「這話我相信。」我說。

「不，」她繼續說道，「命運就刻在臉上，在額頭，在眼紋裡，在唇紋裡。跪下來，抬起妳的頭。」

「哦！妳現在算是回到現實了，」我按她的話去做，一邊說道，「我開始有些相信妳了。」

我跪在離她半碼遠的地方。她撥動爐火，被翻動的煤炭閃現出了一道火光。因為她坐著，那光亮只會使她的臉陷入更深的陰影，而我的面容卻被照亮了。

「我很好奇，妳是帶著什麼樣的心情上我這裡來的，」她仔細打量了我一會兒後說道，「妳在那邊的客廳房間幾小時、幾小時地枯坐，面對一群燈影般晃動的達官顯貴，妳的心裡會有什麼想法呢？妳與這些人幾乎沒有交流，好像他們不過是人形的影子，而非真實的血肉之軀。」

「我常覺得厭倦，有時很睏，但並不怎麼憂鬱。」

「那妳肯定有某種祕密的願望在支撐妳，在悄悄預示妳有光明前途，以此鼓舞妳。」

「並沒有。我最大的願望是從薪水裡攢下足夠多的錢，將來可以租個小房子，自辦學校。」

「精神怎能寄託於這麼可憐的養料，況且，老是坐在窗臺裡（妳看，我知道妳的習慣）……」

「妳是從僕人那裡打聽來的。」

「哦！妳以為自己挺聰明的。好吧，就算是這樣。跟妳說實話吧，我確實認識一位僕人——普爾夫人。」

一聽到這個名字，我立刻驚跳起來。

「妳認識她——是嗎？」我思忖道，「這麼說，肯定有什麼鬼鬼祟祟的隱情。」

「別驚慌，」這個怪人繼續說，「普爾夫人很可靠，嘴巴緊，話不多。誰都可以信賴她。不過，像我剛才說的，妳老是坐在窗臺上，難道光想著將來辦學校？別的什麼也不想？難道妳對那些坐在妳面前沙發上、椅子上的人都全無興趣？一張面孔都沒有仔細端詳過嗎？哪怕是出於好奇，也沒有觀察過哪個人的一舉一動？」

「我喜歡觀察所有人的面孔，所有人。」

「可是，難道妳就沒有特別關注其中的某一個人——也許兩個？」

「我經常如此，要是兩個人的手勢和神色似乎在暗示有故事好聽的時候，我會覺得關注他們是挺有趣的。」

「妳最喜歡聽什麼樣的故事？」

「哦，這可由不得我選：他們通常都離不開那個話題——求愛，而且都以同一個災難性的結局收場——結婚。」

「妳喜歡這單調的話題嗎？」

「老實說，我一點也不在乎，那與我無關。」

「與妳無關？當一位生來就有財富和地位、年輕活潑、健康又美麗的小姐坐在一位紳士面前，露出笑意，而妳對那位——」

「我怎麼了？」

「妳認識那位紳士——也許還有好感。」

「我並不認識在這裡的先生們。我幾乎沒跟他們任何人說過話，更不用說對他們有好感了。我認為，有幾位中年紳士高雅莊重，令人尊重；其餘幾位年輕的紳士們也都瀟灑、英俊、活躍。他們當然有充分的自由，盡可接受別人的笑臉，不用顧念我對這種事的任何看法。」

「妳不認識這裡的先生們？妳沒有和任何人說過話？對這宅子的主人也這樣嗎？」

「他不在家。」

「回答得真妙！多麼高明的遁詞！他今天早上去米爾科特了，要到夜裡或者明天早上才回來，難道因為這臨時的情況，妳就把他排除在熟人之外——彷彿完全抹煞他的存在嗎？」

「我不是這個意思。但我實在不明白，羅徹斯特先生與妳的話題有什麼關係。」

「我剛才談到女士們在先生們眼前展露笑顏，這些天來，羅徹斯特先生看到了那麼多笑容，多得都快溢出眼眶了，妳從來沒有注意到嗎？」

「羅徹斯特先生有權享受同賓客們交往的樂趣。」

「和他的權利沒關係。只是，妳沒有覺察到嗎？這裡有關婚事的議論中，羅徹斯特先生是有幸被人談得最起勁、興趣也最持久濃烈的嗎？」

「聽的人愈急切，說的人才會愈起勁。」與其說我在對吉卜賽人講話，還不如說在自言自語。她奇怪的話題、嗓音和態度此刻猶如夢境般將我籠罩，從她口中一句接一句跳出出人意料的話，直至我陷入困惑的陷阱，懷疑有什麼無形的精靈幾星期來一直潛藏在我心中，觀察心靈的動向，記錄每次悸動的心跳。

「聽的人愈急切？」她重複了一遍，「不錯，羅徹斯特先生是坐在那裡，一小時一小時地傾聽那雙迷人的嘴巴興高采烈地說個不停。那麼，妳有沒有注意到：羅徹斯特先生非常願意接受，甚而挺感激有這種消遣？」

「感激！我不記得從他臉上覺察到感激之意。」

「覺察！看來，妳做了一番分析呢。如果不是感激，那妳覺察到的是什麼？」

我什麼也沒有說。

「妳看到了愛，不是嗎？再看遠一點，妳能看到他們結婚，看到他幸福地凝視新娘嗎？」

「哼！不完全是這樣。看來，妳的法術有時也會出錯。」

「那麼，妳到底看到了什麼？」

「別管這個了。我是來詢問，不是來告解的。羅徹斯特先生要結婚，已是眾所周知的事了？」

「是的，和美麗的英格朗小姐。」

「很快嗎？」

「種種跡象表明，確實如此。毫無疑問（雖然妳竟如此膽大妄為，好像對此有所質疑，簡直在討罵），他們將是最最幸福的一對。他一定很愛這樣一位美麗、高貴、機智又多才多藝的小姐，她也很可能很愛他——或者說，就算不愛他本人，至少很愛他的錢包。我知道她認為羅徹斯特家族擁有的都是合法財產，可惜（上帝寬恕我）一小時前我跟她透露了一些祕辛，她一聽就神色凝重，嘴角掛下了足有半英寸。我會勸她那位黝黑的求婚者多加小心，如果再來一個求婚者，名下的租冊更長、歸屬也更明晰，那他就完蛋——」

「可是，我不是來聽妳替羅徹斯特先生算命的，我是來聽妳給我算命的，妳卻一點都沒有說。」

「妳的命運還在曖昧不明的階段。我剛才看了妳的面相，各個特徵相互矛盾。機緣賜給妳一份幸福，這我知道。今晚我來這裡之前就知道了。命運女神已經小心翼翼地預留了一份幸福，擱在妳身邊，我眼看著她這麼做的。現在，妳得自己伸手，親手獲得幸福。不過，妳是否願意這麼做，我還要琢磨一下。妳再跪到地毯上吧。」

「別讓我跪太久，爐火都快把我烤焦了。」

我跪了下來，她沒有俯身湊近來看我，只是靠在椅背上凝望著我。她開始喃喃說道：

「火光在眼睛裡閃爍，令這雙眼睛像露水般閃亮，看來溫柔又多情，笑對我的胡言亂語。非常敏感，清澈的眼眸中掠過一幕又一幕景象。當眼裡的笑容消失，便是憂傷。不自覺的倦意沉重地落在眼簾上，意味著孤獨帶來了憂鬱。那雙眼睛避開了我，受不了細細端詳，還投來譏諷的一瞥，似乎要否認我已經發現的真相——既不肯承認自己的敏感，也不敢說自己是懊惱的，但這樣的傲氣與矜持只會證實我的看法。這雙眼睛是讓人歡喜的。

「至於嘴巴，有時很愛笑，希望坦露頭腦中的一切想法，但我料定，對內心的很多感受卻緘口不提。伶牙俐齒，並不想在永遠的孤獨沉默中緊閉雙唇。這張嘴應該多講話，多微笑，向對話者流露更多情感。這張嘴也很討人歡喜。

「除了前額，我看不到有什麼會阻礙幸福。這前額好像在兀自聲明，『如果自尊和環境有需要，我就可以孤單地生活。我不必出賣靈魂來換取幸福。我的內心有與生俱來的財富，哪怕外界的所有樂趣都被剝奪，或要我付出我無法承受的代價，它也足以支撐我活下去』。這前額是在宣示：『理智穩坐，緊握韁繩，不讓情感如脫韁野馬，將自己匆匆帶入蠻荒深淵。熱情盡可以像真正的異教徒那樣狂怒宣洩，欲望盡可以耽於虛無縹緲的幻想，但理智仍會在每次爭執中持有最終的決定權，在每一個決定中投下生死攸關的一票。就算狂風、地震和大火降臨，我仍將聽從那指引良知、細微的心靈之音的指引。』

「說得好，前額，妳的宣言將得到尊重。我的計畫已定——我認為是正確的計畫——並且顧及了良知的要求、理智的忠告。我明白，只要在幸福之杯中發現一點恥辱的沉渣，一絲悔恨的味道，青春就會立刻消逝，花朵就會迅速凋零。而我不要犧牲、悲傷和死亡，這些不合我的口味。我希望培育，而非摧殘；希望贏得感激，而非斑斑淚痕。不！也不能是斑斑淚痕。我必須在微笑、親暱和甜蜜中有所收穫，這樣才行。我想我是在美夢中囈語了，真想把眼前這一刻無限[1]延長，但我不敢如此奢望。到現在為止，我總算徹底管住了自己，像心裡暗暗發誓的那樣表演，但再演下去恐怕就要超出我力所能及的程度。起來吧，愛小姐，走吧，『戲已經演完了』。」

我在哪裡？是醒著還是睡著？我一直在做夢嗎？仍在夢中？老婦人的聲音已經變了樣。她的口音、她的手勢，一切都變得那麼熟悉，儼如像鏡中我自己的倒影，像我說出的話。我站起身來，但並沒有走，我看了看，撥了撥火，再定睛看她，但她把帽簷拉低，白布帶拉得更緊，把臉遮得嚴嚴實實，還再次擺手讓我走。火光照亮了她伸出的手，這時我已清醒，很想找出蛛絲馬跡，所以立刻注意到了這隻手，跟我的手一樣，這不是老年人滿是皺紋的乾枯的手，而是圓潤柔軟，手指光滑而勻稱，一只粗大的戒指在小手指上閃閃發光。我彎腰湊近細瞧，看到了那顆我已見過上百次的寶石。我再次細看那張臉，這次「她」沒有避開我，反而脫下帽子，扯掉白布帶，臉孔轉向了我。

「好吧，簡，妳認識我嗎？」熟悉的聲音在問我。

「脫下紅色的斗篷，先生，你再——」

「這繩子打了死結，快幫我。」

「扯斷吧，先生。」

「好吧——去你的吧，這些借來的玩意兒！」羅徹斯特先生終於脫下了偽裝。

「哦，先生，這主意太古怪了！」

「但很成功，不是嗎？妳不這樣想嗎？」

「那幾位小姐們一定覺得很成功。」

「但妳不覺得？」

「您並沒對我扮演吉卜賽人的角色。」

「那我演了什麼角色？我自己嗎？」

「不，一個難以言喻的角色。總之，我相信您一直要把我的話套出來，或者把我套進您的圈套。您一直胡言亂語，就為讓我也胡言亂語。先生，這不太公平。」

「妳願意原諒我嗎，簡？」

「我要仔細想一想才能回答。如果經過考慮，我自認沒有中了圈套，沒有荒唐的言行，我才會盡量原諒您。但這樣做終究是不對的。」

「哦，妳一直做得很好——非常謹慎，非常明智。」

我回想了一下，大體認為自己確實如此。那很讓人安心。不過，說實在的，和他剛打照面時，我已存戒心，疑心其中有偽裝的成分。我知道吉卜賽人和算命的人不會像這個假老太婆那樣說話。此

1. 原文為拉丁文。

外，我還注意到「她」用假嗓子說話，注意到她急於遮掩自己的面容。可是，我腦子裡一直在想葛瑞絲・普爾——那個活生生的謎，謎中之謎，因此壓根兒沒有想到羅徹斯特先生。

「好吧，」他說，「妳在呆呆地想什麼呢？嚴肅的笑容又是什麼意思？」

「又驚訝，又慶幸，先生。我想，您已經允許我離開了吧？」

「不，再待一會兒。告訴我，客廳那裡的人在幹什麼？」

「我想是在議論這個吉卜賽人。」

「坐下，坐下！說給我聽聽，他們是怎麼議論我的。」

「我還是別待太久了，先生。大概都快十一點了。噢！羅徹斯特先生，您早上出門後，來了一位陌生的客人，您知道嗎？」

「陌生的客人！我不知道。是誰？我並沒有等什麼客人前來。他走了嗎？」

「沒有，他說與您相識很久，可以冒昧地住下，等到您回來。」

「見鬼！他可說了姓名？」

「他姓梅森，先生，是從西印度群島來的，我想，是牙買加的西班牙城。」

羅徹斯特先生正站在我身旁，這時卻拉住我的手，彷彿要領我坐到一張椅子上。我一說出口，他竟抽筋般地緊緊抓住我的手，嘴角的笑容僵住了，顯然緊張得透不過氣來了。

「梅森！西印度群島！」他念念有詞，重複了三遍，好像變成了會說話的機器，「梅森！西印度群島！」愈說，他的臉色就愈慘白，猶如死灰。好像他根本不知道自己在幹什麼。

「您不舒服嗎，先生？」我問道。

「簡，我受了打擊，我受了很大打擊，簡！」他身子搖搖晃晃。

「噢！先生，你可以靠著我。」

「簡，妳上一次就曾讓我借助妳的肩頭，現在再讓我支撐一次吧。」

「好的，先生，好的，您盡可靠在我的肩膀。」

他坐了下來，讓我坐在他身旁。他用雙手握住我的手，輕輕撫摸，同時黯然神傷地凝視我。

「我的小朋友，」他說，「我真希望和妳待在一個平靜的小島上，只有妳和我，煩惱、危險、醜惡的往事都離我們遠遠的。」

「我能幫您嗎，先生？我願獻出生命，為您效勞。」

「簡，如果我需要幫助，我一定會求助於妳，我向妳保證。」

「謝謝您，先生。告訴我該做什麼——至少我會盡力去做。」

「好，簡，妳現在去餐廳，幫我拿杯酒來。他們應該都在那兒吃晚餐。告訴我梅森是不是和他們在一起，他在幹什麼？」

我去了。如羅徹斯特先生所說，眾人都在餐廳用晚宴。他們沒有圍桌而坐，晚餐都擺在餐具櫃上，各人取了自己愛吃的東西，就三五成群地隨意站著，手裡端著盤子和酒杯。大家似乎都興致勃勃，談笑風生，氣氛十分活躍。梅森先生靠在壁爐邊，正在和丹特上校夫婦交談，看起來和別人一樣愉快。我倒了一杯酒（我看見英格朗小姐皺著眉頭盯著我看，我猜想，她肯定認為我太放肆了），就回書房去了。

羅徹斯特先生極度蒼白的臉色已然好轉，回復到鎮定自若的神色。他從我手裡接過酒杯。

「祝妳健康，熱心助人的精靈！」他說完，一飲而盡，把杯子還給我，「他們在幹什麼，簡？」

「聊天，說笑，先生。」

「他們不像是聽到什麼奇聞那樣表情嚴肅，一副不可思議的樣子？」

「一點兒也沒有——大家都說著玩笑，開開心心的。」

「梅森呢？」

「也在一起說笑。」

「要是這些人一起來唾棄我，妳會怎麼辦？」

「把他們趕出去，先生，如果我可以的話。」

他欲笑又止。「如果我走向他們，他們卻只是冷冷地看著我，還譏嘲地竊竊私語，然後一個接一個離去，妳會怎麼辦？妳會跟他們一起走嗎？」

「我想我不會，先生。和您在一起，我想我會更愉快。」

「為了安慰我？」

「是的，先生，盡全力安慰您。」

「要是他們因為妳留在我身邊而排斥妳呢？」

「我，很可能對他們的排斥毫不知情，就算知道，我也根本不在乎。」

「也就是說，妳肯為了我，不顧遭受他人的責難？」

「任何一位朋友，只要值得我相守，我就全然不顧責難。我深信您就是這樣一位朋友。」

「回客廳去吧，悄悄走到梅森身邊，悄悄告訴他：羅徹斯特先生已經回來了，希望見他，然後把他領到這裡來，妳就可以走了。」

「好的，先生。」

我按他的吩咐辦了。賓客們都瞪著眼睛，看著我直接穿過人群。我找到了梅森先生，傳遞了信息，走在他前面，帶領他走出客廳，再領他進入書房，隨後我便上樓了。

深夜時分，我已經上床躺下很久了，才聽見賓客們各自回房，也聽出了羅徹斯特先生的嗓音。只聽見他說：「這邊請，梅森，這是你的房間。」

他爽朗的言語、歡快的語調終於使我放下心來，很快就睡著了。

第20章

我忘了像平日那樣放下窗簾再睡覺，連百葉窗都忘了放下來。皎潔的滿月（那晚夜色很好）沿著自己的軌道升到我窗前的天空，透過一無遮攔的窗玻璃，用清澈的柔光悄然凝視，結果把我喚醒了。夜深人靜，我張開眼睛，看到了澄淨的銀色圓盤。景象很美，但未免太過肅穆。我半坐起身，伸手去拉窗簾。

天哪！多可怕的叫聲！

一聲狂野、刺耳的尖叫聲響徹桑菲爾德，打破了夜晚的寧靜和安逸。

我的脈搏停止了，心臟都不跳了，我伸出的胳膊僵住了。喊叫聲消失了，沒有再出現。說真的，不管什麼可怕的東西發出那種聲音，都不可能馬上重複一遍；就好比，安第斯山上翅膀最寬的禿鷹也不可能一連兩次在白雲繚繞的巢穴裡發出這樣的叫聲。不管那是什麼，總得緩口氣才能有力氣再喊一次。

叫聲來自三樓，因為正好在我頭頂上響起。這時候，我聽到從頭頂——對，就在我天花板上頭的房間裡——傳來搏鬥的聲響，從響聲看簡直是你死我活的惡戰。一個幾乎透不過氣來的聲音喊道：

「救命！救命！救命啊！」急促地連叫三聲。

「怎麼沒有人來啊？」這聲音喊道。隨後是一陣狂亂的腳步聲，踉蹌，跌撞，隔著木板和灰泥我清清楚楚地聽到：

「羅徹斯特！羅徹斯特，看在上帝的分上，快過來！」

一扇房門開了，有人沿著走廊跑過，或者說，衝過來了。我頭頂上方的地板上出現另一個人的腳步聲，有什麼東西倒了，接著只是一片死寂。

我嚇得全身發抖，但還是胡亂地穿上衣服，走出房間。所有熟睡的人都被驚醒了，每個房間都響起尖叫或恐懼的呢喃。房門一扇又一扇打開，一個又一個人探出頭來。走廊上站滿了人。男賓和女客們都已下了床。「哎呀，怎麼回事？」「誰傷著了嗎？」「出了什麼事？」「快點燈！」「失火了嗎？」「是不是有竊賊？」「我們得往哪裡逃呀？」四面八方響起了亂哄哄的問題。要不是有月光，眾人眼前會一片漆黑。他們來回亂跑，擠成一團。有人啜泣，有人絆倒，亂作一團。

「真見鬼，羅徹斯特上哪裡去了？」丹特上校叫道，「他床上沒有人。」

「在這裡！我在這裡！」有個聲音高喊著回答，「大家鎮定，我來了。」

走廊盡頭的那扇門開了，羅徹斯特先生端著蠟燭走了過來。他剛從樓上下來，有位女士徑直朝他奔去，一把抓住他的胳膊。那是英格朗小姐。

「到底是什麼可怕的事？」她問道，「說啊！全都告訴我們，再壞的事也別瞞著！」

「妳們可別把我拖倒或勒死啊。」他回答，因為此刻兩位埃希頓小姐也緊抓住他不放，兩位貴族遺孀穿著寬大的白色晨衣，像鼓足了風帆的船，也向他直衝而去。

「什麼事都沒有！沒事了！」他高聲說道，「不過是在排演《無事生非》[1]，女士們，請放開我，否則我要發飆了。」

他確實目露凶光，黑色的瞳孔裡射出炙人的目光。他竭力使自己鎮定下來，接著說道：

「一個僕人做了個噩夢，就是這麼回事。她是個容易激動、神經質的人，準是把夢當成了鬼怪現形，或諸如此類的事，嚇得昏過去了。好了，現在我得關照大家回自己的房間去，因為要先讓宅子的其他人安定下來，我們才好去照料她。先生們，勞駕各位給女士們做個榜樣。英格朗小姐，我肯定妳會證明自己不會被這種無聊的恐懼所壓垮。艾米，露易莎，快像一對小鴿子那樣回到自己的窩裡去吧。夫人們（向著兩位遺孀），要是妳們在冷颼颼的走廊上再待下去，肯定要著涼的。」

就這樣，他半哄半命令，總算讓所有人都回到各自的房間，關上了門。我沒有等他命令我，就像之前不引人注目地走出臥室那樣，現在又悄無聲息地回到自己的房間。

但我沒有上床睡覺，反而仔細地把衣服穿好。很可能只有我聽到那聲尖叫之後的響動和大聲的喊話，因為那是從我頭頂的房間傳來的。但我很確信，鬧得整個宅子慌亂失措的絕不是僕人的噩夢。羅徹斯特先生的解釋不過是一時的編造，只是為了穩住賓客們的情緒。我穿好衣服，是為了以備萬一。穿戴妥當後，我久久地坐在窗邊，眺望靜謐的庭園和銀色的田野，自己也說不清到底在等待什麼。我總覺得，在奇怪的喊叫、搏鬥和呼救之後，必定要發生什麼事情。

但沒有。一切又復歸平靜。細微的響動和低語都漸漸平息，一小時後，整座桑菲爾德府又靜如沙漠了，暗夜與沉睡似乎又掌控了自己的王國。與此同時，月亮下沉，快要隱沒了。我不想一直在黑暗和寒冷中枯坐，心想，還不如和衣躺在床上。我離開窗邊，輕手輕腳地走過地毯，正想彎腰去脫鞋，有人輕輕敲響了我的門。

「要我幫忙嗎？」我問。

「妳醒著嗎？」不出我的意料，那是我主人的聲音。

「是的，先生。」

「穿好衣服了？」

「是的。」

「那就出來吧，安靜一點。」

我照他說的做了。羅徹斯特先生端著蠟燭，站在走廊上。

「我需要妳幫忙，」他說，「這邊走，慢一點，別出聲。」

我穿的便鞋很薄，走在鋪著地墊的地板上可以像貓一樣無聲無息。他悄悄走過走廊，上了樓，在漆黑、狹窄、多災多難的三樓過道上停住腳步。尾隨其後的我在他身邊也停下腳步。

「妳房間裡有沒有海綿？」他低聲耳語道。

「有，先生。」

「有沒有鹽——嗅鹽？」

1. 莎士比亞的著名喜劇。

「有。」

「回去把這兩樣都拿來。」

我回到房間，從盥洗架上拿了海綿，從抽屜裡找到嗅鹽，再原路返回。他仍在原地等待，然後拿出一把鑰匙，走近其中一扇黑色的小門，把鑰匙插進鎖孔，又停下來，對我說道：

「見到血妳不會暈吧？」

「我想應該不會，我沒有這種經驗。」

我回答時渾身一顫，但不至於打寒戰，也沒有頭暈。

「把手給我，」他說，「我不能冒著讓妳昏倒的危險。」

我把手放在他手裡，他的評價是「溫暖又鎮定」。接著，他轉動鑰匙，開了門。

我面前的房間似曾見過，我記得，就在費爾法克斯夫人帶我參觀宅園的那天。房間裡懸著帳幔，但此刻已捲起了大半，露出一扇上次被遮掩住的小門。門敞開著，裡面有光亮透出來。我聽到門裡傳來又吼又抓的聲響，好像一條狗在發威。羅徹斯特先生放下蠟燭，對我說了聲「等一下」，獨自走進內間。他一進去，便聽見一陣大笑，起初嘈雜難辨，後來竟以葛瑞絲．普爾那特有的魔鬼般的「哈！哈！」告終。是她在裡面。他悄無聲息地作了某種安排，但我也聽到有人低聲和他說了什麼。他走了出來，隨手關上門。

「到這裡來，簡！」他說。我繞到大床的另一邊，被帳幔嚴密圍起的這張床就占了大半個房間。床頭邊有把安樂椅，坐著一個男人，衣著齊整，但沒穿外套。他一動不動，頭往後靠，雙眼緊閉。羅徹斯特先生舉高蠟燭，照亮他，一看到那張蒼白、毫無生氣的臉，我就認出了那是陌生的來客：梅森。我還看到，他半邊襯衫和一條手臂幾乎都浸透了血。

「妳拿好蠟燭。」羅徹斯特先生這樣吩咐，我便接過蠟燭。他從盥洗架上端來了一盆水。「端好。」他再吩咐，我也照做。他拿起海綿，在臉盆裡浸了水，再擦拭那張死人般的臉孔。他又向我要了嗅鹽瓶，放在梅森的鼻子前。梅森先生很快張開眼睛，呻吟一聲。羅徹斯特先生解開了這位傷者的襯衫，一邊的肩膀和上臂都包紮了繃帶，他用海綿吸掉迅速流淌下來的鮮血。

「有生命危險嗎？」梅森先生喃喃問道。

「得了吧！沒有。只是皮肉傷。別那麼膽小，夥計，打起精神來！我現在就去給你請醫生，我親自去，但願天一亮就能送你走。簡——」他繼續說道。

「什麼事，先生？」

「我不得不把妳留在這個房間裡陪著這位先生，一小時，也許兩小時。如果血又流出來，妳就像我剛才那樣用海綿吸掉。如果他快昏過去了，妳就把架子上的那杯水端到他嘴邊，把嗅鹽放在他鼻子底下。無論如何，別跟他說話。至於你，理查，如果你跟她說話，就會有生命危險，所以別張嘴出聲，別讓自己激動，否則我可不負責。」

這個可憐的男人再度呻吟，看似完全不敢輕舉妄動，不知是怕死還是懼怕別的什麼，那種恐懼幾乎使他無法動彈。羅徹斯特先生將已浸染鮮血的海綿放進我手裡，我就照他那樣做。他看了我一會兒，「記住！不要說話。」說完就離開了。鑰匙將門鎖上了，漸漸聽不到他離去的腳步聲了，我有一種奇特的感覺。

此時此刻，我在三樓，被鎖在神祕的小房間裡。暗夜包圍著我，而我的眼皮底下、手下卻是白煞煞、血淋淋的景象。一個女凶犯與我幾乎只有一門之隔，是的，這才是最令人膽戰心驚的！其餘的事倒還可以忍受，但我一想到葛瑞絲·普爾會向我撲來，便忍不住渾身顫抖。

但我必須守在這個位置。我得看著這鬼一樣嚇人的面孔：這一動不動、不許出聲、僵硬發青的嘴巴，這雙時閉時開、時而在房間裡遊移、時而緊盯我、嚇得呆滯無光的眼睛。我得一次又一次把手浸入那盆血水裡，再擦去淌下的鮮血。我得看著沒有剪過燭花的燭光漸漸暗淡，陰影也漸漸沉重，落在我周圍古色古香的精緻床幔和寬大的老床上；微弱的燭光在對面的大櫥上奇異地抖動起來，櫥門的正面分成十二塊嵌板，分別鑲嵌著猙獰可怖的十二使徒的頭像，每一塊都像畫框，框定了一個頭像，而在這些頭像的最上方，懸著一個烏木十字架和殉難基督。

微光遊移，暗影在四處晃動又跳躍，我一會兒看到留鬍子的醫生路加低垂著頭，一會兒看到聖約翰的長髮在飄動，一會兒又看到猶大那張魔鬼似的面孔突然顯露在嵌板上，好像在漸漸復活，眼看就要以最大的叛逆者撒旦的化身出現。

在這樣的光影搖曳下，我不僅要看，還要側耳細聽，聽著另一邊的巢穴裡有沒有野獸或魔鬼的動靜。幸好，自從羅徹斯特先生進去之後，它似乎已被鎮住了。整整一夜，我只聽到三次響動，而且間隔很長：一次是腳步下的吱嘎聲，一次又如狗嗥似的聲音，一次深沉的人的呻吟聲。

還有千頭萬緒讓我擔心。究竟是一種什麼樣的罪惡，化身人形，蟄居在這座與世隔絕的大宅裡，就連主人也無法驅逐，甚或難以制服？究竟是什麼神祕物事，在夜深人靜時衝出來，時而釀成火災，時而害人流血如注？究竟是什麼活物，偽裝成普通女人的面貌和體態，發出時而如嘲諷的魔鬼、時而如覓食腐屍的猛禽般的聲響？

而我俯身照料的這個人——平凡又安靜的陌生人——他是怎麼陷入這個恐怖之網呢？憤怒的鬼怪為何撲向他？是什麼原因使他在應當臥床安睡的時刻，不合時宜地來到這層樓？我聽得真真切切，羅徹斯特先生在樓下指定了一個房間給他，他又怎麼會到這裡來呢？為什麼他遭受了暴行或暗算，卻如此逆來順受？為什麼羅徹斯特先生強迫他遮掩事實，他竟默默地順從？羅徹斯特先生為什麼非要隱瞞真相呢？上一次，羅徹斯特先生自己已遭到可怕的蓄意謀害，這一次，他府上的賓客飽受皮肉之傷，而這兩件事他竟都祕密掩蓋，硬要默默地瞞人耳目！而且，我看到梅森先生對羅徹斯特先生極其順服，後者的火爆脾氣、專橫作風完全壓制了前者的文弱；雖然只聽到他們之間的寥寥數語，我已能確信這一點。顯然，在他們以往的交往中，被動的這一位素已習慣受到主動、強勢的那一位的影響。但是，既然如此，為什麼羅徹斯特先生一聽到梅森先生到了府上就頓感沮喪呢？為什麼幾小時之前，僅僅是這位不速之客的名字就能讓羅徹斯特先生猶如雷電擊中的橡樹——哪怕他只用一句話就能讓他像孩子一樣乖順？

噢！我無法忘記他對我低聲耳語時的表情和蒼白的臉色：「簡，我遭受了打擊，遭受了打擊，簡！」也不會忘記他靠在我肩頭、胳膊上時是怎樣顫抖的。能挫敗費爾法克斯．羅徹斯特堅毅的精神、能讓他強健的體魄顫抖的絕非皮毛小。

「他什麼時候回來？他什麼時候才來呀？」眼看著黑夜漫無盡頭，流血不止的病人精神萎靡，又是呻吟，又想嘔吐，我只能在內心呼喊；白晝尚未到來，幫手也一個沒來，我只能一次次把水端到梅森蒼白的嘴邊，一次次把提神的嗅鹽給他聞。我的努力好似徒勞無用，他的精力或因肉體的痛苦、或因精神的痛楚、或因失血、或因這三管齊下而衰竭了。他如此呻吟，看上去那麼衰弱、狂亂和絕望，我擔心他要死了，卻連一句話都不能和他講。

蠟燭終於耗盡，熄滅了。燭光一滅，我就看到窗簾邊透出一縷縷灰濛濛的微光，黎明正漸漸降臨。不久，我聽到派洛特在院子遠處的狗窩外吠叫著，希望重新燃起，並且沒有落空，不出五分鐘，只聽鑰匙唏嚓一響，門鎖開動，預示著我的守護工作告以終結——前後頂多兩小時，但似乎比幾個星期還長。

羅徹斯特先生進來了，他請來的醫生也一同進屋。

「嘿，卡特，一定要記住，」他對醫生說，「我只給你半小時——包紮傷口、上好繃帶、把病人送到樓下——全都在內。」

「可是，先生，他能走動嗎？」

「完全沒問題。傷勢並不嚴重，就是神經緊張，得使他打起精神來。來，動手吧。」

羅徹斯特先生拉開厚厚的窗幅，掀起亞麻布窗簾，盡量讓天光照射進來。看到黎明即將來臨，我又驚又喜，照亮東方天際的玫瑰色朝霞多漂亮啊！醫生已著手治療，羅徹斯特先生隨之走近梅森。

「好夥計，感覺如何？」他問道。

「恐怕她已要了我的命。」對方虛弱地答道。

「怎麼會呢！勇敢一點！用不了兩星期，你就能完全康復了。你只是流了一點血，不過如此。卡特，你要讓他放心，跟他說並無大礙。」

「我可以指著良心這麼說，」卡特說著，解開了沾血的繃帶，「只不過，要是能早點趕來，他就不用流那麼多血了……這是怎麼回事？肩膀像是被刀割裂了？但這不是刀傷，是牙齒咬的。」

「她咬我。」他咕噥著，「羅徹斯特從她手裡把刀奪下來，她就像母老虎那樣向我衝來，又抓又咬。」

「你不該退讓，應當立刻制服她。」羅徹斯特先生說。

「可是在那種情況下，我還能怎麼辦呢？」梅森答道，「啊，太可怕了！」他顫抖著繼續說道，「而且我毫無戒備，一開始，她看上去非常安靜。」

「我警告過你，」他的朋友回答，「我說——你靠近她時要當心。況且，你明明可以等到明天，找我陪你一起來，卻非要今天晚上就見她，而且單獨一人上來，你實在是愚蠢至極。」

「我以為，我來看她會有幫助。」

「你以為!你以為!沒錯，聽你這麼說真讓我很不耐煩。但你畢竟還是吃了苦頭，不聽我的勸告，你活該吃足苦頭，所以我也不多說了。卡特，快點!快點!太陽馬上要出來了，我得讓他離開這裡。」

「馬上就好，先生。肩膀已經包紮好了，現在處理胳膊上的另一處傷口，我想，也是被咬傷的。」

「她吸我的血，她說要把我的心吸乾。」梅森說。

我看見羅徹斯特先生顫動了一下，那種極其明顯的表情夾雜了厭惡、恐懼和痛恨，使他的臉扭曲變形，但他只是說：「好了，別說了，理查，別管她的胡言亂語。你別再說了。」

「但願我能忘記。」梅森答道。

「你一出這個國家就會忘掉。等你回到西班牙城，盡可以當她死了，入了土，或者壓根兒都不用去想她。」

「不可能忘記今晚的事！」

「沒有什麼不可能的。老兄，振作起來吧。兩小時前，你還以為自己像條死魚那樣沒命了，現在不是活得好好的，還能說話嗎？你看——卡特已經幫你包紮好了，眼看就完事了。我馬上就能把你拾掇得又體面又整潔。簡，」他再次進門後還是第一次轉過臉來，同我說話，「拿著這把鑰匙，下樓到我的臥室去，直接去更衣室，打開衣櫃最頂端的抽屜，拿件乾淨的襯衫和領巾回來，快去快回。」

我去了，找到他說的衣櫃，拿好了他指名要的東西，帶了回來。

「好，」他說，「我要幫他換好衣服，妳到床那邊去，但別離開這個房間，也許還需要妳。」

我按他的吩咐，退避一旁。

「妳下樓的時候，別人的房間裡有動靜嗎，簡？」羅徹斯特先生問道。

「沒有，先生，一點動靜都沒有。」

「理查，我們要很小心地送你走，這對你自己，還有那邊那個可憐人來說都會比較好。我一直竭力隱瞞，不讓這事情洩露出去，我可不想功虧一簣。來，卡特，幫他穿上背心。你的毛皮斗篷放在哪裡了？我知道，這種見鬼的大冷天裡，要是沒有斗篷，你連一英里都撐不住。在你房間裡嗎？簡，跑下樓到梅森先生的房間去——就是我隔壁那間——你看到斗篷就拿回來。」

我又跑下去，跑回來，抱回一件皮夾裡、毛皮鑲邊的大斗篷。

「現在，我還有一件事要妳去辦，」我那不知疲倦的主人說道，「妳得再去我房間一趟。簡，幸好妳穿的是絨布鞋！換作粗心大意的笨蛋，在這種緊要關頭肯定會壞事的。妳去我房裡，打開梳粧臺中間的抽屜，就會在裡面找到一只小藥瓶和一只小杯子，把它們拿上來。快！」

我飛也似的去了又來，揣著他要的瓶子和杯子。

「好！醫生，現在我要擅自用藥了，一切後果由我盡負。這瓶興奮劑是我從羅馬的義大利江湖醫生那裡搞來的——卡特，你準會一腳踹開那種庸醫的。這東西不能隨便亂用，但有時挺靈驗，譬如說：現在。簡，倒點水來。」

他把小玻璃杯遞過來，我用盥洗架上的水瓶倒了半杯水。

「夠了。再用清水把瓶口拭一下。」

我照做後，他往杯子裡滴了十二滴深紅色的液體，遞給梅森。

「喝吧，理查，它至少會讓你有一個多小時的勇氣。」

「可是，這對身體有害嗎？有什麼刺激嗎？」

「喝吧！喝吧！喝呀！」

梅森先生服從了，顯然抗拒也無濟於事。這時他已穿戴齊整，臉色仍很蒼白，但已不再是滿身血汙的模樣了。他喝完後，羅徹斯特先生讓他靜坐了三分鐘，然後扶住他的胳膊。

「現在，你應該可以自己站起來了。」他說，「試試。」

梅森先生站了起來。

「卡特，你在另一邊架住他。理查，振作起來，往前邁步。好！」

「我感覺好多了。」梅森先生說。

「這我相信。來，簡，妳走在最前頭，到後樓梯把邊門的門閂拉開，到院子裡就能看到驛車車夫——也許車子在院子外頭，因為我告訴他別把車趕到石子路上，不能讓嘎嘎直響的車輪弄出聲響；妳讓他準備好，我們馬上就過去。還有，簡，要是有人在附近，妳就在樓梯下咳一聲。」

這時已是五點半，太陽正要升出地平線。但我發覺廚房裡依然昏黑安靜，沒有人影。邊門閂住了，我盡量不發出聲音地拉開門閂。庭院裡靜悄悄的，但院門敞開，有輛驛車停在外面，馬已套上鞍具，車夫坐在趕車座上。我走上前，告訴他先生們就要來了。他點了點頭。隨後，我小心四顧，凝神靜聽。清晨時分，萬物仍在沉睡，處處寂靜。僕人房的窗簾都還沒拉開，小鳥剛跳上滿是白花的果樹上啁啾鳴唱，樹枝像白色花環低低垂在庭院這邊的圍牆上。在緊閉的馬廄裡，拉車用的馬不時蹬幾下蹄子，除此之外便是萬籟俱寂。

這時，幾位先生都下來了。梅森由羅徹斯特先生和醫生攙扶著，步態似乎還挺平穩。兩人扶著他上車，卡特也跟著上去了。

「好好照料他，」羅徹斯特先生對卡特說，「讓他在你家把傷養好。過一兩天，我會騎馬過去探望他。理查，你還好嗎？」

「新鮮空氣讓我的精神好多了，費爾法克斯。」

「讓他那邊的窗子開著，卡特，今天沒風。那就再見了，老兄。」

「費爾法克斯——」

「嗯，什麼事？」

「好好照顧她，對她盡量溫柔一點，讓她——」他哭了出來，說不下去了。

「我會盡我所能。過去這樣做，將來也會這麼做。」他說完，關上驛車的門，馬車走了。

「但這一切總該有個了結吧！上帝啊！」羅徹斯特先生邊說邊把沉重的院門關上，插上門閂。之後，他心不在焉地緩步踱向通往果園的院門。我想，他應該用不著我了，就準備轉身進屋去，卻又聽見他叫了一聲「簡！」他已打開門，站在門邊等我。

「來，這裡空氣新鮮，留一會兒吧！」他說，「那宅子簡直像座監獄，妳不覺得嗎？」

「我覺得是一座富麗堂皇的宅子，先生。」

「天真爛漫締造魔力，蒙蔽了妳的眼睛，」他說，「妳是用著了魔的眼光來看它的。妳看不出鍍金實為黏土，絲綢帳幔儼如蛛網，大理石不過是汙穢的石板，上光的木器不過是廢木屑和爛樹皮。而這裡（他指著我們走進的樹葉繁茂的院落）的一切才是真實的，可愛又純潔。」

他沿著一條小徑信步走去，小徑一邊種著黃楊木、蘋果樹、梨樹和櫻桃樹；另一邊的花壇裡滿是古典花卉：紫羅蘭、石竹、報春花、三色堇，其間夾雜著老人蒿、多花薔薇和各色香草。四月的天氣晴雨交替不斷，花花草草在這個春光明媚的早晨顯得格外鮮豔。太陽正從東方的霞光中升起，照耀著花滿枝頭、晨露晶瑩的果樹，也照亮了樹下幽靜的小徑。

「簡，給妳一朵花好嗎？」

他採下枝頭上第一朵初開的玫瑰，遞給我。

「謝謝，先生。」

「簡，妳喜歡這日出嗎？喜歡這天空嗎？看那些又高遠又輕盈的浮雲，到了午前就肯定消融不見了。妳喜歡這寧靜而芬芳的氣氛嗎？」

「我喜歡，很喜歡。」

「妳度過了一個奇怪的夜晚，簡。」

「是的，先生。」

「害得妳面色蒼白了。我把妳一個人留在梅森身邊，妳害怕嗎？」

「我是怕有人從裡屋出來。」

「可是我把門鎖好了，鑰匙在我口袋裡。要是我讓一隻羊羔——我心愛的小羊羔——毫無保護地待在狼穴附近，那我豈不是個粗心大意的牧羊人？妳很安全。」

「葛瑞絲．普爾還會繼續住在這裡嗎，先生？」

「哦，是的！別為她的事煩惱了——忘掉這件事吧。」

「可在我看來，只要她在，您就有性命之憂。」

「別怕。我會照顧自己的。」

「讓您昨晚擔憂的險情，真的過去了嗎，先生？」

「梅森不離開英格蘭，這事就不好說；即便他離開了，我也未必能擔保。簡，對我來說，生活就像是站在火山口，說不定哪天就會山崩地裂，噴出火來。」

「可是梅森先生好像很容易擺布，先生，您顯然對他很有影響力，他絕不會跟你作對，或者惡意傷害你。」

「噢，不會！梅森不會跟我作對，也不會蓄意害我；不過，但他可能無意中——不經意的，一時失言——就算不能斷送我的性命，也會斷送我一生的幸福。」

「叫他小心謹言，先生，讓他知道您的憂慮，指點他怎樣避開危險。」

他嘲弄般地笑起來，一下子抓住我的手，一下子又把它甩掉了。

「要是我能那樣做，傻瓜，那還有什麼危險可言？頃刻間就可解決了。從我認識梅森以來，我只要對他說『這麼做』，他就會照做。唯獨這件事，我無法對他發號施令，不能對他說『理查，小心別害了我』，因為我必須把他蒙在鼓裡，不讓他知道他可以傷害我。現在的妳似乎大惑不解，但我還有更讓妳困惑的事呢。妳是我的小朋友，對嗎？」

「我願意為您效勞，先生，只要是正確的事，我都服從您。」

「確實如此，我看妳是這麼做的。『只要是正確的事』，這種說法實在太符合妳的個性了；當妳為這些事幫助我、取悅我的時候——為我忙碌，也與我一起忙碌的時候——我可以從妳的步態、神采、目光和表情上看出妳是真心的心滿意足。要是我吩咐妳去做妳心目中的錯事，妳奔忙的腳步就不會那麼輕盈，辦事的巧手就不會那麼麻利，眼神也不會活潑歡快，神情也不會生機勃勃。我的朋友必會用蒼白又鎮定的臉色對我說：『不，先生，那可不行，我不能這麼做，因為那樣不正確。』而且，妳會像恆星那樣不可動搖。是啊，妳也有力量可以影響我，可以傷害我，儘管妳忠誠又友好，我還是不敢把我的弱點告訴妳，生怕妳也給我致命的打擊。」

「先生，如果梅森也像我這樣，沒什麼會讓您害怕，那麼您就非常安全了。」

「上帝保佑，但願如此！來，簡，這裡有個涼亭，坐下吧。」

涼亭是嵌在牆裡的一個拱門，爬滿了藤蔓，擱著一把粗木椅子。羅徹斯特先生坐了下來，給我留出了空位，但我只是站在他面前。

「坐吧，」他說，「長凳夠兩個人坐的。難道妳在猶豫？為了要不要坐在我旁邊？難道那是不正確的事嗎，簡？」

我坐了下來，權當是對他的回答。我覺得，這時謝絕他是不明智的。

「好吧，我的小朋友，趁陽光正在吸吮晨露，老庭園裡的花朵正在甦醒，紛紛綻放，鳥兒飛越桑菲爾德為雛鳥銜去早餐，早起的蜜蜂開始第一班勞作，我要講一件事給妳聽，妳要努力設身處地地去想像，當成發生在自己身上的事。不過，妳要先看著我，告訴我妳很平靜，不會怪我留住妳，或妳願意留下來是不正確的事。」

「不會的，先生，我很樂意。」

「那麼好吧，簡，發揮妳的想像力——假設妳不是受過精心培養和管教的女孩，而是從小就被慣壞的任性的男孩。想像妳身處遙遠的異國，想像妳在那裡犯了大錯，不管那是出於什麼動機，是什麼性質的錯誤，總之，其後果殃及妳的一生，那汙點會一輩子跟著妳。注意，我說的不是**罪惡**，不是殺人流血或其他理應繩之以法的犯罪行為。我說的是**錯誤**。妳犯錯導致的後果，到頭來會讓妳完全無法忍受。妳採取措施，以求解脫，雖然那種辦法有點不尋常，但既不違法，也不算罪過。然而，妳依然很不幸，因為妳只能有所限制地生活，希望已離妳而去。如日中天的時候，妳卻遇上日蝕，正午的驕陽也被遮蔽得黯然無光，妳會覺得，那暗影不到日落就不會消散。痛苦，卑劣，這樣的聯想成為妳的記憶的唯一食糧。妳浪跡四方，在放逐中期求安寧，在享樂中尋覓快意——我說的是沒有靈魂、純粹感官上的聲色之樂——放任自己的神智昏聵，情感枯萎。數年的自我放逐過後，妳心力交瘁、神魂萎頓地回到家，結識了一位新朋友——何時結識、如何結識，這都無關緊要——在這位陌生人身上，妳看到了良善美好，那是妳尋尋覓覓二十多年，卻終不可得的出眾品德：那麼清新健康，沒有汙點，毫無瑕疵。這樣的交往使人復活，猶如新生。妳覺得好日子又回來了——志向變得更高，情感變得更純真。妳渴望重新開始生活，用一種和不朽的靈魂更般配的方式度過餘生。為了達到這個目標，妳是不是理應越過習俗的阻礙——妳的良知無法認同、妳的理性無法苟同的所謂世俗的阻撓？」

他停下來，像是在等我回答，而我能說什麼呢？哦！但願有哪位善良的精靈能啟示我做出明智並令人滿意的回答！可這只是空想！西風在我周圍的藤蔓中耳語，卻沒有溫存的風之精靈藉著風聲給我提示。鳥兒在樹梢歌唱，歌聲固然甜美，意義卻無解。

羅徹斯特先生再次提出問題：

「這個一度浪跡天涯、誤入歧途的人現在思安悔過，是不是有理由無視世俗偏見，以求留住那位溫柔、高尚、和善的陌生人，與他永遠相依，獲得心靈的寧靜和生命的新生？」

「先生，」我答道，「浪子回頭或罪人從善，都不應當依賴同類的力量。男人和女人都難免一死；賢者會在智慧中猶豫；基督徒也會在德行中躊躇。如果你熟識的人曾因犯錯而痛苦，就該讓他追尋更崇高的存在，以求改過自新的力量，治癒創傷的慰藉。」

「但去哪裡追尋呢？怎樣才能尋到呢？上帝安排了一切，規定了路徑。我自己——這不是打比喻——曾經是個庸俗、放蕩、不安分的人，現在我相信，我找到了治癒我的辦法——」

他突然停下不說了。鳥兒仍在鳴唱，樹葉颯颯有聲。我幾乎有點驚訝，牠們怎麼會不停止鳴叫和耳語，好來傾聽這樣戛然而止的告白。牠們得等上好幾分鐘，因為沉默延續了好久。我終於抬起頭，看向吞吞吐吐的告白者，發現他也熱切地看著我。

「小朋友，」他的語氣已然改變，臉色也變了，不再如先前般溫柔、莊重，變成了粗魯和嘲弄，「妳注意到我對英格朗小姐的柔情蜜意了吧，要是我娶了她，妳不認為她會使我徹底新生嗎？」

他猛然站起來，大步流星幾乎走到小徑的另一頭，走回來時，嘴裡哼著小調。

「簡，簡，」他停在我面前，「妳守了一夜，臉色都發白了，我打擾了妳的休息，妳不會罵我吧？」

「罵您？不會的，先生。」

「那就握手為證。多冷的手啊！昨晚在密室門外相碰時，還要比現在溫暖一點。簡，什麼時候再和我一起守夜？」

「只要您用得著我的時候，先生。」

「比方說，我結婚的前一夜！我相信我會睡不著。妳答應陪我熬夜嗎？對妳，我可以談談我心愛的人，因為現在妳已經見過她，認識她了。」

「好的，先生。」

「她是世間少有的人，是不是，簡？」

「是的，先生。」

「一個強壯的女人——十足的強壯啊，簡，那麼高大，豐滿，褐色的皮膚，頭髮就跟那些迦太基女人們一樣。天哪！丹特上校和林恩爵士去那邊的馬廄了！妳從灌木叢旁邊的小門進去吧。」

我朝灌木叢走去，他走向小徑的另一頭。我聽見他在院子裡愉快地說道：

「今天早晨梅森比誰都起得早，太陽還沒有出來，他就走了，我四點就起來給他送行。」

第21章

預感真是奇怪的東西！心靈感應也是，徵兆也是。這三者合一，構成了人類至今無法解釋的謎。我從未嗤笑過預感，因為我自己就有幾次奇怪的經歷。我也相信心靈感應是存在的（比方說：在關係甚遠、久不往來、素未謀面的親人間心有靈犀，這就說明，哪怕彼此疏遠，終究有相同的血脈相連），但感應究竟如何產生卻超出了人類的理解能力。至於徵兆，以我們的所指來看，也許只是自然與人類的感應。

我還只是六歲的小女孩時，有天夜裡聽見貝西・李對瑪莎・艾波特說，她夢見了一個小孩，而夢見孩子無論對自己還是對親人都必是不祥之兆。要不是緊接著發生了一件事給我留下了難以磨滅的印象，我大概早就淡忘了這種說法。第二天，貝西就被叫回家去看她夭折的小妹妹。

近來，我常常想起這種說法和這件事。因為過去的一星期裡，我幾乎每晚上床後都會夢見一個嬰孩，有時我把孩子抱在懷裡哄著，有時被我抱在膝頭逗弄，有時我看著那孩子在草地上玩雛菊或是攪動流水；這個夜裡哭，那個夜裡笑；一會兒緊偎著我，一會兒又躲得遠遠的。但是，不管這夢中的孩子心情怎樣，以什麼面貌出現，總之是一連七夜，只要我一入夢就看到那孩子。

我不喜歡這種徵兆反覆出現——同一個奇怪的異象一再出現，結果，每晚上床前、幻象即將浮現時，我都會侷促不安。那個月夜，夢中的嬰孩依然如影隨形在我身邊，我聽到一聲啼哭後便驚醒過來，當天下午我就被叫下樓去，說是有人等在費爾法克斯夫人的房間裡要見我。我到了那裡，看到一個男人在等我，看模樣像是紳士的男僕。他身穿喪服，手中拿著的帽子也纏繞了一圈黑紗。

「恐怕您已經不記得我了，小姐，」我一進屋，他便站了起來說道，「我叫利文，八九年前，您還在蓋茨黑德的時候，我就在那裡為里德夫人當車夫。現在我還是住在那裡。」

「哦，羅伯特！你好嗎？我當然記得你，有時候，你還讓我騎一騎喬治亞娜小姐的栗色小馬呢。貝西怎麼樣？你和她結婚了，對嗎？」

「是的，小姐，我太太很健康，謝謝您。兩個月前，她又給我生了個小傢伙——現在我們有三個孩子了。她和孩子們都挺好的。」

「蓋茨黑德府上的人都好嗎，羅伯特？」

「很抱歉，小姐，我不能給您帶來好消息。眼下，他們都不太好，狀況很糟糕。」

「但願沒有人過世。」我瞥了一眼他黑色的喪服。他也低頭瞧了一下帽上的黑紗，繼而說道：

「約翰先生在他倫敦的住所去世了，到昨天剛好一星期。」

「約翰先生？」

「是的。」

「他母親怎麼受得了呢？」

「可不是嘛，愛小姐，這可不是平日裡那些壞事。他的生活非常放蕩，最近三年更是荒唐離奇，死得也很可怕。」

「我聽貝西說過，他不太好。」

「不太好？是壞到不能再壞了。他和最壞的男男女女廝混，毀了自己的身子，也揮霍了家業，負債累累，還坐了牢。他母親一連兩次把他從牢裡保出來，但他一出來就回去找那些不三不四的老相識，照舊鬼混。他的腦子不太靈光，那幫無賴纏著他，把他騙得團團轉，簡直聞所未聞。三個星期前，他回到蓋茨黑德，要夫人把所有家業都給他，夫人拒絕了，因為她的財產早被他揮霍大半了。所以，他只好返回倫敦，隨後就接到消息，說他死了。到底怎麼死的，老天才知道。他們都說他是自殺的。」

我默默無語，這消息實在太可怕了。羅伯特·利文接著說：

「夫人自己的身體也不好，有好長一段時間了。她一向虛胖，但並不強壯，又損失了很多錢，擔心自己變成窮光蛋，整個人就此垮掉了。約翰先生的死訊突如其來，又是這種死法，害得她中風了，一連三天都沒有說話。但上星期二似乎好些了，想說什麼，就一直招呼我太太，嘴裡念念有詞，還比劃手勢。但直到昨天早上，貝西才弄明白，她在念叨您的名字。到最後，貝西總算搞懂了她要說什麼：『把簡叫來——去把簡愛叫來，我有話要跟她講。』貝西不敢肯定她的神志是否清醒，說這些話是不是當真，但她還是告訴了伊麗莎小姐和喬治亞娜小姐，勸她們派人把妳找回去。一開始，兩位小姐不斷推託，但她們的母親愈來愈焦躁不安，還『簡，簡』地叫個不停，到最後，她們只能點頭同意。我是昨天從蓋茨黑德府出發的，小姐，要是來得及準備，我想明天一早就帶您一起回去。」

「好的，羅伯特，來得及。看起來，我應當去一次。」

「我也這麼想，小姐。貝西說她敢肯定您是不會拒絕的。不過，我猜想您動身前得先告假。」

「是的，我現在就去。」我把他領到僕役室，託約翰夫婦幫忙照應他之後，便進屋去找羅徹斯特先生。

他不在樓下的房間裡，也不在庭院裡、馬廄裡或草坪上。我問費爾法克斯夫人有沒有見到過他，她說他應該在和英格朗小姐打桌球。我急忙趕去桌球房，聽到裡面傳出桌球碰撞的哢嗒聲、嗡嗡的說話聲。羅徹斯特先生、英格朗小姐、兩位埃希頓小姐和她們的仰慕者正玩兒得起勁呢。要去打攪這些正在興頭上的賓客是需要勇氣的，但我的事又容不得耽擱，於是，我向站在英格朗小姐身旁的主人走去。我一走近，她便回過頭來傲慢地看著我，她的眼神似乎在說，「這個鬼鬼祟祟的傢伙又想幹什麼？」我輕輕地叫了聲，「羅徹斯特先生」，她立刻移動了一下，好像急不可耐地要打發我走。我至今還記得她當時的模樣——優雅之極，引人注目，身穿天藍色縐紗晨袍，頭髮上纏著青色薄紗頭巾。她玩興正濃，就算有人觸怒了她不可冒犯的尊嚴，她的驕矜之氣也不會減弱一分。

「那人要找你嗎？」她問羅徹斯特先生。羅徹斯特先生回頭看「那人」是誰，做了個奇怪的鬼臉——又是他那種意義不明的怪表情——就擱下球杆，隨我走出了桌球室。

「什麼事，簡？」他關好房門，背靠在門上。

「對不起，先生，我想請一兩個星期的假。」

「去做什麼？去哪裡？」

「去看一位病重的夫人，是她派人來叫我的。」

「哪位夫人病重？她住在哪裡？」

「在某郡的蓋茨黑德府。」

「某郡？離這兒有一百英里吧！這位夫人是何許人也，這麼遠叫人去看她？」

「她姓里德，先生。里德夫人。」

「蓋茨黑德的里德家？確實有個蓋茨黑德的里德先生，是個地方法官。」

「我說的正是他的遺孀，先生。」

「妳和她有什麼關係？妳是怎麼認識她的？」

「里德先生是我的舅舅——我母親的哥哥。」

「他竟然是妳的舅舅！妳以前怎麼從沒提過他？妳一直說妳沒親沒故。」

「沒有哪個親戚願意撫養我，先生。里德先生去世了，里德夫人就把我趕走了。」

「為什麼？」

「因為我窮，是個累贅，而且她不喜歡我。」

「可是里德自己也有子女——妳肯定有表兄妹吧？昨天喬治·林恩爵士還說起蓋茨黑德府一個姓里德的人，他說這人是當地最惡劣的無賴，英格朗勳爵也提到那個鎮上有一位喬治亞娜·里德小姐，在一兩個社交季前的倫敦，因其出眾的美貌而廣受追捧。」

「約翰·里德也死了，先生，他毀了自己，也差點兒毀了那一家，據說他是自殺的，聽到這種噩耗，他母親大受打擊，中風病倒了。」

「那妳能幫她什麼忙呢？簡，這太荒唐了。我才不想趕一百英里的路，去看一個說不定等不到妳就咽氣的老太太，更何況妳說過，她早就拋棄妳了。」

「是的，先生，但那已是很久以前的事了，而且眼下的情況不一樣了。要是我無視她現在的心願，我會於心不安。」

「妳要在那裡待多久？」

「我會盡快回來的，先生。」

「答應我，最多只待一星期。」

「我還是不要這樣承諾為好，因為我很可能做不到。」

「無論如何，妳要回來。妳不會因為任何人的勸誘就永遠留在那裡了吧？」

「哦，不會的！只要一切順利，我當然就會回來。」

「誰陪妳去？妳總不會要獨自趕一百英里的路吧？」

「不會的，先生，她派了車夫來。」

「這個人信得過嗎？」

「是的，先生，他在蓋茨黑德待了十年。」

羅徹斯特先生沉思片刻。「妳打算什麼時候走？」

「明天一早，先生。」

「好吧，妳得帶些錢在身邊，出門可不能沒有錢。我猜想，妳的錢不夠多，我還沒有付過妳薪水呢。簡，看看妳還有多少錢？」他笑著問我。

我取出空癟癟的錢袋。「五先令，先生。」他伸手取過那錢袋，把裡面的錢全倒在手掌裡，咯咯地笑出聲來，好像覺得那份寒酸很好笑。接著，他立刻取出自己的錢夾，「拿著吧。」他遞給我一張五十英鎊的鈔票，可他只欠我十五英鎊。我告訴他，我沒有零錢找給他。

「我不要妳找，妳知道的。收下妳的薪水吧。」

我拒絕接受超出我應得薪資的錢。他先是沉下臉，隨後，好像突然想起了什麼，說道：

「對，沒錯！還是不要現在都給妳。要是妳有五十鎊，大概妳就會在那裡待上三個月。先拿十英鎊，夠了吧？」

「夠了，先生，不過，現在您欠我五英鎊了。」

「那就回來拿，妳有四十鎊存在我這裡。」

「羅徹斯特先生，我還是趁這個機會，向您提一下另一樁正事吧。」

「正事？我洗耳恭聽。」

「其實，您已經通知過我了，先生，您很快就要結婚了。」

「是的，那又怎麼樣？」

「那樣的話，先生，阿黛兒該去上學。我想，您知道這樣做有其必要性。」

「讓她別礙著我的新娘，以免被無情地虐待？毫無疑問，妳的建議很有道理。如妳所說，阿黛兒得去學校，而妳顯然就得去——喝西北風？」

「但願沒那麼慘，先生。不過，我是得另覓他處再找份工作。」

「那是當然！」他帶著鼻音大喊一聲，做出既古怪又滑稽的表情。他打量了我足有幾分鐘。

「我猜，妳會去央求里德老夫人，或是小姐們，也就是她的女兒們，給妳謀份差事？」

「不，先生。我和那幾位親戚的關係沒那麼好，我不可能仰仗她們的幫助。不過，我會在報上登廣告。」

「妳還可以大搖大擺地走到埃及金字塔頂呢！」他咆哮起來，「妳登廣告是在冒險。但願我剛才只給了妳一鎊，而不是十鎊。把九鎊還給我，簡，我要用的。」

「我也要用的，先生。」我頂了他一句，雙手抓住錢袋，藏到背後，「這些錢，我說什麼也不會給你的。」

「小氣鬼！」他說，「向妳要點錢都不肯！那就給我五鎊，簡。」

「五先令都不給，先生，五便士也不給。」

「那就讓我看一眼。」

「不行，先生，我不相信您。」

「簡！」

「先生？」

「答應我一件事。」

「先生，凡是我力所能及的，我都答應您。」

「別去登廣告。妳把找工作的事交給我吧，我會及時幫妳找到的。」

「我很樂意這麼做，先生。只要您也答應我，在新娘進門前，我和阿黛兒都能平平安安地離開這所宅子。」

「很好！很好！我答應妳。那麼，妳明早走？」

「是的，先生，一大早。」

「晚餐後，妳會下樓來客廳嗎？」

「不，先生，我還得收拾行裝。」

「那麼，妳我得暫時告別幾天了？」

「我想是這樣的，先生。」

「一般人採用怎樣的儀式來告別，簡？教教我，我不大在行。」

「他們會說再見，或者別的他們喜歡的方式。」

「那就說吧。」

「再見，羅徹斯特先生，暫時與您告別。」

「我該說什麼呢？」

「一樣的說法，如果您喜歡的話，先生。」

「再見，愛小姐，暫時與妳告別。就這樣嗎？」

「是的。」

「在我看來，這未免太小氣、太枯燥、太不近人情了。我還想要點別的，一點附加的儀式，比如握手，不——握手也不能使我滿意。所以，妳只肯說再見，簡，沒別的了嗎？」

「這就夠了，先生。話不在多，而在於真心實意。」

「這倒很可能是真的，但真的很空洞啊——『再見』——太冷淡了。」

「他要這樣背靠著門站多久呢？」我暗自心想，「我該去收拾行裝了。」晚餐鈴響了，他猛地走開，一句話也沒有說。那天，我沒有再見到他，第二天早晨，他還沒起床，我就出發了。

五月一日下午五點左右，我到了蓋茨黑德府的門房。進宅門前，我想先進去瞧瞧。裡面十分整潔，裝飾窗上掛著白色的小窗簾，地板一塵不染，爐柵和爐具都擦得鋥亮，壁爐裡燃著明淨的火苗。貝西坐在壁爐邊，正在給最小的孩子餵奶，羅伯特和妹妹安安靜靜地在牆角玩。

「天啊！我就知道妳會來的！」利文夫人看到我進門就喊出聲來。

「是呀，貝西，」我吻了吻她，「我想，還不至於來得太晚，里德夫人怎麼樣了？希望她還活著。」

「是的，她還活著，而且比前陣子更清醒，更鎮定了。醫生說她會拖上一兩個星期，但他覺得她怕是好不了了。」

「近來，她提到過我嗎？」

「今天早上還說起妳呢，希望妳能來。不過，這時間她還在睡，至少十分鐘前我在樓上的時候，她正睡著。通常，她整個下午都躺著昏睡，六七點鐘才起來。小姐，妳先在這兒休息個把鐘點，我再陪妳一起上去，好嗎？」

這時，羅伯特進來了，貝西把睡著的孩子放進搖籃，迎上前去。隨後，她硬要我脫掉帽子，用些茶點，因為她說我既蒼白又疲憊。我很樂意接受她的殷勤招待，順從地任她脫去我的旅行裝，就像兒時總讓她幫我脫衣服那樣。

看著她忙裡忙外地準備下午茶，我彷彿又回到了舊日時光。她擺好茶盤，拿出最好的瓷器，切好麵包和奶油，烤熱茶點，還時不時輕輕拍一下、推一下羅伯特或簡，就像小時候對待我那樣。貝西的性子依然那麼急，手腳依然那麼輕快，容貌也依然那麼姣好。

茶點備好後，我正要朝桌前走去，她卻用以前那種不容違抗的口氣，要我坐著別動。她說，我得在壁爐邊享用茶點。於是，她把小圓桌擺到我面前，擺好一杯茶和一盤吐司，完全像她以前那樣：把我安頓在兒童房的小椅子上，把她偷偷拿來的好吃的給我吃。我也一如往昔，微笑著順從她。

她想知道我在桑菲爾德過得開不開心，女主人怎麼樣。我告訴她，那裡只有一位男主人，她又問我那位先生好不好，我喜不喜歡他。我告訴她，這位主人長得挺難看，但確實是位紳士，待我很好，我很滿意。然後，我向她描繪了最近待在府上做客的那些歡快的貴客，對於個中細節，貝西尤其聽得津津有味，她一向特別愛聽這些。

聊著聊著，一小時很快就過去了，貝西幫我把帽子等隨身配飾重新穿戴好，就陪著我出了門房，走向內宅。九年前，我也是由她陪著，沿著我此刻走進去的小徑走出來的。在那個一月的灰暗、陰冷、霧氣彌漫的早晨，我帶著絕望、忿恨的痛苦心情離開了這個敵視我的家，茫然無知地前往羅伍德那樣遙遠、陰冷的地方，只求一個棲身之所。那種感覺儼如被放逐，甚至就是被拋棄。此刻，那個敵視我的家又聳立在我面前了，我的前途未卜，我的心還隱隱作痛。我仍然覺得自己在茫茫人世間飄泊，但對自身的力量已有更多的自信，面對欺凌，也不再那麼無奈又恐懼。飽受委屈的傷口現已癒合，心中的怒火已然熄滅。

「妳可以先去餐室，」貝西領我穿過大廳時說道，「兩位小姐都在那裡。」

頃刻間，我已走入那個房間。每件家具看上去都和我初次被帶來見布洛赫斯特先生的那個早上一模一樣。他站過的那塊地毯依然鋪在壁爐前。只消往書櫃裡看一眼，我覺得自己還能認出依然放在第三層老地方的那兩卷本的畢維克的《英國鳥類史》、《格列佛遊記》和《天方夜譚》也依然排列在更上面的那一層。物事無改，人事卻已面目全非。

我面前站著兩位年輕小姐，一位很高，幾乎與英格朗小姐差不多，但很瘦，面色灰黃，表情嚴肅，透著苦修者般的神態，極其樸素的穿著打扮也加重了這種感覺：她穿著黑色直筒呢子連身裙，配著上過漿的亞麻領圈，頭髮從兩鬢往後梳，戴著修女們戴的飾物：一串烏木念珠和一枚十字架。儘管從那張毫無血色的長臉上已很難找出她小時候的影子，但我想，這肯定是伊麗莎。

另一位肯定就是喬治亞娜，但已不是我記憶中仙女般纖瘦的十一歲小女孩了。她已是如花朵盛放般豐滿美麗的年輕女人，膚白如蠟，五官端正又秀麗，藍眼睛透著倦怠，褐黃色的長鬈髮。她也穿著一身黑裙，但式樣與她姊姊的大不相同，顯出凹凸有致的曲線；如果說她姊姊像虔誠的清教徒，她就是時髦的美女。

姊妹倆都繼承了母親的特點——都各有一點：瘦削蒼白的姊姊有她母親那樣的煙晶寶石色的眼睛，生氣勃勃的妹妹卻有她母親那樣的頦骨和下巴，也許稍顯柔和，但和性感豐滿的身軀相比，卻讓她的面容有一種難以言喻的堅苛無情的感覺。

我一走近，兩位小姐都起身迎接我，稱呼我為「愛小姐」。伊麗莎招呼我時，語氣唐突而短促，沒有笑容，說完就坐下，盯著爐火看，似乎已然忘記了我的存在。喬治亞娜在「妳好」之後又對旅途和天氣之類的瑣事寒暄了幾句，她的語氣懶散，慢吞吞的，不時斜睨著把我從頭到腳打量一番，一會兒看我的黃褐色呢外套的褶縫，一會兒又盯著我鄉間便帽的簡樸的花邊。年輕小姐們自有一套高明的辦法，無須言語就能讓妳知道她們覺得妳是個「笑話」。無須粗鄙無禮的言行舉止，她們只需某種高傲的表情，冷淡的姿態，漠然的聲調，就能完全表達她們的內心所想。

然而，無論是明嘲還是暗諷，對我都已失去一度有過的影響力。我坐在兩位表姊中間，驚訝地發現自己竟可以泰然處之，哪怕一位對我完全怠慢，另一位假意殷勤卻含譏帶諷。伊麗莎不會讓我覺得屈辱，喬治亞娜也不會讓我生氣。事實上，我有別的事情要想。近幾個月來，相比於她們所能激發的痛苦、所能施捨的歡樂，我內心被喚起的感情要強烈得多——更加刻骨銘心，更加細膩多變，令我根本無法顧及她們的態度是好是壞。

「里德夫人怎麼樣了？」我沒等太久，就鎮定地看著喬治亞娜這樣問，她倒認為我這樣直呼其名未免太放肆，剛好有理由讓她發發脾氣。

「里德夫人？哦！妳是說媽媽呀。她的情況非常不好，不知道妳今晚是否能見到她。」

「如果，」我說道，「妳願意上樓去跟她說一聲我來了，我會非常感激。」

喬治亞娜幾乎驚跳起來，藍眼睛睜得又大又圓。「我知道她特別想見我，」我補充了一句，「既然她有這樣的心願，我也不想拖延，除非萬不得已。」

「媽媽不喜歡別人晚上去打攪她。」伊麗莎說道。我不待邀請便自顧自站了起來，默默地脫下帽子和手套，說我要去找貝西，我猜想她肯定在廚房，我可以叫她直接去問里德夫人今晚是否願意見我。我找到了貝西，請她替我去問，心中又有了新的打算。若是以前，別人的高傲狂妄會頓挫我的自尊心，令我退縮不前。若是一年前，我受了今天這樣的氣，肯定會當場決定明天一早就離開蓋茨黑德。但此刻，我卻一眼看出那種想法非常愚蠢。既然我已長途跋涉一百英里來看舅媽，我就該留下來，直到她好轉或去世。對於她女兒們的傲慢或愚蠢，我應當置之度外，不受其左右。於是，我去找管家商量，讓她給我找個房間，告訴她我要在此逗留一兩個星期，再叫人把我的行李搬進我的房間，我也跟著過去，剛走到樓梯轉角就碰上了貝西。

「夫人醒著呢，」她說，「我已經告訴她妳來了。來，看看她還認不認得妳。」

不需要任何人帶領，我就能找到那間再熟悉不過的房間，因為以前我總是被叫到那裡挨罵和受罰。我快步走到貝西前面，輕輕推開那扇房門。天色已暗，桌上點著蠟燭，籠在燈罩裡。屋裡的陳設和以前一模一樣：琥珀色帳幔罩著四柱大床，梳粧臺、安樂椅、腳凳。就是在那張腳凳上，我上百次地罰跪，請求寬恕我並未犯下的過錯。我朝附近的牆角一瞥，以為自己還會看到曾讓我膽戰心驚的細長的藤鞭，以前，那條細影總是潛伏在那裡，像惡魔一樣伺機跳出來，鞭撻我顫抖的手心、畏縮的脖子。我走近床榻，撩開帳幔，向墊高的枕頭俯下身去。

我清楚記得里德夫人的長相，因而努力去尋找那熟悉的面容。時間會消蝕復仇之念，平息憤怒與憎惡之心，這是令人高興的事。我曾帶著怨恨和委屈離開了這個女人，現在又回到她身邊，心中卻有不同的感受：同情她承受了巨大的痛苦，也強烈地渴望寬恕、忘卻她帶來的種種傷害，不計前嫌，握手言和。

那張熟悉的面孔和以前一樣，又嚴厲又無情，什麼也改變不了那種犀利的眼神，那道微微上揚、專橫的眉毛——她常常用那樣的眉眼俯視我，投來恫嚇、憎惡的目光！此時此刻，再次看到那眉宇間的冷酷，驚懼又悲傷的童年記憶統統復活了！然而，我還是俯身親吻了她。她看著我。

「是簡愛嗎？」她問。

「是我，里德舅媽。妳好嗎，親愛的舅媽？」

我曾發誓永遠不再叫她舅媽。但我想，此刻忘卻並違背自己的誓言並不是罪過。我緊緊握住她擱在被子外的一隻手，如果她能和藹地握握我的手，我肯定會由衷地高興。但頑固的本性是不會即刻被感化的，天生的反感也無法輕易消除。里德夫人抽出自己的手，微微轉開臉，說今晚挺暖和的。她對我仍是冷冰冰的，我立刻感覺到她對我的態度、對我所懷的情感沒有絲毫改變，也不可能再改變了。從她那雙石頭般的眼睛裡——溫情打動不了，眼淚也軟化不了——我看出來了：她決心到死都認定我很壞，因為相信我是良善的好人並不能讓她寬慰、欣喜，只會徒增她的屈辱。

我先是感到痛苦，繼而是惱怒，最後決心要征服她——不管她的本性和意志如何頑強，我都要凌駕於她之上。像兒時一樣，我的眼淚湧了上來，但這次我克制住了。我將一把椅子搬到床邊，坐了下來，傾身湊向枕頭。

「妳派人叫我來，」我說，「現在我來了，我要住一陣子，看看妳的身體情況如何。」

「哦，這當然可以。妳見到我的女兒們了嗎？」

「見到了。」

「好吧，妳可以告訴她們，我希望妳留下來，直到我能把心裡的事告訴妳。今晚已經太晚了，要我去想那些事有點吃力。不過有些事情我很想說——讓我想想——」

遊移的目光、走調的言語都表明她一度旺盛的精力已元氣大傷，身體備受摧殘。她焦躁地翻轉身體，把被子往上拉，我的胳膊肘剛好壓在被角上，被拉扯得一滑，身子有點歪倒，她立刻惱怒起來。

「坐好！」她說，「別壓著被子，真讓人生氣。妳是簡愛嗎？」

「我是簡愛。」

「這孩子讓我多費神，誰都想不到。她的性情讓人摸不透，脾氣說發就發，還總是怪裡怪氣窺探別人的一舉一動，每日每時都給我帶來那麼多煩惱——扔給我的就是這樣一個大負擔！有一次，她和我說話的樣子像是發了瘋，或者說，活像魔鬼。從來沒有哪個小孩會像她那樣說話，那樣看人，能把她從這裡打發走，我真是很高興。在羅伍德，他們又是怎麼對付她的呢？那裡爆發了熱病，很多孩子都死了，而她居然沒有死。但我說她死了——但願她死了！」

「真是個奇怪的願望，里德夫人，妳為什麼這麼恨她呢？」

「我一直討厭她母親，因為她是我丈夫唯一的妹妹，他很寵愛這個妹妹。因為她下嫁給那個男人，他們家和她脫離了關係，但他堅決反對。她的死訊傳來時，他哭得像個傻瓜。他要把孩子領來，我苦苦求他，寧可他花錢把孩子託給別人餵養，但他就是不肯。我見到那孩子的第一眼就不喜歡她——哭哭啼啼、病病懨懨、瘦瘦巴巴的小東西！她會在搖籃裡整夜整夜哭個不停，也不像別的孩子那樣扯開嗓子、痛快哭嚎，而是咿咿呀呀地抽噎。里德愛憐她，時常親自照料她，說真的，我們自己的孩子在那個年紀時，他都沒有那麼花心思。他要我們的孩子跟這個小要飯的友好相處，我的寶貝們受不了，只要流露出對她的厭惡，里德就會對他們發脾氣。他病重的時候，一直叫人把她抱到他床邊，臨終前一小時，還讓我立誓撫養她。我寧可養一個救濟院裡出來的小乞丐！可是他心軟，天性軟弱。約翰一點不像他父親，我為此感到高興。約翰像我，還有我的兄弟們，十足的吉普森家的人。唉，但願他不要老是寫信跟我要錢，太折磨我了！我已經沒錢可以給他了。我們愈來愈窮。我得把半數僕人打發走，關閉部分房宅，或是租出去。我當然不甘心這麼做，可是，不然怎麼過日子呢？我三分之二的收入都拿去償付抵押借款的利息了。約翰賭得太凶，又總是輸——可憐的孩子！他被那些賭棍騙得團團轉，徹底墮落，聲名狼藉。他的樣子真嚇人啊！我看到他的時候，真為他感到難堪。」

她愈來愈激動了。「我想，現在還是讓她靜下來比較好。」我對站在床另一邊的貝西說道。

「恐怕是這樣，小姐。不過，她到了晚上總是這樣說話的，上午才比較鎮靜。」

我站起來。「不許走！」里德夫人叫道，「還有件事我要跟妳說。他威脅我——不斷地用他的命，或是我的命來威脅我。有時，我夢見他躺在那裡，喉嚨上有很大的傷口，要不然就是鼻青眼腫。我進退兩難，無路可走啊！該怎麼辦呢？錢從哪裡來？」

這時候，貝西竭力勸她服用鎮靜藥，費了好大勁才說服她。里德夫人很快就鎮靜下來，昏睡過去，我才離開了她的房間。

十多天過去了，我並沒有機會再次與她交談。她不是昏睡就是胡言亂語。醫生禁止一切會刺激到她的事情。這期間，我盡可能跟喬治亞娜和伊麗莎和睦相處。事實上，她們一開始非常冷淡。伊麗莎會坐著刺繡大半天，要不就是看書寫字，對我或她妹妹不著一詞。喬治亞娜會時不時對她的金絲雀胡說一通，對我完全不加理睬。但我決意不能顯出無所事事，或是不知如何消遣娛樂的模樣，幸好我隨身帶了畫具，因而沒有這兩種困擾。

備好一盒畫筆，再有幾張畫紙，我就在遠離她們的窗邊坐下，忙著勾畫出頭腦中的奇思妙想——那是如萬花筒般瞬息萬變的想像世界：兩塊岩石間的大海，一艘小船橫穿過初升的月影，頭戴蓮花花環的仙女從蘆葦和菖蒲叢中探出頭來，小精靈坐在山楂花圈圍繞下的雀巢裡。

一天早晨，我臨時起意想畫一張肖像，至於要畫什麼樣的臉孔，我自己也不知道，也不在乎。我挑了一枝黑色的軟鉛筆，把筆尖磨得很粗，這就畫了起來：先在紙上勾勒出突出的寬額頭、下半張臉的方正輪廓，這個形象令我開心，繼而一蹴而就，迅速地畫好五官。那樣的額頭下，得有兩道令人矚目的濃重平眉；接下去，還得有線條分明的鼻子：筆挺的鼻梁，飽滿的鼻翼；再接下去，就得有柔韌的嘴巴，當然不能太小；然後便是堅毅的下巴，中間有深深的凹痕；當然，還少不了黑黑的落腮鬍，黑黑的頭髮，鬢髮要濃密，額髮要像波浪似的鬈曲。這時才要畫眼睛，我把這一步留到最後，因為點睛之筆要最謹慎。我勾畫出大大的眼睛輪廓，形狀描得很好，睫毛描繪得又長又濃密，黑眼珠又大又亮。「不錯！但還不能就此罷筆，」我一邊觀察效果，一邊思忖，「還欠缺應有的霸氣和活力。」我得把暗處加深，把明亮處反襯得更有光彩──只需恰到好處地添加一兩筆，便達到了這種效果。瞧，朋友的面容就在我眼前，那兩位小姐對我不聞不問，又有什麼大不了的呢？我凝視著這張呼之欲出的臉孔，不禁露出微笑，看得出神，只覺得心滿意足。

「妳畫的是妳認識的人嗎？」伊麗莎問道，不知何時，她已悄悄地走到我身邊。我回答說，那不過是憑空想像的一幅肖像，趕忙把它塞到其他畫紙下面。我當然是說謊了，事實上，那正是羅徹斯特先生的逼真寫照。但那和她沒關係，除我之外，和任何人都沒有關係吧？喬治亞娜也過來看。她對別的畫都很滿意，卻把這幅說成是「醜男人」。她們倆似乎對我的畫技頗感訝異。我主動提出，可以為她們畫肖像，她們就先後坐下來，讓我打鉛筆草稿。後來，喬治亞娜拿出了她的畫冊。我表示，可以貢獻一幅我的水彩畫，讓她收進畫冊，這讓她一下子高興起來，還提議到庭園裡走走。我們出去散步不到兩小時就說起了知心話。她向我描述了兩個社交季節前，她在倫敦度過了一個風頭十足的冬季，她說到自己是如何受歡迎的，如何引人注目的，甚至暗示有貴族公子向她表白愛慕之情。從下午到晚上，這類暗示愈來愈多，愈來愈豐富──各式各樣的綿綿情話，濃情蜜意的場面。簡而言之，她那天為我即興創作了一部上流社會時髦生活的小說。我們的談話一天天繼續下去，卻始終圍繞一個主題──她自己，她的愛情和苦惱。很奇怪，她一次也沒有提到母親的病、哥哥的死，或她們家族的暗淡前景。她滿心想的只有追憶往昔的快樂、渴望未來的恣情。每天，她只在母親的病榻前逗留五分鐘，一分鐘都不多留。

伊麗莎依然寡言少語。顯然，她也沒時間閒聊，我從沒有見過誰像她那樣忙碌——看上去很忙，卻很難說清她在忙什麼，或者說，很難看出她的忙碌有何成果。她的鬧鐘催她一大早就起床。我不知道她在早餐前幹什麼，但她會把餐後的時間平均分配，每小時都有規定的事情要做。她每天三次研讀一本小書，我細看後發現是《祈禱書》。有一次，我問她書中最吸引人的是什麼，她回答說：「禮拜規程。」每天，她用三小時做針黹，用金線給一塊方形紅布上邊，那塊布大得可以當地毯。我問起它的用途，她告訴我，蓋茨黑德附近新蓋了一所教堂，這塊布是要蓋在祭壇上的罩布。每天，她用兩小時寫日記，兩小時照料廚房後頭的花園，一小時整理帳目。她似乎不需要人作伴，也不需要交談。我相信她一定自得其樂，滿足於這樣按部就班的行事，除了偶有突發事件迫使她改變鐘錶般一成不變的規律，也沒有別的事讓她煩心了。

有天晚上，她倒是比平日多話。她告訴我，約翰的死、家道中落讓她深深苦惱，但她說現在已能靜下心來，她已經做出了決定。她已留心保住了自己那份財產，一旦她母親去世——這是必然的事，她冷靜地說到母親已不可能康復，也不會拖得太久——她就會實行她籌想已久的計畫：尋一個歸隱之處，讓自己一板一眼的習慣永遠不受干擾，讓安全的屏障把她和浮華塵世徹底隔開。我問她，喬治亞娜是不是會跟她一起去。

當然不會。喬治亞娜和她沒有共同之處，從來都沒有。無論如何，她也不想讓喬治亞娜在她身邊，那將是自討苦吃。喬治亞娜應當走她的路，而她，伊麗莎，也要走自己的路。

喬治亞娜不向我吐露心聲的時候，多半都躺在沙發上，抱怨家裡百無聊賴，一再希望吉普森舅媽會寄來邀請信，請她到城裡去玩。她說：「只要能去一兩個月，等事情都過去，那就再好不過了！」我並沒有問她「等事情都過去」是什麼意思，但我猜想她指的是意料中的母親過世，及其陰鬱的喪葬儀式。通常，伊麗莎對妹妹的懶散和怨言並不在意，彷彿她面前並不存在一個怨聲載道、無所事事的人。但有一天，她放好帳簿，攤開繡花布時，突然責備起她來：

「喬治亞娜，這個世上沒有比妳更沒用、更愚蠢的生物了。妳根本不該被生下來，因為妳活著也是白活。有理智的人理應為自己而活，自力更生，活得像自己，可妳不是！妳只知道依附於別人，仰仗別人的力量來支撐妳的軟弱。要是別人不願意背負妳這個肥胖、嬌弱、自負、無用的包袱，妳就大叫大嚷說人家欺負妳，冷落妳，害得妳好可憐。不僅如此，妳還覺得生活就該是變化無窮、充滿刺激的一場好戲，否則，這世界就像監牢。妳要別人愛慕妳，追求妳，恭維妳；妳要有音樂，有舞會，有社交場；否則，妳就會枯萎憔悴，奄奄一息。難道妳就沒有頭腦想出一套辦法來，好讓妳別去依賴別人，只靠自己的意志和努力，獨立生活？就說一天好了，妳可以把時間分成幾份，每一份都規定好任務，全部時間都預先排滿，不要空留一刻鐘、十分鐘、五分鐘的零星時間。井然有序、有條不紊地做好每件事，這樣一來，妳還沒覺察一天開始，這一天就已經結束了。妳不需要麻煩任何人陪妳消遣，不需要依賴別人的陪伴、聊天、同情、忍讓；總之，妳可以像一個獨立的人那樣生活。聽聽我的忠告吧——這是我給妳的第一個，也是最後一個忠告——以後，不管發生什麼事，妳都可以不需要我或別人了。要是妳置之不理，照舊一意孤行，只會發牢騷、懶散、想入非非，妳早晚都會因愚蠢而自食其果，不管會有怎麼糟糕、怎麼難受的後果。我要明白告訴妳，妳好好聽著，因為我不會再重複我接下去要說的話，但我會堅定地按照這話去做。母親一死，我就不會再管妳的事。從她的棺材抬進蓋茨黑德教堂墓地的那天起，妳和我就分道揚鑣，如同素昧平生的陌路人。妳不要以為我們碰巧出自同樣的父母，我就會容忍妳，任憑妳用軟弱的藉口來拖累我。我可以這樣說：哪怕整個人類毀滅了，只剩我們兩人站在地球上，我也會讓妳留在舊世界，獨自前往新世界。」

她不再說了。

「妳大可不必這樣長篇大論，」喬治亞娜答道，「誰不知道啊，活在世上的所有人裡面，就數妳最自私、最無情。我知道，妳對我有刻骨的仇恨，我可是有切身體會，也有真憑實據的！妳在愛德溫·維爾動爵的事情上用詭計來害我，就因為妳不能容忍我爬得比妳高，獲得貴族爵位，被上流社交圈所接納，而妳甚至不敢在那個圈子裡露面，所以妳暗中監視，又去告密，永遠毀了我的前程。」喬治亞娜掏出手帕，抽噎了足有一小時。伊麗莎冷冷地坐在那裡，無動於衷，一個勁地忙著手中的事情。

確實，有些人認為寬容大度不過是無足輕重的小事，但這兩個人都因為欠缺寬容而成為反面典型：一個刻薄得叫人難以容忍，另一個乏味得可鄙。沒有理智的感情實則寡淡無味，但缺乏感情的理智也未免太苦澀，粗糙得叫人難以消受。

一個風雨交加的下午，喬治亞娜在沙發上看小說看得睡著了，伊麗莎去新教堂參加聖徒節日禮拜——在宗教方面，她非常拘泥於形式，風雨無阻地按時履行她心中的虔誠義務。不論天好天壞，她每星期都上三次教堂，平時如有祈禱儀式，她也必定參與。

我想上樓去看看那個生命垂危的女人怎麼樣了。她躺在那裡，幾乎沒有人陪伴，僕人們想起來才會去看看她；雖有僱傭來的護士，但因沒有人監管，她一有機會就溜出去。貝西固然忠心耿耿，但有自己的小家庭要照應，只能偶爾到府上來。不出我所料，病人的房間裡沒人在照看，護士不見人影，病人一動不動地躺著，似乎在昏睡，鉛灰色的臉深深陷在枕頭裡，壁爐中的火都快熄滅了。我添了柴火，整理了被褥，盯著她看了一會兒。她已無法再瞪著我了。於是，我走到窗前。

大雨猛烈地敲打窗櫺，狂風呼嘯。我心想，「躺在那裡的人，很快就要離開人間的風雨交戰，她的心靈此刻正在苦苦掙脫血肉之軀，一旦解脫，又將飛到何處安息呢？」

思索這番奧祕時，我想起了海倫，回憶起她臨終時的話，她信仰解脫肉身的靈魂是平等的。我似乎仍能清晰地聽見她的言語聲，仍能看見她蒼白而脫俗的容貌，消瘦的臉龐，莊嚴的目光——那時她平靜地躺在臨終的病榻上，低聲傾訴渴望回到神聖的天父懷中的渴望。我正想著，身後的床上響起了微弱的響聲：「誰？」

我知道里德夫人已經好多天沒說話了，難道她醒過來了？

我走到她的床前。

「是我，里德舅媽。」

「誰——我？」她答道，「妳是誰？」她詫異地看著我，略有驚恐，但還算鎮定，「我根本不認識妳——貝西呢？」

「她在門房，舅媽。」

「舅媽！」她重複了一聲，「誰叫我舅媽來著？妳不是吉普森家的人，可我認得妳——妳的臉，妳的眼睛，還有那個額頭，都看著眼熟。妳像……哎呀，妳像簡愛！」

我沒說話，生怕說出我的身分又會刺激到她。

「可是，」她說，「恐怕我搞錯了。我的頭腦欺騙了我，因為我想看看簡愛，所以想像出一個跟她相似，但並不存在的幻影。再說，都八年了，她肯定變了很多。」這時，我才輕輕地告訴她，我就是她想見的人，她猜得沒錯。我看得出來，她明白我的意思，頭腦也還清醒，便告訴她貝西如何讓丈夫把我從桑菲爾德接來。

「我的病很重，我知道，」過了一會兒，她說，「幾分鐘前，我想翻身，卻發覺四肢都動不了。死前能把心事說出來，倒也算痛快。我們健康時很少去想的事，到現在這樣的時刻，卻成了壓在心頭的重擔。護士在嗎？房裡只有妳，沒有別人嗎？」

我讓她放心，只有我們兩人。

「唉，我有兩次，做了對不起妳的事，現在很懊悔。一次是違背了我向丈夫許下的諾言，沒有把妳視如己出地撫養成人。還有一次——」她停頓下來。「也許，終究是無關緊要了。」她喃喃自語，「那樣我也許會好過些，但要這樣向她低聲下氣，實在讓我難受。」

她掙扎著，想要改變身姿，卻無力做到。她的臉色變了，似乎經歷著某種內心的糾結，也許就是臨死前的痛苦前兆。

「唉，我必須了斷這件事。永世就在眼前，我最好還是告訴她。妳過去把我的梳妝盒打開，把妳看到的一封信拿出來。」我聽從她的吩咐。她又說，「把信讀一下。」

信很短，信中寫道：

夫人：

煩請惠告舍侄女簡愛的地址，及其近況。我擬發函，盼她來馬德拉我處。承上天垂佑，不負有心之人，我已有微薄資產，然未娶無子，甚望有生之年能將她收為養女，並在身後將全部財產遺留贈予她。夫人，我……

約翰．愛，於馬德拉

日期是三年前。

「為什麼我從來沒聽說過這件事？」我問道。

「因為我對妳的厭惡根深柢固，根本不想助妳一臂之力，讓妳去享受榮華富貴。簡，我忘不了妳是如何對待我的，忘不了妳曾有一回對我大發怒火，說妳在世上最討厭我，我忘不了妳那種腔調，妳用那種完全不像孩子的神情和語氣言之鑿鑿地說，一想到我就讓妳噁心，還說我如何殘酷無情地虐待妳。我也忘不了我自己的感受，當妳突然暴跳如雷、一古腦兒地說出心中的怨恨時，我很害怕，好像我打過、推開過的動物突然僕人一樣的眼神抬頭看著我，僕人一樣的聲音咒罵我……水！給我水，快！」

「親愛的里德夫人，」我把她要的水端給她，「別再想這些了，都忘了吧。原諒我那些激烈的言詞，當時我還是個孩子，現在都過去八九年了。」

她沒聽進我說的話，喝了水，喘過氣來後，她又繼續說道：

「我跟妳說了，我忘不了。所以我報復，我不能忍受妳由伯父領養，舒舒服服地過上安穩日子。

我寫信給他，說很遺憾使他失望了，簡愛已經死了，在羅伍德，死於斑疹傷寒。現在，隨妳怎麼辦吧，妳可以寫信否認我的說法，盡快揭穿我的謊話。我覺得，妳生來就是要折磨我的，只剩一口氣了還讓我不得安寧，讓我死到臨頭還惦記這件事——要不是因為妳，我本不會經不住誘惑而做出這種事的。」

「但願妳能聽從勸告，舅媽，忘掉這些，請妳仁慈寬容地對待我吧——」

「妳的性格很糟，」她說，「我到現在都難以理解，不管怎樣對待妳，妳都默默忍耐，過了整整九年，可到了第十年卻突然發作，把怒氣和暴力全都宣洩出來，這我永遠也無法理解。」

「我的性格並不像妳想的那麼壞。我容易激動，但不會懷恨在心。小時候，有很多次，如果妳允許，我是很願意去愛妳的。現在，我也衷心希望與妳和解。親親我吧，舅媽。」

我把臉頰湊近她的嘴唇，她卻不願觸碰。她說我倚在床上會壓到她，而且又要喝水。我扶她起身，讓她靠在我懷裡喝水，然後，我又讓她躺下，把手放在她冰冷、黏濕的手上，但她衰竭無力的手指立刻退縮回去，失神的眼睛也避開了我的目光。

「愛我也好，恨我也好，都隨妳所願。」最後，我說道，「反正，妳已經得到了我自願的、徹底的寬恕。現在，妳請求上帝的寬恕，安息吧。」

可憐而痛苦的女人！現在再努力改變她一貫的想法已為時太晚。活著時，她恨我；臨死前，她依然恨我。

這時，護士進來了，後面跟著貝西。我又待了半小時，希望看到友善和解的表情，但她絲毫沒有這種跡象。她很快進入昏迷，再也沒能恢復神志。當晚十二點，她去世了。我沒在場替她合上眼睛，她的兩個女兒也都不在。第二天早上，她們來告訴我，一切都過去了。她的遺體已在等候入殮。伊麗莎和我去做最後的瞻仰，喬治亞娜卻嚎啕大哭，說她不敢去看。莎拉．里德就躺在那裡，曾經強健而充滿生機的身軀如今已僵硬不動。冰冷的眼皮蓋住了她無情的雙眼，額頭和強硬的五官仍帶有她冷酷靈魂的印記。在我看來，那具遺體既陌生又肅穆。我憂傷而痛苦地凝視著，沒有溫柔、甜蜜、憐憫之感，也不帶希望或征服之意；對她這樣孤寂到可怕的死法，只覺得欲哭無淚，又不寒而慄；還有一種難受的痛心感——是因為她不幸，而非因為我失去了一個親人。

伊麗莎冷靜泰然地望著她的母親，沉默了幾分鐘，說道：「照理說，她那樣的體質本可以活到很老，是心病折了她的壽。」說完，她的嘴角抽搐了一下，之後她就轉身離開了房間，我也走了出去。我們兩人都沒有流淚，一滴都沒有。

第22章

羅徹斯特先生只允許我告假一週，但我過了一個月才離開蓋茨黑德。我本想葬禮後就走，喬治亞娜卻懇求我多留幾日，等到她去倫敦再走，因為過來張羅姊姊的葬禮、安排家庭事務的吉普森舅舅終於邀請她去倫敦了。喬治亞娜說她害怕和伊麗莎單獨相處，情緒低落時得不到她的同情，膽怯時得不到她的鼓勵，收拾行裝時也得不到她的幫助。我只能盡量包容喬治亞娜無能的閒縮、自私的怨天尤人，也盡量幫她多做些針黹，整理衣物。實際上，只有我在忙，她只是閒著，並不做事，讓我不禁心想，「表姊，如果妳我註定要長期共同生活，那就必須要重新安排，絕對不能像以前那樣。我不會乖乖地忍受，做寬容大度的那一個；我要把妳的那份工作分派給妳，迫使妳完成，妳不去做，那就擱在那裡，誰都不會幫妳去做。我還會堅持要妳把那些裝腔作勢、半真半假的怨言吞到肚子裡去。只是因為我們的共處十分短暫，又遇上喪親的哀悼期，我才肯耐下性子，勉強自己順從妳。」

我終於送別了喬治亞娜，沒想到，伊麗莎也拜託我再待一個星期。她說，她要全力以赴完成計畫，即將動身去某個未知的地方。為此，她整天關在自己的房間裡，從裡面插上門閂，裝箱子，清空抽屜，焚燒信件和文件，誰也不見。她希望我幫她看家，接待來客，回覆唁函。

一天早晨，她說，可以不用再勞煩我了。「還有，」她接著說下去，「謝謝妳體貼的幫助、周全的行事，我非常感激。跟妳共處和跟喬治亞娜共處，感覺大不一樣。妳在生活中盡自己的責任，不給別人添麻煩。明天，」她繼續說道，「我就要動身去歐洲大陸了。我會在里亞斯爾附近的一家修道之所找到棲身之地——妳可以稱它為修女院。在那裡，我可以安享清靜的日子，不受干擾。我會花一段時間潛心研讀羅馬天主教的教義，好好研究教會體系的運作。如果確實如我預期的那樣，那能使世間萬事萬物公平合理、井然有序，我就會正式皈依羅馬教，或許還會去當修女。」

聽到她的決定，我並不驚訝，也不打算勸說她打消這個念頭。「那是非常適合妳的天職，」我心想，「但願對妳大有好處！」

我們分手時，她說：「再見，簡愛表妹，祝妳好運。妳是有頭腦的人。」

我答道：「妳也很有頭腦，伊麗莎表姊。但我想，再過一年，妳的稟賦會被囚禁在法國修道院裡了。不過，那樣的生活對妳很適合，但與我無關，我並不介意。」

「妳說得很對。」她這樣回答。我們說了這幾句話後便分道揚鑣了。我沒有機會再提起她或她妹妹了，所以，不妨在此提一下：喬治亞娜後來高攀嫁給了上流社會一個年老力衰的有錢男人，伊麗莎果真做了修女，現在，就在她當初見習的那家修道院當了院長，並把全部財產都捐贈給了那家修道院。

我不知道人們遠行後歸家會有什麼感覺——無論離家的時間長短，因為我從來沒有過這種經驗。我只知道，小時候走了很遠的路回到蓋茨黑德後，因為顯得怕冷或情緒低沉，總是會挨罵；後來，從教堂回到羅伍德時只希望有一頓豐盛的飯菜和熊熊的爐火，但雙雙落空時，又是什麼滋味。這兩種歸家的感受都很不愉快，一點兒都不令人嚮往，好比是沒有磁力吸引我，因而沒有離家愈近、愈渴望回家的似箭歸心。這次返回桑菲爾德，又會是什麼感覺呢？

旅途乏善可陳——非常乏味：白天走五十英里，晚上投宿旅店；第二天再走五十英里。最初的十二小時裡，我總會想起里德夫人臨終的模樣，彷彿又看到她變形失色的面孔，聽到她走調般的古怪語氣。我默默想起葬禮的那天：棺材、柩車、佃戶和僕人們排成黑壓壓的長龍——親戚卻屈指可數，還有那洞開的墓穴、寂靜的教堂、肅穆的儀式。接著，我又想起伊麗莎和喬治亞娜：一個是舞會中眾星捧月的焦點，另一個是囿於修道院陋室的隱士。我思索著，分析她們各自的性格和特點。傍晚時分，馬車抵達了一座大城鎮，將這些思緒一掃而空。到了深夜，躺在遠遊者的床榻上，我的思緒又完全轉向，不再糾纏於回憶，而是開始揣度未來。

我就要回到桑菲爾德了，可我還能在那裡待多久呢？應該不會太久了。這一個月間，我從費爾法克斯夫人寫來的信上得知，府上的賓客都已散去，羅徹斯特先生三個星期前動身去倫敦了，說是過兩個星期就會返回。費爾法克斯夫人猜想他是去籌備婚事的，因為他提到要購置一輛新馬車。她還說，她總覺得羅徹斯特先生要娶英格朗小姐這事有點蹊蹺，但從眾人的議論和她親眼所見來看，她已不再懷疑很快就會舉辦婚禮。「連這也懷疑，妳也未免太多疑了。」我心裡嘀咕著，「我就毫不懷疑。」

但隨之而來的問題是：「我該去哪裡呢？」我徹夜夢見英格朗小姐，在一個異常逼真的清晨殘夢中，我看見她當著我的面，關上了桑菲爾德的大門，還向我指出另一條路。羅徹斯特先生袖手旁觀，好像在對英格朗小姐冷笑，又好像在嘲弄我。

我沒有告訴費爾法克斯夫人我回去的確切日期，因為我不希望府上派普通馬車甚或高級馬車特意到米爾科特接我。我想獨自靜靜地走完這段路。於是，六月的那個黃昏，大約六點，我把自己的行李箱交給喬治旅店的馬夫後，就順著直穿田野的那條老路默默地走向桑菲爾德，在那個鐘點，路上幾無行人。

雖然氣候和煦，但那個夏夜卻並不晴朗，更不算燦爛。沿路只有農夫忙著堆乾草。天空雖然有雲，卻能預兆接下去的好天氣：未被雲朵遮掩的天幕呈現出柔和清淡的藍色，輕薄的雲層飄在高高的天際。西邊的天空也顯得很溫暖，沒有濕冷的閃閃水光，因而沒有涼意；那片天穹儼如祭壇，掩映在大理石紋般的霧氣繚繞背後，縫隙中映射出金紅色的聖火之光。

歸途愈來愈短，我非常高興，高興得甚至一度停下腳步自問：這樣的喜悅意味著什麼？並提醒自己保持理智：我終究不是回自己家，也不是去一個永久的安身立命之所，也沒有好朋友翹首以待我歸去。「當然，費爾法克斯夫人會平靜地微笑，歡迎妳回去。」我對自己說道，「小阿黛兒看到我也會樂得拍手，蹦蹦跳跳來迎接。但妳心裡很明白，妳想的不是她們，而是另外一個人，而這個人並不在想念妳。」

然而，還有什麼比青春更任性的嗎？還有什麼比未經世事更盲目無知？青春與幼稚一味認定：只要有幸再次見到羅徹斯特先生就夠幸福了，不管他眼裡有沒有我；青春與幼稚也在催促：「快點！快點！趁妳還能夠跟他在一起，盡量待在他身邊吧！再過幾天、最多幾星期，妳就要與他天各一方了！」於是，我抑制住這新生的痛苦——我無法說服自己承認乃至助長那個畸形怪狀的念想——繼續往前走。

在桑菲爾德的草場上，他們也在堆晒乾草，更確切地說，我到達的時刻，農夫們正好下工，紛紛肩扛草耙回家去。我只要再穿過一兩塊田就可以橫穿大路，到達門口。樹籬上的薔薇花開得多麼茂盛呀！但我顧不上去摘花，只想快點走進那棟宅子。我橫穿過一叢枝繁花盛又高大的荊棘樹，有些花枝都伸到小徑的另一邊去了。我看到了窄小的石階，還看到了——羅徹斯特先生坐在那裡，手拿一本書和一枝鉛筆，正在寫著什麼。

當然，他不是鬼，但我的每根神經都慌張起來，片刻間手足無措，無法控制自己。這是怎麼回事兒？我未曾想過，自己一見到他就會渾身顫抖，一走到他面前就啞然失聲，幾乎動彈不得。只要我能挪動，就要趕緊進屋去，沒必要讓自己像個大傻瓜。我知道還有一條路可以通往宅院，但就算我認得二十條路也沒用了，因為他已經看到我了。

「嘿！」他大叫一聲，丟下書和筆，「妳來啦！請到這邊來。」

我走過去了，但並不知道自己是怎麼走過去的。我幾乎完全沒有意識到自己在走動，只記著要表現得鎮定，尤其要讓臉上的表情聽話——我分明覺得，臉上的肌肉正在厚顏無恥地掙扎，想要違抗我的意志，洩露我千方百計掩飾的情緒。好在我戴著面紗，這時剛好是垂下的，讓我尚可勉強鎮定。

「是簡愛嗎？妳從米爾科特來，而且是走來的？沒錯——這又是妳的鬼點子，不叫馬車去接妳，反倒像個普通人那樣穿街走巷，還偏偏選在黃昏薄暮，偷偷溜回妳家附近，好像妳是個夢或幻影。這一整個月，妳到底去幹什麼了？」

「我一直陪著舅媽，先生，她去世了。」

「真是個地地道道的簡愛式的回答！願善良的天使守護我！她在黃昏時分與我單獨相遇，卻告訴我，她剛從另一個世界來，從逝者的住所而來。要是我有膽量，倒很想碰碰妳，看妳是實實在在的人呢，還是一道幻影。妳這個小精靈！但那豈不是等於讓我去捉沼澤地裡的藍色鬼火？妳倒是會逃！真會逃！」他停了一下，又說道，「離開我整整一個月，肯定把我忘得一乾二淨了吧！」

我早知道，與主人重逢會很快樂，但一想到他即將不再是我的主人，再想到我對他來說根本是無足輕重的，快樂也會有一絲消減。不過，羅徹斯特先生永遠有一種使人愉快的感染力（至少我是這樣認為的），只要嘗一嘗他撒給我這樣的離群孤鳥的麵包碎屑，就無異於飽餐盛宴。他最後的那句話讓我深感欣慰，似乎是說，他挺在乎我有沒有把他給忘了，還把桑菲爾德說成我的家——但願那就是我的家！

他沒有離開石階，我也不情願就這樣走過去。後來，我問他是不是去倫敦了。

「是的，妳一定是用千里眼看到的吧。」

「是費爾法克斯夫人寫信告訴我的。」

「那她告訴妳我去做什麼了嗎？」

「哦，是的，先生！大家都知道您去做什麼。」

「妳一定得去看看那輛馬車，簡，然後告訴我：妳覺得它是不是適合羅徹斯特夫人，她靠在紫色的軟墊上，像不像波狄西亞女王。簡，但願我在外貌上與她更般配。妳是個小精靈，那就快告訴我：能不能給我一種魔力，什麼魔藥或魔咒，能讓我變成英俊的美男子？」

「先生，這超出了魔法的能力。」這樣說完，我又在心裡默想，「你所要的魔咒不過就是一個充滿愛意的眼神，在那樣的目光下，你已經夠美了，甚至可以說，你的嚴峻比英俊更有氣魄。」

羅徹斯特先生時常可以看透我心裡的想法，那是我無法理解的敏銳洞察的本事；此刻也是，他沒有理會我唐突的回答，只是用一種獨有的、罕見的笑容對我微笑。他似乎認為這種笑容太寶貴，捨不得用在尋常的場合。確實，那就像情感的暖陽照耀著我。

「過去吧，簡妮特[1]。」他騰出空地，讓我可以從臺階上跨過去，「回家吧，到友善的廳堂歇歇妳那雙流浪已久、疲倦的小腳吧。」

我該做的就只是默默地聽從他，無須贅言。於是，我不聲不響地跨過石階，打算平靜地離開他，但是，一股衝動攫住了我，那種力量使我回過頭來，我說道——或是內心的某種東西不由自主地替我說道：

「羅徹斯特先生，謝謝您的關懷。能回到您身邊，我的高興無以言表。您在哪裡，哪裡就是我的家——我唯一的家。」

我走得飛快，就算他要追，恐怕也追不上。小阿黛兒看到我後欣喜若狂，費爾法克斯夫人用她一貫的樸實、友善迎接我。莉婭朝我微笑，連蘇菲也愉快地用法語對我說「晚安」。我感到非常愉快——被自己的同類所愛，感到自己的到來讓他們舒暢，這就是世上最幸福的事。

那天晚上，我毅然緊閉望向未來的雙眼，也不再聆聽不斷提醒我離別在即、悲傷將至的警言。晚餐後，費爾法克斯夫人做起了編織，我在她旁邊找了個矮凳坐下，阿黛兒跪在地毯上，緊緊依偎著我。親密無間的氣氛如同寧靜的金色圓環將我們圍繞。我默默祈禱，真希望我們不要太快分離，也不

1. 簡妮特：簡的暱稱。

要分開得太遙遠。就在我們這樣靜靜團坐時，羅徹斯特先生卻悄無聲息地走進來，打量著我們，似乎很享受我們融洽相處的場景。當他說老夫人看到養女安然歸家，想必很安心，又說他看到阿黛拉「差點把她的英國小媽媽一口吞下去」時，我幾乎陡生大膽的渴望：但願他結婚後也會把我們安置在同一個地方，依然能得到他的庇護，不要將我們逐出他的暖陽世界。

回到桑菲爾德後的兩個星期，我是在曖昧的平靜中度過的。沒有人再提及主人的婚事，我也沒看到有人為婚事做準備。我幾乎天天問費爾法克斯夫人有沒有新的消息，但她的回答始終是否定的。她說，她有一次直截了當地問過羅徹斯特先生究竟什麼時候迎娶新娘，但他只開了個玩笑，做了個鬼臉，就算是回答她了。她實在猜不透他的心思。

還有一件事，讓我覺得最奇怪：他並沒有頻繁造訪英格朗小姐的宅邸——位於本郡與另一個郡的交界處，和本地相隔僅僅二十英里，對熱戀中的情人來說，這點距離算得了什麼？對於羅徹斯特先生這樣精力充沛、技藝嫻熟的騎手，不過是一上午的騎程而已。我不禁萌生出我無權奢求的希望：婚事已告吹，謠傳不屬實，有一方，甚或雙方都改變心意了。我常常觀察主人的臉色，想看出他是否流露出傷心或惱恨的表情，但在我的記憶中，他從來沒有像現在這樣——毫無愁容或怒色。哪怕是我與學生一起同他相處時，若我無精打采或忍不住情緒消沉，他反倒會興高采烈。他從來沒有這麼頻繁地把我叫去，又待我這麼親切。唉！我也從未這樣愛他。

第23章

普照英格蘭的這個仲夏特別燦爛。一連好多天，天空都如此純淨，陽光都如此明亮，在我們這個風浪環繞的小島上，這種天氣——哪怕只有一天半日——實屬難得。就好比是義大利的天氣持續不斷地從南方飄移過來，像一群歡快的候鳥落在阿爾比恩[1]的懸崖上歇歇腳。乾草已經收好，桑菲爾德周圍的田野已收割乾淨，顯出一片新綠。道路被晒得乾硬，白晃晃的。林木進入深綠色的繁盛時期，樹籬與樹木葉密色濃，與照耀在林木間收割過的田野上的金色陽光交相輝映。

施洗約翰節[2]前夜，阿黛兒在乾草村的小路上採了半天的野草莓，累壞了，太陽還沒下山就上床睡覺了。我看她睡著了才離開，獨自向花園走去。

1. 阿爾比恩（Albion）：古老的書面用語中對英格蘭的稱呼。
2. 即仲夏日，每年六月二十四日。

此刻是二十四小時中最甜美的時刻——「白晝的炙火已燃盡」[3]，清涼的露水落在熱氣蒸騰的曠野和灼熱的山峰上。沒有華麗的雲彩作伴，夕陽兀自西沉，鋪展開一片壯闊的紫色，愈高遠，愈柔和，覆蓋了半邊蒼穹，唯有山峰的一個尖頂上彷彿燃起紅寶石和爐火般的紅光。湛藍的東方也自有其美豔之處，升起的孤星猶如樸素無華的寶石，雖然月亮此時還在地平線之下，但這顆星子很快就將以捧月而自豪。

我在步道上散了一會兒步，但隱約聞到一股細微而熟悉的香味——雪茄的菸味——從某扇窗戶裡飄出來。我看見書房的窗打開了一掌寬的縫隙，猜想可能有人從那裡看到我，所以走得更遠，進了果園。整個宅院裡，再沒有比這兒更隱蔽、更像伊甸園的角落了。這裡樹木蔥蘢，繁花似錦，一邊有高牆同庭院隔開，另一邊有山毛櫸林蔭道，如同屏障隔開了大草坪，盡頭有一道矮籬，是果園與孤寂的田野間唯一的分界。有一條蜿蜒的小徑通向那道矮籬，兩旁有月桂樹，盡頭有一棵非常高大的七葉樹，樹底下圍著一圈坐凳。在這裡，盡可獨自流連，而不被人看到。在這種甘露漸降、天地靜謐的暮色中，我感覺自己可以永遠徘徊在這樣的樹蔭裡。但這時，初升的月亮正向園中高處的開闊空地投下銀色的光芒，我被月光所吸引，穿行在花叢和果樹間，又突然停住了腳步——不是因為聽到或看到了什麼，而是因為再次聞到了那種足以讓我警覺的香味。

香薔薇、青蒿、茉莉花、石竹花和玫瑰花都在吐露晚香，但剛剛飄過來的氣味既不是來自灌木，也不是來自花朵，我心知肚明，那是羅徹斯特先生的雪茄味。我舉目四顧，側耳靜聽。我看到樹上果實累累，聽到一隻夜鶯在半英里外的林子裡鳴囀。我看不見移動的身影，聽不到走近的腳步聲，但是那香氣卻愈來愈濃。我得趕緊躲開。於是，我往通向灌木林的邊門走去，卻看見羅徹斯特先生正跨進門來。我往旁邊一閃，躲進濃密常春藤遮蔽的暗影裡。他不會久待，很快會順原路返回，只要我坐著不動，他絕不會發現我的。

然而並非如此。如同在我眼裡一樣，暮色於他也十分美好，古老的花園也一樣引人流連。他信步而走，時而抬高醋栗樹枝，看看梅子般大小、壓彎枝頭的果實；時而從牆邊摘下一顆熟透了的櫻桃；時而又向著一簇鮮花俯下身子，也許在聞香，也許要欣賞花瓣上的露珠。一隻大飛蛾從我身旁嗡嗡飛過，落在羅徹斯特先生腳邊的花枝上，他見了，便俯下身去看。

「現在，他背對著我，」我想，「而且全神貫注，如果我腳步輕些，也許就可以悄悄溜走，不被他發現。」

我踩在小徑邊的草皮上，免得把石子路踏得沙沙響，暴露自己的行蹤。他站在離我必經之地一兩碼遠的花壇中間，那隻飛蛾顯然吸引了他的注意力。「我應該可以順利地走過去。」我心想。月亮還沒有升得很高，但就在我要跨過羅徹斯特先生在月光下的斜長身影時，他卻頭也不回地低聲說道：

「簡，過來看看這傢伙。」

我並沒有發出聲響，他背後也沒長眼睛，難道他的影子也有知覺嗎？我先是嚇了一跳，隨後便朝他走去。

「瞧牠的翅膀，」他說道，「讓我想起一種西印度群島的昆蟲，妳在英國不太能見到這麼大、這

3. 這句詩的典故可能出自英國詩人湯瑪斯·坎貝爾（Thomas Campell）的詩作〈土耳其女郎〉。

麼豔麗的夜遊蟲。瞧！牠飛走了。」

飛蛾飛遠了，我也侷促不安地走開。可是羅徹斯特先生跟著我走到邊門，說：

「回來吧，這麼可愛的夜晚，待在屋裡多可惜。在日落與月出交會時，誰都不想去睡覺。」

我有一個弱點：儘管有時候口齒伶俐，對答如流，但需要託詞的時候，我卻往往張口結舌，而且，這種窘態總是出現在最需要隨口應答或巧言搪塞的關鍵時刻。我不想在這個時候單獨與羅徹斯特先生漫步在幽暗的果園裡，但我又找不出抽身離去的藉口。我慢吞吞地跟在他後頭，一邊使勁動腦筋，想編出個理由來；可他顯得那麼鎮定，那麼嚴肅，使我反而為自己的慌亂感到羞愧。似乎只有我心中有異樣的念頭——不管是切實存在，還是可能萌發——他卻渾然不覺，泰然自若。

「簡，」他又在叫我了，我們正走進月桂小徑，慢步走向矮籬和七葉樹，「夏天的桑菲爾德是個很可愛的地方，是嗎？」

「是的，先生。」

「妳有欣賞自然美的眼力，也很容易產生依戀之情，肯定有幾分依戀桑菲爾德了吧。」

「我確實依戀這個地方。」

「儘管我不太理解，但我覺察出來，妳也有幾分真心實意地關切阿黛兒那個小傻瓜，甚至對頭腦簡單的費爾法克斯老太太也一樣？」

「是的，先生，我對她們兩人都有感情，儘管喜歡的方式不一樣。」

「而且，如果與她們分離，妳會很難過。」

「是的。」

「可惜呀！世事總是如此。」他歎了口氣，又繼續說道，「妳剛在一個愉快的棲身之處安頓下來，就會有個聲音叫妳站起來，繼續往前走，因為休息時間已告終結。」

「我必須走嗎，先生？」我問道，「我必須要離開桑菲爾德嗎？」

「我想是的，簡，很抱歉，簡妮特，但我認為妳必須離開。」

這話不啻於一記重擊，但我不能讓自己被擊垮。

「好的，先生，只要您一聲令下，我隨時就走。」

「命令很快就到。我今晚就必須挑明。」

「所以，先生，您是要結婚了？」

「一點不錯——對極了！妳一向機敏，一語中的。」

「很快嗎，先生？」

「很快，我的……我是說，愛小姐，妳應該記得吧，簡，我第一次，或者說，謠言第一次明確向妳表示，我有意把自己老單身漢的脖子套進神聖的繩索，踏入聖潔的婚姻聖壇——也就是說，把英格朗小姐摟入懷中，雖然她塊頭那麼大，一把都摟不住，但那無關緊要，擁有我那位美麗的布蘭奇那樣的寶貝兒，誰還會有怨言呢……嗯，就像我剛才說的……聽我說，簡！妳別轉過頭去，還想找更多的飛蛾嗎？那不過是隻瓢蟲，孩子，『正在往家飛』。我只是想提醒妳，妳的遠見、謹慎和謙卑極其匹配妳為人師又為人傭僱的身分，正是妳以如此讓我敬重的審慎率先向我提出：如果我迎娶英格朗小姐，妳和小阿黛兒都最好馬上離開這裡。雖然這個提議隱含著對我意中人的詆毀之意，但我根本不計較。說實話，一旦妳遠走高飛，簡妮特，我就會努力把它忘掉。我注意到的只是其中的智慧，並決定將其奉為圭臬。阿黛兒必須去學校，愛小姐，妳也要換一個環境。」

「好的，先生，我這就去登廣告，同時，我還想……」我是想說，「還想待在這裡，直到我找到新的安身之處。」但我沒有把這話說出口，因為我已經感覺到嗓子不聽使喚，不能再冒險說太多話。

「我希望，一個月之內當新郎。」羅徹斯特先生繼續說道，「在這段時間，我會親自為妳找到新工作和落腳的地方。」

「謝謝您，先生，很抱歉給您——」

「哦——不必道歉！我認為一個像妳這樣盡職盡責的下屬理應有權要求雇主舉薦，不過是舉手之勞的小忙罷了。其實，我從未來的岳母那裡聽說，有一份工作很適合妳，在愛爾蘭康諾特的苦果莊園，擔任迪奧尼修斯·奧加爾夫人的五個女兒的家庭教師。我想妳會喜歡愛爾蘭的。大家都說，那裡的人都很熱心。」

「離這裡好遠，先生。」

「那不要緊，像妳這樣有見識的女孩是不會害怕遠途旅行的。」

「不是旅行，但怕遙遠，還相隔大海……」

「和什麼相隔，簡？」

「和英格蘭，和桑菲爾德，還有——」

「什麼？」

「還有您，先生。」

我不由自主地說出了這話，再也克制不住淚水奪眶而出。但我沒有哭出聲來，也不願抽噎。想到奧加爾夫人和苦果莊園，我的心就涼了半截；想到我與此刻並肩而行的主人之間似乎註定要有茫茫大海，註定波濤洶湧，我就更心寒；再想到我和情不自禁、自然又必然地愛上的人中間橫亙著無邊無際的汪洋——財富、階層和習俗——我的心都涼透了。

「離這裡好遠。」我又說了一遍。

「確實如此。等妳到了愛爾蘭康諾特的苦果莊園，我就肯定永遠見不到妳了。我從來不去愛爾蘭，因為我不太喜歡這個國家。我們一直是好朋友，簡，是不是？」

「是的，先生。」

「離別前夜，朋友們總喜歡親密無間地度過僅剩的時光。來吧，讓我們好好聊上半個小時，看星星們升上天空，閃出最璀璨的光芒，平心靜氣地談談這次跨海之旅，作為告別吧。這兒有一棵七葉樹，還有圍著老樹根的凳子。來吧，就算以後再也沒機會坐在一起了，今晚也要安安心心地坐下來。」他讓我坐下，然後自己也坐了下來。

「這裡到愛爾蘭很遠，簡妮特，很抱歉，要把我的小朋友送上這樣辛苦的長路。但要是沒有更好的辦法，那該怎麼辦呢？簡，妳認為我們是同道中人嗎？」

這次，我沒敢回答，內心的激動尚未平復。

「因為，」他說，「有時候，我對妳有一種奇怪的感覺，尤其當靠近我的時候，就像現在：彷彿我左面的肋骨有一根細弦，緊緊維繫著妳小小的身軀，與同一個部位的細弦難分難解。如果任由波濤洶湧的海峽和二百多英里的陸地把我們遠遠分隔開，恐怕遲早會扯斷連結妳我的這根弦，我會不安，擔心我的心會流血。至於妳呢，妳卻會把我忘得一乾二淨。」

「我絕對不會忘記，先生，您知道……」我實在無法說下去。

「簡，聽見林中的夜鶯在歌唱嗎？聽！」

我聽著聽著，終於泣不成聲，再也抑制不住心中的感受，不得不任其流露。我悲切萬分，渾身戰慄起來。等我終於能夠開口說話時，卻只能莽撞地說出衝動的願望：但願我從未降生，從未來過桑菲爾德。

「因為要離開而難過嗎？」

悲與愛在我內心湧動，掀起強烈的情感，誓要力攬狂瀾，要支配、壓倒、征服一切情緒，要生存、揚升，最終主宰一切！是的——還要一吐為快。

「離開桑菲爾德，我很傷心。我愛桑菲爾德。我愛它，因為我在這裡度過了充實又愉快的時光，即使短暫，但至少有過。我沒有遭受侮蔑，沒有被威懾，沒有被志趣低下的人壓制，也沒有被開明、健康、崇高的人排擠，而失去任何交往的機會。我能與我敬重又喜歡的人——有獨特、活躍、博大的思想的人——面對面地交談。我結識了您，羅徹斯特先生。必須要我永遠和您分離，這使我恐懼又痛苦。我看得出來，分離是必然的，如同死亡也是必然的結局。」

「妳是從哪裡看出來的呢？」他冷不防地問道。

「哪裡？您啊，先生，已經把結果擺在我眼前了。」

「妳說的結果長什麼樣呢？」

「英格朗小姐的模樣！一個高貴美麗的女人——您的新娘。」

「我的新娘！什麼新娘？我沒有新娘！」

「但您很快就會有。」

「是的，會有！我會有的！」他咬牙切齒地說道。

「所以我必須走。您剛剛也這樣說了。」

「不，妳得留下！我發誓，妳非留下不可，我說到做到。」

「那我就告訴您：我非走不可！」我很衝動地反駁他，「您難道認為我甘心情願地留下來，做一個對您來說無足輕重的人嗎？您以為我是機器嗎？一架沒有感情的機器？可以忍受別人從我嘴邊搶走僅有的一口麵包，潑掉杯中最後一滴讓我活命的水？難道您以為，我貧窮、卑微、樸素、渺小，所以也沒有靈魂、沒有心嗎？您想錯了！我和您一樣，有完美的心靈！要是上帝賜予我一點美貌，再多一點財富，我就會讓您難以離開我，就像現在我難以離開您。我不是假借習俗、常規，甚至也不是血肉之軀對您這樣說話，而是以我的靈魂與您的靈魂對話，就彷彿我們穿過墳墓，平等地站在上帝腳下——我們本來就是平等的！」

「本來就是！」羅徹斯特先生重複著我的話，「所以，」他繼續說著，將我擁入懷中，吻住我的雙唇，「簡，所以就是這樣嗎？」

「是這樣，先生，」我答道，「但並不能這樣。因為您是有婦之夫，或者說，事實上已有了婚約——要跟一個遠不如您、與您毫無共鳴的人結婚。我不相信她是您的真愛，因為我見過您輕視她，也聽過您嘲諷她。我會蔑視這樣的結合，所以我比您強——讓我走！」

「去哪裡，簡？愛爾蘭嗎？」

「對，去愛爾蘭。我已經把心裡話都說了，現在去哪裡都無所謂。」

「簡，平靜些，別這樣掙扎，像隻發瘋的鳥兒，拚命撕掉自己的羽毛。」

「我不是鳥，也沒有陷入羅網。我是具有獨立意志的自由人，現在我要以自己的意志離開您。」

我再次掙扎，掙脫他的懷抱，昂首挺立在他面前。

「妳的意志也可以決定妳的命運，」他說道，「我把我的手，我的心和我的財產都獻給妳。」

「您在演喜劇嗎？但我一點都不覺得好笑。」

「我是請求妳與我終生相伴——成為我的另一半，最好的伴侶。」

「在終身大事上，您已經做出了選擇，那就應當堅守到底。」

「簡，請妳平靜一會兒，妳太激動了，我也要鎮定下來。」

一陣風吹過月桂小徑，穿過搖曳的七葉樹葉又飄走了，飄向渺茫的遠方，消失了。只剩下夜鶯的婉轉鳴唱。我聽著聽著，又哭了起來。羅徹斯特先生默默安坐，溫柔而嚴肅地看著我。過了很久，他終於說道：

「到我身邊來，簡，讓我們解釋一下，相互諒解吧。」

「我再也不會到您身邊去了，我已經被迫離開，不能回頭了。」

「可是，簡，我是在懇請妳做我的妻子啊。妳是我唯一想娶的人。」

我默不作聲，心想他肯定是在作弄我。

「過來，簡，到這邊來。」

「你我之間，隔著您的新娘。」

他站了起來，邁開一大步就到了我面前。

「我的新娘在這裡，」他說著，再次把我攬入懷中，「因為這裡有與我相配的人、我的同類，簡，妳願意嫁給我嗎？」

我仍是默然不答，仍然要掙脫他，因為我仍然不相信。

「妳在懷疑我嗎，簡？」

「非常懷疑。」

「妳一點都不相信我嗎？」

「完全不相信。」

「在妳眼裡，我就是個滿口謊話的人嗎？」他激動地問道，「疑神疑鬼的小東西，我一定要使妳信服。我對英格朗小姐有什麼愛可言？沒有，妳是知道的。她對我又有什麼愛？沒有，我煞費苦心，已得到了證實：我故意放出謠言，傳到她耳朵裡，說我的財產根本不到大家猜想的三分之一，然後我親自去看結果，果不其然，她和她母親對我都非常冷淡。我絕不會——也不可能——娶英格朗小姐。我愛的是妳——妳這古怪的——簡直不像塵世的凡人——我愛妳，就像愛我自己。妳——雖然妳貧窮又卑微，渺小又樸素——但我請求妳，讓我做妳的丈夫。」

「什麼，我？」我忍不住叫出聲來，他誠摯的語氣，尤其是唐突的言行，讓我開始相信他是認真的。「我？除了您，我在這世上沒有一個朋友；除了您給我的薪資，一個子兒也沒有。您說的是這樣的我嗎？」

「就是妳，簡。我得讓妳屬於我，完完全全只屬於我。妳願意嗎？說願意，快。」

「羅徹斯特先生，讓我看到您的臉。轉過來，朝著月光。」

「為什麼？」

「因為我要看仔細您的表情，轉過來！」

「那就看吧，妳能看到的無非是被揉得皺巴巴、亂塗一通的紙頁，根本讓人看不懂。妳要看就看吧，但要快點，因為我很不好受。」

他顯然很激動，臉色漲得通紅，五官強烈顫抖，眼裡閃現出奇異的光芒。

「噢！簡，妳在折磨我！」他大嚷道，「妳用那種追根究柢的目光瞧著我，又帶著忠誠寬厚的表情，這分明是在折磨我！」

「怎麼會是折磨？如果您說的是實話，也是真心向我求婚，那我對您只會有感激和鍾情，絕不可能是折磨。」

「感激！」他脫口喊出來，又發了狂般地說道，「簡，快答應我。說，愛德華——叫我的名字——愛德華，我願意嫁給你。」

「您是認真的嗎？您真的愛我？真心希望我成為您的妻子？」

「真的是這樣。要是有必要發誓才能使妳滿意，那我這就起誓。」

「那麼，先生，我願意嫁給您。」

「叫愛德華——我的小夫人。」

「親愛的愛德華！」

「到我身邊來，整個投進我懷裡來吧。」他說著，把他的臉頰貼著我的臉頰，用深沉的語調對我耳語，「使我幸福吧，我也會使妳幸福。」

「上帝呀，寬恕我吧！」過了一會兒，他又說道，「別讓任何人干擾我。我得到了她，就要牢牢守住她。」

「沒有人會來干擾，先生。我沒有親人會干涉我的婚事。」

「沒有，那真是再好不過了。」他這樣說道。要不是因為我那麼愛他，肯定會認為他狂喜的表情和語氣有些粗野。但此時我坐在他身邊，剛從離別的噩夢中醒來，被賜予了天作之合，一心想著啜飲清泉般源源不絕的幸福。他一再問，「妳幸福嗎，簡？」我也一再回答，「是的。」隨後，他喃喃地說道，「會得到救贖的，會得到彌補的。我難道沒發現她無親無友，孤寂冷清，得不到撫慰嗎？難道我不能保護她，珍愛她，安慰她嗎？難道我的心裡沒有愛，沒有堅貞的決心嗎？在上帝的審判席上，這一切必將得到救贖。我知道，我的造物主會准許我這樣做。世間的評判，我將自此不予理睬。別人的意見，我都會斷然反抗。」

可是，這個夜晚究竟發生了什麼？月亮怎麼不見了，我們全然湮沒在暗影之中。雖然和我近在咫尺，我卻幾乎看不清羅徹斯特先生的臉。又是什麼使七葉樹痛苦地扭曲、呻吟？狂風在月桂小徑呼嘯，向我們撲來。

「我們得進屋了，」羅徹斯特先生說，「變天了。要不然，我真想和妳坐到天明，簡。」

「我也想和您共坐到天明。」我心裡這樣想，也許應該說出來，但我正仰望天空，剛好看到雲層間爆出一道青光閃電，繼而先響起刺耳的霹靂雷聲，又從近處傳來隆隆的一陣雷響。我的眼睛都暈眩了，只想靠在羅徹斯特先生的肩膀上。

大雨傾盆而下。他催促我順著小徑穿過庭園，跑進屋去，但還沒等我們跨進門檻，渾身都已淋濕了。他在門廳為我取下披肩，抖落我散亂頭髮中的雨滴。就在這時，費爾法克斯夫人從她房間裡出來了。起初，我沒有覺察到她，羅徹斯特先生也沒有。燈亮著，時鐘正敲十二點。

「快把濕衣服脫掉，」他說，「臨走前，先道一聲晚安——晚安，我最親愛的！」

他吻我，吻了又吻。我從他懷抱中抬起頭，剛好看到那位寡婦站在那裡，臉色蒼白，神情嚴肅又驚訝。我只朝她微微一笑，便跑上樓去了。「下次再解釋吧。」我想。但是到了自己的房間，想起她會對看到的情況產生誤解，哪怕只是暫時的，又覺得非常不安。然而，喜悅抹去了所有其餘的感受。哪怕一連兩小時狂風呼嘯、雷霆巨響、電光閃現、暴雨如注，我也毫不害怕，也不畏怯。雷雨中間，羅徹斯特先生到我門前來了三次，問我是否平安，這就足以給予我安慰和力量。

早晨，我還沒起床，小阿黛兒就跑來告訴我，果園盡頭的大七葉樹昨夜遭了雷擊，被劈成了兩半。

第24章

我起身穿衣，把發生的事回想一遍，真不知是不是一場夢。只有再次見到羅徹斯特先生，聽到他重複那番情話和諾言，我才能確定那是真實的。

對鏡梳頭時，我看著鏡中自己的臉，覺得它不再平庸了，面容透出希望，臉色充滿活力，眼睛似乎看到了甘露的源泉，從那綺麗晶瑩的漣漪中借來了光芒。過去，我總是不願正面看向我的主人，生怕我的神情和容貌會使他不悅。但是現在我確信，自己可以昂首仰視他的臉，不再用冷淡的表情面對他的愛意。我從抽屜裡取出一件樸實、淡雅又潔淨的夏衣，穿在身上，好像從來沒有哪件衣服比這件更合身，因為我從未在這樣喜悅的心境中穿戴過。

我跑下樓，進了大廳，只見陽光燦爛的六月早晨已經接替了昨夜的雷鳴暴雨，透過敞開的玻璃門，感受到清新芳香的微風迎面而來，但我並不覺得驚奇。當我欣喜萬分的時候，大自然也一定喜氣洋洋。一個討飯的女人帶著她的小男孩順著小徑來到門前，兩人都臉色蒼白，衣衫襤褸，我跑下去，把錢袋裡的錢全都給了他們，大約三四個先令。無論多少，他們肯定也分享到了我的喜悅。白嘴鴉呱呱叫著，還有更活潑的鳥兒在啁鳴，但都不如我心中的歌唱那樣歡樂悅耳。

使我吃驚的是，費爾法克斯夫人神色憂傷地望著窗外，沉重地說道：「愛小姐，請來用早餐好嗎？」吃飯時，她也沉默寡言，非常冷淡。但我還不能向她解釋。我必須等我的主人來說明一切，她也只好等待。我勉強吃了幾口，又匆匆上樓，碰見阿黛兒正要離開教室。

「妳上哪裡去？該上課了。」

「羅徹斯特先生叫我去兒童房。」

「他在哪裡？」

「在那裡呢。」她指了指她剛離開的房間。我走進教室，他果然就站在那裡。

「來，對我說聲早安。」他說。我愉快地走上前。這回我得到的不只是一句冷淡的寒暄，甚或只是握一握手，而是擁抱和接吻。被他深愛、被他深擁——這好像很自然，很親切。

「簡，妳容光煥發，笑容滿面，很漂亮。」他說，「今天早晨真的很漂亮。這還是我蒼白的小精靈嗎？還是我的小不點兒嗎？是這個笑靨如花、綻放酒窩、玫瑰色的嘴唇、絲綢般的栗色頭髮、亮閃閃的褐色眼睛、滿面春風的小女孩嗎？」（讀者，我的眼睛是綠色的，但你得諒解他的錯誤，對他來說，我的眼睛染上了新的顏色。）

「是簡愛，先生。」

「很快就要成為簡·羅徹斯特了。」他又說道，「頂多四個星期，簡妮特，一天也不多，妳聽到了嗎？」

我聽到了，但尚且不能理解，只覺得頭昏目眩。他如此宣告，在我心頭所引起的並非喜悅，而是更加強烈的感受——近乎打擊，使人震驚。我想，這簡直就是恐懼。

「妳剛才還臉紅，現在卻臉色發白，簡，怎麼了？」

「因為您給了我一個新名字——簡．羅徹斯特，聽上去很奇怪。」

「是的，羅徹斯特夫人，」他說道，「年輕的羅徹斯特夫人——費爾法克斯．羅徹斯特的少女新娘。」

「這簡直不可能，先生，聽上去就不像是真的。人生在世，不可能享受到完整的至福。像我這樣的人，並非生來就該享有這般不同的命運，只有在童話裡，在白日夢裡，才能幻想出這樣的幸運會降臨到我身上。」

「我能夠，而且也要實現這樣的幻夢，就從今天開始。今天早上，我已寫信給倫敦銀行的代理人，讓他送些託他保管的珠寶來——桑菲爾德家族歷代女主人的傳家寶。我希望，一兩天後就能把它們全都倒進妳的裙兜裡，因為我要把所有特權、所有注意力都給予妳，就像迎娶貴族家的大小姐那樣。」

「哦，先生！絕對不要珠寶！我不想聽這些。簡愛戴珠寶——這太不自然，聽起來就很怪異，我寧可不要。」

「我要親手為妳戴上鑽石項鍊，再把頭飾戴上妳的額頭，一定會很相配的，簡，最起碼，大自然已把高貴的印記留在妳的額頭上了。而後，我還要在這對纖細的手腕上套上手鐲，在這些仙女般的纖纖手指上戴上幾枚戒指。」

「不，不，先生！想想別的話題，講講別的事情，換種語氣吧。別把我當作美人似的和我說話，我只是您府上樣貌尋常、像個貴格會教徒的家庭教師。」

「在我眼裡，妳就是美人。我心嚮往的美人，嬌弱又脫俗。」

「您是說我瘦小又卑微吧。您在做夢，先生，要不然就是存心奚落我。看在上帝的分上，別挖苦人了！」

「我還要全世界都承認妳的美。」他執意要用這樣的語氣往下說，這真讓我有點不自在，因為我覺得他是在盲目自欺，或是存心騙我。「我要讓我的簡身穿綢緞和蕾絲，頭髮裡插上玫瑰花，還要為我最心愛的人罩上珍貴無比的面紗。」

「那您就等於對我一無所知，先生，我就不再是您的簡了，而是穿著花稍戲服的小丑，插著別人羽毛的笨鳥。一旦我穿上貴婦的華服，在我眼裡，羅徹斯特先生，您也會變成舞臺上的戲子。雖然我非常愛您，但我不會說您長得英俊；是因為太愛了，所以不願假意奉承。您就別吹捧我了。」

但他不顧我反對，揪住這個話題不放。「今天，我要帶妳坐馬車去米爾科特，妳得為自己挑選一些衣服。我對妳說過了，四個星期後我們就結婚。婚禮將不事張揚，就在坡下的教堂裡舉行。儀式一結束，我會即刻帶妳進城，稍作停留，再帶我心愛的人去陽光明媚的地方：法國的葡萄園、義大利的平原。她會見識到古往今來凡有記載的名勝古蹟，也要品味大城市的生活。她只要和別人比較一下，就能學會看重自己的身價。」

「我要去旅行?和您一起嗎，先生?」

「妳會旅居巴黎、羅馬和那不勒斯，還有佛羅倫斯、威尼斯和維也納。凡是我漫遊過的地方，妳都要再次遊歷一番；凡我涉足之地，妳這位精靈也該留下腳印。十年前，我幾乎瘋了般跑遍了歐洲，只有厭惡、憎恨和憤怒與我為伴。如今我要面目一新將舊地重遊，因為身心已經痊癒，心靈已被滌淨，還有一位真正的天使給我安慰與我作伴。」

他這麼說，我不禁發笑。「我可不是天使。」我斷然說道，「反正死之前絕不可能是天使。我就是我。羅徹斯特先生，您不該指望、也不該強求我有超凡脫俗、天神才有的東西，因為您是找不到的，就像我無法從您那裡得到一樣，而且我根本沒有那樣的期待。」

「那妳對我有什麼期待？」

「您也許暫時會像現在一樣。但過了這個短暫的時期，您就會變得冷漠、善變、嚴厲起來，那時候，我就要費盡心機才能討您歡喜。不過等您完全習慣與我共處了，也許又會重新喜歡我的——我的意思是：喜歡我，而不是愛我。我猜想，六個月後，甚或六個月不到，您的愛情就會化為泡影。我在男人撰寫的書中注意到這個細節：一位丈夫的熱情頂多只能保持這麼久。不過，話雖如此，作為您的朋友和伴侶，我只希望不會讓我親愛的主人感到厭惡。」

「厭惡？還會重新喜歡妳！我想我會一而再，再而三地喜歡妳。我會讓妳承認，我不僅喜歡妳，而且愛妳——真摯、熱烈、恆久的愛。」

「難道您不是反覆無常的嗎，先生？」

「對那些只靠容貌吸引我的女人，一旦我發現她們既沒有靈魂，也沒有良心，一旦她們暴露出平庸、淺薄，也許還有愚蠢、粗俗和暴躁，我倒是真有可能變得像魔鬼。但是對雙眼清澈、口齒伶俐、心靈熱烈似火、性格能屈能伸——溫柔又穩重，順服又堅定的人——我卻會永遠溫柔和真誠。」

「您遇到過這樣的性格嗎，先生？您愛過這樣的人嗎？」

「我正愛著這樣的人。」

「先假設我真的能在各方面都符合您那苛刻的標準，那在我之前呢？」

「我從來沒有遇到過和妳相似的人，簡，妳讓我愉快，令我傾倒。妳似乎很順從，而我也喜歡妳給人的溫順感；就好比我把一束柔軟的絲線繞在指尖時，會有一陣震顫從手臂一直傳進心裡。我受其影響，被其征服。影響我的是一種難以言喻的甜蜜，征服我的是一種魔力，遠勝於我能贏得的任何一種勝利。妳為什麼笑了，簡？妳那令人費解、不同尋常的表情是什麼意思？」

「我在想，先生（這種想法是不由自主冒出來的，請您原諒），我想起了赫拉克勒斯、參孫和迷惑他們的美女……」

「原來妳這樣想，妳這小精靈——」

「噓，先生！您剛才說的話，並不比那兩位神話主角們的所作所為更明智。不過，要是他們當初結了婚，當了丈夫就會擺出凶巴巴的面孔，不會再像求婚時那樣柔情蜜意。我擔心，您將來就會這樣。要是一年過後，我請您做一件您不方便或者不樂意的事，不知您會怎樣答覆我。」

「妳現在就說一件事吧，簡，哪怕是件小事，我巴不得妳央求我——」

「說真的，我有事相求，先生。我已想好了。」

「說吧！不過，妳要是用那種神情含著笑，仰頭看著我，我大概根本不管妳要求什麼，都會滿口答應的，那可就上了妳的當。」

「那不可能，先生。我只有一個請求：不要叫人送珠寶，不要讓我頭戴玫瑰，與其那樣，您還不如給那塊普普通通的手帕鑲條金色蕾絲花邊呢。」

「我倒有可能『給純金鑲金』呢！我明白了，我答應妳的請求——暫時同意。我會撤回送給銀行代理人的指令。不過，妳並沒有向我要求什麼，只不過要我收回禮物。再試一下吧。」

「那好，先生。請您滿足我在某個問題上的好奇心，我百思不得其解。」

他顯得很不安。「什麼事？什麼事？」他忙不迭地問道，「好奇心是危險的請願者，幸好我沒有發誓答應妳的每個要求——」

「但是答應這個要求並沒有什麼危險，先生。」

「說吧，簡。不過，如果只是打聽——也許是——打探一個祕密，我寧可妳希望得到我的一半家產。」

「哎呀，亞哈隨魯王[1]！我要您的一半家產幹什麼？您難道以為我是放高利貸的猶太人，要在有利的土地上好好投資嗎？我寧願能同您推心置腹。既然您已答應向我敞開心扉，那總不至於不讓我知道您的心事吧？」

「凡是一切值得知曉的心事，簡，我都願意向妳坦承。但看在上帝的分上，別強求背負無用的負擔！別渴盼吞下毒藥，別在我手裡徹底變成夏娃！」

「為什麼不呢，先生？您剛才還對我說，您是多麼高興被征服，又是多麼喜歡被我巧言說服，您難道不認為我可以好好利用這番表白，開始哄騙或央求——必要時，甚至哭鬧、發脾氣也無妨——來試試我的能耐？」

---

1. 典故出自《聖經》：亞哈隨魯王是波斯王（西元前四八六—前四六五在位），《舊約．以斯帖記》中曾記載他對王后以斯帖說：「你要什麼，你求什麼，就是國的一半，也必賜給你。」

「看妳敢不敢做這樣的嘗試。侵犯，放肆，一切就都完了。」

「是嗎，先生？您很快就會回心轉意了。看您現在的表情多嚴厲啊！皺起的眉頭跟我的手指一般粗，緊蹙的額頭像某部驚人的詩篇裡所描寫的那樣，猶如『烏雲重疊，雷霆將至』。我想，那就是您結婚後的模樣吧，先生？」

「如果妳結婚後是這副模樣，那像我這樣的基督徒還是盡快打消娶一個小妖精或是和火精靈廝混的念頭為好。話說回來，妳到底要問什麼，小東西？快說！」

「瞧，您現在連禮貌也不講了。比起吹捧奉承，我倒是更喜歡粗魯無禮。我寧願做小東西，也不願做大天使。我想問的是：您為什麼煞費苦心要我相信您想迎娶英格朗小姐？」

「就是這件事嗎？謝天謝地，不算太糟！」這時，他的濃眉立刻舒展開來，低頭笑看，撫摸我的頭髮，好像很慶幸躲過了一劫。「我想，還是坦率地直說好了。」他繼續說道，「雖然我讓妳有點生氣，簡，而且，我算是見識到了：妳一旦發怒，會變成怎樣噴火的妖精──昨晚，妳在清涼的月光下反抗命運，聲言與我平等時，恍如綻放出光芒。簡妮特，順便提一句，是妳先向我表白的。」

「當然是我，但是請您回到正題吧，先生──英格朗小姐？」

「好吧，我假意向英格朗小姐求婚，是想讓妳瘋狂地愛上我，就像我瘋狂地愛妳。我很明白，為了促成這件事，嫉妒是我能召喚的最佳盟友。」

「好極了！現在您變得渺小了，不比我的小手指尖大。這樣做實在太可恥了，太卑鄙了，難道您一點也不考慮英格朗小姐的感受嗎，先生？」

「她只有一種感受──傲慢，最需要有人把她的氣焰壓下去。妳嫉妒了嗎，簡？」

「先別管我，羅徹斯特先生，您應該沒興趣知道答案。請您再次誠實地回答我：您的虛情假意不會讓英格朗小姐痛苦嗎？她會不會覺得被冷落、被拋棄了？」

「不可能！我都跟妳說了：是她拋棄了我。一想到我破產了，她的熱情頓時冷卻下來，不如說，一下子就熄滅了。」

「您真是工於心計，想法古怪，羅徹斯特先生。我擔心您的某些行事準則有悖常理。」

「我的準則從來沒有受過調教，簡。也許是欠缺周密考慮，難免會出差錯。」

「再一次認真地問您：我是否無須擔心有人正在承受我不久前受過的苦，從而能夠全心全意地享受許諾給我的至高幸福？」

「放心吧，我善良的好女孩。世上沒有第二個人像妳這樣，能給我同樣純粹的愛。妳的愛就像治癒的油膏，撫慰了我的心，簡，因為我信任妳的愛。」

我輕輕側臉，吻了吻搭在我肩上的手。我深愛著他，愛之深切，連自己也無法釐清，甚至無法訴之言語。

「再提些要求吧，」他立刻說道，「我很樂意臣服於妳的懇請。」

我已經想好了，確實還有事相求。「把您的打算告訴費爾法克斯夫人吧，昨晚，她看見我和您在大廳裡，大吃了一驚。在我再次見到她之前，請您給她解釋一下吧。讓這個好心的夫人誤解，我心裡很不好受。」

「回妳的房間去吧，戴好妳的帽子，」他答道，「今天上午，我想讓妳陪我去米爾科特。妳準備出門的時候，我會跟這位老婦人解釋清楚的。簡妮特，難道她認為妳為了愛付出一切，卻終將被辜負嗎？」

「我認為，她是覺得我忘了自己的地位，先生，還有您的地位。」

「地位！地位！從今往後，妳的地位就在我心裡，誰敢侮辱妳，就掐住他們的脖子。妳去準備吧。」

我很快就穿戴好了，一聽到羅徹斯特先生走出費爾法克斯夫人的起居室，便匆匆下樓趕到那裡。老婦人在做例行的功課——讀她早晨必讀的一段經文，《聖經》攤開在她身前，她的眼鏡擱在書頁上。羅徹斯特先生的通告打斷了她的功課，此刻，她似乎已忘了要繼續，雙眼呆呆地盯著對面空無一物的牆壁，顯而易見，她平靜的心靈被意想不到的消息打亂了，相當震驚。見到我，她回過神來，勉強笑了笑，說了幾句恭喜的話。但話還沒說完，她的笑容就消失了。她戴上眼鏡，合上《聖經》，把椅子從桌旁推開。

「我真是大吃一驚，」她說道，「真不知道該對妳說什麼好，愛小姐。我應該不是在做夢吧，是嗎？有時候，我獨個兒坐著就會半夢半醒似的睡過去，夢見從來沒有發生過的事情。打盹的時候，我似乎不止一次看見十五年前去世的親愛的丈夫走進屋裡，在我身邊坐下，甚至聽到他像以前那樣呼喚我的名字，愛麗絲。唉，妳能不能告訴我，羅徹斯特先生真的向妳求婚了嗎？別笑話我，我確實相信他五分鐘之前進來對我說，再過一個月，妳就將是他的妻子。」

「他也是這樣對我說的。」我回答。

「真是這樣！妳相信他嗎？妳答應了嗎？」

「是的。」

她大惑不解地看著我。「這真是出乎意料啊。他是一個很高傲的人。羅徹斯特家族的人都很高傲，而且，他的父親很看重金錢，至少他父親是，大家都說他也很謹慎。他當真要娶妳嗎？」

「他是這樣對我說的。」

她把我從頭到腳打量了一番，我知道，她看不出我有什麼魅力，足以為她解開這個謎。

「我真的難以理解！」她又說道，「不過，既然妳這樣說了，那毫無疑問確有其事。以後會怎樣，我說不上來。我真的不知道。人們常說，明智的婚事要講求門當戶對。更何況，你們的年齡相差二十歲，他都可以做妳的父親了。」

「不是的，費爾法克斯夫人！」我有點惱火地說道，「他一點都不像我父親！誰看見我們在一起都不會有這種想法的。羅徹斯特先生看上去很年輕，也確實很年輕，就像有些二十五歲的人。」

「他真是因為愛妳而要娶妳嗎？」她問。

她的冷漠和懷疑讓我很受傷，眼淚湧上了我的眼眶。

「真抱歉，讓妳傷心了，」她繼續說道，「可是妳那麼年輕，跟男人接觸又那麼少，我是想提醒妳保護自己。俗話說得好，閃光的不一定都是金子。在這件事上，我擔心會出現妳我料想不到的結果。」

「為什麼？難道我是個怪物？」我說，「難道羅徹斯特先生不可能真心愛我？」

「不，妳很好，近來更是大有長進。我想，羅徹斯特先生是很喜歡妳。我一直注意到，妳好像深得他寵愛，有時候，我對他明顯偏愛妳會感到不安，那是為了妳好，總想讓妳提防著點，但我不想暗示妳可能做錯事，我知道這種想法會驚嚇到妳，也許還會冒犯妳。妳那麼審慎，那麼謙遜，那麼通情達理，所以我希望靠妳自己去保護自己。昨天晚上，我找遍了整個宅子，既沒有見到妳，也沒有見到主人，到了十二點鐘卻撞見妳和他一起進來，當時我的心裡有多難受，我簡直沒法跟妳說清楚。」

「好了，這些都不重要了，」我不耐煩地打斷她，「一切都很好，這就夠了。」

「但願能善始善終，」她說，「但請相信我，妳再小心都不為過。要試著與羅徹斯特先生保持距離，不要太過自信，也不要太相信他。像他那樣有地位的紳士通常是不會娶家庭教師的。」

我真的要惱火了，幸虧阿黛兒這時跑了進來。

「讓我去吧！我也要去米爾科特！」她一路叫喊著，「羅徹斯特先生不肯讓我去，新馬車那麼大，明明有空位。小姐，求求他讓我去吧。」

「我會去說的，阿黛兒。」我急忙帶著她一起走，慶幸自己能逃離叫人喪氣、只會說教的老婦人。馬車已經準備就緒，車夫駕駛著繞過車道，停在前門口，我的主人在石子路上踱步，派洛特跟前跟後。

「阿黛兒可以跟我們一起去嗎，先生？」

「我跟她說過不行，我不要帶小娃娃去！我只要妳。」

「讓她去吧，羅徹斯特先生，如果您願意，那樣會更好些。」

「不行，她只會礙事。」

他聲色俱厲。我想起費爾法克斯夫人令人寒心的警告、讓我沮喪的疑慮，內心的希望便蒙上一層不真實、不確定的陰影。我自認能左右他的自信頓時失掉大半。我正想放棄爭辯，機械地服從他時，他卻在扶我上馬車時看了看我的臉色。

「怎麼啦？」他問道，「陽光全不見了，妳真的希望這孩子一起去嗎？撇下她會讓妳不高興嗎？」

「我很想帶她去，先生。」

「那就去戴好妳的帽子，像閃電一樣飛回來！」他朝阿黛兒喊道。

阿黛兒以最快的速度飛奔而去。

「一個早上的打攪畢竟無傷大雅，」他說，「反正我馬上就能一生一世擁有妳了——妳的思想、妳的談話和妳的陪伴。」

阿黛兒被抱進馬車後，立刻親吻我，表示感謝我替她說情。隨後，她立刻被抱到他身邊的角落裡。她只能貓在那裡，偷偷朝我這邊看。有那麼嚴厲的鄰座在身邊，她感到非常拘束。眼下，他似乎很容易發脾氣，所以她即使看到了什麼也不敢說話，想問什麼也不敢問他。

「讓她到我這邊來，」我懇求道，「她可能會礙著您，先生。我這邊很空呢。」

他像遞膝頭的小狗那樣，把她遞了過來。「我早晚要送她去學校。」他說道，不過這會兒臉上有了笑容。阿黛兒聽到了，問他是不是不能跟小姐一起去學校？

「沒錯，」他回答，「絕對不能跟小姐一起去，因為我要帶小姐到月亮上去，我要在火山口之間的白色峽谷中找個山洞，小姐要和我住在那裡，只和我在一起。」

「她會沒有東西吃，妳會把她餓壞的。」阿黛兒說。

「我會日日夜夜採嗎哪[2]給她，月亮上的平原和山谷裡，白茫茫一片都是嗎哪，阿黛兒。」

2. 嗎哪：《聖經》中所說古以色列人漂泊荒野時，神賜的食物，形同白霜。

「她還要取暖，用什麼生火呢？」

「火會從月亮山冒出來。只要她覺得冷，我就會把她抱到山頂，讓她躺在火山口旁邊。」

「哎呀！那一定很不好受，很不舒服！還有衣服呢？都會穿壞的，去哪裡買新衣服呢？」羅徹斯特先生裝出為難的樣子。「唔……妳會怎麼辦呢，阿黛拉？動動腦筋，想個辦法吧。妳覺得用一片白雲，或者粉紅色的雲，做件長袍怎麼樣？還可以裁下一段彩虹，做條漂亮的圍巾。」

「她現在這樣反而更好看呢。」阿黛兒沉思片刻，堅決地得出結論，「而且，她只跟妳一個人在月亮上住，肯定會厭煩的。如果我是小姐，就絕不會同意跟妳去。」

「她已經同意了，還許下了諾言。」

「但是妳不可能把她帶去那裡，沒有道路通往月亮，只有空氣，妳和她又都不會飛。」

「阿黛兒，瞧那邊的田野！」這時我們已經出了桑菲爾德府的大門，沿著通往米爾科特的平坦大路，平穩而輕快地行駛著，暴風雨滌淨了塵土，路兩旁低矮的樹籬和挺拔的大樹都被雨水沖刷得青翠欲滴，格外清新。

「在那片田野上，阿黛兒，兩星期前的一個晚上——就是妳幫我在果園草地裡堆乾草的那天——我在外面逛到很晚，耙乾草耙得累了，就在臺階上坐下來歇歇。我取出一本小書和一枝鉛筆，寫起很久以前我遭遇到的不幸，也寫到對幸福未來的嚮往。陽光從樹葉間漸漸隱沒，但我寫得很快，就在那時，有個小東西順著小徑走來，在我前方兩碼的地方停下來。我仔細一看，原來是個頭罩薄紗的小東西。我招呼它走近我，一眨眼，它就站在我的膝頭上了。我沒有用言語跟它說話，它也沒有，但我猜得透它的眼神，它也看得懂我的心思。我們無聲地談話，說的大致是這個意思：

「它說它是來自精靈國的小精靈。它的使命是使我幸福，我必須與它一起離開凡間，到一個人跡罕至的地方——譬如月亮——它還朝乾草山上升起的月牙點了點頭，又告訴我，我們可以住在那裡的雪白的山洞、銀色的溪谷。我說我想去，但就像妳剛才提醒的那樣，我也提醒它，我沒有翅膀，不會飛。

「『哦！』那精靈回答說，『不要緊！這是護身符，可以幫妳排除一切障礙。』她遞給我一只漂亮的金戒指，說道，『戴上吧，戴在我左手的第四個手指上，我就屬於妳，妳就屬於我了。我們將離開地球，到那裡建立自己的天堂。』她又朝月亮點了點頭。阿黛兒，那只戒指就在我的褲兜裡，化作一枚金幣的模樣，不過我很快會讓它再變回金戒指。」

「可是這與小姐有什麼關係呢？我才不在乎精靈呢，你不是說，你要帶小姐到月亮上去嗎？」

「小姐就是小精靈。」他神祕地低聲說道。這時候，我告訴她別去理會他的玩笑話，她卻展示出道地的法國式懷疑精神，把羅徹斯特先生稱作「大騙子」，還向他明確表示，她絲毫不信他講的「童話故事」，還說「根本沒有精靈，就算有」，她也絕不會出現在他面前，不會給他戒指，也不會提議他一起住在月亮上。

對我來說，在米爾科特度過的那一個小時純粹是種困擾。羅徹斯特先生硬要我去一家絲綢店，命我在那裡挑出六套衣服。我討厭這件事，推託改日再挑。但是不行，他說現在就得辦妥。我拚命在他耳邊懇求，才由六套減為兩套，但他決意親自選定這兩套布料。我忐忑不安地看他的目光在五顏六色的布料中逡巡，最後落在昂貴、鮮豔的紫晶色絲綢和粉紅色高級綢緞上。我再次輕聲對他說，與其這樣，還不如馬上給我買金袍子和銀帽子；反正，我絕不會冒險去穿他挑選的這種衣料。他像頑石一般固執，我好說歹說，才說服他換成素淨的黑緞和珠灰色的絲綢。「暫且如此吧。」他說，「但我終究還是要看到妳打扮得花團錦簇，耀眼奪目的樣子。」

催著他走出絲綢店後，又拉著他離開珠寶行後，我這才高興起來。他給我買的東西愈多，惱恨和羞辱感就愈會讓我的臉頰發熱。重新坐進馬車，我又疲憊又臉紅地往後一靠，突然想起：在這些事接踵而來、喜憂交替的波動間，我竟完全忘卻了伯父約翰．愛寫給里德夫人的信，忘了他要收養我，讓我成為他遺產繼承人。「說真的，如果我有獨立的財產，」我心想，「哪怕很少的一點，此刻都會心安理得。我絕不可能忍受羅徹斯特先生把我打扮成玩偶一樣，或像第二個戴娜厄[3]那樣每天讓金雨灑遍全身。我一到家就要寫信到馬德拉，告訴我伯父約翰：我要結婚了，以及跟誰結婚。如果我能期望有一天能給羅徹斯特先生帶來一筆新增的財富，才能稍許安心接納他現在的供養。」這麼一想，心裡多少有些寬慰（那天終究是沒有忘記寄出這封信），因而能夠再次大膽地直視我的主人和戀人的目光。儘管我一直避開他的面容和注視，他的目光卻執拗地搜尋著我的。他在微笑，我覺得，蘇丹王也會這樣微笑著，欣然歡喜地把金銀財寶慷慨賜予一個奴隸。他的手一直在找尋我的手，我使勁握了一下，再把那隻被激動的我壓紅的手推了回去。

「您無須那樣看我，」我說，「要是您再這樣看，我就只穿羅伍德學校的舊衣服，還要穿這身淡紫方格布衣裙去參加婚禮，您盡可以用珠灰色絲綢給自己做一件晨袍，用那匹黑緞做一大堆背心。」

他噗哧一聲笑出來，搓了搓手。「哎呀呀，看她那模樣、聽她這樣說話真帶勁兒啊！」他大叫起來，「她是不是夠獨特？夠潑辣？就算土耳其後宮的所有妃子有羚羊般的眼睛，女神般的胴體，我也絕不肯用這個英國小女孩去交換！」

這東方後宮的比喻又一次激怒了我。「我一點兒都比不上您後宮的嬪妃，」我說道，「所以別把我同她們相提並論！要是您真的喜歡，那就走吧，先生，立刻就去伊斯坦堡的市集，把那些不知道該怎樣在這兒痛快花掉的閒錢都拿去大肆選購女奴吧。」

「那我討價還價買進成噸成噸、花色齊全的黑眼睛美女時，簡妮特，妳會在幹什麼呢？」

「我會以傳道士的身分進入您的後宮，向那些被奴役的人——包括您那些妃子——宣揚自由；我會發起叛亂，就算您是三尾帕夏，轉眼間也會被我們戴上鐐銬，除非您簽署有史以來專制君王所簽發的最開明的解放憲章，不然，至少我就絕不同意除去您的鐐銬。」

「我會乞求妳開恩憐憫我，簡。」

「要是您用那種目光來乞求，羅徹斯特先生，我是不會開恩的。只要您擺出那種神情，我就敢說，無論您被迫簽署哪種憲章，一旦重獲自由，您做的第一件事就是違逆其條款。」

「唉，簡，妳到底要什麼？除了聖壇前的儀式，妳一定要我私下再舉行一次婚禮，恐怕是這樣吧？我看得出來，妳會定下一些特殊的規矩——究竟是什麼呢？」

「我只求心安理得，先生，不要被應接不暇的恩惠壓得透不過氣來。您還記得您是怎麼說塞莉納．瓦倫的嗎？怎麼說起您送給她的鑽石、羊絨？我不會做您在英國的塞莉納．瓦倫。我會繼續當阿黛兒的家庭教師，掙得我的食宿，以及三十鎊的年薪。我會用這筆錢購置自己的衣裝，您什麼都不必

3. 戴娜厄：希臘神話中的公主，主神宙斯深愛她，化作金雨與她相會。

給我，除了……」

「哦？除了什麼？」

「您的尊重。我也將以我的尊重回報您，這樣就互不相欠了。」

「嘿，就冷漠、無禮和與生俱來的傲氣而言，簡直無人能與妳匹敵。」他說，這時我們已快到桑菲爾德了，「妳今晚願意賞臉與我共進晚餐嗎？」馬車駛進大門時，他又問道。

「不，謝謝您，先生。」

「我可以問一下嗎：『不，謝謝您』是什麼意思？」

「我從來沒有與您一起用餐，先生，也看不出有什麼理由現在要這樣做，除非等到……」

「等到什麼？妳真喜歡話說一半。」

「等到萬不得已的時候。」

「妳認為我是食人魔還是食屍鬼？這麼害怕陪我吃飯？」

「我並沒有這一類的假想，先生，但我想像往常一樣，再過一個月的普通日子。」

「妳應該立刻放棄家庭教師這苦差使。」

「實在請您諒解，先生，我不願停止這份工作。我會像平常那樣繼續教學，也像平日就習慣的那樣，一整天不去打擾您，晚上您想見我，可以派人來叫我，我就會去，但別的時候不行。」

「在這種情況下，簡，我想抽根雪茄，或者來點鼻菸，聊以慰藉自己，就像阿黛兒說的那樣，『給我一點力氣』。但要命的是，我沒帶雪茄菸盒，也沒有帶鼻菸壺。不過，聽著——我要悄悄告訴妳——現在妳春風得意，小暴君，但我很快就會時來運轉，到那時候，我就會牢牢抓住妳，還要占據不放——

打個比方，我會乾脆把妳拴在鏈條上（摸了摸他的錶鏈），緊緊捆住不放。是的，漂亮的小東西，我要把妳揣在懷裡，免得失落了我的寶貝。」

他邊說邊扶我下車，隨後去抱阿黛兒下來，我趁機進了屋，溜到樓上。

傍晚，他準時叫我過去。我已想好了讓他做什麼事，因為我實在不想整個晚上都和他講悄悄話。我記得他的嗓子很好，也知道他喜歡唱歌——好歌手一般都這樣。我不擅長唱歌，而且按他那種苛刻的標準來說，我也不懂音樂；但我喜歡欣賞出色的表演。浪漫的黃昏時分很快降臨，窗外彷彿垂下了星光閃爍的藍色旗幟，我立起身來，打開鋼琴，請求他看在美好夜晚的分上，能為我高歌一曲。他說我是個捉摸不透的女巫，他想改日再唱，可我口口聲聲說，現在就最合適。

他問我是否喜歡他的歌聲。

「非常喜歡。」我本不想縱容他敏感的虛榮心，但這一次例外，出於一時需要，我甚至願意迎合、鼓舞他。

「好吧，簡，那麼妳得為我伴奏。」

「好的，先生，我可以試試。」

果然只是試試，我彈了沒幾下就被趕下了琴凳，還被他稱作「笨手笨腳的小東西」。他無禮地將我推到一邊——我正求之不得——坐在琴凳中間，開始自彈自唱。我趕緊走向窗臺，坐下來，眺望著沉寂的樹林、幽暗的草地，聽他以醇厚的嗓音，和著優美的旋律，如此唱道：

最真的愛，

燃燒在心底，
生命的潮水，
歡快奔流在血脈中。

我日日期盼她的到來，
與她別離，我痛徹心腑。
她偶爾姍姍來遲，
我便血凝如霜凍。

我夢想一種莫名的幸福，
我愛別人，也被人所愛；
我疾走前尋，
急切又迷茫。

誰知廣漠無路可循
橫亙在我倆生命之間，
碧波驚濤，
茫茫中有險惡。

如盜匪出沒的
　荒野林間般可怖，
強權和公理，憂傷和憤怒，
　隔閡在我們的靈魂之間。

我不懼艱難險阻，
　蔑視阻礙，
種種凶兆都視若無睹，
　傲然罔顧一切威嚇、阻撓和警告。

我的彩虹如閃電疾馳，
　我猶在夢中飛翔。
暴雨後的驕陽之子，
　光輝升揚在我眼前。

溫柔莊嚴的歡樂
　仍在照耀痛苦陰鬱的烏雲。
縱有陰森險惡的災禍逼近，

這會兒我已毫不在乎。

在這甜蜜的時刻我已不顧一切，
　哪怕曾衝破的險阻
仍要再度迅猛襲來，
　誓要無情地報復。

儘管高傲的憎恨會把我擊倒，
　公理不容我置辯。
無情的強權滿面怒容，
　誓與我不共戴天。

我的愛人帶著崇高的信念，
　把她的小手放在我的手裡，
誓要讓婚姻的神聖紐帶，
　讓我倆永結同心。

我的愛人用矢志不渝的一吻，

誓與我生死同在。

我終於得到了那莫名的幸福：

我愛別人——也被別人所愛！

他起身向我走來。我看到他的臉色彷彿燃著火光，鷹眼圓睜，閃閃發亮，處處洋溢著溫柔與激情。我一時有些畏縮，但隨後就振作起來。柔情蜜意的場面，大膽直率的示愛，都是我不希望發生的事，但這兩種情形都迎面而來，我必須預備好應對的武器：我要磨利口齒，待他一走近，就厲聲問道：

「現在他要跟誰結婚呢？」

「我寶貝的簡怎麼提出這麼奇怪的問題。」

「怎麼會奇怪？我以為這是個很自然、很必要的問題，他已經唱道，要和未來的妻子同生共死。他怎麼會有這種異教徒的念頭？什麼意思？我可不想與他一起死，他可得明白這一點。」

「哦，他所嚮往、所祈求的是妳與他一起生活！死亡不是妳要考慮的事。」

「當然要考慮：我跟他一樣，時候一到，照樣有權去死。但我要等到壽終正寢，而不是自焚殉夫，匆匆了斷。」

「妳能寬恕他這種自私的想法，給他一個吻，以示諒解嗎？」

「不，我看還是免了吧。」

這時，我聽見他稱我為「鐵石心腸的小東西」，還加了一句，「換作別的女人，聽了這樣的讚歌，心都會融化了。」

我明確地告訴他，我天生就是個硬心腸——硬如鐵石，他會經常體會到這一點的。不僅如此，我決計在今後的四週中，讓他看盡我性格中的各種缺點。趁還有時間反悔，他理應完全明瞭自己和什麼樣的對象訂下了婚約。

「妳願意平心靜氣，合情合理地說話嗎？」

「如果您高興，我就會平心靜氣；至於合情合理，我倒敢自誇現在就是這麼做的。」

他很惱火，哼了幾聲。「很好，」我心想，「您發火也好，煩躁也罷，但我相信這就是對付您的最好的辦法。雖然我對您的喜愛已非言語所能表達，但我不願落入卿卿我我的俗套，我要用巧辯的鋒芒讓您也能懸崖勒馬。況且，話中帶刺，有助於保持對彼此都最有利的距離。」

我得寸進尺，惹得他相當氣惱，隨後，趁他氣沖沖地走到房間另一頭的時候，我站起來，像往常那樣自然、恭敬地說了聲「祝您晚安，先生」，便從邊門溜出去了。

我繼續用這套辦法試探他，結果頗為成功。的確，他一直處在易怒、暴躁的狀態，但總的說來，我覺得他心情不錯，樂在其中。綿羊般的順從，斑鳩似的多情，反而會助長他的專橫，也不見得更能滿足他的理性和常識，甚至也無法投合他的趣味。

有別人在場的時候，我一如往常的恭敬文雅，多餘的言行舉止都沒有必要。只有在傍晚單獨聊天時，我才會那樣挫敗他，折磨他。他仍是那麼準時，鐘敲七點便把我叫去，不過，我來到他面前時，他不會再把「親愛的」、「寶貝兒」這樣的甜言蜜語掛在嘴邊，用來招呼我的最好的字眼是「討厭的小木偶」、「惡毒的小妖精」、「小壞蛋」、「醜八怪」之類。我得到的也不再是愛撫，而是鬼臉；不是緊緊握手，而是擰一下胳膊；不是親吻臉頰，而是使勁拉拉耳朵。這倒不錯。眼下，相比於任何柔情表露，我倒更喜歡這種粗野的寵愛。我發現，費爾法克斯夫人讚許我這樣做，也不再為我擔憂了，因此，我確信自己做得很對。與此同時，羅徹斯特先生卻口口聲聲說我把他折磨得皮包骨頭了，並威脅在即將到來的某個時期，要對我現在的行為進行狠狠的報復。他的恫嚇讓我暗自發笑。「現在，我可以讓你受到合理的約束，」我心想，「以後也可以，我對此毫不懷疑。要是這種辦法失效了，就必須再想出一種來。」

話雖如此，我的任務畢竟是不輕鬆的。我總是情願討他喜歡，而不是捉弄他。我的未婚夫正在成為我的整個世界，不僅是整個世界，還幾乎成了我進入天堂的希望。他立於我和宗教信念之間，猶如日食使人望不見太陽的全貌。在那些日子裡，我簡直看不到上帝，只看到上帝所造之人，並當成了我崇拜信仰的偶像。

第25章

一個月的求婚期過去了，剩下的時間屈指可數。舉行婚禮的大日子眼看就要來臨，不會推遲，因為一切準備工作已就緒，至少，我沒有別的事情要做了。我的箱子已收拾停當，鎖好，捆好，沿著我房間的牆邊排成一列。明天的這個時候，它們將被送往去倫敦的旅程，還有我（如蒙上帝恩允）——或許該這樣說：不是我，而是一位我尚不熟識的，名叫做簡·羅徹斯特的人。只差地址標籤還沒貼上去，那四張小小的方形卡片仍躺在抽屜裡。羅徹斯特先生已親自在每張卡片上都寫上了「倫敦××旅館羅徹斯特夫人」這幾個字。我無法說服自己或別人把它們貼上去。羅徹斯特夫人！她還不存在，要過了明早八點，她才會誕生。我得等到完全相信她已經切實存在於世，才把這些財產歸到她名下。在我梳粧臺對面的衣櫃裡，有些據說是她的衣物已經取代了我在羅伍德穿著的黑呢外套和草帽，這已足夠了；那套婚禮服——珠灰色長袍、薄霧似的面紗——並不屬於我，正垂掛在被她占有的那些旅行皮箱上方。我關起衣櫃，藏起那有如幽靈現身般的華麗服飾：在晚上九點的這個時刻，這些華服在我房間的暗影裡閃現出近乎鬼魅的微光。「白色夢幻啊，我要讓你們獨自留在這裡。」我說道，「我太興奮了，我聽見外面在颳風，我要出去吹吹風。」

使我興奮的不僅是匆忙的婚前準備，也不僅是面臨巨大的變化，期待明天就開始新生活。毫無疑問，這兩者都使我躁動，但還有第三個原因更讓我坐立難安，迫使我在夜深時急切走向愈來愈黑的庭園。

我內心深處藏著一種古怪的念頭，令我非常焦慮。昨天晚上，發生了一件我無法理解的事情，而且除了我，既無人知道，也無人見過。羅徹斯特先生出門去了，還沒有回來，他到三十英里外的兩三個小農莊去辦理一些事務，在預定離開英國之前，他必須親自去安排妥當。我正等著他回來，急於卸去心頭的包袱，請他解開令我困惑的謎。我要等到他回來，讀者，等我把祕密透露給他，你自然也會明白的。

我朝果園走去，被風吹向角落裡。強勁的南風刮了整整一天，卻沒有帶來一滴雨。入夜，風勢非但沒有減弱，反而愈來愈強，咆哮得更凶猛了。樹枝被猛然吹向一個方向，幾乎分分秒秒都沒有回轉的餘地，枝頭一直緊繃著向北彎曲；層疊厚重的雲從南到北接踵而來，七月的這一天，看不到一絲藍天。

我被風推著往前奔跑，煩惱也隨著無止境的狂風呼嘯而過，心裡倒也不無狂喜。我走到月桂小徑的盡頭，面對那棵七葉樹的殘骸：通體烏黑，樹幹從中裂成兩半，裂口駭人洞開，卻依然挺立著；裂開的兩半並沒有完全脫離，因為堅實的樹基、粗壯的樹根仍將它們的底部緊緊相連；但生命的溝通已被摧毀，汁液無法暢通流動，兩邊的大樹枝都已枯死，來年冬天的暴風雨肯定會把裂開的某一邊，甚至兩邊壓垮倒地。但眼下，它們合起來仍算是一棵樹——毀滅了，但尚未斷絕。

「你們緊緊相守，這樣做是對的。」我說道，彷彿怪物般裂開的大樹是有生命的活物，聽得見我的話。「我想，儘管你們看上去遍體鱗傷，焦黑一片，但忠貞堅強的樹根一定還會萌發出些微生命的感覺。你們再也不會吐露綠葉，再也看不到鳥兒在枝頭築巢，唱起悠閒的歌。歡樂、相愛的日子已經過去了，但你們並不孤寂，在朽敗中，依然有同病相憐的夥伴相依相傍。」我抬頭仰望樹幹裂縫中的那一小片天空，月亮突然顯露出來，血紅的月輪被雲遮去了一半，似乎向我投來無奈又憂鬱的一瞥，眨眼間又躲進了厚厚的雲層。桑菲爾德一帶的風勢稍許減弱了，但遠處的樹林和水面之上，卻響起了狂野淒厲的風的哀號，聽來異常悲傷，我又跑開了。

我漫步穿行在果園裡，把散落在樹根周圍、濃密草叢裡的蘋果撿起來。再一心一意地把熟透的蘋果和沒熟透的分開，帶回屋裡，放進食品儲藏室。接著，我去書房看看壁爐有沒有生好。雖是夏天，但在這樣一個陰沉的夜晚，我知道羅徹斯特先生喜歡一進門就看到令人愉快的爐火。不錯，火生起來已經有一會兒了，燃得很旺。我把他的安樂椅搬在爐邊，把桌子推近椅子。我放下窗簾，把蠟燭拿進屋，以備點燈。一應俱全都安排好以後，我卻更加坐立不安了，甚至無法定下心待在屋子裡。書房裡的小座鐘和大廳裡的古董鐘同時敲響了十點。

「都這麼晚了！」我自言自語，「我要到大門口去看看。借著時隱時現的月光，順著大路，我能望到很遠。也許這時他就要回來了，早點迎接他，我也好早點安心。」

風在遮掩大門的高大樹木間呼嘯，但我眼目所及之處，大路的左右兩邊都沉寂無人。月亮時不時掠過雲影，探出頭來，但月下只見白茫茫的一條長路，單調得連一個移動的黑影都沒有。

我望著望著，孩子氣的眼淚蒙住了眼睛，那是失望和焦急的淚水。我覺得有點難為情，趕緊把淚抹去。我來回徘徊。月亮躲進了自己的閨房，還拉上了厚厚雲層做的窗簾。夜色愈來愈黑沉沉，驟雨乘風，迅猛襲來。

「但願他快回來！但願他快點回來！」我懷著不祥的預感大聲喊道。我原以為他在茶點前就能到家，但現在天已全黑，到底是什麼事耽擱了他？難道出了意外？我不由又想起昨晚的那一幕，視其為災禍的前兆。我擔心自己的希望太過美好而不可能實現，最近我享了那麼多福，不免覺得已經走到好運的頂點，現在想必要走下坡路了。

「我還不能回屋去，」我思忖著，「這樣大風大雨的夜晚，我不能安坐在壁爐邊，而他卻在外面奔波。與其憂心如焚，不如動動腿腳，我要繼續往前走，去迎接他。」

我說走就走，走得很快，但也沒走太遠。還不到四分之一英里，我便聽見了一陣馬蹄聲。一位騎手疾馳而來，一條狗飛奔隨行。不祥的預感頓時消散！是他，騎著梅斯羅來了，身後跟著派洛特。他看見了我，因為月亮在空中開闢了一條晶瑩透亮的藍色通途，正徐徐緩升。他摘下帽子，在頭頂揮動，我迎著他跑上去。

「瞧！」他大聲叫道，伸手從馬鞍上俯下身來，「顯然妳不能離開我。踩在我的靴子尖上，把兩隻手都給我，上來！」

我照他說的做了。心中一喜，身子也變得矯健了，我跳上馬，坐在他身前。他熱烈地親吻我，以示歡迎，又自鳴得意地吹噓了一番，我勉強地聽之任之。洋洋自得的他終於停下來，問我：「怎麼回事？簡妮特，妳居然這麼晚出來接我？出什麼事了嗎？」

「沒有。不過，我以為您永遠不會回來了，尤其在這樣風大雨大的時候，實在耐不住在屋裡等。」

「確實是雨大風狂！妳看妳，像美人魚一樣濕淋淋的。把我的斗篷拉過去裹住身子。不過，我覺得妳有些發燒，簡，妳的臉頰和手都燙得厲害。我再問一句，出什麼事了嗎？」

「現在沒有。我既不害怕，也不難受了。」

「如此說來，妳之前害怕過，難受過？」

「有一點，不過不著急，我回頭再告訴您，先生。我猜想，您聽了只會取笑我自尋煩惱。」

「過了明天，我要痛痛快快地笑妳，但現在還不敢。我的獎品還沒到手呢。上個月妳就像鰻魚一樣滑溜，像野薔薇一樣多刺！我哪裡都不敢碰，否則就會被刺痛。現在，我好像已經把迷途的羔羊抱在懷裡了，簡，妳溜出了羊欄來找妳的牧羊人嗎？」

「我是想找您，但您也別得意忘形了。到桑菲爾德了，讓我下去吧。」

他讓我在石子路上下馬。約翰牽走了馬，他跟著我進了大廳，叫我趕緊去換乾衣服，然後回書房去找他。我正向樓梯走去，他又叫住我，要我答應別耽擱得太久。我確實沒有耽擱，五分鐘後便回到他身邊。他正在用晚餐。

「坐下來陪陪我，簡。要是上帝保佑，在很長一段時間內，這將是妳在桑菲爾德吃的倒數第二頓飯。」

我在他旁邊坐下，但告訴他我吃不下。

「因為牽掛著之後的旅程嗎，簡？還是因為想到去倫敦，就沒有胃口了？」

「今晚我看不清自己的前景，先生。我幾乎不知道腦子裡想些什麼。生活中的一切似乎都很虛幻。」

「除了我。我是真實存在的，妳摸一下就知道了。」

「先生，您恰恰最像幻影，好像只是個夢。」

他伸出手，大笑起來。「這也是個夢？」他把手湊到我眼前，那隻手肌肉發達、強勁有力，他的手臂也又長又壯。

「不錯，就算我觸碰了，仍是個夢。」我把面前的他的手按下去，「先生，您用完晚餐了嗎？」

「用完了，簡。」

我打了鈴，吩咐僕人把餐盤拿走。我們再次獨處，我撥了撥火，然後在我主人膝邊的矮凳上坐下。

「將近半夜了。」我說。

「是啊，但要記住，簡，妳答應過在婚禮前陪我守夜的。」

「我的確答應過，也會信守諾言，至少陪您一兩個小時。我還不想去睡。」

「妳都收拾好了嗎？」

「都好了，先生。」

「我也一樣，」他說，「什麼都處理好了，明天從教堂回來，半小時內就離開桑菲爾德。」

「很好，先生。」

「妳說『很好』的時候，簡，笑得和往常很不一樣！臉頰都紅了，好亮！眼睛裡也有奇怪的閃光！妳身體好嗎？」

「我相信我挺好的。」

「相信！怎麼回事？告訴我妳覺得怎麼樣。」

「我沒法說，先生。我的感受無法用語言來表達。我真希望時光永遠停駐在此時此刻，誰知道下一刻的命運會怎樣呢？」

「妳想得太多了，簡。這陣子妳太激動了，要不就是太勞累了？」

「您覺得平靜又快樂嗎，先生？」

「平靜？不，但很快樂，樂到了心窩裡。」

我抬頭看他，想看看他熱烈漲紅的臉上幸福的表情。

「相信我，簡，」他說道，「不管壓抑在妳心頭的是什麼，都說出來吧，讓我來分擔。妳在擔心什麼？怕我不是個好丈夫？」

「我完全不擔心這一點。」

「那妳是害怕自己要踏入另一個新世界？即將到來的新生活？」

「不。」

「妳可把我弄糊塗了，簡。妳那憂傷的眼神、直白的語氣讓我迷惑又難受。我要求妳解釋一下。」

「那麼，先生，請聽我說。昨夜，您不在家，對吧？」

「是不在家。我就知道，剛才妳就暗示過，我不在的時候發生了什麼事，很可能無關緊要，但總之是擾亂了妳的心境。講給我聽聽吧。也許是費爾法克斯夫人說了什麼？要不然，就是聽到僕人們說閒話？妳那敏感的自尊受到了傷害？」

「不是的，先生。」這時，鐘敲響了十二點，小鐘聲清亮悅耳，大鐘聲嘶啞沉重，我等餘音迴蕩消逝，才繼續說下去。

「昨天我忙了一整天，無休止的忙碌讓我非常快樂。您似乎以為我總在擔憂新天地或新生活，其實我沒有，我認為，有望和您一起生活是極好的事，因為我愛您。不，先生，現在別來撫摸我——不要打擾我，讓我安心地說下去。昨天我篤信天意，相信天助人願，您我都會萬事順遂。您總還記得吧，昨天天氣很好，天清氣靜，讓人無須為您路途的平安舒適而擔憂。用過下午茶後，我在石子路上散了一會兒步，心裡想著您，想像您就在我身邊，近在咫尺，幾乎都忘了您不在家。我思忖著我即將面臨的生活——確切地說，先生，是您的生活——比我的更寬廣，更活躍，就好比：容納百川的深邃大海和流過淺灘的小溪有著天壤之別。我覺得很奇怪：道德教化家為什麼把這個世界稱為孤寂荒漠，對我來說，卻像是盛開的玫瑰。就在夕陽西下的時候，氣溫轉冷，天空布滿陰雲，我就回到屋裡。蘇菲叫我上樓看看剛送到的結婚禮服，在禮服盒裡，我看到了您擱在禮物下的禮物：您以王子般的闊綽，叫人從倫敦訂購的婚紗。我猜想，是因為我不願要珠寶，您才變法地哄我接受同樣昂貴的東西。我笑著展開婚紗，心裡盤算著要怎樣嘲弄您的貴族趣味，取笑您費盡心機要把您的平民新娘裝扮成貴婦。我想好了，要戴上自己早已準備好的素色方巾，蓋住出身卑微的頭，再跑來問您：對於一個無法給予丈夫財富、美貌和人脈的女人，這樣的婚紗應該就足夠了吧？我可以清清楚楚地看到您的表情，聽到您共和黨人式的激烈回答：您會高傲地否認自己有必要與錢袋或爵位締結姻親，以此增加財富或提高地位。」

「妳算是把我看透了，妳這個女巫！」羅徹斯特先生插嘴說道，「但除了刺繡之外，妳在婚紗上還發現了什麼？妳是見到了毒藥還是匕首，才變得這麼愁眉苦臉？」

「不，不是那樣的，先生。除了精緻和華麗，以及費爾法克斯・羅徹斯特的驕傲，我並沒有發現別的東西。他的傲氣嚇不倒我，因為我已習慣了這魔鬼。可是，先生，天愈來愈黑，風也愈來愈大。昨晚的風不像現在這樣又高又猛地刮著，而是嗚嗚咽咽地響著，好像淒切哀鳴，令人毛骨悚然。我真希望您在家裡。我走進這個房間，一見到空蕩蕩的椅子、冷清清的壁爐，心就發涼。上床後很久都睡不著，因為心裡焦躁，憂心忡忡。風仍在呼號，但在我聽來，似乎掩蓋了另一種低聲的哀鳴。起初我無法分辨那聲音來自屋內還是戶外，但每當風聲減弱，那聲音就會再次響起，隱隱約約，悲悲戚戚。最後，我斷定那一定是遠處的狗叫聲。那聲音終於消停的時候，我非常高興。但一睡著，仍舊夢見月黑風高的夜晚，仍舊期盼跟您在一起，並有種奇異而惆悵的感覺，意識到有一種障礙把我們隔開了。剛睡著就做了夢，夢見我在一條彎彎曲曲、陌生的路上行走，四周很黯淡，大雨落在我身上，我吃力地抱著一個孩子。非常小的孩子，太小，太弱，走不了路，在我冰冷的懷抱裡顫抖，在我耳邊哀哀地哭泣。我想，先生，您肯定遠遠地走在我前面，所以使出渾身的力氣要趕上您，一次次奮力呼喊您的名字，央求您停下來，但我的行動被束縛了，喊叫聲也依稀不清，我覺得每一分每一秒您都更遠離我而去。」

「現在我在妳身邊，簡，這夢境還壓在妳心頭嗎？神經緊張的小東西！忘掉虛幻的悲切，只想著現實中的幸福吧！妳說妳愛我，簡妮特，沒錯，我不會忘記，妳也別想否認。那些話，並沒有從妳口中依稀不清地消失。我聽到妳清晰又溫柔地那樣說過。也許那想法過於嚴肅，卻像音樂般甜美：『有望和您一起生活是極好的事，愛德華，因為我愛您。』妳愛我嗎，簡？再說一遍。」

「我愛您，先生；我愛您，全心全意地愛您。」

「嗯。」他沉默片刻後說道，「真奇怪，那句話卻讓我有了鑽心的刺痛。為什麼？我想是因為妳說得那麼虔敬，帶有宗教般的激情，因為妳抬眼看我時，目光裡透出了極度的信賴、真誠和奉獻心。這讓我難以承受，彷彿神靈降臨我身邊。簡，調皮一點兒吧，妳很明白該怎麼作怪。擺出妳那種獨特、靦腆、挑釁的笑容吧，告訴我妳恨我——儘管來戲弄我，惹惱我吧，怎樣都行，只求妳別那樣打動我心。我寧願被激怒，也不願哀傷。」

「等我講完，我會盡力戲弄您，惹惱您，直到您心滿意足。但先聽我講完吧。」

「我以為妳已經講完了！簡，我已經知道了，妳的憂鬱源於一個夢！」

我搖了搖頭。

「什麼！還有？但我有話在先，深表懷疑。我不相信是什麼要緊的事。妳講下去吧。」

他神態不安，舉止有些憂慮焦躁，我感到很驚奇，但我繼續說下去了。

「我還做了另外一個夢，先生。我夢見桑菲爾德成了一片荒涼的廢墟，成了蝙蝠和貓頭鷹的巢穴。整棟雄偉的宅邸正面只剩下一堵薄殼般的高牆，很高，但看起來搖搖欲墜的。在一個月光如水的夜晚，我漫步穿過裡面雜草叢生的圍牆，一會兒磕碰到大理石壁爐，一會兒被倒地的斷梁絆到。我裹著頭巾，仍然抱著那個不知名的小孩。不管我的胳膊有多痠痛乏累，都不能隨手放下；不管那孩子是多麼拖累我，我都必須抱著。我聽見遠處的路上傳來賓士的馬蹄聲，我敢肯定那是您，要去一個遙遠的國度，此去就將一別多年。我瘋了般不顧危險匆匆爬上那道薄薄的牆，急於在高處看您一眼。碎石從我的腳下滾落，藤蔓從我緊抓的手中鬆脫，那孩子嚇得緊緊抱住我的脖子，幾乎使我窒息。最後，我終於爬到了牆頂。我遠遠望見您，在白茫茫的路上像一個小點，愈來愈小。風太猛烈，我簡直都站不住。我在斷突的狹窄牆頭上，把嚇壞的孩子擱在膝頭安撫著，孩子這才安靜下來。您在路上拐了個彎，我俯下身，看了最後一眼，牆就倒塌了，我受到震動，孩子從我膝頭滾下去，我失去了平衡，跌了下來，就這樣醒過來了。」

「簡，現在該算講完了吧。」

「序幕講完了，先生，但故事還沒有開場呢。醒來時，有道強光讓我眩目。我想，哦，天亮了！可是我錯了，那只是燭光。我想，準是蘇菲進來了，梳粧臺上有一支蠟燭，而衣櫃的門敞開著，我在睡前把婚服和婚紗都掛進了衣櫃。我聽見了一陣窸窸窣窣的輕響，就問道，『蘇菲，妳在做什麼？』沒人回應，但見衣櫃邊出現了一個人影，高高地端起蠟燭，仔細端詳著掛在行李箱上方的禮服。『蘇菲！蘇菲！』我又叫了起來，但依然無人應聲，無聲無息。我已在床上坐了起來，俯身往前張望。一開始，我很驚訝，繼而很困惑，後來，我只覺渾身冰涼，好像血管都結冰了。羅徹斯特先生，那不是蘇菲，不是莉婭，也不是費爾法克斯夫人，甚至——不，我當時很肯定，現在也很肯定——甚至也不是那個奇怪的女人葛瑞絲．普爾。」

「肯定是她們中間的一個。」主人打斷了我的話。

「不，先生，我敢嚴肅地起誓，絕對不是。我從沒在桑菲爾德這一帶見過那個站在我面前的人影。那身高和外形對我來說都是陌生的。」

「描繪一下，簡。」

「先生，那似乎是個又高又壯的女人，又粗又黑的長髮披在後背。我不知道她穿著什麼衣服，反正白白的，直挺挺的，但究竟是袍子、被單還是裹屍布，我就說不清了。」

「妳看見她的臉了嗎？」

「起初並沒有。但沒過多久，她取下了我的婚紗，舉起來，呆呆地看了很久，隨後往自己頭上一蓋，轉身去照鏡子。就在那時候，我才在昏暗的橢圓形鏡子裡清清楚楚地看到她的臉孔和五官。」

「是什麼樣子？」

「我覺得像鬼一樣嚇人！噢，先生，我從沒見過那樣的臉孔！毫無血色，那是張野蠻人的臉。但願我能忘掉那雙骨碌碌亂轉的紅眼睛，腫脹發黑的可怕面容！」

「幽靈總是蒼白的，簡。」

「先生，這個卻是紫色的。嘴唇又黑又腫，額上的一道道皺紋像溝壑縱橫，兩道烏黑的寬眉向上豎著，兩眼充滿血絲。要我告訴您，我想到了什麼嗎？」

「什麼？」

「醜惡的德國幽靈——吸血鬼。」

「啊！它做了什麼？」

「先生，它從枯瘦的腦袋上取下婚紗，撕成兩半，扔在地上，用腳用力踩踏。」

「然後呢？」

「它拉開窗簾，往外張望。大概看到已近拂曉，便拿著蠟燭朝房門走去。正好路過我床邊時，那鬼影停了下來。火一般的目光向我瞪來，她猛然舉起蠟燭，湊近我的臉，在我眼皮底下把蠟燭吹滅了。我感覺得到，那張可怖的臉就在我的上方閃著微光。我昏了過去。這是有生第二次——只不過是第二次——我被嚇得失去了知覺。」

「妳醒過來時，誰跟妳在一起？」

「先生，誰也沒有，只是天光大亮了，我起身用水沖了頭和臉，喝了一大口水，覺得身子很虛弱，但沒有生病，便決定不對任何人提起這個噩夢，除了您。好吧，先生，告訴我，這女人是誰，是個什麼人？」

「毫無疑問，那是妳頭腦過於興奮的產物。我要對妳多加留意，我的寶貝，像妳這樣敏感脆弱的神經生來就經不住粗暴的折騰。」

「先生，您無須擔心，我的神經沒有毛病。那東西是真實的，事情確實發生過。」

「那麼妳的前一個夢呢，也是真的嗎？難道桑菲爾德府已化成一片廢墟？難道妳我被不可逾越的障礙拆開了？難道我沒流一滴淚，沒有吻一吻，沒有說一句話就離開了妳？」

「還沒有發生而已。」

「難道我以後會那樣嗎？嘿，讓我們永遠結合的日子已經到來，我敢保證，我們一旦結合，這種精神上的恐懼就絕不會再發生了。」

「精神上的恐懼！但願我能相信只是如此！既然您都無法解釋那可怕的來訪者是何許人也，現在我更是無比希望那只是精神上的恐懼。」

「既然我無法解釋，簡，那就肯定不是真的。」

「可是，先生，我今天早晨起來後，一邊自言自語，一邊在房間裡東張西望，想在光天化日下看到熟悉的物事中令人歡喜的部分，以此得到勇氣和慰藉，但是，就在地毯上，我看到了一樣完全足以否定原有設想的東西——那塊婚紗已從上到下被撕成了兩半！」

我覺得羅徹斯特先生大吃一驚，打了個寒戰，急忙抱住我。「謝天謝地！」他驚呼起來，「就算昨晚有什麼邪惡的東西到了妳身邊，幸好只是毀了婚紗！唉，想想還可能出什麼事！」

他喘著粗氣，緊緊地摟住我，我都快透不過氣來了。沉默片刻後，他又快活地說道：

「簡妮特，現在我要把一切解釋給妳聽。這件事半夢半真。我並不懷疑，確實有個女人進了妳的房間，那就是——肯定是——葛瑞絲·普爾。妳自己就說過，她是個怪人，就妳所瞭解的一切來看，妳有理由這麼說她：瞧她對我做了什麼事？又是怎麼對待梅森的？在半夢半醒之間，妳看到她進了房間，看到了她的一舉一動，但因為妳太興奮了，就在意識不清的狀態下，把她看成了一副妖魔鬼態，和她本來的面貌完全不同：散亂的長髮、發黑的腫臉、誇大了的高大身材，都是妳的臆想，源自噩夢。惡狠狠地撕毀面紗倒是真的，很像她做的事。我明白，妳會問：為什麼非要讓這樣一個女人留在這裡。等我們婚後一年又一天的時候，我會告訴妳的，但不是現在。妳滿意了嗎，簡？妳接受我對這個謎的解釋嗎？」

我想一想，對我來說，這的確像是唯一可能的解釋了。要說滿意，那倒未必，為了讓他高興，我勉強裝出滿足的樣子；要說寬慰，卻真的有，所以才心滿意足地朝他微笑。這時，早已過了凌晨一點，我準備向他道晚安了。

「蘇菲不是陪阿黛兒睡在兒童房嗎？」我點起蠟燭時，他問道。

「是的，先生。」

「阿黛兒的小床應該還有足夠的空位，今晚妳就跟她一起睡吧，簡。妳剛才說的事肯定會讓妳心神不寧，那也毫不奇怪。我不希望妳獨自過夜，答應我，到兒童房去睡吧。」

「我欣然從命，先生。」

「要從裡面把門閂牢。妳上樓後，把蘇菲叫醒，就說請她明天及時把妳叫醒，因為妳得在八點前梳妝更衣，吃好早餐。現在別再憂心忡忡了，拋開沉重的煩惱，簡妮特，妳沒聽見輕風細語嗎？雨點不再敲打窗櫺看，瞧——（他撩起窗簾）多麼可愛的夜晚！」

確實如此。半邊天都純淨如洗，風已改由西邊吹來，雲朵被風吹向東邊，聚集成長長的銀色雲帶，月亮的光輝甯馨祥和。

「好吧，」羅徹斯特先生帶著探詢的目光注視我，問道，「這會兒我的簡妮特感覺如何？」

「夜晚非常寧靜，先生，我也一樣。」

「除了歡樂的愛情、幸福的結合，妳今晚再也不會夢見分離和悲傷了。」

他的預言只實現了一半。我的確沒有夢見悲傷，但也沒有夢見歡樂，因為我根本沒有睡著。我摟著阿黛兒，瞧著這孩子那麼恬靜安寧、那麼天真地沉沉睡去，靜待新的一天到來，我的整個生命都清醒著，在體內躁動著，太陽一升起來，我就起床了。我至今還記得，離開阿黛兒時，她緊緊摟住我不放，我記得自己把她的小手從脖子上鬆開時吻了吻她。我懷著一種莫名的情感，俯身對著她哭起來，就趕緊轉身離去，生怕啜泣會驚動她的酣睡。她似乎象徵了我的往昔，而我此刻梳妝打扮前去會合的他，則完全代表了未知的將來，令我畏懼又傾心。

第26章

蘇菲七點鐘來為我梳妝，確實費了好久才大功告成，我猜想羅徹斯特先生對我的拖延肯定有點不耐煩了，才派人來問我怎麼還沒有下樓。蘇菲正用一枚飾針把婚紗（結果，終究是用那塊素色蕾絲方巾）別到我頭髮上，一別好，我就急忙從她手下鑽了出去。

「等一下！」她用法語叫道，「看看鏡子裡的自己，妳都還沒看一眼呢。」

於是我在門邊轉過身來。我看到一個身著禮服、頭戴面紗的身影，一點兒都不像我往常的樣子，儼如陌生人。「簡！」有人大喊一聲，我趕緊走下樓去，羅徹斯特先生在樓梯底部迎著我。

「怎麼這麼磨蹭！」他說，「我等得心急如焚，妳太拖拉了！」

他帶我進了餐室，急切地把我從頭到腳打量了一遍，聲稱我「美得像百合花，不僅是我生命中的驕傲，也是我眼底的渴望」。然後，他說只給我十分鐘吃早餐，按鈴後，他新僱用的一個男僕應聲而來。

「約翰把馬車準備好了嗎？」

「已備好了，先生。」

「行李拿下去了嗎？」

「他們正在往下搬，先生。」

「妳到教堂去一下，看看沃德牧師和執事在不在。回來告訴我。」

如讀者所知，大門外不遠處就是教堂，所以男僕很快就回來了。

「先生，沃德先生正在法衣室裡穿法袍。」

「馬車呢？」

「馬匹正在上輓具。」

「我們上教堂不用馬車，但回來時得準備停當。所有箱子和行李都要裝好、捆好，車夫要就位待命。」

「是，先生。」

「簡，妳準備好了嗎？」

我站了起來，沒有伴郎和伴娘，也沒有親友列隊迎候。只有羅徹斯特先生和我。我們經過大廳時，費爾法克斯夫人站在那裡，我本想和她說幾句話，但我的手像是被鐵鉗扣住了，被拽得大步往前趕，簡直跟不上他的步伐。只要瞥一眼羅徹斯特先生的臉，我就知道他無論如何也不肯再拖延哪怕一分鐘了。我不知道別的新郎是否也像他這樣專注凝神、毅然決然，也不知道還有誰的堅定的眉宇下會有那樣熾熱的炯炯目光。

我都不知道那天的天氣是好是壞，順著車道走下坡時，我既沒望天也沒看地，眼光受制於心靈，完全集中在羅徹斯特先生身上。我們一起往前走的時候，他似乎惡狠狠地盯著什麼，我很想看出來那無形之物究竟為何，很想感受到他到底在與什麼對峙，在抵禦何等的力量。

我們在教堂邊門停下來，他發現我已上氣不接下氣了。「我對所愛之人太殘忍了嗎？」他問道，「歇會兒吧，簡，靠著我。」我還能回想起當時的情景：灰色的老教堂寧靜地聳立在我面前；一隻白嘴鴉在教堂尖頂盤旋；遠處的朝霞將天空映照得通紅。我還隱約記得綠色的墓園，也絕不會忘記，在低矮的小丘之間徘徊著兩個陌生的人影，他們低頭看著幾塊覆滿青苔的墓碑上的銘文。這兩人引起我的注意，是因為他們一見到我們就繞到教堂背後去了；我相信他們是要從側門進教堂觀禮。羅徹斯特先生沒有注意到這兩個人，他只是熱切注視著我的臉，我想，當時我應該是面無血色，因為我感覺得到自己的額頭汗涔涔的，兩頰和嘴唇都有點發涼。但我很快就定下神來，依傍著他走上小徑，緩緩走向教堂的門廊。

我們進了幽靜、樸素的教堂，牧師身穿白色法衣，已在低矮的聖壇等候，執事站在他身旁。一切都很沉靜，只有那兩個人影在遠遠的角落裡走動。我猜得沒錯，那兩個陌生人已先於我們悄悄溜進教堂，此刻正背對我們，站在羅徹斯特家族墓園邊，隔著柵欄看著那些年深月久的古老大理石墓碑，那裡有一個跪著的天使雕像，守衛著內戰中死於馬斯頓荒原戰役的戴默爾·德·羅徹斯特和他的妻子伊莉莎白的遺骸。

我們在聖壇欄杆前站好。我聽見身後傳來小心翼翼的腳步聲，轉頭一看，只見一位陌生人——顯然是位紳士——正向聖壇走來。儀式開始了，牧師宣講婚姻的意義，接著向前一步，向羅徹斯特先生微微欠身，繼續講道：

「我要求並告誡你們兩人（如同在可怕的末日審判中，所有人都將袒露內心的祕密），如果你們當中的任何一人知道有什麼障礙使你們不能合法地結為夫婦，就務必立刻講出來。因為你們要確信，凡是違背基督教義所允許而結合的人，都不是上帝結成的夫婦，他們的婚姻就是非法的。」

他按照慣例，在此停頓了一下。這句話之後的停頓何曾被人打斷呢？不，也許一百年才有一次。所以，牧師依然低頭看著經典，頭也沒抬，靜默片刻後就往下說。他已把手伸向羅徹斯特先生，剛要開口問：「你願意娶這個女人為妻嗎？」就在這時，近處傳來清晰的話語聲：

「婚禮不能繼續舉行，我聲明，確有障礙。」

牧師抬頭看了看說話的人，默不作聲，執事也一樣。羅徹斯特先生微微顫動了一下，彷彿腳下發生了地震。他旋即站穩，既沒有回頭，也沒有抬眼，只是說道：「繼續。」

他用低沉的語調說完這句之後，全場一片靜默。片刻後，沃德先生說道：

「對此聲明，若不先加以查證，確認其真偽，我無法繼續儀式。」

「婚禮已可以中止了。」我們背後的那人又說道，「我能夠證實剛才的聲明，這樁婚事存在著難以克服的障礙。」

羅徹斯特先生聽見了，卻置之不理。他頑固又堅定地僵直挺立，絲毫不為所動，只是緊握住我的手。他的手多燙，握得多緊啊！這一刻，他那蒼白、堅定、寬闊的前額儼如新開採的大理石！他的眼睛多麼閃亮，看似沉著機警，卻潛隱著多麼狂野的情緒！

沃德牧師似乎有點不知所措，「是哪一類性質的障礙？」他問道，「或許是可以排除——能夠解釋清楚的吧？」

「幾乎不可能，」那人答道，「我是經過深思熟慮，才稱之為『難以克服』的。」

說這話的人走到前面，倚在欄杆上。他往下說，每個字都說得那麼清楚、鎮定；斬釘截鐵，但沒有提高音量：

「障礙僅在於前一段婚姻，羅徹斯特先生有一個妻子，她還活著。」

聽到這句輕輕道來的話，我比被雷擊中更為震驚，血液感受到的震顫比遭到冰凍或烈火更鮮明。但我穩得住自己，不至於暈倒。我看向羅徹斯特先生，迫使他也看著我。他的整張臉彷彿蒼白的岩石，眼睛彷彿擦出火星的燧石。他沒有一點否認的企圖，似乎可以公然違抗一切挑戰。他沒有說話，沒有微笑，也似乎沒有把我看作一個人，只是用手臂緊緊摟住我的腰，讓我緊緊靠在他身邊。

「你是誰？」他問那個不速之客。

「我叫布里格斯，是倫敦××街的律師。」

「你要硬塞給我一個妻子嗎？」

「我是要提醒你，先生，你已經有一位夫人了。即使你不承認，法律也是承認的。」

「勞煩你描述一下——她的名字，她的父母，她的住處。」

「當然可以。」布里格斯先生鎮定自若地從口袋裡取出一份文件，用公事公辦、帶鼻音的腔調朗聲誦讀：

「我確定，並能證實：西元××年（十五年前）十月二十日，英國××郡桑菲爾德府、及××郡芬丁莊園的主人愛德華·費爾法克斯·羅徹斯特同柏莎·安東娃妮塔·梅森——我的姊姊，商人約拿斯·梅森及妻子克里奧爾人安東娃妮塔的女兒——在牙買加西班牙鎮××教堂成婚。婚禮的記錄可見於教堂的登記簿。我現有抄本一份。署名者：理查・梅森。」

「就算這份文件是真的，也只能證明我結過婚，卻不能證明其中所提到的，身為我妻的那個女人還活著。」

「三個月之前她還活著。」律師反駁道。

「你怎麼知道？」

「我有一位證人，可以證明這件事。先生，他的證詞，恐怕連你也難以推翻。」

「把他叫來，要不然就見鬼去。」

「那我先叫他過來吧，他就在現場。梅森先生，請走上前。」

一聽這個名字，羅徹斯特先生就咬緊牙關；我離他很近，感覺得到他還劇烈戰慄起來，憤怒和絕望的痙攣傳遍周身上下。這時候，一直躲在後面的第二個陌生人走了過來，那張蒼白的臉孔出現在律師身後——不錯，正是梅森本人。羅徹斯特先生轉身面對他，怒目而視。我常說他的瞳孔是黑色的，但此刻，卻因陰沉而泛出黃褐色，不，是泛出帶血色的紅光。他的臉漲紅了，橄欖色的臉頰和失去血色的額頭似乎因為心火升騰而泛出紅光。他按捺不住，舉起強壯的手臂——那足以痛擊梅森，把他打倒在教堂的地板上，無情地把他揍到斷氣，但梅森往後退縮，虛弱地叫出聲來：「天哪！」強烈的輕蔑感讓羅徹斯特先生冷靜下來，就像植物得了枯萎病一樣，他的怒氣頓消，只問了一句，「你有什麼要說的？」

梅森蒼白的唇間吐出幾句輕微得根本聽不清的回答。

「要是你回答不清，就是有鬼！我再問你一次，你有什麼要說的？」

「先生，先生！」牧師插話了，「別忘了你們身處聖所。」他再轉向梅森，溫和地問道，「先生，你是否確定，這位先生的妻子還活在人世？」

「勇敢一點，」律師催促道，「說出來吧。」

「她現在就在桑菲爾德，」梅森用更為清晰的聲調說道，「四月分我還見過她。我是她弟弟。」

「在桑菲爾德！」牧師失聲叫道，「這不可能！我是這一帶的老住客，先生，從來沒聽說過桑菲爾德府有一位羅徹斯特夫人。」

我看見羅徹斯特先生的嘴角揚起令人生畏的冷笑，他喃喃說道：「確實沒有——天哪！我十分小心，不讓人知道，至少不讓人聽說，她有那種稱謂。」他陷入了沉思，琢磨了十來分鐘，終於下了決定，說道：

「夠了！乾脆把一切都說開吧，就好比槍已上膛，就該痛快地射出子彈。沃德，合上你的《聖經》，脫下你的法衣吧。（面向執事）約翰．格林，你也離開教堂吧。今天不舉行婚禮了。」

那人便走了。

羅徹斯特先生近乎蠻勇、不顧後果地往下說道：「重婚真是個醜陋的字眼！然而，我還是決意要當個重婚者。可命運就這樣耍弄我，或是天意所歸——也許是因為後者。現在，我比魔鬼好不了多少，而且，就像站在那裡的牧師所言，我必定會受到上帝最嚴正的審判，甚至該下地獄，忍受不滅之火、不死之蛆的折磨。先生們，我的計畫失敗了：這位律師及其委託人所言不虛，我結過婚，而且，與我結婚的女人還活著！沃德，你說你沒聽說過我的宅邸裡有位羅徹斯特夫人，但我猜想，你肯定常常聽聞，那裡有一個神祕的瘋子被嚴加囚禁著。有人會告訴你，她是我同父異母的私生姊妹；也有人會說，那是被我拋棄的情婦。我現在可以告訴你：她就是我十五年前所娶的妻子，名叫柏莎・梅森，正是這位勇敢出面作證的先生的姊姊，他現在四肢顫抖、嘴唇發白，卻顯示出他的心意有多麼堅決。夥計，振作起來，用不著怕我！打你和打女人沒有差別。柏莎・梅森是個瘋子，出身於一個瘋人家庭——三代都是白痴和瘋子！她的母親，那個克里奧人，既是個瘋女人，又是個酒鬼！我娶了她之後才發現，因為他們之前從未向我透露這個家族祕密。柏莎就像個盡責盡職的孩子，在這兩方面都繼承了她母親的特點。我曾有一個迷人的伴侶——純潔、聰明、謙遜；你可能以為我是個幸福的男人。我經歷了多少不同尋常的事情啊！哦！簡直無與倫比，你們要是知道該多好！但我無須再多加解釋了，布里格斯、沃德、梅森——我邀請你們各位一起到我家去，拜訪一下普爾夫人的病人：**我的妻子**！等你們都看到了我被騙婚而娶了什麼樣的人為妻，再來評判我是否有權打破婚約，至少在同為人類的人身上尋求慰藉吧。這個女孩，」他看著我，繼續說道，「對這個醜陋的祕密一無所知，就和沃德你一樣，她以為一切都是合法而美好的，做夢也沒想到會和一個可鄙的人落入一場重婚騙局，可憐那個可鄙的人被惡劣、瘋狂、野蠻的合法妻子拴得死死的！你們都來吧，跟我走！」

他依然緊握我的手，走出了教堂。三位先生跟在後面。走到宅邸門前，我們發現馬車停在那裡。

「把車趕回車棚吧，約翰，」羅徹斯特先生冷冷地說道，「今天不需要用車了。」

我們進門時，費爾法克斯夫人、阿黛兒、蘇菲和莉婭都迎上前來。

「所有人，向後轉。」主人大喝一聲，「帶走你們的祝賀吧！誰需要呀？我可不要！晚了十五年！」

他一路往前，走上樓梯，仍緊緊拉著我的手，招呼先生們跟著他，他們也相繼上樓。我們走上第一道樓梯，走過過道，繼續上三樓。羅徹斯特先生用鑰匙打開了又矮又黑的小門，我們就邁入了掛著帷幔的房間，房內有一張大床和一只飾有圖案的大衣櫃。

「你來過這地方，梅森，」我們的嚮導說道，「她就是在這裡咬了你，刺了你一刀。」

他撩起牆上的帷幔，露出第二扇門，再用鑰匙把它打開。這個房間裡沒有窗戶，燃著一爐火，外面圍著又高又堅固的爐柵，一盞吊燈用鐵鍊垂吊在天花板下面。葛瑞絲·普爾俯身面向爐火，似乎在平底鍋裡煮東西。房間另一頭的昏暗陰影裡，有個人影在前後跑動，但究竟是動物還是人，乍一眼看去竟難以辨清。它好像四肢著地在爬，像奇異的野獸般又抓又嚎；但它穿著衣服，披著一頭黑白相間、亂如鬃毛的毛髮，遮住了頭和臉。

「早安，普爾夫人。」羅徹斯特先生說，「妳好嗎？妳照管的人今天怎麼樣？」

「還過得去，先生，謝謝。」葛瑞絲一邊回答，一邊小心地把一鍋燒滾了的亂燉放在爐架上。「有些暴躁，但還不至於『發狂』。」

一陣凶狠的叫喊聲似乎當場戳穿了她只挑好話說。穿著衣服的怪獸直起身來，後腳著地，高高地站起來。

「糟了，先生，她看見您了！」葛瑞絲喊道，「您還是別待在這裡。」

「只待一會兒，葛瑞絲。妳必須允許我停留片刻。」

「那就千萬小心，先生！看在上帝的分上，要當心！」

瘋子怒吼起來，把亂蓬蓬的頭髮從臉上撩開，狂野地瞪著幾位來訪者。我一眼就認出那發紫的臉膛，腫脹的五官。普爾夫人走上前來。

「讓開，」羅徹斯特先生說著，把她推到一邊，「她現在手裡沒有刀吧？而且我有所防備。」

「誰也不知道她手裡有什麼，先生，她那麼狡猾，常人的頭腦根本猜不透她的詭計。」

「我們最好還是離她遠點。」梅森輕聲說道。

「見你的鬼去吧！」這便是他姐夫的建議。

「小心！」葛瑞絲大叫起來。三位先生不約而同地往後退縮，羅徹斯特先生把我拉到他身後。那瘋子猛撲過來，惡狠狠地掐住他的脖子，張口就要往臉上咬；他們扭打起來。她是高大壯實的女人，身材幾與她丈夫不相上下，還顯得更臃腫。廝打時，她不止一次顯露出男性才有的強力，羅徹斯特先生已然身強體壯，卻幾乎被她掐死。他完全可以將她一拳擊昏，但他不願出手，寧可與之角鬥。最後，他終於按住了她的胳膊。葛瑞絲遞給他一根繩子，他將她的手反綁起來，又順手拿來近旁的一根繩子，將她綁在椅子上。這一連串動作是在狂呼亂叫、劇烈掙扎中完成的。羅徹斯特先生隨後轉身，帶著尖刻而悽楚的苦笑，看著幾位訪客。

「這就是我的夫人。」他說，「這就是我所知的唯一一種夫妻間的擁抱，這就是我閒暇時所能得到的愛撫與慰藉，而這才是我渴望擁有的（他把手放在我肩上）：這位年輕女孩，如此嚴肅、鎮定地站在地獄門口，勇敢地正視那惡魔的嬉戲。我需要她，在嘗過那種辛辣難忍的滋味後，我需要一種改變。沃德，布里格斯，看看她們啊！雲泥之別！把這雙明淨的眼睛和那雙血紅的眼珠比較一下吧，把這張臉和那張鬼臉，把這副身材和那個龐然大物比較一下吧！然後，傳播福音的牧師，護法的律師，你們再來審判我吧，請記住：你們怎樣評判我，別人也會怎樣評判你們！現在你們走吧，我得把我的寶貝關起來了。」

我們都退了出來。羅徹斯特先生稍微多留了一會兒，又交代了葛瑞絲．普爾幾句。我們下樓時，律師對我說道：

「小姐，」他說，「您是無可指摘的，您的伯父一定會很高興得知這個消息——當然，如果梅森先生返回馬德拉後，他還活著的話。」

「我的伯父！他怎麼樣？你認識他嗎？」

「梅森先生認識他，愛先生是他的商號在豐沙爾的老客戶。您伯父接到您的信，得悉您將與羅徹斯特先生成婚時，梅森先生剛好在馬德拉群島療養，即將回牙買加。愛先生提起這個消息，因為他知道我在這裡有位委託人認識一位姓羅徹斯特的先生。您可以想見，梅森先生既驚訝又難受，便披露了事情的真相。您伯父——我要很遺憾地告訴您，他現在病危在床，考慮到疾病的性質……是肺癆……病情每況愈下，他很可能一病不起，因而不可能親自趕來英國，把您從這樁騙局中解救出來。但他懇求梅森先生採取措施，事不宜遲，立刻阻止這樁婚事。他讓他求助於我。我動用了一切緊急手段，謝天謝地，總算趕上了，您想必也深有同感吧。要不是我確信沒等您趕到馬德拉群島，您的伯父就會過世，我會建議您同梅森先生結伴而行，一起回去；但也正因如此，您還是留在英國為好，接到愛先生的信或相關信息後再說。還有別的事需要我留下來嗎？」他問梅森先生。

「不，沒有了，我們走吧。」梅森急不可耐地回答。他們沒有等羅徹斯特先生出來道別，就從大廳出去了。牧師留下來，與那位高傲的教區居民交談了幾句，不知是勸導還是責備。盡了這番責任後，他也走了。

這時我已回到自己的房間，正站在半掩半開的門邊，聽著牧師離去。人去樓空，宅邸裡安靜下來，我把自己關進屋，門上門，免得有人闖進來，然後就開始——不是哭泣，也不是悲歎，我很鎮定，不至於這樣，而是——機械地脫下婚服，換上昨天我以為是最後一次穿的粗呢外套長裙。之後，我坐下來，覺得虛脫，乏累極了。胳膊支在桌上，我雙手抱頭。現在我開始思考了。在此之前，我只是聽，只是看，只是走動……由別人領著或拖著，跟上跟下——眼看著事情一件件發生，祕密一樁樁被揭開。而現在，我要思考。

這天早上實在算得上平靜——除了短暫出場的瘋女人。教堂裡的對峙也並沒有高聲喧譁，沒有怒火爆發，沒有大吵大鬧，沒有爭辯不休，沒有挑釁或責難，沒有眼淚，沒有哭泣。只是那麼幾句話，從容地表示反對這樁婚事，羅徹斯特先生問了幾個嚴厲而簡短的問題，對方作了回答和解釋，援引了證據，我的主人公開承認了事實，緊接著就看到了活生生的證據。不速之客走了，一切都過去了。

我一如往常在自己的房間裡—還是那個我，沒有明顯的變化，沒有遭到打擊，損傷，甚或殘害，然而昨天的簡愛在哪裡呢？她的人生去哪裡了？她的前程在哪裡？

簡愛，那個曾經熱切期盼的女人——就差一點做了新娘——再度成了冷漠、孤獨的女孩。她的生活是黯淡的，她的前程是淒涼的。聖誕的霜凍在仲夏就降臨了，十二月的風雪飛捲在六月天，冰凌凝凍在成熟的蘋果上，積雪壓碎了怒放的玫瑰，冰封的屍衣覆蓋著乾草田和玉米地，昨夜還姹紫嫣紅的小徑，今日已被無人踩踏的積雪封存，十二個小時前還樹葉婆娑、芬芳撲鼻猶如熱帶樹叢的樹林，現已白茫茫一片荒蕪，猶如冬日挪威的松林。我的希望全都破滅——被叵測的命運所擊垮，就像埃及的所有初生的長子一夜之間就厄運臨頭。我凝望自己曾抱有的希望，昨天還那麼繁茂蓬勃，熠熠生輝，今天卻都像直挺挺、冷冰冰、灰濛濛的屍體躺在那裡，再也無法復活。我審視我的愛，由我的主人創造出來、只屬於他的那種感情，在我心裡顫抖，如同在冰冷的搖籃裡受苦的病孩，飽受疾病和痛楚的折磨，卻又無法再投入羅徹斯特先生的懷抱，無法從他的胸膛得到溫暖。唉，永遠也回不到他那裡去了，因為信念已被扼殺——信任已然崩塌！對我來說，羅徹斯特先生已不是過去的他，因為他並不是我所想像的那個他。我不會把罪惡歸咎於他，我不會說他背叛了我，但他在我心中已與一塵不染、真實不虛的形象無緣了，我必須離他而去，這點我看得非常清楚。至於什麼時候走，怎樣走，去哪裡，我還沒有頭緒。但我相信，他也會希望我早點離開桑菲爾德。如此看來，他對我未必懷有真情，只不過是忽冷忽熱的一時激情，而且一經阻止，他就不會再需要我了。事到如今，我甚至害怕與他狹路相逢，他肯定會討厭看到我的。唉，我是多麼盲目！我的表現是多麼軟弱！

我緊緊閉著雙眼，還用雙手蒙住。漩渦般的黑暗似乎圍繞著我，思緒滾滾而來，如同濁亂的暗流。我將自己放棄、放逐、放鬆，不著一絲氣力，彷彿躺在寬闊卻乾涸的大河的河床上，卻聽見遠山中洪水爆發，分明感覺到激流即將湧來；但我不想爬起來，也沒有力氣逃跑；只是虛弱地躺在那裡，渴望就這樣死去。只有一個念頭，仍像有生命似的在我心頭悸動，我想起了上帝，無聲的祈禱由此而生。這些話在我黯然無光的內心沉沉浮浮，似乎明明必須低聲傾訴的話語，卻無力表達。

「求你不要遠離我，因為急難臨近了，沒有人幫助我。」[1]

急難確實臨近了，但我並沒有祈求上天消災滅禍——我沒有合上雙手，沒有跪下雙膝，也沒有開

1. 語出《聖經・舊約・詩篇》第二十二篇第十一節。

口祈禱——急難果然降臨，滾滾洪流盡情傾瀉，將我傾覆。我的人生孤寂、愛情已逝、希望幻滅、信念被摧毀，這整個想法猶如黑壓壓的龐然大物，盤桓在我的頭頂。那個痛苦的時刻，至今仍覺得不堪描述，真正是「眾水要淹沒我。我深陷在淤泥中，沒有立腳之地；我到了深水之中，大水漫過我身。」

第27章

已到下午，我抬起頭來，環顧四周，看見落日在牆上留下漸漸下沉的金色印記，我問自己，「我該怎麼辦？」

心中響起一個回答——「立即離開桑菲爾德」——答案來得這麼快，又這麼可怕，我慌忙掩住耳朵。我說，我現在受不了這種話。「沒有成為愛德華．羅徹斯特先生的新娘，只是最微不足道的痛苦，」我在與自我爭辯，「從一場美夢中醒來，發現一切只是一場空，這種恐懼我也能忍受和克服。但要我立刻決然地、徹底地離他而去，卻真的讓我受不了，我做不到。」

但是，內心的另一個聲音卻斷定我做得到，還預言我會這麼做。我和自己的決心相持不下，唯願自己是個弱者，就可以避開分明已鋪展在我面前、舉步維艱的險途；而「良心」已變成暴君，掐住「激情」的喉嚨嘲弄地罵道：她美麗的小腳稍稍點進了泥沼，還沒有到難以自拔的地步，但他發誓要用鐵臂把她拽進深不見底的痛苦深淵。

「把我趕走吧！」我哭喊道，「有沒有人來幫幫我！」

「不，妳得憑一己之力離開此地，沒有人會幫妳。妳要自己剜出右眼；自己砍下右手，把妳的心作為祭品，並且親自擔當祭司，把它刺穿。」

我猛地站起來，明明只有我孤絕獨處，卻有這樣殘忍的裁判者徘徊左右，用這樣可怕的言語充斥寂靜，這把我嚇壞了。一旦站直身子，我只覺得腦袋發暈，我明白，那是因為自己太激動、又沒有吃東西，一整天水米未進，早餐也沒怎麼吃。我突然帶著一種難以言喻的苦楚想到：我把自己關了這麼久，卻沒有人來問問我好不好，或請我下樓去，就連阿黛兒都沒來敲我的門，費爾法克斯夫人也沒來找我。「被命運拋棄的人，也會被朋友們忘卻。」我喃喃自語，拉開門閂，走出門去。一出去就被什麼東西絆了一下，我的頭在暈眩，眼在發花，四肢綿軟，根本無法穩住身子，跌倒了，但沒有倒在地上，有隻手伸出來，扶住了我。我抬頭一看，是羅徹斯特先生，他就坐在我房門口的一把椅子上。

「妳終於出來了。」他說，「嗯，我已經等了妳很久，還仔細聽著，但沒有聽到一絲動靜，也沒有聽到一聲哭泣，如果再有五分鐘死一般的沉寂，我就要像盜賊那樣破門而入了。看來，妳是想躲開我？把自己關起來，獨自傷心？我倒情願妳怒氣沖天地跑來，狠狠罵我一通。妳很容易動感情，所以我以為妳會那樣發脾氣。我早就準備好看到妳傷心痛哭，淚如雨下，但我希望妳的眼淚落在我的胸膛，而不是像現在這樣，全給了無知無覺的地板，或是妳濕透了的手帕。可是我錯了，妳根本沒有哭！我看到了蒼白的臉頰，暗淡的眼睛，卻沒有淚痕。那麼，我猜想，妳的心一定痛到泣血了？

「簡，一句責備的話都沒有嗎？沒有抱怨？也沒有傷人的痛斥？沒有一句傷感情的話？也沒有激憤的挑釁？妳就那麼靜靜地坐在我扶妳坐下的地方，無精打采地用漠然的眼神看著我。

「簡，我從沒想過要這樣傷害妳。假如有人只有一頭小母牛，被他當作女兒般的掌上明珠，讓牠吃他的麵包，喝他杯裡的水，躺在他懷抱裡，但由於某種疏忽，他卻在屠場裡錯手宰了牠，他的悔恨也絕不會超過我現在的悔恨。妳會原諒我嗎？」

讀者！我當時就原諒他了，就在我的房門口。他眼中的懊悔如此深重，言語中的遺憾如此真摯，一舉一動都如此有男子氣概，更何況，他的神情體態都流露出毫無改變的愛意，因而，我完全可以原諒他——但沒有說出口，也沒有在動作或神態中表現出來——只是深埋在心底。

「簡，妳知道我是個混蛋了？」不久，他若有所思地問道，

我猜想，他是在思忖我為何一直緘默，似乎毫無鬥志，其實那純粹是因為身體虛弱，而不是刻意為之。

「知道，先生。」

「那就直截了當地告訴我吧，不用留情，不用顧忌我。」

「我做不到，我又疲倦又難受。我想喝點水。」他好像渾身顫抖著，歎了口氣，把我抱在懷裡，一直抱到樓下。起初我不知道他要帶我去哪個房間，我兩眼昏花，看起來一切都朦朦朧朧的。很快，我的身上就感受到了溫暖的爐火，因為雖是夏天，但我在自己的房間裡早已渾身冰涼。他把葡萄酒送到我嘴邊，我稍許喝了一口，緩過神來。然後，他拿來一些吃的，我吃了幾口，這才有了點力氣。原來，我是在書房裡，坐在他的椅子上，而他就在我身邊。「要是我的生命現在就終結，不用再忍受錐心的痛，那倒是再好不過了。」我心想，「那樣，我就不必生生掙斷自己和羅徹斯特先生緊緊相繫的心弦。看樣子，我必須要離開他。可我不想離開他——我離不開他。」

「現在感覺好點了嗎，簡？」

「好多了，先生。我很快就會沒事的。」

「再喝一口酒，簡。」

我聽從了。接著，他把酒杯放在桌上，站在我面前，專注地看著我。突然又轉過身去，發出一聲充滿激情、但含糊不清的叫聲，快步走過房間，又折回來，朝我彎下身子，像是要吻我，但我想起來，我們之間已不能再愛撫了。我轉過頭去，推開了他。

「怎麼了？這又怎麼了？」他心急火燎地問道，「哦，我知道了！妳不肯親吻柏莎．梅森的丈夫？妳認為我懷中已有她人，我的擁抱已另有所屬了？」

「無論如何，已沒有我的容身之地了，我也沒有權利要求什麼，先生。」

「為什麼，簡？不用麻煩妳多費口舌，讓我來替妳回答吧！妳肯定會說，因為我已經有了妻子。我猜得對嗎？」

「對。」

「要是妳這樣想，妳就是誤解我了。妳一定覺得我是個詭計多端的浪子，卑鄙下賤的流氓，玩弄感情，假裝愛妳，只為了把妳推入精心設置的圈套，損毀妳的名譽，奪走妳的自尊。妳要說什麼？一開始妳身子還虛弱，連呼吸都困難，什麼都說不出來；其次，妳還不習慣指責我，辱罵我；再說了，眼淚的閘門已經打開，要是妳說得太多，淚水就會奔湧而出。而且，妳沒有心思來勸誡我，責備我，大鬧一場，相反，妳在思索該如何**行動**，妳認為**空談**無濟於事。我瞭解妳，我很警惕。」

「先生，我不想與您作對。」我說道，發抖的嗓音警告我要長話短說。

「妳只是這樣說罷了，但按照我的理解，妳是打算毀掉我。妳等於已經明說了：我是一個已婚男人——正因為這樣，妳要躲著我，避開我。剛才妳已拒絕吻我，妳要我們完全變成陌路人，只是作為阿黛兒的家庭教師住在這裡。只要我對妳說句友善的話，只要妳又對我產生一點友善的感情，妳就會說：『那個人差點讓我成了他的情婦，我必須對他冷若冰霜。』於是，妳就真的冷若冰霜了。」

我清了清嗓子，穩住聲音，回答他：「我周圍的一切都變了，先生，我也必須改變。這是毫無疑問的。為了避免感情的波動，免得不斷抵制回憶和聯想，那就只有一個辦法：阿黛兒得另請一位家庭教師，先生。」

「噢，阿黛兒要上學去——我已安排好了。我也不想拿桑菲爾德府可怕的聯想和回憶來折磨妳——這是個該詛咒的地方，亞干的營帳[1]！這蠻不講理的墓穴在光天化日之下散播活死人般的可怖氣息！這個狹小的石頭地獄裡，藏著一個真正的魔鬼，比我們所能想像出來的千萬個魔鬼更惡劣。簡，妳用不著留在這裡，我也不要。我明知道桑菲爾德鬼影幢幢，卻把妳帶到這裡來，這是我犯下的大錯。我還沒有見到妳，就已叮囑他們要保密，關於這地方的禍害和所有實情，一個字都不能向妳吐露，就因為我怕妳知道會和什麼樣的人同住在一個屋簷下，阿黛兒就找不到願意長留此地的家庭教師。但我又不能把這瘋子移送到別的地方去，儘管我還有芬丁莊園——那個老宅比這裡更幽靜、更隱蔽，大可將她安置在那裡；但考慮到那裡位於森林中心，環境對健康不利，我無法昧著良心那樣做。也可能，那裡潮濕的牆壁很快就能讓我徹底擺脫她這個包袱。但壞蛋千千萬萬，壞也壞得各有不同，

1. 典故出自《聖經．舊約．約書亞記》第七章：以色列人破耶利哥城時，猶大的支派亞干違反上帝的曉諭，私將所奪的財物藏在自己的帳篷內，上帝震怒，命以色列人用石頭將他打死。

我的壞處就在於我不願意間接殺人，哪怕是我恨之入骨的人。

「然而，把瘋女人毗鄰而居的事瞞著妳，就好比用斗篷把孩子蓋起來，放在一棵箭毒樹旁邊。那魔鬼把四周都毒化了，而且毒氣終年不散。不過，我將關閉桑菲爾德府，我要用釘子封住前門，用板條封住矮窗。我要給普爾夫人二百英鎊一年，讓她在這裡陪伴瘋女人——我的『妻子』，如你們所稱的那樣。只要給錢，葛瑞絲什麼都肯做，她還可以讓她在格里姆斯比收容所看門的兒子來作伴，我的『妻子』發作的時候——譬如在深夜鬼使神差地要把人燒死在床上，或是用刀刺他們，從骨頭上把肉咬下來——葛瑞絲好歹也有個幫手。」

「先生，」我打斷他說，「您對那個不幸的女人實在冷酷無情。談起她的時候，您總是帶著恨意的反感——好像她是您的仇敵。這太狠心了，她發瘋也是身不由己。」

「簡，我最親愛的人（我這麼叫妳，因為妳確實是），妳不知道自己在說什麼。妳又錯怪我了。我恨她，並不是因為她發了瘋。要是妳瘋了，妳以為我會恨妳嗎？」

「我覺得您會的，先生。」

「妳錯了。妳並不瞭解我，一點也不瞭解我能愛到什麼程度。妳的身心就如同我自己的，一絲一毫對我來說都非常寶貴，哪怕病痛時，我也一樣珍惜。妳的心靈是我的珍寶，即便分崩離析，也一樣是我的珍寶。如果妳瘋了，緊抱妳的會是我的懷抱，而不是給瘋子穿的束身衣。就算妳發狂時亂抓亂拉，在我眼中也一樣迷人。就算妳像今天早上那個女人那樣瘋狂地向我撲來，我也一樣會用擁抱迎接妳，至少也會滿懷愛意地去抑制妳。我不會避開妳，像厭惡之極地避開她那樣。在妳安靜的時刻，妳的身邊不會有看守或護士，而是只有我的陪伴。我會帶著不知疲倦的溫柔來照顧妳，哪怕妳不會報以笑容。我會永不厭膩地凝視妳的眼睛，哪怕那雙眼睛已不再認得我，不再有一絲親切的光芒。但我為什麼順著瘋狂的思路說這些呢？我剛剛是在說，讓妳離開桑菲爾德。妳知道的，萬事俱備，馬上就可以離開這裡，明天妳就走。我只是在求妳：在這個宅邸裡再忍受一個晚上，簡，隨後就可以和這裡的一切痛苦和恐怖永別！我自有地方可去——可靠的避風港，足以躲開可憎的回憶、討厭的不速之客，甚至也不會有謊言和謠言。」

「那就帶阿黛兒去吧，先生，」我插嘴說道，「她可以和您作伴。」

「妳這是什麼意思，簡？我已跟妳說過了，我要送阿黛兒上學。而且，我為什麼要一個孩子作伴？何況又不是我的孩子，而是個法國舞女的私生子。妳幹麼老把我跟她扯在一起？我倒要問妳，妳為什麼要讓阿黛兒給我作伴？」

「您談到了避世隱居，先生，而隱退和獨處是很乏味的，對您來說太無趣了。」

「獨處！獨處！」他惱火地重複著，「我看，我得好好解釋一下。我不明白妳那種古怪的表情是什麼意思。妳要和我一起，分享我的隱居，妳明白嗎？」

我搖了搖頭。在他的情緒如此激動的時候，即使是冒險做出沉默不語的異議也相當需要勇氣。他本來在房間裡飛快地來回走動，這時停了下來，彷彿突然在原地生了根。他狠狠地瞪著我許久，我避開他的目光，轉而盯著壁爐裡的火看，竭力擺出泰然自若的姿態。

「現在，總算看到簡性格上的彆扭了。」他總算開口了，相比於他的神態，這語氣遠比我預料的要平靜，「到現在為止，這團絲線還是轉得夠順滑的，但我一直都知道，肯定會出現糾結，現在果然來了——煩惱、憤怒和無窮盡的麻煩！上帝呀！我真想有一點參孫的力量，能讓我快刀斬亂麻！」

他又開始走動，但很快又停下來，這回正好停在我面前。

「簡！妳願意聽我講講道理嗎？（他彎下腰，湊近我耳朵）因為妳不聽的話，我就要使用蠻力了。」他的聲音嘶啞，那模樣就像是要掙斷不可忍受的重重束縛，即將不顧一切地放肆掙扎。我看出來，只要再多一秒，再多一分狂亂的衝動，我就對他無能為力了。唯有此刻——正在過去的分分秒秒——我還有機會設法牽制他，約束他。要不然，哪怕一個表示厭惡、逃避和膽怯的動作就將決定我的未來，以及他的命運。但我不害怕，絲毫沒有。我感到一種內在的力量、一種能夠影響對方的氣勢在支撐我。危急關頭，千鈞一髮，但也並非沒有魅力，就像印第安人乘著皮筏順激流而下的感受。我握住他攥緊的拳頭，鬆開緊握的手指，撫慰他說：

「坐下吧，您想跟我講多久就多久，您想說什麼我都聽著，不管有沒有道理。」

他坐了下來，但我沒有讓他立刻就講，我已經強忍淚水多時，要用盡力氣才不讓它流下來，因為我知道他不喜歡看到我哭，但現在我認為還是讓眼淚任意流淌得好，愛流多久就流多久。要是滿面淚水使他生氣，那就更好。於是我不再忍耐，哭了個痛快。

很快，我就聽他真誠地求我鎮定一點。我說他那麼怒火沖天，我無法鎮定。

「可是我沒有發怒，簡。我只是太愛妳了。妳板起蒼白的小臉，我真的受不了。好了，別哭了，擦擦眼淚。」

他的語氣柔和多了，說明他已經克制住了。於是，我也止住哭泣。這時，他試著把頭靠在我肩上，但我還是不允許。他又想一把將我拉過去。還是不行！

「簡！簡！」他的語氣那麼傷心，顫動了我的每根神經。「難道，妳不愛我了？妳看重的只是我的地位以及作為我妻子的身分嗎？現在妳認為我不配當妳的丈夫，所以這樣害怕我碰妳，好像我是癩蛤蟆或者大猩猩。」

這些話讓我心如刀割，可是我能做什麼，說什麼呢？也許我應當什麼也別做，什麼也別說。但是我傷了他的感情，這讓我懊惱得心痛，因而情不自禁地想撫慰我製造的傷口。

「我當然是愛您的，」我說，「愛之深，前所未有。但我絕不能表露或縱容這種感情。這是我最後一次表白。」

「最後一次，簡！什麼！如果妳依然愛我，妳認為妳可以跟我共同生活，每天與我相見，卻總是冷漠地保持距離嗎？」

「不，先生，我肯定辦不到，正因為這樣，我認為只有一個辦法，但要是我說出來，你準會發火的。」

「噢，說吧！就算我大發雷霆，妳也可以用眼淚來制服我。」

「羅徹斯特先生，我得離開您。」

「多久，簡？幾分鐘嗎？要梳理一下有些蓬亂的頭髮，洗一下又熱又燙的臉嗎？」

「我得離開阿黛兒和桑菲爾德。我得一輩子離開您。我得在陌生的面孔、陌生的環境中開始新的生活。」

「當然。我說過，妳應當這樣。至於妳要離開我的瘋話，我就當沒聽到。實際上，妳要說的是：妳必須成為我的一部分。至於新的生活，那很好，妳還會是我的妻子。我沒有結過婚。妳將成為羅徹斯特夫人——名副其實，有名有分。在妳我有生之年，我只會守著妳一人。妳要到我在法國南部地中海沿岸一座牆壁雪白的別墅裡生活。妳要在那裡過上無憂無慮、安全又幸福的生活。不必擔心我會引誘妳誤入歧途——讓妳做我的情婦。為什麼妳在搖頭？簡，妳得理智一點，否則我真的會再次發狂的。」

他的聲音在顫抖，雙手也在顫抖，寬大的鼻翼翕張著，喘著粗氣，眼睛好像冒出火光，但我依然敢這樣說：

「先生，您的妻子還活著，這是今天早上您自己也承認的事實。如果我按您的希望和您一起生活，那我就是成了您的情婦。別的說法都是強詞奪理，都是自欺欺人。」

「簡，我不是一個好脾氣的人——妳忘了這點。我忍不了很久。我不是那種可以冷靜得不動感情的人。憐憫我吧，也憐憫妳自己，把妳的手指按在我的脈搏上，感受它是怎樣跳動的吧！妳要當心——」

他露出手腕，伸向我。他的臉頰和嘴唇盡失血色。我難受得不知如何是好。讓他如此激動、用他如此厭惡的方式拒絕他是很殘忍；但我又不能屈從。當人們被逼得走投無路時，總會出於直覺地求助於高於凡人的神明，我也一樣，「上帝啊幫幫我！」這句話脫口而出。

「我真是個傻瓜！」羅徹斯特先生突然大叫一聲。「我一直在跟她說，我沒有結婚，卻從來沒有向她解釋原因。我忘了她對那女人的性格、對那門該死的婚事都一無所知。哦，我可以肯定，只要簡知道了一切，她就會認同我的看法。把妳的手給我，簡妮特——我要看到妳，確鑿地觸碰到妳，確證妳就在我身旁——我會用寥寥數語告訴妳事情的真相。妳肯聽我說嗎？」

「當然可以，先生。幾小時都行。」

「我只要求幾分鐘。簡。妳是否知道，或者聽說過我不是家中的長子，我還有一個哥哥？」

「我記得費爾法克斯夫人跟我說過一次。」

「那妳聽說過，我父親是個嗜財如命、貪得無厭的人嗎？」

「我大概聽出了這個意思。」

「好，簡，出於貪婪，我父親決意不分割財產，保持家產的完整。他甚至不想把田產分開，好留給我應有的一份。他決定把一切財產都給我哥哥羅蘭德，但又不忍心眼看著我這個小兒子成為窮光蛋。所以，必須透過與富貴家族聯姻的辦法，解決我的生計。他及時地為我物色到了一個對象：梅森先生，西印度群島的種植園主和商人，是我父親的老朋友。他做了調查，確定梅森先生的家業很大，財路很廣。他瞭解到，梅森先生有一雙兒女；還從梅森先生本人那裡打探到：他能夠、也願意給他女兒三萬英鎊的財產；那可是正中我父親的下懷。我一離開大學就被送往牙買加，跟一個已經定下親的新娘成婚。我父親沒有提過她的錢，只告訴我，梅森小姐在西班牙城素有美貌傾城之名，這倒不假。她是個美人，和布蘭奇·英格朗屬於同一類型：身材高大，皮膚黝黑，雍容華貴。她的家人希望把我留住，因為我出身名門，她也這樣想。他們把她裝扮得華麗非凡，帶到舞會來見我。我難得單獨見她，也很少與她私下交談。她恭維我，展現姿色和才藝來取悅我。她那個圈子裡的男人們似乎都被她迷得神魂顛倒，也都很羡慕我。我飄飄然的，眼花繚亂，又興奮又激動。由於我幼稚無知，不諳世事，就以為自己愛上了她。社交場中的愚蠢角逐，年輕人的好色、魯莽和盲目，都會使人糊裡糊塗，什麼蠢事都做得出來。她的親戚們慫恿我；情敵們激起我的鬥志；她誘惑我。就這樣，我幾乎都不知道是怎麼回事，這門婚事就定了。唉，一想起當時的衝動無知，我就鄙視自己——從心底裡看不起自己，這種痛苦攫住了我。我從未愛過她，敬重她，甚至根本不瞭解她。她天性中有沒有一種美德，我甚至對此都沒有把握。無論從她的內心或舉止去看，我都看不到謙遜和仁慈，也看不到坦誠和高雅。而我娶了她。我是多麼庸俗，多麼沒有骨氣！真是個有眼無珠的大傻瓜！要不是有那麼大的過失，也許我早就——我還是要記住，我在和誰說話。

「我從未見過新娘的母親，我以為她死了。但蜜月一過，我就發現自己想錯了。她是瘋了，被關在瘋人院裡。我妻子還有個小弟弟，是個十足的白痴。妳所見到的那個大弟弟（儘管我討厭他的所有家人，但並不恨他，因為在他軟弱的靈魂中還有幾分愛心，一直很關心他那可憐的姊姊，也曾像忠心的小狗一樣跟在我身邊），他也可能早晚變成那樣。我父親和我哥哥羅蘭德明明都知道這些情況，卻只想著那三萬英鎊，合謀起來坑害我。

「這都是些醜惡的行徑，但是，除了隱瞞實情欺騙我之外，我不能把這一切都怪罪於我的妻子。儘管我發現她的個性與我格格不入，她的趣味使我厭惡，她的氣質平庸低俗、膚淺狹隘，完全不可能引導她看得更高更遠，發展出更寬廣的境界；我發現自己根本無法和她自在舒暢地度過一晚上，哪怕白天的一小時也沒辦法。我們之間沒有真誠的對話，因為不管談論什麼話題都會立刻得到她粗俗又陳腐、乖張又愚蠢的回應。我意識到自己永遠不可能有一個清靜安定的家，因為沒有哪個僕人能忍受她不斷發作、暴躁無理的脾氣，或是荒唐、矛盾又刁鑽的各種命令——即便如此，我也盡力忍了，盡量避免去責備她，少說幾句規勸的話，把自己的悔恨和厭惡默默地嚥下肚。我壓抑了深深的反感。

「簡，我不想多說那些令人憎惡的細節來煩妳，我要說的，其實可以簡化為措詞激烈的寥寥數語。我跟樓上的那個女人共同生活了四年，甚至四年都不到，我已經被她折磨得苦不堪言。她的性格變得愈來愈反覆無常，愈來愈頻繁地無理取鬧，那種惡化簡直可以說是飛快而劇烈的。她邪惡的性情那麼暴烈，只有使用殘暴的手段才能加以制止，而我又不忍心。她的智力如侏儒般低弱，癖性卻像巨人般強大，給我帶來了多麼可怕的詛咒！柏莎．梅森當之無愧是聲名狼藉的母親之女，硬是把我拖進了可恥的痛苦深淵：一個男人和如此荒淫放縱的妻子結合，這必定是在劫難逃的。

「在這期間，我哥哥死了，四年後我父親去世。那時候，我已夠富有，卻又可憐到可憎的地步：我從未見過的粗野不潔、墮落頹廢和我緊緊相連，被法律和社會認定為我的一部分，我又無法透過任何法律途徑加以擺脫，因為這時醫生已發覺我的妻子瘋了，她那些放肆過激的行為已催使發瘋的種子早熟。簡，妳不想聽了嗎？妳看上去就像是病了，剩下的部分是不是改日再談？」

「不，先生，現在就講完吧。我同情您，真心同情。」

「同情，這個詞若是出自某些人之口，簡，那就是侮辱人的惡語中傷，我完全有理由扔回說出它的口裡去。但那是冷酷、自私、無情的人才有的自負的憐憫，是聽到別人的苦楚後所產生的、以自我為中心的痛苦，伴隨著對承受苦楚之人的愚昧的蔑視。但妳的同情不是這樣的，簡，此刻妳的神情透露的不是那種自負的憐憫，而是另一種感情，讓妳此刻眼中洋溢熱淚，讓妳心中震盪，讓我手握的妳的手顫抖。我最親愛的簡，妳的同情源自承受劇痛的愛，那痛苦正是神聖的激情誕生前的陣痛。我接受，簡！讓這愛的女兒降臨吧，我展開懷抱，等待迎接她。」

「先生，說下去，您發現她瘋了之後怎麼辦？」

「簡，我到了絕望的邊緣，只剩一點殘存的自尊讓我不至於墜入深淵。在世人眼裡，我無疑背負了一層不堪的恥辱，但我決心在自己眼裡保持清白，最終，我拒絕被她的罪孽所玷汙，擺脫與她精神缺陷的一切聯繫。然而，社會依然會把我的名字、我本人和她相提並論，我仍舊天天看到她，聽到她，呼吸她呼吸的部分空氣，呸！我還記得我曾是她的丈夫，對我來說，這段回憶無論在當時還是現在，都讓我深感說不出的憎惡。而且，我知道，只要她還活著，我就永遠不能成為另一個更好的妻子的丈夫。儘管她比我年長五歲（她的家人、她的父親甚至在她年齡的細節上都騙了我），但她的頭腦有多虛弱，她的身體就有多強壯，所以她很可能跟我活得一樣久，因此，我在二十六歲的年紀上就已毫無指望了。

「有天夜裡，我被她的叫喊驚醒了（自從醫生確診她瘋了以後，她自然是被關起來了）。那是西印度群島的火燒夜——當地人這樣形容熱帶風暴到來前的悶熱天氣。我難以入睡，便爬起來開了窗。空氣裡有硫磺味的水氣，沒有一絲清爽的氣息。蚊子嗡嗡地飛進來，陰沉地在房間裡打轉。站在窗前，我能聽到遠處的海水翻湧，像地震般沉悶地隆隆作響。烏雲在大海上空集結，月亮在無邊無際、沉沉浮浮的波濤間像顆滾燙的炮彈，向醞釀著風暴的震盪中的海洋投去最後一瞥血色的目光。我深受那氣氛和景色的感染，耳朵裡卻充斥著瘋子的尖叫，咒罵中時時夾帶我的名字，用惡魔般咬牙切齒的仇恨語調，用那麼難聽的髒話——就連最不知廉恥的娼妓都沒有用過她那些汙言穢語！儘管隔了兩個房間，我依然聽得清每個字，西印度群島的房子裡那些薄薄的隔板根本擋不住她的狼嚎鬼叫。

「『這種生活簡直是地獄！』我終於忍不住說道，『這就是無底深淵裡的聲音和氣息！但願我能夠有權利讓自己從中解脫。這極大的痛苦，會連同拖累我靈魂的沉重肉體一起離我而去。我並不害怕狂熱信徒所篤信的萬劫不復的煉獄之火，因為將來再糟，總不會比現在更糟——讓我解脫，回到上帝那裡去吧！』

「我說著，在一只箱子旁邊蹲下來，打開鎖。箱子裡放了兩把上了膛的手槍。我想開槍自殺。但這個念頭轉瞬即逝，因為我沒有發瘋，那種激起自殺的念頭、使我萬念俱灰的危機一眨眼就過去了。

「剛從歐洲大陸吹來的風越過大洋，吹進敞開的窗戶。暴風雨來了，大雨滂沱，雷鳴電閃，空氣變得清新起來。就在這時，我產生了一個想法，下定了決心。就在濕漉漉的花園裡，在雨水滴答的橘樹和濕透的石榴和鳳梨樹間漫步時，燦爛耀眼的熱帶黎明照亮我的周遭，我恢復了理智，簡，噢！聽我說，就在那個時刻，智慧之神撫慰了我，向我指明了正確的道路。

「來自歐洲的清爽海風仍在清新的樹葉間耳語，大西洋正在自由自在地呼號，聽著那種聲響，我那顆枯萎焦灼已久的心舒展開來，彷彿又注滿了鮮活的血——我嚮往新生，我的心靈渴求純淨的甘露。我看見希望復活了，重獲新生是可能的。我從花園盡頭的拱形花棚下眺望大海，它比天空更加蔚藍。舊世界已然遠去，清晰的前景展現在面前——

「『去吧，』希望在說，『重新回歐洲生活吧，在那裡，你無須背負汙名，也無人知曉你背負著何等的重擔。你可以把瘋子帶去英國，關在桑菲爾德，給予應有的照料和防範。然後，你想去哪裡遊歷就去哪裡，想和誰交朋友就和誰在一起。那個肆無忌憚讓你長期受苦、如此敗壞你的名聲、侵犯你的榮譽、毀滅你的青春的女人不是你的妻子，你也不是她的丈夫。只要費心讓她得到病情所需的照護，你就算仁至義盡了。讓她的身分、她與你的關係永遠成為不為人所知的祕密吧，你用不著把這事告訴任何人。把她安置在安全舒適的地方，把她帶來的恥辱永遠掩藏起來，然後離開她。』

「我立刻按這個建議去做。我父親和哥哥從沒有把我婚姻的內幕透露給他們認識的人，因為在我寫給他們的第一封信裡不僅通報了我已成婚，還附帶了一個條件：要求他們務必嚴守祕密，因為我已經開始感受到這門婚事會帶來極其討厭的後果，從那家人的性格和體質中，我已經看到了自己將會面對怎樣可怕的前景。不久，我父親也意識到，他為我挑選的妻子聲名狼藉，以至於他都難以啟齒，羞於認她為媳。他像我一樣急於隱瞞，根本不願公開這層關係。

「於是，我把她接到了英國。和這麼個怪物同坐一條船，經歷了一次可怕的航行。萬幸的是，我終於把她送到了桑菲爾德，親眼看到她平安地住進三樓的房間。十年來，那個房間裡的祕密內室已被她弄成了野獸窩、妖怪洞。我費了很大周折，總算找到適合照料她的人，因為必須選擇忠實可靠的人，否則，她一旦發狂、胡言亂語，就必會洩露我的祕密。此外，她還有神志清醒的日子，有時一連幾天，有時是幾個星期，那種時候她就整日整夜地謾罵我。最後，我從格里姆斯比收容所僱來了葛瑞絲．普爾。我只把這番隱情透露給了她和卡特醫生（梅森受傷後驚恐不已的那個夜晚，就是他來包紮傷口的）這兩個人。當然，費爾法克斯夫人也可能猜到了幾分，但無法瞭解確切的事實。總的來說，葛瑞絲確實是個好看護，雖然也不止一次放鬆警戒，鬧出了意外，但這大抵是這種工作固有的麻煩，也顯然是她自身固有的毛病，改不了的。那瘋子既狡猾又惡毒，絕不放過看護人暫時的疏忽，有一次，她偷偷拿刀刺傷了她弟弟，還有兩次，偷到了她小房間的鑰匙，在夜裡偷偷溜出來，第一次企圖把我燒死在床上，第二次鬼鬼祟祟地摸進妳的房間去了。感謝上帝守護妳，她只把怒火發在妳的婚紗上，也許，那讓她依稀記起了自己當新娘的日子。可是，我真的不敢去想像當時還可能發生什麼事。當我想起今天早上那傢伙撲上來掐住我脖子，把青黑腫脹的臉湊到我頸窩時，我的血都凝結了——」

「那麼，先生，」趁他停頓時我問道，「您把她安頓在這裡之後，您去做什麼了呢？上哪裡去了？」

「我做了什麼，簡？我把自己變成了鬼火。我上哪裡去了？我像三月裡的遊魂，東遊西蕩，去了歐洲大陸，兜遍了大國小城。我打定主意，要找到一個我可以去愛、善良又聰明的女人，與我留在桑菲爾德的瘋女人絕對相反——」

「但您不能結婚，先生。」

「我堅信，並且深信我能夠結婚，也理應結婚。我的本意並非欺騙，雖然我確實欺瞞了妳。我是打算開誠布公，將這段隱祕的婚史坦誠相告，正大光明地求婚。我應當有愛和被愛的自由，在我看來這是絕對合理的。儘管我背負厄運，我也從不懷疑我能找到一個女人願意並且能夠理解我的處境，進而接納我。」

「然後呢，先生？」

「看到妳追根究柢，簡，我就忍不住要笑。妳像急切的小鳥，睜大眼睛，時而侷促不安地動一下，好像嫌別人回答得不夠快，索性想鑽到人心裡去讀讀答案。但在我往下說之前，妳要先告訴我：『然後呢，先生？』是什麼意思？這是妳常常掛在嘴邊的話，好多次都讓我無休無止地往下說，我都不清楚究竟為什麼？」

「我的意思是：隨後發生了什麼？您又是怎麼做的？事情後來怎樣了？」

「果然。那妳現在最想知道什麼呢？」

「您是否找到了您喜歡的人？是否向她求婚？那她又說了什麼？」

「前兩個問題，我可以回答，但她究竟怎麼說，尚未在命運之書中落筆。十年中，我四處遊歷，先在某國的首都住一陣子，再去另一國的首都；有時住在聖彼德堡，更多時候住在巴黎，偶爾在羅馬、那不勒斯和佛羅倫斯。我有錢，又是名門望族，有這兩張通行證，盡可結交我喜歡的人，沒有哪個社交圈會拒我於門外。我到處尋找我理想中的女人，在英國女士們中間，在法國伯爵夫人們中間，義大利太太們中間，德國伯爵夫人們中間。但我找不到。有時，剎那間，我以為自己抓住了一個眼神，聽到了一種聲調，瞧見了一個身影，似乎在宣告我的夢想就要實現，但美夢很快就會被驚醒，空歡喜一場。妳別以為我在心靈或肉體上都渴求完美，我只求一個適合我的人——與那個克里奧爾人天差地別的人，但這種渴望每每落空。我已經對不和諧的婚姻之危險、可怕和可惡有所警覺，因而，哪怕我當時完全自由，在她們所有人裡面，我也找不出一個可以求婚的對象。因為失望，我變得輕率。我試過放蕩生活——但絕不是縱欲，無論過去或現在，我都痛恨縱欲，那正是我那位西印度蕩婦的特點，我對她和她的淫蕩深惡痛絕，所以即使在尋歡作樂時我也有所約束。一切近乎淫蕩的享受，都會讓我感覺和她、和她的罪惡愈來愈近，那是我一貫避免的。

「但是，我無法總是獨自生活，所以嘗試找情婦作伴。我第一個選中的就是塞莉納．瓦倫——這又是讓我回想起來就鄙視自己的一個選擇。妳已經知道她是什麼樣的人了，以及我們的關係是如何結束的。在她之後，還有過兩個：一個是義大利人嘉辛塔；另一個是德國人克萊拉，兩人都是公認的美貌絕倫。但是，過了幾個星期，她們的美貌對我又有什麼意義呢？嘉辛塔無法無天，性格暴烈，過了三個月就讓我討厭了；克萊拉倒是很誠實，很文靜，但反應遲鈍，沒有頭腦，毫無感受力，根本不符合我的品味。我很高興能給她一大筆錢，為她找到了一個不錯的謀生之道，體面地把她打發走了。可是，簡，我從妳的表情看得出來，妳現在對我的印象並不算好。妳認為我是個無情無愛的輕浮浪子，是嗎？」

「確實，我不像往常那麼喜歡您，先生。您難道不覺得——不停地換情婦——這種生活方式有什麼不對嗎？被您說得好像這是理所當然似的。」

「我當時就是那樣想的，其實我並不喜歡那麼做。那是一種苟且偷生的生活，我再也不想過那種日子了。花錢包養一個情婦是僅次於買一個奴隸的惡行，兩者就本質和姿態而言都是低劣的，與低劣的人廝混就是自甘墮落。現在的我非常討厭和塞莉納、嘉辛塔和克萊拉共度的回憶。」

我感覺得到，這番話出於真心，也可以從中推斷：如果我忘了自己是誰，忘了曾經受到的教導，在任何情況、任何理由和任何誘惑之下，我就會重蹈這些可憐女孩的覆轍，有朝一日，他想起我的時候也會像現在想起她們這樣，帶著詆毀的態度。我並沒有把這個想法說出來，想到就足夠了。我要把它銘記在心，以後受到考驗時，或許會對我有幫助。

「好了，簡，妳為什麼不說『然後呢，先生？』我還沒說完呢！妳的神情很嚴肅，看得出來，妳仍然對我有異議。但讓我直接說重點吧。今年一月，我擺脫了所有情婦，經過多年飄忽不定、空虛、孤獨又無用的生活，情緒很糟，被失望弄得心灰意冷，對任何人都滿腔怨氣，而且特別排拒女人（因為我逐漸認為：聰明、忠實、鍾情的女人不過是一種夢想），因有事務所召，我回到了英國。

「在一個有霜凍的冬日下午，我騎在馬上，遠遠望見了桑菲爾德。多麼可恨的地方！我壓根不指望在那裡得到什麼安寧、歡樂。在乾草村小路上，我看到一個斯斯文文的小東西獨自坐在石階上。我不經意地從她旁邊飛馳而過，就像路過對面那棵截去樹梢的柳樹一樣。這小東西與我會有什麼關係，我沒有預感，也沒有內心的暗示在告訴我：我生活的主宰——也是我的守護神，且不論我是好是壞——就以樸素的偽裝守在那裡。甚至我的梅斯羅出了事，這小東西一本正經上來提出要幫忙時，我也不曾料想到。孩子般嬌小的人！像隻紅雀跳到我腳邊，提議用牠那對細小的翅膀承載我。我的態度有點粗暴，但那小東西就是不肯走，站在我旁邊，固執得出奇，一副不容違抗的神態和口氣。我確實需要幫忙，而且就靠那雙手，我確實得到了幫助。

「我一搭上那嬌柔的肩膀，某種新鮮的活力和感覺就悄然傳遍我周身。當我得知這個小精靈就住在坡下我的宅子裡，所以還會出現在我面前時，我滿心歡喜。要不然，我會不無遺憾地感到和她失之交臂，只能眼看著她消失在暗淡的樹籬中。我聽到妳那天晚上回來的聲響，簡，儘管妳未必知道我在想著妳，守候著妳。第二天，妳與阿黛兒在走廊上玩的時候，我觀察了妳半個小時，但沒有讓別人發現。我記得那是個下雪天，妳們不能到戶外去。我在自己的房間裡，門開了一條縫，我聽得到，也看得到。表面看來，阿黛兒占據了妳的注意力，但我覺得妳的心思在別處。不過，妳對她非常有耐心，我親愛的簡。妳陪她說話，花了很久去逗她開心。她終於離開後，妳就立刻陷入了沉思。妳開始在走廊上慢慢地踱起步來，不時經過窗前，妳就往外眺望紛紛揚揚的大雪，傾聽似泣似訴的寒風，然後繼續輕緩地散步，沉入遐想。我想，那些白日夢並非都是陰鬱的，因為妳的眼裡時不時會閃現出欣然的光芒，透出輕柔而興奮的神情，顯然，那不是一種痛苦、焦慮、多疑的沉思。倒不如說，妳的樣子流露出年輕人的甜蜜夢想，青春的心靈隨著希望展翅翱翔，不斷升高，飛向理想的天堂。是費爾法克斯夫人在大廳裡和僕人說話的聲音把妳驚醒了，當時的妳兀自微笑，那笑容是多麼奇妙啊，既是在笑話自己，又是對自己微笑。簡妮特，那種笑容實在很有韻味，很狡黠，似乎在笑自己想入非非，彷彿在說：『我的一切幻想都很美好，但我絕不能忘記，那都是虛幻的。我的腦海中有玫瑰色的天空和紅花綠草的伊甸園，但我非常明白，腳下有一條坎坷的路要走，前方有漸漸聚攏的黑色風暴要我去面對。』

妳跑到樓下，要費爾法克斯夫人給妳些事情做，我猜想是清算每週家庭帳目之類的事吧。妳跑出了我的視線之外，我很生氣。

「我急不可耐地等待傍晚到來，那時，就可以叫妳來見我。我想，妳的性格會很獨特，對我來說，那是一種全新的、前所未見的個性，我很想瞭解更多、深入探索。妳走進房間時的目光與神態既靦腆又很有主見。妳穿得樸素又古雅，就像妳現在這樣。我想方設法讓妳開口說話，很快就發現妳有一些奇怪的反差：妳的服裝和舉止受著清規戒律的約束；妳的神態通常是怯生生的，雖然天性高雅，卻完全不適應社交，很害怕自己因為失禮或疏忽而出醜。但一旦有人跟妳交談，妳就會立刻抬起那雙銳利、大膽、明亮的眼睛，直視對方的臉孔，每個眼神都有穿透力。別人窮追不捨、連連發問時，妳都能應對如流。妳似乎很快就習慣我了，我相信妳一定感覺到了：妳和嚴厲、暴躁的主人之間有所共鳴，因為我驚異地發現妳很快就變得愉悅而從容了，那使妳的言談舉止平靜自如；哪怕我暴跳如雷，妳也不會對我的壞脾氣顯露出驚奇、膽怯、苦惱或不快。妳就那樣看著我，不時對我露出難以形容的單純又聰慧的笑容。我對我所目睹的感到滿意，備感鼓舞。我喜歡我見到的，還希望能更常見到。然而，在很長一段時間裡我刻意跟妳保持距離，很少找妳作伴。我是一個貪戀精神享受的人，希望盡可能延長這種與新知交流所帶來的新奇有趣的喜悅感。而且，那一陣子，我總有一種揮之不去的憂慮：如果我太過任性地擺弄這花朵，它就會很快凋謝，清新美好的魅力便會消失。那時我還不知道，那可不是一朵朝開夕落的花朵，而是燦爛絢麗、不可摧毀、精心雕刻而出的寶石。除此之外，我還想看看：如果我躲著妳，妳是否會想辦法來接近我——但妳沒有。妳就像桌子和畫板那樣，安然停留在妳的教室裡。即便偶爾遇到，妳也會很快走過，只不過出於禮貌稍稍打個招呼。簡，那些日子裡，妳時常露出若有所思的表情：不是懊喪，因為妳沒有病態；但也不是輕鬆活潑，因為妳沒有希望，也沒有真正的快樂。我很好奇，不知道妳是怎麼想我的，或是，妳會不會想起我。我想要弄明白。

「我繼續關注妳。妳交談時眼神中透出某種愉悅，舉止和善，我看得出來，妳內心是喜歡與人交往的，但清靜的教室、乏味的生活把妳搞得鬱鬱寡歡。我待妳親善，並允許自己享受其中的樂趣，這種友好很快就得到了情感的回應：妳的表情變得溫柔了，聲調變得輕柔了。我喜歡妳帶著感激的快樂聲調念出我的名字。那時候，我特別喜歡與妳不期而遇，簡，妳會有種饒有趣味的猶疑：略帶困惑地看著我，暗示妳有一種彷徨的疑慮。妳不知道我是否會反覆無常——會擺出主人的架子，威嚴地板起面孔？還是做個朋友，和藹可親？那時，我已經太喜歡妳了，以至於無法擺出前一種姿態。而且，只要我真誠地伸出手，妳那年輕、充滿期待的臉上就會浮現清新、光明、幸福的表情，宛如鮮花盛開，我常常要費勁克制自己，以免當場就把妳緊緊摟到懷裡。」

「別再說那些日子了，先生。」我打斷了他，偷偷抹去了幾滴眼淚。他的話對我無異於折磨，因為我知道自己該做什麼——並且馬上行動——所有這些回憶、他情感的袒露只會使我難以邁出那一步。

「好，不提了，簡。」他回應道，「既然現在更加確定，未來更光明，又何必留戀過去？」

聽到他如此痴心的妄斷，我不禁戰慄。

「現在，妳明白是怎麼回事了，對嗎？」他繼續說，「我在難以言傳的痛苦、意氣消沉的孤獨中度過了年少輕狂的歲月，終於第一次找到了真愛——我找到了妳。妳是我的同類，我更好的另一半，我的好天使，我對妳產生了強烈的依戀。我認為妳很出色，有天分，很可愛。我要把滿腔熱烈莊嚴的激情獻給妳，將妳置於我生命的原點和源泉，讓我的生活圍繞著妳，燃起純潔、猛烈的火焰，把妳我融為一體。

「正是因為我感受到，並且非常明白這一點，我才決定與妳結婚。說我已有妻室——那只是空洞的嘲弄。現在妳該明白了，我只有一個可怕的魔鬼。我不該試圖欺瞞妳，這是我的不對；但妳性格中固有的執拗讓我擔憂，我擔心過早坦誠，會在妳心裡引發偏見，所以我想，要在冒險說出真相前，先穩穩地得到妳。這樣做很懦弱。我本該一開始就像現在這樣，先求助於妳的高尚心靈和寬宏大度，開誠布公地向妳傾訴我生命中的苦楚，再向妳傾訴我對更高尚、更有價值的生活的渴求，向妳展現我的決心——不是『決心』，這字眼太弱了，而應該是——不可抗拒地臣服於忠貞美好的愛情：我不僅這樣去愛，也能得到忠貞美好的愛的回報。那時，我就會請求妳接受我忠貞不渝的誓言，並把妳的誓言給我。簡，現在就對我說吧！」

一陣靜默。

「妳為什麼不言語，簡？」

我正在經歷一場煎熬的考驗。彷彿有一雙炙熱的鐵手緊緊抓住了我的要害。真是個可怕的瞬間，只有掙扎、黑暗和灼燒！世間再沒有誰能比我得到更深的愛意：我被如此深愛著，也如此崇拜、愛慕這個深愛我的人。但我必須放棄如此深愛、如此崇拜的這個人。只有一個淒涼的詞能表達這種難以忍受、卻不得不做的抉擇——「分了吧！」

「簡，妳明白我期待什麼，只要一句承諾：『我將屬於你，羅徹斯特先生。』」

「羅徹斯特先生，我不會屬於您了。」

又一次長時間的沉默。

「簡！」他又開口了，溫存的聲音令我心碎欲絕，也讓我被不祥的預感驚嚇得如石頭般冰冷，因為這看似平靜的聲音恰如獅子起身時的喘息，「簡，妳是說，從此往後妳在世上走妳的路，我走我的路？」

「是的。」

「簡，」他俯身擁抱我，「現在妳還這樣想嗎？」

「是的。」

「現在呢？」他輕吻我的額頭和臉頰。

「是的。」我立刻掙脫，徹底離開他的懷抱。

「唉，簡，這太狠心了！這——這是不道德的。愛我，並非不道德的事啊。」

「聽從您，就會是不道德的。」

他的臉上露出狂野的神色，劍眉倒豎。他挺起身，但仍在克制。我把手撐在椅背上，撐住自己，我在顫抖，我很害怕，但我心意已決。

「再等一下，簡。再想一想妳走了之後，我那可怕的生活。妳一走，一切幸福都會隨妳而去。那還留下什麼呢？我沒有妻子，只有樓上的瘋子，妳還不如說我是墓地裡的死屍。我該怎麼辦，簡？到哪裡去找伴侶，尋覓到一絲希望？」

「像我一樣吧，相信上帝和您自己。相信天堂。希望到天堂再相聚。」

「所以，妳不會改變主意了？」

「不會了。」

「那妳就是判定，讓我活著受罪，帶著詛咒死去嗎？」他提高了嗓門。

「我是希望您活得清清白白，死得心安理得。」

「妳就這樣把愛情和純真從我這裡奪走嗎？妳要把我推回老路，拿欲望當愛情，把作惡當消遣？」

「羅徹斯特先生，我沒有把這種命運強加給您，就像我自己也不會落入那樣的命運。我們生來就要含辛茹苦，你我都一樣，就這樣做吧。在我忘記您之前，您就會先忘掉我的。」

「妳簡直把我說成了一個騙子！妳這樣說是在玷汙我的人格。我明明已經說了，我將忠貞不渝，而妳卻當著我的面說我很快就會變心。妳這樣做，證明妳的判斷存在極大的扭曲，妳的想法又如此剛愎倔強！僅僅違背人類的一條法律，而且誰都不會因此受到傷害，這難道不比妳把同類推向絕望境地更好嗎？更何況，妳無親無故，不必害怕同我生活而冒犯了誰。」

確實如此。他說話時，我的良心和理智都背棄了我，指責我拒絕他是罪過。兩者的呼聲之高，幾乎不亞於感情的瘋狂叫囂：「哦！快答應他吧！想想他的痛苦，想想他的危險處境，瞧瞧他被獨自撇下後會是什麼情形吧。記住他天性莽撞，不顧一切，在絕境下會有怎樣的冒失行徑！去安慰他，拯救他，愛他吧！告訴他：妳愛他，妳願意屬於他。這世上還有誰在乎妳？妳的所作所為會傷著誰呢？」

然而，回答依然是不屈不撓的：「我在乎我自己，愈是孤單無助、無親無友，我就愈要尊重自己。我要遵從上帝賜予、世人公認的法律。我要堅守自己清醒——而非現在這樣瘋狂到失去理智時——定下的原則。沒有誘惑的時候，無須法規和原則；它們恰恰是要應用於現在這種情況——肉體和靈魂共同抗拒其嚴厲苛刻的時候。既然法律是毫不通融的，那就不容違背。如果出於私利就違背法律，那法律還有什麼價值可言？法律自有其價值，所以我素來堅信。就算此刻我想盲信背棄律法，那也是因為我瘋了——失去了理智，火焰在我的血脈裡奔流燃燒，心跳快得幾乎數不清。此刻，我所能依靠的只能是原定的想法、已定的決心，我要堅守自己的立場。」

我這樣想，也這樣做。羅徹斯特先生從我的神色看出來我的心意已決。他的怒氣被激到了極點，不管會產生什麼後果，他都得發洩一番。他從房間那頭走過來，一把抓住我的胳膊，緊緊摟住我的腰。他眼睛彷彿會冒出火來將我吞噬。這一刻，我的身體綿軟無力，儼如在爐火前被熱風吹拂、被火光照耀的一株小草；但我依然神志清明，正因為這樣，我確信自己將最終安然無恙。幸好，心靈總有一位詮釋者：往往在無意識間忠實無誤地轉達心聲。當我與他四目相對，瞪著他盛怒的表情時，不由自主地歎息了。他那麼緊地抓住我，我覺得很痛，但過度消耗的精力也快用盡了。

「從來沒有，」他咬牙切齒地說道，「從來沒有任何東西像妳這樣：又脆弱又堅不可摧。在我手裡，妳簡直就像根蘆葦！」他用緊抓住我的手使勁搖晃我，「我可以不費吹灰之力把妳折彎，但就算折彎、撕碎、碾碎妳，又有什麼好處？想想那雙眼睛，想想那種堅定、自由、不受管束的目光，用一種超乎勇氣、必勝的決心毅然地拒絕我。無論我怎麼擺弄這外在的軀殼，也無法得到妳——這個美麗但難馴的人！就算我毀棄這小小的囚籠，我的暴行只會讓囚徒奔向自由。我也許可以成功征服這牢籠般的軀殼，但還不等我聲明擁有泥土做的肉身，軀殼裡的靈魂早就飛到天邊去了。而我要的不僅僅是脆弱的軀體，而是精神——妳的意志和力量，美德和純真。只要妳願意，妳就可以輕輕地飛來，偎依在我的心裡；但若違背妳的意願，就算死死抓住妳，妳也會像香氣般從我掌中溜走，不等我聞到芬芳，妳已無影無蹤了。唉！來吧，簡，來吧！」

他這樣說著，漸漸鬆開緊握的手，只是凝視著我。這眼神遠比發瘋似的緊扯更讓我難以抗拒。然而，只有傻瓜才會在現在屈服。我已面對並已挫敗了他的怒火，也得躲開他的憂傷，於是，我向門邊走去。

「妳要走嗎，簡？」

「我是要走了，先生。」

「妳要離開我了？」

「是的。」

「妳不會再來了嗎？妳不願來撫慰我，拯救我嗎？我深沉的愛，悽楚的悲苦，瘋狂的祈求，妳都無動於衷嗎？」

他的聲音裡帶著多麼難以言表的悲哀！要我毅然決然地再說一遍「我要走了」是何其艱難！

「簡！」

「羅徹斯特先生！」

「那好，妳走吧。我同意了。但要記住，妳是把我留在極度的痛苦之中。上樓去吧，回妳的房間，細細想想我說過的話。還有，簡，想一想我所受的折磨吧——想著我。」

他轉身而去，臉孔埋在沙發裡。「噢，簡！我的希望，我的愛，我的生命！」他痛苦地說出這些，而後就是一陣深重而痛心的啜泣。

我已走到了門口，可是，讀者，我又走了回來，像我離開時一樣堅決地走了回來。我跪倒在他旁邊，把他的臉從沙發墊轉向我，親吻了他的臉頰，用手撫平他的頭髮。

「上帝祝福您，我親愛的主人，」我說，「上帝會保護您免受傷害和過錯，指引您，安慰您，好好回報您過去對我的好。」

「小簡的愛才是我最好的回報，」他答道，「沒有它，我的心就碎了。但簡會把她的愛給我，是的，既高貴，又慷慨。」

他的臉孔騰地漲紅了，眼裡閃出火一般的光芒，猛然站起來，伸出雙臂，但我躲開了那個擁抱，旋即走出了房間。

「別了！」離開他時，我在心底呼喊，絕望再使我說出，「永別了！」

* * *

那天晚上，我根本沒想睡覺，但一躺到床上就睡著了。我剛想起孩提時代的情景，就夢見自己躺在蓋茨黑德的紅房間裡，夜很黑，我的腦海中烙印著莫名的恐懼。多年前令我嚇得昏厥過去的那道光又出現在此時的夢境中，爬上了牆，顫動著，停在模糊的天花板中央。我抬頭去看，就見到屋頂已化為雲彩，又高又暗。微微閃動的光芒就像破霧而出的月亮照在雲霧上的光暈。我看著月亮愈來愈近，伴隨著奇異的期盼，好像決定我命運的宣判詞就刻寫在圓圓的月面上。她從雲層中衝脫而出——從來沒有哪個月亮像她那樣迸出雲霧。一隻手從籠罩四方的暗黑雲層中伸出來，把它們推散，隨後，碧空中出現的並非月亮，而是一個白色的人影，光芒四射的額頭俯向大地，目不轉睛地盯著我看，接著就對我的靈魂說話，聲音彷彿遠在天邊又近在咫尺，在我耳邊悄聲說道：

「我的女兒，逃離誘惑吧！」

「母親，我會的。」

我在恍惚的睡夢中做出回答，繼而醒來。仍是在夜裡，但七月的夜晚很短，午夜過後不久，黎明便將到來。「應該盡早完成我必須去做的事，現在絕不算太早。」我心想著，就從床上爬起來，身上已經穿著外套了，因為我只脫了鞋就上床了。我知道該在抽屜的哪個角落找到亞麻布、項鍊掛件和戒指。找這些東西時，我看到了羅徹斯特先生幾天前硬要我收下的一串珍珠項鍊。我把它留在抽屜裡，因為它不屬於我，而屬於那個只存在於幻想中、已然消失的新娘。我把其他幾樣東西打成一只小包裹。錢袋裡還有二十先令，那就是我的全部財產，我把它塞進衣袋，再繫好草帽，披上披肩，拿著包裹和那雙沒有穿上的便鞋，悄悄地出了房間。

「再見了，好心的費爾法克斯夫人！」經過她的房門口時我悄聲說道。「再見了，親愛的阿黛兒！」我又望了望兒童房。我現在不能進去擁抱她一下，不能有這個念頭，因為我得騙過一雙此刻也許正在側耳細聽的耳朵。

我不打算在羅徹斯特先生的房間外停留，但到了門口，我的心卻突然停止了跳動，腳步也被迫停下了。那扇門裡面毫無睡意，房裡的人正侷促地從這面牆走到那面牆。我聽見他一次又一次歎息。那扇門裡有一個天堂，只要我願意，那暫時的天堂就在等待我，只要我跨進門去說：

「羅徹斯特先生，我要矢志不渝一生愛您，同您相伴。」喜悅的甘願就會湧向我的唇邊。我想到了這情景。

那位善良的主人此刻難以成眠，不耐煩地等待天明。他會一大早就把我叫去，但我那時已經走了。他會派人找我，卻不可能找到。他會覺得自己被拋棄了，他的愛被拒絕了。他會痛苦，甚至會痛不欲生，我也想到了這一點。我的手伸向門鎖，但又縮了回來。我依然悄悄地往前走。

我頹然地走下一級級樓梯，我知道該做什麼，就不費腦筋地機械地去做。我在廚房裡找到了邊門的鑰匙，還找到了一小瓶油和一根羽毛，給鑰匙和鎖都抹上了油。我也帶了點水和一些麵包，也許得長途跋涉，我無論如何不能倒下，然而最近精力消耗太大了。我毫無聲息地做完這些事後，開了門，走了出去，輕輕地關上門。

黎明在院子裡灑下朦朧的曙光。大門緊鎖著，但有一扇邊門只上了門閂。我就從這扇邊門走了出去，再把它關好。現在，我已經走出了桑菲爾德。

一英里外，田野的另一邊有一條路伸向與米爾科特相反的方向。這條路我常常看到，但從來沒有走過，始終不知道它通向何處。我信步朝那個方向走去。現在不能允許自己往後看一眼，不允許回首往事，甚至也不能往前瞻望。過去與未來，都容不得多想。過去是天堂般美妙的一頁，卻又令人哀痛欲絕，哪怕讀上一行都會瓦解我的勇氣，摧毀我的力量。而未來又是一頁可怕的空白，彷彿洪水退去後的世界。

我沿著田野、灌木叢和小路走著，直到太陽升起。我知道，那將是美好的夏日清晨，出了宅子後才穿上的鞋很快就被露水打濕了。但我沒去看初升的太陽，微笑的天空，甦醒的萬物。

一個即將被送往斷頭臺的人，即便一路走過漂亮的風景，也絕不會有心思去想路上朝他微笑的花朵，只會想到刑臺，想到斬斷身首的鋒利斧刃，想到盡頭那洞開的墳墓。我想到的是淒涼的出走，無家可歸的流浪。

唉！想起被我拋在身後的一切是多麼讓人痛苦，無法自已。此刻，我想起了他——在他的房間裡眺望日出，滿心希望我很快就會回心轉意，告訴他，我願意與他相伴，願意屬於他。我渴望屬於他，渴望回去，現在還不算太晚，我還來得及讓他免受痛失親愛之人的劇痛。我確信，現在還沒人發現我離開了。我可以回去，安撫他，成為他的驕傲，把他從苦難甚而是毀滅中拯救出來。噢！我真怕他自暴自棄——這比被我拋棄更可怕——這憂慮深深刺痛了我！儼如帶倒刺的箭頭刺入我的胸口，我想把它拔出來，卻是撕心裂肺的痛；而回憶反將那箭推得更深，令我痛到崩潰。小鳥開始在樹林和灌木叢中歌唱，牠們總是忠於自己的夥伴，因而象徵著愛情。而我呢？在鑽心地痛苦和瘋狂地恪守原則之時，我痛恨我自己。我讚許自己的正確，尊重自己的抉擇，然而我絲毫沒有從中得到慰藉。我不僅損毀、傷害，而且離棄了我的主人。我在自己眼中都是可憎的。但我仍然不能回去，甚至不能後退一步。一定是上帝在引領我繼續向前。

劇烈的悲慟碾壓了我的意志，扼殺了良知。我在路上孤獨地走著，邊走邊哭，嚎啕大哭，愈走愈快，像是發了狂。從內心蔓延到四肢的虛弱感終於攫住了我，我跌倒了，在地上躺了一會兒，把臉埋進濕漉漉的草叢裡。我有些害怕——或者說是希望——我會死在這裡。但我馬上就站起來了，先是用兩手兩膝往前爬，最後重新站立起來，像之前那樣急切而堅決地朝大路走去。

走到大路時，我不得不坐到樹籬下歇口氣。正坐著，就聽見了車輪聲，看到一輛馬車向我駛來。我站起來招招手，馬車停了下來。我問馬車往哪裡去，車夫說了一個地名，離這裡很遠，我確信羅徹斯特先生跟那裡沒有聯繫。我問，要多少錢才肯把我送到那裡，他說三十先令。我回答說我只有二十。他說好吧，先這樣湊合著；因為車廂裡並沒有乘客，他還允許我坐進去。我上了車，關上門，馬車就繼續前行。

仁慈的讀者，但願你永遠不用感受我當時的心情！但願你的兩眼永遠不會像我那樣淚如雨下，流淌那麼多痛徹心腑的滾滾眼淚。願你永遠不必像我當時那樣求助於上天，絕望而痛苦地祈禱。因為你或許從未像我那樣，害怕自己害自己的真愛墮落不幸。

第28章

兩天過去了。夏天的傍晚，車夫讓我在一個叫做惠特克勞斯的地方下了車，憑我給的那點車資，他只能把我送到這裡，不能再往前了；在這個世上，我再也拿不出一個先令了。馬車撇下我孤單一人，駛離已有一英里了，我才突然想起：忘了把小包裹從馬車的儲物箱裡拿出來，原本是為了安全起見才放進去的，沒想到就那樣留在了車裡，肯定還在那裡。而我已是身無分文了。

惠特克勞斯不是城鎮，連鄉村也算不上。如名所示[1]，那裡不過是個十字路口，豎起一根粉刷成白色的石柱，想必是為了在遠處和黑夜顯得更醒目。白柱頂端伸出四個指路標，根據上面的標識來看，距離這個十字路口最近的城鎮也要在十英里開外，最遠的有二十多英里。從那些赫赫有名的城鎮名稱來判斷，我知道自己身在何處：中北部的一個郡，荒野幽暗，山巒層疊。我身後和左右都是荒原，

1. 惠特克勞斯（Whitecross）：字面意思即為「白色十字架」。

腳下的深谷盡頭有一片起伏的群山。這裡的人口必定很稀少，四周都不見一個行人，灰白、寬闊，冷冷清清地伸向東南西北，全都穿過荒原，路邊都有茂密的歐石楠。或許偶爾會有路人經過，但我現在並不希望有人看見我在路標下徘徊，一臉茫然無措，顯然漫無目標，陌生人肯定會納悶我在幹什麼，可能還會來盤問，我肯定答不出個所以然，聽來很不可信，令人生疑。這一刻，我與人類社會完全失去了聯繫，沒有一絲魔咒或希望可以為我召喚同類；就算有人見到我這樣，也不會對我有善意的想法或美好的願望。我孑然一身，只有大自然，萬物之母，我這就將投向她的懷抱，尋求安息。

我徑直走進歐石楠叢，看見棕色的荒原邊上有一條深陷的溝壑，便一直沿溝而行；在沒膝的青草叢中艱難地往前走，轉過一個又一個彎，在一個隱蔽的角落發現一塊布滿青苔的花崗岩，我就在石頭底下坐下來。周圍盡是高高的荒原斜坡，我的頭頂有岩石保護，岩石上面只有天空。

哪怕是在這樣的地方，我也過了片刻才感到安寧。我有點擔心附近有野牛之類的動物，也可能被獵人或偷獵者發現。只要有陣風吹動野草，我就會抬起頭來，深怕是一頭野牛衝將過來。只要有鴴鳥叫一聲，我就會疑心有人靠近。然而，我終於發現那都是捕風捉影，根本無須提心吊膽，而且，黃昏過後，夜幕降臨時深沉的寂靜使我身心平靜，又有了信心。在這之前，我始終無心思考，只是在細聽，在擔心，在恐懼。直到現在，我才能夠重新安心思考。

我該怎麼辦？往哪裡去？哦，這些問題實在讓人難堪，因為我根本無事可做，無處可去！我得先用疲乏顫抖的雙腿走完很長的路，才能抵達有人煙的地方；我要懇求冷淡的陌生人發發慈悲，才能找到一個投宿之處；我要強求別人勉強的同情，甚至多半還會遭人嫌棄，才能讓人聽聽我的經歷，滿足我的一時之需。

我摸摸歐石楠，它們很乾燥，還帶著夏日白晝的餘熱。我看了看天空，澄澈純淨，一顆好心的星星在山坳上空對我眨眼。夜露降下來了，帶著慈愛的溫柔。沒有微風低語。大自然似乎對我很寬厚，即使我已流落荒野，但我想她依然很愛我；而我這個只能從人類那裡得到懷疑、嫌棄和侮辱的人，就像孩子依戀母親那樣緊緊依偎大自然。至少，今晚我可以在她懷中得到款待，因為我是她的孩子，我的母親會收留我，不需要付出金錢或任何別的代價。我還有一口吃剩的麵包，麵包是我用一便士——我最後的一枚硬幣——在下午路過的小鎮上買的。我看到了成熟的越橘像黑玉珠般點綴在歐石楠叢中，晶晶閃亮。我摘了一把，配著麵包吃起來。隱士式的一餐雖然不能讓飢腸轆轆的我饕餮滿足，卻也足以充飢了。吃完後，我做了晚禱告，接著就打算擇榻而眠。

岩石旁的歐石楠長得很高。我一躺下，雙腳就埋在了密密的樹叢中，兩邊高高的石楠間只留下很窄的縫隙能讓夜風襲入。我把披肩一摺為二，鋪在身上作蓋被，地上長滿青苔的小土包就當枕頭了。我就這麼躺下了，至少在剛入夜的時候，我不覺得冷。

我能在此歇息已是足夠幸運的了，可惜，幸福還是被悲傷的心毀掉了。開裂的傷口、流血的心扉、掙斷的心弦在哭訴，為羅徹斯特先生和他的命運而戰慄，懷著苦楚的憐憫為他哀歎，帶著無盡的渴望嚮往他，卻像隻折翼的小鳥般無可奈何，虛弱地抖動斷翅，徒勞地找尋著他。

我被這些思緒折磨得心力交瘁，跪坐起身。夜已來臨，星辰升起，這是個平安寧靜的夜，靜謐得讓恐慌無處安放。我們知道上帝無處不在，但只有當神的創造壯麗展現在面前時，我們才最能感覺到神的存在；在這萬里無雲的夜空中，神的宇宙無聲地滾滾向前，我們最能清楚地看到了祂的無限與萬能，祂的無處不在。我已跪著為羅徹斯特先生作了祈禱。抬起頭來，我淚眼矇矓地望見浩瀚的銀河。

想到銀河的真相——無數的星系像一道微光掃過太空——我真心感受到上帝的巨大力量。我確信，神有能力拯救祂所造之物，更不懷疑神絕不會毀滅祂所珍愛的每一個靈魂，以及祂所創造的整個世界。我的祈禱變為感恩，生命的源泉也必定是靈魂的救星。羅徹斯特先生會安然無恙的。他是上帝的孩子，上帝會護佑他的。我再次窩進山丘的懷抱，不久便在沉睡中忘卻了憂愁。

但第二天就要面對當務之急，那毫不掩飾的蒼白事實。鳥兒早已飛出鳥窩，晨露未乾，蜜蜂就已在一天的黃金時刻飛進歐石楠叢中採蜜了，清晨的長長影子漸漸縮短，陽光普照大地和天空時，我才起身，朝四周看了看。

多麼寧靜、炎熱的好天氣！一望無際的荒原多麼像一片金燦燦的沙漠啊！處處都是陽光。我真希望自己能住在這裡，以陽光晨露野果為生。我看見一條蜥蜴爬過岩石，一隻蜜蜂在甜蜜的越橘中忙碌。此時此刻，我多想變成蜜蜂或蜥蜴，能在這裡找到合適的養料和永久的棲身之處。但我是人，有人的種種需求，我不能逗留在一個無法滿足人類需求的地方。我站起來，回頭看了一眼昨夜的床鋪。我感到前途無望，只願造物主在昨夜我熟睡時把我的靈魂收了回去，讓這疲乏的身軀能因死亡而擺脫與命運的繼續搏鬥；只願這身軀無聲無息地枯朽腐敗，安詳地與荒原的泥土融為一體。然而，我還有生命，還有生命的一切需要、苦難和責任。重擔仍需我背負；需要仍需得到滿足；苦難仍需承受；責任仍要盡到。於是，我出發了。

我又走回了惠特克勞斯。這時驕陽高照，照耀著一條道路，我便走上那條路。我無心憑藉其他依據來做選擇。我走了很久，覺得已經耗盡體力，再也走不動了，可以心安理得地向壓垮我的疲勞屈服了，停下勉強前行的腳步，就在附近的一塊石頭上坐下來，無力地屈從麻木無感的心臟和四肢，但就在這時，我聽見了鐘聲——教堂的鐘聲。

我轉向聲音傳來的方向。那裡的山巒層疊變化，詩情畫意，但我一個多小時前就不再去注意景致的變幻了；但此時，我望見了一個村落和一個尖頂。朝右望去，山谷裡遍布牧草地、玉米田和樹林；一條波光粼粼的小溪蜿蜒流過深淺各異的綠蔭，流過正在成熟的莊稼地、昏暗的樹林、灑滿陽光的明亮草地。這時，我聽到了隆隆的車輪聲，又將目光調回前方的大路，只見一輛裝載重物的馬車正吃力地爬上山坡；不遠處還有一個人，趕著兩頭乳牛往前走。這附近，顯然有人在生活和勞作，我必須撐下去，像別人那樣努力生活、辛勤勞作。

下午兩點左右，我走到了那個村落。街尾開著一間小店，櫥窗裡擺放著麵包。我垂涎著一塊麵包，只要有那樣一塊小點心，我也許還能恢復一點力氣，沒有吃的，實在是寸步難行了。一回到人群當中，我的心頭又燃起了恢復精力的願望。我覺得，在小村的石子路上餓昏過去是件羞恥的事。難道我身上就連換取一塊小麵包的東西都沒有嗎？我想了一想。我的脖子上有一小條絲綢圍巾，還有一副手套。我不太清楚貧困潦倒的人會怎樣做，也不知道人家肯不肯接受這兩件東西。他們未必肯要，但我總得試試。

我走進店裡，店裡有個女人。她見一位穿著體面的女士進門，肯定猜想是位淑女，便殷勤有禮地走上前來。她能為我選購些什麼嗎？我羞愧難當，舌頭都僵住了，根本說不出早已想好的請求。我不敢拿出用舊了的手套，皺巴巴的絲巾，問她要不要；我自己都覺得這很荒唐。我只說我累了，請求她讓我坐一會兒。她本以為貴客迎門，沒想到撲了個空；她很失望，冷冷地應允了，指了指一個座位，我頹然地坐下。我很想哭，但意識到那很不合時宜，便忍住了。過了一會兒，我問她：「村子裡有沒有裁縫或者做針黹的女人？」

「有，有兩三個。也沒多少工作，這幾個人就夠了。」

我想了想。現在我不得不正視現實：我已走到了窮途末路，身無分文，無親無故，沒有謀生之法。我必須想想辦法。什麼辦法呢？我得找個謀生的事兒。去哪裡找呢？

「妳知道附近有誰需要僕人嗎？」

「這個，我不太清楚。」

「這個地方有什麼產業？大多數人是做什麼工作的？」

「有些人在農場工作，還有很多人在奧利佛先生的造針工廠和鑄鐵工廠工作。」

「奧利佛先生僱用女人嗎？」

「不會，那是男人的工作。」

「那麼女人做什麼呢？」

「我不知道，」對方回答，「有的做這，有的做那，窮人總得想方設法把日子過下去呀。」

她似乎對我的連連提問感到不耐煩了，說真的，我有什麼資格纏著她追問不休呢？這時進來了一兩個村裡人，很明顯，我的座椅應該讓給她們，我便起身告辭了。

我沿街而行，邊走邊打量左右兩邊的房子，但找不到藉口、也沒有機緣能讓我進門詢問。我漫無目的地在村落附近徘徊，走了將近一個多小時，有時走遠一些，再折回來。這時，我真的筋疲力盡，餓得發慌，便轉進一條小巷，在樹籬下坐下。但沒坐幾分鐘，我又站起來，再去尋找——找食物，或起碼找個人打聽消息。小巷盡頭有一座漂亮的小房子，房前有個收拾得精緻整潔的花園，繁花盛開。

我在花園前停了下來。我能有什麼理由走近那白色的房門，去敲響閃光的門環呢？房裡的主人又怎麼會有興趣來幫助我呢？不管怎樣，我還是走近了去敲門。一位和顏悅色、衣著整潔的年輕女子來開門。我用絕望又虛弱的人才有的聲調——可憐、低微的囁嚅——問她是不是需要僕人？

「不，」她說，「我們不用僕人。」

「您能不能告訴我，哪裡能找到工作？」我繼續問道，「我剛到這個地方，沒有熟人。我想找工作，什麼樣的都行。」

但為我考慮，或者為我找一份工作並不是她的分內事，更何況，在她看來，我的身分、狀況和我說的原委一定很可疑。她搖了搖頭，「很遺憾，我沒法給妳什麼建議。」儘管白色的房門很有禮貌地輕輕合上了，但畢竟是把我拒之門外了。要是她晚一點再關門，我相信我肯定會向她討點麵包吃，事到如今，我就是如此落魄。

我不能忍受再返回那個勢利的村落，反正，那裡也看不到什麼希望，得不到什麼幫助。我寧可繞到不遠處的林子裡去，那裡濃蔭蓋地，好像在誘惑我去歇息。但我如此孱弱無力，身體的渴求又如此難熬，本能驅使我繞著一些住家徘徊，期盼有機會得到一口吃食。當飢餓像猛禽一樣在我的腹中張開鳥喙和利爪時，還談得上什麼孤獨，什麼歇息？

我走回附近的住家，再走開，又回來，回來了，又走開。總覺得問了也白問，覺得自己沒有權利去要求、去期望別人關心我舉目無親的命運，因而訕訕退縮。下午就這樣過去了，我仍像一條迷路的餓狗轉來轉去，穿過田野的時候，看到前方有教堂的尖頂，便加快腳步走去。教堂庭園附近，有一座房子坐落在一個花園的正中央，雖然不大，但建造得很精美。我確信那是牧師的住所，這才想到：陌生人到了人生地不熟的地方，想找工作時，時常會去找牧師引薦和幫助。牧師的職責之一就是給那些希望自食其力的人帶來協助，至少也能給些建議。我覺得，現在的自己似乎有資格去那裡尋求協助。於是我鼓起勇氣，振奮最後一點兒殘留的力氣，勉力走去。我走到房前，敲了敲廚房的門。一位老婦開了門，我問她這是不是牧師的住所。

「是的。」

「牧師在嗎？」

「不在。」

「很快會回來嗎？」

「不，他出門去了。」

「去很遠的地方？」

「不太遠，三英里外。因為他的父親突然去世，他被叫走了，眼下住在沼澤居，很可能還要再待上兩星期。」

「家裡有女主人嗎？」

「沒有，只有我這個管家。」讀者啊，我終究無法央求她施捨，以解愈來愈厲害的飢餓，我還不能去乞討，只好虛弱地再次走開。

我再次取下絲巾，又想起了小店裡的麵包。唉，哪怕只有一塊麵包皮也好！只要有一小口，就能暫緩挨餓的痛苦！出於本能，我又轉身走回村子，又看見了那間店，又走了進去，雖然那女人身邊還有其他人，我還是斗膽問道：「妳肯讓我用這條絲巾換一個麵包嗎？」

她顯然滿腹狐疑地看著我：「不，我不是這樣做買賣的。」

我幾乎絕望了，又央求她換半個就好，但被她再次拒絕。「我怎麼知道妳這塊絲巾是從哪裡弄來的？」

「那妳願意要這副手套嗎？」

「不要，我要它幹什麼？」

讀者啊，敘述這些細節是很難受的。有人說，回首痛苦的往事自有其樂趣，但時至今日，我依然不忍回顧那些時日。精神上的羞辱，夾雜著肉體的煎熬，合併成為我不忍重提的痛苦回憶。我不責備任何一個冷言拒絕我的人，那是盡在意料之中、又無可避免的事。普通的乞丐就常常會招惹懷疑，而一個穿著體面的乞丐更是必然如此。誠然，我乞討的只是一份工作，但誰又能給我一份工作做呢？顯然不是那些初次見我，對我的為人一無所知的人。至於那個不肯讓我用絲巾換麵包的女人，我也不怪她。如果她認為這種交易有點不合常情，或是居心叵測，甚或無利可圖，那她那樣做就是正確的。讓我長話短說吧，我討厭這個話題。

天快黑的時候，我走過一家農舍。農夫坐在敞開的門口，吃著麵包和乳酪作晚餐。我停下來就問道：「能給我一片麵包嗎？我實在餓極了。」

他驚詫地看了我一眼，但二話沒說就切了厚厚的一塊麵包給我。我猜想，他並不認為我是個乞丐，只是一位古怪的大小姐，莫名其妙看中了他的黑麵包。我走到望不見那個農舍的地方，才坐下，吃起來。

我無法奢望在誰家屋簷下借宿，就想到前面提到的林子裡過夜。但是那晚過得很糟，時醒時眠，睡得很差，地面又潮濕，天也很冷，還不止一次有人路過我棲身的近旁，我不得不一次次換地方，沒有絲毫安全感，也得不到清靜。天快亮時下起雨來，接下來的一整天都在下雨。讀者，請別要求我詳細講述那天的情況了，我只是像前一天那樣四處尋找工作，也一樣遭到拒絕，也一樣忍飢挨餓。不過，倒也算吃到了一點食物。在一間小茅屋前，我看見一個小女孩正要把一團冷掉的麥片粥倒進豬圈裡的餵食槽。

「可以給我嗎？」我問道。

她瞪著我，繼而喊道：「媽媽！有個女人要我把麥片粥給她。」

「好吧，孩子，」裡邊的一個聲音回答，「要是乞丐就給她吧，反正豬也不喜歡吃麥片粥。」

女孩把結了塊的粥倒在我手上，我狼吞虎嚥地吃掉了。

雨天的暮色漸濃時，我在一條偏僻的馬行道上走了一個多小時後，停了下來。

「我實在走不動了，」我自言自語地說道，「走不了多遠了。難道今晚又要露宿野外嗎？雨下得這麼大，難道我又得把頭枕在又冷又濕的泥土上嗎？恐怕我也別無選擇了。誰肯收留我呢？但是，這種飢餓、虛弱、寒冷的悽楚感實在太可怕了，感覺希望完全破滅了。很可能，我捱不到早上就會死去。但我為什麼又不能心甘情願地去死呢？為什麼還要苦苦掙扎維持沒有價值的生命呢？因為我知道——或者說相信——羅徹斯特先生還活著；所以，天性都不能屈從飢寒交迫而亡的命運。哦，上天呀！再支撐我一會兒吧！幫助我，指引我吧！」

我用呆滯無神的眼睛在昏暗朦朧的夜色中四顧張望。我發現自己已遠離了村莊，都快看不見了，村落周圍的耕地也不見了。我走過了一條條錯綜的小徑，一條條偏僻的岔道，不知不覺又走到了那一大片荒原。此刻，在我與幽暗的小山之間只有幾小片荒田，田地沒有好好開墾，幾乎和之前的歐石楠地一樣荒蕪貧瘠。

「是呀，我寧願死在那裡，也不要倒斃街頭或死在人來人往的大路上。」我心想，「寧可讓烏鴉和渡鴉——要是這一帶有渡鴉的話——啄食我的骨肉，也不要裝在救濟院的棺材，在乞丐流民的義塚中腐爛。」

於是，我向那座小山走去。走到了之後，只需要找個能躺下來的低地就好了，哪怕不太安全，至少也很隱蔽。可是，放眼整個荒原，到處都一樣平坦，沒有起伏，只有色調略有差別：燈心草和苔蘚茂密生長的沼澤地呈青色；只有歐石楠生長的乾土壤呈黑色。夜色愈來愈暗，我仍能看清這些差別；但因為顏色已經隨日光而褪盡，所謂的差別不過就是明明暗暗罷了。

就在我環顧暗淡的高地，眺望消失在極其荒涼的遠景中的荒原邊緣時，突然望見一個模糊的亮點。遠在沼澤和山脊之中，有盞燈光躍入我的眼簾。「鬼火。」這是我的第一個想法，並猜想它很快就會熄滅。然而，那光持續閃亮，而且很穩定，既不後退，也不前移。「是剛點燃的篝火嗎？」我產生了疑問。我遠遠注視，看它會不會升騰，但沒有，它既不縮小，也不擴大。「也許是房子裡剛點起的燭光。」我揣想著，「即便如此，我也走不到那裡。太遠了。就算離我只有一碼遠，又有什麼用？我會敲門，結果又眼睜睜看著門關上。」

我就在站立的地方頹然地埋頭倒下，一動不動地在泥地上躺了一會。夜風刮過小山，吹拂我身，又嗚咽著消失在遠方。雨水密密落下，淋濕了我的肌膚。要是我在靜默的嚴寒中就此凍成冰塊，雨點也許還會繼續猛打在我身上，但我將毫無感覺——無知無覺，不啻為一種好死法。可是，我的肉身依然活著，在刺骨的寒氣侵襲下顫抖不已，不久我就站了起來。

亮光仍在那裡，在雨幕中朦朧閃動，但非常穩定。我試著重新邁步，拖著疲乏的雙腿慢慢地朝它走去。在亮光的引導下，我穿過一片寬闊的沼澤，斜攀上山。要是在冬天，這片沼澤是根本無法走過的，哪怕眼下是盛夏，也是泥濘不堪，一步一搖。我跌倒了兩次，兩次都爬起來，振作精神。那道光是我最後一絲渺茫的希望，我一定要撐下去，抵達那裡。

穿過沼澤，我看到荒原上有一條發白的印痕，走近一看，原來是一條路，不是大道就是小徑，直通那團正在樹叢間、土丘頂閃耀著的亮光。昏暗中，依然能從樹形和樹葉上分辨出，那是一片杉樹林。走近了，那星點之光卻不見了，原來我們之間有障礙物，我伸出手，在面前一團漆黑中摸索，摸到了粗礪的石頭，辨認出那是一堵矮牆：上方像是一道柵欄，牆裡有帶刺的高大樹籬。我繼續摸索著前行。又有個發白的東西在我面前微微閃光，原來是一扇活動門，我輕輕一碰，門扇的鉸鏈就滑動起來。門兩邊各有一叢黑黑的灌木，也許是冬青，也許是紫杉。

走進活動門，穿過灌木叢，眼前便現出了一棟房舍的剪影，又黑又矮又長。但是引我而去的亮光卻消失了，一片漆黑。難道屋裡的人都睡了？恐怕真是這樣。我轉過屋角，去找房門，結果又看到了那盞友好的燈光，從離地一英尺的格子窗的菱形玻璃裡透出來，那扇窗非常小，又因為滿牆爬滿了常春藤之類的爬藤植物，藤葉密布牆面而被反襯得愈發小了。那窗洞是那麼小，又被葉子遮掩得那麼好，窗簾和百葉窗似乎都沒有必要了。我彎腰撥開交錯遮擋在窗前的濃密細枝，裡面的一切便映入眼簾。我能看得清房間裡的地板擦得乾乾淨淨，打磨得錚亮；還有一只核桃木餐具櫃，擺放著一排排錫製盤碟，倒映出燃得正旺的泥炭爐火的亮紅光芒。我還能看見一座鐘、一張白色松木桌和幾把椅子。

桌上點著的那根蠟燭就是指引我跋涉至此的燈塔。燭光下，有一位老婦人在織襪子，看上去有些粗樸，但也像她周圍的一切那樣潔淨整飭。

我只是粗略地看了看這些平凡無奇的擺設，令我更感興趣的是壁爐旁的景象：在洋溢著玫瑰色的寧靜和暖意中，默默坐著兩位文雅的年輕女子。不管從哪個方面看，她們都像是大家閨秀，一個坐在低低的搖椅裡，另一個坐在更低矮的矮凳上。兩人都穿戴黑紗和黑緞喪服，一身黑衣反而格外襯托出她們白皙的頸項和臉龐。一隻大獵狗把大腦袋枕在一個女孩的膝頭，另一個女孩的膝頭則蜷縮著一隻黑貓。

這個簡陋的廚房裡居然坐著這樣兩個人，真是奇怪。她們是誰？不可能是桌旁那個老婦人的女兒，因為她看起來是農婦，而她們卻完全是高雅又有教養。我沒有在別處見過這樣的面容，然而，我注視她們時，卻似乎覺得每一個面部特徵都很熟悉。我不能說她們很漂亮：都太蒼白，太嚴肅了，談不上漂亮。兩人都低頭看書，若有所思的表情甚至還有幾分嚴峻。她們之間的小桌上點著第二根蠟燭，還擱著兩大卷書，兩人不時翻閱著，似乎在與手中的小書相對應，就像在翻譯的時候查詞典。這一幕靜得很，彷彿所有的人都是影子，而這間生了火的房間就是一幅畫。這裡如此靜謐，我甚至都能聽到爐灰飄落的聲音，昏暗角落時鐘的滴答聲，甚至還想像自己聽見了老婦人織毛線的「嚓嚓嚓嚓」的聲音。因而，最終有人開口打破這奇異的寧靜時，我聽得清清楚楚。

「戴安娜，妳聽，」一位專心致志的學生說道，「費朗茨和老丹尼爾一起過夜。費朗茨正說起一個把他嚇醒的夢。聽著！」她低聲念了什麼，但我連一個字也沒聽懂，因為那是我完全不懂的語言——既不是法文，也不是拉丁文，我甚至無法判斷會不會是希臘文或德文。

「筆觸有力，」念完後，她說道，「我讀得津津有味。」另一位女孩剛才抬頭聆聽，凝視爐火，現在又重複了姊妹剛才讀過的最後一句話。後來，我知道了那是哪種語言、哪本書，所以，我要在這裡把那句話加以引用，儘管我當時聽到，只覺得像是敲打銅器，完全不明其意：

「『有人走向前，彷彿黑夜裡的滿天星辰。』妙！真妙！」她朗聲讚歎，深邃的黑眼睛熠熠閃光，「眼前依稀浮現出一位偉大的天使！栩栩如生，這一行勝過一百頁的浮華詞藻。『我在神怒的金碗中權衡萬千思緒，斟酌盛怒的產物』[2]我喜歡！」

兩人再度靜默下來。

「有哪個國家的人是這麼說話的？」老婦人停下手頭的編織，抬頭問道。

「有，漢娜。那是一個比英國大得多的國家，那裡的人就是這麼說話的。」

「噢，說真的，我真不明白他們怎麼能明白對方在說什麼。如果妳們去那裡，我想，妳們能聽懂他們說話吧？」

「他們說的，我們可能聽懂一部分，但不可能全都懂。因為我們不像妳想像的那麼聰明，漢娜。我們不會說德語；如果不借助詞典，也讀不懂德文書。」

「那妳們學這個有什麼用？」

「我們想以後教德語，或者像他們說的，至少教點基礎，那我們就能比現在賺更多錢。」

「很有可能，不過今晚妳們讀得夠多了，別看了。」

「我也覺得夠了，至少我是倦了，瑪麗，妳呢？」

「累極了，畢竟沒有老師，只靠一本詞典，學一門語言是很困難的。」

「是啊，尤其是像德語這麼晦澀難懂，但又相當出色的語言。不知道聖約翰什麼時候才回到家。」

「應該不會太久了，都十點了。」她從腰帶裡掏出一只小金錶，看了一眼，「雨下得很急，漢娜。請妳去看看客廳裡的壁爐生好火了嗎？」

老婦人站起來，打開門。透過門口，我依稀望見一條過道。不一會兒，我聽她在裡面的房間裡撥動爐火，很快又返回了。

「唉，孩子們！」她說道，「這會兒進客廳，真讓我難受。好冷清，椅子空蕩蕩的，都靠後擺在角落裡。」

她用圍裙擦了擦眼角，兩位原本就很肅穆的小姐這時也顯得更憂傷了。

「但他去了更好的地方，」漢娜說道，「我們不該希望他還在這裡。再說了，沒有人比他死得更安詳了。」

「妳說，他從沒提起過我們？」一位小姐問道。

「他來不及，孩子們。妳們的父親一下子就去了。他像前一天那樣，有點不舒服，但沒什麼大礙。聖約翰先生問過他，是否要派人去叫妳倆當中的一個回來，他還笑話他呢。第二天，也就是兩個禮拜前，他又覺得腦袋發沉，就去睡，但再也沒有醒來。妳們的哥哥進屋去看他的時候，他已經渾身僵硬了。唉，孩子們！他是最後一個老派人了，跟那些過世的人相比，妳們和聖約翰先生就好像是另一類

2. 這兩句引言原文為德語，出自德國作家席勒的劇作《強盜》。

人，和妳們的母親差不多，都是讀書人。瑪麗，妳和妳們母親簡直一模一樣，戴安娜更像妳們的父親。」

我認為她們彼此很像，不明白老僕人（現在我能確定她是僕人了）看到了什麼不同。她們倆都皮膚白皙、身材苗條，臉上都有卓爾不群的聰慧。當然，一位的頭髮比另一位要深些，髮式也不一樣。瑪麗的淺褐色頭髮從中間分開，梳成光滑的髮辮；戴安娜的髮色偏深，厚實的鬈髮一直垂到肩頭。時鐘敲響了十下。

「我想，妳們肯定想吃晚餐了吧。」漢娜說道，「聖約翰先生回來後也一樣。」

她就忙著要去準備餐食，兩位小姐站起身來，似乎打算去客廳。直到這時，我一直專注地看著她們，她們的外表和談話引起了我強烈的興趣，我竟把自己的悲涼處境忘掉了大半。這時卻又想起來了。與她們一對比，我的境遇就更淒涼、更絕望了。要打動這個家裡的人來關心我，相信我真的飢腸轆轆、悲慘至極，為流浪的我提供棲身之所，想來是多麼不可能啊！我摸到門邊，猶猶豫豫地敲起來，仍覺得那些念頭不過是妄想。漢娜打開了門。

「妳有什麼事？」她借著手中的燭光打量我，詫異地問道。

「我可以和妳家的小姐們講句話嗎？」我說。

「妳最好先告訴我，妳要和她們說什麼？妳是從哪裡來的？」

「我是個異鄉人。」

「這個鐘點，妳在這裡幹什麼？」

「我想在外屋，或者別的什麼地方借宿一晚，還有一點麵包。」

不信任——漢娜臉上立刻出現了我最擔心的那種懷疑的表情。「我可以給妳一片麵包。」她頓了一下，又說道，「但我們不能讓無家可歸的人在這裡過夜。那可不行。」

「無論如何，請讓我見見妳家小姐們。」

「不行，我不會讓妳見她們的。她們能為妳做什麼？這時間妳不該到處遊蕩了，看起來很不像樣。」

「但如果妳趕我走，我又能上哪裡去呢？我該怎麼辦呢？」

「哦，我敢說妳心裡清楚，該去哪裡，該做什麼。當心，別做壞事就行啦。這裡是一便士，給妳，妳走吧！」

「一便士不能餵飽我，我也沒力氣再走更遠了。不要關門！喔——別關，看在上帝的分上！」

「我必須關門，雨都潑進來了。」

「告訴小姐們，讓我見——」

「我絕對不會答應的。妳別裝斯文了，要不然也不會這麼吵吵嚷嚷的。走吧！」

「如果妳把我趕走，我會死的。」

「妳才不會呢。我怕妳是不懷好意，所以才深更半夜要進別人家門；要是妳有什麼同夥在附近，圖謀打家劫舍，妳可以去告訴他們：這宅子裡不光是我們幾個，還有一位先生，還有狗，還有槍呢。」這位忠誠卻執拗的老僕人關上了門，從裡面上了閂。

到此為止，希望徹底破滅。一陣劇痛——徹底絕望的痛苦——充溢並撕裂了我的心。我已衰弱不堪，再往前跨一步的力氣都沒有了。我頹然倒在濕漉漉的門前臺階上，痛苦萬分地呻吟起來，絞著手，痛哭起來。啊，死亡的幻影！啊，這最後的一刻來得如此恐怖！可歎啊，這等孤獨，受人驅趕的境遇！不僅是希望的錨索斷裂了，就連剛毅的精神也失去了立足之地，至少眼下是如此。但傷感過後，我很快又開始讓自己振作。

「最多不過是死，」我說，「而我相信上帝，我要試著靜待神的旨意。」

這些話，不僅在我腦子裡流轉，也不知不覺說出了口；說出來了，我又把一切痛苦埋進心裡，努力讓那痛苦留在那裡：沉默而靜止。

「人都是要死的，」突然，有個近在咫尺的聲音說道，「但所有人都不該像妳這樣，因為飢餓困頓而早早衰亡。」

「是誰，或者別的什麼在說話？」我被突如其來的聲音嚇了一跳，其實，這時候不管發生什麼事情，我都不會產生得救的希望。有個影子移近了——究竟是什麼？漆黑的夜、衰弱的視力都使我難以分辨。這個新出現的人開始急促、大聲、長久地敲門。

「是你嗎，聖約翰先生？」漢娜叫道。

「是的，是我，快開門。」

「哎呀，這麼個狂風暴雨的夜晚，您準是又濕又冷；快請進來。您的妹妹們很為您擔心，而且我認為附近有壞人。剛剛有個女乞丐——哎呀，她怎麼還沒走？還躺在那裡。快起來！真丟人！我都叫妳走開了！」

「別說了，漢娜！我有話和這女人說，妳已經盡了責，把她關在門外；這會兒該讓我來盡責，讓她進來。剛才我就在近旁，聽到了妳和她說的話。我想，這個情況很特殊，我至少要先瞭解一下。小姐，起來吧，先進屋吧。」

我艱難地起身，聽從了他的吩咐。不一會兒，我就站在乾淨明亮的廚房裡了——就在壁爐前——渾身發抖，難受極了，深知自己飽受風雨、精神狂亂，樣子肯定可怕極了。那兩位小姐、她們的哥哥聖約翰先生和老僕人都盯著我看。

「聖約翰，這是誰？」我聽見有人發問。

「我不知道，我是在門口發現她的。」聖約翰回答。

「她的臉色太蒼白了。」漢娜說道。

「面如死灰。」聖約翰說道，「她會昏倒的，讓她坐著吧。」

我的腦袋真的非常昏沉，一頭栽倒下去，但一把椅子接住了我。此時我說不出話，但神志是清醒的。

「喝點水也許能讓她緩過來。漢娜，拿點水來。不過，她真是憔悴得不成樣子。那麼瘦，一點血色也沒有！」

「簡直像個幽靈。」

「她是病了，還只是餓壞了？」

「我想是餓的。漢娜，那是牛奶嗎？給我，再拿一片麵包來。」

戴安娜（她朝我俯下身子，我看到一頭長鬈髮垂在我與壁爐之間，所以才知道是她）掰下了一些麵包，在牛奶裡浸了浸，送進我嘴邊。她的臉緊挨著我，我看到了一種憐憫的表情，從她急促的呼吸中我感受到了她的同情。她樸素的話語足以流出撫慰人心的溫情：「吃一點吧。」

「對，盡量吃一點！」瑪麗輕聲重複著，從我頭上摘下了濕透的草帽，把我的頭托起來。我吃了一口她們餵給我的麵包，先是懨懨地，但馬上就迫不及待想要狼吞虎嚥了。

「一開始別讓她吃太多，要克制，」當哥哥的說道，「吃這點就可以了。」說著就端走了牛奶和麵包。

「讓她再吃一點吧，聖約翰！妳看她那種渴求的眼神。」

「暫時不能再吃了，妹妹。看看她現在能說話嗎？試著——問問她叫什麼。」

我覺得自己能說話，便回答道：「我的名字叫簡．愛略特。」

因為我擔心洩露身分，會被人找到，所以早就決定用假名了。

「妳家在哪裡？有親朋好友嗎？」

我默不作聲。

「我們可以帶信，把妳認識的人叫來嗎？」

我搖了搖頭。

「妳能說說妳自己的事嗎？」

不知為何，我一跨進這家的門檻，一見到這家人，就不再覺得自己無家可歸、漂泊流浪、被廣闊的世界所拋棄了；我就敢拋開行乞的模樣，恢復我最自然的舉止和性情。我重新認出了我自己。當聖約翰要我講講自己的事時，我太虛弱了，無法順從他，但稍稍沉默後，我便這樣回答他：

「先生，今晚我無法跟您細說。」

「那麼，」他說，「妳希望我們為妳做些什麼呢？」

「什麼都不用。」我答道。我的力氣只夠我作這樣簡短的回答。戴安娜接過了話頭：「妳的意思是，我們已給了妳所需要的說明，現在就可以把妳趕回沼澤和雨夜中去嗎？」

我看了看她。我心想，她的臉很標緻，流溢著力量和善意。我突然有了勇氣，用微笑回應她關愛的目光。我說：「我相信你們。就算我是一條沒有主人的流浪狗，我知道你們今天晚上也不會把我從壁爐旁攆走。事實上，我一點都不害怕。隨你們安置我，但請原諒，我不能說太多，我喘不上氣來，一說話就會痙攣。」他們三人端詳著我，都沒有說話。

「漢娜，」聖約翰先生終於開口了，「先讓她在這裡坐一會兒，別問她問題。十分鐘後，讓她把剩下的牛奶和麵包吃完。瑪麗，戴安娜，我們到客廳去好好商量一下。」

他們出了房間。很快，有位小姐回來了——我分不出是哪一位，坐在暖融融的壁爐邊，不知不覺我昏昏沉沉，渾身放鬆，舒服得近乎恍惚。她低聲吩咐漢娜了幾句，沒過多久，在漢娜的攙扶下，我勉強登上樓梯，脫下濕透的衣服，很快躺倒在一張溫暖又乾爽的床上。感謝上帝——在無法形容的疲憊中，我強烈感受到了一絲感激的喜悅之情——然後就沉沉入睡了。

第29章

這以後的三天三夜，我的記憶非常模糊。我能回憶起那段時間裡一鱗半爪的感覺，但無法構成什麼想法，更無法付諸行動。我知道自己躺在一個小房間裡，像石頭般一動不動地躺在那張狹窄的床上，像是與那張床合二為一了，讓我離開那張床，簡直會要了我的命。我毫不在意時間的流逝——不在乎清晨轉為午後、傍晚轉為夜晚。有人進出房間時，我會注意到，甚至還能分辨出是誰，能聽懂別人在我身旁所說的話，但我無法回答：無法開口，就像無法挪動肢體。最常來看我的是僕人漢娜，但她一來，我就心神不寧，因為我有一種直覺，覺得她希望我盡早離開，覺得她不體諒我和我眼下的處境，對我頗有成見。黛安娜和瑪麗每天都會到這個房間來一兩趟，她們會在我床邊悄聲說著類似的話：

「幸好我們收留了她。」

「是呀，如果她整晚在外頭，第二天早晨準會死在門口。真不知道她吃了多少苦頭。」

「我想應該是不同尋常的艱辛吧！消瘦、蒼白、可憐的流浪者！」

「從她說話的樣子來看，我認為她不是一個沒有受過教育的人。她的口音很純正。她脫下的衣服雖然濕淋淋的，還濺了泥巴，但並不破舊，質感也很好。」

「她長得很奇特，雖然消瘦憔悴成了這樣，但我挺喜歡的。可以想見她健康而有生機時，樣貌肯定挺可愛的。」

在她們的交談中，我從沒聽到一句懊悔的話：既不後悔收留並照應我，也不懷疑或厭惡我。我深感欣慰。

聖約翰先生只來過一次，他看著我，說我昏睡不醒是長期疲勞過度的反應，他認為不必去叫醫生，確信最好的辦法是順其自然。他說，每根神經都有些緊張過度，所以整個機體都需要一段昏睡的休息時期，這並不是什麼病。他猜想，我的身體一旦開始恢復就會很快痊癒。他用寥寥數語表達了這些意見，語調鎮定而低沉。停頓片刻後，他又用一個不習慣高談闊論的人的語氣說道：「相貌不凡，顯然不是粗俗或墮落的人。」

「絕對不是，」戴安娜答道，「說實話，聖約翰，我對這可憐的小靈魂滿心好感。真希望我們能永遠照料她。」

「這不大可能，」聖約翰說道，「妳會發現，她應該是某家的小姐，與朋友們產生了誤會，貿然地一走了之。如果她不太固執，我們也許可以讓她回到親朋好友身邊。但我注意到了她臉上有堅毅的特徵，恐怕脾氣很倔強，不太好說服。」他站在床邊端詳了我一會兒，又說道，「她看上去很聰明，但一點也不漂亮。」

「她病得那麼重，聖約翰。」

「不管有沒有生病，她都算不上好看。欠缺雅致與和諧，所以並不美貌。」

到了第三天，我好些了，第四天我已能說話，移動，從床上坐起來，轉動身子。大約在晚餐時段，漢娜端來一些稀粥和烤麵包。我吃得津津有味，覺得好吃極了，不像前幾天發燒時，吃什麼都覺得苦澀。她離開後，我覺得身上有了力氣，有種神清氣爽的感覺；很快，我對臥床休息感到厭膩了，很想起來走動。但我該穿什麼好呢？我只有和衣躺在沼澤荒野裡的那一身濺了泥巴、濕透了的衣服，我羞於以這身打扮出現在恩人們面前。幸好，我不必如此蒙羞。

我床邊的椅子上擺著我所有的衣物，都已洗淨晒乾：黑絲長裙掛在牆上，泥印已被洗去，濕漉漉的褶皺已被熨平，看上去很體面；鞋襪都洗得乾乾淨淨，穿得出去。屋裡就有盥洗架，還有梳子和髮刷，可以把頭髮梳好。這一番折騰耗費了我不少體力，每隔五分鐘就要休息一下，總算把自己打理好了。因為消瘦，衣服穿上身顯得鬆鬆垮垮的，我就用披肩來掩蓋這一不足。終於，我重新變得清爽又體面了，沒有一絲我最討厭的汙跡、凌亂的跡象，不再顯得落魄不堪了。我扶著欄杆，走下了石階，走過一條低矮窄小的過道便到了廚房。

廚房裡彌漫著烤麵包的香氣和熊熊爐火的暖意。漢娜正在烤麵包。眾所周知，成見就像鑽出石縫、頑固生長的野草，最難從從未疏鬆或缺乏教養滋潤的堅實心田連根拔除。說真的，漢娜一開始對我很冷淡生硬，這幾天才變得稍微和氣了一點，當她見我衣冠整潔地走進廚房時，甚至還微笑起來。

「怎麼，妳已經起來了？」她說，「看來妳是好些了。要是妳願意，可以坐在我爐邊的椅子上。」

她指了指那把搖椅，我坐了下來。她忙碌著，不時用眼角餘光打量我。她從烤爐裡取出麵包時，突然轉向我，生硬地問道：

「妳到這裡來之前，討過飯嗎？」

我一時很生氣，但也知道，發火是絕對不行的，更何況，在她看來我當時確實像個乞丐，便平心靜氣地回答了她，不過仍刻意用了強硬的口氣：

「妳錯把我當成乞丐了，跟妳或妳家小姐們一樣，我不是乞丐。」

她愣了一下，又說道：「那我就不明白了，妳看上去又沒家當，又沒銅板，我說得對嗎？」

「沒家，也沒錢（我猜妳指的是錢），並不一定就是妳所說的『討飯的』。」

「妳讀過書嗎？」她立刻問道。

「是的，讀過不少書。」

「但妳從沒進過寄宿學校吧？」

「我在寄宿學校待了八年。」

她瞪大了眼睛，「那妳怎麼還養不活自己呢？」

「我養活過自己，而且我相信，以後也能養活自己。妳拿這些醋栗幹什麼呀？」她拎出一籃子醋栗時，我問道。

「做派餅啊。」

「給我吧，我來揀。」

「不用，我什麼也不要妳做。」

「但我總得做點什麼。讓我來吧。」

她同意了，還拿來一塊乾淨的毛巾讓我蓋在裙子上，「免得弄髒妳的衣服。」

「妳做不慣僕人的工作，我從妳的手就看得出來，」她說，「難不成，妳是個裁縫？」

「不是，妳猜錯了。好了，別管我以前是做什麼的，別為我傷腦筋了。告訴我，這座宅子叫什麼？」

「有人叫這裡沼澤居，有人叫它荒原居。」

「住在這裡的那位先生叫聖約翰先生？」

「不，他不住在這裡，只不過暫時住一陣子。他家在莫爾頓，在他自己的教區裡。」

「那個離這裡幾英里的村子？」

「是的。」

「他是做什麼的？」

「他是牧師。」

我想起我要求見牧師時，那個住所裡老管家的回答。「這麼說來，這裡是他父親的住處？」

「是的。李佛斯老先生在這裡住，還有他父親，他祖父，他曾祖父。」

「所以，那位先生的名字是聖約翰．李佛斯。」

「是的，聖約翰是他受洗禮時的名字。」

「他的兩個妹妹叫戴安娜和瑪麗？」

「是的。」

「他們的父親去世了？」

「是的，三個星期前中風了。」

「他們沒有母親嗎？」

「夫人去世已有好多年了。」

「妳在這家待了很久嗎？」

「我在這裡已經三十年了，他們三個都是我帶大的。」

「那說明妳一定是個忠心耿耿的僕人。雖然妳剛才很沒有禮貌地把我當作討飯的，我還是願意這樣讚揚妳。」

她又用詫異的目光打量我，說道：「我相信，我是錯怪妳了。不過，現在來來往往的騙子那麼多，妳千萬別怪我。」

「而且，」我有點嚴厲地往下說，「在一個連狗都不該趕出去的夜晚，妳把我擋在門外。」

「嗯，是有點狠心。可是，妳叫我怎麼辦呢？我倒不是顧忌我自己，更多的是想著孩子們，他們怪可憐的，除了我，沒有人照顧他們。我總該機警些吧。」

我沉著臉，幾分鐘沒有做聲。

「妳別把我想得太壞。」她又說。

「但我確實認為妳做得不對，」我說道，「我來告訴妳為什麼：倒不是因為妳不許我投宿，或者把我看成了騙子，而是因為妳剛才把我沒家、沒銅板當成一種恥辱。但世上有很多好人像我一樣，窮得一個子兒都沒有。如果妳是基督徒，就不該把貧困看作罪過。」

「我再也不會了。」她說，「聖約翰先生也是這麼對我說的。我知道自己錯了。不過，我現在倒是對妳刮目相看了。妳看來完全是個體面的小女孩。」

「那就好了，我現在原諒妳了，握手言和吧。」

她伸出沾滿麵粉、布滿老繭的手，握住我的手，粗糙的臉上露出更真誠、更開朗的笑容，從那時起我們就成了朋友。

漢娜顯然很健談。我揀醋栗、她捏麵團做派時，她不停地談起已故的主人、女主人和「孩子們」——她這樣稱呼那幾位年輕人。

她說，李佛斯老先生極為樸實，但是位地道的紳士，出身於十分古老的家族。沼澤居自建成後就一直屬於李佛斯家族，她還肯定，這座房子「已有兩百多年的歷史了，雖然看上去不過是個不起眼的小地方，絲毫比不上奧利佛先生在莫爾頓谷的豪宅，但我還記得，比爾．奧利佛的父親是做縫衣針的工匠，而李佛斯家族從亨利王的時代起就是上流鄉紳，看看莫爾頓教堂法衣室記事簿，誰都能知道這些典故」。不過，她也承認：「老主人跟當地人一樣——沒什麼特別之處，也就是愛打打獵、種種田。」女主人可不這樣，她愛讀書，讀得很多。「孩子們」像她。這一帶沒有他們這樣的人，從來都沒有過。三個人打從會說話的時候起就都愛讀書，他們一直「特立獨行」。聖約翰先生長大後，就進大學念書，當了牧師；小姐們一離開學校就去當家庭教師，因為別人告訴她們：她們的父親幾年前由於信託人破產，損失了一大筆錢，沒辦法給她們財產，也沒有留下遺產，她們就得自謀生計。很久以來，她們已很少住在這個家裡了，最近只是因為父親去世才回來小住幾週。但她們確實很喜歡沼澤居和莫爾頓，也喜歡附近這些沼澤地和山丘。她們到過倫敦和其他很多城鎮，但總說哪裡都比不上家鄉好。而且，她們真的很融洽，從來不爭吵，也不會鬧彆扭。她不知道哪裡還找得到這樣和睦的家庭。

我揀完了醋栗，又問她，兩位小姐和她們的哥哥上哪裡去了。

「散步去莫爾頓了，半小時內會回來用茶點。」

果然，他們在漢娜規定的時間內回來了，從廚房門進屋來。聖約翰先生見了我，只是點點頭，就走過去了。兩位小姐卻停下腳步，瑪麗簡短地說了幾句，平靜又親切地表示很高興看到我已經能下樓了。戴安娜握住我的手，對我搖搖頭。

「妳真該等我允許才下樓的，」她說，「妳臉色還是很蒼白，又那麼瘦！可憐的孩子！可憐的女孩！」

在我聽來，戴安娜說起話來很像鴿子輕柔的咕咕叫，我喜歡與她眼神相對，覺得她的臉龐充滿魅力。瑪麗的面容也一樣聰慧，容貌也一樣漂亮，但她的神情較為拘謹冷淡，儀態雖然文雅，卻有幾分疏離感。戴安娜的神態和說話的樣子有一種威儀，顯然很有主見。我生性喜歡服從像她那樣令人信服的權威，在我的良心和自尊允許的範圍內，聽命於積極的意志。

「妳在這裡做什麼？」她繼續說，「這不是妳待的地方。瑪麗和我有時會在廚房坐坐，因為在家裡我們喜歡自在點，甚至恣意而為——但妳是客人，得到客廳去。」

「我在這裡挺舒服的。」

「一點也不——漢娜忙這忙那，都把麵粉沾到妳身上了。」

「而且，這裡的壁爐對妳也有些太熱了。」瑪麗插了一句。

「沒錯，」她姊姊附和道，「來吧，妳得聽話。」她握著我的手，把我拉起來，帶我進了客廳。

「妳先坐會兒，」她把我安頓在沙發上，又說道，「我們去換衣服，準備好茶點。在沼澤居這個小家裡，我們享受的另一個特權就是自己準備餐點——只要我們樂意，或是漢娜忙著烘烤、釀製或熨衣的時候。」

她關上門，留下我與聖約翰先生兩個人。他坐在我對面，手裡不知捧著書還是一張報紙。我先打量了一下客廳，再看向客廳的主人。

客廳不大，陳設也很簡樸，但乾淨整潔，十分舒適。古樸的舊椅子油光鋥亮，胡桃木桌面光可鑑人。斑駁的牆上裝飾著幾幅舊時男女略顯古怪的老畫像。在玻璃門櫃裡放著幾本書和一套老瓷器。除了書桌上的一對針線盒、倚牆而立的花梨木女士書寫臺，這間屋裡沒有一件多餘的裝飾品，也沒有一件現代家具。包括地毯和窗簾在內的一切看上去都很陳舊，但保養得很好。

聖約翰先生一動不動地坐著，恰如牆上那些色彩暗淡的畫像，眼睛一直盯著他細讀的那一頁，一言不發，嘴唇緊閉，這讓我很容易把他看清楚。要說他是雕像也不為過，真是很方便仔細看個究竟。他很年輕，二十八到三十歲左右，身材高眺修長，面容引人注目，宛如輪廓完美的希臘人的臉，古典式的鼻子筆直堅挺，還有一張十足雅典人的嘴巴和下巴。說實在的，很少有英國人的臉像他那樣符合古典的標準。他的面容如此和諧，難怪我不勻稱的五官會讓他有點吃驚。他的眼睛又大又藍，睫毛是棕色的，象牙般白皙的高額頭上有幾綹金髮隨意垂蕩著。

這樣描述，感覺頗為柔和吧，讀者？然而，我所描述的這個人並沒有給人以溫和、忍讓、易於動情的印象，甚至天性也不安寧。雖然他此刻默默安坐，但我能覺察到，他的口鼻、前額卻透露出一種跡象，顯露出內心的不安、冷酷或熱切。在他的妹妹們回來前，他沒有和我說過一個字，或朝我看過一眼。戴安娜走進走出，準備茶點，給我帶來一塊在爐頂烘烤過的小蛋糕。

「先把這個吃了吧，」她說，「妳肯定餓了。漢娜說，從早飯到現在，妳只喝了點粥，什麼也沒吃。」

我沒有謝絕，因為胃口已經恢復了，而且確實餓了。這時，李佛斯先生才合上書，走到桌旁就座，用那雙畫出來似的藍眼睛盯著我看。他的凝視中有一種不拘禮節的直率，一種銳利、明確的堅定，說明他剛才避開陌生人的眼光並非出於靦腆，而是有意為之。

「妳很餓。」他說。

「是的，先生。」這是我素來的習慣——出於本能的習慣——以簡短回覆簡短，用直率對待直率。

「這三天的低燒迫使妳吃得少，這對妳有好處。要是一開始便放開肚子吃，那就危險了。現在妳可以吃了，不過還是得節制。」

「我相信，我不會白吃您太久的，先生。」我的回答拙劣又不加修飾。

「是不會，」他冷冷地回答，「等妳把朋友的住址告訴我們，我們會寫信給他們，妳就可以回家了。」

「我得坦率地告訴您，我做不到，因為我沒有家，也沒有朋友。」

他們三人都看著我，但並非不信任。我覺得他們的眼神裡沒有懷疑或猜忌，更多是好奇——尤其是兩位小姐。聖約翰的眼神表面看來明淨透澈，但實際上深不可測。他似乎常常用那雙眼睛去探索別人內心的念頭，卻不會暴露自己的想法。那銳利而有所保留的眼神似乎在很大程度上令人窘迫，而非為了鼓勵別人。

「妳的意思是說，」他問道，「妳孤孤單單，沒有一個親朋好友？」

「是的。我和任何一個活在世間的人都沒有聯繫，也沒有任何資格要求英國的任何一戶人家收留我。」

「以妳這樣的年紀，這真是獨特的處境。」

說到這裡，我看到他的目光落在我交叉疊放於桌上的手上。我不明白他在看什麼。但他的話立刻解釋了一切。

「妳沒有結過婚？還是未婚女子？」

戴安娜笑了。「哎呀，她不過就是十七八歲，聖約翰。」

「我快十九了，但還沒結婚，沒有。」

我只覺得臉上火辣辣的熱，一提起結婚，又勾起了我痛苦和興奮的回憶。他們都看出了我這種窘迫和激動。戴安娜和瑪麗把目光從我漲得通紅的臉上移開，轉向別處，免得我難堪，但是她們那位比較冷漠和嚴厲的哥哥卻繼續盯著我看，直至他引發的心煩意亂逼得我臉紅，最終流下淚來。

「妳以前住在什麼地方？」他又發問了。

「你問得太多了，聖約翰。」瑪麗輕輕說道。但他索性把身子往前探，再次用堅定而逼人的眼神迫我回答。

「我住在哪裡，跟誰住在一起，都是我的祕密。」我回答得很簡略。

「我認為，只要妳高興，不管是聖約翰還是別人的提問，妳都有權不回答。」戴安娜說。

「可是，如果我不瞭解妳，也不知道妳經歷了什麼事，我就無法幫到妳，」他說，「而妳需要幫助，是不是？」

「我是需要幫助，先生，也一直在尋求幫助。我只希望有個真正的好心人能助我一臂之力，給我一份力所能及的工作，得到謀生的酬勞，哪怕只夠糊口也好。」

「我不知道自己算不算真正的好心人，但我願意真誠地竭盡全力來幫助妳。那麼，妳先得告訴我，妳以前是做什麼的？妳能做什麼？」

這時，我一口氣喝完了我的茶，這種飲料使我精神大振，猶如喝了酒的巨人。它給我衰弱的神經注入了新的活力，使我能夠面對這位目光敏銳的年輕法官，從容不迫地應答如流。

「李佛斯先生，」我轉向他，像他看我那樣，毫不畏怯地坦然注視他，「您與令妹已幫了我很大的忙，是人類所能給予的最大恩惠。你們用高尚的款待把我從死亡的絕境中拯救出來。你們施予的恩惠絕對有權得到我的感激，並且，也在很大程度上得到了我的信賴。我會盡可能把你們收留的這個無處可去的流浪者的身世告訴你們，但恕我無法全盤奉告，以免違背內心的寧靜——包括我本人及他人道德和身心的安危。」

「我是孤兒，一個牧師的女兒。我還不能記事，父母就去世了。我靠人贍養長大，在一所慈善機構受了教育，在那裡，我做了六年學生，兩年教師——我甚至可以告訴你這個機構的名字：羅伍德孤兒院，可能您聽說過，李佛斯先生？羅伯特·布洛赫斯特牧師是那裡的司庫。」

「我聽說過布洛赫斯特先生，還去這所學校參觀過。」

「將近一年前，我離開了羅伍德，當上了私人家庭教師。我得到了一份很好的工作，也很愉快。到這裡的四天前，我卻不得不離開那個地方。離開的原因我不能、也不該說，就是解釋也沒有用，還會招來危險，況且，說出來也是難以置信的。我並非犯了什麼過錯或罪過，一如你們三位是清白的。我很悲慘，但勢必還要悲慘一段時間，因為把我從那所我視為天堂的宅子裡趕出來的原因離奇又可怕。在計畫出走時，我只想迅速又祕密地離開那裡，因而，我不得不把我的所有東西統統留下，只帶了一只小包裹上路。但因為匆忙、心神不定，馬車在惠特克勞斯停下讓我下車時，我忘了把那只包裹也帶下來。所以，我一無所有地來到這一帶。我在野外露宿了兩晚，遊蕩了兩天，沒跨進任何一戶家門。那兩天兩夜裡，只有兩次，我吃到了很少的一點食物。正是在我飢餓、疲乏、絕望到了奄奄一息的時候，李佛斯先生，您沒有讓我餓死、凍死在您家門口，把我收留在你們家裡。從那時起，令妹們為我所做的一切，我都是知道的，因為我看上去昏睡的時候，並非毫無知覺。我感恩她們由衷而真誠、體貼而親切地憐憫我，也感恩您出於福音精神的慈善，我欠了你們很大的人情。」

「好啦，別讓她再說下去了，聖約翰。」我停下來時，黛安娜說道，「很顯然，她現在還不宜激動。我們到沙發去坐吧，愛略特小姐。」

我都忘了我給自己起了新名字，乍一聽見，我慢了半拍才反應過來。但什麼都逃不過李佛斯先生的眼睛，他立刻注意到了。

「妳說過，妳叫簡．愛略特，是嗎？」他問道。

「我是這麼說的，這個名字是我作為權宜之計暫時用的，不是我的真名。所以剛才聽到時，覺得很陌生。」

「妳不願講出妳的真名嗎？」

「我不願意。我很擔心暴露行蹤，會被人發現。凡是可能導致被發現的細節，我都要避免。」

「我相信妳這樣做是對的。」戴安娜說，「哥哥，現在好歹得讓她休息一會兒了吧。」

但是，聖約翰靜默沉思片刻，又像剛才那樣沉著敏銳地說起來：

「妳不願長期依賴我們的款待——這我看得出來，妳希望盡快擺脫我妹妹們的憐憫，尤其是我的慈善（我很敏感地體味到這種刻意強調的區別，但我不生氣，因為說得很公道），妳希望自食其力，對嗎？」

「是的。我剛才就說了。眼下我只請求你們告訴我怎麼工作，或者怎樣找到工作，然後我就會離開，即使是到最簡陋的草屋去。但在那之前，請讓我待在這裡。我害怕再去領教無家可歸、飢寒交迫的恐怖滋味。」

「妳本來就應該留在這兒，」戴安娜用白皙的手撫摸我的頭。

「妳應該留下。」瑪麗也跟著說，語氣含蓄但真誠，這在她似乎是最自然的流露。

「妳瞧，我的妹妹們很樂意收留妳。」聖約翰先生說道，「就像樂意收留和愛護一隻被寒風刮到窗前、快要凍僵的小鳥一樣。而我更傾向於幫妳走上自立的道路，而且會盡我所能。但要請妳瞭解：我的能力有限，活動範圍很窄，不過是個鄉村窮教區的牧師，能幫到的忙不多。如果妳不屑於做些瑣事，那就要去尋找比我更神通廣大的幫助者。」

「她已經說過了，凡是力所能及的正當工作，她都願意做。」戴安娜替我作了回答，「而且你知道，聖約翰，她沒有選擇，找不到別人來幫她了，只能忍受你這種壞脾氣的人。」

「我可以做裁縫，也可以當普通女工，如果沒有更好的工作，我也可以當僕人、保母。」我回答。

「行，」聖約翰先生十分冷淡地說道，「既然妳有這樣的決心，我就答應妳，用我的時間，按我的方式來說明妳。」

說完，他又繼續去看那本茶點前就在埋頭看的書了。很快，我也起身告退，因為就眼下體力所及，我已經談得太多，坐得太久了。

第30章

愈是熟悉沼澤居的人，我就愈喜歡他們。不用幾天工夫，我的身體就恢復了大半，可以整天坐著，有時還能出去走走。我可以跟戴安娜和瑪麗一起做她們平常做的事，無論何時何地，只要她們允許，我就去幫忙；也可以和她們盡興聊天，愛談多久就談多久。這種交往令人振奮，我還是第一次體會到這種源於趣味、情調和原則完全投契所帶來的愉悅。

她們喜歡讀的書，我也愛讀；她們所欣賞的也使我愉快；她們所贊同的也讓我尊崇。她們喜歡這個與世隔絕的家，我也在古老的灰色小建築中找到了強大而恆久的魅力：低矮的屋頂、格子窗、頹敗的牆、古杉大道——在強勁的山風經年吹拂下，古杉都已傾斜向一邊；還有紫杉和冬青，把花園掩映在黑壓壓的樹影中；而那個花園裡，只有最頑強的花種才能堅毅地盛放。她們眷戀沼澤居周圍的紫色荒原，鵝卵石鋪築的狹窄馬道從門口下坡而行，通向低處的溪谷；她們也眷戀那條蜿蜒在蕨類叢生的兩岸間、繼而穿過幾塊荒蕪的小牧草地的小溪；牧草地寥寥無幾，散落在遍地歐石楠的荒原邊緣，但一群灰色的荒原羊和臉上長著苔蘚般細絨毛的羊羔就靠這幾塊小草場繁衍生息。

我知道，她們懷著熱烈的眷戀之情深愛這片景致，依依不捨。我能理解她們的感情，也與她們一樣感受到了這裡的力量與真諦。我看到了這片地域的迷人之處，也體會到了此處特有的孤寂中的神聖。我的雙眼盡情享受著連綿起伏的荒原，看不夠山脊上、山谷中由青苔、灰色歐石楠、無名鮮花所點綴的草地，鮮豔奪目的歐洲蕨和色彩柔和的花崗岩所形成的荒野色調。無論對於我，還是對於她們，這些細微的自然景物都是純潔可愛、無窮無盡的快樂源泉。無論強風猛烈還是微風柔和，無論淒風苦雨還是碧空無雲，無論日出還是日落，無論夜晚月光皎潔還是烏雲密布，都讓我和她們覺得引人入勝；一如她們的陶醉，我也感受到身心被此處的魔力包圍。

在家裡，我們也意氣相投。她們比我更有造詣，讀的書也更多。但我求知若渴，跟隨她們實踐的知識之路。我如飢似渴地閱讀她們借給我的書，每到夜裡就與她們討論我白天讀過的書，那真是一種極大的滿足：我們的想法不謀而合，觀點統一。簡而言之，我們的相處完美而融洽。

要說我們三人中有誰更出色，更像領袖，那就是戴安娜。從外表看來，她就遠勝於我：漂亮，精力旺盛。在她的本性中有一種使我驚異又無法理解的富饒、湧動的生命力。夜晚剛開始時，我還能談一會兒，但第一波活躍、暢快的談話過後，我就只好坐在戴安娜腳邊的矮凳上，把頭靠在她膝頭上，聽她和瑪麗輪流探討我只觸及了皮毛的話題。戴安娜願意教我德語，我很喜歡跟她學。我發覺，教師的角色很適合她，也能使她高興，反過來也一樣，學生的角色也很適合我，令我由衷地高興。我們性情相投，互相喜愛——愛之深，情之切——因而獲得了深厚的感情。她們發現我會畫畫，就立刻把畫筆和顏料盒供我使用。唯有在畫畫這一技藝上，我能略勝她們一籌，她們很驚喜，也很快著了迷。我繪畫時，瑪麗會坐在一旁看，一看就是個把鐘頭。後來，她就跟我學畫，果然是個聰明、聽話又用功的學生。就這樣忙這忙那，彼此都得到了樂趣，朝夕如一刻，數週如一日，日子很快就過去了。

至於聖約翰先生，我與他妹妹們之間自然而迅速形成的親密感情卻絲毫沒有波及他。我們顯得疏遠，原因之一是他難得在家，看起來，他把大部分時間都用於拜訪自己教區裡散居各地的窮人和病人了。

任何天氣似乎都無法阻擋這位牧師的教區巡視。無論晴天還是雨天，每天早課一結束，他就會戴上帽子，帶著他父親的老獵狗卡羅，出門履行出於愛好或是職責的使命——我並不清楚他是如何看待這件事的。天氣很糟的時候，兩個妹妹都會勸他別去，他就帶著奇特的笑容——與其說快樂的，不如說莊嚴的——說道：

「如果一陣風和幾滴雨就能讓我放棄這些輕而易舉的工作，這樣懶懶散散的我又怎能為實現自己規劃的未來而做準備呢？」

對於這種反問，戴安娜和瑪麗往往只能報以一聲歎息，繼而陷入好幾分鐘、顯然很悲傷的沉思。

除了因為他頻繁外出，還有一種很大的障礙使我無法與他建立友情。他似乎是個生性寡言少語、心不在焉，甚至耽於沉思默想的人。

儘管他很熱忱地盡到牧師的職責，生活習慣上也無可指摘，但他好像並沒有享受到每個虔誠的基督徒和腳踏實地的慈善家應得的酬報：內心的寧靜和滿足。晚上他會坐在窗前，面對書桌、攤開的紙張，常常停下閱讀和寫作，手撐托下巴，任思緒飄忽；我不知道他究竟在遐想什麼，但從他眼睛頻繁的閃爍、瞳孔的變化中可以看出，他顯然心緒不寧，內心激動。

此外，我認為大自然對他而言，並不像對他妹妹們那樣是快樂的寶藏。我只聽到過一次，他提到過起伏不定的山巒給他帶來了強烈的美的感受，對他稱之為自家的黑色屋頂和灰白牆壁懷有與生俱來的熱愛。但是，即便在這種表露情感的言語中，他的語氣裡隱含的憂鬱卻甚於喜悅。而且，雖然荒原能讓人舒暢安寧，他卻從來沒有因此而漫步於荒原，從來沒有發現或深思大自然給予的千百種平靜的喜悅。

他如此少言寡語，以至於我過了好久才有機會探究他的心聲。我聽了他在莫爾頓自己的教堂佈道後，才第一次認識到他的才華。我希望能描繪一下他那次佈道，但心有餘而力不足，甚至無法確切表達那個場景給我的影響。

開始時很平靜，其實，就其音量和語調而言，自始至終都很平靜。然而，抑揚頓挫之中，很快傳遞出一種發自肺腑、又嚴加節制的熱情，繼而激發出強健有力的語言，逐漸形成一股凝練、精簡又有節制的力量。

佈道者的威力使人內心為之震顫，頭腦為之驚異，但兩者都未被感化。他的演講自始至終帶著奇怪的苦澀之感，缺乏撫慰人心的溫柔，不斷提到嚴厲的加爾文式的教條：上帝對罪人無條件的揀選、上帝的預定和遺棄。每每聽來，都覺得他似乎在宣布人們在劫難逃。佈道結束後，我非但沒有受其講演的啟發，感覺心情更好、更平靜了，反而體會到一種難以言喻的哀傷。對我而言——我不知道別人是不是有同感——剛才傾聽的這番雄辯似乎源於心靈的深淵，那裡混雜著沮喪失意的積年沉渣，躁動著貪婪的熱望、未酬的壯志。我確信，儘管聖約翰·李佛斯品行純潔，言行謹慎，真誠熱情，卻還沒有找到深奧超然的、源於上帝的祥和。我想他與我一樣，都沒有找到；我的遺憾和痛惜源於破碎的偶像、失去的天堂，雖然被我深深埋在心裡，不予示人，最近一直避而不談，卻依然顫湧不寧，仍在無情地糾纏我，主宰著我。

就這樣，一個月過去了。戴安娜和瑪麗不久就要離開沼澤居，回到等待著她們的截然不同的生活環境中去，繼續到英國南部的時髦城市裡當家庭教師。她們各有各的雇主，在不同的人家裡謀職，被那些富有、傲慢的家庭成員們視為卑微的僕傭，那些人既不瞭解也不想去發現她們內在的美德，只賞識她們學到的技藝，就像賞識廚師的手藝、侍女的情趣。

聖約翰先生答應過幫我找工作，但至今為止一句都沒提過，但對我來說，這已是迫在眉睫的事了。一天早晨，兩位小姐把我留在客廳，與他單獨待了幾分鐘，我就冒昧地走近窗龕，那裡擺著他的桌椅和書桌，儼然就是他神聖不可侵犯的書房；儘管我還不太清楚該用怎樣的措詞把問題提出來，因為無論何時，要打破他冷若冰霜、拒人於千里之外的拘謹外殼都是很困難的，但我剛想開口，他倒省卻了我的為難，搶先開口了。

我走近了，他就抬頭問道：「妳有事要問我嗎？」

「是的，我想知道，您是否幫我打聽到了有什麼我能做的工作。」

「三個星期前，我就替妳找到了——或者說替妳打造了——一份工作，但妳在這裡似乎很有好處，也很愉快；我的妹妹們顯然同妳形影不離，有妳作伴，她們格外開心；我覺得，妨礙妳們的融洽友情未免不合時宜，就打算等她們即將離開沼澤居，而妳也不得不離開時再說。」

「她們三天後就要走了，不是嗎？」我說。

「是的，她們一走，我就要回到莫爾頓的牧師住所去，漢娜隨我去，這所老房子就要鎖起來了。」

我等了一會兒，以為他會繼續剛才他提出的話題說下去，但他的思路好像已轉到了別處，明顯走神了，忘了我和我的事。我不得不再次提醒他，回到我眼下最迫切最關心的話題上。

「您說的是什麼工作，李佛斯先生？但願沒有太過拖延，以至於增加獲得這個職位的難度。」

「哦，不會的。因為這份工作只取決於我願不願意給，以及，妳願不願意接受。」

他又停下了，好像不願再往下說。我有點不耐煩了，就用一兩個不安的動作以及直盯在他臉上的急切目光，用比語言更有力、更省事的方式向他表達了我的感受。

「妳不用著急知道，」他說道，「坦白地告訴妳吧，我並沒有更適合妳，或有更多收入的工作可以向妳推薦。在我詳細解釋之前，請回憶一下，我早已明明白白地跟妳說過，就算我能幫到妳，也無非像是瞎子幫跛子。我很窮，因為我發現償付了父親的債務後，留給我的全部遺產就只有這個搖搖欲墜的田莊，還有後面那排病怏怏的杉樹，前面那片長著紫杉和冬青灌木的荒土。我籍籍無名，李佛斯是個古老的姓氏，但這個家族僅存的三個後裔，兩個要依賴陌生人謀生，第三個身在故土卻覺得自己是個外族人——不該生於此地，也不該死於此地。是的，他認為，也不得不認為這樣的命運是他的榮耀，他盼望有朝一日擺脫肉身羈絆的十字架會放在他肩上，成為最卑微最虔誠的教會鬥士的首領，傳下號令：起來，跟隨我！」

聖約翰像佈道一樣說著這些話，語調平靜而深沉，面不改色，但目光炯炯。他繼續說道：

「既然我自己也貧窮卑微，就只能向妳提供貧窮卑微的工作。妳甚至可能認為那是貶低妳身分的事——因為我現在已有所深知，妳的喜好就是世人所說的高雅；妳的品味近乎完美；妳所交往的人至少都受過教育；但我認為，凡是有益於人類進步的工作都不能說是貶低自己身分的。愈是未經開墾的貧瘠土地，基督教徒愈是要承擔去那裡耕耘開墾的使命，辛勞所得的回報愈少，榮譽就愈高。在這種情況下，先驅者的命運就是神的旨意，傳播福音的第一批先驅者就是列位使徒：他們的首領就是耶穌，祂本人就是救世主。」

「然後呢？」他再次停下時，我問道，「請繼續。」

他看了看我，才繼續往下說，似乎在從容地解讀我臉上的表情，好像我的五官和線條都是一頁書上的文字。他接下去所說的話，就顯然表露出這番打量後得出的結論。

「我相信妳會接受我提供的職位，」他說，「並且堅持一段時間，雖然不會永遠做下去，就像我不會永遠在寧靜、偏僻的英國鄉村，擔任牧師這一狹隘，而且愈來愈狹隘的職務。因為妳和我一樣，性格中有一種不安分的東西，儘管本質上有所區別。」

「請務必解釋一下。」他再次停下來，我又催促道。

「好的。妳會聽到這工作多麼可憐，多麼微不足道，又是多麼瑣碎煩人。我父親去世了，我也就可以自己做主了，因而不會在莫爾頓久留。我很可能在一年內離開這個地方，但只要我還在這裡，就要盡力為這裡謀最大的福利。兩年前我初來時，莫爾頓沒有學校，窮人的孩子沒有機會，沒有上進的希望。我為男孩們辦了一所學校，現在有意為女孩們開設第二所學校。為此，我已租了一棟房子做教室，附帶一間有兩個房間的小木屋作為女教師的住所。女教師的工資為三十鎊一年，住所已配好了家具，雖然簡陋，但已夠用。這事多虧了奧利佛小姐，她是我教區內唯一的富人奧利佛先生的獨生女，奧利佛先生就是山谷中製針廠和鐵鑄廠的老闆。奧利佛小姐還願意為救濟院來的一個孤兒負擔教育費和著裝費，條件是這位孤兒要幫女教師做點住所和學校裡的雜事，因為女教師理應忙於教學，沒有太多時間料理家務事。所以，妳願意擔任這樣的女教師嗎？」

他匆匆拋出這個問題，似乎覺得，這項提議肯定會引來我的不滿或輕蔑的拒絕。他雖然可以作些猜測，但他不完全瞭解我的思想和感情，無法判斷我會如何看待這份工作帶來的前途。事實上，這份工作是很卑微，但食宿無憂；而我正需要一個安全的避風港。這份工作勞心勞力，但比起在富人家庭當女教師，卻又是獨立自主的；而我心裡早已烙下了陌生人家裡唯唯諾諾的恐懼印象。這份工作並不丟臉，並非沒有價值，不算輕賤，因此，我決心已定。

「謝謝您的建議，李佛斯先生。我欣然接受這份工作。」

「但妳真的明白我的意思嗎？」他問道，「這是鄉村學校，妳的學生只可能是些窮苦的女孩，鄉下茅屋裡的小孩，頂多就是農夫的女兒。妳得教編織、縫紉、讀、寫、算術。妳的那些技藝能派什麼用場呢？妳內在的涵養、思想、品味、情趣又該怎麼辦呢？」

「那就留著好了，等到有用時再說。我仍將擁有它們。」

「那麼，妳清楚接下來的工作了？」

「清楚。」

這時他笑了，不是苦笑，也不是傷心的笑，而是十分滿意的喜悅的笑容。

「妳準備什麼時候開始履行職務？」

「我明天就去自己的住處，如果您同意，下星期就能開學。」

「很好，就這樣吧。」

他站起來，徑直走到房間的另一頭，又站定了，朝我看看。他搖了搖頭。

「您有什麼不滿意的嗎，李佛斯先生？」我問。

「妳不會在莫爾頓久留的，不，不會的。」

「為什麼？您為什麼這麼說？」

「我從妳的眼睛裡看出來的。那種眼神在說，妳並不想過安穩平凡的一生。」

「我並沒有野心。」

他聽到「野心」二字，吃了一驚，反覆說道：「不，妳怎麼會想到野心呢？誰有野心？我知道自己有，但妳是怎麼發現的？」

「我在說我自己。」

「嗯，如果妳沒有野心，那妳也是——」他打住了。

「是什麼？」

「我本想說：充滿激情，但怕妳誤解而不高興。我的意思是，妳身上有一種強大的人類的愛和同情的力量。我敢肯定，妳不會長期心甘情願地在孤寂中度過閒暇，也不甘願把妳的工作時間都用於毫無刺激感的單調勞作上面。」他又強調似的補充說道，「就像我，不會滿足於永遠待在這裡，埋沒在沼澤地裡，封閉在群山之中，這違背了上帝賜予我的天性：上天賦予的才能會被荒廢，毫無用武之地。妳聽到了吧，我是如何自相矛盾：我佈道時說，人要安於自己卑賤的命運，還以為上帝效勞為名，讓砍柴挑水的人安命知足；而我——上帝任命的牧師——卻幾乎是焦躁不安，語無倫次的。唉，心之所向，必須與原則相協調才好。」

他走出了房間。短短一小時之內，我對他的瞭解勝過於以前的一個月。但他仍然令我困惑。

隨著和哥哥、家園告別的日子愈來愈近，戴安娜和瑪麗也愈來愈憂傷，愈來愈沉默了。她們都想裝得一如往常，但她們意欲驅除的這種憂傷卻是完全無法克制或掩飾的。戴安娜說，這次離別與以往的任何一次都不同，說不定就此和聖約翰長別，可能好幾年，甚至一輩子都再難相見了。

「他會為他長久以來的志向拋下一切的，」她說，「天生的執念與感情終究是最有力的。聖約翰看上去很文靜，簡，但他的心裡隱藏著一份狂熱。妳可能認為他很溫順，但在某些事情上，他會堅持到死都不肯讓步。最糟糕的是，我的良心也不允許我說服他放棄那種嚴正的決定。說真的，我絕不能為此責怪他。那是正當、高尚、符合基督教精神的事業，只是會讓我心碎。」眼淚一下子湧上她漂亮的眼睛。瑪麗也手拿針線，深深埋下了頭。

「如今我們已沒有父親，很快就要沒有家，沒有哥哥了。」她喃喃地說道。

就在這時，發生了小小的插曲，似乎要印證常言所說的「禍不單行」，天意要給她們既有的憂傷上再添一種難堪——眼看著和想要的東西失之交臂。聖約翰走過窗前，邊讀著一封信，邊走進了房間。

「我們的舅舅去世了。」他說。

兩位姊妹似乎一怔，既不是震驚，也並非驚訝。在她們看來，這消息顯然意義重大，但並不令人悲痛。

「死了？」戴安娜重複說。

「是的。」

她帶著搜索的目光緊盯著她哥哥的臉龐，輕聲問道：「還有呢？」

「就是死了，還有什麼？」他面無表情地答道，臉孔仍像大理石般緊繃著。「還會有什麼？唉——不會有什麼了。妳自己看吧。」

他把信扔到她膝頭。她粗略地看了一下，又交給了瑪麗。瑪麗默默地讀完，又把信還給了她哥哥。三人你看我，我看你，都笑了起來——淒涼、憂傷的笑容。

「阿門！我們還得活下去。」戴安娜終於開口了。

「不管怎麼說，我們的日子總不會比以前更糟。」瑪麗說。

「只不過，這讓人不得不想到本可能出現的狀況，」李佛斯先生說道，「和實際狀況形成了如此鮮明的對照。」

他摺好信，鎖進抽屜，又走了出去。

好幾分鐘裡都沒人做聲。戴安娜轉頭又對我說：

「簡，看我們這樣神神祕祕的，妳肯定覺得莫名其妙，」她說，「還會認為我們鐵石心腸，親舅舅去世了，我們居然無動於衷。其實，我們從沒見過他，也不認識他。他是我們母親的兄弟，多年前，我父親就和他鬧翻了。因為我父親聽從了他的建議，把大部分資產投入投機買賣，結果破了產。他們彼此責備，一氣之下分道揚鑣，老死不相往來。我舅舅後來的投資很成功，財運亨通，似乎積攢了二萬英鎊的財產。他終身未娶，除了我們，只有另一位親戚，但關係比我們還遠些。我父親一直有個心願，希望他為了彌補早年的過失，而把遺產留給我們。但這封信通知我們，他已把每個錢都給了另一位親戚，只留下三十幾尼，由聖約翰、戴安娜和瑪麗平分，用來購置三枚紀念死者的喪戒。當然，他有權按他高興的去做，但是收到這樣的消息，總不免讓人沮喪。瑪麗和我本來以為，每人能得一千英鎊就能過上富足的小日子，對聖約翰來說，這樣一筆錢也會很有用，可以讓他實現自己想做的事業。」

有了這番解釋，這個話題就到此為止了，李佛斯先生和他的妹妹們都沒有再提起。第二天，我離開沼澤居去莫爾頓。

第三天，戴安娜和瑪麗告別這裡，去遙遠的××城。一個星期後，李佛斯先生和漢娜回到了牧師住所，這座古老的田莊就此被荒棄。

第31章

我的家！我終於找到了一個家：一間小木屋，牆壁粉刷得雪白，拋光的木地板，有四把上了漆的椅子，一張桌子，一個鐘，一座碗櫥，櫥裡有兩三個盤碟，還有一套荷蘭代爾夫特的白釉藍彩陶器茶具。樓上的臥室面積跟樓下的廚房一般大小，擺著松木架床，還有一只五斗櫃，雖然很小，但盛放我為數不多的衣物綽綽有餘，哪怕我那兩位和藹可親、慷慨大方的朋友們已為我增添了一些必要的衣服。

傍晚時分，我給服侍我的小孤女一顆橘子，就讓她回去了，然後獨自坐在壁爐旁。今天早上，村校開學了。我有二十個學生，但只有三個識字，沒有人會寫、會算，有幾個能編織，少數幾個會一點縫紉。她們說起話來帶著濃重的地方口音。眼下，我和她們都很難聽懂彼此的言語。有幾個很沒規矩，十分粗野無知，不服管教。但其餘的都挺聽話，願意學習，性情我也挺喜歡的。我絕不能忘記，這些衣衫粗陋的農家女孩和最高貴血統的名門後裔一樣有血有肉；和出身最好的人一樣，天生的美德、雅致、智慧、善良都可能在她們的心田裡發芽，我的職責就是幫助這些萌芽茁壯成長，在盡責時，我也肯定能獲得快樂。我倒並不期望從展現在我面前的這種生活中得到很多樂趣，但毫無疑問，只要我調節好心態，盡力去做，這份工作就足以支撐我一天天過下去。

今天上午和下午，我在四壁空空的簡陋教室裡度過了幾小時，我是不是快樂、安心又滿足呢？還是不要自欺欺人了，我必須回答——不，我覺得很淒涼，我感到——是的，我真蠢——有失身分。我懷疑自己跨出了錯誤的一步，不是提高而是降低了自己的社會地位。放眼望去，周圍所見所聞的只有無知、貧窮和粗俗，這讓我無力又沮喪。但我不能因有這種感受，就過分地痛恨和蔑視自己。我知道自己的感受是錯誤的——這本身就是一種進步——還要努力地加以克服。我相信，明天我就將更進一步，再過幾週，或許就能完全戰勝那種感受；很可能，再過幾個月，我會看到學生們有明顯的進步和改善，喜悅和滿足感或許就會完全取代厭惡了。

這時，我也要問自己一個問題：到底哪一種選擇更好？是經不住誘惑而屈從，不再痛苦掙扎、抗拒，深深陷入溫柔的陷阱，在覆蓋著陷阱的花叢中沉沉睡去，在南方的溫煦氣候中醒來，置身於享樂別墅的奢華之中，如今身在法國，做羅徹斯特先生的情婦，大半時間狂喜地沉迷於他的愛——因為他會那樣做——哦，不錯，暫時來說，他會很愛我。他確實愛過我，再也沒有人會那樣愛我了。我再也聽不到獻給美貌、青春、優雅的甜蜜禮讚，因為再也沒有人會覺得我有那樣的魅力。他喜歡我，為我驕傲，換作別人，誰也做不到。然而，我這是怎麼了？想到哪裡去了？我在說什麼？我懷著什麼樣的心情啊？我要問的是：在馬賽的愚人天堂做一個奴隸，時而迷醉於騙人的幸福，時而又因羞恥、悔恨而痛哭到窒息——是這樣好呢？還是在有益身心的英國中部，在山風吹拂的角落裡做一個無憂無慮、坦坦蕩蕩的鄉村女教師更好呢？

是的，我現在感到，自己堅持原則和法律、蔑視並控制缺乏理智的狂亂衝動是對的。上帝指引我作了正確的選擇，我感謝上帝的指引！

薄暮時分的沉思歸結到此，我便站起來，走向門邊。這個小屋和田野離村莊有半英里遠。我眺望收穫季節的夕陽，再看看小屋前方靜謐的田野。鳥兒們正唱著這一天的最後一曲：

微風吹拂，露水芳芬。

看著看著，我以為自己很愉快，不久卻驚異地發覺自己哭了。為什麼？因為厄運硬是把我和我深深依戀的主人拆散；我再也見不到他了；因為我的離去，絕望的憂傷、極度的憤怒也許正將他推入歧途，乃至失去改邪歸正的最後一線希望。一想到這裡，我就無法再眺望美好的晚霞和莫爾頓寂寞的溪谷，默默轉過頭去。我說寂寞，因為在我目力所及的溪谷拐彎的這一帶，除了掩映在樹從中的教堂和牧師住所，以及富有的奧利佛先生和他的女兒在另一邊山頂上的溪谷莊園，再也看不見其他房舍了。我蒙住眼睛，頭倚在小屋的石門框上。但不久，把我的小花園與外邊的牧草地分隔的小門邊傳來了輕輕的響動，我便抬起頭來。是一條狗正用鼻頭拱推著門，我很快就認出來，那是李佛斯先生的獵狗卡羅。聖約翰先生則雙臂交疊，靠在小門上，眉頭緊鎖，正用嚴肅得近乎不悅的目光盯著我。我把他請進了屋。

「不，我不能久留，只是給妳捎來一個小包裹，是我妹妹們留給妳的。我想，裡面大概是一盒顏料，還有畫筆和紙張吧。」

我走過去，接下包裹。真是讓人開心的禮物。我走近他時，他依舊用嚴厲的目光審視我。顯然，我臉上還有淚痕。

「第一天的工作比妳預料的還艱難嗎？」他問道。

「噢，沒有！恰恰相反，我想，用不了多久，我就能跟學生們處得很好了。」

「還是妳的居住條件——這小屋和家具——使妳大失所望？說真的，是挺簡陋的，不過……」

我打斷他：「我的小屋很乾淨，經得住風雨。家具充足又便利。我對所見的一切心懷感恩，深感幸運，絕不會沮喪。我絕不是十足的傻瓜或享樂主義者，會去抱怨沒有地毯、沙發或銀器，更何況，五個星期前我一無所有，舉目無親，是個四處流浪的乞丐。現在我有了熟人，有了家，有了工作。上帝的仁慈、朋友的慷慨、命運的恩惠都讓我受寵若驚！我沒有任何要抱怨的。」

「可是，妳不覺得孤獨壓抑心頭嗎？妳身後的小房子是那麼幽暗，那麼空蕩。」

「我現在享受寧靜還來不及呢，更談不上因為孤獨而厭煩。」

「很好。但願妳像妳說的那樣滿足，不管怎麼說，妳健全的理智會告訴妳，像羅得的妻子那樣猶豫、畏懼未免還太早。我當然無從知道我們相遇前妳有怎樣的經歷，但我勸妳要堅決抵制回頭看的誘惑，堅守妳現在的事業，至少要堅持幾個月。」

「我正是這樣打算的。」我回答。

聖約翰繼續說道：

「要控制意願、改變天性是很難，但以我的經驗來看，是可以做到的。上帝在一定程度上給予我們創造自己命運的能力。當精力需要補充卻難以如願的時候，我們不必挨餓；當意志因走上不該走的道路而有所損耗時，我們也無須絕望止步；我們只要為心靈尋找另一種養料，那和心靈渴望一嘗的禁果一樣滋養，甚至可能更純淨；要為敢於冒險的雙腳開闢出一條路來，就算更加坎坷，卻和命運不允許我們走的那條路一樣筆直、寬闊。

「一年前，我也極其痛苦，覺得當牧師是一次大錯，千篇一律的職責讓我厭煩得不行。我熱切嚮往著更活躍的世間生活，嚮往更激動人心的文學事業，嚮往成為藝術家、作家、演說家，只要不當牧師，隨便什麼都可以。是的，在我的牧師法衣下躁動的是政治家、軍人追尋榮耀、渴望成名、貪圖權力的心。我認為我的生活太悲慘了，必須加以改變，否則我只有死路一條。捱過一時的迷惘和掙扎後，終於豁然開朗，曙光初現，我得到了寬慰。我原先狹窄的生活突然擴展成一望無垠的平原，我聽到了上帝的召喚，便鼓起全身的力量，張開翅膀，飛到更高的境界。上帝賜予我一項使命，要我貫徹到底；為了做好這件事，需要技巧和力量、勇氣和口才，軍人、政治家和演說家的卓越本領都是必不可少的，因為這一切都是出色的傳教士的必要條件。

「我決心當個傳教士。從那一刻起，我的心態就變了，周身上下每一種官能的桎梏都消融、脫落，沒有留下絲毫束縛，只有惱人的傷痛——那只有時間才能治癒。確實，我父親反對我的決定，但他已去世，我再也不用與那合情合理的阻礙進行抗爭。我正在妥善處理各項事務，莫爾頓的後繼牧師也已經找到了，還有一兩樁感情糾葛需要克服或了斷——可謂是與人類弱點的最後一次衝突，我知道我能克服，因為我已發誓我一定要克服它。然後，我就要離開歐洲，去東方。」

他是用獨特的壓抑但有所強調的語氣說這些話的。說完了，他抬起頭，不是看我，而是望向我也正在眺望的落日。他和我都背朝著從田野通向小門的小徑。我們一點都沒聽到雜草叢生的小徑上有腳步聲，此時此景中，唯一讓人陶醉的聲音就是山谷中的潺潺溪流聲。因此，當一個銀鈴似的歡快甜蜜的嗓音叫起來時，我們都嚇了一跳：

「晚安，李佛斯先生。晚安，老卡羅。你的狗比你先認出了你的朋友來呢，先生，我還在坡下的田野上，牠已經豎起耳朵，搖起尾巴了。而你，到現在還把背對著我。」

確實如此。李佛斯先生剛聽到唱歌般的聲調時吃了一驚，好像他的頭頂晴空霹靂，撕裂了雲彩，可是，對方都把話說完了，他還是保持著剛才被驚嚇時的姿勢：胳膊搭在門上，臉朝向西邊。最後，他終於故意擺出從容的姿態，轉過頭來。我覺得他旁邊似乎出現了一個幻影。

離他三英尺的地方，有一個純白的身影——年輕優美的形體，豐滿，但輪廓很精緻。這人彎下腰去撫摸卡羅時，抬起了頭，把長長的面紗甩到後頭，於是，一張美妙絕倫的面孔如夏花綻放般映入他的眼簾。美妙絕倫，或許有點言過其實，但我真不願收回這個詞，或另加修飾。

她有英格蘭的宜人風土所能塑造的最甜美的容貌，也有著英格蘭濕潤的風、霧濛濛的天空所能催生和庇護的最純正的玫瑰色和百合色相融的膚色；因而，這種說法在這個典範身上毫不為過。不缺少任何一種魅力，完全沒有缺點。這位少女面部勻稱嬌嫩，眼睛的形狀和顏色就和我們在可愛的畫裡看到的無異，又大又黑又圓，眼睫毛又長又濃，溫柔嫵媚地籠罩著一對靈動的眼睛；畫過的眉毛乾淨又清爽；白皙光滑的額頭，為這光彩奪目的活潑少女平添一絲寧靜的氣質；橢圓形的臉頰細嫩光潔；嘴唇也一樣嬌嫩，紅潤而充滿朝氣，顯得十分健康，甜美可人；整齊而閃光的牙齒毫無瑕疵；小臉蛋上有酒窩，再配上濃密的頭髮。總之，她集所有優點於一身，堪稱美的典範。我驚喜地瞧著這個美麗的少女，全心全意為之讚歎。大自然顯然出於偏愛創造了她，沒有像創造其他人的時候那樣如後母般吝嗇節制，而是像好外婆一樣，慷慨地將一切都贈予她。

聖約翰・李佛斯是如何看待這位人間天使的呢？我看見他轉過臉瞧她時，腦海中自然而然浮現出了這個問題，也一樣自然地從他的表情上尋求答案。但他已把目光從這位仙女身上移開了，轉而去看門邊一簇不起眼的雛菊。

「美好的傍晚，但妳不該這時候獨自出門。」他說著，用足尖去踩那些花瓣已萎縮的小白花。

「哦，我下午剛從S市回來（她說的是距此約二十英里的一座大城市）。爸爸告訴我，你的新學校已經開學了，新的女教師也來了，所以我用完茶後就戴上草帽，跑下山谷來看她。就是這位嗎？」她指著我問道。

「是的。」聖約翰回答。

「妳會喜歡莫爾頓嗎？」她用直率而天真的單純語調問我，雖然有點孩子氣，但很惹人喜歡。

「我希望如此。我有很多喜歡莫爾頓的理由。」

「學生們像妳預想的那樣認真嗎？」

「很認真。」

「妳喜歡妳的住所嗎？」

「很喜歡。」

「我布置得好嗎？」

「真的很好。」

「還選了愛麗絲・伍德來服侍妳，我挑得不錯吧？」

「確實不錯。她一教就會，手腳也伶俐。」我心想，如此說來，這必定就是那位女繼承人奧利佛小姐了，看起來，上天不但給了她天生麗質的外表，還同樣偏心地給了她財富，真不知道她的誕生是由什麼樣的星象組合主宰的？

「有些時候，我可以來幫妳上課。」她又說道，「時不時來看看妳，對我來說也是一種改變，我喜歡新鮮的改變。李佛斯先生，我這次去S市真的好開心！昨天晚上，確切說是今天凌晨，我跳舞一直跳到兩點。工人暴動後，第X軍團就一直駐紮在那裡，而軍官們簡直是世上最討人喜歡的人，我們這兒的那些磨刀製剪的年輕商販都相形見絀了。」

那一刻，我好像覺得聖約翰的下唇突出，上唇撅起來。在這位喜笑顏開的少女告訴他這些事時，他的嘴緊緊抿著，下半張臉異乎尋常的嚴肅、僵硬。他的視線從雛菊移開，抬起眼來凝視她：毫無笑意、意味深長的探究式的目光。她再次用笑容回答她。笑靨非常適合她的青春年華、玫瑰色的臉頰、酒窩和亮晶晶的眼眸。

聖約翰默不作聲，十分嚴肅地站在原地，她又去撫摸卡羅了。

「可憐的卡羅更喜歡我，」她說，「牠才不會對朋友那麼嚴肅，那麼冷淡。要是牠能說話，牠也不會一聲不吭的。」

她以天生的優美姿態，在年輕、嚴峻的狗主人面前彎下腰，拍拍老狗的腦袋時，我卻看見那位主人的臉上泛起紅暈，他嚴肅的目光被突如其來的火花融化了，閃爍著難以抑制的激情。他的臉又紅潤又明亮，身為男人的他此刻英俊漂亮，就好像她身為女人也一樣美麗出眾。他的胸膛鼓起來，彷彿巨大的心房對專橫的約束突然感到厭倦，違背他的意志兀自膨脹起來，強勁有力地跳動，渴望獲得自由。但他還是控制住了，我想，那就像果斷的騎手勒住前腿騰起的怒馬。對她的這番柔情攻勢，他沒有言語上的答覆，連動都沒動一下。

「爸爸說你現在都不來看我們了。」奧利佛小姐抬起頭來，繼續說道，「你簡直成了溪谷莊園的陌生人了。今天晚上，他一個人在家，身子不大舒服。你願意跟我回去看看他嗎？」

「現在這時候去打擾奧利佛先生是不合時宜的。」聖約翰回答。

「不會不合時宜的！要我說，現在恰是時候：爸爸現在最需要有人陪伴。工廠已經關門，他沒事可忙。來吧，李佛斯先生，你一定得來。你怎麼這麼怕羞、這麼鬱悶呀？」接著，她自問自答，填補了他的沉默所留下的空隙。

「我怎麼忘了！」她大叫起來，搖了搖美麗的鬈髮，彷彿被自己震驚到了，「我實在太粗心了！說話都不過腦子！請你千萬原諒我。是我一時疏忽，沒想到你完全有理由不跟我閒聊。黛安娜和瑪麗都離開你了，沼澤居也鎖起來了，你一定非常寂寞。我真的很同情你。來吧，來看看我爸爸。」

「今晚不去了，羅莎蒙德小姐，今晚不行。」

聖約翰先生像機器那樣呆板地說話。只有他自己知道，狠心拒絕對方要付出多少力氣。

「好吧，既然你那麼固執，我只好告辭了。我不敢再多待了，露水開始降下來了。晚安！」

她伸出手來，他勉強地碰了碰。「晚安！」他也向她道別，聲音又低沉，又空洞。她轉過身去，但很快又回過身來。

「你身體好嗎？」她問道。難怪她會這樣問，因為他的臉色像她的衣服那樣蒼白。

「很好。」他斷然答道，隨後點了點頭，就從門邊走開了。

她走一條路，他走的是另一條路。她像仙女一樣飄然穿過田野時，兩次回過頭來望向他的背影；而他堅定地大步行走，一次都沒回頭。

目睹別人受苦和犧牲的情景，使我不再耽於沉思自己的受苦和犧牲了。戴安娜．李佛斯曾說她的哥哥「死都不肯讓步」，現在看來，她並沒有誇張。

第32章

我繼續為積極辦好鄉村學校盡心盡力。起初確實困難重重。我使出渾身解數，過了一段時間，總算對學生們及其性情有了充分理解。她們完全沒有受過教育，感知能力很差，我一度認為她們簡直愚笨得無可救藥。粗粗一看，個個都呆頭呆腦，但我很快就發現自己錯了。受過教育的人也有千差萬別，她們也一樣各有千秋。我開始瞭解她們，她們也瞭解我之後，個中區別很快顯現出來。一旦她們對我的語言、習慣和生活方式不再驚訝後，我就發現，有幾個外表笨拙、目光遲鈍的鄉下女孩開竅了，變成了相當機靈的女孩。很多學生都是親切可愛的。我發現她們中間有不少人天生就懂禮貌，自尊自愛，能力出眾，贏得了我的好感和讚賞。沒過多久，這些女學生就都很樂意把功課做好，保持個人禮儀，養成學習的習慣，表現出安靜、守秩序的舉止。在某些方面，她們進步之快甚至令人吃驚，我真誠愉快地為此感到驕傲，而且，對於班上最優秀的幾個女孩，我發自內心地喜歡她們，她們也喜歡我。學生中有幾個農夫的女兒，差不多已是大女孩了，她們已經會讀，會寫，會縫補，我就教她們語法、地理和歷史的基本知識，以及更精細的針線活。我還在她們中間發現了幾位很可敬的人物，她們求知若渴，希望上進，我在她們家裡度過了不少愉快的夜晚，她們的父母（都是農夫和農婦）對我殷勤備至。我樂於接受他們純樸的善意，並以體貼尊重他們的情感作為回報，這是件讓人愉快的事。對此，他們未必總能習慣，但總覺得驚喜，這也是對他們有益的事，因為他們覺得自己被抬舉了，就會渴望無愧於自己受到的恭敬禮遇。

我覺得自己在附近備受歡迎。只要我出門，就會聽到友善真摯的招呼，迎接我的總是善意的笑容。雖然他們都是農工階層，但我身在眾人的關心之中，確實體會到了「坐沐陽光，寧靜舒暢」：內心的恬靜開始萌芽，在陽光下盛放出花朵。在人生的這段時期，我的心中常常湧起感激之情，並不覺得灰心喪志。可是，讀者，實話實說，在這種平靜而充實的生活中——白天為學生們費心費力，晚上心滿意足地獨自作畫和讀書——我總會在夜裡匆匆陷入奇異的夢境，那些夢光怪陸離，躁動不安，理想又完美、激動人心，或宛如狂風暴雨；在那些千奇百怪的夢中，有冒險，有讓人提心吊膽的險情，也有浪漫的際遇，夢中我依舊一次又一次遇見羅徹斯特先生，往往是在激動人心的千鈞一髮之際，感受到他的懷抱，聽見他的聲音，遇見他的目光，觸碰到他的手和臉頰，愛著他，也被他所愛；於是，心頭重又燃起在他身邊度過一生的希望，和當初一樣強烈熾熱。隨後，我會醒過來，想起自己身在何處，處境如何。這時我就會在沒有床幔的床上坐起身來，渾身顫抖。沉沉黑夜目睹了我絕望的痙攣，聽見了我情緒的爆發。但第二天早上九點，我會按時敞開校門，平心靜氣地準備好這一天的例行工作。

羅莎蒙德·奧利佛說到做到，時常來看我，通常是在早上。她總是騎著她的小馬慢跑到學校門口，後面跟了一位同樣騎馬、制服筆挺的男僕。當她一身紫色騎裝，很有風度地戴著亞馬遜式黑絲絨帽，攏住拂著臉頰、垂及肩背的鬈髮，很難想像世上還有比這更精美的容顏；她就這樣走進土裡土氣的鄉間教室，在鄉村女孩的豔羨驚歎中飄然而過。她總是在李佛斯先生上教義回答課的時候來。我猜想，這位女訪客深情的目光必然銳利地穿透了年輕牧師的心。哪怕他還沒有看到她進門，直覺就會預先提醒他；當她出現在門口時，哪怕他的視線遠離門口，臉孔也會騰地漲紅，大理石般的五官出現一言難盡的微妙變化，哪怕他努力抗拒，不動聲色的表情之下也會隱現壓抑的熱情，那比牽動的肌肉、專注的目光更能表露心跡。

她當然知道自己的魅力。事實上，他並沒有掩飾自己的感受，因為他根本無法掩飾。雖然他信奉基督教的禁欲堅忍，但當她走近他，和他說話，帶著鼓勵，甚至深情地對他歡笑時，他還是會雙手顫抖，眼神炙熱。他似乎不是用言語，而是用哀傷但堅定的目光在說：「我愛妳，我知道妳也喜歡我。我保持緘默，並不是因為毫無成功的希望。只要我獻上自己的心，我相信妳會接受。然而，這顆心早已奉獻給了聖壇，聖火已將其圍繞，很快，這顆心就將是焚盡的祭品。」

然後，她會像失望的孩子那樣撅起嘴，愁雲掩去她光芒四射的活力。她會急忙從他手裡抽回自己的小手，一時任性地轉身就走，不再看他那張又像英雄又像殉道者的臉孔。毫無疑問，當她這樣甩手離開時，聖約翰本想不顧一切地跟上去，呼喚她，留住她；但他不願放棄進入天國的機會，也不願為了愛情的一方樂土放棄任何能夠踏入真正的、永恆的天堂的希望。此外，他無法將其天性中的所有角色——漫遊者、野心家、詩人和牧師——歸順於一種激情的侷限之中。他不能——也不願——為了溪谷莊園客廳裡的寧靜生活，而放棄傳教事業的蠻荒戰場。我會知道這些是因為，儘管他冷漠地守口如瓶，我還是大膽地闖進了他內心的密室，逼他說出了心裡話。

奧利佛小姐經常造訪我的小屋，使我不勝榮幸。我已全然瞭解她的性格：她是個沒有祕密，也不加偽飾的人。她愛賣弄風情，但並非無情無義；她苛刻，但並非卑鄙自私；她從小受到寵溺，但並沒有被徹底慣壞；她性子急，但脾氣好；愛慕虛榮（隨便瞥一眼鏡子就能確證自己可愛美麗，虛榮也難怪），但並沒有矯揉造作；她出手大方，但並沒有因為有錢而自鳴得意；她率真無邪，聰慧機靈，活潑快樂，毫無心機。總之，即便在我這樣同性的旁觀者來看，她也是相當迷人的。但是，她並不算特別有趣，不會引發他人深切的關注，或留下難以磨滅的印象。譬如，和聖約翰的兩個妹妹相比，她們的心靈和頭腦顯然是截然不同的。儘管如此，我仍像喜歡我的學生阿黛兒那樣喜歡她，只不過，拿同樣可愛的成年人和孩子來說，我們總會對自己看護和教育的孩子有一種更親近的情感。

毫無來由的，她突然對我產生了好感。她說我誰也不像，就像李佛斯先生；當然，她也承認「不及他十分之一的好看，妳是個清秀可愛的嬌小人兒，但他是個天使」。說我像他，是因為我跟他一樣善良、聰明、鎮定又堅強。她斷言，我是個怪人[1]，才會來當鄉村女教師。她言之鑿鑿地說，如果我肯透露之前的歷史，肯定會成為一部有趣的浪漫史。

一天傍晚，她照例像孩子好動、魯莽，但並不令人生氣地問這問那，順手拉開我小廚房裡的碗櫥和書桌抽屜。她先發現了兩本法文書，一卷席勒的作品，一本德文語法和詞典，又看到了我的畫具和幾張速寫，其中有一張是用鉛筆畫的小天使般的女孩畫像、一個我的學生的肖像和莫爾頓溪谷及周圍荒原的各色風光的寫生。一開始，她驚愕得發呆，之後就歡欣雀躍起來。

「這些都是妳畫的嗎？妳還懂法文和德文？妳真了不起！真是個奇跡啊！妳比S城第一流學校裡的教師還畫得好。妳願意為我畫一張，給我爸爸看嗎？」

「很樂意。」我答道。想到自己能有如此光彩照人的完美模特兒，我感受到一種畫家才能體會到的喜悅和激動。當時，她穿著深藍色的絲綢衣裙，露出了胳膊和脖子，渾身上下不著飾物，唯有飄逸在肩頭的栗色波浪長髮以天然的鬈曲構成了一種不加修飾的雅致。我拿出一張上好的卡紙，仔細地勾出輪廓。我已預先體會到了日後著色上彩時必有的享受。由於當時天色已晚，我告訴她，只得改天再坐下來讓我畫了。

她對她父親好好講了一番我的事，結果，第二天傍晚，奧利佛先生居然親自陪她來了。那是一位頭髮灰白、身材高大的中年男子，濃眉大眼。在他身邊，那位可愛的女兒宛如古塔旁的一朵嬌豔的鮮花。他顯然話不多，或許是因為很自負，但他對我很客氣。羅莎蒙德的畫像令他非常高興。他囑咐我，一定要完成這幅畫，還堅持要我隔天晚上去溪谷莊園做客。

我去了，發現那裡又華麗又寬敞，充分展示出主人的富有。我在那裡的時候，羅莎蒙德一直很開心。她父親和藹可親，用完茶點，就開始和我們聊天，對我在莫爾頓學校所做的一切表示了強烈的讚許，還說，從他的所見所聞來看，他只擔心我在這地方大材小用，會很快離開，去找更合適的工作。

「真的！」羅莎蒙德叫起來，「她那麼聰明，做一個上流家庭的女教師綽綽有餘，爸爸。」

我想，與其到任何一家上流名門家庭，我更願意待在這裡。奧利佛先生說起李佛斯先生和李佛斯家族時肅然起敬。他說，在這一帶，李佛斯是個古老的家族，祖上都很富有，整個莫爾頓一度都屬於他們。他認為，即便到了這一代，只要這個家族的人願意，完全可以和最好的人家聯姻。他覺得，這

1. 原文為拉丁文。

麼好、這麼有才能的年輕人竟然決定去當傳教士，實在可惜，簡直是浪擲寶貴的生命。如此看來，如果羅莎蒙德要與聖約翰締結婚約，她的父親是絕不會橫加阻攔的。奧利佛先生顯然認為這位青年牧師出自古老的家族，擁有良好的聲譽，自己又奉行神職，這些都足以彌補他家財上的不足。

十一月五日那天是個假日。我的小僕人幫我打掃好房子後，得到一便士的酬勞，她就心滿意足地回去了。我周圍窗明几淨，一塵不染：地板擦洗過了，壁爐柵欄擦得鋥亮，椅子也刷得乾乾淨淨。我自己身上也拾掇得很整潔，還有一整個下午可以自由自在地度過。

翻譯幾頁德文花了一小時，隨後，我拿出調色板和畫筆，開始更容易、也更加愜意的工作：完成羅莎蒙德．奧利佛的畫像。頭部已經畫好，剩下的只是給背景著色，給服飾襯上陰影，再在紅潤的唇上添一抹胭脂紅，頭髮上再隨意添加一些柔和的發卷，再把天藍色眼簾下的睫毛陰影加深一點。我正全神貫注地修飾這些有趣的細節，一陣急促的敲門聲響起來，我的房門開了，聖約翰．李佛斯走了進來。

「我來看看妳怎麼度過假日，」他說道，「但願沒有陷入苦思冥想吧？沒有，很好。妳一畫畫就不會感到寂寞了。妳看，雖然妳到目前為止都很好地堅持下來了，我還是有點不相信妳。我給妳帶來了一本書，供妳晚上消遣。」他把一本新出版的書放在桌上：一部長詩，當年幸運的讀者們有幸拜讀的真正的佳作之一！那可真是近代文學的黃金時代，唉，我們這個時代的讀者就沒有那份福氣了。但不要氣餒，鼓起勇氣來！我不會就此停下，一味控訴或抱怨。我知道詩歌並沒有死亡，天才尚未絕跡，未必就能被財富所主宰、禁錮或屠害，總有一天，詩歌和天才都會再次活躍，捍衛自己的存在、地位、自由和力量。強大的天使安居天堂！當骯髒卑劣的靈魂獲勝、弱者為自我毀滅慟哭時，天使只是微笑。詩歌被毀棄了嗎?天才被放逐了嗎?沒有!盡是平庸之才?不!別讓嫉妒引你這樣想。不,詩歌不僅活著,還在主宰,在救贖;沒有它們無處不在的神聖影響,你才會進地獄——墜入自身的卑賤地獄中。

我迫不及待地翻開《瑪米昂》輝煌的篇章(因為那本書正是《瑪米昂》),聖約翰俯身去看我的畫,但又猛然挺直高高的身軀。他什麼也沒有說。我抬頭看他,他避開了我的目光。我心知肚明,他的心思簡直一目了然。這時候,我顯然比他更鎮定,更冷靜,算是暫時占了上風,便萌生出助他一臂之力的念頭,如果辦得到的話。

「他非常堅定、自制,」我心想,「對自己太苛刻了。他把所有情感和痛苦都鎖在內心,什麼也不說,也不流露,更不表白。我敢說,讓他多談一點羅莎蒙德——那位他認為不應當娶的可愛少女——會對他有好處的。我要想想辦法,讓他開口。」

我先說道:「請坐吧,李佛斯先生。」但他跟往常一樣回答說,不能久留。「很好,」我心裡暗想,「你高興站著就站著吧,但我肯定不會輕易放你走的。孤獨讓我難受,對你也一樣沒好處。我倒要試試看,能不能探到你內心的祕密,好比在大理石般的胸膛上找出縫隙,好讓我滴入治癒人心的芬芳香油。」

「這幅畫,畫得像不像?」我直截了當地發問。

「像!像誰?我沒細看。」

「你看了,李佛斯先生。」

我冷不防地這樣說道,他被我的莽撞和直白嚇了一跳,驚異地看著我。「哦,這還不算什麼,」

我在心裡說，「我可不會被你的一點點生硬態度嚇倒。我正打算和你好好聊聊呢！」我繼續說道，「你看得很仔細，很清楚，但我不反對你再看一遍。」我站起來，把畫放在他手裡。

「畫得很好，」他說，「筆觸柔軟，色調明快，畫得很精準，也很優美。」

「是的，是的，這些我都知道。可是，到底像不像呢？像誰？」

他克服了一絲猶豫，答道：「奧利佛小姐，恕我冒昧推測。」

「當然是她。先生，現在為了獎勵你猜得準，我答應為你再畫一張，和這張一模一樣、一絲不苟的複本，如果你願意接受這個禮物的話。我可不想把時間和精力花在一件你認為毫無價值的東西上。」

他繼續凝視著這張畫，看得愈久，就把畫紙抓得愈緊，愈是不忍放手。「是很像！」他喃喃地說道，「眼睛畫得很好。顏色、光線、表情都很完美。她在微笑！」

「保存一張複本，會使你安慰呢？還是會傷你的心？請你明白地告訴我。等你身在馬達加斯加，或是好望角，或是印度，在你的行囊中有這樣的紀念品，對你是一種慰藉嗎？還是會勾起你沮喪而憂傷的回憶？」

這時他偷偷地抬起眼看看我，目光猶疑，忐忑不安，再低頭細看畫中人。

「我當然想要這張畫。至於這是否審慎或明智，那就是另一回事了。」

我早已明瞭，羅莎蒙德是真心喜歡他，她的父親也不大可能反對這門親事；於是，我暗下決心要盡力促成這件好事（在我看來，我實在不像聖約翰那樣懷有崇高的抱負）。以我之見，如果他能擁有奧利佛先生的巨大財富，他就可以用這筆錢做很多好事，遠遠勝過在熱帶烈日下任才智枯竭、精力耗盡。我想這樣說服他，便如此回答：

「要我說，真正聰明審慎的做法是要真人，不要畫。」

這時，他已坐了下來，把畫放在面前的桌子上，雙手撐在眉間，目不轉睛地深情凝視那張畫。我發覺，即便我言行魯莽，他現在也不會發火或震驚了。我甚至還看到，那麼坦率地談論一個他認為不可觸及的話題，聽見有人如此自在地聊起這個話題——這已讓他感覺到一種嶄新的樂趣，出乎意料的寬慰。相比於心直口快的人，沉默寡言的人常常更需要坦率地討論自己的感觸和悲傷。看似最嚴苛的清心寡欲的人，畢竟也是人。善意又大膽地「闖入」他們「沉寂大海」般的心靈，往往就是給予他們的最好的恩惠。

「我很確定，她喜歡你。」我站在他椅子背後說道，「她的父親也很尊重你。再說了，她是個很可愛的女孩，不大有想法，但你的想法足夠周全，夠你們兩個用。你應當娶她。」

「她真的喜歡我？」他問。

「當然，她再沒有這樣喜歡的人了。也沒有這樣頻繁地提起過別人。她不斷談起你，沒什麼比聊起你更讓她開心。」

「很高興聽妳這樣說，」他說，「很高興。那就再談一刻鐘吧。」

他當真取出懷錶，放在桌上掌握時間。

「可是繼續談有什麼用？」我問，「你大概正在醞釀一些振振有詞的反駁，或鍛造新的鎖鏈來束縛自己的心。」

「別把我想得那麼不近人情。不妨想像一下：我在屈服，變得心軟；實際上我現在正是如此。在我心裡，人類的愛正像新開闢的泉水那樣不斷湧現：心田裡早已孜孜不倦地播下了高尚和忘我的種子，一直由我謹慎耕耘、辛苦固守著，現在卻氾濫流淌著甜蜜的洪水；稚嫩的萌芽被湮沒了，被美味的毒藥腐蝕了。然後，我可以看到自己躺在溪谷莊園客廳的軟榻上，在我的新娘羅莎蒙德・奧利佛的裙下。她用甜甜的嗓音跟我說話，用那雙被妳靈巧的手畫得如此逼真的眼睛凝視著我，抿著珊瑚色的朱唇對我淺笑。她屬於我，我屬於她。眼前的生活、剎那的世界對我已足夠。唉！別說了！我欣喜萬分，我神魂顛倒。讓我平靜地度過我規定的時間吧。」

我順從了他的心意。懷錶滴答滴答地走，他的呼吸時緊時慢，我默默地站著。靜謐之中，一刻鐘很快過去。他收好懷錶，放下畫，站起身，走到壁爐邊。

「好了，」他說，「痴心妄想和胡言亂語的片刻已過去了。我已把頭靠在誘惑的胸前，心甘情願地把脖子伸進她用鮮花做成的枷鎖，也嘗到了她杯中的蜜酒。那枕頭燃著火，花環裡有一條毒蛇，酒帶著苦澀，她的承諾是空洞的，她的奉獻是虛假的。這一切，我都能看穿，全部明白。」

我驚詫不已地瞪著他。

「說來也怪，」他說下去，「我如此狂熱地愛著羅莎蒙德・奧利佛——懷著初戀的全部熱情，戀上的對象也極其美麗，優雅迷人——但與此同時，我卻平靜、清醒而公正地意識到，她不會成為一個好妻子，不是適合我的伴侶，婚後一年之內我就會發現這一點。十二個月的銷魂過後，就將是抱憾終生。這我知道。」

「是奇怪，太奇怪了！」我禁不住叫了起來。

「雖然我內心的某一部分，」他說下去，「敏銳地感受到她迷人的魅力，但另一方面對她的缺陷也深有所悟：她無法與我追求的使命產生共鳴，不能協助我的事業。羅莎蒙德能吃苦耐勞嗎？能成就大事嗎？能傳道嗎？羅莎蒙德能當傳教士的妻子嗎？不可能！」

「但你不必非去當傳教士呀？你可以放棄那個計畫。」

「放棄！什麼？我的志向？我的偉大事業？我為在天堂裡建造華廈而在塵世間所打下的基礎？躋身有志之士的希望——追隨他們的腳步，把雄心歸結於唯一的光榮事業：改善同類種族，將知識傳播到無知之域，用和平取代戰爭，用自由取代束縛，用宗教取代迷信，用升上天堂的願望取代墜入地獄的恐懼——難道我要放棄這些？這些比我血管裡流的血還可貴的志向，是我所嚮往的，也是我活著的目的。」

我沉默許久，說道，「那麼奧利佛小姐呢，難道你就不關心她的失望和哀傷？」

「奧利佛小姐一直都不缺追求者，那麼多奉承的、求愛的、獻殷勤的人圍著她轉，用不了一個月，我的形象就會從她心坎裡消失。她會忘掉我，說不定她會嫁給一個更好的人：比我更能使她幸福的人。」

「你說得很平靜，但你內心很矛盾，很痛苦。你愈來愈憔悴了，日漸消瘦。」

「不，就算我消瘦了一點，那也是因為我在為懸而未決的前程擔憂。我的離別日期一拖再拖，今天早上還接到消息，我一直盼著的接任牧師三個月後才能來接替我，也許這三個月又會延長到六個月。」

「只要奧利佛小姐一走進教室，你就會顫抖，臉漲得通紅。」

他臉上再次浮現出驚訝的表情。他從沒想過一個女人居然敢這麼跟男人說話。至於我，這樣的交談倒是習以為常的。無論男人或是女人，在與堅強、謹慎、有教養的人打交道的時候，我非要突破傳統、保守、緘默的防禦，踏進奧祕的門檻，在他們心底贏得一席之地，與他們自在無礙地溝通，我才肯甘休。

「妳確實很特別，」他說，「而且不畏懼。妳有勇敢的精神，妳的眼睛能把人看穿。可是請允許我告訴妳：妳有點誤解了我的情感。妳把我的情感想像得比實際的更深沉，更強烈。妳給我的同情也超過了我應得的程度。我在奧利佛小姐面前臉紅、顫抖時，我並不憐憫自己，而是蔑視我的軟弱。我知道這並不光彩，不過是肉體的躁動，我敢說，那絕不是靈魂的震顫。靈魂堅如磐石，毫不動搖，牢牢紮在湧動不安的大海深處。妳要知道我是怎樣的人：一個冷酷固執的人。」

我無法置信地笑了笑。

「妳用突襲的辦法，逼我說出了心裡話，」他繼續說道，「現在就悉聽尊便了。如果剝去用來掩蓋人性弱點、血跡斑斑的基督教法衣，我只是個冷酷、固執、野心勃勃的人。在所有情感中，只有出於本性的喜好才能永遠主導我。引導我的是理智，並非情感。我的雄心壯志無限遠大，我要勝過別人、有更大成就的欲望是永不會滿足的。我尊崇忍耐、堅毅、勤勉和才能，因為只有憑藉這些，才能抵達偉大的終點，才能升達顯赫的頂端。我很有興趣地觀察妳的工作，因為我認為妳是勤勉不倦、積極不懈、有條不紊的女性典範，倒並不是因為我同情妳的遭遇，或是妳仍在承受的痛苦。」

「你把自己說成異教徒哲學家了。」我說。

「不，我與自然神論的哲學家們有所不同：我有信仰，而且信奉福音。妳用錯了修飾語。我不是異教徒哲學家，而是基督教哲學家——是耶穌教派的信徒。作為祂的信徒，我信仰祂純潔、寬厚、仁慈的教義。我主張並擁戴這樣的教義，發誓要盡一己之力廣為傳播。我很年輕時就皈依了宗教，宗教也培養了我最初的品格：發自本性的愛好只是幼苗，宗教令其萌芽，培育出仁慈博愛、濃蔭蔽日的大樹；人類的正直錯綜複雜，在這株粗糙的野根上，宗教培育出了神聖的正義感；我想讓卑微的自我謀求權力和名聲，宗教將這種野心變成擴大主的王國、贏得十字旗勝利的壯志。宗教已為我做了很多，把原始的天性變成最好的品質，修剪和馴化了天性。但是宗教無法根除天性，直到『這必死的變成不死的』[2]時候。」

說完，他拿起放在桌上我調色板旁的帽子，再次看了看畫像。

「她的確很可愛，」他喃喃地說道，「不愧為『世界上最好的玫瑰』[3]！」

「那我還要不要再畫一張給你呢？」

「有何必要？不必了。」

他拉過一張薄薄的紙蓋住那張畫。那是我平常作畫時怕弄髒紙板而墊手用的紙張。他突然在這張空白紙上看到了什麼。我不知道是什麼，但那東西引起了他的注意。他猛地撿起來，看了看紙的邊緣，又看了我一眼，眼神非常古怪，好像不可思議又不可理解的樣子；那眼神閃電般迅速和銳利地掃過我周身，好像要深深記下了我的體態、面容和服飾的每個細節。他嘴唇微啟，似乎想說話，但到了嘴邊的什麼話又被嚥下去了。

「怎麼了？」我問。

---

2. 語出《聖經・新約・哥林多前書》第十五章第五十四節。
3. 羅莎蒙德（Rosamond）：本意源自拉丁文 rosa mundi（世上的玫瑰）。

「沒什麼。」他答道，把紙重新放下。我見他利索地從空白的邊緣撕下一小條，收進了手套，匆忙點了點頭，說了聲「午安」，就離開了。

「好吧！」我用當地的俗語歎道，「這可真絕了！」

我也仔細去看那張紙，但除了我試顏色時留下的幾處顏料的斑痕，什麼也沒有看出來。我思索了一兩分鐘，仍然想不個所以然，我想大概終究是無關緊要的，便不再去想，很快就忘了這件事。

第33章

聖約翰先生離開時，已經開始下雪了。風雪刮了整整一夜。第二天，刺骨的風帶來眩人眼目的茫茫大雪，黃昏不到，雪就積滿了山谷，幾乎無法通行。我關好了百葉窗，在門口鋪好墊子，以免飛雪從門縫裡吹進來；把爐火撥旺後，我在爐邊坐了將近一小時，傾聽著暴風雪低沉的怒吼。我點了根蠟燭，拿起《瑪米昂》讀起來——

殘陽落在諾漢堡峭立的陡壁，
美麗的特威德河寬闊又深遠，
契維奧特山孑然獨立；
雄偉的塔樓和要塞堡壘，
兩翼城牆綿延
在餘暉金光。

我立刻沉浸在詩歌中，忘掉了暴風雪。

我聽見一聲響動，心想一定是風搖動著門。不，是聖約翰．李佛斯先生撥開門閂，從凜冽的暴風雪中，從咆哮的黑暗中走進來，站在我面前。遮蓋著他頎長身軀的斗篷像冰川一樣雪白，我幾乎有些驚慌了，在這樣的夜晚，我無論如何都沒料到會有訪客穿過積雪封凍的山谷前來造訪。

「有什麼壞消息吧？」我問，「出了什麼事嗎？」

「沒有，妳真是太容易擔心受怕了！」他說著，脫下斗篷，掛在門上，冷靜地將他進門時碰歪的地墊推回原位，跺了跺腳，把靴子上的雪抖掉。

「我會弄髒妳乾淨的地板，」他說，「但這次妳得原諒我。」接著，他走到壁爐前說：「這次走過來真是千辛萬苦啊！」他湊近爐火暖手，繼續說道，「有一堆雪竟然高及我的腰部。幸虧積雪現在還很鬆軟。」

「可是，你為什麼非要來呢？」我忍不住問道。

「這麼問客人未免太不禮貌了吧。不過既然妳問了，我就回答：只是想要和妳聊聊。陪伴我的只有不說話的書、空蕩蕩的房間，實在厭倦。更何況，從昨天起，我心裡有點不踏實，就像是聽了半截故事，急不可耐地要聽下去那樣。」

他坐了下來。我回想起他昨天奇怪的舉動，真的開始擔心他的腦子有點不正常了。不過，就算他神經錯亂了，那他也仍是個冷靜鎮定的瘋子。當他把被雪弄濕的頭髮從額頭捋開，火光完全照在蒼白的額角和臉頰上時，我不禁覺得，此刻他漂亮的臉龐前所未有地酷似大理石雕像。我也悲哀地發現，辛勞和憂傷在這張臉上刻下了清晰的痕跡，兩頰凹陷。我等待著，盼著他會說一些至少能讓我聽得明白的話，但這時他手托下巴，手指放在嘴唇上，正在沉思。我又驚愕地發現，他的手跟他的臉一樣枯乾消瘦。憐憫湧上我心頭，也許是我多慮了。我忍不住說道：

「但願戴安娜或瑪麗能回來陪你生活，你孤零零一個人，實在太糟糕了，只知道忙碌，不知道愛惜自己的身體。」

「那倒不至於，」他說，「必要時，我會照顧自己的。我現在很好，妳覺得我哪裡不對勁嗎？」

他說這話的時候心不在焉，滿不在乎。這說明，至少在他看來，我的關心是多餘的。我閉口不言了。

他的手指依然慢悠悠地在唇上遊移，眼神依然恍惚地盯著火光照耀的爐柵。我心想，總該說點什麼吧，就問他有沒有感到有冷風從他背後的門縫裡吹進來。

「沒有，沒有。」他匆匆回答，有點不耐煩。

「那好吧，」我心想，「你不想講話，就自個兒默默待著吧。我不打擾你。我看我的書去。」

於是，我剪了燭花，繼續細讀《瑪米昂》。沒過多久，他就有動靜了，立刻吸引了我的目光。他只是掏出山羊皮的皮夾，從裡面取出一封信，默默地看看，又把它摺好，放回原處，再次陷入沉思。眼前有這麼一個無法理解的人一動不動地坐著，我想看書也看不進去。我也有點不耐煩了，不情願一直當啞巴。如果他不高興，盡可拒絕我，反正我要交談。

「最近接到過戴安娜和瑪麗的信嗎？」

「自從一個星期前我給妳看的那封信後，沒有再收到過。」

「你自己的安排沒有什麼更動吧？該不會比你預料的更早離開英國吧？」

「恐怕不會。那麼好的機會大概不會落到我頭上。」談話至此，我依然毫無頭緒，便掉轉話頭，決定談談學校和學生。

「瑪麗·加勒特今天早上重新來上課了，她母親好些了。下星期，有四個從鑄造場來的新同學，要不是這場雪，今天就該到了。」

「是嗎？」

「奧利佛先生願意支付其中兩人的學費。」

「是嗎？」

「他打算在耶誕節請全校師生吃一頓大餐。」

「我知道。」

「是你提議的嗎？」

「不是。」

「那是誰？」

「他女兒吧，我想。」

「很像她的風格，她心地很善良。」

「是啊。」

談話再度停頓下來，出現了沉默的空隙。時鐘敲了八下，鐘聲似乎把他喚醒了。他放下交叉的雙腿，挺直地坐好，轉向我。

「暫且放下妳的書吧，靠近壁爐坐一會兒。」他說。

我有些納悶，而且完全想不通，只好照他說的做。

「半小時前，」他接著說道，「我提到自己迫不及待想聽一個故事的結局。後來想了一下，還是我來講故事，妳當聽眾比較好。開場前，我有言在先，這個故事在妳聽來或許只是老生常談，但是由不同的人來說，了無新意的細節也常常會有幾分新鮮感。總之，老套也好，新鮮也好，反正這個故事很短。

「二十年前，有個窮苦的牧師——暫且不去管他叫什麼名字——愛上了一個有錢人家的女兒。她也愛上了他，而且不顧她所有親友的勸告，嫁給了他。結果，婚禮一結束，他們就和她斷絕了關係。不到兩年，這對一意孤行的夫婦雙雙故去，靜靜地躺在同一塊石板底下。我見過他們的墳墓：在××郡的一個人口稠密的工業城市，煤煙熏黑、陰森的老教堂周圍有一大片墓地，那兩人的墳墓已成了往來人行道的一部分。他們留下了一個女兒，剛出生就被慈善機構攬入了懷抱——那懷抱就像我今晚深陷其中的積雪一樣冰冷。慈善機構把這個舉目無親的小傢伙送到她母親的一位有錢的親戚那裡，由孩子的舅媽——這會兒我要提名字了——蓋茨黑德府的里德夫人收養了。妳嚇了一跳，是聽見什麼響動了嗎？我猜想，那只是爬過隔壁教室房梁的老鼠。在我整修重建之前，這裡原先是個穀倉，穀倉向來是老鼠出沒的地方。我繼續講下去吧。里德夫人撫養了這個孤兒十年，這十年是否愉快，我不知道，因為從沒聽人談起過。但十年後，她把孩子轉送到了一個妳知道的地方——羅伍德學校，妳也在那裡住了很多年。看起來，她在那裡的表現很優秀，從學生變成了教師——說真的，我很驚訝：她和妳的經歷確有不少相似之處，她離開學校後，去當了家庭教師，因此，妳們的命運再次重疊。她負責教育的是一位羅徹斯特先生收養的女孩。」

「李佛斯先生！」我打斷了他。

「我能猜到妳的感受。」他說道，「但再克制一下，我差不多要講完了，先聽我說完。關於羅徹斯特先生是什麼樣的人，我一無所知，但有一件事是確鑿的：他宣稱要和這位年輕小姐體面地結成夫婦，可是，就在聖壇上，她發覺他有一個妻子，雖然瘋了，但還活著。這之後，他有何舉措和想法，人們就只能臆測了。但是，當他們要把一個非常重要的消息通告給這位家庭女教師時，卻發現她不見了——誰也不知道她是什麼時候走的，去了什麼地方，怎麼去的。她是在深夜離開桑菲爾德的，從此蹤跡全無，遍尋不著；一個郡如此寬廣，四下遠近都找過了，但沒有絲毫線索，一無所獲。可是，因為那件緊急的要事，需要盡快找到她，他們就在所有報章上刊登了尋人啟事，我自己也從布里格斯律師那裡收到了一封信，信上講述了我剛才說到的這些事情。這豈不是個離奇的故事？」

「告訴我一點就好，」我說道，「既然你知道那麼多，當然能夠告訴我這件事：羅徹斯特先生近況如何？他怎麼樣？他在哪裡？他在做什麼？他好嗎？」

「我對羅徹斯特先生的情況一無所知。那封信上幾乎沒有談及他，只提到我剛才說過的那個不合法的騙婚企圖。妳還不如問問那個家庭女教師的名字；再問問，究竟是什麼緊急要事必須要她出面解決。」

「沒人去過桑菲爾德府嗎？難道沒有人去見過羅徹斯特先生？」

「我想沒有。」

「可是，他們總會給他寫信吧？」

「那是當然。」

「那他是怎麼說的?誰回的信?」

「布里格斯先生說，給他回信的不是羅徹斯特先生，而是一位署名『愛麗絲．費爾法克斯』的女士。」

我覺得心寒又訝異，我最擔心的事可能已成事實。他很可能已經離開了英國，不顧一切，絕望而輕率地回到歐洲大陸，回到以前他常去的那些地方。在那裡，他能用什麼去麻醉痛苦?用什麼去發洩他濃烈的熱情?我不敢設想，無法回答。噢，我可憐的主人——差一點就成為我丈夫的人，我時常稱作「親愛的愛德華」的人。

「他準是個壞男人。」李佛斯先生說。

「你不瞭解他，別這樣妄加斷言。」我有點惱怒地說道。

「很好。」他平心靜氣地答道，「其實，我根本沒心思去揣測他，我要把我的故事講完。既然妳不打算問那位家庭女教師的名字，那我只得自己說了。妳別走!我有這個——重要的事情要白紙黑字記下來，才能讓人心悅誠服。」

他再次鄭重其事地掏出皮夾，把它打開，仔細翻尋，從一個夾層抽出一張被匆忙撕下的破紙條。我從紙條的質地、深藍湖藍朱砂紅的印痕認出來，那就是他撕去的紙邊，原先蓋在畫上的那張紙。他站起來，把紙條湊到我眼前，我看到了用黑墨水筆寫下的「簡愛」——顯然是我不經意間順手寫下的。

「布里格斯的信中提到一位簡愛，」他說道，「尋人啟事也在尋找一位簡愛。而我認得的一個人叫簡．愛略特。我承認，我本來就有懷疑，但在昨天下午，疑團解開，我才有了把握。妳願意承認自己的真名，放棄假名嗎?」

「是的——是的！布里格斯先生在哪裡？他也許比你更瞭解羅徹斯特先生的情況。」

「布里格斯在倫敦。我看，他未必瞭解羅徹斯特先生的情況。他要找的不是羅徹斯特先生。妳怎麼一個勁地追問小事，卻始終不問最要緊的事？為什麼不問問布里格斯為什麼要找到妳，找妳幹什麼？」

「哦，他找我做什麼？」

「只是要告訴妳：妳在馬德拉群島的伯父，愛先生去世了。他已把全部財產留給妳，現在妳很富有。僅此而已，沒別的事。」

「我？富有？」

「沒錯，妳有錢了——繼承了一大筆遺產。」

一陣靜默。

「當然，妳得先證實妳的身分，」聖約翰立刻接下去說，「這個步驟不會有什麼困難。隨後妳就可以立即獲得這筆財產，現在都已歸在英國銀行名下，遺囑和相關文件都由布里格斯保管。」

這簡直是翻出了一張新的底牌！讀者啊，突然從貧困變成富有總歸是件好事——好是很好，但也絕非讓我一下子就能理解或由此滿足的事。更何況，人生中還有比這更驚心動魄、更讓人狂喜的事情。這件事很實在，很具體，絲毫沒有理想的成分；由此聯想到的一切事務都很實在，很清醒，所引發的表現也完全一樣。當一個人突然聽說自己得到一筆財產，他並不會一躍而起，歡呼雀躍；而是即刻開始考慮自己的責任，考量正事；雖是稱心如意，但也會生出嚴肅的心事；我們會克制自己，謹慎地皺起眉頭，為好運附帶的憂慮而深思。

而且，遺產、遺贈這類字眼意味著死亡和葬禮。我聽到我的伯父，我唯一的親戚故去了。自從知道他存在的那天起，我就希望有朝一日能見到他，但是現在，我永遠見不到他了。這筆遺產只留給了我，而非可以共用財富的一家人，只有孤孤單單的我自己。這筆錢無疑對我很有好處，能獨立自主是件大好事——是的，我現在對此深有體會——這樣一想，我才有點高興起來。

「妳總算舒展眉頭了，」李佛斯先生說，「我還以為妳被美杜莎看了一眼，正要變成石頭呢。也許，這會兒妳該問問自己身家多少？」

「我的身家有多少？」

「哦，少得可憐！不值一提。我想他們說的是兩萬英鎊。但如此說來，兩萬到底有多少？」

「兩萬英鎊！」

這又讓我大吃一驚——我原來估計頂多四五千英鎊吧。這消息讓我目瞪口呆了好一會兒。我從沒有聽到過聖約翰先生的笑聲，這時，他卻大笑起來。

「哎呀，」他說，「如果妳殺了人，我告訴妳妳的罪行已被發現了，妳也不見得會像現在這樣呆若木雞吧。」

「這是個很大的數字——你不會弄錯了吧？」

「完全沒錯。」

「也許，你看錯了數字？——可能是兩千？」

「那不是用數位寫的，而是用字母拼寫出來的——兩萬。」

我再次覺得自己像個眼睛大肚子小的饕餮客，獨自坐在可供一百個人吃的盛宴面前。這時，李佛斯先生站了起來，披上斗篷。

「要不是今晚風大雪大，」他說，「我會叫漢娜來陪妳。妳一個人待在這兒，看上去太可憐了。可惜，漢娜這位可憐的老婦人不像我這樣能行走在厚厚的積雪裡，她的腿不夠長。所以，我只好讓妳獨自發愁了。晚安。」

他拉起門閂，突然，我想到一個問題，大聲叫道：「再等一下！」

「怎麼了？」

「我不明白，為什麼布里格斯先生會為我的事寫信給你？他怎麼會剛好認識你？或是，想到住在這麼偏僻山谷裡的你有可能知道我的下落？」

「哦！我是個牧師，」他說，「常有人請牧師幫忙解決奇奇怪怪的事。」門閂又格格地響起來。

「不，這種糊弄人的回答不能讓我滿意！」我大聲說道，事實上，他那麼匆忙而不作解釋的反應非但沒有消除我的疑惑，反而更加激起了我的好奇心。

「這件事非常奇怪，」我又說道，「我要多瞭解一下。」

「改天再談吧。」

「不行，就今晚！今晚就說清楚！」他從門邊走了回來，我立刻擋在他和門之間。他看來有點尷尬。

「你不說清楚，就別想走。」我說。

「我寧可不要現在說。」

「你要說！現在就說！」

「我寧可讓戴安娜和瑪麗來告訴妳。」

他這樣推三阻四的，顯然讓我的好奇心升到極點，急不可耐地想要追問到底，我必須得到滿意的答覆，不容拖延。我直言不諱地對他這樣說了。

「可我告訴過妳，我是個固執的人，」他說，「很難被說服。」

「而我也是個固執的女人，絕不讓步。」

「而且，」他繼續說，「我很冷漠，再衝動的熱情都影響不了我。」

「可我脾氣很火爆，能把冰融化。這屋裡的火已讓你斗篷上的雪全化了，不僅如此，雪水淌到了我的地板上，把地面弄得像被踩過的泥濘街道。李佛斯先生，你弄髒了這裡光潔的地板，舉止不當，罪責難免，要是你希望我原諒你，那你就把我想知道的都告訴我。」

「那好吧，」他說，「就算不是因為妳的滿腔熱切，我也要屈服於妳的堅持不懈，恰如俗話所說，水滴能穿石。再說，妳早晚都會知道的，早一點晚一點沒有差別。妳叫簡愛，對嗎？」

「當然，剛才已經解決這個問題了。」

「妳也許沒有意識到我跟妳同姓？我受洗時的名字是：聖約翰·愛·李佛斯。」

「確實沒有！你一說我才想起來，我曾在你借給我的那些書裡看到你名字的縮寫中有一個E，但我從來沒有問過它代表什麼名字。不過，那又怎樣？難道——」

我頓住了，閃過我腦海的想法簡直讓我無法相信，更談不上說出口了。那個想法突如其來地闖進腦海，變得愈來愈具體，頃刻間就成了確鑿的可能性。所有事情交織、吻合，各就各位，變成了有條有理的整體，就像一堆沒有形狀的鏈條現在突然被一節節抻直了，每一環都完好無缺，環環相扣，連成完整的關聯。沒等聖約翰再開口，我憑直覺就已經明白了事實的真相。不過，我不能期望讀者也有同樣的直覺，因此，我得重複一下他的解釋。

「我母親姓愛，她有兩個兄弟，一個是牧師，娶了蓋茨黑德的簡・里德小姐；另一個就是約翰・愛先生，生前在馬德拉群島的豐沙爾經商。布里格斯先生就是這位愛先生的律師，今年八月寫信通知我們舅父去世，他說，他已把遺產留給他弟弟的孤女。由於我父親與他有過一次紛爭，從未和解，所以他完全沒有顧念我們兄妹。幾星期前，布里格斯又寫信來，說那位女繼承人失蹤了，問我們是否知道她的情況。就是一個隨手寫在紙邊的名字讓我找到了她。其餘的事，妳都知道了。」他說完又要走，但我用背擋住了門。

「請務必讓我也說幾句，」我說，「先讓我喘口氣，好好想一想。」我停下來。他站在我面前，手裡拿著帽子，看上去十分鎮定。我便接著說道：

「妳的母親是我父親的姊妹？」

「是的。」

「那就是我的姑媽？」

他點了點頭。

「我的約翰伯父是你的約翰舅舅？你、戴安娜和瑪麗是他姊妹的孩子，而我是他弟弟的孩子？」

「正是如此。」

「所以，你們三位是我的表兄表姊。我們身上有一半的血脈來自同一個源頭？」

「沒錯，我們是表兄妹。」

我細細端詳他。原來，我找到了一個哥哥：值得我驕傲的哥哥，一個我可以去愛的人；還有兩個姊姊：即便我們還是陌路人的時候，她們的品格就已激起了我真誠的愛戴和欽慕。我曾跪在濕淋淋的泥地上，透過沼澤居低矮的格子窗，帶著既好奇又絕望的痛苦複雜的心情凝視的這兩位女孩，原來竟是我的近親！而這位發現我險些死在他家門邊的年輕、莊重的紳士，也是我的血肉之親！對孤苦伶丁的可憐人來說，這是何等重大的發現！這才是真正的財富！心靈的財富！純潔、溫暖的愛的寶藏。這是一種天賜的幸福，光輝、耀眼，令人振奮！不像那沉重的金錢，雖有其可貴、可喜之處，卻也帶來沉重的壓力，讓人不得不嚴肅思慮。這時，我在突如其來的狂喜中鼓起掌來，心跳加速，血脈僨張。

「啊！我真高興啊，太高興了！」我叫起來。

聖約翰微微一笑。「我不是說過妳捨本逐末嗎？」他問道，「我告訴妳，妳得到一筆財產，妳非常嚴肅；可現在，為了一件無關緊要的小事，妳卻這麼興奮。」

「你這話究竟是什麼意思？這對你來說可能無關緊要，你已經有兩個妹妹了，不在乎多一個表妹。但我一直沒有親人，現在卻突然多了三個——如果你不想算在內，那就是兩個！我已經長大成年，我的世界裡卻突然多了三個親人！我再說一遍，我很高興！」

我快步地從房間這頭走到那頭，又停下來，我可以做什麼？能夠做什麼？會做什麼？應當做什麼，而且要馬上去做？這些問題接二連三地湧進頭腦，快得我無法接受、理解和梳理，差點害得我喘不上氣來。我瞪著空無一物的牆壁，好像那是天空，密布著冉冉升起的繁星，每一顆都在指引我奔向一個目標，照耀出一種歡樂。直到如今，我始終毫無表示地愛著那些救過我性命的人，現在終於可以報答他們了。他們身披枷鎖，我可以使他們獲得自由；他們天各一方，我可以讓他們重新歡聚一堂。

我可以讓他們分享我能做主的財富。我們不是一共四個人嗎？兩萬英鎊平分，每人可得五千——豈止是足夠，簡直綽綽有餘。這樣就能實現公道，保證大家都能得到幸福。這樣一來，財富就不會成為我的負擔，不再只是一筆錢，而是遺贈給我們的生命、希望和歡樂。

我不知道自己被這些狂風暴雨式的想法攫住時是什麼表情，但我很快覺察到，李佛斯先生在我身後放了一把椅子，溫和地叫我坐下，還要我鎮定下來。他是在暗諷我六神無主、束手無策，我對此嗤之以鼻，推開他的手，又走動起來。

「明天就寫信給戴安娜和瑪麗，」我說，「叫她們馬上回來。戴安娜說過，要是有一千英鎊，她們倆就會認為自己很富有了；那如果有了五千英鎊，她們就可以過得非常好。」

「告訴我，到哪裡可以給妳倒杯水來，」聖約翰說，「妳真得努力克制一下，讓妳的感情平靜下來。」

「怎麼可能平靜！這筆遺產對你會有多大的影響啊？難道不能讓你留在英國，娶奧利佛小姐為妻，像普通人那樣安頓下來嗎？」

「妳在胡言亂語，頭腦糊塗了。怪我太突然地把這個消息告訴妳，讓妳興奮得失去了自制。」

「李佛斯先生！你快讓我失去耐性了。我十分清醒。反倒是你誤解了我的意思，要不然，就是假裝誤解我。」

「妳可能要再解釋一下，我才能更明白。」

「解釋！有什麼需要解釋？你難道不會算術——我們現在所說的兩萬英鎊，在一個外甥、三個外甥女和侄女之間平分，每人各得五千，不是嗎？我只不過請求你寫信給兩個妹妹，告訴她們得到了多少財產。」

「妳說的是——妳得到的財產。」

「我對這件事的想法，我已經說明了，也不會接受其他的安排。我並非極端自私、盲目不公或忘恩負義的人。此外，我決心要有一個家，有親人。我喜歡沼澤居，想要住在沼澤居，我喜歡戴安娜和瑪麗，想與她們相依為命。我有五千英鎊就足夠了，心滿意足了；但兩萬英鎊會折磨我，成為我的沉重負擔，何況，這筆錢雖然在法律上屬於我，但在道義上不該全屬於我，我不能心安理得。所以，我只是把多餘的那部分轉讓給你們。不要再反對，再討論了，讓我們達成共識，當場決定下來吧。」

「這是一時衝動。要確定這樣的事，妳得花幾天好好考慮。」

「哦，如果你懷疑我的誠意，那我倒不在意。換句話說，你也覺得這樣安排很公平吧？」

「我確實看得出來，是很公平，但違背了慣常做法。此外，妳有權擁有全部財產，那是我舅舅通過自己的努力掙得的，他愛留給誰就可以留給誰。最後他留給了妳。無論如何，妳理所當然地擁有這筆財富，大可心安理得，問心無愧地視為己有。」

「對我來說，」我說，「這既是個十足的良心問題，也是個情感問題。我要任性一次，遷就我的情感。我難得有機會這麼做。就算你與我爭辯一年，拒絕我，惹惱我，我也絕不會放棄已經預先瞥見的那一眼美妙的喜悅，因為我終於可以回報救命之恩，再為自己贏得了終生的朋友。」

「妳現在是這樣想。」聖約翰說道，「因為妳不知道擁有財富、享受財富是什麼感覺；妳還無法想像兩萬英鎊會帶給妳什麼，會讓妳舉足輕重，會讓妳擁有怎樣的社會地位，會讓妳開闊怎樣廣闊的前途。妳不能……」

「而你，」我打斷了他，「也絕對無法想像我多麼渴望手足之情。我從來沒有家，沒有兄弟姊妹。現在，我應該享受這份親情了，也必將擁有。難道你不願接受我、承認我嗎？」

「簡，我會成為妳的哥哥，我的妹妹會成為妳的姊姊，但妳不必為此犧牲自己應得的權利。」

「哥哥？不錯，遠在千里之外！姊姊？不錯，被陌生人頤指氣使！我呢，坐享其成，家財萬貫——全都不是我掙來的，也不是我應得的！而你們身無分文！真是偉大的平等友愛！親密關係！莫逆之交！」

「可是，簡，妳渴望的親屬關係和家庭幸福未必非要透過妳剛才設想的方法來實現啊。妳可以結婚。」

「又在胡說！結婚！我不想結婚，永遠不嫁。」

「這話說得太過分了。如此魯莽的斷言，恰恰證明妳興奮過度了。」

「我說得並不過分。我很清楚，結婚這件事會讓我有何感受，我想都不願去想。沒有人會出於愛而娶我，我也不願意被人當作搖錢樹。我並不想要一個和我沒有共鳴、格格不入、全然不同的陌路人。我要的是親人——懷有同胞之情、同心同感的親人。請再說一遍：你願做我的哥哥。聽你這麼說，我會非常幸福，非常滿足。如果你願意，請你真心實意地再說一次。」

「我可以真心地再說一遍。我知道自己很愛兩個妹妹，我也明白，我的愛建立在什麼前提上——因為我尊重她們的品德，欽佩她們的才能。妳也一樣，有原則，有頭腦，妳的趣味和習慣同戴安娜與瑪麗的很相似。有妳在場，我總感到很愉快。我也時常發現，與妳交談能獲得舒心的撫慰。我認為，我可以自然而然地在心裡給妳留一個位置，當作我第三個，也是最小的妹妹。」

「謝謝你，今晚我已經非常滿足了。你還是走吧，要是你再待下去，或許又會用什麼顧忌來惹惱我了。」

「那麼，學校怎麼辦，愛小姐？我想，這下只得關門大吉了。」

「不，我會繼續擔任女教師的職務，直到你找到接替我的人。」

他滿意地笑了笑。我們握了握手，他就告辭了。

我想，在此無須贅述為了能按我的意願解決遺產問題，後來又有多少次據理力爭。我的任務很艱巨，但我非常堅決，我的表哥表姊們終於看出我是發自肺腑、不容更改地要把財產均分；他們在心裡也一定認為這種做法是公平的，也出於本能地意識到，如果換作他們處在我的地位，他們肯定也會這樣做。所以，他們最終還是讓步了，同意把事情交付公斷。被選中的仲裁人是奧利佛先生和一位能幹的律師，他們都同意我的主張。我實現了自己的心願，轉讓的文書也已草擬而成：聖約翰、黛安娜、瑪麗和我都平分到了一份遺產。

第34章

一切都辦妥後，已臨近耶誕節了，舉國歡慶的假日季節就要到來了。莫爾頓學校也放假了，我關上校門，特意提醒自己，不要空手告別。交上好運不但使人心情愉快，而且出手也格外大方了。把我們得到的大量財富稍稍分些給別人，不過是讓自己異乎尋常迸發而出的激動有個宣洩的出口。我早就愉快地覺察到，有很多鄉村學生都很喜歡我；離別時，這種感覺得到了證實。她們的感情很強烈，也很坦率。我發現自己確實已在她們純樸的心靈中占據了一個位置，這讓我深感欣慰。我答應她們以後每星期都會去看她們，在學校裡給她們上一小時課。

李佛斯先生來了，眼看著現在這個學校的六十名學生在我面前魚貫而出，再看著我鎖上校門。這時，我手拿鑰匙，跟五、六個最好的學生站在門口，特意交換幾句告別的話。這些年輕女孩之正派、可敬、謙遜和有見識，堪稱英國農民階層中的翹楚。這個評價是很有分量的，因為與歐洲其他國家的農民相比較，英國農民畢竟是最有教養、最有禮貌、最為自重的。從那以後，我見過一些法國農婦、德國農婦，相比於莫爾頓的女孩們，即使她們中間最出色的也顯得無知、粗俗和愚鈍。

「妳認為自己這一時期的努力有回報嗎？」她們離去後，李佛斯先生問道，「在自己風華正茂的時代裡，為整個一代人做些真正的好事，豈不是很愉快？」

「毫無疑問。」

「而妳只辛苦了幾個月，如果妳的一生致力於提高自己的民族素養，豈不更有價值？」

「是的。」我說，「但我不能永遠這麼做下去。我不但要培養別人的能力，也要發揮自己的才能。現在就得好好發揮。別讓我再把身心投入學校了，我已經離開這裡，一心只想度個長假。」

他的神情變得嚴肅了。「怎麼了？妳突然顯得那麼急切，到底是為什麼？妳打算去做什麼？」

「忙碌，要盡我所能地忙忙碌碌。首先我得求你讓漢娜離開，另找別人來服侍你。」

「妳要她幫忙嗎？」

「是的。讓她跟我一起去沼澤居。戴安娜和瑪麗一個星期後就會回家，我要把一切都拾掇得整整齊齊，迎接她們到來。」

「我懂了。我還以為妳要去遠遊呢。這樣更好，漢娜一定可以跟妳去的。」

「那就通知她明天就做好準備。還有，這是學校的鑰匙。明天早上，我再把小屋的鑰匙交給你。」

他接下了鑰匙。「妳倒是輕鬆愉快地歇手了，」他說道，「我並不太理解妳這種輕鬆的心情，因為我不知道妳會找什麼工作來代替此刻放棄的這項工作。現在，妳的生活有什麼樣的目標、目的和抱負？」

「我的第一個目標是大掃除。你能理解這個詞的全部涵義嗎？從每一個房間到地窖，把沼澤居徹底清掃乾淨；第二個目標是用蜂蠟、油和數不清的抹布，把沼澤居擦得閃閃發光；第三個目標是以數學的精密標準安置每一件家具——椅子、桌子、床和地毯；第四步，用幾乎能讓你破產的煤和泥炭，在每個房間都生起熊熊的爐火。最後，你的妹妹們預計到達前的兩天，漢娜和我要用所有時間打雞蛋，揀葡萄乾，磨香料，做聖誕蛋糕，剁肉餡餅料……鄭重其事地進行各式各樣的烹飪技藝。對你這樣的門外漢，說也說不清，光用語言是難以描述這番忙碌的。總之，我的目的是下星期四戴安娜和瑪麗到家之前，把一切都安排得妥妥帖帖，盡善盡美。我的抱負就是在她們回家的時候，獻上最理想的歡迎儀式。」

聖約翰微微一笑，仍不滿意。

「眼下看來，一切都很好，」他說，「但認真說來，等一開始的熱情、快活消退之後，我相信妳的眼界不會侷限於闔家幸福的天倫之樂，妳會去追求更高尚的事業。」

「天倫之樂就是人世間最好的東西。」我打斷了他。

「不，簡，這世界並非享樂之處，千萬別把妳的世界變成這樣，或是休憩的樂園。千萬不能怠懶。」

「恰恰相反，我的意思是為此大忙特忙。」

「簡，我暫時可以諒解妳，給妳兩個月的寬限，充分享受妳的新天地和新樂趣，沉浸在遲來的親情團聚的歡樂之中。但兩個月後，我希望妳能把眼光放遠些，超越沼澤居和莫爾頓，超越姊妹情深，超越文明富裕的生活所帶來的自私的平靜、感官的安逸。我希望到那時妳的精力會飽滿充沛得叫妳安定不下來。」

我驚訝地看著他。「聖約翰，」我說，「我認為你這樣說簡直是不懷好意。我還指望像女皇那樣稱心如意，你卻指望我不得安寧！究竟是什麼意思？」

「我的意思是：應該發揮才能。上帝賦予妳才能，有朝一日也勢必加以檢視。簡，我會嚴密而關切地注意妳，我預先提醒妳了。要竭力克制妳對庸俗的家庭樂趣所表現出來的過度的熱衷。不要那麼依戀肉體的牽絆，把妳的堅毅和熱誠留給更適當的事業，不要浪費在平庸而短暫的事情上。聽見了嗎，簡？」

「聽見了，但感覺你在說希臘文。我覺得我有充分理由得到快樂，我也一定會得到的。再見！」

我在沼澤居非常暢快，拚命做事，漢娜也一樣。我在天翻地覆的老屋裡忙得不亦樂乎，掃除灰塵，擦拭家具，清除汙垢，下廚烹煮，簡直把她看傻了。經過了最忙亂的前一兩天，我們在親手製造的混亂中逐步恢復秩序，確實感覺愈來愈暢快。在此之前，我去了一趟S城，添置了一些新家具，我的表哥表姊們全權委託我，允許我按照自己的想法布置房間，允許我作任何改動，還拿出一筆款項專門派這個用處。原來的客廳和臥室大體保持原樣，因為我知道，戴安娜和瑪麗再次看到樸實無華的老桌椅和床榻會比看到最時髦的新款家具更快樂的。不過，還是有必要適當地增添新意，我希望她們回家時能感受到一種驚喜。深色的漂亮新地毯、新窗簾，幾件精挑細選的古董瓷器和銅器擺設，全新的床罩、椅套和桌布，還換了梳粧臺上的鏡子和化妝盒等等，看起來果然煥然一新，鮮豔，但不花稍。我再將一間空置備用的客廳連臥室重新裝飾，搬進了舊紅木家具，用猩紅色的布飾裝飾一新。我在過道上鋪了帆布氈，樓梯上也鋪了地毯。這一切都完成後，我相信，沼澤居必定是這個季節裡堪稱典範的溫馨小屋：屋內光亮舒適，哪怕戶外寒冷枯敗、荒蕪淒涼。

重要的星期四終於到來了。她們預計在天黑時抵達。因此在黃昏時分，樓上樓下的壁爐裡都生起了火，廚房裡布置得相當完美，漢娜和我都穿戴齊整。一切都已準備就緒。

聖約翰先到了。我曾請求他，等全都布置好了再來。事實上，光想想整修又髒又亂的老屋的那幅光景，不用我叮囑，他早就嚇得躲遠了。他到廚房來找我，我正在照管烘烤中的茶點糕餅，他也走近爐子問道：「妳做女僕的工作是不是很過癮？」我沒有回答，但邀請他陪我全面察看我的勞作成果，好不容易才說動他上下走一圈，但也不過是往我替他打開的門裡瞧了一瞧。他樓上樓下轉了一圈後說，能在那麼短時間內帶來如此可觀的變化，想必我費了不少功夫，一定很辛苦。但對於老屋舊貌換新顏是否讓他欣喜，他卻隻字未提。

他的沉默讓我挺掃興的。我想，這些改動也許擾亂了他所珍惜的某些回憶。我問他是不是這樣，語氣顯然有點兒失落。

「完全不是。恰恰相反，我注意到妳悉心顧念到了每一樣留有往昔印記的東西。但實話實話，我是擔心妳在這上面花的心思太多了，不值得。就說這個房間吧，妳花了多少時間來考慮如何布置？——順便問一下，妳知道某本書在哪裡嗎？」

我把書架上的那本書指給他看。他取下來，像往常一樣走到他常待的窗邊書齋，看起書來。

好吧，讀者，我並不喜歡當時的感覺。聖約翰是個好人，但我開始覺得他說的是事實：他是個冷酷無情的人。人之常情、舒適生活對他都沒有吸引力——平靜的享受對他來說根本沒有魅力。他活著純粹是為了追求目標——沒錯，那目標確實善良又崇高，但他永遠不能安定，也不允許他周圍的人耽於安逸。當我看著他高高的額頭——石頭般蒼白、靜止，看著他潛心閱讀時的俊美面容時，我突然認識到：他很難成為一個好丈夫，做他的妻子將苦不堪言。我恍然領悟到他對奧利佛小姐的愛的實質是什麼。我同意他的看法，那不過是感官之愛。我理解他怎麼會鄙視自己被這種愛狂熱地影響，怎麼會那麼想要扼殺、毀滅那種感情，因為他不相信那種愛能使他或她永遠幸福。我明白了，他的本質屬於那種材質——大自然可以從中雕刻出英雄來的材質：立法者、政治家、征服者，且無論基督教徒或異教徒；英雄人物儼如堅不可摧的堡壘，固然可以背負人類的巨大福祉，但在居家生活的壁爐邊，卻往往儼如冰冷、累贅的柱子，沉悶陰鬱，不得其所。

「這間客廳不是他的天地，」我沉思道，「喜馬拉雅山或南非叢林，甚至瘟疫流行的幾內亞海岸的沼澤，反倒更適合他。他真不如放棄寧靜的家庭生活。他在家庭氛圍中無法施展才華，顯示出他的優勢，他的官能反而會變得遲鈍，毫無用武之地。只有在充滿衝突和危險的環境中——能彰顯勇氣，發揮能力，考驗韌性的地方——他才能像首領、強者那樣說話和行動。而在壁爐邊，一個快樂的孩子也會比他強。他選擇傳教事業是正確的，現在我完全明白了。」

「她們來啦！她們來啦！」漢娜推開客廳門，嚷嚷起來。與此同時，老卡羅也高興地汪汪直叫。我跑了出去，此刻天已經黑了，但聽得見隆隆的車輪聲。漢娜立刻點上了提燈。馬車停在小門邊，車夫開了門，一個熟悉的身影走了出來，接著又出來了另一位。眨眼間，我就把臉埋進了她們的帽子底下，先貼了貼瑪麗溫軟的面頰，再是戴安娜飄撒的鬈髮。她們笑著親吻了我，隨後吻了漢娜，拍了拍樂瘋了的卡羅。她們急切地詢問是否一切都好，得到肯定的回答後，便趕緊進了屋。

她們從惠特克勞斯坐車，一路顛簸下來，已是四肢僵硬，夜間的寒氣也讓她們受了凍，但一看到燃旺的爐火就笑顏逐開了。車夫和漢娜忙著把行李箱搬進屋，她們問起了聖約翰。這時，聖約翰才從客廳裡走出來，她們立刻摟住了他的脖子，他平靜地給每人一個吻，低聲說了幾句歡迎的話，站在那裡聽她們對他講了幾句，就說他們應該很快就能在客廳詳談了，說完就像躲進避難所一樣鑽進了客廳。

我點了蠟燭，好讓她們上樓去。戴安娜先周到地吩咐好好款待車夫，隨後才和瑪麗兩人跟在我後面上了樓。她們很喜歡我對房間的整修和裝飾，對新的帷幔、新的地毯和鮮豔的瓷花瓶都很滿意，毫不吝惜地對我表示感激之情。我的布置正合她們的心願，我的辛勞沒有白費，為她們重返家園之行增添了生動的趣味，這讓我非常快樂。

那個夜晚太美好了。我的表姊們興高采烈，滔滔不絕地講述，你一言我一語地議論，她們的暢談掩蓋了聖約翰的沉默。再次見到兩個妹妹，他由衷地高興，但她們的熱絡歡欣卻無法引起他的共鳴。那天的大事件——也就是戴安娜和瑪麗的歸來——讓他愉快，但隨之而來的快樂、喧譁、喋喋不休卻讓他厭煩。我看得出來，他希望寧靜的第二天快點到來。用完茶點後一小時，夜晚的歡樂到達高潮，卻響起了一陣急促的敲門聲，漢娜進來說：「來了個可憐的窮孩子，請李佛斯先生去看看她的母親，她快不行了。他來得可真不是時候。」

「她住在哪裡，漢娜？」

「在惠特克勞斯的坡頂上呢，差不多有四英里路，一路都是沼澤和苔蘚。」

「告訴他，我這就去。」

「先生，我想您還是別去為好。天黑以後，那段路很不好走，整個沼澤地都沒有路，而且，今晚的天氣也很惡劣，風從來沒有刮得這麼大。您還是捎個口信給他，先生，說您明天再去吧。」

但他已經在走廊上披好了斗篷，沒有一句推託、沒有一聲抱怨就出發了，那時已經九點。直到半夜他才回來，儘管四肢凍僵，身子疲乏，卻顯得比出發時還快活。他盡到了一份職責，作了一次努力，感到自己有克己獻身的魄力，自我感覺好了很多。

接下來的一整個星期恐怕使他很不耐煩。那是聖誕週，我們什麼正事都不做，一心沉浸在家庭的歡鬧之中。荒原的空氣，自由自在的居家氣氛，富裕生活的曙光——都像是靈丹妙藥一樣，振奮了戴安娜和瑪麗的精神。從上午到下午，從下午到晚上，她們始終歡天喜地，聊個不停，那些機智、精闢、新穎的話語深深吸引了我。我喜歡傾聽她們，參與她們的交談，別的所有事情都相形失色了。聖約翰對我們的說笑並無非議，但避之唯恐不及。他很少在家，他的教區很大，人口分散，他每天都忙於拜訪散居各處的窮人和病人。

有天早晨，吃早餐的時候，戴安娜悶悶不樂了一會兒，問道：「你的計畫沒有改變嗎？」

「沒有改變，也不可能改變。」她得到這樣的回答。他接著告訴我們，他離開英國的時間確定在明年。

「那麼，羅莎蒙德·奧利佛怎麼辦？」瑪麗問道。這句話似乎是脫口而出的，因為她說完便做了個手勢，彷彿要把它收回去。聖約翰手拿一本書——吃飯時看書也是他不合群的一種習慣——這時合上了書，抬起頭來。

「羅莎蒙德·奧利佛，」他說，「要跟格蘭比先生結婚了。他是弗雷德里克·格蘭比爵士的孫子和繼承人，是S城裡家庭背景最好、最受尊敬的居民之一。我是昨天從他父親那裡聽到這個消息的。」

他的妹妹們相互看看，又看了看我。我們三個人又都看向他。他像一塊玻璃那樣平靜。

「這門婚事準是定得很匆忙，」戴安娜說，「他們不可能認識很久了。」

「只有兩個月。他們是十月分在S城的舞會上認識的。可是，就眼下的狀況來看，這門親事從各方面看來都是門當戶對，沒有任何障礙，所以也沒必要拖延。只要等弗雷德里克爵士出讓給他們的S城府邸整修好，他們就能在那裡舉辦婚禮了。」

這次談話後，我第一次見聖約翰獨自一人時就很想問問他，這件事是不是讓他傷心。但他看上去似乎不需要同情，我就沒有再次冒昧地多問多說，畢竟，一想起自己前幾次的冒失，我也難免覺得羞愧。此外，我已疏於同他交談，他的冷漠寡言又如冰封一般，我的直言坦率也被凍結在其中了。他並沒有像他承諾的那樣把我當妹妹相待，總會做出些令人心寒的小細節，以示我和她們的區別，這完全無益於增進親密的感情。總之，我雖然被認作他的親人，與他住在同一個屋簷下，我卻覺得我們之間的距離更大了，甚至遠遠大過我只是個鄉村女教師的時候。當我記起自己曾深得他的信任時，就愈發難以理解他現在何以如此冷淡。

因此，當埋頭書桌的他突然抬起頭來對我說話時，我都不免有些驚訝了。

「妳瞧，簡，仗已經打完了，也贏得了勝利。」

我被這樣的說話方式嚇了一跳，沒有立即回應。猶豫片刻後，我才說道：

「但你確信自己不是那種為贏得勝利而付出了慘重代價的征服者嗎？再來這麼一仗，豈不會把你毀掉？」

「我想不會。就算摧毀我也不要緊。再也不會有這樣的征戰需要我的投身。這場衝突是決定性的，現在我的道路已經掃清，我為此而感謝上帝！」說完，他又埋頭回到自己的文件和沉默中去了。

當我們彼此的相娛相樂（戴安娜、瑪麗和我）漸漸平緩下來後，又恢復了往常的習慣，開始了規律的學習。聖約翰留在家裡的時間更多了，與我們同坐在一個房間裡，有時一坐就是幾個小時。瑪麗畫畫、戴安娜決意繼續研讀《百科全書》的課程（令我無比驚訝和敬畏）時，我就吃力地學習德文；他也在琢磨另一種神祕的學問：一種東方語言，他堅信，要實現他的志向就亟須掌握這種語言。

他就那樣專心致志埋首其中，坐在專屬於他的角落裡，安靜而投入。不過，他的藍眼睛會時常離開那些看似古怪的文法，四處遊移，有時會格外好奇地盯著我們幾個，但一旦被察覺，他就會立即收斂目光，但又時不時轉而窺察我們所在的書桌。我很納悶，不解其意，而且，雖然在我看來每週去莫爾頓學校上一次課是件小事，但他每次都必定不失時機地表示滿意，對此我也非常奇怪。更令我困惑的是，遇到天氣不好——下雪、下雨或大風——他的妹妹們會勸我不要去，而他必定會無視她們的關心，鼓動我不顧惡劣天氣去完成使命。

「簡可不像妳們說的那樣弱不禁風，」他會這樣反駁她們，「她經得起山風、暴雨或幾片飛雪，不比我們中的任何一個弱。她體格健康，並且善於適應——比很多身強力壯的人更能忍受天氣的變化。」

有時，我被風吹雨淋後回到家，疲憊不堪，但從不敢抱怨，因為我明白哪怕一句怨言都會惹他生氣。無論什麼情況下，堅忍剛毅的表現總能讓他高興，若非如此，他就會惱火。

但有天下午，他卻允許我告假在家，因為我確實感冒了。他的妹妹們代替我去了莫爾頓，我坐著讀席勒的作品，他在破譯那些晦澀難懂、奇形怪狀的東方渦卷形文字。後來，我開始練習翻譯，偶爾不經意地朝他的方向瞥了一眼，卻發覺自己正處於那雙窺察不斷的藍眼睛的監視之下。我不知道他那樣徹底地、一遍遍地探究了我多久，目光是那麼銳利而冷漠，我一時間突然迷信起來，好像自己正和某種詭異莫測的東西坐在同一間屋裡。

「簡，妳在做什麼？」

「學習德語。」

「我想要妳放棄德語，改學印度斯坦語。」

「你不是當真的吧？」

「完全當真，而且非要妳學不可。我會告訴妳為什麼。」

隨後他就開始解釋：他眼下正在攻讀印度斯坦語，但學得愈多，就愈容易忘記前面學過的內容。如果有個學生可以跟他一起不斷複習基礎知識，那對他會有很大幫助，溫故而知新，更能牢記在心。他說，他猶豫了好久，不確定究竟要選我還是哪個妹妹。但他最終選中了我，因為他看出來，我比她們更耐心，更能安定久坐，專心一事。我願意幫他這個忙嗎？就算犧牲一下，應該也不會太久，因為離他遠行的日子只有三個月了。

聖約翰這個人不是輕易就能拒絕的。他會讓你覺得：不管是痛苦的還是愉快的，你在他心中留下的印記都將是刻骨銘心，永不忘卻的。我同意了。戴安娜和瑪麗回來後，戴安娜發現自己的學生突然轉換課程，成了她哥哥的學生，便大笑不已。她和瑪麗都認為，聖約翰絕對說服不了她們邁出這一步的。他平靜地答道：

「我知道。」

我發現他當老師的時候很有耐心，克制而又嚴格。他對我要求很高，一旦我滿足了他的期望，他會以自己的方式表示讚許。漸漸的，他對我產生了一種影響力，使我的頭腦失去了自由。他的讚揚和關注比他冷淡的樣子更有抑制我的作用，只要他在場，我就不能談笑自如，因為一種擺脫不了的直覺在討厭地提醒我：他厭惡輕鬆活潑（至少對我而言）。我完全意識到，只有嚴肅認真的態度才合他的心意，別的做法都是徒勞。我覺得自己好像被一種魔法制約了、禁錮了。他說「去」，我就去，他說「來」，我就來；他說「做這件事」，我就去做。但是我不喜歡奴隸般地被對待，好幾次都心想：這還不如他以前那樣忽視我呢。

有天晚上就寢前，他的妹妹們和我在他身邊道晚安。他一如往常地親吻了兩個妹妹，又一如往常地和我握握手。戴安娜一時興起（她並沒有被他的意志控制而痛苦，從另一個意義上說，她的意志力也很強），說道：

「聖約翰！你口口聲聲說簡是你的第三個妹妹，但你並沒有把她當妹妹呀，你也應當吻她。」

她把我推向他。我覺得戴安娜這樣做簡直太冒失了，一時尷尬，非常不自在。然而，雖然我這樣想，聖約翰卻低下了頭，希臘式的臉龐低到與我的臉龐持平，銳利的雙眼探尋著我的眼睛——他吻了我。世上沒有大理石吻或冰吻這一類的東西，要不然我就會說：我的牧師表哥的禮數就是這種質感的。不過，世上也許有所謂試探性的吻，那他的吻就屬於這一類。他吻了我後，還打量了我，好像在看看有什麼結果。並沒有什麼驚人的結果，我肯定沒有臉紅，也許反而更蒼白了幾分，因為我覺得這個吻酷似加在鐐銬上的封印。從那天往後，他再也沒有忽略這一禮節，每次我都嚴肅莊重、不動聲色地接受，這倒讓他對這件事多了幾分好感。

我每天都希望能愈來愈討他喜歡，但為此又愈發覺得我失去了自我：必須拋卻一半的個性，扼殺一半的才能，強硬扭轉天生的喜好，明明在那方面缺乏天賦卻勉為其難，逼迫自己去修習。他要把我訓練到我永遠無法企及的高度。我每時每刻都渴求達到他的標準，卻為此備受折磨。這是不可能實現的事，就好比要把我那不勻稱的五官重塑成他那樣堪稱典範的古典臉型，再把我變幻不定的綠色瞳孔變成他帶著肅穆榮光的海藍色眼眸。

然而，眼下讓我壓抑的不僅是他的控制欲。最近，我很容易顯得憂傷，好像有個禍害人的惡魔盤踞在我的心頭，從源頭吸乾了幸福的甘泉。這惡魔就是始終無法擺脫的憂慮。

讀者，你也許以為在地點和命運的驟變後，我已經忘掉了羅徹斯特先生。然而，我一刻都沒有忘記。我仍舊思念著他，因為這思念不是陽光就能驅散的霧氣，也不是風雨就能拂去的沙灘上的人像，而是鐫刻在大理石板上，註定要隨著石頭長存不滅的。無論我走到哪裡都渴望知道他的情況，在莫爾頓的時候，我每晚一踏進小屋就會惦記他，現在在沼澤居，每晚一走進自己的臥室也會苦思冥想他的近況。

為了遺囑的事，我不得不寫信給布里格斯先生時，就曾問他是否瞭解羅徹斯特先生目前的地址和健康狀況；但正如聖約翰推測的那樣，他對他的情況一無所知。後來，我寫信給費爾法克斯夫人，希望她告訴我有關的情況。我原以為她收到信就肯定會回覆我，了卻我心頭的掛念。可是，兩個星期過去了，卻依然音信全無，我不禁錯愕萬分。隨後，兩個月過去了，郵件日復一日地投遞過來，卻始終沒有給我的回信，我陷入了極其難耐的憂慮之中。

我再一次提筆寫信，因為第一封有可能遺失在路上。再次努力燃起的新希望卻又像上次一樣，延續了幾星期，猶如短暫的閃光，隨後也一樣搖曳著淡去，漸漸消逝。我連隻字片語都沒有收到。在徒勞的期盼中，整整半年過去了，我的希望幻滅了，繼而心灰意冷，真的絕望了。

美好的春天明媚降臨，我卻無心享受。夏天就要到了，黛安娜說我氣色很差，為了讓我高興起來，她提議陪我去海邊。聖約翰強烈反對，說我並不需要散漫遊蕩，而是需要工作；他說我眼下的生活無所事事，無所用心，所以我需要目標。我想，大概是為了彌補我這些不足，他反而延長了我的印度斯坦語課時，並更迫切地要我完成。而我，就像一個傻瓜，從未想過拒絕他——事實上，我無法抗拒他。

有一天，因為失望的感覺特別強烈，我的情緒比往常還要低落。那天早上，漢娜告訴我有一封給我的信，我下樓去取的時候，幾乎可以確定翹首久盼的回信終於來了，結果卻發現只是布里格斯先生寄來的無關緊要的公務短信。又落空了，我痛苦地克制自己，但眼淚還是奪眶而出。而我現在坐著做功課，鑽研費解的印度文字、華麗的比喻時，淚水又湧了上來。

聖約翰把我叫到他身邊去朗讀，我是打算照做的，但哽咽的嗓音出賣了我，詞句淹沒在啜泣聲中。客廳裡只有他和我兩個人，戴安娜在書房裡練習彈奏樂器，瑪麗在花園裡侍弄花草——這是個晴朗的五月天，萬里無雲，陽光明麗，清風陣陣。身邊的同伴對我的情緒激動毫無驚訝的表現，也不問我原委，只是說：

「我們暫停幾分鐘，簡，等妳鎮定下來再說。」我盡力克制，讓突然爆發的情緒平復下去；這時候，他鎮定而耐心地坐靠書桌，像個用科學的眼光觀察危急病情的醫生：這種病發在意料之中，也完全可以理解。我止住哽咽，擦去眼淚，含糊解釋了幾句，說是早上身體不太舒服，然後就繼續做我的功課，最終全部完成了。聖約翰把我和他的書都推到一邊，鎖好書桌，說道：

「現在，簡，妳得出去散散步，而且是跟我一起去。」

「我去叫戴安娜和瑪麗。」

「不，今天早上我只要一個人陪同，而且必須是妳。穿戴好就從廚房門出去，走通往沼澤谷上坡的那條路，我隨後就跟上來。」

我想不出折中的辦法。面對與我的性格迥異、獨斷而強硬的人，在絕對屈服和堅決反抗之間，我這一輩子都不知道該如何折中處理。我總是忠誠堅決地擇一而行，直到火山爆發般的那一刻，再立刻轉向，執行另一套做法。看眼下的情形，我既沒有正當理由，也沒有心情反抗，便只能審慎地服從聖約翰的指令；十分鐘後，我就與他並肩走在幽谷的荒野小徑上了。

微風從西邊吹來，拂過山丘，帶來歐石楠和燈心草的芳香。天空湛藍清透，因為剛下過春雨，清澈而豐沛的溪水流經山谷，歡騰傾泄而下，映襯著太陽的金光和碧空的青玉色澤。我們往前走，離開了小徑，踏上了細軟的草地，苔蘚遍地，青如翡翠，白色的無名小花精妙地點綴其間，還有繁星般的小黃花閃閃發光。山巒環繞，將我們圍在中央，因為溪谷的源頭蜿蜒而上，剛好就在山巒的中心點。

「我們在這裡歇一會兒吧。」聖約翰說道，這時，我們剛走到散落在大岩石周邊的小石堆，彷彿守衛著隘口，山溪就在石堆後傾瀉而下，形成了飛流的瀑布；再遠一點的地方，山丘儼如抖落了身上的草地和花朵，只留歐石楠為衣，碎石為珠寶——就在那裡，山的荒涼擴大為蠻荒，生機變為愁容——在那裡，山守護著絕望而孤寂的希望，最後的肅穆的避難所。

我坐了下來，聖約翰站在我身邊。他仰望山隘，又俯視空谷。他的目光追隨溪流而行，又回過來掃視溪流反照的明淨晴空。他摘下帽子，讓微風吹動頭髮，輕撫他的額頭。他似乎在與自己常遊之地的守護神默默神交，用目光一一道別。

「我會再看到這一切的，」他大聲說道，「在夢中，當我在恆河邊入眠的時候。再有，就會是更遙遠的時刻——另一種沉眠之時——在更深邃的河岸邊。」

離奇的言語傳達出一種離奇的愛！質樸的愛國者對故土家園的熱愛！他坐了下來。足有半小時，我倆都沒有說話，他沒有開口，我也沒有。這段沉默之後，他才說道：

「簡，再過六個星期，我就要走了。我已經訂好了『東印度號』的船票，六月二十日啟航。」

「上帝一定會保佑你的，因為你擔負著祂的職責。」我答道。

「是的，」他說，「那是我的榮耀和喜悅之所在。我是永無謬誤的主的僕人。我這次遠行，順從的並非人類的指引：不受不健全的法規所制約，不屈服於可憐蟲般軟弱無能的同類的錯誤的管束；我的王，我的立法者，我的首領，只是盡善盡美的主。我周圍的人竟然沒有熱血沸騰地投身同一項事業，置身於同一面旗幟下，這實在讓我奇怪。」

「並不是所有人都有你那樣的毅力。弱者奢望與強者並駕齊驅是很愚蠢的。」

「我說的，或想到的並不是弱者。我只對那些配得上這種事業並能勝任的人說話。」

「那樣的人屈指可數，也很難發現。」

「妳說得很對，但一旦發現了，就要喚醒他們，敦促和勸導他們努力，讓他們明白自己有怎樣的天賦，為何會有這樣的才能，向他們傳遞上天的旨意，在選民的行列中給予他們神所選定的位置。」

「假設他們確實有資格，那麼，率先勸醒他們的難道不該是他們自己的心靈嗎？」

我感覺得到，似乎有一種可怕的魔力正在我周圍聚攏，在我頭頂盤桓。我戰慄著，唯恐聽到一句致命的咒語，讓魔力即刻釋放。

「那麼，妳的心是怎麼說的？」聖約翰問道。

「我的心什麼都沒有說。什麼都沒。」我像是受了當頭一棒，驚懼地答道。

「那我就得替它說了。」他繼續說，語調深沉冷酷，「簡，跟我一起去印度吧，做我的伴侶和同事。」

溪谷和天空頓時旋轉起來，群山也翻騰起伏！我彷彿聽到了上天的召喚——似有馬其頓人那樣的使者在異象中宣布：「過來幫助我們。」[1]但我不是使徒——我看不見異象——我接受不到祂的召喚。

「哦，聖約翰！」我叫道，「可憐可憐我吧！」

我懇求的是一個只要履行他所認定的職責，既不懂得憐憫也不知道自責的人。他繼續說道：

「上帝和大自然有意讓妳成為傳教士之妻，給予妳的不是肉體凡胎的能力，而是精神力量。妳並非為愛情而生，而是生來就該操勞。妳得做傳教士的妻子，應該要做。妳將歸屬於我，我這樣說並非出自一己之樂，而是為了履行我主的聖職。」

「我不適合，我沒有這樣的使命。」我說。

他早已料到我一開始會反對，所以並沒有因此而惱怒。說真的，當他雙手抱胸，倚在背後的岩石上時，不動聲色的時候，我已看出來他對我長久而盡力的反抗早有準備，已信心滿滿地積蓄好了足夠的耐心，打算堅持到底——並決心以征服對手為結局。

「謙卑，簡，」他說，「是基督美德的根基。妳說得對，妳不適合這個工作。可誰適合呢？或者該問：有哪個真正受到神召喚的人相信自己配得上那種召喚呢？以我來說，不過是塵灰草芥而已，跟聖保羅相比，我只能承認自己罪大惡極。但我不允許自己因為自慚形穢而畏縮不前。我知道我的領路人是誰，祂公正而全能，當祂選擇孱弱之人成就大事業時，會借助其無限的神彌補那人的不足，直到偉業圓滿。妳要像我這樣思考，簡，像我一樣去相信。我要妳倚靠的是萬古磐石，不要懷疑，它足以承載妳生而為人的軟弱。」

「我完全不瞭解傳教士的生活，從來沒有學過傳教士的工作。」

「儘管我也很卑微，但可以提供妳所需要的說明。我可以幫妳依次安排每小時的工作內容，始終在妳身邊，支援妳，協助妳。開始的時候我可以這麼做，用不了多久（因為我知道妳的能力），妳就會像我一樣堅強能幹，不再需要我的說明。」

「可是我的能力——足以承擔這項工作的能力，又在哪裡？我感覺不到。你這樣說時，我沒有感覺到心中燃起光芒，沒有甦醒的生命力，沒有什麼聲音在內心勸誡我、用喜悅的激情鼓舞我。哦，但願我能讓你明白，我此刻的心靈就像沒有一絲光線的漆黑地牢，角落裡銬著一種瑟縮的憂懼——恐懼自己被你說服，去從事我無法勝任的偉業。」

「我自有答案——妳聽著：自從我們初次見面，我就一直在注意妳，已經觀察了妳十個月。這十個月裡，我給了妳各種各樣的考驗，而我依據耳聞目睹，得出了什麼結論呢？在鄉村學校裡，我發現妳表現得很好，準時，正直，一絲不苟地完成了不符合妳以往習慣和心意的工作。我看到妳圓融得法，有能力應付自如。只要妳能自控，就能成功地控制整個局面。當妳知道自己一夜之間變得富有的時候，妳非常冷靜，我從中窺見妳那毫無底馬[2]之罪的心靈——塵世的財富無法對妳產生過度的影響力。妳

---

1. 典故出自《聖經．新約．使徒行傳》第十六章第九節：使徒保羅傳道時，在夜間見到異象，有一個馬其頓人求他「到馬其頓幫助我們」。
2. 典故出自《聖經．新約．提摩太後書》：使徒保羅的門徒底馬因為貪戀世俗，離保羅而去。

十分堅決地把自己的財產分成四份，自己只留一份，以純粹的公正為由，把其餘的轉讓給其他三個人；由此，我看到了在振奮而榮耀、心甘情願的犧牲中獲得狂喜的靈魂。妳順服我的意願，溫馴地放棄了自己感興趣的功課，從頭改學另一門學問，並能孜孜不倦、刻苦勤奮地堅持不懈；即使面對困難，也顯示出了不屈不撓的活力、不可動搖的秉性——我認識到，那正是我所尋求的全部品質。簡，妳溫順、勤奮、無私、忠心、堅定、勇敢；妳很文雅，同時又很英勇。別再對自己不信任——我就可以毫無保留地信任妳。作為印度學校裡的督導，跟印度女性交流的幫手，妳的協助將是我的無價之寶。」

他的勸說不慌不忙，步步進逼，我彷彿身披愈來愈緊縮的裹屍布。就算我閉眼無視，他的最後幾句話還是掃清了被我搪塞的道路，一舉指明了方向。原本，要我投身的偉業只是模糊的一片印象，令人無望得不知所謂，經他這樣一說才顯得簡練而明確，經他親手塑造才顯示出既有的模樣。他等著我答覆。再次倉促作答之前，我要求他讓我思考一刻鐘。

「非常願意。」他答道，同時起身，快步朝隘口走了一段路，然後就躺倒在一塊隆起的歐石楠叢裡，一動不動。

「我不得不看到並承認：他要我做的事，我是可以做到的。」我沉思起來，「假如我能倖免於難的話。但我覺得，在印度的驕陽炙烤下，我恐怕活不了太久。那又如何呢？他根本不在乎這種事；我的死期來臨時，他只會平靜而肅穆地把我交託給創造了我的上帝。我可以非常清晰地看到這一點。離開英國，我不過是離開一個摯愛但空無的地方——因為羅徹斯特先生不在這裡；況且，就算他仍在，我又能怎麼樣呢？現在，我的當務之急是在沒有他的前提下繼續活下去；這樣日復一日的煎熬拖延，實在太荒唐、太軟弱了，好像我在等待某些不可能發生的轉機，能讓我們破鏡重圓。當然（如聖約翰所說），我必須要在生活中找到新的樂趣，以取代已然失去的一切；而他現在所提議的豈不正是凡人所能接受、上帝所能賜予的最榮耀的工作嗎？就其崇高的關懷、至善的結果而言，豈不是最適合用來填補情感破碎、希望破滅所留下的空白？我相信，我必須說：好的——然而我渾身發抖了。唉！要是我加入聖約翰的行列，就等於拋棄了半個自己；要是我去印度，就是走向過早的死亡。而且，我該如何填滿從離開英國到印度、從印度到墳墓之間的歲月？哦，我也看得清清楚楚！那也是明明白白擺在我眼前的事：為了使聖約翰滿意，我會辛勞不懈，直到筋疲力盡；我必會使他滿意的——從最重要的大事到最瑣屑的旁枝末節，巨細無靡地滿足他的希望。如果我真的跟他去了，真的做出他所希望的犧牲，我將會做得很徹底；我會把一切都奉獻到聖壇上——全心全意五體投地，做出徹底的犧牲。他永遠都不會愛我，但會讚許我。我會展現出他尚未見識的能力、他未曾覺察到的才幹。是的，我會像他那樣奮力工作，像他那樣毫無怨言。

「如此說來，那就有可能接受他的提議，但有一點——可怕的一點——他還要我做他的妻子，卻對我毫無丈夫的感情，遠處溪流泛著泡沫流經的那塊陰沉的巨岩都比他更有情有義。他珍視我，就像士兵珍視一件上等的武器，僅此而已。如果不和他結婚，我絕不會為此而悲哀；可是，如果我讓他如願以償，將醞釀已久的計畫全盤實現，我真的能熬過那場婚禮嗎？當我明知道沒有愛的精神，我還能從他那裡接過婚戒、承受各種形式的愛嗎（我相信他肯定能嚴格地完成）？明知道他給予的每一次示愛都只是原則上的一種犧牲，我能忍受嗎？不，這樣的殉道太可怕了。我絕不願去承受。我可以作為他的妹妹陪他去，而非妻子。我要這樣跟他說。」

我朝隆起的山丘望去，他還躺在那裡，像根倒地的柱子般一動不動。他把臉轉向我，眼裡閃著戒備而銳利的光芒。他挺身站起來，向我走來。

「如果我能自由來去，我就可以去印度。」

「妳需要解釋一下，」他說，「這個答覆不太明瞭。」

「你一直是我的表哥，我也一直是你的表妹。我們就保持這種形同兄妹的關係吧。你我還是不要結婚為好。」

他搖搖頭。「在這件事情上，形同兄妹是行不通的。如果妳是我的親妹妹，那就另當別論，我就能帶妳同行，而不用另找妻子。但現在的情況是，我們的結合要透過婚姻的誓言和見證來得以確保，不然這種結合就無法成立。任何其他途徑都會遭到實際困難而走不通。妳難道不明白這一點嗎，簡？好好想想吧，妳的堅強的理智會引導妳。」

我確實想了一番。我的理智卻只向我指出一個事實：我們並沒有像夫妻那樣彼此相愛，因此，結論只能是：我們不應當結婚。我就這麼說了。「聖約翰，」我回覆他，「我把你當作哥哥，你把我當作妹妹，我們就這樣繼續下去吧。」

「我們不能，我們不能。」他的回答短促而堅決，「這不行。妳已經說過，要和我一起去印度了。記住——妳自己說過這話。」

「是有條件的。」

「好吧，好吧。最重要的是：和我一起離開英國，在未來的工作中與我合作，對此妳沒有反對。妳等於已經把手放在犁軛下了，妳是言而有信的人，所以不會輕易縮回去。妳眼前只有一個目標：如何出色地完成妳的工作，把妳那些複雜的興趣、情感、想法、願望和目標再精簡一下，把所有考量聚焦於一個目的：全力以赴，有效地完成偉大的主的使命。要這麼做，妳必須要有個幫手——不能是兄長，兄妹關係還是太鬆散；而是一個丈夫。我也不需要妹妹。任何時候都會有人把妹妹從我身邊奪走。我要的是妻子，唯一的幫手，能讓我一輩子施加有效的影響直到死亡。」

他說這話時，我顫抖著。我感覺到他的影響已力透我的骨髓——已然控制了我的四肢。

「別在我這裡找，聖約翰，到別處找一個妻子吧，找一個適合你的。」

「妳是說適合我的目標——我的使命吧。我再對妳說一遍，我希望結婚，但不是出於男性自私自利的想法，也不是作為微不足道的一介凡人；而是作為一個傳教士。」

「我可以為這位傳教士奉獻一己之力——他需要的只是這個——但不會奉獻我本人。對他來說，要我，就好比要了果仁還要果殼，但那對他毫無用處。還是讓我自己保留著吧。」

「妳不能，也不應該這樣說。妳以為上帝會滿意半個祭品嗎？會接受殘缺不全的犧牲嗎？我擁護的是上帝的事業，我要把妳招募到神的旗幟下。我不能以神之名接受三心二意的忠誠。效忠必須是全心全意的。」

「唉！我會把我的心獻給上帝，」我說，「你並不想要它。」

讀者，我不能保證我說這句話的語氣，當時的感受中沒有一絲被壓抑的譏諷。我向來默默地懼怕聖約翰，因為我無法理解他。他令我敬畏，因為他總讓我困惑。在此之前，我一直說不清他到底有幾分是聖徒，有幾分是凡人。但經過這番交談，他的本性漸漸展現在我眼前。我看到了他也會出錯，但我可以理解。坐在歐石楠地的邊緣，面對那個俊美的身軀時，我已然明白，自己正坐在一個和我一樣會犯錯的人身邊。冷酷、專橫的面紗已垂落。一旦感受到他的這些品質，感受到他並非完美無瑕，我就能鼓起自己的勇氣。我面對著與我同等的人，可以與之爭辯的人，如果我認為妥當，也是我可以抗拒的人。

我說出了那句話後，他沉默了。我立刻大膽地抬起頭去看他的臉色。

他緊緊盯著我，目光中透出嚴肅的驚愕、急切的探究之意：「她是在譏諷嗎？譏諷我嗎？」彷彿在問，「那是什麼意思？」

「我們別忘了，這是一件莊嚴的事情，」過了一會兒，他說道，「是那種無論我們輕率地想、或輕率地談都難免有罪的事。我相信，簡，妳說要把心獻給上帝的時候是真誠的。我所要求的正是如此。一旦妳掏出人類的心，牢牢固定在造物主那裡，那麼，在人世間擴大、完善上帝的精神王國，就會成為妳的快樂和努力的目標。那時妳就準備好了，可以去做任何能夠達成這一目標的事情；妳就會看到我們的身心結合將會成為妳我努力的巨大動力；只有這種結合，才能賦予兩個人類的命運和意念以永恆的一致性。只要妳擺脫那些無關緊要、反覆無常的任性——克服情緒上微不足道的困境和敏感；擺脫僅僅是個人化的趣味，打消妳對愛好的程度、種類、力量或柔情的所有疑慮——妳就會立刻急於要達成這種結合。」

「我會嗎？」我簡短地反問了一下。我看著他的面容：俊朗勻稱，但呆板嚴肅，出奇的可怕；我看著他的額頭：威嚴卻並不舒展；我再看他的眼睛：明亮、深邃、洞徹人心，卻從未有過溫柔的神色；我再看他儀表堂堂的高眺身軀，想像我是他的妻子！哦！這絕不可能！當他的副手，他的同事，那都沒問題；我可以用那樣的身分、帶著那樣的職責跟他一起漂洋過海，在東方的烈日下、亞洲的沙漠裡辛勞工作，欽佩並盡可能仿效他的勇氣、忠誠和活力，默默順從於他的控制，泰然笑對他根深柢固的野心，把他身上聖徒和凡人的部分區分開來，對前者保持深深的敬重，對後者寬容體諒。毫無疑問，僅以這樣的身分跟隨在他身邊，我必然會痛苦；我的身上將彷彿背負枷鎖，被牢牢束縛，但我的心靈和思想卻還是自由的，我仍可以求助尚未枯萎的自我，可以在孤獨時分與未受奴役的真情實感進行內心的交流；在我心深處，仍有一個只屬於我、他從未進入的角落，新鮮活躍的情感將在那個隱蔽之處安全而蓬勃地生長，不會被他的嚴酷所摧殘，也不會被他勇士般嚴整有力的步伐踏倒。但是，做他的妻子——永遠在他身邊，永遠受到束縛，永遠需要克制——不得不將自己天性的火焰壓到最低，迫使它只在內心燃燒，永遠不得痛快宣洩，哪怕五臟六腑都被壓抑的烈火燒得千瘡百孔——這實在是無法忍受的。

「聖約翰！」我沉思至此，叫出聲來。

「嗯？」他冷冷地應聲。

「我再說一次：我欣然同意作為你的傳教夥伴與你同行，但不能作為你的妻子。我不能嫁你，成為你的一部分。」

「妳必須成為我的一部分，」他堅定地回答，「否則整件事情都要落空。除非妳跟我結婚，要不然，我這個三十歲不到的男人怎麼能帶一個十九歲的女孩去印度呢？我們怎麼能沒有結婚卻始終待在一起呢——有時兩人獨處，有時與野蠻種族共處？」

「很好，」我不客氣地說道，「既然這樣，還不如把我當成你的親妹妹，或者像你一樣：一個男人，一個牧師。」

「誰都知道妳不是我妹妹。我不能那樣把妳介紹給別人，否則，肯定會給我們兩人招來嫌疑和中傷。至於別的說法，雖然妳有男人般剛強、活躍的頭腦，卻有一顆女人心。那是行不通的。」

「行得通。」我有些不屑地斷然說道，「完全可行。我有一顆女人的心，但你根本不在乎這一點。對你，我只抱有同伴的堅貞，如果你願意的話，還有戰友之間的坦率、忠誠和友情，還有新教士對師長的尊敬和服從。除此之外，再沒有別的了。你不用擔心。」

「這確實是我需要的，」他自言自語，「正是我想要的。但這條路上障礙重重，我必須消除阻礙。簡，跟我結婚，妳是不會後悔的，這是一定的。我們必須要結婚，我再重申一遍！沒有別的路可走。毫無疑問，婚後自然會有充分的愛，足以使這樣的婚姻在妳看來也是正確的。」

「我鄙視你的愛情觀。」我忍不住說道，同時站起身，背靠岩石站在他面前，「我鄙視你給的虛情假意，是的，聖約翰，我也鄙視提議虛情假意時的你。」

他怔怔地看著我，抿緊形狀優美的嘴唇。很難說他究竟是被激怒了，還是吃驚或別的。他一向可以完全駕馭自己的面部表情。

「我幾乎完全沒想到，會聽到妳這樣說。」他說，「我認為，我沒做什麼能讓妳鄙視的事，也沒說過讓妳鄙視的話。」

我被他溫和的語調打動了，同時也被他傲慢鎮定的神態震懾到了。

「原諒我剛才的話吧，聖約翰。都是因為你的錯，我才一時激動，說話沒了分寸。因為你談起了一個話題——出於天性的不同，我們本來就會有強烈的分歧——我們永遠不該去討論那個話題。愛情，這兩個字本身就會挑起我們之間的爭端。如果事實就是如此，我們該怎麼辦？我們該有什麼樣的感覺？我親愛的表哥，放棄你的結婚計畫吧。忘了吧。」

「不，」他說，「這件事我醞釀已久，也是唯一能確保我實現偉大志向的萬全之策。不過，現在我不想再催逼妳了。明天我要出遠門，去劍橋，和那裡的很多朋友告別。我會離開兩個星期，妳可以利用這段時間再考慮一下我的建議。別忘了——如果妳拒絕，妳摒棄的不是我，而是上帝。藉由我的計畫，上帝已將崇高的前途展示在妳面前，只有作為我的妻子，妳才能踏上那條榮光大道。拒絕做我的妻子，妳就永遠把自己侷限在自得其樂、一無所獲、空虛無名的小道上。恐怕妳會被歸入放棄信仰、比異教徒還糟糕的那類人！到那時，妳只能顫抖了。」

他說完了。轉身背對我，再一次說道：

看向小溪，看向山坡。[3]

但這次他已把自己的情緒全部緊鎖在心，不值得說給我聽了。我在他身邊，一起走回家時，我能確鑿地在他鋼鐵般的沉默中感知到他對我的態度——失望，因為這個嚴厲、專斷的人本以為對方能俯首貼耳地順從，結果遭到了反抗、非難，因為對方洞悉了他那冷酷、頑固的專斷企圖，更何況，對方是藉著他無法感悟的情感、無法共鳴的觀點看透這一點的。簡而言之，作為一個男人，他本希望逼我就範；只是因為他是虔誠的基督徒，才肯如此耐心地容許我的執拗，給我那麼長時間去反省和懺悔。

3. 語出英國小說家、詩人沃爾特・司各特的詩歌〈最後一位遊吟詩人的詩歌〉。

那天晚上，他吻過兩個妹妹後，顯然覺得應該忽略我，最好連手都不要握，就一言不發地離開了客廳。儘管我對他沒有愛情，但仍有深厚的友誼，他這樣明顯的冷落傷了我的心，我難過極了，淚水湧上了眼眶。

「我看得出來，妳和聖約翰在荒原上散步時吵架了，簡，」戴安娜說，「但現在妳可以去追他，他還在走廊裡走來走去，是在盼著妳。他會與妳和好的。」眼下這種情形中，我並沒有執著於自尊。我一向認為，與其強求面子，不如圖個痛快。於是，我就跑了出去，追上了他——他就站在樓梯腳下。

「晚安，聖約翰。」我說。

「晚安，簡。」他平淡地回答。

「那麼，握握手吧。」我說。

他只是輕輕搭住我的指尖，多麼冷淡、多麼敷衍！那天發生的事讓他極其不悅，熱誠已無法使他溫暖，眼淚也不能打動他。不可能和他達成愉快的和解，他不可能有鼓舞人心的笑容、慷慨大度的話語，只是身為基督徒，他仍舊顯得耐心、平和。我問他是否能原諒我，他說他沒有記恨的習慣，也沒有什麼需要原諒，因為他根本沒有覺得被冒犯過。

如此作答之後，他就轉身離我而去。我倒寧可他揍我一拳。

第35章

第二天他並沒有像他說的那樣去劍橋。他把此行延後了整整一星期。就在那個星期裡，他讓我體會到了一個善良卻苛刻、盡善盡美卻不會通融的人對冒犯他的人能給予多麼嚴厲的懲罰。他沒有公然做出任何與我敵對的行為，沒有一句責備的話，卻時時刻刻能讓我感受到：我已得不到他的歡心。

倒不是說聖約翰懷有跟基督教不相容的報復心，也不是說他沒有能力傷我毫毛。以本性和原則而言，他早已超越了滿足於卑鄙報復的層次。他原諒我說出鄙視他，也鄙視他的愛的話，但他並沒有忘記這些話。在我們的有生之年他都忘不了。當他轉向我，我總能從他的神態中看到這些話烙印在我們之間的空氣裡；無論什麼時候，當我一開口，他總能聽出我的語氣裡帶著那些話的意味，而他給我的每個回答也迴響著那些話的餘音。

他並沒有避免與我交談，甚至還像往常那樣，每天早晨要我到他書桌旁做功課。我擔心藏在他深處的那個敗壞的男人有一種祕而不宣，也不被純粹的基督徒欣賞的趣味，盡情展現他的能耐：雖然他的言行舉止一如既往，卻能巧妙地從言行中抽離關懷、讚許之情——也就是讓他昔日的言語和風度擁有嚴峻的魔力的那種內蘊。對我來說，他實際上已不再是血肉之軀，而是大理石；眼睛是冰冷、閃亮的藍寶石，舌頭是說話的工具——僅此而已。

這一切對我都是折磨——細微而縈繞不去的折磨；燃起低迷不斷的隱隱怒火、戰慄悲傷的煩惱，令我心煩意亂，簡直要把我壓垮了。我深深感受到：假如我成為他的妻子，這位儼如陽光照不到的深淵般純潔的好人，不必從我的血管裡抽取一滴血，也無須在清白的良心上留下一絲罪惡的痕跡，就能很快置我於死地。我想與他和解時，這種感受尤其強烈：我的遺憾自責得不到他的呼應。我們疏遠並沒有讓他覺得痛苦難忍，也沒有和解的願望。哪怕我的淚水如斷線的珍珠落在我們一起埋頭閱讀的書頁上，他也絲毫不為所動，好像他的心確實是鐵石做的。與此同時，他對妹妹們似乎比平常更好了，唯恐單單冷淡我還不足以令我徹悟自己已被徹底地排斥、放逐，他還要加強這種反差。我確信他這麼做並非出於惡意，而是要恪守原則。

他離家前的那一晚，我在日落時偶然看到他在花園裡散步。望著他的身影，明知他現在與我的隔閡，但我還是想到了他曾救過我的命，又是我的近親，感動之情油然而生，便打算做最後的努力，期待重新獲得他的情誼。我走出屋子，向倚靠小門站立的他走去，開門見山地說道：

「聖約翰，我很難過，因為你還在生我的氣。讓我們和好如初做朋友吧。」

「我也希望我們是朋友。」他無動於衷地說道，就像我走近他之前那樣，依然仰望著冉冉上升的月亮。

「不，聖約翰。我們不再是以前那樣的朋友了，這你知道。」

「不是嗎？那樣說不對。就我而言，我希望妳沒病沒災，一切都好。」

「我相信你，聖約翰，因為我肯定你不會希望任何人不幸，但我是你的親戚，因而希望多得到一分你的愛，超過你給普通陌路人的博愛。」

「當然，」他說，「妳的願望是合理的，我絕對沒有把妳當作陌路人。」

他說這話的語氣平靜而冷漠，也夠折磨人，令人喪氣。要是我縱容自尊和惱怒發作，肯定會立刻轉身離開。但是，我內心有一種更強烈的情緒在湧動。我十分敬重我表哥的才能和原則，他的友誼對我來說很寶貴，若就此失去，會讓我非常難受。我不會這麼快就放棄重獲這種至寶的努力。

「我們一定要用這種方式分別嗎，聖約翰？你要這麼離開我——不說一句更親切的話——就去印度嗎？」

他不再凝視月亮，轉而面對我。

「我去印度就是離開妳嗎，簡？這是什麼話！難道妳不去印度嗎？」

「你說我不能去，除非嫁給你。」

「那妳就不和我結婚嗎？妳就如此堅持？」

讀者啊，你可像我一樣知道：那些冷酷的人能賦予他們冰一般的問題什麼樣的恐怖之感嗎？知道他們一旦動怒就多麼像雪崩嗎？一旦不高興就像冰海崩裂嗎？

「是的，聖約翰，我不會嫁給你，我堅持自己的決定。」

崩裂的冰雪搖搖欲墜，往前滑了一下，但還沒有崩塌。

「再說一遍，為什麼拒絕？」他問。

「我已經回答過一次了。」我答道，「因為你不愛我。現在我還可以這樣回答：因為你幾乎是憎恨我的。如果我和你結婚，你會要了我的命。現在就快要了我的命。」

他的嘴唇和面頰頓時變得煞白，極其慘白。

「我會要妳的命——我正在要妳的命？妳真不該說出這種凶殘的話，既不像女人該說的，也不符合事實。這些話暴露出一種心靈的不幸狀態，應當受到嚴厲的譴責，而且是不可寬恕的。不過，人有義務寬恕同胞，哪怕直至七十七次。」

這下可好，弄巧成拙了。我原本希望抹去自己上次在他心裡留下的傷痕，那本來就很難撫平，卻不料打上了更深的印記，儼如烙印在他心底了。

「現在你真的恨我了，」我說，「再想與你和解也沒用了。我知道自己已成了你永久的敵人。」

這些話好似雪上加霜，因為觸及事實而更具殺傷力。沒有血色的嘴唇顫抖得抽搐起來。我知道，這無異於磨利了悲憤之刃。我不由得心如刀絞。

「你完全誤解了我的話，」我立刻抓住他的手說，「我無意讓你難受或痛苦，真的，我沒有這個意思。」

他露出苦不堪言的悲慘笑容，非常堅決地抽回自己的手。靜默良久後，他問道：「我想，現在妳是要收回承諾了。妳根本不想去印度，是嗎？」

「不，我可以去，當你的助手。」我回答。

這次的沉默更久。在這間隙，我不知道他的天性和慈悲有過怎樣的交戰，他的眼裡閃出奇異的光芒，臉上掠過奇異的陰影。他終於開口了。

「我先前已向妳說明過了：像妳這般年紀的單身女子，要跟我這樣的單身男子出國遊歷，本來就是荒謬的無稽之談。我已經挑明到這個地步了，還以為妳不會再提起這種打算了。很遺憾，妳居然還是提了。我為妳感到遺憾。」

我打斷了他。這種明確的責備反而讓我頓時充滿了鬥志。「你要通情達理，聖約翰！你簡直是在無理取鬧。你假裝對我說的話感到震驚，其實你沒有，因為像你這樣頭腦優異的人不可能那麼遲鈍，或者自負，以至於如此曲解我的意思。我再說一次，只要你願意，我願意當你的副手，但永遠不會是你的妻子。」

他的臉色再度變得慘白，但一如既往，他依然可以很好地克制情緒。他的回答有力而沉穩：

「不是我妻子的女性助手，絕對不適合我。如此看來，妳是不能跟我去了。但若妳的建議是真心實意的，那我進城的時候可以去問問一位已婚的教士，他的妻子剛好需要助手。妳有自己的財產，不必依賴教會的資助，這樣，妳也不至於因為失信毀約、背棄妳約定參與的團體而感到恥辱。」

誠如讀者所知，我從來沒有做過任何正式的許諾，也沒有和誰訂過約定。就這件事而言，他的這番話實在太嚴厲、太專橫了。我反駁道：

「在這件事情上，我沒有恥辱，也沒有失信毀約、背棄承諾。我根本沒有去印度的義務，尤其是和陌生人去。與你同行的話，我願意冒這個大風險，因為我敬重你，信任你。身為妹妹，我愛你。但我相信，不管什麼時候，不管跟誰去，我在那種氣候條件下都活不久的。」

「啊！妳是擔心妳自己。」他輕蔑地揚起嘴角說道。

「沒錯。上帝給了我生命，不是讓我虛擲的，而且我開始覺得：按你的意願去做就無異於自殺。況且，在決心離開英國之前我還要想明白：留下來是不是比離開更有價值。」

「這是什麼意思？」

「這未必解釋得清楚。然而，有一件事讓我痛苦牽掛了很久，在解開疑團前，我哪裡都不能去。」

「我知道妳的心嚮往什麼，依戀什麼。然而，妳所牽掛的事法理不容，褻瀆不潔。妳早該徹底放棄了，現在倒又提起來，妳真該為此感到羞恥。妳還在想著羅徹斯特先生？」

確實如此，我默認了。

「妳要去找羅徹斯特先生嗎？」

「我得弄清楚他現在怎麼樣了。」

「那麼，」他說，「我仍然會在禱告時想起妳，真誠地祈求上帝不讓妳真的成為迷途的棄兒。我原以為妳是主的選民，但上帝的眼光跟人類的不一樣，祂所見的終能實現——」

他打開柵門，走了出去，沿著峽谷而下，很快就不見了。

我再次走進客廳的時候，發覺戴安娜佇立窗邊，若有所思。她的個子比我高得多，這時把手搭在我肩上，俯身端詳我的臉。

「簡，」她說，「最近妳很蒼白，總是心神不寧。肯定出了什麼事。跟我說說聖約翰和妳在做什麼吧。我在窗邊看了你們半個小時。妳得原諒我暗中偷窺你們，但你們這樣已經很長時間了，我始終不明白是怎麼回事。聖約翰是個怪人——」

她停頓下來。我沒有做聲。她又立刻接著說道：

「我這位哥哥對妳的看法非同一般，我敢肯定。長久以來，他一直對妳特別注意和關心，對別人從來沒有這樣過——到底是為什麼呢？但願他是愛上妳——簡，是這樣嗎？」

我把她冰涼的手放到我發燙的額頭上：「不是的，黛，完全不是。」

「那他為什麼老是那樣盯著妳看，老是要妳和他單獨在一起，把妳留在他身邊？瑪麗和我都認定，他希望妳嫁給他。」

「確實如此——他是要我做他的妻子。」

戴安娜拍手叫好。「我們正是這樣想的，正合我們的心願呀！妳會嫁給他的，簡，是嗎？那樣他就會留在英國了。」

「根本不是妳們想的那樣，戴安娜。他向我求婚，只是要為他在印度的苦役找個合適的夥伴。」

「什麼？他希望妳去印度？」

「是的。」

「簡直瘋了！」她叫道，「我敢肯定，妳在那裡都撐不到三個月。妳絕不能去。妳沒有同意吧，簡？」

「我拒絕嫁給他——」

「所以他就不高興了？」她猜到了。

「很不高興，恐怕他永遠也不會原諒我了。但我提議，可以以妹妹的身分陪他去。」

「那真是傻到極點了，簡。想想妳要承擔的工作吧——做不完的事，整天勞累，身強力壯的人都會累死的，更何況妳這麼瘦弱。妳瞭解聖約翰的，他會鼓勵妳挑戰妳做不到的事。妳要是跟他去，就是大熱天，他也不會讓妳歇口氣的。而且很可惜的是：就我所見，凡是他強求妳做的，妳都會逼迫自己去完成。我倒是很驚訝，妳有勇氣拒絕他的求婚，難道妳不愛他嗎，簡？」

「不是對丈夫的愛。」

「可他是個俊美的青年。」

「而我如此平庸，妳知道的，黛。我們一點都不般配。」

「平庸！妳？絕對不是啊：妳非常漂亮，人也非常好，好到實在不該在加爾各答被活活烤死。」

她再次真誠地懇求我放棄同她兄長一起出行的各種想法。

「說真的，我也只能放棄了。」我說道，「因為剛才我再次提出願意做他的副手，他很驚訝我會如此不合體統。他好像認為，我提議不結婚就陪他去是極不檢點的，好像我一開始就沒想把他當兄長，而且也一直沒把他當兄長。」

「妳為什麼說他不愛妳呢，簡？」

「妳真該聽聽他自己是怎麼談論這件事的。他一再解釋說他要結婚不是為了他自己，而是為了聖職。他還說，我並非為愛情而生，而是生來就該操勞。這話當然也有道理，但在我看來，如果我不是為愛情而生，那麼，顯然也不是為婚姻而存在的。一輩子被一個男人拴在身邊，而他只把妳當作一件有用的工具，這不奇怪嗎，黛？」

「難以忍受——不近人情——絕對不可能！」

「所以，」我繼續說，「雖然我現在對他仍有兄妹之情，但如果被迫做他的妻子，我能想像得到：我就不可避免地會對他有一種怪異的、痛苦的愛。因為他那麼有才能，神態、舉動和談吐中總流露出一種英勇氣概。那樣一來，我的命運就會悲慘得難以形容。他不會希望我愛他，若我的愛有所表露，他就會讓我知道，那對他來說是多餘的，不需要的，對我來說則是不得體的。我知道他會這樣。」

「其實，聖約翰是個好人。」戴安娜說。

「他是好人，也是個偉人。可惜他在追求偉大目標的同時，毫不留情地忘記了平凡小人物的情感和需要。因此，卑微的人還是離他遠點好，免得在他勇往直前的路上被踩在腳下。他來了，戴安娜，我得走了。」我見他進了花園，便匆匆上樓去了。

但是晚餐時，我還是不得不與他碰面。餐席上的他像平常那樣沉默鎮定，我以為他不會跟我說話，也確信他已經放棄了那個婚姻計畫，但事實很快表明，在這兩點上我都猜錯了。他完全以平常的姿態，或者說最近的常態跟我交談：謹慎有加，禮數周到。顯然，他求助於聖靈，壓抑了我在他心裡所激起的憤怒，因而相信自己再次寬恕了我。

晚禱前讀經時，他選了《啟示錄》第二十一章。聽他念誦聖經文字始終是一種享受，他那優美的嗓音此時顯得最飽滿、最動聽；傳誦上帝的聖諭時，他那純淨高尚的神態也最令人難忘、最讓人敬畏。但這天晚上，他坐在親人圍繞之中（五月的月光透過沒有拉上窗簾的窗戶傾瀉進來，連桌上的燭光都相形失色，好像是多餘的），語調裡卻多了幾分肅穆，神態也更令人畏懼戰慄。他坐在那裡，俯身看著一本大開本的古老《聖經》，描繪著書頁中的新天堂和新世界的異境，講述上帝將如何降臨世間與人同住，如何抹去人們的眼淚，並允諾不會再有死亡、憂愁或哭泣，不會再有痛苦，因為這一切都已過去。

當他說出接下去的一番話，我渾身戰慄，非同尋常；我感覺得到，他的聲調有了難以描述的細微變化，尤其當他說著說著就將目光轉向我的時候。

「得勝的，必承受這些為業，我要做他的上帝，他要做我的兒子。」這段經文讀得清晰而緩慢，

「唯有膽怯的，不信的……他們的分，就在燒著硫磺的火湖裡，這是第二次的死。」

自此往後，我都會知道聖約翰擔心我會有什麼樣的命運。

他在朗讀那一章最後幾句輝煌的經文時，流露出一種平靜、克制的勝利感，混雜著熱切的渴望。這位朗讀者深信不疑，他的名字已經寫在羔羊的生命冊上了，他盼望那個時刻到來，得以進入那承載著塵世君王們帶來的榮耀和崇敬的聖城，那裡無須日月光華照耀，因為神的光芒使其明亮，羊羔都成為城裡的燈。[1]

在之後的祈禱中，他投入了所有精力：所有堅定不移的熱忱都復甦了，他虔誠懇切地向上帝祈禱，決意取得勝利。他祈求給弱者以力量；給脫離羊欄的迷路人以方向；讓那些受世俗生活和情欲誘惑而離開正道的人能在關鍵時刻迷途知返。他請求，他敦促，他宣布上天的恩惠就是讓他們免受火烙之刑。那真誠的期盼是如此深刻，如此莊嚴。一開始，我聽著他祈禱，他的赤誠迫切令我稱奇；接著，祈禱繼續，漸漸激昂，我深受打動；最後不勝敬畏。他是如此真誠地認為自己的使命是那麼偉大、高尚，聽他為此祈禱的人也不能不產生同感。

祈禱結束後，我們向他告別，因為次日一早他就要出遠門。戴安娜和瑪麗親吻了他，離開了房間，想必是聽從了他悄聲的暗示。我伸出手去，祝他旅途愉快。

「謝謝妳，簡。我說過，再過兩個星期我會從劍橋返回，這段時間可供妳再三斟酌。如果我聽從人類的尊嚴，就應當不再跟妳提及和我結婚的事，但我聽從的是天職的指令，追隨的是首要目標：為上帝的榮譽竭盡全力。我主忍受了長期的苦難，我也會這樣。我不能讓妳永墜地獄，變成受神譴的罪人。趁妳還來得及，悔改吧，醒悟吧。記住：我們受到吩咐，要趁白天工作，也受到警告，『黑夜將到，就沒有人能作工了。』[2]記住：那些生前享福的財主的命運。[3]上帝賜予妳選擇更好的自己的力量，妳不該放棄那個更好的自己！」

他把手放在我頭上，說出了最後那句話，言辭懇切又柔和。當然，他的目光並不像情人凝視心愛的女孩，而純粹是牧師召喚迷途羔羊的目光；或許更恰當地說，是守護天使注視著他所照看的靈魂時的目光。一切有才能的人——無論多情或無情，無論是狂熱分子、胸懷大志的追求者還是暴君——在他們征服並主宰的時候，都會有其卓越的極點，無上的莊嚴。對於聖約翰，我萌發出強烈的崇敬之情，太強烈，乃至一下子將我推到了之前自己極力避免的那種程度。我很想停止與他的分歧，不再抗拒，哪怕失去自我，索性就讓他意志的洪流裹挾我的一切，洶湧流入他所在的深淵吧。現在，我被他困擾和糾纏，完全就像當初我受另一個人不同形式的困擾和糾纏，這兩次，我都做了傻瓜。上一次若屈服了，將犯下原則上的錯誤；這一次若屈服了，就會是判斷上的錯誤。此時此刻，我在回首往事時才能這樣穿透時間看個明白：在那樣的緊要關頭，我根本沒意識到自己有多傻。

在聖職者的手下我一動不動地站在那裡。我忘卻了拒絕；恐懼被壓制了，掙扎被麻痺了。不可能的事——例如我與聖約翰的婚姻——剎那間就變為可能的了。一切都在電光火石間發生。宗教的呼喚，天使的召喚，上帝的旨意，生命彷彿卷卷畫軸盡數展開，洞開的死亡之門展露彼岸的永恆；似乎，

1. 典故出自《聖經．新約．啟示錄》：「那城內又不用日月光照，因有上帝的榮耀光照，又有羔羊為城的燈。」羔羊即指基督。
2. 語出《聖經．新約．約翰福音》第九章第四節。
3. 典故出自《聖經．新約．路加福音》第十六章：生前享受榮華富貴的財主死後在陰間的火焰裡受到極大的痛苦。

為了那永世的平安幸福，犧牲這裡的一切都在所不惜。昏暗的房間裡浮現出各種異象。

「現在，妳能決定了嗎？」傳教士問道，他的語氣是那樣溫和，又同樣溫和地把我拉近他身邊。哦，那麼溫柔！遠比強迫要有力得多！我能抵禦聖約翰的憤怒，但面對他的溫柔，我就只能像蘆葦那樣柔順了。但我始終很清楚，就算我現在順從了，早晚也會有一天，他會讓我悔悟先前的抵抗。他的本性並沒有因為一小時的莊嚴祈禱而改變，只是變得更強烈罷了。

「只要我能確定，我就能決定。」我答道，「只要能讓我確定：讓我嫁給你就是上帝的旨意，那我此時此刻就可以發誓嫁給你，不管以後會發生什麼！」

「神聽見我的祈禱了！」聖約翰脫口而出，他放在我頭上的手更堅定有力了，好像已經在宣布我是屬於他的。他伸出臂膀將我攬在懷裡，幾乎像是愛著我（我說幾乎，是因為我感受過真正被愛的滋味，我知道兩種感受的差別；但我也像他那樣，已把愛置之度外，只想著天職使命了）。彷彿在翻湧的疑雲前，我不知所從，與內心所見的幽暗幻景相持不下。我無比誠懇、熱切地期望去做對的事情，並且只做對的事。

「讓我看到吧——指引明路，讓我看清吧！」我祈求上蒼。我此生從未如此激動過；至於後來發生的事情是不是激動所致，盡可由讀者判斷。

整座房子裡寂靜無聲。因為我相信除了聖約翰和我，所有其他人都已睡去。僅有的一支蠟燭幽幽將滅，屋裡灑滿了月光。我的心跳得劇烈又急促，我甚至聽得見心臟的跳動聲。突然間，一種難以言表的戰慄感傳遍周身，湧向我的頭腦和四肢，我的心隨之停止了跳動。那感覺不像是電流，但卻一樣尖銳、奇異、驚人，強烈震顫了我沉寂的感官，彷彿在這之前，五體六感最活躍的時候也不過只在麻木昏睡，但現在被徹底喚醒了——驚覺而起，充滿期待，眼睛和耳朵都在急切等待，渾身血肉都在震顫。

「妳聽到什麼了？妳看見什麼了？」聖約翰問道。我什麼也沒有看到，可我聽見了一個聲音，不知來自何處，連聲呼喚——

「簡！簡！簡！」除此之外，再沒有別的言語。

「哦，上帝呀！那是什麼聲音？」我倒吸一口冷氣。

我本該問「那聲音是從哪裡來的？」，因為聽起來並不像來自這個房間，也不是發自這棟小屋、屋外的花園；那聲音既不是從空中傳來，也不是從地下，或頭頂而來。我聽到了！卻永遠無從得知那聲音從何而來，或者為何而來！那是人的呼喚——熟悉、親切、記憶猶新的聲音——愛德華·費爾法克斯·羅徹斯特的呼喚。那聲音痛苦而悲哀：狂野、詭異、迫切。

「我來了！」我也大喊起來，「等我！哦，我這就來！」我飛奔到門邊，向走廊裡張望，只見到一片漆黑；我又衝進花園，那裡也空空如也。

「你在哪裡？」我喊道。

沼澤谷另一邊的山巒傳來幽幽迴音——「你在哪裡？」我傾聽著。風在冷杉中低吟，周遭只有荒原的孤絕、午夜的沉寂。

「別來這套盲目的信仰！」當門邊的紫衫木後出現黑黢黢、幽靈般的陰影時，我斷然說道，「這不是你的騙局，也不是你的巫術，而是大自然的功勞。她被喚醒了——雖然沒有創造奇跡——卻盡到了她最大的魔力。」

聖約翰一直跟著我，試圖攔住我，但我掙脫了他。現在，是張揚我的優勢的時候，我的力量全面而充沛地爆發著。我叫他不要再問，也不要再發議論。我希望他離開我。我必須，而且也寧願一個人待著。他立刻聽從了。只要有足夠的魄力下命令，就不會有人不從。我上樓回到臥室，把自己鎖在房裡，跪了下來，以我的方式開始祈禱——不同於聖約翰的方式，但自有其效果。我似乎穿透了萬物，離萬能的聖靈非常近；我的靈魂充滿感激之情，湧現在祂腳邊。感恩之後，我站起來，下了決心；隨後躺了下來，無所畏懼，豁然開朗，急切地期待黎明快來。

第36章

黎明降臨了。天剛亮我便起身了，忙了一兩個小時，根據短期外出的需要，把房間、抽屜和衣櫥裡的東西整理了一下。這時候，我聽到聖約翰走出了自己的房間，停在我的門外，我擔心他會敲門，但並沒有；他沒有敲門，卻從門縫下塞進來一張紙條，我拿起一看，上面寫著：

昨晚妳離開得太突然了。若能多待一會兒，眼看著妳就能得到基督的十字架和天使的皇冠了。兩個星期後的今天，我就會回來，期盼妳已做出明確的決定。在此期間，妳要留心並祈禱，不要讓自己受到誘惑。因為我相信，妳的靈魂是願意順從的；但我也看到，妳的肉身是軟弱的。我會時刻為妳祈禱。

——妳的，聖約翰

「我的靈魂，」我在心裡回答，「願意做一切正當的事；我的肉身，我希望當我清楚地知道上帝的意志時，肉身也能堅強地去實現它。無論如何，我的肉體是夠堅強的，足以讓我去搜尋，去探究，摸索出一條道路，衝出內心的疑雲，找到確然無疑的晴空。」

那是六月的第一天，但清晨布滿陰雲，涼氣襲人，驟雨敲窗。我聽見前門打開，聖約翰走了出去。透過窗子，我看到他穿過花園，踏上了霧濛濛的荒原，朝惠特克勞斯的方向走去。他將在那裡搭馬車。

「幾小時後，表哥，我也會循著你的足跡走上那條路的。」我心想，「我也要去惠特克勞斯搭乘馬車。在永遠離開英國之前，我也有人要探望和問候。」

離早餐還有兩個小時。這段時間，我在房間裡輕輕地走來走去，思忖著促成我眼前這番計畫的異象。我記得那種難以言說的奇異感受，不禁回憶起當時經歷的內在感覺。我回想著我聽到的聲音，再次像昨晚那樣徒勞地追問它究竟從何而來。那聲音似乎來自我內心，而不是外部世界。我自問：難道那不過是一種神經質的錯覺，一種幻覺嗎？我無法想像，也無法相信是那樣。那聲音更像是神的啟示。情感的驚人震動來勢凶猛，如地動山搖，搖撼了保爾和西拉所在的監獄的地基[1]，震開了封印心靈的牢門，鬆動了鎖鏈，把心靈從沉睡中喚醒，顫慄著，傾聽著；隨後就是三聲大喊，震動了我受驚的耳朵，鑽入我震顫的心田，穿透了我的整個靈魂。靈魂既不驚惶，也不畏懼，反而大喜過望，彷彿自己的努力終獲成功，有幸擺脫了肉身沉重的負擔而歡欣鼓舞。

「用不了幾天，」我從沉思中回過神來，兀自說道，「我就會知道昨晚用呼喊召喚我的他近況如何。既然事實證明，寫信如同石沉大海，那我就得親自去一趟。」

早餐時，我向戴安娜和瑪麗宣布：我要出趟遠門，至少離開四天。

「妳一個人去嗎，簡？」她們問。

「是的，我去看看或者打聽一下一個朋友的消息，我已擔心他好久了。」

她們本可以說——我敢肯定，她們也一定是這樣想的——她們以為我除了他們兄妹就沒有別的親友了；因為我以前確實總這麼講。但出於善解人意的天性，她們沒有多說什麼，黛安娜只是問我是否確定身體狀況適宜旅行。她說我臉色蒼白。我回答說沒有什麼不適，只是內心有些焦躁不安，但我相信不久就會好的。

接下來的安排就很容易，因為沒有人刨根究底地問我，或東猜西想，我也就沒了煩惱。我向她們解釋：現在還說不清我的計畫，好心又聰慧的她們就默許了我，讓我按自己的想法行事。換作是我，在同樣情況下也會給予她們這樣自由行動的特權。

下午三點，我離開了沼澤居，四點過後不久，我就站在了惠特克勞斯的路牌下，等待馬車把我帶到遙遠的桑菲爾德。荒野群山，冷僻道路，在那一片寂靜中，老遠就聽到馬車在漸漸靠近。同樣的時間，同樣的地點，同樣的馬車：一年前的那個夏夜，我就是從這班馬車上走下來的，那時的我是那麼淒涼、無望、毫無方向！我一招手，馬車就停了下來。我上了車，現在我已不必為一個座位而傾其所有了。再次踏上去桑菲爾德的路，我覺得自己就像飛回家園的信鴿。

那段旅途意味著三十六小時的車程。我在星期二下午從惠特克勞斯出發，星期四一早，馬車在路邊的旅店停下，讓馬飲水。旅店坐落在綠色的樹籬、寬闊的田野和低矮的放牧山丘之中（與中北部的

1. 典故出自《聖經．新約．使徒行傳》第十六章第二十六節：使徒保羅和西拉在馬其頓傳道，被投入監牢，半夜時分，「忽然的大震動，甚至監牢的地基都搖動了，監門立刻全開，眾囚犯的鎖鏈也都鬆開了。」

莫爾頓嚴峻的荒原相比，這裡的地形多麼柔和，顏色多麼青翠！），這番景色映入我眼簾，猶如一張似曾相識的臉龐。沒錯，我認得這片風景，確信自己已很接近目的地了。

「桑菲爾德離這裡有多遠？」我問旅店的馬夫。

「只有兩英里，小姐，穿過田野就到了。」

「我到了。」我心想著，跳下馬車，把一只隨身的行李箱交給旅店的馬夫保管，等我來取。我付了車錢，趕車的馬夫心滿意足地繼續上路了。黎明的曙光照亮了旅店的招牌，我看到了「羅徹斯特紋章」這幾個鍍金的字母，心怦怦亂跳——我已來到我主人的地界。但轉念一想，又心如止水了——

「就妳所知，妳的主人也許已在英吉利海峽的彼岸。況且，就算他還在桑菲爾德，妳飛奔過去，可是那裡除了他，還有誰？那發了瘋的妻子。妳與他毫不相干，妳既不敢和他說話，也不敢當面見他。妳只是白費力氣，還是別再往前走了。」告誡我的聲音不斷催促我，「問問旅店裡的人吧，先探聽一下消息，他們會告訴妳想知道的一切答案，立刻解開妳的疑團。走到那個人跟前去，問問羅徹斯特先生在不在家。」

這個建議很明智，但我無法強迫自己那樣做。我害怕得到一個讓我絕望的回答。延長疑慮就是延長希望。也許，我還能再看到星光照耀下的桑菲爾德府。我面前就是那道踏階，那片田野——那天早晨我逃離桑菲爾德，急急忙忙穿過田野，不顧一切，漫無目的，心煩意亂，被一種復仇的憤怒驅使著，被痛苦折磨著。我還沒決定走哪條路，就已置身這片田野之中了。我走得好快呀！有時還奔跑起來！我多麼希望再次看到熟悉的樹林！我是多麼期待看到熟稔的棵棵樹木，多想看到樹林間的草地和山坡！

眼前終於出現了樹林，白嘴鴉黑壓壓一片，響亮的呱呱叫聲打破了清晨的寂靜。一種奇特的喜悅激勵著我，使我急急往前。穿過另一片田野，走過一段小徑——看到了院牆！但後屋的門房、大宅、白嘴鴉的巢穴依然隱而不見。「我第一眼看到的應該是宅邸的正面，」我心裡很有把握，「那雄偉的雉堞會特別醒目，一眼就能看到；那時，我就能認出我主人房間的那扇窗，也許他會佇立窗前——他起得很早；也許這會兒正漫步在果園裡，或在宅前的人行道上散步。說不定我還能望見他！哪怕只是一眼！當然，即便看到了，我也不至於瘋狂地奔向他吧？我不知道。我不能確定。萬一我真的奔過去，那會怎樣？上帝保佑他！那會怎樣？讓我再次感受他的目光賦予我的生命，又能傷害到誰呢？我是在囈語。也許，此刻他正在庇里牛斯山或風平浪靜的南方大海上欣賞日出呢。」

我順著果園矮矮的外牆走去，在拐角處轉彎，那裡有一扇通向牧草地的小門，此時敞開著，小門兩邊各有一根石柱，柱頂有個石球。我藏身在一根石柱後面，因為從那裡可以不被人注意到，但可以望到宅子的整個正面。我小心地探出頭去，以防哪間臥室的窗簾已經拉起來。從這個隱蔽的角落望去，雉堞、門窗和宅邸長長的正面就能盡收眼底了。

盤旋在頭頂的烏鴉們也許正俯視著我如此謹慎的遠望。我不知道牠們會有什麼感想——起初我十分小心膽怯，之後猛然變得大膽魯莽：先是窺探一眼，繼而久久凝視，最後離開我的掩身地，毫無顧忌地走上草地，正面面對宅子時又突然停下腳步，久久地，死死地盯著它。「一開始何必假裝羞答答的？」烏鴉們也許會問，「這會兒反倒傻裡傻氣，不顧一切了？」

讀者，且聽我娓娓道來。

假設：一位深情的人發現愛人在青苔覆地的河岸上酣睡著，他渴望看一眼她美麗的容顏，但不想驚醒她。他悄然踏上草地，留心不發出一點聲響。他停下腳步，以為自己吵醒了她，趕忙往後退，說什麼也不想讓她看見。四周萬籟俱寂。他再次往前走，俯身去看她：薄紗輕掩她的臉龐。他掀起面紗，身子彎得更低了，期待看到這個美人兒——溫暖、嬌豔、可人，正在安睡。他的目光是多麼急不可耐！但眼睛突然呆住了：何其詫異！他突然熱切地緊緊抱住——剛才連碰都不敢碰的——她的身子！他大聲呼喊一個名字，放下了懷抱中的身軀，發了狂般直愣愣地盯著看。他那樣緊抱、呼喚、凝視，都是因為他不再擔心自己的任何動靜、任何動作會驚醒夢中人。他以為愛人睡得很甜，但此刻卻發現她早已死去了。

我帶著怯生生的喜悅望向堂皇的宅邸，但我看到的是一片焦黑的廢墟。

實在沒必要躲在門柱後畏縮不前了！沒必要窺探臥室窗櫺，唯恐被窗裡的人發現！沒必要側耳細聽開門的聲響，想像人行道或碎石步道上響起腳步聲！那草坪、那庭園已然廢棄，只剩被踐踏的荒蕪綠意；大門敞開，如同空洞。正如我曾在夢中見過的，宅邸的整個正面只剩下一面殘壁，看起來高聳，卻脆弱不堪，牆上敞著沒有玻璃的窗框；沒有屋簷，沒有雉堞，沒有煙囪；全都坍塌在廢墟中了。

四下籠罩著死一般的寂靜，一種荒涼曠野的淒涼。怪不得給這裡的人寫信得不到回覆，那就好比給教堂過道上的墓穴派發使徒書信。石頭上的焦黑印痕訴說著這座大宅遭到了什麼樣的厄運而崩塌。顯然是火災。但是，怎麼會燒起來的呢？這場災禍的來龍去脈究竟加何？到底有多大的損失——除了灰泥、大理石和木構件之外？有沒有人命像房產一樣遭了這劫難？如果有，喪命的是誰？這個可怕的問題，眼前沒有誰來回答我——連無聲的跡象、無言的證據都沒有。

繞過斷垣頹壁，我走進宅內，穿行在廢墟中，種種跡象表明，這場災難不是最近發生的。我想，冬雪曾經飄入空空的拱門，冬雨也敲打過沒有玻璃的窗櫺；因為在一堆堆濕透了的廢棄物中，春意已催生了草木萌芽，亂石堆中和斷梁間處處長出了野草。唉！廢墟的主人又在哪裡？在哪個國度？有否受到庇護？我的目光不由自主地飄向門外灰色的教堂塔樓，問道：「難道他已隨先父戴默爾·德·羅徹斯特而去，安息在狹窄的大理石碑下了嗎？」

我的問題都必須得到答案。在這附近，我只能找到那家旅店可以讓我打聽，因而很快返回了那裡。老闆親自把早餐端進客廳，我請他關上門，坐下來，因為我有些問題要問他。但等他照我吩咐去做了之後，我卻不知從何開始。對於可能得到的答案，我懷著極大的恐懼感。然而，剛才目睹的淒涼景象，多少已讓我有了心理準備，明白自己即將聽到一個悲慘的故事。看上去，這位中年老闆很正派。

「你肯定知道桑菲爾德府吧？」勉強之下，我終於開口了。

「知道，小姐，我以前在那裡待過。」

「是嗎？」不是我在的時候，我心想，我並不認識他。

「我是已故的羅徹斯特先生的管家。」他補充道。

已故！讓我避之不及的打擊好像猛然間就重重地落到我頭上了。

「已故的！」我倒吸一口冷氣，「他死了？」

「我說的是新一代羅徹斯特——愛德華先生——的父親。」

他解釋道。我這才緩了一口氣，血液也能重新流動起來。他的話使我確信：愛德華先生——**我的**羅徹斯特先生（無論他在何方，願上帝祝福他！）至少還活著，總之還是「新一代羅徹斯特」。這太讓人高興了！不管他接下去會透露什麼消息，我想，自己都能比較平靜地去傾聽了。只要他沒有躺在墓園裡，哪怕聽說他在安蒂波德斯群島[2]，我都能忍受。

「羅徹斯特先生現在還住在桑菲爾德府嗎？」我問道，當然，我知道他會怎樣回答，但並不想過於直截了當地問他的確實住處。

「不，小姐。唉！已沒有人住在那裡了。我猜，妳不是住在附近的吧，要不然，妳肯定聽說過去年秋天發生的事——桑菲爾德府已成一片廢墟。大約是秋收後，被火燒毀的。真是可怕的災難！那麼多貴重的財產都被燒毀了，幾乎沒有一件家具倖免。火災是深夜發生的，從米爾科特來的救火車還沒有開到，那宅子已燒成了一片火海。那情形實在太可怕了，我親眼見到的。」

「深夜！」我喃喃自語。是啊，桑菲爾德的災禍總是在夜間發生。「引發火災的原因找到了嗎？」我問。

「他們猜想，小姐，他們是這麼猜想的，但要我說，那就是確鑿無疑的。妳也許不知道？」他把椅子往桌前稍稍挪近了些，壓低了聲音說下去，「那宅子裡關著一個女人——是個……瘋子。」

「我略有耳聞。」

「她被嚴加看管著，小姐，一連好多年，外人都不能確定真有這麼個人。沒人見過她。大家只不過憑謠傳知道宅子裡有這麼一個人，但她究竟是誰，是做什麼的，就很難猜測了。有人說是愛德華先生從國外把她帶回來的。有人認定她是他的情婦。但一年前發生了一件怪事——非常離奇的怪事。」

這下子，我開始擔心會聽到自己的故事，就故意把他拉回正題。

「那這個女人呢？」

「原來這個女人，小姐，」他答道，「就是羅徹斯特先生的妻子！奇怪的是，這件事是在前所未有的情況下被大家知道的。當時，有位年輕的小姐在府上做家庭教師，羅徹斯特先生愛上——」

「可是火災——」我提醒他。

「我馬上就會說到的，小姐。愛德華先生愛上了她。僕人們都說，從沒見過有誰像他那麼痴迷地愛，時時刻刻追著她。他們會偷偷觀察他——妳知道，僕人們都是這樣的，小姐——他傾慕她，把她看得比什麼都重要。除了他，沒有人認為她很漂亮。他們都說，她是個小不點兒，幾乎像個孩子。我本人從沒見過她，但我聽女僕莉婭說起過。莉婭也非常喜歡她。羅徹斯特先生將近四十歲了，可這個家庭女教師還不到二十歲。妳知道，他這種年紀的男人一旦愛上了年輕女孩，往往都像中了魔似的，神魂顛倒。是的，他要娶她。」

「這段故事改日再聽你細說吧，」我說，「現在，我特別想聽聽你說說大火的緣由。難道這個瘋子——羅徹斯特夫人——和火災有關？」

「妳說對了，小姐。肯定是因為她。除了她，根本沒人會放火。有一個名叫普爾夫人的看守負責照管她。普爾夫人在那個職務上算是很能幹的，也很可靠；但做看護、護士那一行的人多半都有一個毛病，普爾夫人也不例外：她私自留著一瓶杜松子酒，而且常常多喝那麼一口。那也情有可原，因為她幹的那份工作實在很辛苦；但總歸是很危險的，因為酒水一下肚，普爾夫人就呼呼大睡，而那位像巫婆般狡猾的瘋女人就會從她的口袋裡偷走鑰匙，自己開了門，溜出來，在宅子裡到處亂轉，心血來

2. 安蒂波德斯群島：位於南太平洋中心，鄰近南極洲，紐西蘭南端。

潮時，什麼瘋狂的、嚇人的壞事她都幹得出來。他們說，她有一次差點兒把她的丈夫活活燒死在床上，但我不瞭解那件事。不過，那天晚上，她先點燃了緊鄰她房間的帷幔，隨後下了一層樓，摸到了那位家庭女教師原先住過的房間——也不知為什麼，她似乎知道那陣子府上的事情，因而對她懷恨在心——點燃了她的床，幸虧沒人睡在那裡——兩個月前，那位家庭女教師就出走了，羅徹斯特先生拚命找她，彷彿她是稀世珍寶，但還是杳無音訊；他太失望了，因而愈來愈粗暴了。他以前不至於狂野到駭人的地步，但失去她以後，他變得非常可怕。他還非要孤身獨處，把管家費爾法克斯夫人送到遠方的朋友那裡去了，當然，他很慷慨地付給她一筆終身年金，她是受之無愧的——她是個很好的女人。他把他監護的阿黛兒小姐送進了學校。與所有鄉紳們斷絕了往來，就獨自一人，像隱士那樣關在宅子裡，閉門不出。」

「什麼！他沒有離開英國？」

「離開英國？天啊，沒有！他連門檻都不跨出去。不過到了夜裡，他會像遊魂那樣在庭院和果園裡遊蕩，就像神志錯亂了似的——依我看就是這麼一回事。小姐，妳是不知道啊：妳絕不會見過哪位紳士像他那麼活躍、有膽魄又有頭腦——在遇見小個子女教師之前。他不是那種沉溺於飲酒、玩牌和賽馬的紈絝子弟，也不怎麼好看，但他有男子氣概的勇氣和意志力。妳知道，他還是孩子的時候我就認識他了，我倒常常希望那位愛小姐在來桑菲爾德之前就沉入海底了。」

「所以，起火的時候，羅徹斯特先生在家？」

「不錯，他確實在家。上上下下都燒起來的時候，他還跑上閣樓，把僕人們從床上叫醒，親自幫他們下樓來，隨後又返回去，要把發瘋的妻子從小房間裡救出來。那時候，大家都大聲喊叫，告訴他，她在屋頂——她站在雉堞上，揮舞胳膊、大喊大叫，一英里外都聽得見。我親眼看到了她的身影，也親耳聽到了她的聲音。她是個身形魁梧的女人，頭髮又長又黑，站在屋頂時，我們看得到她的頭髮在火光中飄動。我，還有好幾個人都親眼看到羅徹斯特先生爬出天窗，也上了屋頂；我們聽他大喊『柏莎！』，還看到他朝她走去。就在這時候，小姐，她大叫一聲，縱身跳下，眨眼間就躺在石子路，粉身碎骨了。」

「死了？」

「死了！唉，就跟濺滿她的鮮血和腦漿的石頭一樣。」

「天哪！」

「妳說得不錯，小姐，真嚇人啊！」

他打了個寒戰。

「那麼，後來呢？」我追問道。

「唉，小姐，後來整個宅子都夷為平地了，眼下只剩下幾面斷壁還立在原地。」

「還有其他人死傷嗎？」

「沒有——如果有，怕是反而好些。」

「你這話是什麼意思？」

「可憐的愛德華先生，」他失聲感歎道，「我從沒想到會見到這種事！有人說那不過是報應，誰叫他隱瞞了第一次婚姻，妻子還活著就想再娶，但就我而言，非常同情他。」

「你不是說他還活著嗎？」我大聲問道。

「是呀，是呀，還活著。但很多人都覺得，他還不如死了好。」

「為什麼？到底怎麼了？」我的血再度冰冷，「他在哪裡？」我問，「在英國嗎？」

「唉——唉——他是在英國，他也沒辦法走出英國了，我想，現在他是寸步難行了。」

這太讓人痛苦了！而這個男人似乎還在故意拖延我的痛苦。

「他徹底瞎了，」他終於說道，「是呀，他雙目失明了，愛德華先生。」

我本來擔心的是更糟的結局——擔心他瘋了。我定下心來，鼓足勇氣問他失明的緣由。

「全是因為他有膽量，小姐，妳也可以說是因為他善良。他要等所有人逃出來，他才肯離開老宅。羅徹斯特夫人跳下雉堞後，他終於從大樓梯上走下來了，但就在那時，轟隆一聲，整棟房子塌下來了。他是從廢墟底下被人拖出來的，雖然還活著，但傷得很慘。一根大梁掉了下來，正好護住了他一點。不過，他的一隻眼球被砸了出來，一隻手被壓爛了，卡特醫生不得不立刻截肢。另一隻眼睛被灼傷了，也失去了視力。如今他又瞎又殘，實在很無助。」

「他在哪裡？他現在住在什麼地方？」

「在芬丁，他的另一個莊園裡，離這裡三十英里，是個很荒涼偏僻的地方。」

「誰跟他在一起？」

「老約翰夫妻倆。別人他都不要。聽人家說，他整個人都垮了。」

「你有什麼車嗎？」

「我們有一輛輕便馬車，小姐，挺華麗的馬車。」

「馬上把車準備好。如果你的車夫肯在天黑前把我送到芬丁，我會付給你和他加倍的酬勞。」

第37章

芬丁莊園是一幢相當古老的宅邸，中等大小，樸實無華的建築物上鮮有浮誇裝飾，隱在林木深處。以前，我就聽說過這個莊園。羅徹斯特先生常常談起它，有時也會去。他父親買下這塊地只是為了方便狩獵。羅徹斯特先生本想把屋子租出去，但因為地點不好，有礙健康，始終找不到租客。結果，芬丁莊園幾乎總是空關著，也沒有擺設家具，只有兩三間房子裝修過，可供這位鄉紳狩獵季節住宿用。

我趕在天黑前抵達這座莊園。那天傍晚天色陰霾，刮著強勁的冷風，刺骨的細雨不停。我守信付了雙倍車資，便讓車夫驅車離去，獨自步行，走完了最後一英里路。即使走到離莊園很近的地方了，也很難見到宅邸，莊園四周的樹林枝繁葉茂，簡直太過繁茂了。直到看見兩根花崗石柱間的鐵門，我才知道該從哪裡進去。但進門之後，我立刻置身於密林的昏暗光影之中。有一條野草叢生的小路沿著林間空隙而下，兩旁的樹幹灰白多節，頭頂的枝椏交叉高拱。我順著這條小路走，滿以為很快就會走到宅邸，不料小路不斷往前延伸，逶迤盤桓，好像愈繞愈遠了，完全看不見宅邸或庭園的影子。

我以為自己走錯了方向，迷了路。灰暗夜色、幽深密林將我完全籠罩，我環顧左右，想另找出路。

但沒有找到，到處都只見縱橫纏繞的樹枝、石柱般的巨大樹幹、濃密的夏季樹蔭——連一處空地都沒有。

我繼續往前走；小路終於漸漸開闊起來，樹林也稀疏些了。我看到了一道柵欄，之後便是房子——在昏暗的光線中，在樹木間若隱若現。頹敗的牆壁陰濕泛綠。我走進一扇只上了一道門閂的小門，繼而站在圍牆內的一片空地上，樹木呈半圓形向兩邊伸展。沒有花草，沒有苗圃，茂密的森林中，只有一條寬闊的砂石路繞著一小片草地伸展出去。房子正面有兩堵人形山牆，窗子很窄，配有格柵，正門也很窄小，跨上一步就到門口了。正如羅徹斯特紋章旅店的老闆所說，這個莊園果真「很荒涼偏僻」。四周靜得就像週日的教堂，只能聽到落在樹葉上的「嘩嘩」雨聲。

「這裡會有人住嗎？」我心想。

不錯，是有人住的跡象。因為我聽見了響動——狹窄的正門打開了，一個人影即將從這個莊園裡走出來。

門慢慢地開了。一個人影走進薄暮，停在臺階上。一個沒有戴帽子的男人。他伸出手，彷彿要試試是不是在下雨。儘管暮色蒼茫，我還是認出來了——那不是別人，正是我的主人，愛德華·費爾法克斯·羅徹斯特。

我停下腳步，幾乎屏住了呼吸，站定了，遠望他——仔細地打量他，而且沒有讓他看到，唉，是他看不見我。這是突然的一次不期而遇，但巨大的喜悅卻被痛苦壓抑了。因而，我輕而易舉地克制住了，沒有喊出聲來，也收斂了急欲衝向前的腳步。

他的身形依然如往昔那樣健壯，體態依然筆直挺拔，頭髮依然烏黑，面容也沒有改變，臉頰未見消瘦。僅在一年之間，無論怎樣的悲愁都不可能損耗他強勁的體魄、抹煞他旺盛的生命力。但我從他的表情上看出了變化：絕望而鬱結的表情，令我想起身陷囹圄、遍體鱗傷的鳥獸，惱怒又悲憤，這時靠近將很危險。籠中鷹金色眼圈中的光芒已被殘酷地熄滅，也許，看起來就像這位失明的參孫[1]吧。

讀者，你認為我會懼怕盲眼後的凶暴嗎？如果你認為我會怕，那就太不瞭解我了。我很傷心，但隨之而來的還有溫存的希望——很快，我就能斗膽吻上他岩石般的額頭，再向下，吻上冷峻閉鎖的雙唇。但現在還不可以，我還不想立刻招呼他。

他下了那級臺階，一路摸索，慢慢走向草地。他大步流星的姿態如今何在？他又停下腳步，彷彿不知道該轉向哪邊。他抬起手，撥開眼瞼，用空洞的目光望向天空，又吃力地轉向半圓形的樹蔭。誰都看得出來，一切在他眼裡都只是黑洞洞的虛空。他伸出右手（截了肢的左臂藏在懷裡），似乎想憑藉觸摸知道周圍有什麼；但他觸碰到的依然是虛空，因為樹木離他所立之處還有好幾碼遠。他放棄了這番嘗試，只是抱著臂膀，靜默地站在雨中，哪怕雨下大了，猛烈地落在他無遮無蓋的頭上。這時，約翰不知從哪裡出來，向他走去。

「您要扶著我的胳膊嗎，先生？」他說，「眼看著就要下大雨了，您還是趕緊進屋吧？」

「別管我。」他回答。

約翰走開了，沒發現我。羅徹斯特先生開始試著走動起來，可惜徒勞無功，因為他對周圍的一切

1. 典故出自《聖經》：古代大力士參孫慘遭心愛的女子大利拉背叛，被非利士人抓獲，剜去雙眼。

完全沒有把握。他摸索著回到屋裡，進去後，關上了門。

這時，我才走上前去敲門。應門的是約翰的妻子。「瑪麗，」我說，「妳好！」

她嚇了一大跳，彷彿見了鬼。我讓她鎮定下來。她急忙問道：「真的是妳嗎？小姐，這麼晚了，妳怎麼會來這麼偏僻的地方？」我沒有應答，只是握住了她的手，隨後跟她進了廚房，約翰正坐在熊熊的爐火邊。我三言兩語向他們作了解釋：我聽說了自己離開桑菲爾德後所發生的一切，現在來看望羅徹斯特先生。我麻煩約翰到我下車的路口，把我留在那裡的行李箱取回來。然後，我摘下帽子，褪下披肩，問瑪麗能不能安排我在莊園裡過夜。問了才知，確實很難安排，但終究能湊合一下，我便告訴她，我打算住下來。正在這時，客廳的鈴響了。

「妳進去的時候，」我說，「跟主人說，有人想見他。但別提我的名字。」

「我想，他是不會見妳的，」她回答，「不管誰來，他都拒絕。」

她回來時，我問他說了什麼。

「妳得通報姓名，說明來意。」她回答。接著去倒了一杯水，又拿了幾根蠟燭，放進托盤。

「他按鈴是要叫這些東西嗎？」我問。

「是的，雖然他眼睛看不見，但天黑後總是讓人把蠟燭拿進去。」

「把托盤給我吧，我送進去。」

我從她手裡接過托盤，她向我指出客廳門的方位。我的手在抖，托盤晃動著，水從杯子裡濺了出來；我的心跳得慌，怦怦地撞著肋骨。瑪麗替我開了門，並在我身後關上。

客廳很陰暗，壁爐裡只有一小堆乏人照看的火微微地燃著，而彎著腰湊近火光、頭靠在高高的老式壁爐架上的人，正是這客廳的盲眼的主人。他的老狗派洛特趴在一邊，離得遠遠的，蜷縮成一團，好像擔心被人不經意踩著似的。我一進門，派洛特便豎起耳朵，先是嗚咽幾聲，又大聲吠叫一通，跳起來就向我撲來，差點掀翻我手中的托盤。我把托盤放在桌上，拍拍牠，輕輕地說：「躺下！」羅徹斯特先生漠然地轉過身來，想看看是什麼事引起了騷動，但他什麼都看不到，便回過頭去，歎了口氣。

「把水給我，瑪麗。」他說。

我端著現在只剩半杯的水向他走去，派洛特跟著我，依然興奮不已。

「怎麼回事？」他問。

「躺下，派洛特！」我又說了一遍。他手拿水杯，剛送到嘴邊就停了下來，似乎在細聽。他喝完水，放下杯子。「瑪麗，是妳嗎？是不是？」

「瑪麗在廚房裡。」我回答。

他伸出手，飛快地揮動一下，但因為看不見我站在哪裡，所以沒有碰到我。「是誰？誰？」他問道，似乎拚命要用那雙失明的眼睛來看清楚——多麼徒勞而悽楚的嘗試！「回答我——再說點什麼！」他用不容違抗的命令腔調大聲說道。

「您再要喝一點嗎，先生？杯子裡的水，剛才被我潑掉了一半。」我說。

「到底是誰？怎麼回事？是誰在說話？」

「派洛特認出我了，約翰和瑪麗都知道我在這裡。我今天晚上才到的。」我回答。

「天哪！我這是產生了什麼樣的幻覺？我陷入了什麼樣的痴心妄想？」

「不是妄想，也不是幻覺，先生。您的頭腦這樣強韌，不會被幻覺迷住的；您的身體這樣健康，絕不至於瘋狂。」

「說話的人到底在哪裡？難道只是個聲音？哦！我看不見，無法眼見為實，但我必須要親手摸到，不然我的心會停止跳動，腦袋都要炸裂了。不管妳是什麼——不管妳是誰——要讓我摸得著，否則我活不下去！」

他伸手摸索起來。我抓住他那隻胡亂揮舞的手，用雙手緊緊握住它。

「是她的手指！」他叫起來，「她纖細的手指！那就是說，她確實在這裡。」

那隻強壯的手掙脫出我緊握的雙手，抓住了我的胳膊，我的肩膀，脖子，腰——我被他完全摟在懷裡，緊貼著他。

「是簡嗎？這到底是什麼？是她的身形——她的小個子——」

「還有她的聲音。」我補上一句，「她整個人都在這裡，還有她的心。上帝保佑您，先生！我真高興，又能這樣靠近您了。」

「簡愛！簡愛！」他只是一個勁兒地念我的名字。

「我親愛的主人，」我答道，「我是簡愛。我找到了您——我回到您身邊來了。」

「真的嗎？有血有肉？是活生生的簡愛嗎？」

「您能觸摸到我，先生——您正摟著我，摟得緊緊的。我並沒有冷得像死屍，空無得像空氣，對嗎？」

「活生生的！我最親愛的！這顯然是她的身軀，她的五官。可是，我捱過那種苦痛之後，不可能有這種福分。這是夢，就像我夜裡常做的那些夢，夢見我再度擁她入懷，也像這樣親吻她；感覺到她在愛我，相信她不會離開我。」

「從今天起，先生，我永遠不會離開您了。」

「永遠不會，是幻影這麼說嗎？可我每次醒來，都發覺那不過是場夢，騙人的一場空歡喜。我淒涼，孤獨；我的生活黑暗，寂寞，毫無希望；我的靈魂乾渴，卻得不到水喝；我的心飢餓，卻得不到吃食。溫存輕柔的夢啊，妳此刻偎依在我懷裡，但妳也會飛走的，就像妳的姊妹們一樣，每次都會逃之夭夭。趁妳還沒飛走，吻我吧，擁抱我吧，簡。」

「這裡，先生。還有這裡！」

我的吻落在當初目光炯炯、如今黯然無光的眼睛上；再撥開他額前的頭髮，親吻了他的前額。他彷彿突然驚醒，頓時相信這一切都是事實。

「簡，是妳，對嗎？妳回到我身邊了嗎？」

「是的。」

「妳沒有淹死在溝渠或溪水下嗎？也沒有憔悴不堪地流落在異鄉人中間？」

「沒有，先生。我現在完全獨立了。」

「獨立！這話是什麼意思，簡？」

「我在馬德拉的伯父去世了，留給我五千英鎊。」

「哦，確有此事——是真的！」他喊起來，「我絕不會做這樣的夢。何況，這是她獨特的腔調，又活潑調皮，又那麼溫柔，喚醒我那枯竭的心，給了它生命。簡，妳是說妳成了獨立的女人？有錢的女人？」

「很有錢，先生。您要是不讓我和您一起生活，我可以緊靠您家大門蓋一幢房子，晚上您要人作伴的時候就可以過來，在我的客廳裡坐坐。」

「可是，既然妳有錢了，簡，如今肯定會有朋友們簇擁著妳，不會容許妳跟著我這樣又瞎又殘的人吧？」

「我跟您說過了，我獨立了，先生，不僅有錢，還可以自己做主。」

「那妳願意和我在一起？」

「當然——除非您反對。我願當您的鄰居，您的護士，您的管家。我發覺您很孤獨，我很願陪伴您——念書給您聽，陪您散步，陪您閒坐；我願意侍候您——當您的眼睛和雙手。別再那麼鬱鬱寡歡了，我親愛的主人，只要我還活著，您就不會寂寞了。」

他沒有回答，似乎很嚴肅，心不在焉。他歎了口氣，微微開口，好像有話想說，卻又閉上了。我有點尷尬。也許我太過主動，不顧世俗禮儀地貿然提出要陪伴他，而他也像聖約翰那樣，因我的輕率而認定我有失體統。的確，我這樣提議只是因為我認定他希望，並要求我做他的妻子；就是這種沒說出口，卻極有把握的期待在鼓舞我，讓我有信心，認定他會立刻要求我成為他的人。但是，他完全沒有透露出這類暗示，臉色反而愈來愈陰沉了。我猛然想到，也許是自己搞錯了，不知不覺做了傻事。於是，我輕輕地從他的懷抱中抽出身來，可他很焦急，反而把我抱得更緊了。

「不！不！簡，妳不能走。不許走——我能觸摸到妳，聽到妳說話，感受到有妳在身邊是多麼幸福，妳的撫慰是多麼甜蜜。我不能放棄這些快樂，因為我已所剩無多。我必須要擁有妳。世人會笑話我，說我荒唐，自私，但這都無關緊要。我的靈魂擁有妳，才能得到滿足；否則，靈魂就會對肉身展開報復，讓我生不如死。」

「先生，我願意與您在一起，我已經這樣說過了。」

「是的——但也許妳說的『留在我身邊』，和我理解的並不是一碼事。也許妳會下決心留在我的桌邊椅旁，像個好心的小護士那樣服侍我（因為妳有熱誠的心、慷慨的精神，讓妳能為妳憐憫的人做出犧牲），毫無疑問，我當然會心滿意足。我想，我現在只能對妳懷著父親般的感情了，妳是這麼想的嗎？來，告訴我。」

「您願意怎麼想，我就怎麼想，先生。如果您認為這樣更好，我願意只當您的護士。」

「可妳不能老是當我的護士，簡妮特。妳還年輕，總有一天妳得結婚。」

「我不在乎結婚不結婚。」

「妳應當在乎，簡妮特。如果我還是過去那樣的話，我會想方設法讓妳在乎婚姻……但現在……我只是個瞎了眼的廢人！」

他又沉下臉來，一聲不吭了。相反，我倒是更高興了，又鼓起了新的勇氣。他那最後一句話讓我明白了問題所在，但在我看來這絲毫沒有為難之處，所以剛才的窘態煙消雲散。我用更活躍的語氣和他談起來。

「現在，總該有人把您重新變回人類了吧，」我說著，撥開他又粗又長、疏於修剪的頭髮，「因為在我看來，您已經變成獅子，或類似的東西了。您倒真有幾分像野地裡的尼布甲尼撒呢，顯然如此，您的頭髮讓我想起了鷹的羽毛，至於指甲是不是像鳥爪了，我還沒有注意到。」

「這隻手臂上既沒有手也沒有指甲，」他說著，從懷中抽出被截肢的斷臂給我看，「只剩這麼一截了，看上去真可怕！妳說是不是，簡？」

「看到這，我真為您惋惜，看到您的眼睛也令我難過；還有額上火燙的傷疤。最糟糕的是，因為這很危險——會讓人忍不住過分愛撫和照料，把您慣壞了。」

「我以為妳看到我的手臂、疤痕累累的面孔，就會厭惡我。」

「您這樣想嗎？別對我這樣說，不然我會對您的判斷說出不恭敬的話。好了，我要先離開一下，把火生旺些，清掃一下壁爐邊。火旺的時候，您能辨得出光嗎？」

「能，右眼能看到一點亮光——朦朦朧朧的紅光。」

「您能看見燭光嗎？」

「非常模糊——每支蠟燭就像發亮的霧。」

「您能看見我嗎？」

「不能，我的天使。但我能夠聽見妳、摸到妳就已經夠幸運了。」

「您什麼時候吃晚餐？」

「我從來不吃晚餐。」

「但今晚您得吃一點。我餓了，我想您也一樣，只不過是忘了罷了。」

我把瑪麗叫進來，很快就把房間收拾得更為整潔宜人了。同時，我也為他準備了一頓舒心的晚餐。我興致勃勃，晚餐時及晚餐後和他愉快自在地談了很久。跟他在一起，毫無折磨人的拘束感，無需自我克制，無須壓抑歡快活躍的情緒；與他共處時，我感到自由自在，因為我知道自己與他很投契。我的一言一行似乎都能撫慰他，給他嶄新的活力。多麼愉快的感覺呀！我的天性得以煥發，熠熠生輝。

在他面前，我才能盡情地生活，同樣，在我面前，他才能真正地活。儘管他的眼睛瞎了，臉上還是蕩漾著笑容，歡樂舒展了他的前額，面容變得柔軟而溫暖了。

晚餐後，他開始問我很多問題，問我上哪裡去了，在做些什麼，怎麼找到他的。但我回答得很簡略，夜已經很深，沒時間細談，而且，我也不想談到那些太容易讓他激動的細節，不想在他的心田開掘出新的泉眼。眼下，我唯一的目的就是讓他高興，而且如我所說，他確實很高興，但反覆無常：要是說話間沉默了一會兒，他就會坐立不安，碰碰我，喚一聲「簡」。

「妳真的是活生生的人嗎，簡？妳肯定？」

「我誠心誠意地如此堅信。羅徹斯特先生。」

「可是，在這樣一個黑暗陰鬱的夜裡，妳怎麼會這樣突然地出現在我寂寞的壁爐邊呢？我伸出手，要從僕人那裡取一杯水，結果，把水遞給我的是妳。我問了一句，還以為答話的是約翰的妻子，耳邊卻響起了妳的聲音。」

「因為，我替瑪麗把托盤端進來了。」

「我現在與妳共度的時刻像是魔法所為。誰能料到，這幾個月來我挨過了何等黑暗、淒涼、無望的生活？什麼也不做，什麼也不盼，分不清白天和黑夜，爐火熄了就感到冷，忘了吃飯才覺得餓。還有無窮無盡的哀傷，有時就痴心妄想，希望再見到我的簡，想得都快瘋了。確實，我渴望再得到她，遠勝過渴望重獲失去的視力。簡怎麼會和我坐在一起，還說愛我呢？她會不會突然地來，又突然地走呢？我真怕到了明天，我就再也尋不到她了。」

我想，最好用普通又實在的回應安撫他現在的心境，讓他安定下來，別再去想那些煩亂的思緒。

我用手指撫摸他的眉毛，說眉毛已被燒焦了，我可以敷點什麼，讓它們長得跟以往的一樣又濃又黑。

「慈悲的精靈啊，再怎麼對我好，對我又有什麼用處呢？反正到了關鍵時刻，妳又會拋下我，像影子般消失無蹤，上哪裡去、怎麼去，我都一無所知，而且，從此之後我再也找不到妳了。」

「您身邊有小梳子嗎，先生？」

「妳要做什麼，簡？」

「把您亂蓬蓬的黑色鬃毛梳理一下。我在近處細看您，發現您真有點可怕。您還說我是精靈，我倒更相信您更像棕仙[2]。」

「我的模樣可怕嗎，簡？」

「很可怕，先生。您知道，您向來都很嚇人。」

「哼！不管妳這陣子去哪裡待了，妳那淘氣勁兒倒是一點都沒改。」

「其實，我是和很好的人待在一起，比您好得多，好一百倍，有您這輩子都沒有的見解和思想，也比您更文雅，更高尚。」

「見鬼了，妳到底跟誰待在一起？」

「您這麼扭來動去的，我怎麼梳呀？頭髮都要被扯下來了，到那時候，我想您再也不會懷疑我是活生生的真人了吧。」

「妳到底和誰待在一起，簡？」

「今天晚上，您就別想從我嘴裡問出什麼來了，先生，得等到明天。您知道，我只把故事講一半，就等於保證我會出現在您的早餐桌旁，把其餘的講完。順便說一句，我得記住：不能只端一杯水從您的壁爐邊冒出來，至少還要端來一顆雞蛋，更不用說還有煎培根了。」

「妳這個仙女生、凡人養、愛嘲弄人的醜精靈！妳讓我嘗到了一年來從未有過的滋味。要是掃羅能讓妳當他的大衛，根本不需要彈琴就能把惡魔趕走了。[3]」

「好了，先生，總算幫您梳理好了，又體面又整潔。現在我得道晚安了。這三天我一直在旅途奔波，實在勞頓。晚安！」

「我只問一句：簡，妳前一陣子待的地方只有女士嗎？」

我笑著脫身逃開了，跑上樓梯時還笑個不停。「好主意！」我靈機一動，心想，「以後的日子裡，看來我有辦法讓他只顧得上乾著急，從而忘掉憂鬱了。」

第二天一大早，我就聽見他起來走動了，從這個房間摸到那個房間。瑪麗一下樓，我就聽見他問：「愛小姐在這裡嗎？」

接著又問，「妳把她安排在哪間屋？裡面夠乾燥嗎？她起來了嗎？去問問她有什麼需要，什麼時候下來？」

我估摸著早餐時間到了，這才下樓去。我輕手輕腳進了餐室，在他還沒發現我之前，我就已經看到他了。說實在，眼看著那麼生龍活虎的人受制於懨懨的殘體，真讓人心酸。他坐在椅子上，一動不動，卻並不安定，顯然在翹首等待，如今已成習慣的愁容已深深鐫刻在他剛強的面容上。這樣的面容，

2. 蘇格蘭神話中的精靈，會在夜間出來幫農家做苦工。
3. 典故出自《聖經．舊約．撒母耳記上》：「每當惡魔臨到掃羅身上，大衛就拿琴用手而彈，掃羅便舒暢爽快，惡魔離了他。」

令人不禁想起一盞熄滅了的燈，正在等待再度被點亮。唉！現在他自己已無力恢復生氣勃勃、鮮活生動的表情了，不得不依賴他人來完成。我本想顯得輕鬆高興、無憂無慮，但這位強者軟弱無力的樣子卻使我幾乎心碎。不過，我還是盡可能愉快地跟他打了招呼：

「真是個明亮晴朗的早晨，先生，」我說，「雨過天晴，您一會兒該出去散散步。」

我彷彿喚醒了一道光，他頓時容光煥發了。

「啊，妳真的還在，我的雲雀！快到我這兒來。妳沒有走，沒有飛得無影無蹤嗎？一小時前，我聽見妳的同類在高高的樹林裡歌唱，可是對我來說，牠的歌聲並不是音樂，就像初升的太陽沒有光芒。只有聽到簡的聲音，我才能享受到世間最美妙的音樂；只有在她身旁，我才能感覺到陽光。」

這無異於坦承他對別人的依賴，聽到他這樣說，淚水湧上了我的眼眶。這就好比一頭高傲的巨鷹被鏈條鎖在棲木上，不得不企求一隻麻雀為牠覓食。但我不喜歡哭哭啼啼的，便抹掉苦澀的眼淚，忙著張羅早餐。

大半個早上是在戶外度過的。我領著他走出荒蕪雜亂、濕氣很重的樹林，來到令人心曠神怡的田野上。我向他描繪田野的綠色是多麼耀眼，花朵和樹籬是多麼生機盎然，天空又是多麼湛藍閃亮。我找到一個很可愛的隱蔽處，替他找了個座位：一截乾枯的樹樁。坐定以後，我沒有拒絕他讓我坐在他膝頭上。既然他和我都覺得緊挨著比分開更愉快，那我何必拒絕呢？派洛特趴在我們旁邊，四野寂靜。他把我緊緊地摟在懷裡，突然一口氣說起來：

「狠心啊，妳這個狠心的逃跑者！噢，簡，當我發現妳離開了桑菲爾德，又到處找不著妳時，我心如刀絞啊！我細細查看過妳的房間，斷定妳沒有帶錢，也沒帶任何可以當錢派用處的東西；我送妳的珍珠項鍊原封不動地留在小盒子裡，妳的箱子捆好了上了鎖，像原先準備蜜月旅行時一樣。我不得不問：我的寶貝成了窮光蛋，身邊一分錢也沒有，她該怎麼辦呢？她做了些什麼？現在都說給我聽吧。」

於是，在他的催問之下，我講起了去年的經歷。最初三天忍飢挨餓的流浪，我只是輕描淡寫一言略過，因為如果把什麼都告訴他，只會增加他不必要的痛苦；哪怕我只告訴他那麼一丁點，就已經深深刺痛了他忠貞的心，比我預想的更嚴重。

他說，我真不應該兩手空空地離開他，我應該把我的想法跟他說，應該與他推心置腹，因為他絕不會強迫我做他的情婦。雖然他絕望時會很粗暴，但事實上，他愛我至深，絕不忍心變成我的暴君。與其眼看著我舉目無親地投身到茫茫人世，他寧可送我一半財產，連一個吻的回報都不會索要。他確信，我所忍受的苦難遠比我說給他聽的要多。

「嗯，不管我受了哪些苦，終究很短暫。」我答道，隨後告訴他如何被收留，住在沼澤居；如何得到教師的職位，如何獲得財產，認了親戚；我按時序講述，無一遺漏。當然，隨著故事的進展，聖約翰·李佛斯的名字頻頻出現；我剛講完自己的經歷，他就追問起這個名字。

「所以，這位聖約翰是妳的表兄？」

「是的。」

「妳常常提到他，妳喜歡他嗎？」

「他是個很好的人，先生，我不能不喜歡他。」

「一個好人？這是指德高望重的五十歲男士嗎？要不然是什麼意思？」

「聖約翰只有二十九歲，先生。」

「真年輕啊，套用法國人的說法。他是個矮小、冷淡而平庸的人嗎？所謂的好，就是無功無過，而非品行出眾？」

「他十分勤勉，不知疲倦，生來就要成就偉大崇高的事業。」

「但他的頭腦呢？也許比較軟弱吧？用意雖好，但聽他談話妳只能聳聳肩。」

「他說話不多，先生，但一開口就能切中要害。我想，他的頭腦是一流的，不太容易被打動，卻十分活躍。」

「換句話說，他很能幹？」

「確實很能幹。」

「很有教養的人？」

「聖約翰是一位造詣很深的飽學之士。」

「我記得妳剛才說，他的舉止風度不合妳的品味？一本正經、自以為是的牧師腔調？」

「我並沒有提到他的舉止，但是，應該合我的品味，除非我的品味很差。他的風度優雅、沉著，溫文儒雅。」

「他的外表呢？我忘了妳是怎樣描述他的外貌的——差點被白領結勒得喘不上氣來、穿著厚底高幫靴像踏高蹺似的鄉巴佬牧師吧？」

「聖約翰衣冠楚楚，相當英俊：高個子，白皮膚，藍眼睛，有一張希臘式的臉。」

他扭過頭罵，「太可惡了！」再轉過臉來對我說，「妳喜歡他嗎，簡？」

「是的，羅徹斯特先生，我喜歡他。您剛才不是問過了嗎？」

當然，我覺察出他的言外之意。妒嫉已經攫住了他，將他刺痛。但這是有益身心的，能讓他暫時免受憂鬱的齧咬。因此，我不想立刻降服這條嫉妒的毒蛇。

「愛小姐，也許妳不想再坐在我膝頭上了吧？」出乎意料的話就這麼冒出來了。

「為什麼不呢，羅徹斯特先生？」

「妳剛才所描繪的容貌暗示了一種過分強烈的對比。妳已用言詞巧妙地勾勒出一個迷人的阿波羅。他就在妳的頭腦裡：『高個子，白皮膚，藍眼睛，有一張希臘式的臉。』而妳眼下看到的卻不啻為奇醜無比的火神伏爾坎：一個道地的鐵匠，棕褐色的皮膚，寬闊的肩膀，而且又瞎又殘。」

「我以前從來沒有想到這點，先生，但您確實很像火神。」

「好吧，妳大可以拋下我了，小姐。但妳走之前（他把我摟得更緊了），請妳回答我一兩個問題。」

他停下不說了。

「什麼問題，羅徹斯特先生？」

接踵而來的便是這番盤問：

「聖約翰還不知道妳是他表妹，就讓妳做莫爾頓學校的教師？」

「是的。」

「妳常常見到他嗎？他有時會來學校看看嗎？」

「每天都來。」

「他顯然贊同妳的教學計畫吧，簡？我猜想這些計畫很巧妙，因為妳是很有才幹的。」

「是的，他很讚許。」

「他會在妳身上發現很多意想不到的才華，是嗎？妳的某些才藝不同尋常。」

「這我就不知道了。」

「妳說妳就住在學校旁邊，他來看過妳嗎？」

「有時候。」

「晚上嗎？」

「來過一兩次。」

他停頓了一下。

「他發現你們是表兄妹的關係後，妳跟他和他妹妹們又一起住了多久？」

「五個月。」

「李佛斯會和你們這幾位小姐長時間相處嗎？」

「是的，後客廳是我們共用的書房。他坐在窗邊，我們坐在桌旁。」

「他讀很多書嗎？」

「很多。」

「讀什麼？」

「印度斯坦語。」

「那妳做什麼呢？」

「起初，我學德語。」

「他教妳嗎？」

「他不懂德語。」

「他什麼也沒有教妳嗎？」

「教了一點兒印度斯坦語。」

「李佛斯教妳印度斯坦語？」

「是的，先生。」

「也教他妹妹們嗎？」

「沒有。」

「就只教妳？」

「只教我。」

「是妳要求他教的嗎？」

「不是。」

「他要教妳？」

「是的。」

他又沉默了片刻。

「他為什麼要教妳？印度斯坦語對妳會有什麼用處？」

「他要我跟他一起去印度。」

「啊！這下我觸到要害了。他要妳嫁給他嗎？」

「他是提出讓我嫁給他。」

「妳是在胡說八道，隨意捏造一通，就為了氣我。」

「恕我直言，這是千真萬確的事實。他不止一次向我求婚，而且像您當初那樣堅持。」

「愛小姐，我再說一遍，妳儘管離我而去好了。我還要說多少次？我已經允許妳離開了，為什麼還非要坐在我膝上？」

「因為坐在這裡挺舒服的。」

「不，簡，妳在這裡不舒服，因為妳的心不在我這裡，明明在妳這位表兄聖約翰那裡。唉，在這之前，我一直以為我的小簡妮特完全屬於我！也相信她即使離開我，也還是愛我的；這是無盡的苦澀中僅有的一絲甜味。我們分別了很久，我為別離灑過多少熱淚啊，但我從來沒有料到，我為她悲泣的時候，她卻在愛另一個人！不過，傷心也無濟於事了。簡，走吧，去嫁給李佛斯吧！」

「那麼，先生，甩掉我吧，推開我吧，因為我不肯自己離開您。」

「簡，我始終喜歡妳說話的聲調，它總能喚起新的希望，因為聽起來是那麼真誠。我聽到妳這樣說，便好像回到了一年前。我忘了妳結識了新朋友。但我不是傻瓜——走吧——」

「我要去哪裡呢，先生。」

「隨妳的心願。跟隨妳選定的丈夫走。」

「那是誰呀？」

「妳明明知道——這位聖約翰．李佛斯。」

「他不是我丈夫，永遠都不會是。他不愛我，我也不愛他。他愛（他只能那樣愛，而非像您這樣愛）一個名叫羅莎蒙德的年輕漂亮的小姐。他要娶我，只是因為他認為我很適合當傳教士的妻子，而羅莎蒙德不適合。他善良，偉大，但十分冷漠，對我冷得有如冰山。他跟您不一樣，先生；只要待在他身邊，接近他，總之只要和他在一起，我就不快活。他不寵愛我，不喜愛我。他看不出我有什麼吸引人的地方，連青春都看不到；他所看到的只是心智方面的幾個有用之處罷了。那麼，先生，我應該離開您，去他那裡嗎？」

我不由自主哆嗦了一下，本能地更貼近我那失去視力，但依然可親可愛的主人。他微微一笑。

「簡！這是真的嗎？妳與李佛斯之間真的是這樣嗎？」

「絕對是真的，先生。哦，您不必嫉妒！我是想逗您一下，讓您別那麼傷心；我覺得，憤怒反倒比憂傷還好些。不過，如果您希望我愛您，您只要看到我確實如此愛您，您就會自豪和滿足了。我的整個心都是您的，先生，屬於您，即使命運把我的其餘部分永遠地從您身邊奪走，我的心也會依然與您同在。」

他吻我的時候，痛苦的想法又使他的臉色陰沉了。

「我的視力燒毀了！我的肢體傷殘了！」他在喃喃抱憾。

我愛撫著安慰他。我知道他心裡想些什麼，想替他說出來，但我不敢。他把臉轉開的那一剎那，我看到一滴眼淚從緊閉的眼瞼下滑落，流淌在富有男子氣概的臉頰上。我很心酸。

「現在的我，並不比桑菲爾德果園那棵遭雷擊的老七葉樹好多少。」過了一會兒，他說道，「有什麼權利要剛剛爆出新芽的忍冬花用自身的嬌豔去掩蓋那株殘椿的凋敝呢？」

「您不是殘椿，先生，不是遭雷擊的樹，而是碧綠而茁壯的。不管您要不要，花草都會圍繞您的根基生長出來，因為它們得到您慷慨的蔭蔽；它們會一邊成長，一邊偎依著您，纏繞著您，因為您的力量給了它們可靠的支撐。」

他又笑了笑，我又給了他安慰。

「妳說的是朋友吧，簡？」他問。

「是的，朋友。」我回答得有點遲疑。我知道自己說的不只是朋友，但一時想不出該用什麼字眼。是他幫了我這個忙。

「哦？簡。可是，我要的是妻子。」

「是嗎，先生？」

「是啊，難道對妳來說這是樁新聞嗎？」

「當然，因為妳一點都沒提起。」

「這新聞不受歡迎嗎？」

「那要看情況，先生。要看您的選擇。」

「妳替我選吧，簡。我肯定遵從妳的決定。」

「先生，那就挑選——**最愛您的**人。」

「但我首先會選——**我最愛的**人。簡，妳肯嫁給我嗎？」

「是的，先生。」

「一個可憐的瞎子，妳得牽著手、領他走的人。」

「是的，先生。」

「一個比妳大二十歲、得讓妳侍候他的殘疾人。」

「是的，先生。」

「當真，簡？」

「完全當真，先生。」

「哦，我的寶貝？願上帝祝福妳，給妳福報！」

「羅徹斯特先生，如果我平生做過一件好事，有過一個好的想法，做過一個真誠而沒有過錯的禱告，有過一個正當的心願——那麼，現在我就已經得到了福報。對我來說，做您的妻子就是世上最幸福的事。」

「因為妳喜歡犧牲。」

「犧牲！我犧牲了什麼？犧牲了飢餓，得到了飽食；犧牲了期待，得到了滿足。能夠懷抱我珍重的人，親吻我熱愛的人，寄希望於我信賴的人，能夠享受這些特權，怎麼是犧牲呢？如果這是犧牲，那我倒要樂此不疲了。」

「還要容忍我的殘弱，簡，忽略我的缺陷。」

「先生，這對我來說根本不算什麼。現在的我比以前更愛您了，因為您當初那麼驕傲，無須依賴任何人，除了施予者、保護人，您不屑於扮演任何別的角色，但現在的我可以助您一臂之力。」

「以前，我一直很討厭需要人幫助，需要人領著走。但從今往後，我覺得我不會再討厭了。我不喜歡把手交給僕人，讓我僱傭的人牽領；但若是讓簡的纖細手指拉著我走，我就會很愉快。我不喜歡僕人不停地服侍我，寧可孤獨；但有簡的溫柔體貼的照應，那永遠都是享受。簡合我的心意，而我合她的心意嗎？」

「天性中的每一點每一滴都感到滿意，先生。」

「既然如此，我們還等什麼呢？我們應該馬上成婚。」

他的神態和話語都很急切，焦躁的老脾氣又發了。

「我們必須毫不拖延地馬上結為夫妻，簡。只要得到法律許可，我們就辦婚禮。」

「羅徹斯特先生，我剛發現，日色西斜已久，派洛特都自顧自地回家吃飯去了。讓我看看您的懷錶。」

「把它別在妳腰帶上吧，簡妮特，今後就留在妳那裡吧，反正我也用不上。」

「都快下午四點了，先生。您不餓嗎？」

「從今天算起，第三天就會是我們舉行婚禮的日子了，簡。現在，別去考慮豪華衣裝和金銀首飾了，這些東西都一文不值。」

「太陽已經晒乾了雨露，先生。一點兒都沒了，天變得很熱了。」

「妳知道嗎，簡，妳那條小小的珍珠項鍊此刻就戴在我領帶下面青銅色的脖子上。自從我失去僅有的珍寶的那天起，我就戴著它了，作為對她的懷念。」

「我們穿過樹林回去吧，這條路最陰涼。」

他順著自己的思路去想，沒有理會我。

「簡！我想，妳一定認為我不虔誠，像條不敬神的野狗，可是這會兒，我卻真心對世間仁慈的上帝感激不盡。神看待世間萬物的方式與人不同，更能洞徹清晰；神的判斷也與人不同，更可見大智慧。

我過去做錯了，差點兒玷汙清白的花朵，要不是上帝把它從我這裡搶走，我必會讓罪孽玷汙無辜。我冥頑不靈地反抗，幾乎詛咒神意；我沒有俯首聽命，反而公然漠視。神繼續推進正義，災禍頻頻落在我身上，我被迫行過死蔭的幽谷。神的懲罰十分強大，其中之一就是使我從此往後甘於謙卑。妳知道我曾對自己的力量非常自傲，但如今它算得了什麼呢？我不能再依靠一己之力，就像孩子無法仰仗自己的孱弱，而不得不依靠他人的指引。最近，簡——只不過是最近——我開始看到並承認上帝之手在操控我的命運。我開始自責和悔悟，希望與我的造物主和解。有時我會祈禱，禱告很短，但非常虔誠。

「幾天前，不，我能數得出來——是四天前，上星期一的晚上——我產生了一種特別的感覺：悲哀取代了暴躁，憂傷取代了慍怒。我早就有種感覺：既然到處找不著妳，那妳一定已經死了。那天深夜——在十一點到十二點之間——懷著悲傷我在就寢前祈求上帝，如果蒙祂允許，可以立刻讓我離開現世，准許我踏進未來的世界，因為來世仍有希望與簡相聚。

「我當時在自己的臥室裡，坐在敞開著的窗前，清新的夜風沁人心脾。儘管我看不見星星，只能憑一團模糊發亮的霧氣知道天上有月亮。我渴望著妳，簡妮特！哦，全身心地盼著妳。我既痛苦又謙卑地問上帝，難道我的淒涼、痛苦、備受折磨，還不夠久嗎，能不能盡快嘗到幸福與平靜的滋味？我承認，我所忍受的一切都是罪有應得，也坦承自己實在無法承受了。我內心的全部願望不由自主地脫口而出，化作了幾聲呼喚——『簡！簡！簡！』」

「您大聲喊叫出來了嗎？」

「是的，簡。如果有人聽見，肯定認為我在發瘋，我確實瘋了似的聲嘶力竭呼喚妳的名字。」

「那是星期一晚上，半夜時分？」

「沒錯，但具體時間並不重要，隨後發生的事情才叫離奇。妳恐怕覺得我是迷信——我骨子裡確實有迷信的傾向，而且一直如此，但這次是真的——至少我馬上要告訴妳的事，千真萬確是我親耳聽到的。

「就在我大喊『簡！簡！簡！』之後，不知道從哪裡傳來了一種聲音，但我聽得出那是誰在應聲說：『我來了，等我！』過了一會兒，又有聲音隨風飄來：『你在哪裡呀？』

「如果我可以，我會告訴妳這些話在我的心靈中所展示的意念和畫面，但要用語言表達出來實在太難了。妳知道，芬丁莊園深藏在密林中，這兒的聲音很沉悶，沒有迴音就會消失。可是那句『你在哪裡呀？』卻似乎是從群山中傳來的，因為我聽到了遠山的迴音，反覆迴響著這句話。那一刻，吹在我額頭的風似乎更涼爽，更清新了，我真覺得我與簡在一個寂寥的荒野中相會了。我相信，在精神上我們一定已經相會了。毫無疑問，簡，那個時候妳肯定正在熟睡，說不定是妳的靈魂脫離了肉身來撫慰我的靈魂。因為那確實是妳的聲音——千真萬確——是妳的！」

讀者啊，正是星期一晚上——將近午夜時分——我也聽到了神祕的召喚，而他聽到的也正是我的回答。我靜靜聆聽羅徹斯特先生的講述，卻並沒有向他吐露那晚的真情，我覺得這種巧合未免太令人畏懼，令人費解了，因而難以言傳，也無法談論。哪怕我透露一點，我所經歷的必定會在這位聆聽者的心中留下極其深刻的印象，而這飽受痛苦的心靈很容易憂傷，不需要再籠罩更深沉的超自然陰影。於是，我把這件事完全藏在心裡，暗自反覆思量。

「現在妳懂了吧，不會覺得奇怪了吧？」我的主人繼續說，「昨天晚上妳出其不意地從我眼前冒出來，我何至於以為妳只是聲音和幻象——會默然消失、化為烏有，就像之前午夜時分消失的耳語和山間迴響。現在我感謝上帝！我明白這次和上次大不相同了。是的，我感謝上帝！」

他把我從膝頭上放下來，站起身，虔敬地從額頭摘下帽子，俯向大地，垂下了失明的眼睛，就那樣默默站立著祈禱，只有最後幾句表示崇拜的話隱約可聞。

「我感謝造物主，在審判時仍保有慈悲。我謙恭地懇求我的救世主賜予我力量，讓我從今以後過一種比以往更純潔的生活！」

隨後他伸出手，讓我帶領。我握住了那隻親愛的手，舉到我唇上放了一會兒，隨後就讓它搭在我肩頭。我的個子比他矮得多，所以我既是嚮導，又做了枴杖。我們走進樹林，踏上回家的歸途。

第38章

讀者，我和他結婚了。我們的婚禮低調又安靜，完全不事聲張，到場的只有他和我，牧師和教堂執事。從教堂回來後，我走進莊園的廚房，瑪麗正在做飯，約翰在擦拭餐刀，我說道：

「瑪麗，今天早上我和羅徹斯特先生結婚了。」管家和她的丈夫都是舉止得當，不輕易大驚小怪的人，不管什麼時候，你都可以放心地把驚人的消息告訴他們，而不必擔心你的耳朵會被一聲尖叫所刺痛，繼而被喋喋不休的驚歎聲所震暈。瑪麗確實抬起了頭，瞪大了眼睛盯著我看。她手中用來給兩隻烤雞淋醬汁的勺子在空中停了足有三分鐘；約翰也停下了擦拭的手，刀具也在空中停了足有三分鐘。但是，瑪麗隨後就彎下腰，繼續忙著烤雞，只說了一句：

「是嗎，小姐？嗯，理所當然！」

過了一會兒，她又說：「我看見妳與主人一起出門了，但我不知道你們是去教堂結婚的。」說完，她又忙著給雞抹醬汁了。而約翰呢，我轉向他的時候，他笑得都合不攏嘴了。

「我早跟瑪麗說過會這樣，」他說，「我瞭解愛德華先生。」（約翰是府上的老僕人，從他主人還是家中幼子的時候就認識他了，因此他常常用教名稱呼他。）「我知道愛德華先生會怎麼做。我就猜他不會等很久的。我敢肯定，他做得很對。小姐，我祝妳幸福！」他很有禮貌地碰了碰額髮，權當敬禮。

「謝謝你，約翰。羅徹斯特先生要我把這個給你和瑪麗。」

我把一張五英鎊的鈔票塞進他手裡，沒等他說什麼便離開了廚房。後來，我偶爾經過廚房時，聽見了這樣的交談：

「她比那些個千金小姐都更適合他。」接著聽到，「她算不上頂頂漂亮，可她不傻，心地又好。任何人都看得出來，她在他眼裡可是美若天仙。」

我立即寫信給沼澤居和劍橋，把我的情況告訴了他們，並詳細解釋了我為什麼要這麼做。戴安娜和瑪麗毫無保留地表示贊同，戴安娜還說，先讓我好好度個蜜月，她緊接著就來看我。

「她還是別等到那個時候吧，簡。」羅徹斯特先生聽我讀了她的信後說，「她要等的話，恐怕要等太久，因為我們蜜月的光輝將照耀我們一生，光芒只會在妳我進入墳墓時才會消退。」

聖約翰對這個消息有何感想，我一無所知，因為他從來沒有回覆過那封通報婚事的信。但六個月後，他寫信給我，沒有提及羅徹斯特先生的名字，也沒提及我的婚事。他的信寫得很平靜，雖然嚴肅，但終究是親切的。從那以後，他會定期寫信給我，但不是很經常。他希望我幸福，並且相信我不是那種只顧俗事而忘了上帝的世人。

讀者，你沒有完全忘記小阿黛兒吧，是不是？我可沒有。我很快就請求，並得到了羅徹斯特先生的同意，去他安頓小阿黛拉的學校看她。她再次見到我時欣喜若狂，那情形實在令我感動。她看上去蒼白消瘦，說她過得不快活。我發現，對她這樣年齡的孩子來說，這個學校的規章太嚴格，課程太緊張了。我就把她帶回了家。我本想再當她的家庭教師，但不久卻發現這是不切實際的。現在，另一個人更需要我的時間與精力——我完全被我的丈夫占據了。因此，我選了一所校規較為寬容的學校，而且離家更近，我可以常常去探望她，有時還能把她帶回家來。我還處處留心，讓她過得舒舒服服，什麼都不缺。她很快在新學校安頓下來，在那裡過得很愉快，學習上也取得了長足的進步。在她慢慢長大的過程裡，健全的英國式教育很大程度上糾正了她的法國式缺點。她畢業時，我發覺她已成長為一個很討人喜歡的小夥伴，隨和，脾氣好，懂規矩。她出於感激，一直很照應我和我的家人；如果說我曾盡微薄之力給過她一點幫助，她的報答也實在很充足了。

我的故事已近尾聲，再說一兩句我婚後的生活情況，簡略地回顧一下我人生故事中最常提到的那些人的命運，故事才能算講完。

如今我已結婚十年了。我知道一心一意跟世上我最愛的人生活，並且為他而活是什麼意思了。我認為自己無比幸福——幸福到無法言喻，因為我完全是丈夫的生命，他也完全是我的生命。沒有女人比我跟丈夫更為親近，更徹底地成為他的骨中之骨、肉中之肉。我與愛德華相處永不厭倦，他同我相處也是如此，如同我們對搏動在各自胸膛裡的心不會厭倦。因此，我倆始終在一起。對我們來說，在一起，既像獨處那樣自由，又像相聚那樣快樂。我想，我們整天都在交談，這種相互交談不過是一種聽得見的、更活躍的思考。我把所有信賴都交託予他，他也把所有信賴奉獻給我。我們的性情完全契合，因而極度和諧。

我們婚後的頭兩年，羅徹斯特先生依然失明，也許正因為如此，我們結合得更為緊密——真正的親密無間：因為當時我就是他的眼睛，就像現在我依然是他的右手一樣。說真的，我確實是他的眼珠（他常常這樣叫我）。他透過我看大自然，看書；我毫不厭倦地替他觀察，用語言來描述田野、樹林、城鎮、河流、雲彩、陽光——描述一切我們眼前的景色，周圍的天氣——還用聲音讓他的耳朵去感受光線無法再使他的眼睛得到的印象。我從不厭倦念書給他聽，從不厭倦領他去想去的地方，做他想做的事。這樣盡心盡力讓我感受到充分而強烈的樂趣，儘管有一點悲哀——因為他要求我幫這些忙時，沒有痛苦，也不覺得羞愧、沮喪或屈辱。他真誠地愛著我，從不勉為其難地受我照料；他也覺得我愛他之深，照料他就是滿足我最幸福的心願。

第二年年末的一個早晨，我正在他口授下寫一封信，他走向我，俯身問道：

「簡，妳脖子上戴著什麼閃光的飾品嗎？」

我掛著一根金錶鏈，就回答說：「是的。」

「妳穿的是淡藍色的衣服嗎？」

確實如此。於是，他告訴我，最近一段時間，他覺得遮蔽著一隻眼的陰翳在漸漸變淡。現在他可以確定了。他和我去了一趟倫敦，看了一位著名的眼科醫生，最終恢復了那隻眼睛的視力。現在，他雖不能看得非常清楚，也不能多看書、多寫字，但已經不需讓人牽手就能自己走路了，對他來說，天空不再茫然一片，大地也不再是一片虛空。當他懷抱自己的第一個孩子時，能看到這男孩繼承了他從前有過的那雙眼睛——又大，又亮，又黑。在那個時刻，他又一次激動地感恩：上帝仁慈地減輕了對他的懲罰。

我的愛德華和我都很幸福，尤使我們感到幸福的是，我們最親愛的那些人也一樣很幸福。李佛斯家的戴安娜和瑪麗都結了婚。每一年我們都輪流探望彼此，不是他們來看我們，就是我們去看他們。戴安娜的丈夫是位海軍上校，英武的軍官，一個很好的人；瑪麗的丈夫是位牧師，是她哥哥大學裡的朋友，無論從造詣還是品行來看，這門親事都很般配。菲茨詹姆斯上校和沃頓先生都深愛他們的妻子，她們也一樣深愛他們。

至於聖約翰・李佛斯，他離開了英國，到了印度，踏上了自己所選定的道路，至今仍這樣走下去。再也沒有比他更堅定不移、不知疲倦地在岩石和危險中奮鬥不止的先驅者了。他堅定、忠實、虔誠，精力充沛，熱情真誠地為自己的同類辛勤工作，為他們開闢通往至善之境的艱辛道路，像巨人般披荊斬棘，掃蕩阻礙前路的宗派偏見和種姓制度。他也許是太嚴厲，太苛刻了，也許依然野心勃勃，但他的嚴厲是武士大心[1]一類的嚴厲——大心保衛他護送的香客免受亞玻倫人[2]的襲擊；他的苛刻是只代表上帝說話的使徒式的苛刻，所以他會說：「若有人要跟從我，就當捨己，背起他的十字架來跟從我。」[3]他的野心是崇高的主的精神之雄心，一心只想在那些獲得救贖的世人中躋身前列，清白無罪地站在上帝的寶座前面，分享耶穌最後的偉大勝利；這些羔羊都是上帝召喚、選中的至誠至忠之人。

聖約翰沒有結婚，以後也不會。他獨自一人足以勝任辛勞，而這種苦行已近終結，他那光輝的太陽正在加速西沉。他給我的最後一封信催下了我凡人的眼淚，也使我心中充滿了神聖的歡樂：他在期待提前得到必得的福報，那不朽的桂冠。我知道，下次就會是陌生人寫信給我，告訴我：這位善良而忠實的僕人終於被主召喚，去享受主的歡樂。那又為何要為此哭泣呢？聖約翰的臨終時刻絕不會因為恐懼死亡而暗淡無光，他的頭腦將會清醒明淨，他的心靈將無所畏懼，他的希望十分可靠；他的信念不可動搖。他自己的話就是最好的明證：

「我的主，」他說，「已給了我預言。日復一日，神的宣告愈來愈明確：『是了，我必快來！』而我也時時刻刻愈加急切地回答：『阿門，主耶穌啊，我願祢來！』」

---

1. 大心：班揚《天路歷程》中引導克利斯蒂安娜進入天城的人。
2. 典故出自《聖經．新約．啟示錄》第九章第十一節：亞玻倫是無底坑的使者，掌管傷害人間不信上帝者的蝗蟲，其字面意思是「毀滅之地」或「死亡之地」，也就是來自地獄的惡魔。
3. 語出《聖經．新約．馬可福音》第八章第三十四節。

譯者簡介

于是

作家，譯者。

七〇年代生於上海，華東師範大學對外漢語系畢業後，曾涉足雜誌、網際網路、自由撰稿人等行業。出版個人文學著作的同時，亦翻譯英語文學作品，迄今出版譯著二十餘部，備受年輕讀者好評。

除閱讀、寫作與翻譯外，平時最愛看電影、散步、與好朋友聊天。不善運動和交際。

二〇一七年簽約作家榜，傾心翻譯完整版《簡愛》。

簡愛 / 夏綠蒂．勃朗特著；于是譯．-- 初版．-- 臺北市：時報文化，2020.02　608 面；14.8×21 公分．--（愛經典；32）譯自：Jane Eyre　ISBN 978-957-13-8079-7（精裝）

873.57　109000136

作家榜经典文库®

ISBN 978-957-13-8079-7

Printed in Taiwan

愛經典 0 0 3 2

簡愛

作者—夏綠蒂．勃朗特｜譯者—于是｜編輯總監—蘇清霖｜特約編輯—劉素芬｜美術設計—FE 設計｜內頁繪圖—喜樂（季芳）｜董事長—趙政岷｜出版者—時報文化出版企業股份有限公司　108019 臺北市和平西路三段二四〇號四樓　發行專線—（〇二）二三〇六—六八四二　讀者服務專線—〇八〇〇—二三一—七〇五、（〇二）二三〇四—七一〇三　讀者服務傳真—（〇二）二三〇四—六八五八　郵撥—一九三四四七二四 時報文化出版公司　信箱—10899 臺北華江橋郵局第 99 信箱　時報悅讀網—http://www.readingtimes.com.tw｜法律顧問—理律法律事務所陳長文律師、李念祖律師｜印刷—勁達印刷有限公司｜初版一刷—二〇二〇年二月十四日｜初版二刷—二〇二三年九月一日｜定價—新台幣四九九元｜（缺頁或破損的書，請寄回更換）

時報文化出版公司成立於一九七五年，並於一九九九年股票上櫃公開發行，於二〇〇八年脫離中時集團非屬旺中，以「尊重智慧與創意的文化事業」為信念。